Karla Weigand
Die Walfängerbraut

VERLAG
wellhöfer

Wellhöfer Verlag

Ulrich Wellhöfer
Weinbergstraße 26
68259 Mannheim
Tel. 0621/7188167

info@wellhoefer-verlag.de
www.wellhoefer-verlag.de

Titelgestaltung: Uwe Schnieders, Fa. Pixelhall, Malsch
Satz: Wellhöfer Verlag, Mannheim

© 2017 Wellhöfer Verlag, Mannheim

ISBN 978-3-95428-226-5

Karla Weigand

Die Walfängerbraut

Historischer Roman

PROLOG

Es schneite schon seit Tagen. Trübsinnig starrte Birte Petersen aus dem kleinen Fenster ihrer *Köögen* auf die weiße Pracht, die sich in ungewöhnlich verschwenderischer Fülle über die Pfarrwarft und die gesamte *Hallig* Hooge breitete. Das schulterlange aschblonde Haar trug die schlanke junge Frau im Nacken zu einem dicken Knoten geschlungen.

Obwohl seit einigen Jahren Witwe, unterließ sie es häufig, ihre prächtige Haarflut zu verstecken. Das traditionelle Kopftuch oder gar die umfängliche Witwenhaube erschienen ihr als lästige Verkleidung; nur außerhalb ihres Heims oder zum Kirchgang überwand sie sich dazu, sie aus der Truhe hervorzukramen und umzubinden beziehungsweise aufzusetzen.

So weit Birtes Auge reichte, begruben Schneemassen das Land. Von den *Warften* der Nachbarn war nichts mehr zu erkennen; sämtliche Häuser schienen unter weißen Bettlaken begraben.

Ihr ins Weite schweifender Blick traf auf einen massiven Eispanzer, der das Meer, das ringsum die *Hallig* umgab, seit Wochen bedeckte. Er war mittlerweile so dick, dass kein Boot imstande war, das Festland, eine der anderen *Halligen* oder die nahe gelegenen nordfriesischen Inseln Föhr, Amrum oder Sylt zu erreichen.

Unaufhörlich rieselten aus dem düster grauen Himmel, der seit einem Monat jeden Sonnenstrahl verbannte, große weiße Flocken zu Boden; sie dämpften jedes Geräusch. Selbst das durchdringende Gekreisch der Möwen und die zornigen Schreie hungriger Raubvögel klangen seltsam weit entfernt – als hätte jemand eine große Schüssel über die *Hallig* gestülpt.

Die Stille von draußen setzte sich im Innern des Hauses fort, sodass Birte heftig zusammenfuhr, als sich plötzlich hinter ihr die Stimme einer Magd zu hören ließ: »Aal at guuds komt faan boowen!«

Die Hausherrin drehte sich um und warf der stämmigen grauhaarigen Frau, die sich ihr lautlos genähert hatte, einen fragenden Blick aus großen, faszinierend grünen Augen zu.

»Na, wenn du meinst, Gondel, dass alles Gute von oben kommt, dann muss es der Wettergott aber schon arg gut mit uns meinen! Ich finde, dass es allmählich reicht. An so viel Schnee zu Neujahr kann ich mich überhaupt nicht erinnern! Wenn das ein Omen fürs kommende Jahr 1709 werden soll, dann bedanke ich mich recht schön!«

»Bist ja auch noch jung, Frau!«, gab die ältere Magd zur Antwort und schmunzelte. »Grade mal fünfundzwanzig! Uns Älteren ist das schon mehrmals widerfahren, dass wir um die Jahreswende nur mit Schneeschuhen den kurzen Weg zur Kirche geschafft haben und uns der Seeweg zu den Nachbarinseln wochenlang durch Eisbrocken versperrt war!«

Beide Frauen starrten jetzt aus dem Fenster, hinüber zur kleinen Halligkirche, der Birtes Vater, Peter Knudtsen, schon seit Jahrzehnten als Pastor einer Gemeinde von etwa sechzig, siebzig Mitgliedern vorstand. Aus dieser geringen Entfernung sah das kleine Gotteshaus aus wie ein etwas höherer Erdhaufen, den man mit einer dicken Schicht aus feinem Mehl überstäubt hatte.

Einen Turm besaß das schlichte Kirchlein immer noch nicht und in seinem Inneren waren Teile anderer Gotteshäuser eingepasst worden, Überbleibsel der Großen Manndränke, einer verheerenden Sturmflut im Jahre 1634.

Bei der auch jetzt noch durch mündliche Tradition ganz deutlich in der Erinnerung friesischer Küstenbewohner verankerten Katastrophe waren weite Teile von Alt-Nordstrand untergegangen und Tausende Menschen hatten nicht nur Hab und Gut, sondern auch ihr Leben verloren. Die einstige große Insel wurde in mehrere Einzelteile zerrissen, die man nicht mehr einzudeichen vermochte.

Von den ehemals vierundzwanzig Kirchen waren achtzehn durch die gewaltige Flut unrettbar zerstört, worauf sich die Hoogener aus den Ruinen das Baumaterial für ein eigenes Gotteshaus geholt hatten.

Ihre winzige, uralte, noch aus der Missionierungszeit der heidnischen Friesen stammende Holzkirche war nämlich bereits im Jahre 1362 einer ähnlich schrecklichen Flutwelle zum Opfer gefallen. Seitdem waren die Halligbewohner darauf angewiesen gewesen, dass hin und wieder ein Geistlicher vom Festland oder von den Nachbarinseln sich blicken ließ, um im *Pesel* eines Wohnhauses oder einer Scheune die Gottesdienste mit den Gläubigen zu feiern.

Erst um die Mitte des vergangenen Jahrhunderts war ein Geistlicher samt Familie eigens für die Halligleute dauerhaft nach Hooge versetzt worden. Seitdem bewohnten er und seine Nachfolger den Pastoratshof auf der Pfarrwarft.

Gondel, seit Jugendtagen Magd auf diesem Hof – einem von zweien auf der Pfarrwarft – bedachte ihre Herrin, eine bemerkenswert schöne Frau, mit einem wissenden Seitenblick.

»Ich weiß wohl, dass es dich drängt, von hier wegzukommen, Birte. Was wir auf dem Hof zwar alle zutiefst bedauern – wenn wir es auch irgendwie verstehen können«, sagte sie sehr leise, beinah flüsternd, obwohl niemand in der Stube war, der sie hätte belauschen können.

Ausgesprochen Übles war der hoch gewachsenen Hofherrin in jüngster Zeit widerfahren. Dabei hatte sich Birtes Lebensweg anfangs so vielversprechend angelassen.

Birte war das einzige Kind des Geistlichen Peter Knudtsen und seiner Frau Ingken, welche als Heilerin und Hebamme von den Halligbewohnern überaus geschätzt wurde. Dass Birte anders war als andere Kinder, zeigte sich bereits ansatzweise, als sie vier Jahre alt war.

Eines Tages führte die Kleine ihre Mutter Ingken in die Scheune, wo sie mit Nachbarskindern ein Nest aus Stroh gebaut hatte, um einen Welpen darin zu pflegen, der sich angeblich einen Vorderlauf gebrochen hatte, den sie jedoch geheilt habe.

Von einer ernsthaften Verletzung des jungen Hundes war für die Mutter nicht das Geringste zu erkennen. Nachdem Ingken probeweise das kleine Hundebein hin und her bewegt hatte, bezweifelte sie, dass es sich tatsächlich um einen Bruch gehandelt hatte. Jedoch um ihrer kleinen Tochter eine Freude zu machen, deren mitleidiges Wesen ihr gefiel, tat die Pfarrersfrau so, als glaubte sie ihr.

Später hatte Ingken ihre Tochter, bei der sich schon im zarten Alter von acht Jahren die Gabe des Zweiten Gesichts zeigte, in die Kunst des Heilens und nach einigen Jahren auch die der Geburtshilfe eingeweiht, was sich im Nachhinein als ungemein vorausschauend erwies.

Was jedoch Birtes Fähigkeit der Wahrsagerei anbetraf, waren ihre Eltern darüber alles andere als glücklich. Insgeheim war der Pastor entsetzt gewesen, als Birte kurz vor ihrem neunten Geburtstag ihren Eltern sowie den übrigen Halligleuten eine Kostprobe ihrer zweifelhaften Begabung geliefert hatte.

Es war im Spätsommer; die Hoogener saßen auf der Wiese rund um die Kirche in geselliger Runde beisammen, um den Geburtstag eines der Ältesten zu feiern, der zwar seit langer Zeit auf der Nachbarinsel Föhr lebte, aber eigentlich gebürtiger Hoogener war und immer wieder gerne an seinen Geburtsort zurückkehrte.

Jahrzehntelang hatte er sein Brot als *Harpunier* auf einem Walfänger verdient. Jetzt, als kinderlosen Witwer, hatte es ihn wieder nach Hause getrieben. Mit Schmaus, Musik und Tanz – und nicht gerade wenig Alkohol – beging man an diesem Tag seinen siebzigsten Geburtstag.

»Na, Haarke Haarksen«, frotzelte einer seiner auch nicht mehr ganz nüchternen Freunde gutmütig, »du bist ja noch en feksen an stram kiarel! Was hieltest du denn von einer nochmaligen Heirat? Ich wüsste dir da schon ein paar passende foomnen, die dir sicher gefallen würden!«

»Au ja!«, jubelten die Übrigen begeistert. »Dann hätten wir erneut Grund, noch mal so ein grandioses Fest zu feiern!«

Eine Weile flogen allerhand derbe Späße hin und her – alle dem doch recht fortgeschrittenen Alter des Bräutigams in spe und seinen ehelichen Fähigkeiten im Bett geschuldet – ehe der Pastor mit einem vernehmlichen Räuspern der leicht überschäumenden Ausgelassenheit einen Schlusspunkt setzte.

Die Feiernden sahen sich verlegen an – immerhin gehörten auch Kinder und Heranwachsende zur Gratulantengemeinde. Stille trat ein. Ehe sie tatsächlich peinlich zu werden drohte, wurde sie unterbrochen durch einen Einwand, mit dem man nun gar nicht gerechnet hatte – und am allerwenigsten mit der Person, die ihn vorbrachte.

»Haarke Haarksen wird nicht mehr heiraten! Binnen einer Woche wird man ihn nämlich hier auf dem Kirchhof feierlich eingraben. Das ist dann das nächste große Fest!«, ertönte eine kindlich helle Stimme.

Totenstille war daraufhin eingetreten.

Später behaupteten einige der Anwesenden, die schlagartig nüchtern geworden waren, man habe nicht einmal mehr die ewig kreischenden Möwen gehört, die weiter draußen über der See Fangen spielten. Sogar das schrille Konzert der Heupferde hätte abrupt geendet.

Stattdessen waren jedermanns Blicke auf Birte gerichtet, die kleine Tochter des Pastors und der Halligheilerin, die die verhängnisvollen Sätze so altklug von sich gegeben hatte.

»Gott steh uns bei«, murmelte der Pastor nach einer Weile. Er zog das Mädchen energisch an sich und legte ihm die Hand unters Kinn, sodass Birte ihrem Vater in die Augen schauen musste.

»Sag so etwas Furchtbares nie wieder, hörst du?«, befahl er streng. »Mit solchen Dingen treibt man keinen Scherz! Deine Mutter und ich sind sehr traurig und unglücklich über die böswillige Dummheit, die du dir da erlaubt hast. Du wirst dich auf der Stelle bei Haarke entschuldigen! Dann gehst du ins Haus und legst dich sofort ins Bett. Für dich ist das Fest vorbei!«

Alle sahen, dass es Birte danach drängte, sich zu verteidigen.

Mutter Ingken und ihre Magd Gondel wechselten einen raschen Blick, der ihr Erschrecken zum Ausdruck brachte.

»Auf der Stelle, habe ich gesagt, bittest du Haarke Haarksen um Verzeihung! Und zwar kniefällig. Etwas anderes möchte ich für heute aus deinem Mund nicht mehr hören!«, drängte der Geistliche in scharfem Ton.

Das klang jetzt so zornig, dass Birte tatsächlich davon absah, irgendwelche Erklärungen vorzubringen.

Langsam trottete sie auf den Jubilar zu, kniete vor seinem Stuhl nieder, senkte den Kopf und murmelte: »Dee mi rocht iarig« – es tue ihr sehr leid. Sie wisse nicht, warum sie das gesagt hatte.

»Ist schon gut, miin Deern. Enskiljiging as uunkem.« Der alte Mann versuchte dem Ganzen einen Anstrich von Leichtigkeit zu geben, indem er versicherte, die Entschuldigung sei angekommen – obwohl ihm der Schrecken noch deutlich ins blasse Gesicht geschrieben stand. »Für dein junges Alter steh ich ja nun wirklich bereits mit einem Bein im Grab. Ich nehm dir das Gesagte nicht übel.«

Er versuchte laut zu lachen, was ihm allerdings nicht so recht gelingen wollte. »Spielt auf, Musikanten!«, rief er daher den drei Burschen zu, die etwas abseits von den Übrigen eine kleine Pause einlegten, um sich zu stärken. Beim Klang der Fiedel, des Dudelsacks und der schrill klingenden Flöte drehten sich und walzten die Gratulanten erneut über den Grashügel neben der Kirche und dem Pastoratshof. Aber der vorherige Frohsinn wollte sich nicht mehr einstellen.

Überflüssig zu sagen, dass Birtes Prophezeiung genau so eintraf. Sieben Tage nach seinem Geburtstag senkte man Haarkes Sarg in die sandige Erde der *Hallig*; Haarke Haarksen hatte beizeiten verfügt, am Ort seiner Geburt beigesetzt zu werden.

Der Pastor jedoch bemühte sich nach Kräften, die Worte seiner Tochter als törichtes kindliches Gestammel und puren Zufall hinzustellen. Ein Unterfangen, das natürlich zum Scheitern verurteilt war. Obwohl niemand mehr ein lautes Wort darüber verlor, flüsterten sich seitdem die Hoogener zu, die Pastorentochter habe das Zweite Gesicht.

Eine Eigenschaft, die man auch bei Ingken in ihrer Jugend festgestellt hatte. Erst seit sie den Pfarrer zum Mann genommen hatte, war Schluss mit der heidnischen Wahrsagerei gewesen.

So gut es ging, hielten Birtes Eltern alle jene von ihrer Tochter fern, die danach lechzten, einen Blick in die Zukunft zu tun, wobei es sich häufig um Fragen der Gesundheit, um Heiratschancen oder um wirtschaftlichen Erfolg drehte.

Trotzdem fanden die hartnäckig um Rat Suchenden immer wieder Mittel und Wege, das Mädchen zu bitten, eine Zukunftsprognose zu erstellen. Sie behaupteten steif und fest, Birte habe sich noch niemals geirrt.

Bald fanden auch Menschen von den anderen *Halligen* und Inseln den Weg zur Hoogener Kirchwarft – sehr zu Pastor Peter Knudtsens Missvergnügen, der künftig jeder seiner Sonntagspredigten die Mahnung anfügte, man möge sich doch um Christi Willen endlich abkehren von abergläubischem Gedankengut. Nachhaltigen Erfolg erzielte er damit allerdings nicht.

Nachdem es seiner Tochter im Alter von vierzehn Jahren gelungen war, einen Schäfer aus Amrum von einer äußerst schmerzhaften Gesichtsrose durch bloßes Handauflegen zu befreien, resignierte der Geistliche. Künftig tat er so, als bemerke er von Birtes zauberischem Wirken nichts; das hatte zumindest den Vorteil, dass er nicht mehr öffentlich zu intervenieren brauchte.

»Nur um eines bitte ich dich ganz dringend, Tochter«, hatte er von ihr verlangt, als sie anlässlich des Besuchs ihrer Patentante in Trance verkündet hatte, die noch junge Bäuerin werde das künftige Weihnachtsfest nicht mehr erleben. »Dass du nie mehr einen sogenannten Blick in die Zukunft tust.« Als er in ihre meergrünen Augen blickte, die ihn verständnislos ansahen, schwächte er ab: »Zumindest nicht laut darüber redest!« Wie sollte sie es denn anstellen, von ihren Gesichten nicht mehr heimgesucht zu werden?

»Du hast behauptet, Muhme Heike werde im Feuer umkommen. Ich sage dir, allein Gott, der Herr, weiß Bescheid, was auf seine Kinder zukommt. Dein Wissen über diese Dinge stammt unmöglich von ihm. Vermutlich ist es der Satan, der dich versucht, mein Kind, indem er dir vorgaukelt, du könntest Dinge sehen, die möglicherweise eintreffen.«

Nach peinlichem Schweigen waren damals auch die Erwachsenen über den angeblich kindlichen Unsinn mit mehr oder weniger verlegenem Lachen hinweggegangen. Birte hatte sich den scharfen Tadel beider Eltern zugezogen und eine Zeit lang Stubenarrest erhalten, ehe sie schwor, in Zukunft Aussagen über Künftiges zu unterlassen – vor allem, wenn die Prognose schlecht war.

Sie hatte sich an ihr Versprechen gehalten. Selbst wenn ihr Vater vergessen hatte zu erwähnen, dass ihre Vorhersagen immer eingetroffen waren. Auch die Patentante war einen Monat später zu Tode gekommen, als ihr reetgedecktes Häuschen eines Nachts in Flammen aufging.

Birte war erst fünfzehn, als Ingken überraschend starb. Ganz selbstverständlich war sie in die Fußstapfen ihrer klugen Mutter getreten, die zum Glück ihr Wissen rechtzeitig an die Tochter weitergegeben hatte.

Da Mutter und Tochter sich auffallend ähnlich gesehen hatten, fiel es den Menschen leicht, die junge Birte als Wehmutter und Heilerin anzunehmen. Fast schien es, als wäre Ingken in ihrer Tochter erneut auferstanden. Sogar nach Föhr und Amrum musste sie hin und wieder übersetzen, weil die Kunde über ihr erstaunliches Können auch die Inseln und sogar das Festland erreicht hatte.

Besonders schmerzlich traf es zu dieser Zeit die Föhringer, da ihre berühmteste Inselheilerin, Kerrin Rolufsen, bereits längere Zeit abwesend war und an allen Ecken und Enden von Heilungssuchenden schmerzlich vermisst wurde. Man erzählte, sie sei nach dem fernen Grönland aufgebrochen, um ihren dort verschollenen Vater, einen bekannten Walfängercommandeur, ausfindig zu machen.

So häuften sich auf Föhr sehr bald die Hilferufe nach der Heilerin von Hooge.

Früh – bereits mit siebzehn – heiratete Birte den Föhringer Heringsfischer Janne Ketelsen aus dem winzigen Dorf Wraxem, in den sie sich schon im zarten Alter von dreizehn Jahren unsterblich verliebt hatte. Janne, ein strohblonder stämmiger Fischer, zog mit ihr auf die *Hallig* Hooge und sie bekam mit ihm zwei gesunde Kinder, Jens und Catrina.

Als ihr Mann vor zwei Jahren in einem Sturm vor Helgoland samt seinem Heringskutter unterging, war sie erst dreiundzwanzig Jahre alt gewesen. Ab jetzt musste sie ihren Hof allein mit Hilfe einiger Mägde und jütischer Knechte bewirtschaften, um sich und ihre beiden Kinder zu ernähren.

Nach etlichen Wochen stiller Trauer hatte die junge Witwe sich gefangen und tapfer ihr Leben in die eigenen Hände genommen. Etwas, das ihr die allgemeine Hochachtung der Hoogener und der übrigen Inselfriesen eintrug. »Es wäre für sie doch so einfach gewesen, sich erneut unter das schützende Dach ihres Vaters zu flüchten und sich künftig von ihm aushalten zu lassen!«

Wie zuvor Ingkens war nun Birtes Rat nicht nur bei allerlei Krankheiten, sondern vor allem bei Geburten gefragt. Sogar auf andere *Halligen* und auf die Inseln *Oomrem* und *Feer*, sogar bis nach *Sal* ließ man sie mittlerweile holen, um Frauen in ihrer schwersten Stunde beizustehen.

Vor einem Jahr, 1708, hatte jedoch eine ebenso unerklärliche wie entsetzliche Pechsträhne ihren Anfang genommen.

Mit hysterischem Geschrei war eine Jungmagd in die *Dörnsk* des *Büürenhüs* gestürmt; vor Aufregung hatte sie anfangs kein vernünftiges Wort herausgebracht.

»Was ist denn los, Meike? Was regst du dich so schrecklich auf? Ist etwa Feuer unterm Dach ausgebrochen?«, hatte die Hofherrin sie mit leicht amüsiertem Lächeln gefragt. War Meike doch dafür bekannt, schon bei jeder Kleinigkeit den Kopf zu verlieren.

Aber dieses Mal schien es tatsächlich etwas Ernstes zu sein.

»Im Stall, Frau, im Stall«, stotterte das Mädchen. »Da ist a düüüwel! Jawohl, das muss de apdaaget ualknecht sein!«

Oje, der Teufel sollte sich im Stall aufhalten? Das hörte sich wahrlich nicht gut an und entsprechend beeilte sich Birte, um selbst nach dem Rechten zu sehen. Der Weg zum Kuhstall war zum Glück nicht weit; wie in Nordfriesland üblich befanden sich Stall und Scheuer unter demselben Dach wie das Wohnhaus, lediglich getrennt durch einen schmalen Flur.

Was Birte auf dem Stroh vorfand, war in der Tat erschreckend: Eine ihrer vier Kühe hatte ein Kalb mit sechs Beinen zur Welt gebracht! Birte versuchte zwar noch, ihr Gesinde zum Stillschweigen zu verdonnern, aber die geschwätzigen Mägde verbreiteten die unerhörte Neuigkeit im Nu auf der gesamten *Hallig.*

Daraufhin verließen sämtliche Hoogener, die laufen konnten, ihre Häuser auf den *Warften*, um in Birte Petersens Stall ihren ganz persönlichen Blick auf das kleine Monstrum zu werfen. So etwas erlebte man schließlich nicht alle Tage!

Vor allem die Weiber gruselten sich ordentlich beim Anblick des armen Kälbchens, das nass und erschöpft neben der Mutterkuh lag, aber immerhin atmete und mit seinen vier ganz normalen Beinen eigentlich überhaupt nicht auffällig gewesen wäre – hätte da nicht ein Paar dünner und vollkommen überflüssiger Beinchen auf seinem Rücken gebaumelt.

Einige mutmaßten sofort, das sei ein böses Omen für jeden einzelnen Halligbewohner und es stelle sich doch die Frage, wer denn dafür die Schuld trage. Dass es einen Verantwortlichen für dieses Untier geben müsse, stand außer Frage.

»So was passiert nicht ohne Grund!«, meinten die Neunmalklugen; den Schuldigen müsse man finden und zur Rechenschaft ziehen. Die ersten begannen bereits, Birte als die Eigentümerin der Missgeburt schief anzuschauen.

Jetzt war der Pastor, Birtes Vater, dringend gefragt. Es war gar nicht leicht für ihn, die ängstlichen Gemüter zu beruhigen. Wie mit Engelszungen musste er auf seine Schäfchen einreden, damit sie sich endlich beruhigten. Immerhin gelang es ihm so halbwegs; der Aberglaube saß eben immer noch sehr tief bei den Leuten. Verspeisen würde das verhexte Kalb zwar niemand wollen – aber töten musste man es in jedem Fall.

Nachdem sich alle Knechte davor drückten, das ganz offenbar verfluchte Ungeheuer anzufassen – von den Mägden traute sich sowieso keine mehr in den Stall, solange das sechsbeinige Tier noch am Leben war – war es schließlich Birtes Vater, der sich erbarmte und das Kalb mit einem raschen Schnitt durch die Gurgel von seinem Dasein als Ausgeburt der Hölle erlöste.

Immerhin war Pastor Knudtsen nicht nur Geistlicher, sondern auch Bauer, der ganz selbstverständlich sein eigenes Vieh zu schlachten pflegte.

Nach wenigen Wochen bereits erfolgte der nächste Schlag. Dieses Mal war der Hof einer Kapitänsfrau namens Eycke und ihres Mannes Erik Ockensen betroffen. Sie stammte von der Insel Föhr und ihr Mann, der Hoogener Erik Ockensen, weilte derzeit auf hoher See. Eycke erwartete ihr erstes Kind und wurde ganz selbstverständlich von der gleichaltrigen Birte betreut.

Exakt zu dem Zeitpunkt, als Eycke sich seit Stunden in den Wehen quälte, gebar ein Schaf aus ihrer Herde ein Lamm mit zwei Köpfen. Das war eindeutig zu viel! Die *Hallig* geriet in ungeheuren Aufruhr. In Windeseile drang die Kunde davon in jedes einzelne Haus, in jede kleinste Hütte.

»Jetzt ist ja wohl offensichtlich, dass alles mit Birte, unserer Wehmutter, zu tun hat!«, schrieen einige, bar jeder Logik. Aber viele ließen sich von dem Unsinn anstecken: »Die Halligheilerin muss eine Hexe sein!«

Dieses Mal gelang es Birtes Vater nur sehr mühsam, seine Gläubigen davon zu überzeugen, alles sei einfach ein dummer Zufall, der leider hin und wieder vorkomme, jedoch absolut keinen Grund zur Besorgnis darstelle. Pastor Knudtsen musste am Ende sein gesamtes Ansehen als Geistlicher in die Waagschale werfen, bis auf Hooge, wenigstens nach außen hin, erneut Ruhe einkehrte.

Die lautesten Schreier, die in Birte die Ursache vermuteten, verstummten zwar, insgeheim aber gingen die bösen Gerüchte auf der *Hallig* weiter um. Nur oberflächlich schien alles in Ordnung zu sein.

Und auch nur für ganz kurze Zeit.

Die Geburt im Hause des Kapitäns verzögerte sich; die Wehen hatten seit dem Erscheinen des zweihäuptigen Schafböckleins schlagartig ausgesetzt. Eyckes Kind hatte es plötzlich gar nicht mehr eilig, geboren zu werden. Auch etwas, was bei den Hoogerinnen bedenkliches Stirnrunzeln hervorrief. »Bei Birtes Mutter Ingken ist das nie vorgekommen«, murrten sie hinter vorgehaltener Hand.

Birte war am Verzweifeln. Alles, was sie je gelernt hatte über Geburtshilfe, hatte sie bereits zur Anwendung gebracht, und dennoch steckte das Kind im Geburtskanal fest und bewegte sich um kein Jota – mochte Birte auch noch so viel angewärmte Schafsbutter auf den aufgetriebenen Leib der werdenden Mutter schmieren. Selbst das Abbrennen von Heidekraut und das Gemurmel altfriesischer heidnischer Zaubersprüche zeigten keinerlei Wirkung. Der Kopf des Kindes steckte im Becken der Mutter fest.

Nach drei Tagen unsäglichster Quälerei, die sie nah an den Rand ihres eigenen Todes führte, brachte Eycke endlich einen toten Sohn zur Welt.

Jetzt allerdings gerieten die Hoogener völlig außer Rand und Band. Die Wogen der Empörung reichten dieses Mal bis *Feer* und *Sal,* ja, sogar bis tu feesteeg, also aufs Festland hinüber: Es war doch sonnenklar, dass Birte bei der Entbindung grobe Fehler unterlaufen sein mussten – einige sprachen in diesem Zusammenhang gar das schlimme Wort Absicht aus.

Ganz blau sei der kleine Junge gewesen, verbreiteten die Klatschmäuler, so blau, wie man noch kein einziges Neugeborenes jemals gesehen habe. Eindeutig ein Zeichen für die Hexerei der Hebamme.

Dass sich schon vor Tagen die Nabelschnur um den Hals des Kindes gewickelt und ihm die Luftzufuhr abgeschnitten hatte – davon wollte niemand etwas hören.

Selbst Eyckes glaubhafte Versicherung, sie habe schon seit einem Tag keinerlei Kindsbewegungen mehr im Leib verspürt, fand kein Gehör. Alles, was zu Birtes Entlastung diente, ging regelrecht unter in einem Wust bösartiger Andeutungen, gemeiner Verdächtigungen und haltloser Vorwürfe. Dieses Mal stand das

Urteil der Leute fest und niemand war bereit, dem Pastor noch einmal Gehör zu schenken.

Wütende Halligbewohner belagerten über mehrere Tage hinweg Birtes Hof. Wüste Beleidigungen wurden der jungen Heilerin zugerufen; sogar Steine flogen gegen ihr Haus. Zitternd stand die junge Frau in der *Dörnsk* und wagte sich nicht mehr vor die Tür. »Komm heraus, du gottloses Hexenweib!« – »Prügel verdienst du für deine Schandtaten!« – »Aufhängen sollte man dich, verdammte Höllenbrut!« Weiber jeglichen Alters kreischten vorne am steinernen Friesenwall, der als Zaun das Grundstück zum Weg hin abgrenzte, während ihre Männer, soweit sie zu Hause waren, mit geballten Fäusten drohten und Anstalten machten, Birtes rotes Backsteinhaus zu stürmen.

Allein die Ehrfurcht gebietende Person ihres Pfarrers, der schützend vor dem Eingang stand, hielt die rachelüsterne Meute davon ab, ihren Worten die entsprechenden Taten folgen zu lassen.

In den kommenden Nächten hielten Birtes Knechte freiwillig Nachtwache, als Gerüchte herumschwirrten, einige besonders Aufgebrachte planten, Birte den roten Hahn aufs ohnehin feuergefährdete Reetdach zu setzen – ein Verdacht, den man durchaus ernst zu nehmen hatte.

Es verstand sich von selbst, dass man sie nie mehr zu einem Kranken rufen würde oder zu einer Frau, die ein Kind zur Welt bringen sollte. Nur vereinzelte unerschrockene und loyale Hoogener wagten es noch, zu ihr zu gehen und sich einen Heilkräutertee oder einen gesundheitlichen Rat zu holen.

Nie würde Birte vergessen, dass es kurz darauf eines Nachts am Fensterrahmen ihrer Schlafkammer pochte. Anfangs hatte sie Angst, es könnten Angreifer sein, die sie holen kamen, um sie für etwas büßen zu lassen, woran sie keine Schuld trug. Erst als sie die Stimme des nächtlichen Besuchers erkannte, getraute sie sich, das Fenster zu öffnen.

»Was willst du, Hauke?«, hatte sie sich zögernd erkundigt, worauf der Fischer sein Anliegen vorbrachte. Er habe sich das

Kreuz verrenkt und leide unter starken Rückenschmerzen. »Ich kann nicht einmal mehr mein Boot rudern, geschweige denn das Netz auswerfen, um Fische zu fangen«, klagte er Birte sein Leid.

»Wovon sollen mein Weib und die Kinder leben, wenn du mir nicht hilfst?«, fragte er und stöhnte zum Gotterbarmen.

Für Birte war es selbstverständlich, dass sie den geplagten Mann einließ und ihm die Hand auf der schmerzenden Stelle auflegte. Nach einer Weile entließ sie ihn mit einem Tiegel Heilsalbe. Wie üblich verlangte sie nichts für ihre Behandlung – obwohl sie sich über Hauke geärgert hatte, weil er so hasenfüßig gewesen und sie nur im Schutz der Nacht aufgesucht hatte.

Nur noch ganz wenige folgten Haukes Beispiel und Birte musste wohl oder übel einsehen, dass die meisten Menschen eben keine Helden, sondern schlicht Feiglinge waren.

Dieses Mal dauerte es Monate, bis einigermaßen Ruhe auf Hooge eingekehrt war und der Sturm sich gelegt hatte.

Diese Ruhe sollte allerdings nicht von langer Dauer sein, das Schlimmste stand der jungen Frau erst noch bevor.

Im Herbst trafen für gewöhnlich die Seeleute, die auf Walfang gewesen waren, wieder zu Hause ein. Mit Bangen sah Birte dieses Mal der Ankunft Erik Ockensens entgegen. Wie würde der schwer enttäuschte Kapitän reagieren? Er und seine Frau hatten sich schon lange vergeblich ein Kind gewünscht. Würde jetzt auch er in den Chor ihrer Gegner einstimmen und ihr die Schuld am Tod seines Sohnes geben?

Richtiggehend krank fühlte sich Birte. Am einfachsten wäre es gewesen, Erik und seinem Zorn aus dem Weg zu gehen, indem sie die *Hallig* für eine Weile verließ und entfernte Verwandte auf dem Festland aufsuchte. Gondel, die um ihre junge Herrin bangte, riet ihr dringend dazu, aber trotz ihrer Angst weigerte sich Birte standhaft.

»Nein, Gondel! Mich feige davonzumachen, das werde ich schön bleiben lassen. Ich kann doch nicht mein Leben lang vor jeder Schwierigkeit weglaufen – auch wenn mir davor graut, Kapitän Ockensen zu begegnen. Der Augenblick, in dem ich ihm in die Augen schauen muss, wird der schlimmste meines ganzen Lebens sein.«

»Du bist überaus mutig, Herrin«, lobte die alte Magd den Entschluss ihrer über alles bewunderten Herrin. »Ich denke, Erik wird dich aufsuchen, um Genaueres über die Entbindung seiner Eycke zu erfahren. Aber du kannst versichert sein, Frau, sobald Ockensen sein Kommen ankündigt, werde ich im Nebenzimmer bereit sein. Und da so lange warten, bis er wieder verschwindet. Er soll ja nicht wagen, dich anzugreifen. Dich trifft an seinem und Eyckes Unglück wahrlich keine Schuld!«

Über den rührenden Eifer, der aus Gondels Worten sprach, musste die junge Heilerin sogar ein wenig schmunzeln, wenn sie darüber auch ziemlich erfreut war. Keiner ihrer Knechte hatte ihr ein vergleichbares Angebot gemacht, von den jüngeren Mägden ganz zu schweigen. Ockensen war nämlich ein sehr vermögender und nach dem Pastor der einflussreichste Mann auf der *Hallig*, bei dem es sich nicht empfahl, mit ihm in Streit zu geraten.

Als Ockensen kurz danach durch einen seiner Knechte tatsächlich anfragen ließ, ob sein Besuch bei Birte Petersen willkommen sei, verdrückte sich auf einmal ihr sämtliches Gesinde – mit Ausnahme der streitbaren Gondel.

Alle Bedenken sollten sich indes als überflüssig erweisen.

Als der Walfängercommandeur Erik Ockensen nach Hause gekommen war und anstatt einer überglücklichen Gattin und eines gesunden Sohnes nur eine niedergeschlagene, bitterlich weinende Frau und ein kleines Grab auf dem Hoogener Kirchhof vorgefunden hatte, war er anfangs vor Schmerz ganz außer sich.

Alsbald verbat er sich selbst die vermeintliche Schwäche und ging daran, sein armes Weib zu trösten, indem er Eycke seiner Liebe und unverbrüchlichen Treue versicherte und ihr glaubhaft die Hoffnung schenkte, beim nächsten Mal werde sie ganz bestimmt ein lebensfähiges Kind zur Welt bringen.

»Wir sind beide gesund und noch so jung, mein Schatz. Ich glaube fest daran, dass uns der Herr noch mit Nachkommen segnen wird!«

Als er erfuhr, wie man Birte der Totgeburt wegen das Leben schwer gemacht hatte, beschloss er spontan, sie auf der Kirchwarft aufzusuchen, um sie seines Mitgefühls und seines weiteren Vertrauens in ihre Fähigkeiten als Heilerin und Wehmutter zu versichern.

»Glaub mir, Birte«, sagte er, nachdem sie ihn in den *Pesel* gebeten hatte, »ich weiß genau um die Gefahren und Risiken einer Entbindung. Meine eigene Mutter hat dabei drei meiner Geschwister verloren und meine Schwester Frigge auf Sylt traf vor einem Jahr das Unglück, ein totes Mädchen zur Welt zu bringen. Ich und meine Eycke wissen bei Gott, wie sorgfältig und verantwortungsvoll du deiner Tätigkeit nachgehst. Weder sie noch ich haben auch nur einen Augenblick an dir gezweifelt. Allen, die dich beleidigt haben, werde ich meine Meinung dazu kundtun. Ungeheuerlich ist, was die Leute da aufgeführt haben!«

Erik tat noch ein Übriges: Er entschuldigte sich bei Birte – auch im Namen seiner Frau – für die Bosheit der Halligbewohner und dass sie Zweifel daran gehegt hätten, dass das Sterben seines Kindes allein der Wille Gottes gewesen sei. »Gleich am nächsten Sonntag werde ich ihnen in der Kirche noch vor der Predigt meine Ansicht der Dinge darlegen«, versprach er.

Seine schlichten Worte rührten Birte zu Tränen. Sie hatte mit den schlimmsten Vorwürfen, ja sogar mit einer Anklage bei den herzoglichen Beamten in Gottorf oder den dänischen Ratsmännern gerechnet, die auf Hooge und einem Teil der Inseln das Sagen hatten.

Zwar hatte sie Erik bisher schon als einen Mann gekannt, der nicht nur ein Herz, sondern auch einen scharfen Verstand besaß und diesen auch zur rechten Zeit gebrauchte. Wie er allerdings in einer Lage handeln würde, die wie ein Messer durch sein Gemüt als werdender Vater fahren musste – dessen war sie keineswegs sicher gewesen. Birte vermochte gar nicht mehr aufzuhören mit Schluchzen.

»Bitte, hör auf zu weinen, meine Liebe«, bat der Kapitän etwas verlegen. Wie die meisten Männer fühlte auch Erik sich unbeholfen und hilflos angesichts einer in Tränen aufgelösten Frau. Um zu beweisen, dass er ihr wirklich nichts nachtrug, sondern es mit dem Gesagten ernst gemeint hatte, trat er in der Guten Stube auf die junge Heilerin zu und nahm sie tröstend in die Arme.

»Na, na, na! Wer wird denn goor so skrekelk skrole? Aal wurd ham tu 'n guuden wään!« Wie einem kleinen Kind, das hingefallen war und sich wehgetan hatte, redete er Birte zu und streichelte ihr dabei sanft und beruhigend über den Rücken, der vor heftigen Schluchzern bebte. Wer werde denn so schrecklich weinen, alles werde sich zum Guten wenden.

Seine gut gemeinte Geste sollte sich alsbald als grober Fehler herausstellen.

Durch eine zufällig in den *Pesel* hereinplatzende Magd, die einer Auskunft der Hofherrin bedurfte und wieder einmal das Anklopfen vergessen hatte, wurde eine Lawine losgetreten, die ihresgleichen suchte.

Wie ein Lauffeuer verbreitete sich auf Hooge das Gerücht, Birte habe Eycke den Ehemann ausgespannt – etwas, das sie wohl seit Langem schon geplant habe. Jetzt glaubten auf einmal alle den wahren Sinn der jüngsten Tragödie zu verstehen: »Darum hat das arme Kind der Kapitänsfrau sterben müssen!«

Zum verabscheuungswürdigen Ehebruch gesellte sich jetzt auch noch der Vorwurf einer vorsätzlichen Mordtat an einem unschuldigen Säugling, der nicht einmal die Taufe hatte empfangen können.

Der Pastor war entsetzt. Natürlich glaubte er den böswilligen Verleumdern seiner Tochter kein Wort – aber das zählte in diesem Fall nicht viel. Als Vater der Mörderhexe galt er als Partei und sein Veto gegen Birtes Vorverurteilung war keinen Pfifferling wert.

Im Übrigen war die Magd bereit, auf die Bibel zu schwören, mit eigenen Augen gesehen zu haben, wie Erik Ockensen Birte an seine Brust gedrückt und zärtlich gehalten habe, sie gestreichelt und ihr versichert habe, alles werde sich zum Guten wenden.

Das einfältige Geschöpf log dabei keineswegs. In der Tat hatte sich ja alles genauso abgespielt – nur waren die Schlüsse, welche die Magd – und andere mit ihr – daraus zogen, die falschen.

»Was braucht's noch mehr an Beweisen?«, kreischte eine ältere Bäuerin von der Backenswarft, die sich seit Langem einbildete, selbst eine begnadete Heilerin zu sein, und die meisten stimmten ihr zu.

EINS

Die Hoogener hatten sich mehrheitlich ihre Meinung gebildet und Pastor Knudtsen rang sich endlich zu folgendem Entschluss durch: »Schweren Herzens, mein Kind, gebe ich dir den guten Rat, dich eine Weile von Hooge zu entfernen. Wenigstens, bis der ärgste Aufruhr vorüber ist.«

»Aber, liebster Papa!«, versuchte Birte ihren Vater, der schwer angeschlagen wirkte, umzustimmen. »Wenn ich mich jetzt aus dem Staub mache, scheine ich doch genau denen Recht zu geben, die mir dieses ungeheuerliche Verbrechen anhängen wollen.«

»Es geht um deine Sicherheit und um die deiner Kinder, Tochter!«, entgegnete der sichtlich um Fassung ringende Geistliche. »Ich selbst habe heute Vormittag erlebt, wie eine Gruppe von Halbwüchsigen versuchte, Jens mit dem Kopf in dem *Priel*, der hinter der Kirche verläuft, unter Wasser zu drücken! Hätte Catrina nicht so laut geschrieen, wäre ich vielleicht gar nicht aufmerksam geworden und mein Enkel hätte womöglich schweren Schaden genommen. Ich habe die Kerle daran gehindert und sie auch gehörig ausgeschimpft – wobei mir allerdings klar geworden ist, dass sie nur von den Erwachsenen aufgehetzt waren und das Ganze eigentlich mehr als großen Spaß betrachteten.«

Das überzeugte Birte schließlich. Sie selbst war bereit, einiges auszuhalten, aber sobald es ihre unschuldigen Kinder betraf, war die Lage eine andere. Sie richtete sich darauf ein, im zeitigen Frühjahr die *Hallig* zu verlassen.

*

Der Herbst war sehr kurz ausgefallen im Jahre 1708. Der Winter kam mit Schnee und Eis sozusagen über Nacht und mit ungewohnter Heftigkeit.

Die aufgeheizte Stimmung hatte sich mittlerweile ein wenig abgekühlt. Die Kunde davon, ein Anschlag habe auf den Enkelsohn ihres verehrten Geistlichen stattgefunden, hatte auf die erregten Gemüter doch einigermaßen dämpfend gewirkt – selbst auf die ärgsten Schreier. Damit wollte man nun wirklich nichts zu tun haben.

»Vertrau meinem Urteil und verlass die *Hallig*, solange noch Zeit dazu ist, meine Liebe«, insistierte der Pastor dennoch in regelmäßigen Abständen, da seine Tochter in ihrem Entschluss, Hooge eine Weile den Rücken zu kehren, erneut schwankend geworden schien.

»Es handelt sich bestimmt nur um eine Atempause. Glaub mir, sobald es wärmer wird, geht die Hexenjagd gegen dich von neuem los! Du kannst versichert sein, dass ich während der Zeit deiner Abwesenheit meine Enkel wie meinen eigenen Augapfel hüten werde.«

Daraufhin überschlugen sich Birtes Gedanken förmlich. Als Frau schneller Entschlüsse kam sie dieses Mal auch rasch zu einem Ergebnis.

»Nun gut, Papa! Ich denke, dass Ihr Ratschlag ein wohl durchdachter ist. Ich werde Hooge Lebewohl sagen. Aber auf keinen Fall werde ich meine Kinder im Stich lassen. Wenn, dann gehen wir nur zu dritt. Ohne die beiden hätte ich keine ruhige Minute mehr – auch wenn ich an Ihrem guten Willen und Ihrer Kompetenz keinen Augenblick lang zweifle, liebster Papa. Ich werde mir also geschwind etwas einfallen lassen, wie ich zu meinem eigenen Schiff, der *Meerjungfrau,* gelangen kann, die im Augenblick im Amsterdamer Hafen vor Anker liegt.«

Dass Birte die Kinder mitnehmen wollte, stimmte den ältlichen Pfarrer traurig. Ohne die Umtriebigkeit und das fröhliche Kinderlachen würde es sehr einsam um ihn werden. Aber er war froh, dass seine Tochter endlich Einsicht zeigte.

»Tu das, meine Liebe, und zwar bald. Wenn ich dir behilflich sein kann, bin ich gerne dazu bereit. Es wird angesichts der besonderen Umstände nicht einfach sein, dorthin zu kommen.«

Obwohl sie eine sehr empfindsame Frau war, die jedoch am Ende meist den Verstand über das Gefühl dominieren ließ, fiel es Birte dieses Mal sehr schwer, jeden Tag nach außen hin die Fassung zu bewahren.

Nur in der nächtlichen Einsamkeit ihrer *Komer*, wenn sie allein in ihrem Wochbaad lag, dem in Friesland üblichen Wandschrankbett, gestattete sie es sich, die kühle Maske abzulegen, die tagsüber ihre Dienstboten und meistens auch die Kinder zu sehen bekamen. Dann weinte sie hemmungslos aus Enttäuschung über die Undankbarkeit und Treulosigkeit der Menschen, denen sie im Laufe der Jahre bei Krankheiten schon geholfen hatte und die nun über sie herfielen, ohne einen Augenblick darüber nachzudenken, ob die Vorwürfe einer Überprüfung standhielten.

»Diese Narren trauen mir wirklich zu, ein kleines Kind absichtlich sterben zu lassen – um leichter dessen Vater für mich zu gewinnen!«, schluchzte sie immer noch fassungslos.

Regelmäßig überkam sie heiße Wut über so viel Niedertracht ausgerechnet bei denen, die ihre Familie und auch sie von Kindheit an als gottesfürchtige, mildtätige Menschen kannten und die bisher nur Wohltaten von ihr selbst und der Pastorenfamilie empfangen hatten.

Mit geballten Fäusten hieb sie auf ihr Kissen ein und stellte sich vor, es handele sich um das blöde, feixende Gesicht eines besonders lauten Krakeelers.

Als Pastor Knudtsen davon gesprochen hatte, es werde nicht einfach sein, nach Amsterdam zu kommen, hatte er noch sehr untertrieben. Es gestaltete sich zu einem nahezu unlösbaren Problem.

Birte war seit Kurzem im Besitz einer schönen Zweimastbrigg, die im Hafen von Amsterdam lag. Ein vermögender kinderloser Verwandter auf der Insel Föhr hatte sie nach seinem Tod zur Überraschung aller zu seiner Alleinerbin eingesetzt und sie hatte einen Großteil des Barvermögens in den Erwerb und Umbau eines Seglers investiert.

Er jagte in nördlichen Gewässern nach Walen unter der Leitung eines von ihr *angeheuerten Commandeurs* und einer Mannschaft, die der wiederum nach eigenem Gutdünken ausgesucht hatte. In diesem Jahr würde die *Meerjungfrau* bereits zum dritten Mal auf Walfang gehen.

Als Schiffseignerin stand es ihr jederzeit frei, an Bord zu gehen und mitzusegeln. Die Frage war jetzt nur: Wie sollte sie rechtzeitig, das heißt, bis zum Beginn der Walfangsaison, nach Amsterdam gelangen?

Jannes Fischerboot war seinerzeit mit ihm im Meer versunken; aber ihr Vater besaß noch einen kleinen uralten Kahn, mit dem einer ihrer Knechte sie und die Kinder nach Wyk auf Föhr rudern konnte.

Dort war zu Anfang des Monats Februar, am *Piadersdai*, der traditionelle Sammelpunkt der Seeleute, die von hier aus die *Schmackschiffe* bestiegen, um zu den Häfen in Holland aufzubrechen. Erst dort begaben sich Matrosen und Offiziere auf die eigentlichen großen Segler.

Genau hier hakte es. Für Birte kam eine Seereise von Wyk aus nicht in Frage. Sie wusste um den ausgesprochen schlechten Ruf, der ihr mittlerweile überall auf den Inseln vorauseilte. Sie musste damit rechnen, dass jeder Führer eines *Schmackschiffs* sich rundweg weigern würde, sie überhaupt an Bord zu lassen.

»Darüber hinaus muss ich gewärtig sein«, vertraute sie ihrer Magd Gondel an, »dass der eine oder andere Bursche sich dazu verleiten ließe, mich zu beleidigen und zu bedrohen oder gar versuchen könnte, sich mir unziemlich zu nähern.«

»Das verstehe ich gut, Frau!«

Gondel nickte so heftig, dass sich die grauen Haare aus ihrem aufgesteckten Dutt lösten. »Sie könnten denken, bei einer vermeintlichen Ehebrecherin kommt es nicht darauf an, mit wie vielen Kerlen sie sich außerdem noch einlässt. Weiß Gott, guter Rat ist teuer! Was willst du jetzt tun, Birte?«

»Ich glaube, ich habe da einen Einfall, der mir zweckdienlich erscheint. Letzte Nacht träumte ich davon, dass ich in Amsterdam ankomme. Du weißt, meistens treffen meine Traumgesichte auch ein. Morgen ist ein guter Tag, die Vorbereitungen dazu einzuleiten. Sprich am besten während meiner Abwesenheit ein Gebet für mich, dass es auch tatsächlich klappt.«

Was sie allerdings genau vorhatte, darüber schwieg Birte sich aus und Gondel fragte auch nicht nach.

*

Ehe es dazu kommen konnte, geschah jedoch wiederum Bedeutsames und vollkommen Unverhofftes, was sie zunächst an der Ausführung ihres Plans hinderte.

Am nächsten Morgen, in aller Herrgottsfrühe, pochte jemand heftig an die an Friesenhäusern übliche Klönschnackdoor. Gondel und Birte waren als Einzige schon wach und wollten sich gerade in der *Koögen* zum Frühmahl niederlassen. Gondel stellte den Breitopf, den sie auf den Tisch hieven wollte, wieder auf die Herdplatte zurück und eilte zum Hauseingang.

Sie wollte unbedingt vermeiden, dass Birte in der noch herrschenden Finsternis zur Tür trat. Wer konnte wissen, welcher Kerl sich möglicherweise davor aufgebaut hatte? Vielleicht einer, der Übles mit ihrer Herrin im Sinn hatte.

Auch Birte selbst war irritiert, wer zu so ungewöhnlicher Tageszeit etwas von ihr wollen könne, Heilungssuchende kamen so gut wie keine mehr. Dieser Morgen bot eine Ausnahme. Gondel führte eine noch junge, in mehrere wollene Tücher eingehüllte Frau in die warme *Koögen*. Schüchtern bat sie die Hausherrin darum, sie möge sich ihre Beine ansehen, die ihr angeblich in zunehmendem Maß gewisse Schwierigkeiten bereiteten.

»Na, Sissel Brevensen, dann lass mich deine Beine mal anschauen«, ermunterte Birte die nicht wenig verlegene Bauersfrau, die kaum noch einen Fuß vor den anderen zu setzen vermochte. Sie schien unter schrecklichen Schmerzen zu leiden und Birte ließ Sissel auf einem Schemel Platz nehmen, wo diese ihren langen Wollrock hochschob.

Leise ächzend quälte sie sich dann heraus aus dicken grauen Strickstrümpfen.

»Jiisus Krast!«

Gondel schlug die Hände über dem Kopf zusammen und verzog leicht angeekelt ihr Gesicht. Ein Verhalten, das ihr einen unwilligen Blick ihrer Herrin eintrug.

»Stell dich gefälligst nicht so an, Gondel, sondern hilf mir lieber, Sissel Brevensen möglichst bequem auf der Ofenbank zu lagern, damit ich mit der Behandlung anfangen kann!«

Als Birte das Zögern ihrer betagten Magd bemerkte, fügte die junge Heilerin um einiges schärfer hinzu: »Und erzähl mir jetzt nicht, du habest vorher noch nie ein offenes Bein gesehen, ja?«

»Freilich, Frau, freilich«, beeilte sich Gondel, die rot geworden war, zu versichern. »So etwas kommt ja leider nicht selten vor.«

Trotz ihres fortgeschrittenen Alters – das im Übrigen niemand genau kannte – noch sehr rüstig, griff Gondel beherzt zu und half Birte, die gepeinigte Bäuerin und Frau eines Fischers so zu betten, dass sie einerseits am wenigsten zu leiden hätte und zum anderen eine Behandlung am einfachsten möglich wäre.

Während sie Sissel noch etliche mit Schafwolle gefüllte Kissen in den Rücken stopfte, lagerte Birte beide ab den Knien monströs angeschwollene Beine auf einen Hocker, schob ihr erneut den langen Kleidersaum hoch und streifte ihr behutsam die bereits heruntergekrempelten Strümpfe gänzlich ab.

Beim Anblick der blau verfärbten Unterschenkel, versehen mit daumendicken violetten Venensträngen, die sich schlangengleich unter der Haut der Schienbeine hinzogen, und der Waden, die talergroße, blutverkrustete Wunden aufwiesen, musste selbst Birte schlucken.

»Wie lange leidest du schon daran, Sissel?«, fragte sie leise.

Sie bemühte sich, gleichmütig dreinzuschauen; Dirck Brevensens Frau war gestraft genug und es brächte gar nichts, die Ärmste noch mehr zu verunsichern. Sie war immerhin die Mutter von vier unmündigen Kindern.

Jeder auf Hooge wusste, dass das, was Dirck jeden Herbst als Heringsfischer nach Hause brachte, häufig hinten und vorne nicht reichte – da er das meiste seiner *Heuer* schon verspielt und vertrunken hatte, bevor er im September oder Oktober die Schwelle seiner armseligen Hütte überschritt. In über fünfzehn Jahren Fischertätigkeit hatte er es nicht geschafft, wenigstens so viel beiseite zu legen, dass es für ein eigenes Boot reichte.

Sissel, eine wackere Friesin, war sich für keine Arbeit zu schade. Um die Ihren einigermaßen über Wasser zu halten, verdingte sie sich als Magd in fremden Ställen, half bei der Ernte auf den Feldern von anderen, schnitt Reet für die Hausdächer der Nachbarn und war zur Stelle, sobald es im Herbst auf Föhr ans Fischräuchern ging.

Sie übernahm auf Hooge und den Inseldörfern Näh- und Flickarbeiten sowie Tätigkeiten als Küchenhilfe oder Beiköchin, wo und wann immer in besseren Haushalten Feste gefeiert wurden, bei denen es galt, viele Gäste zu beköstigen.

»Eigentlich machen meine Beine schon seit Monaten nicht mehr richtig mit«, gab Sissel kleinlaut zur Antwort. »Aber, du weißt ja, Birte, dass ich mitarbeiten muss, wenn ich meine Kleinen satt kriegen will. Dirck hat zwar letzten Sommer über ganz ordentlich verdient, aber er hatte Schulden, und so …« Die zwar an Jahren noch junge, aber abgeschundene und um viele Jahre älter aussehende Frau verstummte vielsagend.

»Ich kann es mir schon denken«, kam Birte ihr zu Hilfe. »Da ist nicht mehr viel Geld übrig geblieben. Du hast dich wieder als Haushaltshilfe verdingt und dich dabei heillos übernommen, meine Liebe! Es wird seine Zeit dauern, ehe du wieder normal wirst gehen können – vor allem schmerzfrei.«

Unversehens brach Sissel in Schluchzen aus. »Aber ich muss für meine Kinder sorgen«, schickte sie sich an, ein tränenreiches Lamento anzustimmen.

»Da mach dir mal keine Sorgen. Solange du nicht laufen kannst, werde ich deine Kleinen zu mir auf den Hof nehmen, während du hier zur Behandlung und Pflege bleiben musst. In diesem Zustand lasse ich dich nämlich nicht mehr nach Hause gehen.«

Resolut wandte die junge Frau sich an ihre Lieblingsmagd: »Gondel, sag Omme Bescheid, dass er den Braunen vor den Schlitten spannen soll, um Sissel Brevensens Kinder so schnell wie möglich zu uns zu holen.«

»Aber, aber …«, fing die Fischersfrau an, weitere Einwände vorzubringen: »Das geht nicht, Birte! Ich will dir keine Umstände machen. Und was wird Dirck sagen, wenn er kein Essen vorfindet, sobald er aus dem Dorfkrug heimkehrt?« Allerdings konnte man ihr die Erleichterung bereits ansehen.

»Wer es sich nicht leisten kann, seine Familie anständig zu versorgen, der braucht auch nicht ins Wirtshaus zu gehen, um noch den letzten Rest Geld zu versaufen«, empörte sich Gondel.

Auch Birte winkte ab. »Soll er nur zu mir kommen und sich beschweren, dein lieber Mann! Ich werde ihm dann schon klarmachen, dass es auch in seinem Sinn ist, wenn deine Beine bald wieder in Ordnung sind, Sissel.«

Insgeheim war die Heilerin jedoch keineswegs so sicher, wie zu sein sie sich den Anschein gab. Vor allem die verräterischen Hautverfärbungen gaben ihr zu denken. Vermutlich war Schmutz in die offenen Wunden geraten, der das Fleisch entzündet hatte. Sie hoffte, die Frau habe sich keine Blutvergiftung zugezogen. Vier kleine Kinder wären in der alleinigen, zweifelhaften Obhut eines dem Trunk ergebenen Vaters arm dran.

Unwillkürlich entrang sich Birte ein abgrundtiefer Seufzer. Der Winter 1708 auf 1709 hatte sich wahrlich schlimm angelassen. Auf Hooge und den Inseln gab es zahlreiche arme Familien, deren Ernährer in der im Herbst zu Ende gegangenen Walfangsaison zu wenig oder gar keinen Gewinn erzielt hatten.

Verursacht durch mehrere Orkane hatten sich nämlich zwei schlimme Unglücksfälle auf See ereignet, bei denen der eine betroffene Segler vollkommen, der andere immerhin schwer beschädigt worden war. So war für die darauf verpflichteten Seeleute diese Saison ohne Gewinn abgegangen.

Für die einfachen Matrosen bedeutete das beträchtliche Heuerausfälle, während Offiziere wie etwa *Commandeur*, Steuermann, *Bootsmann, Küper* und auch die *Harpuniere* von der Reederei immerhin einen anständigen Grundbetrag erhielten, gleichgültig, wie das Fangergebnis ausgefallen war.

Freilich hatten, wie bei solchen Pechsträhnen üblich, ihr Vater sowie die drei Föhringer Inselpastoren aufgerufen zu Spendenaktionen für die Notleidenden; trotzdem war die Lage für alle Betroffenen übel. At hongerspuuk ging wieder einmal um in Nordfrieslands Inselwelt.

Im Augenblick bereitete Birte jedoch weniger das umgehende Hungergespenst als vielmehr Sissels Zustand Sorge. Allein mit den gängigen Heilmethoden wie Kräuterzugsalben und Ähnlichem würde sie hier vermutlich nicht mehr allzu viel ausrichten können. Sie würde es zusätzlich mit Handauflegen versuchen. So, wie sie es schon ein paarmal erfolgreich in Fällen angewendet hatte, wo sonst nichts mehr Heilung versprach.

Sie griff keineswegs gern zu dieser Methode. Nicht, weil sie es sich nicht zutraute, sondern weil sie damit bei den Leuten immenses Aufsehen erregte – wobei es in der Vergangenheit immer wieder etliche gegeben hatte, die hinter ihrem Rücken von verbotenen Zauberkünsten raunten. Jetzt, wo sie auf Hooge sowieso schon nahezu eine Verfemte war, würde der Aufschrei noch lauter sein.

Ohne den Rückhalt durch ihren Vater hätte man sie schon längst der *Hallig* verwiesen, dachte sie grimmig. Oder man hätte ihr tatsächlich noch Schlimmeres angetan.

»Lass mich jetzt die Löcher in deinen Beinen versorgen, Sissel. Sie machen mir etwas Kummer, da sich darin eine Menge Eiter gebildet hat.«

Birte wandte sich erneut an Gondel, die immer noch neben ihr stand und missbilligend dreinschaute. Dass ihre Herrin die Patientin samt deren Kindern im eigenen Haus aufzunehmen gedachte, gefiel ihr offensichtlich nicht besonders. Vermutlich rechnete die Magd mit dem zornigen Protestgehabe des häufig angetrunkenen Ehemanns.

»Stell einen Eimer mit Wasser auf den Herd, dann bring mir ein halbes Dutzend reine Leinenlappen aus meiner *Komer* sowie meine Beinwellsalbe und das übliche Verbandszeug, Gondel«, forderte Birte die ältere Frau mit leiser, aber sehr bestimmter Stimme auf.

»Danach geh endlich und such Omme. Heiß ihn mit dem Schlitten zu Dirck Brevensens Haus zu fahren, um schleunigst Sissels vier Kinder herzubringen. Die Kleinen ängstigen sich sonst, wenn ihre Mutter so lange fort bleibt. Und falls er Dirck über den Weg laufen sollte, soll Omme ihm ausrichten, er möge sich zu mir auf den Hof auf der Pfarrwarft bemühen, falls es ihn überhaupt schert, was mit seiner kranken Frau geschieht!«

Gondel, die wusste, wann es besser war, ihrer Herrin nicht zu widersprechen, setzte den Wassereimer auf den Herd und verließ danach die *Köögen,* um zu tun, was man ihr aufgetragen hatte.

Dass Birte Kranke oder Leidende bei sich im Haus beherbergte, war bisher so gut wie nie vorgekommen, wenigstens nicht für längere Zeit. Die abgeschundene Frau des Fischers war ein Sonderfall.

Dirck war es nämlich zuzutrauen – vor allem, wenn er Alkohol getrunken hatte – dass er sein Weib zum Aufstehen zwang, damit sie ihm das Essen zubereitete und außerdem alle möglichen Haus- und Feldarbeiten verrichtete, zu denen er selbst zu faul war. Ganz undenkbar erschien es Birte etwa, dass Dirck sich bereitfände, seine beiden Jüngsten zu wickeln und zu füttern.

Nachdem Birte Sissels Wunden sorgfältig gereinigt hatte – wobei es der armen Frau nicht immer gelang, ein Aufstöhnen zu unterdrücken, obwohl sie sich tapfer bemühte, die Zähne zusammenzubeißen – schickte die junge Heilerin sich an, beide Unterschenkel mit Heilsalbe zu bestreichen und locker zu verbinden, um die offenen Stellen nicht noch zusätzlich zu reizen.

Ehe ans Auflegen der Hände auch nur zu denken war, mussten die betroffenen Hautstellen zumindest oberflächlich zugeheilt sein.

»Ich würde sonst womöglich mit meinen Fingern erneut ganz feinen Staub aufs wunde Fleisch übertragen«, erklärte Birte der enttäuschten Fischersfrau, die offenbar geglaubt hatte, die Heilerin werde umgehend mit dem Handauflegen beginnen.»Erst muss sich auf den offenen Löchern eine neue dünne Haut gebildet haben. Das kann ein, zwei Tage dauern. Ein klein wenig Geduld musst du schon aufbringen, Sissel.«

ZWEI

Um in den Schneemassen nicht bei jedem einzelnen Schritt einzusinken und damit unnötig Zeit zu verlieren, schnallte Birte sich in der Diele ihres Hauses Schneeschuhe unter die Seehundsfellstiefel und verließ ihr Zuhause, die Kirchwarft.

Nachdem Sissel Brevensens Beine wieder halbwegs in Ordnung waren und die Frau erneut ihre häuslichen Verrichtungen zu erledigen imstande war – wobei ihr Mann Dirck sich einsichtig gezeigt und versprochen hatte, nicht mehr zu trinken und Sissel fortan zu unterstützen – wollte Birte sich jetzt um ihre eigenen Angelegenheiten kümmern.

Ihr angestrebtes Ziel war die Ockenswarft, der Wohnort Erik Ockensens und seiner Frau Eycke. Hatte sie doch immerhin mehr oder weniger Erik ihr Dilemma zu verdanken, obwohl der Kapitän sich bei seiner Umarmung auch nichts Böses gedacht hatte und im Grunde genommen genauso unschuldig war wie sie selbst.

Auf dem Weg zur Ockenswarft begegneten ihr trotz des immer noch reichlich fallenden Schnees etliche Hoogener, die sie, trotz dicker Jacke und einem über Schultern und Kopf geschlungenen Wollschal, erkannten. Ein Fischer rief einem anderen sogar spöttisch zu:»Ach, sieh da, unsere vornehme Walfängerbraut wagt sich auch aus dem Haus! Hat sie keine Angst, dass sich ihrer jemand annehmen könnte als Vergeltung für ihre Schandtaten?«

Birte zog es vor, so zu tun, als hätte sie nichts gehört, und machte, dass sie weiterkam. Den Namen Walfängerbraut hatte man ihr seinerzeit angehängt, als bekannt wurde, dass sie plante, mit einem eigenen Segler ins lukrative Walfanggeschäft einzusteigen.

Nicht wenige hatten damals den Unternehmergeist der jungen Witwe bewundert und sie derart respektvoll tituliert. Andere, die neidisch waren, rümpften schon zu Anfang die Nasen, versahen die Bezeichnung mit spöttischem Unterton und meinten: »A düüwel skat altidjs bi a gratst bonk!« – auf gut Deutsch: »Der Teufel scheißt immer auf den größten Haufen!«

Birte selbst betrachtete ihren Spitznamen als großes Kompliment.

Als sie begann, die Ockenswarft hinaufzusteigen, kam ihr einer der Knechte des *Commandeurs* entgegen. Dreist stellte er sich ihr mitten in den Weg, als wollte er ihn ihr versperren.

»He! Wo willst du denn hin? Getraust du dich jetzt schon, deinen Geliebten am helllichten Tag aufzusuchen? Muss ich mir jetzt um meine Herrin Eycke Sorgen machen, dass es ihr bald so ergeht wie ihrem kleinen Sohn?«, fragte er und grinste Birte dabei frech ins Gesicht.

»Aus dem Weg, armseliger Tropf!«, blaffte ihn die junge Frau an und schubste ihn kräftig zurück. »Das bösartige Gerede wird euch allen noch einmal sehr leid tun.«

»Ja, ja! Am Sankt Nimmerleinstag, Walfängerbraut!«, höhnte der Knecht, trat aber dennoch einen Schritt beiseite, um Birte durchzulassen. Ehe sie an die Haustür pochte, schoss ihr flüchtig der Gedanke durch den Kopf, ob es tatsächlich richtig sei, was zu tun sie im Begriffe war.

Egal! Sie wollte den Stier bei den Hörnern packen. Mehr als sich weigern konnte Erik nicht. Also, auf in die Höhle des Löwen!

Nach einem Augenblick der Überraschung begrüßten Eycke, die sich von der Totgeburt wieder gut erholt zu haben schien, und ihr Mann Erik sie jedoch sehr freundlich.

Tapfer brachte Birte ihr Anliegen vor, indem sie anfragte, ob Erik sich vielleicht bemühen könnte, ihr eine Passage nach Amsterdam und zu ihrem Schiff zu ermöglichen. Es sei schließlich im

Interesse von allen, wenn sie eine Zeit lang von der *Hallig* verschwände. Selbstverständlich sei sie bereit, dafür einen ordentlichen Preis zu entrichten.

Ehe Erik noch ein Wort dazu äußern konnte, griff Eycke ein und unterstützte Birtes Wunsch lebhaft.

»Auch zu mir ist das infame Gerede über dich gedrungen, Birte! Ich glaube allerdings kein Wort davon, sondern vertraue dir voll und ganz – so, wie ich auch meinem geliebten Mann Vertrauen entgegenbringe. Natürlich werden wir dir helfen!«

Kapitän Erik blieb somit gar keine andere Wahl, er sagte sofort seinen Beistand zu. Birte würde bekommen, was sie sich gewünscht hatte.

Ockensen würde daher auf einem seiner eigenen großen Fischerboote, die für eine Fahrt bis nach Helgoland oder zu den Britischen Inseln tauglich waren, Birtes und ihrer Kinder Überfahrt nach Holland organisieren. Einer seiner vertrauenswürdigsten Männer werde den Törn unternehmen. »Und zwar unentgeltlich«, wie er betonte.

Birte widersprach lebhaft; geschenkt wolle sie nichts.

»Natürlich werde ich nichts dafür nehmen, Birte«, fiel Erik ihr gleich energisch ins Wort. »Ich finde, ich habe wirklich etwas gutzumachen. Durch meine Unbedachtheit …«

Da wurde er wiederum seinerseits von Birte unterbrochen, die ihm und Eycke herzlich dankte, ehe sie sich ganz schnell verabschiedete. Wozu alte Geschichten aufwärmen? Es drängte sie danach, die frohe Kunde daheim zu verkünden. Außerdem gab es noch eine Menge vorzubereiten für die lange Seereise, die sie zum ersten Mal in den hohen Norden führen würde.

Kapitän Erik Ockensen selbst würde ebenfalls bald die Reise nach Amsterdam antreten, um wiederum das Kommando über ein Walfängerschiff einer holländischen Reederei zu übernehmen. Dass er es tunlichst vermied, zusammen mit Birte auf einem *Schmackschiff* dorthin zu gelangen – dafür brachte die junge Frau volles Verständnis auf.

Auch ihr lag keineswegs etwas daran, den Lästermäulern einen erneuten Vorwand für Schmähungen und Verdächtigungen zu liefern, sie sei nur hinter Eyckes Ehemann her.

*

Zuletzt sehnte Birte den Tag der Abreise förmlich herbei; trotzdem fiel ihr der Abschied nicht leicht. Obwohl ihr Vater wie die meisten Friesen ein sehr zurückhaltender Mann war, was auffällige Gefühlsäußerungen anbelangte, spürte sie, wie sehr es den noch rüstigen Pastor schmerzte, für längere Zeit auf sie, aber vor allem auf seine Enkel verzichten zu müssen.

Bisher hatte er die Entwicklung der Kinder mit großem Interesse und auch mit einem gewissen Stolz verfolgt. Immerhin hatte er vor einem guten Jahr damit begonnen, den siebenjährigen Jens zu unterrichten. Zu seiner freudigen Überraschung hatte sich auch seine Enkelin Catrina mit ihren erst fünf Jahren hin und wieder bei den Unterweisungen eingefunden. Worauf der Pfarrer sich bemühte, seinen Unterricht noch kindgemäßer zu gestalten.

Umso höher rechnete Birte es ihm an, dass ihr Vater selbst den Vorschlag zu ihrer Abreise gemacht und darauf verzichtet hatte, sich mit ihr wegen des Aufenthalts der zwei zu streiten. Sie war auch ganz sicher, ihn bei ihrer Rückkehr wohlbehalten und bei guter Gesundheit anzutreffen. Andernfalls hätte eines ihrer Traumgesichter sie vorgewarnt.

Was Gondel anbetraf, war Birte zwiegespalten. Einesteils war die robuste alte Frau gesund und nichts deutete auf ihr baldiges Ableben hin. Dennoch hatte Birte kurz vor der Abfahrt einen merkwürdigen Traum gehabt, der ihr bezüglich ihrer Lieblingsmagd Sorgen bereitete. Es schien, als habe Gondel eine schwere Krise zu bewältigen, deren Ausgang im Traum aber nicht ganz deutlich gewesen war.

Die Fahrt nach Holland würde je nach Windstärke und Witterung zwischen vier und sechs Tagen dauern, wurde Birte versichert. So lange brauchten auch die *Schmackschiffe*, die von Föhr aus Amsterdam ansteuerten.

Die kleinen Küstensegler fuhren meist ab dem 15. Februar auch nach Rotterdam, Dordrecht oder Zaandern. Dort stiegen die Seeleute auf die großen Walfängerschiffe um. Wehte günstiger Wind, begann die eigentliche Seereise in aller Regel am 1. oder 2. März. Stand der Wind allerdings ungünstig, blieben sie in den Häfen liegen, und zwar so lange, bis guter Wind wehte; bei steifem Ostwind konnte es dann allerdings losgehen.

Von Föhr aus waren es ungefähr achthundert Seeleute, die sich in das alljährliche Abenteuer stürzten. Sie würden sich später auf die großen Segler verteilen, die alle zwischen achtzig und einhundert Mann an Bord nehmen konnten. Gerade auf den kleinen Küstenseglern herrschte für die Matrosen drangvolle Enge, vor allem beim Schlafen.

Im Schiffsbauch bildete man im Allgemeinen vier Schlafreihen quer über die gesamte Breite, sodass die Füße des einen zum Kopf eines anderen reichten. Viele der Neulinge waren noch überhaupt nicht seefest und wurden prompt seekrank. Birte hatte Geschichten darüber gehört, die ihr das pure Grausen einflößten. So stellte man etwa den Jungen einen ihrer Stiefel neben ihr Kopfpolster, wohinein sie sich übergeben konnten.

Das gab einiges zu lachen bei jenen, denen auch rauer Seegang nichts ausmachte. Die Alten rauchten angeblich während der Nacht sogar ihre Stummelpfeifen, von deren Gestank allein einem schon schlecht werden konnte. Abends wurden die Luken dichtgemacht, um die kalte Nachtluft auszusperren und zu verhindern, dass Meerwasser ins Schiffsinnere eindringen konnte.

Machte man am Morgen die Luken im Schiffsbauch wieder auf, stiegen Tabaksdunst und der Gestank menschlicher Ausdünstungen in dicken Schwaden hoch. Wobei es verwunderlich war, dass über Nacht keiner der wie Heringe im Fass aneinander gequetschten Seeleute erstickt war.

Das alles blieb Birte und ihren Kindern zum Glück erspart. »So hat alles auch sein Gutes«, fand Gondel, als sie ihre Herrin zum

Anlegeplatz auf Hooge begleitete – der Pastor war wohlweislich daheim geblieben –, wo bereits Eriks Boot, ein schmuckes nagelneues Exemplar, samt seinem Bootsführer auf sie wartete.

Birtes einziger Wunsch war es, rechtzeitig im Amsterdamer Hafen anzukommen, um die Ausfahrt ihres eigenen Seglers ja nicht zu verpassen. Auf die Schönheit des Bootes, das sie dorthin brachte, kam es ihr dabei nicht an.

Jens und Catrina waren Feuer und Flamme angesichts der Aussicht, die nächste Zeit auf dem Wasser verbringen zu dürfen. Jens, ein für sein Alter großer und kräftiger Junge, war im Gegensatz zu seinen Alterskameraden ein ausgezeichneter Schwimmer. Catrina, seine hübsche zierliche Schwester, versuchte hier wie in den meisten Dingen dem großen Bruder nachzueifern.

Nur die wenigsten Erwachsenen vermochten sich längere Zeit über Wasser zu halten; selbst bei Seeleuten war die Anzahl der Nichtschwimmer außerordentlich hoch, worüber sich Birte, die sich im Wasser wohlfühlte wie ein Fisch, immer lustig gemacht hatte. Erst durch Janne Ketelsen, ihren viel zu früh verstorbenen Ehemann, hatte sie erfahren, dass es durchaus einen guten Grund dafür gab.

»Fällt ein Kerl über Bord in die kalte See, hat er nur eine gewisse Aussicht zu überleben, wenn man ihn schnell genug herausfischt. Was allerdings selten genug der Fall ist. Dauert die Rettungsaktion längere Zeit, tötet ihn unweigerlich die eisige Kälte. Stell dir nun vor, Birte, der Mann kann schwimmen. Er wird verzweifelt versuchen, sich um alles in der Welt über Wasser zu halten – um letztlich dann doch zu sterben! Hat er es allerdings nicht gelernt, geht er ganz schnell unter und hat nicht lange zu leiden.«

Diese bittere Konsequenz vermochte Birte zwar irgendwie nachzuvollziehen; dennoch ermunterte sie ihre Kinder dazu, sich im nassen Element zurechtzufinden.

Sowohl Jens als auch Catrina fieberten dem Augenblick entgegen, endlich Mutters Segelschiff mit eigenen Augen zu sehen. Vor allem der siebenjährige Junge löcherte Birte mit allerlei Fragen über den Zweimaster.

Wie lang und wie breit das Schiff denn sei und wie groß sein Tiefgang, wollte er wissen und die genaue Höhe der beiden Masten und darüber hinaus noch so einiges, wovon seine Mutter nicht die geringste Ahnung besaß. Dennoch freute sich Birte über das Interesse ihres Sohnes. Gewiss würde er einst stolzer *Commandeur* seines eigenen Walfängers werden.

Catrina mit ihren fünf Jahren waren die technischen Details der Zweimastbrigg herzlich gleichgültig; sie erkundigte sich lieber danach, wie und wo man auf einem Schiff schlafe. »Gibt es dort auch richtige Betten, Mama?«

Bisher hatte die Kleine Matrosen nur über den Gebrauch von Hängematten sprechen hören. Auch was es zu essen gäbe, war Catrina ein Anliegen. Als der junge Fischer – und im Augenblick ihr Bootsführer nach Holland – Haarke Drefsen, ihr klarmachte, dass jedes größere Segelschiff eine Kombüse habe, in der ein eigener *Smutje* das Regiment führe und den Kochlöffel schwinge, klatschte das aufgeweckte Mädchen in die Hände und rief: »Dann will ich mir von diesem Herrn *Smutje* jeden Tag etwas ganz Besonderes wünschen!« Weder sie noch ihr Bruder verstanden, weshalb die Erwachsenen daraufhin in schallendes Gelächter ausbrachen.

Birte, die bisher noch nicht weiter als bis nach Sylt gesegelt war, war ungeheuer berührt von den mannigfachen Eindrücken, die nun auf sie einstürmten. Obwohl auf einer kleinen *Hallig* aufgewachsen und infolgedessen mit dem Meer gut vertraut, war es doch eine ganz andere Erfahrung, für einige Zeit keinen festen Boden unter den Füßen zu haben, sondern das mehr oder weniger heftige Spiel der anrollenden Wellen direkt zu verspüren – als ritte man auf einem heftig atmenden, lebendigen Wesen.

Für die Kinder war es simpler. Jens und Catrina nahmen das nasse Element mit all seinen Facetten als ganz natürlich gegeben hin und hatten einfach nur ihren Spaß daran. Je mehr das Boot bei steifer Brise schaukelte, dass die Wellen beinah über die Bordwand schwappten, desto lauter kreischten die beiden vor

Vergnügen – von Angst oder Übelkeit war da keine Spur. Jens ging Haarke nach Kräften beim Segeln zur Hand. Wobei er sich laut Drefsen gar nicht so dumm anstellte.

Auch Birte litt nicht unter der unangenehmen Seekrankheit, was sie angesichts ihres Vorhabens sehr erleichterte. Bei ständigen Magenproblemen wäre die Aussicht auf einen Törn zu den weit entlegenen Walfanggründen der reinste Albtraum gewesen.

Nachdem sie die Nordfriesischen Inseln hinter sich gelassen hatten – gerade noch ein Stückchen von Amrum konnten sie erspähen –, erreichten sie die Deutsche Bucht, näherten sich den Ostfriesischen und im Anschluss daran den Westfriesischen Inseln, die man im Dunst lediglich andeutungsweise zu sehen vermochte, ehe man endlich im holländischen Amsterdam ankam.

Der Tag ihrer ersten Ankunft in Amsterdam war für Birte und ihre Kinder höchst denkwürdig. Eine reiche und vornehme Stadt von dieser Größe mit wunderschönen, bunten und vier oder fünf Stockwerken hohen Häusern mit verzierten Giebeln, die meisten an Kanälen, den so genannten Grachten, gelegen, war für Halligbewohner einfach zauberhaft! Für Birte Petersen, die noch nie eine größere Ortschaft als Naiblem auf Föhr gesehen hatte, gestaltete sich der erste Eindruck geradezu überwältigend.

Gleich ihren Kindern sperrte die junge Frau die Augen weit auf beim Anblick der Unmenge an himmelhoch aufragenden Schiffsmasten von gewaltigen Seglern, die, mit mächtigen eingerollten Leinwandballen und gewaltigen Schiffsaufbauten, noch vertäut im Hafen lagen und ungeduldig der Ausfahrt in die weite Welt zu harren schienen.

Schließlich kam der wichtigste Moment in ihrem bisherigen Leben: Die drei sahen zum ersten Mal ihr eigenes Schiff. Es war eigentlich eher dem Zufall zu verdanken, dass sie bei ihrem von Haarke Drefsen angeführten Spaziergang durch das umfangreiche Hafenareal unversehens auf die *Meerjungfrau* stießen.

Birte hatte sich bereits darauf eingestellt, erst den Hafenmeister im Hafenamt, das am Eingangsbereich des Hafens platziert war, nach dem genauen Liegeplatz ihres Schiffes fragen zu müssen.

Nicht nur Jens war hellauf begeistert. Seine Mutter vergoss sogar ein paar Tränen, wofür sie sich allerdings gleich schämte und die sie umgehend energisch wegwischte, als ihr Sohn verständnislos ausrief:»Mama, warum weinst du denn? Unser Schiff ist doch wunderschön!«

Ihrem Töchterchen allerdings jagten die vielen bärtigen, lebhaft gestikulierenden und schreienden Männer an der Pier anfangs eine gewisse Angst ein, zumal viele von ihnen eine Sprache benutzten, die sie nicht verstehen konnte.

Auch dass einige der durchwegs nicht nur Bärte tragenden, sondern auch noch an den Armen, am Hals und der teilweise entblößten Brust tätowierten Matrosen goldene Ringe in den durchstochenen Ohrläppchen trugen oder eine schwarze Augenklappe und ein rotes Kopftuch, war neu für das kleine Mädchen.

Jens erinnerten sie an Piraten, die er in einem Buch seines Großvaters gesehen hatte. Er beschloss, später, wenn er erwachsen wäre, genauso aussehen zu wollen. Als Catrina das hörte, tippte sich die Kleine vielsagend an die Stirn.

Auf der *Meerjungfrau* schien sich im Augenblick niemand aufzuhalten, so marschierten alle nach der ersten äußeren Begutachtung wieder zurück zum Hafeneingang, wo sich die Hafen- und die Zollbehörde befanden. Während die junge Frau die Formalitäten erledigte, wollte Drefsen ihr Gepäck von seinem Boot herunterholen und beim Hafenamt abladen.

Es war nun an der Zeit, sich von Haarke Drefsen, dem liebenswürdigen, von Erik Ockensen verpflichteten Bootsführer zu verabschieden. Auch die Kinder bedankten sich artig für seine Umsicht, wobei ihm Birte einen Beutel mit einer ansehnlichen Summe in die schwielige Hand drückte.

»Keine Widerrede, du hast es dir redlich verdient, Haarke!«, wehrte sie seinen Protest ab.»Ich bin es gar nicht mehr gewohnt, von jemandem auf Hooge Freundlichkeiten zu empfangen. Zum Schluss haben mich dort alle wie eine Aussätzige behandelt.«

»Grämt Euch nicht, Frau Birte!«

Der aufrechte Bursche nahm höflich seine Mütze ab und verbeugte sich vor ihr. »Über kurz oder lang haben die Leute alles vergessen. Sie werden froh sein, wenn Ihr zurückkehrt und sie wieder eine Heilerin auf der *Hallig* haben!«

Daran wollte auch Birte gern glauben. Nur was das »über kurz oder lang« anbelangte, hatte sie so ihre Bedenken. Sie rechnete damit, dass viele Monate, womöglich Jahre ins Land gehen müssten, ehe sich die Wogen auf Hooge wieder geglättet hätten.

»Im Herbst werden wir weitersehen«, kündigte sie an und trug Haarke schöne Grüße an Eycke und Erik Ockensen auf.

Mit dem Pastor war vereinbart worden, dass dieser im Spätsommer, wenn die Walfangsaison allmählich ihrem Ende zuging, einen Brief an seine Tochter schreiben würde, worin er ihr Bescheid gäbe, wie sich die Lage auf Hooge mittlerweile darstelle. Das Schreiben sollte durch einen Boten bei der Schifffahrtsbehörde im Amsterdamer Hafen hinterlegt werden, wo sie es bei ihrer Rückkunft abholen konnte.

Sollte der Bescheid schlecht ausfallen, würde Birte mit ihren Kindern bei einer entfernten Verwandten ihrer verstorbenen Mutter in Gottorf überwintern, der herzoglichen Stadt auf dem schleswig-holsteinischen Festland.

DREI

Es war nun an Birte, das Hafenamt aufzusuchen, um sich erstens beim *Wasserschout* als Eignerin der *Meerjungfrau* vorzustellen, sich auszuweisen und anzumelden als Mitfahrende, und um zweitens zu erfahren, wo genau in dem riesigen Hafengelände sich ihr Schiff eigentlich befand. Nie im Leben hätte sie es nämlich wiedergefunden. Angesichts der Menge an riesigen, größeren und kleineren Seglern konnte man leicht den Überblick verlieren.

Außerdem musste sie, drittens, den leidigen Gepäcktransport zur *Meerjungfrau* organisieren.

Birte fiel sofort auf, dass hier alles Routine und jeder irgendwie mit der Seefahrt zusammenhängende Vorgang bestens eingespielt war. Der Empfang durch die umsichtigen Herren der holländischen Seefahrtbehörde war ein überaus höflicher und liebenswürdiger.

Der Leiter der Behörde, ein Mijnheer van Breeken, begrüßte sie persönlich und nahm sich besonders viel Zeit für die schöne junge Dame und ihre reizenden Kinder.

Selbstverständlich würde man Madame einen Führer mitgeben, der sie zu ihrem Schiff geleitete. Mijnheer van Breeken bot ihr sogar an, sie und die Kinder mit einem Pferdewagen zur *Meerjungfrau* bringen zu lassen. Das lehnte Birte allerdings dankend ab; das Wetter war freundlich und ein weiterer Spaziergang tue allen gut. Man hatte tagelang kein festes Land mehr unter den Füßen gespürt und würde dies auch für lange Zeit nicht mehr haben.

Der Transport ihrer Sachen war ebenfalls kein Problem. Niemand mutete einer Dame zu, ihr Gepäck selbst zu schleppen. »Sie sind schließlich kein Matrose, Madame, der sein Zeug, in einem Seesack verstaut und über die Schulter gehängt, selbst an Bord hievt«, stellte der Hafenmeister fest und grinste freundlich.

Im Hafenamt war es auch, dass Birte Petersen den von ihr vor zwei Jahren angestellten *Commandeur* Mikel Frödesen zum ersten Mal von Angesicht zu Angesicht kennen lernte. Bisher hatten sie alles schriftlich vereinbart; auch die jährliche Abrechnung über den erbeuteten und vermarkteten kostbaren Waltran war über eine Kanzlei in Amsterdam gelaufen.

Frödesen, ein gebürtiger Sylter aus einer alteingesessenen Seefahrerfamilie, hatte bisher einen großen Teil seines privaten Lebens auf Island verbracht. Dort lebte auch sein Sohn, den er mit einer aus Grönland stammenden Inuitfrau gezeugt hatte – »ohne allerdings mit ihr verheiratet zu sein« – wie er Birte sofort freimütig eingestand.

Ehrlichkeit schien eins seiner charakterlichen Merkmale zu sein. Ausgehend von seinen peniblen und überaus korrekten Abrechnungen, die er bisher über die Verkäufe des Waltrans erstellt hatte, war dies bereits Birtes Vater angenehm aufgefallen.

Der ein wenig misstrauische Pastor hatte Frödesens exakte Aufstellungen – obwohl beglaubigt von den holländischen Kanzlisten – noch einmal sorgfältig überprüft und nicht das Geringste daran auszusetzen gefunden.

Genauso verhielt es sich mit den Löhnen der Matrosen und den Aufwendungen für Reparaturen an Bord, für Werkzeuge und sonstige Dinge – wobei letztere allesamt überaus moderat ausgefallen waren. Die Männer schienen sehr sorgsam mit dem ihnen anvertrauten Eigentum umgegangen zu sein.

Die Offenheit, mit der Mikel die Schiffsherrin nun sehr genau betrachtete, hatte nichts mit Unverschämtheit zu tun, sondern bezeugte nur sein aufrichtiges Interesse an der Frau, für die er und die von ihm ausgewählte Mannschaft seit einiger Zeit arbeiteten.

Was er zu sehen bekam, schien ihm außerordentlich gut zu gefallen: eine hochgewachsene, schlanke, gut aussehende, aschblonde Frau mit einzelnen, von der Sonne gebleichten helleren Strähnen, elegant gekleidet, ohne übermäßig herausgeputzt und mit Schmuck behängt zu sein, wie es bei den Ehefrauen wohlhabender Schiffseigner in aller Regel der Fall war. Ihr zu einem dicken Knoten zusammengefasstes Haar bedeckte ein durchsichtiger graublauer Schleier, der farblich mit ihrem in taubenblau gehaltenen, bis fast zum Boden reichenden Kleid ausgezeichnet harmonierte.

Als er erfuhr, dass sie vorhatte, mit zwei Kindern an Bord zu kommen, um die Walfangsaison mit ihnen zusammen zu erleben, erstaunte ihn das zwar im ersten Moment, aber er billigte es augenblicklich. Instinktiv schätzte er Birte richtig ein, als eine nicht nur schöne und interessante Frau, die keiner Laune nachgab, sondern die das Herz auf dem rechten Fleck hatte. Mit ihr an Bord würde es keine Schwierigkeiten geben – da war er sich nahezu sicher.

Auch Birte ihrerseits unterzog *Commandeur* Mikel Frödesen einer umfassenden Begutachtung – immerhin war sie dabei, einem völlig Fremden das Leben ihrer Kinder sowie ihr eigenes anzuvertrauen.

Schon beim ersten Gespräch knisterte es gewaltig zwischen dem erfahrenen Seemann Frödesen und der schönen Eignerin. Mit Anfang Dreißig war Mikel etwa sechs oder sieben Jahre älter als Birte. Er war ziemlich groß und kräftig und besaß breite Schultern. Das schulterlange hellbraune Haar, das er mit einem Band im Nacken zusammenhielt, ließ ihn jünger erscheinen.

Ein schmaler, brauner Oberlippenbart über einem breiten Mund und kluge, humorvoll dreinblickende, braune Augen vervollständigten sein sympathisches Äußeres. Seine ziemlich große und gebogene Nase erinnerte Birte an die ihres Vaters. Obwohl ihr Herz während der folgenden Unterhaltung mehrmals einen kleinen Satz machte und ihre Knie deutlich weicher waren als zu Beginn ihrer Begegnung, nahm Birte sich vor, Vorsicht walten zu lassen.

Um Gottes willen, nur nichts überstürzen!

Schon um ihrer Kinder willen wollte sie nicht riskieren, dass Mikel sie nur als angenehmen Zeitvertreib ansah, um ihr am Ende der Fangsaison den Laufpass zu geben. Immerhin besaß er eine Frau auf Island und hatte sogar ein Kind mit ihr.

Wenn sie sich je wieder mit einem Mann einließe, dachte Birte pragmatisch, sollte es schon mit der Aussicht auf etwas Solides sein. Jens bräuchte dringend wieder einen Vater; und ein neuer Ehemann für sie wäre auch nicht schlecht.

Sie war sicher, die Hoogener hätten es nicht gewagt, ihr so dumm zu kommen, wenn ein seriöser Ehemann an ihrer Seite gewesen wäre, der sie vor haltlosen Beschuldigungen und Anfeindungen in Schutz genommen hätte.

Um den *Commandeur*, der sich gar keine Mühe gab, seine Bewunderung für sie zu verbergen, nicht von vornherein auf dumme Gedanken zu bringen, benahm sie sich ihm gegenüber distanziert, aber immer ausgesprochen höflich und liebenswürdig.

Der gute Draht, den sie von Beginn an zueinander gefunden hatten, durfte keinesfalls abreißen, sondern sollte im Gegenteil immer noch ein wenig wärmer werden, um später, wenn sie einander noch besser kennengelernt hätten, womöglich ins Glühen zu geraten. Ein Gedanke, der ihr gut gefiel und sie innerlich zum Schmunzeln brachte.

Frödesen seinerseits respektierte selbstverständlich Birtes Zurückhaltung. Er war schließlich kein Anfänger in der Liebe und besaß überdies eine vage Ahnung, wie anständige Frauen in solchen Fällen zu handeln pflegten.

Leichte Mädchen hingegen – mit welchen er es bisher im Allgemeinen zu tun gehabt hatte – trieben sich in Hafenschänken herum, waren in aller Regel keine Pastorentöchter und Eignerinnen imposanter Segelschiffe.

Mikels Verhältnis zu Jens und Catrina war jedoch von Beginn an ein bemerkenswert offenes und herzliches. Er schien Kinder wirklich zu mögen – selbst fremde – und verstand es offenbar auch sehr gut, mit ihnen umzugehen.

»Junger Herr, Ihr interessiert Euch für die Seefahrt? Dann seid Ihr bei mir an der richtigen Stelle. Kommt zu mir auf die Brücke, wann immer es Euch beliebt!«

Mit dieser ehrenvollen Einladung und einer respektvollen Anrede, als handele es sich bei Jens um einen kleinen Adelsspross, hatte er im Nu das Herz des Knaben gewonnen. Als Birte davon erfuhr, war sie ziemlich verärgert.

»Das nächste Mal, wenn dich der Herr *Commandeur* in dieser Weise anspricht, Jens, bittest du ihn gefälligst, dich künftig zu duzen! Was bildest du dir denn ein, min Jung? Unsere Familie besteht seit Generationen aus Fischern, Seefahrern und Bauern. Dein Großvater, der studiert hat und Pastor ist, ist eine Ausnahme. Bloß weil deine Mutter das Glück hatte, sich ein eigenes Schiff leisten zu können, musst du Knirps nicht übermütig werden!«

Aber im Innersten freute es sie doch, dass zwischen ihrem Sohn und dem charmanten Kapitän solch gutes Einvernehmen herrschte.

Auch Catrinas Herz hatte Mikel im Nu erobert, indem er sie »kleines Fräulein« titulierte und ihr versicherte, dass sie das hübscheste kleine Mädchen sei, das er jemals gesehen habe. Als er ihr gar versprach, in der *Messe*, wo er mit den Offizieren zu speisen pflegte, den linken Sitz an seiner Seite einnehmen zu dürfen, während der rechte natürlich ihrer Mutter gebührte, verliebte sich die Kleine regelrecht in ihn.

»Wo darf Jens denn sitzen?«, fragte sie gespannt, nachdem offenbar die besten Plätze schon vergeben waren.

»Dein lieber Bruder wird während der Mahlzeiten mir gegenüber Platz nehmen, so dass wir uns gegenseitig ins Gesicht sehen können, wenn wir uns unterhalten«, entschied Mikel Frödesen spontan.

Da erst wurde dem Kapitän so richtig bewusst, wie wichtig Kindern, vor allem Geschwistern, eine gewisse Rangordnung war. Er nahm sich vor, in Zukunft genau darauf zu achten. Wollte er das Herz der Mutter für sich erobern, musste ihm das zuallererst bei ihren Kindern gelingen. Da er die beiden wirklich gern hatte, fiel es ihm keineswegs schwer, ihre Sympathien zu gewinnen.

Die übrigen Seeleute auf der *Meerjungfrau* waren im Gegensatz zu ihrem *Commandeur* keineswegs erbaut gewesen, als er ihnen mitteilte, die Eignerin werde persönlich während der gesamten Saison ihre Mitreisende sein.

»Jiises Krast! Det mut dach wel ei woor wees!« – das dürfe doch wohl nicht wahr sein –, stöhnte einer der *Harpuniere* und bekreuzigte sich dabei sogar wie ein Katholik. »Jedermann weiß, dass Weiber an Bord bloß Unglück bringen. Sollen wir ihretwegen vielleicht Schiffbruch erleiden?«

»Nü auerdriiw ei ens, Jan Hinrichs!« *Commandeur* Frödesen grinste unwillkürlich, als er den Seemann aufforderte, mal nicht zu übertreiben. Er kannte den unausrottbaren Seemannsaberglauben der Mannschaft zur Genüge. »Den Stuss glaubst du doch nicht wirklich, oder? Außerdem gehört Frau Birte Petersen die *Meerjungfrau*, und sie hat das Recht, auf ihr Schiff zu kommen, wann und wo und solange sie das möchte. Verstanden, Leute?«

Klar verstanden sie das. Aber besser wurde es dadurch in ihren Augen keineswegs. Im Gegenteil!

»Grade weil der Dame der Kahn gehört«, knurrte der brummige *Bootsmann* Volkert Gonnesen, »ist es doch sehr wahrscheinlich, dass sie sich überall wird einmischen wollen, ohne von der christlichen Seefahrt auch nur das Mindeste zu verstehen.«

»Zu allem Überfluss hat sie noch zwei kleine Kinder im Schlepptau!«, fügte Jan Hinrichs mit bedenklicher Miene hinzu. »Die Blagen werden sich grässlich langweilen und den lieben langen Tag lauter Unfug treiben.«

»Dann stellt nur gleich einen Mann ab, Kapitän, als Kindermädchen für die zwei«, regte der *Bootsmann* spöttisch an.

»Guter Einfall! Wie wär's mit dir, Gonnesen?« Der *Commandeur* grinste breit. Dann wurde er wieder ernst.

»Keine Bange! Mit Gottes Hilfe werden wir die Saison schon heil überstehen. Hoffe ich zumindest. Wenn nicht, dann garantiere ich euch, Männer: Frau Birte Petersen aus Hooge und ihre wohlerzogenen Kinder werden nicht daran schuld sein!«

»Na, wenn Ihr das sagt, Herr *Commandeur*!«

Der *Bootsmann* musste einfach das letzte Wort behalten. Am übernächsten Tag sollte die Fahrt losgehen mit dem diesjährigen Endziel Straat Davis oder Davis Street, wie manche Seeleute es auf Englisch sagten.

Das Gebiet lag zwischen Westgrönland und dem Baffin Land auf dem nordamerikanischen Kontinent. Noch vor Kurzem hatte es dort vor Walen geradezu gewimmelt. Bei sich hatte Mikel Frödesen beschlossen, sich in dieser Saison noch mehr anzustrengen, als er es in den beiden vergangenen Jahren ohnehin getan hatte. Er würde das Äußerste aus der Mannschaft herausholen; schließlich galt es, die charmante Schiffseignerin zu beeindrucken.

*

Seit dem ersten Blick, den der *Commandeur* auf die schöne junge Witwe geworfen, und den ersten Worten, die er mit ihr gewechselt hatte, war er bestrebt, sie zu erobern. Verkörperte Birte doch schon rein äußerlich alles, was er sich je von einer Frau erträumt hatte.

Je länger die Zeitspanne war, die er sich mit ihr und ihren Kindern auf der *Meerjungfrau* bei den beengten Platzverhältnissen aufhielt, desto mehr wuchsen ihm die Kleinen ans Herz und die Gefühle für deren Mutter überwältigten ihn beinah.

Selbst als höchst ansehnlicher Mann mit über dreißig hatte er Vergleichbares noch nicht erlebt. Seine Erfahrungen mit Frauen hatten sich bisher meist auf unverbindliche Begegnungen mit käuflichen Bräuten beschränkt, die in jedem Hafen dieser Erde die Spelunken füllten, um die einsamen Kerle in Häuser zu entführen, in denen rigorose Bordellwirte herrschten und nur der Umsatz zählte, den ein Seemann machte.

Einzige Ausnahme war in Island eine über Monate, ja, etliche Jahre gehende Beziehung mit einem attraktiven Mädchen aus Grönland gewesen, dem er auch seinen mittlerweile zehn Jahre alten Sohn Adrian verdankte – den seine Inuitmutter allerdings beharrlich Odaq nannte.

Nach der Geburt des Jungen hätte er Aleqa, der er ehrliche Zuneigung entgegenbrachte, sogar gerne geheiratet. Aber die junge Eskimofrau wollte gar keine enge Bindung. Ihr Wunsch war es, eines Tages wieder zurückzukehren nach *Kalaallit,* wo ihre Sippe immer noch bei Angmagssalik ihr Hauptlager besaß, von dem aus sie jeden Sommer aufbrach in den hohen Norden, in Richtung Thule.

Selbst in der Zeit, als er regelrecht verrückt gewesen war nach der schwarzhaarigen Aleqa und ihrer samtigen bräunlichen Haut, hatte er nicht das Gefühlschaos erlebt, das ihm jetzt allein Birte Petersens Anblick bereitete.

Er, ein Mann, der schon soviel erlebt und bereits Ostindien per Schiff bereist hatte, bekam weiche Knie und Herzflattern, sooft er ihr gegenüberstand. Er musste achtgeben, nicht ins Stottern zu geraten, sobald die hellhäutige, blonde Friesin auftauchte, ihn mit ihren geheimnisvollen grünen Augen, die gelegentlich auch blaugrau schimmerten, fixierte und sanft das Wort an ihn richtete.

Letzteres tat Birte sehr häufig, denn sie war ungeheuer neugierig und wissbegierig. Auch mit den anderen Seeleuten unterhielt sie sich gerne. Und weil ihre Fragen nicht dumm waren, sondern von Verstand und ehrlichem Interesse zeugten, redeten die Matrosen auch gerne mit ihr.

»Sie ist so ganz anders, als ich mir bis jetzt eine Schiffseignerin vorgestellt habe«, sagten viele. »Sie sitzt kein bisschen auf dem hohen Ross, obwohl sie bestimmt sehr vermögend ist.«

Das größte Kompliment über sie stammte ausgerechnet von Volkert Gonnesen, dem anfangs so skeptischen *Bootsmann*. »Wenn du mit Frau Birte sprichst, ist es grade so, als würdest du dich mit einem klugen Mannskerl unterhalten.«

Die gute Meinung seiner Mannschaft über sie bestärkte Mikel Frödesen noch darin, diese wunderbare Frau für sich gewinnen zu wollen, und zwar für immer.

Falls er gewusst hätte, dass es Birte mit ihm ähnlich erging, hätte er gewiss ruhiger geschlafen. Obwohl ohne größere Erfahrung mit Männern – eigentlich hatte sie bisher nur mit ihrem Ehemann Janne ernsthaft zu tun gehabt – verstand sie es sehr geschickt, ihn über ihre wahren Gefühle im Ungewissen zu lassen.

VIER

Jedem vom Gesinde fiel an diesem ersten Aprilmorgen in der *Köögen* des Pastoratshofs die gedrückte Stimmung ihres Herrn auf. Am vergangenen Nachmittag war Pastor Peter Knudtsen von einem kurzen Trip nach Föhr zurückgekehrt und sofort in seinem Studierzimmer verschwunden, wo er sich einsperrte und für niemanden zu sprechen war. Selbst zur abendlichen Mahlzeit war er nicht erschienen und die Mägde, vor allem Gondel, machten sich Sorgen um den geistlichen Herrn.

Jetzt saß er teilnahmslos am Tisch, aß nichts, sondern starrte stattdessen nur in seine Schale mit dem obligaten Haferbrei, als hätte er dergleichen noch nie gesehen.

So blieben auch die üblicherweise lebhaft schwatzenden Knechte und Mägde stumm. Jedermann beeilte sich mit dem Essen und verließ dann, leise »guud maren« murmelnd, den zu dieser frühen Tageszeit einzig gemütlich warmen Raum im Haus. Um den Ofen in der *Dörnsk* – mit dem Herd in der Küche verbunden – würde sich Gondel erst später kümmern.

Die übrigen Zimmer des Hauses blieben, wie im ganzen Winter auch, ungeheizt. Einzige Ausnahme war der *Pesel*. Aber auch in der Guten Stube machte man in der Regel nur ausnahmsweise Feuer im Kamin, etwa, wenn sich an Feiertagen hoher Besuch anmeldete.

In der kalten Jahreszeit, wozu der April durchaus noch zählte, gab es in Haus, Stall und Scheuer genügend Dinge herzustellen oder zu reparieren, die während des Sommers entzweigegangen waren. Wobei die nicht zur See fahrenden Knechte sich die schwereren körperlichen Arbeiten vornahmen – Arbeiten an den Deichen etwa oder an den Friesenwällen, den Hausmauern und Reetdächern, während die Frauen sich dem Verfertigen und Ausbessern von Kleidungsstücken, Bettzeug und Matten widmeten, die man auf die gefliesten oder aus gestampftem Lehm gefertigten Böden legte.

Auf der *Hallig* und ihren augenblicklich zehn bewohnten *Warften* war es ein offenes Geheimnis, dass es auf dem Pastoratshof etliche Mägde gab, die am Webstuhl wahre Wunderwerke vollbrachten.

Die alte Gondel war dabei den jüngeren Frauen in der Kunst des Mattenherstellens eine ausgezeichnete Lehrmeisterin, die es wie keine verstand, das Funktionale mit dem Ästhetischen zu verbinden, indem sie interessante maritime Muster entwarf, die sie in ihre Teppiche einwirkte.

Auf den Wiesen und Feldern hingegen gab es noch nicht allzu viel zu tun, selbst wenn der Schnee längst weggetaut war. In einer Woche etwa, wenn die Sonne noch mehr Kraft entwickelte, würde sich das ändern.

Zuletzt saß nur noch Gondel mit ihrem Herrn am Tisch in der *Köögen*. Die alte Frau, die den Pastor schon seit jenen längstvergangenen Tagen kannte, an denen er um Ingken geworben hatte, wagte es schließlich, den Geistlichen aus seinen düsteren Gedanken aufzuschrecken.

»Was geht Euch Bedrückendes im Kopf herum, Herr Pastor? Macht Ihr Euch etwa Sorgen um Eure Tochter Birte oder um Jens und Catrina?«

Als der Hofherr nicht reagierte, insistierte die alte Frau weiter. »Ihr seht nicht gerade glücklich aus, Herr Pfarrer! Möchtet Ihr mir nicht sagen, was Euch bekümmert? Ich bin zwar nur eine dumme alte Magd, aber ich versichere Euch, die Lösung Eurer Probleme werdet Ihr auch im Haferbrei nicht finden.«

Da hob der Geistliche endlich die grauen Augen vom Inhalt seiner Breischale und musterte die Sprecherin. Unwillkürlich musste er schmunzeln. Wie so oft hatte Gondel auf humorvolle Weise den richtigen Ton getroffen.

»Wohl kaum, da hast du recht, meine Gute! Nein, um Birte und die Kinder sorge ich mich im Augenblick nicht. Ich bin überzeugt, dass sie da, wo sie sich jetzt aufhalten, gut aufgehoben sind. Etwas anderes ist es, das mich bedrückt.«

Als er erneut in Stillschweigen zu versinken drohte, rückte die vertraute Dienerin ganz nah an ihren Herrn heran und legte ihm sachte eine ihrer mit braunen Altersflecken übersäten Hände auf den Arm.

»Erzählt mir von Eurem Kummer, Herr«, bat sie schlicht.

Der Pastor richtete seinen trüben Blick auf sie und ihr von tausend Fältchen überzogenes gütiges Altfrauengesicht.

»Ich habe gestern auf Föhr schlechte Kunde vernommen, Gondel; schlechte Kunde aus dem herzoglichen Schloss von Gottorf«, begann er mit dumpfer Stimme.

»Nü, wat do?«, meinte die alte Frau gespielt leichthin. »Das wird so schlimm schon nicht sein. Den Tod von unserem Herzog, der bereits vor Jahren im Krieg gefallen ist, haben wir doch alle ganz leicht überstanden. Die gute Frau Herzogin erzieht ihren Sohn bestimmt zu einem ordentlichen Landesherrn und wir ...«

»Du verstehst nicht, Gondel«, unterbrach der Pastor unwillig den Sermon der alten Frau. Er schien es bereits zu bereuen, überhaupt eine Andeutung gemacht zu haben. Dann jedoch brach es aus ihm heraus: »Die liebe Herzogin Hedwig Sophie ist es doch gerade, die mir das Herz schwer macht. Bereits im letzten Jahr ist sie verstorben!«

»Leewer Hergod! Do gnaade üs God!«

Gondel erblasste bei der schrecklichen Neuigkeit, die für die übrige Welt längst keine mehr war. »Und wir auf unserer abgelegenen *Hallig* hatten nicht die geringste Ahnung von dem Unglück!«

Der Magd liefen Tränen über die runzligen Wangen. »Wie konnte das geschehen? Die Gnädige Frau war doch noch so jung!«

Der Pastor seufzte. »Auf dem holsteinischen Festland und auch in Gottorf sind im letzten Jahr die Pocken ausgebrochen. Die furchtbare Krankheit machte selbst vor dem Herzogshof nicht halt. Etliche der hohen Damen und Herren sind der Seuche erlegen und binnen weniger Tage hauchte auch die edle Frau Herzogin ihre Seele aus.«

»Wie geht es dem jungen Herzog, der doch noch ein Kind ist?«, erkundigte sich Gondel mit halb erstickter Stimme. Dem unmündigen Knaben galt augenblicklich ihr ganzes Mitleid.

»Den jungen Herrn hat unser Herr in seiner Güte zum Glück verschont. Ich war wie erschlagen, als mein Föhringer Amtsbruder aus Naiblem mir die traurige Botschaft kundtat«, gestand der Pastor, wobei er es duldete, dass Gondel ihm tröstend die Schulter tätschelte. »Niemand kann sagen, wie es mit dem Herzogtum weitergehen wird. Unser augenblicklicher Herr ist viel zu jung, um die Regierungsgeschäfte zu übernehmen.«

»Wir wollen darum beten, lieber Herr Pastor, dass der Herrgott ein Einsehen mit uns armen Leuten hat«, schlug verzagt die alte Frau in rührender Naivität vor und wischte sich die Tränen ab.

Hergod uun hemel, dachte der Pastor. Er durfte die Gute nicht so in Angst und Schrecken versetzen! Selbst bei einfachen Menschen, die Frau Hedwig Sophie nur vom Hörensagen kannten, war die Herzogin sehr beliebt gewesen – im Gegensatz zu ihrem Gemahl, dem gefallenen Herzog.

Der hatte sich im Nordischen Krieg als wichtigen Kriegshelden gesehen, der keinerlei Interesse daran gehabt hatte, sein unbedeutendes kleines Reich aus den Querelen der wirklich Großen heraus zu halten. Nein, er glaubte, im Reigen von Schweden, Dänemark, Polen und Russland unbedingt auf Seiten seines ebenso an Selbstüberschätzung leidenden Schwagers, Karls XII. von Schweden, eine bedeutende Rolle spielen zu müssen. Eine Fehlkalkulation, die ihn ziemlich schnell – bereits 1702 – das Leben gekostet hatte.

Sobald der Pastor daran dachte, stieg bitterer Groll in seinem Herzen auf. Er konnte nur hoffen, dass sich seine Befürchtungen, die Zukunft des kleinen Herzogtums Schleswig-Holstein-Gottorfs betreffend, nicht bewahrheiteten. Aber damit durfte er so schlichte Gemüter, wie Gondel eines besaß, nicht behelligen.

Nach dem Tod der Herzogin hatte der Herzogsbruder, Bischof Christian August, der die Regierung nach dem Ableben des Herzogs nominell übernommen hatte, sofort Georg Heinrich von Schlitz, genannt Görtz, zum Leitenden Minister ernannt. Dieser hatte sich vorher jahrelang als Hüter der Finanzen wegen sinnloser verschwenderischer Geldausgaben einerseits und durch Erhebungen und rücksichtslose Eintreibung immer neuer Steuern andererseits äußerst unbeliebt gemacht. Sein Konkurrent, der ebenfalls die Gunst Hedwig Sophies besaß, war ein wackerer Herr Wedderkop gewesen, der als lästiger Mahner ständig, aber vergeblich, eine sparsamere Haushaltsführung des Hofes forderte.

Was der Pastor von Sankt Johannis aus sicherer Quelle wusste und seinem Amtsbruder auf Hooge anvertraute, war Folgendes: Kaum hatte Görtz endgültig das Sagen im Herzogtum, ließ er Anfang 1709 seinen Gegner Wedderkop verhaften und eignete sich darüber hinaus dessen Güter in Hamburg an. Görtz mochte ein raffinierter Diplomat sein; dass er ein großer Verschwender mit Vorliebe für Prunk und Protz war und von Sparsamkeit nichts hielt, war offenkundig.

Schwer musste Peter Knudtsen an sich halten, um nicht irgendwelche wütenden Schimpftiraden gegen den verblichenen Herzog loszulassen, der es seinerzeit nicht vermocht hatte, sein Land und seine Untertanen aus den kriegerischen Wirren herauszuhalten.

So verharrte er eine Weile stumm mit nervös mahlenden Kiefern und starrte nur an die Wand der *Koögen,* die gänzlich mit weißen, in Delfter Blau gemusterten Fliesen gekachelt war, die einst Ingkens Vater von seinen Walfängertörns aus Holland mitgebracht hatte. Bald darauf hatte Peter Knudtsen seine Fassung wiedererlangt.

Recht hatte Gondel! Hier konnte allein noch inniges Beten helfen, dass der Orkan des Krieges nicht die Holsteiner auf ihren Inseln und *Halligen* ebenfalls erfasste. Bisher hatte man berufsmäßige Fischer vom Militärdienst freigestellt. Wie rasch konnte sich das allerdings ändern!

Ein leises Stöhnen vermochte der Pfarrer jedoch nicht zu unterdrücken. Es gab auf der *Hallig* im Augenblick niemanden, mit dem er seine Sorgen hätte teilen können, zumal die verständigeren Kapitäne alle auf hoher See weilten. Er war sicher, Erik Ockensen etwa, ein Mann mit Verstand und Bildung, könnte ihn und seine Sorgen verstehen. Bei seinen übrigen Schäfchen würden derartige Gespräche eher kein sehr großes Echo finden.

Die Hoogener hielten es im Allgemeinen nicht anders als die Föhringer und alle übrigen Insulaner. Solange man sie selbst in Ruhe ließ und im Übrigen die Seefahrt, speziell der Walfang, durch kriegerische Auseinandersetzungen nicht behindert wurde, war ihnen die hohe Politik weitgehend gleichgültig.

Dass der Schwedenkönig – Bruder ihrer geliebten Landesmutter Hedwig Sophie – schon Anfang des Jahres 1706 mit nur achttausend Soldaten das feindliche sächsische Heer, dem auch Polen und Russen angehörten, und das immerhin über dreißigtausend Mann verfügte, vernichtend geschlagen hatte, veränderte ihr eigenes Leben kein bisschen. Nach ihrer Meinung hätte Karl XII. es damit gut sein lassen sollen.

Wie sollte man der Bevölkerung begreiflich machen, dass den Schwedenkönig anschließend der Größenwahn packte und er glaubte, Zar Peter von Russland, der mit seinen Leuten geflohen war, verfolgen und restlos vernichten zu müssen? Wobei der selbst ernannte Meisterstratege allerdings übersah, dass der schlaue Russe ihn in die tückischen Pripjetsümpfe lockte – die er selbst wohlweislich umgangen hatte.

Während Pastor Knudtsen seinen Föhringer Amtsbruder von dem Debakel erzählen hörte, waren ihm eisige Schauer des Entsetzens über den Rücken gelaufen, als er sich all die Schrecknisse und Gefahren vergegenwärtigte, denen die schwedischen Soldaten dadurch ausgesetzt worden waren, und wie viele von ihnen gar nicht oder nur schwer verletzt überlebt haben konnten.

Pastor Lorenz Brarens berichtete von tiefen Schlammlöchern, in denen die Pferde sich die Beine brachen und in denen nicht selten Ross und Reiter unrettbar versanken. Anderen machten bösartige, giftige Sumpfinsekten zu schaffen, die erbarmungslos stachen, um das Blut der Männer zu saugen, sie dabei mit Fieber und allerlei Krankheiten infizierend. Davon, dass ganze Gepäckwagen mit Lebensmitteln und Munition spurlos im Moor versanken und dadurch der Hungertod vieler Soldaten König Karls verursacht wurde, ganz abgesehen.

Nachdem der Geistliche der Föhringer Sankt-Johannis-Kirche, genannt Friesendom, in seinen grässlichen Schilderungen der Ereignisse eine Pause machte, hatte Birtes Vater seiner Empörung einfach Ausdruck verleihen müssen. »Welche Dummheit und

Verantwortungslosigkeit des schwedischen Königs! Vollkommen sinnlos hat er das Leben seiner Männer geopfert!«

»Möglicherweise hatte er Bedenken, dass, sollte er das russische Heer nicht gänzlich aufreiben, das Herzogtum Schleswig-Holstein-Gottorf, das einmal sein Neffe regieren soll, schutzlos gegen das feindlich gesinnte Dänemark dastünde«, versuchte Lorenz Brarens bei Peter Knudtsen ein gewisses Verständnis für König Karls unüberlegtes Handeln zu wecken.

»Weiß man inzwischen, wie das törichte Abenteuer in den Sümpfen ausging?«, hatte der Hoogener Pfarrer sich aufgebracht erkundigt.

»Jawohl! Einige Wochen darauf traf in Gottorf die Neuigkeit ein, die Schweden hätten sich trotz unmenschlicher Entbehrungen und erheblicher Verluste durch die Sümpfe weiter voran gekämpft – ohne jedoch die russischen Truppen Zar Peters noch einzuholen.«

Birtes Vater hatte ein unwilliges Schnauben hören lassen; aber für ihn hörte sich das immerhin so an, als ob der Zar sich jetzt beruhigt zurücklehnen und davon ausgehen konnte, in nächster Zeit werde niemand mehr den Versuch wagen, in sein Land einzumarschieren. Immer noch hatten seine Augen wütend gefunkelt, als er diese Vermutung äußerte.

»Ich sehe das genauso, mein Freund. Zumindest vorläufig scheint die Gefahr einer Invasion nach Russland gebannt.« Der Föhringer Geistliche war aus seinem bequemen Sessel aufgestanden und hatte begonnen, in seiner Studierstube hin und her zu gehen. »Aber durch den schwedischen Angriff ist der Zar sicher gewarnt, dass sein Heer, seine Offiziere und das ganze Land für eine größere Auseinandersetzung noch nicht genügend vorbereitet sind.« Jetzt hatte Brarens seine Stimme erhoben, »Und wer Zar Peter kennt, weiß, dass er das schleunigst ändern wird!«

Bei Gott, die Aussichten, dass der Nordische Krieg bereits zu Ende sein könnte, waren denkbar gering. Nachdem der Hoogener Seelenhirte seinen Föhringer Freund verlassen hatte, um sein eigenes Pastorat auf der Hoogener Kirchwarft aufzusuchen, war er ein zutiefst nachdenklicher und besorgter Mann gewesen.

Er vermochte sich durchaus die möglichen Konsequenzen vorzustellen. Sollte König Karl weiterhin Soldaten einbüßen, würde er wohl kaum zögern, im Namen seiner Schwester und seines unmündigen Neffen auch die friesischen Männer – und damit auch die Osterlandföhringer, die zu Schleswig-Holstein gehörten, und die Hoogener gleich mit – zu den Waffen zu rufen. Wenn dann noch der Dänenkönig seine Untertanen von Westerlandföhr, dem Westteil der Insel Föhr, rekrutierte, bedeutete dies nichts anderes als einen Bruderkrieg zwischen den Föhringern. Ein Gedanke, so grauenhaft, dass Pastor Peter sich geweigert hatte, ihn weiter zu verfolgen.

Peter Knudtsen fuhr auf und bemerkte, dass Gondel noch immer bei ihm in der Stube war.

»Möge unser Herr es so fügen, wie du es dir wünschst, Gondel«, murmelte er schließlich und riss seinen Blick von den hübsch mit maritimen Mustern versehenen Fliesen los. »Aber vergiss eines nicht: Wir beide wollen darüber absolutes Stillschweigen bewahren! Die Wahrheit würde den Menschen auf Hooge Angst machen und daraus könnten sich Gerüchte entwickeln. Du weißt, dumme Gerüchte haben die schlechte Eigenschaft, sich in Windeseile über die *Hallig*, die Inseln und ganz Nordfriesland zu verbreiten. Es wäre doch unverantwortlich, womöglich Dinge in die Welt zu setzen, die manchen dazu verleiten könnten, Unruhe im Land zu stiften.«

Es ehrte Gondel nicht wenig, dass ihr Herr solches Vertrauen in sie gesetzt hatte, indem er Dinge mit ihr beredete, wie sie in aller Regel kein Herr mit seinem Gesinde besprach. Eifrig gelobte sie, über alles, was der Pastor gesagt hatte, wie ein Grab zu schweigen.

Nur eines wollte sie nun doch noch wissen: »Woher wusste denn Euer Amtsbruder von Sankt Johannis, Pastor Lorenz Brarens, von der traurigen Begebenheit?«

»Pastor Brarens hat durch einen Zufall davon Kenntnis erhalten«, behauptete Peter Knudtsen schnell – wobei er die Wahrheit ein wenig zurechtbog.

Was hätte es Gondel genützt, falls sie gewusst hätte, dass der Nieblumer Geistliche rege Korrespondenz mit anderen gelehrten und wichtigen Herren auf dem Festland pflegte, unter denen der Universalgelehrte, Philosoph und Mathematiker Gottfried Wilhelm Leibniz nicht unbedingt der geringste war. Er war immerhin in Hannover herzoglicher Rat von Johann Friedrich von Braunschweig-Lüneburg und saß somit an der Quelle für politische Erkenntnisse.

Pastor Peter rechnete es sich zur großen Ehre an, den Föhringer Geistlichen zum Freund zu haben, der zudem noch regelmäßig mit einer Hofdame vom Gottorfer Schloss aufschlussreiche Briefe tauschte – worum er ihn hin und wieder ein bisschen beneidete. Er beschloss im Stillen, in der kommenden warmen Jahreszeit den geistlichen Bruder öfters aufzusuchen, um Neuigkeiten zu erfahren.

»Morgen, Gondel, werde ich bei Sissel und Dirck Brevensen nach dem Rechten sehen«, sagte der Pastor jetzt laut. »Ich möchte mich mit eigenen Augen davon überzeugen, dass bei denen alles im Lot ist.«

Dirck hatte dieses Frühjahr krankheitshalber nicht mit den anderen Seeleuten auslaufen können; demnach verbrachte er den Frühling und Sommer auf Hooge. Nach seiner Genesung hatte der Pfarrer ihm allerhand Stellen vermittelt, wo er arbeiten und Geld verdienen konnte – so er denn willens war. Das zu überprüfen, nahm er sich für den folgenden Tag vor.

»Das ist gut, Herr«, meinte Gondel. »Ich erinnere mich gut daran, wie er, nachdem Sissel wieder laufen konnte, vor Zeugen seiner Frau in die Hand hinein versprochen hat, sich nie mehr zu betrinken und sich vor allem nicht mehr an Glücksspielen zu beteiligen!«

»Die Zukunft werde es erweisen, hat ihm meine Tochter damals mit ernstem Blick gesagt, ob sein guter Wille ausreiche, um künftig ein treu sorgender Ehemann und verantwortungsvoller Vater zu sein«, erinnerte sich der Geistliche.

»Ja, Herr! Und Dirck hat geantwortet, der Herrgott möge ihn auf der Stelle tot umfallen lassen, sollte er erneut schwach werden. Es ist gut, wenn Ihr Euch davon selbst ein Bild macht, ob der Kerl sein Wort hält.«

FÜNF

Ein paar Zwischenaufenthalte würde man einlegen müssen auf der langen Seefahrt. Auf den Orkneyinseln etwa oder den Shetlands – je nach Wetterbedingungen. Weiter war ein Stopp geplant auf den Færoerne, den dänischen Färöerinseln, und dann noch einmal auf einer der Westmännerinseln, südlich von Island gelegen, ehe man das Labradorbecken rund um Grönlands Südspitze durchquerte, in die Labadorsee einfuhr, um dann endlich in die Davis Street zu gelangen, zu ihrem diesjährigen Walfangziel.

Wobei Mikel Frödesen hoffte, nicht ganz nach Norden, bis auf Höhe des grönländischen Thule, in die Baffin Bay segeln zu müssen, wohin sich mittlerweile leider ein Großteil der Tiere zurückzog. Ganz allmählich machte sich nämlich der Raubbau an der Spezies von Meeressäugern bemerkbar und die klugen Tiere versuchten ihren Jägern auszuweichen.

»Zwischen Godthåb und der Hudson Street soll es viele prächtige Wale geben.«

Der *Commandeur* zeigte der Schiffseignerin auf der großen Seekarte, die auf dem Tisch in seiner Kapitänskajüte ausgebreitet lag, die gewaltige Strecke, die man dieses Jahr zu bewältigen hätte.

Birte war entsprechend beeindruckt.

Aber noch befand man sich erst am Anfang des großen Abenteuers, das eine Waljagd jedes Mal bedeutete. Ob alles gut ginge, lag allein in Gottes Hand. Um den Schutz des Herrn intensiver zu genießen, hatte man üblicherweise einen Schiffsgeistlichen oder wenigstens einen Prediger an Bord – so auch auf der *Meerjungfrau*.

Pastor Hauke Bohsen, ein Ostfriese aus Bensersiel, hatte gleich am ersten Tag auf See einen Gottesdienst abgehalten, wobei die Gebete und Kirchenlieder aus rauen Männerkehlen in Birtes Ohren innig und bewegt klangen. Die Seeleute nahmen ausnahmslos daran teil, bis auf ein paar, die zum Wachdienst eingeteilt waren. Tiefgläubig waren fast alle.

»Das harte und entbehrungsreiche Leben auf See und das absolute Ausgeliefertsein an die Elemente macht am Ende jeden Menschen, auch den härtesten Burschen, demütig«, drückte es *Commandeur* Frödesen aus.

Zwischen den Shetland- und den Färöerinseln sollte es dieses Jahr zur ersten Begegnung mit den friedlichen Meeressäugern kommen. Jens, der mittlerweile seinem achten Geburtstag entgegenfieberte, hatte sich mit einigen Seeleuten regelrecht angefreundet, vor allem mit einem jungen Matrosen namens Diderich Martensen. Der nahm ihn auch regelmäßig mit bis ganz nach oben ins *Krähennest* auf dem höchsten Mast, von wo aus man den besten Überblick über die weite See genoss. Diderich hatte dem Jungen genau erklärt, worauf er zu achten habe, um eine etwaige Sichtung von Walen melden zu können.

Am fünfundzwanzigsten März 1709 schien er endlich gekommen, der denkwürdigste Tag im bisherigen Leben von Birtes Sohn.

»Didi, schau mal, da vorn!«

Mit zittrigem Finger in östliche Richtung deutend und mit beinah versagender Stimme wandte Jens sich an den jungen Seemann: »Glaubst du, da könnte was sein?«

Diderich, genannt Didi, der sich gerade eine Pfeife hatte anzünden wollen – der weite Blick im Ausguck war zwar immer wieder schön, aber wenn sich nichts rührte, auch ein bisschen langweilig – ließ den ledernen Tabaksbeutel fallen, als er ausmachte, was der Junge entdeckt hatte.

»Jesus, ja! Eine kleine Herde prächtiger Buckelwale auf der Backbordseite im Atlantischen Ozean. Und sie blasen, dass es eine wahre Freude ist. Jens, du bist ein Glückspilz. Mach sofort Meldung, Junge! So, wie ich es dir beigebracht habe.«

Für Birtes Sohn bedeutete das eine ungeheure Ehre und dementsprechend stolz warf der Knabe sich in die Brust und formte die Hände vor dem Mund zu einem Schalltrichter. Mit sich überschlagender Stimme krähte er in Richtung Brücke, wo der *Commandeur* ihn bereits aufmerksam beobachtete:

»Wale *backbord* voraus! Sie blasen! Ein halbes Dutzend!«

Im nächsten Augenblick herrschte aufgeregtes Hin und Her auf dem bisher eher gemächlich durch die Wellen pflügenden Segler. Aus der Sicht von oben nahm sich das unmittelbar sich ausbreitende Durcheinander aus wie das verstörte Gewimmel in einem Ameisenhaufen, den ein mutwilliges Kind mit seinem stochernden Stöckchen verursacht hat.

Jedoch dem kundigen Blick erschloss sich augenblicklich das gut eingespielte System, das jahrelange Erfahrung bei der Jagd nach diesen gigantischen Meeressäugern mit sich brachte. Jedermann an Bord wusste genau, was er zu tun hatte.

Von der Brücke aus signalisierte der Kapitän, dass drei Wale darunter waren, die einen Einsatz lohnten. Im Nu wurden drei der sechs außenbords befestigten *Schaluppen* zu Wasser gelassen.

Die jeweilige, für jedes einzelne Boot vorher bestimmte Mannschaft nahm ihre Plätze in den Walfangbooten ein, wobei fünf der Seeleute sich setzten, um zu rudern, während der *Harpunier* vorn im Bug aufrecht stand, die lange, mit Lederriemen um seinen Leib befestigte und zugleich mit dem Boot verbundene Lanze, griffbereit in der Faust.

Die Entfernung zu den Tieren betrug weniger als eine Viertel Seemeile; jeder einzelne Mann war aufs Äußerste angespannt.

Die urplötzlich auf der *Meerjungfrau* ausgebrochene Betriebsamkeit – die allerdings bemerkenswert leise vonstattenging, da man die Wale nicht erschrecken und zur Flucht animieren wollte – hatte neben den Schiffsoffizieren auch die Eignerin des Seglers alarmiert. Wer nicht in den *Schaluppen* saß, eilte an Deck zur Backbordseite, um den Vorgang zu beobachten, den zwar alle bereits zur Genüge kannten – mit Ausnahme von Birte und ihren Kindern – der jedoch jedes Mal aufs Neue seine ganz eigene Dramatik entfaltete. Keine Waljagd gleiche einer anderen, behaupteten die Seeleute, und sie mussten es schließlich wissen.

Die *Meerjungfrau* hatte ihre Fahrt unterbrochen. Um nicht abgetrieben zu werden, hatte der *Bootsmann* Anker werfen lassen, kurz nachdem der Alarm aus dem *Krähennest* ertönt war. Man würde nun über Stunden mit der Jagd, der Bergung sowie dem Abspecken und der Verwahrung in Fässern beschäftigt sein. Jetzt, am Beginn, waren erst einmal die Insassen der Fangboote am Zug.

Jens, der mittlerweile vom Mast heruntergeklettert war, lief auf seine Mutter zu, um ihr zu verkünden, er sei es gewesen, der die Wale entdeckt hatte. Er platzte schier vor Stolz und seine kleine Schwester Catrina hüpfte aufgeregt von einem Bein aufs andere. Dann begann sie allerdings zu weinen, weil sie zu klein war, um über die Bordwand zu lugen.

Da fühlte sie sich plötzlich von großen Fäusten gepackt und sanft in die Höhe gehoben. Gonne Rickmers, der *Küper*, erbarmte sich der Kleinen und nahm sie auf den Arm.

»Die Lütte soll ja auch was sehen können!«

Breit grinste er dabei Birte Petersen an, die selbst vor Aufregung kaum ruhig zu stehen vermochte. So viel hatte sie schon über die Walfängerei erzählen gehört, aber das eigene Erleben war doch etwas ganz anderes und Einmaliges.

Als der Ruf »Wale *backbord* voraus!« ertönt war, hatte Birte in der kleinen Kajüte am Tisch gesessen und in einem Buch über Nordamerika und seine sehr unterschiedlichen Bewohner gelesen; teils lebten dort Indianer und Grönländer, teils Weiße aus den verschiedensten Ländern Europas, außerdem schwarze Menschen, die man eigens aus Afrika geholt hatte.

Die Lektüre war fesselnd, zumal für jemanden, der bisher nur die kleine Welt der nordfriesischen Inseln und *Halligen* kannte. Noch nachträglich beglückwünschte sie sich zu dem spontanen Kauf des Büchleins, den sie in einem kleinen Laden neben dem Amt für Seefahrt im Amsterdamer Hafen getätigt hatte.

Verfasser war ein Geistlicher, der sich bemühte, Auswanderer aus Europa ins Gelobte Land Amerika zu locken. Vornehmlich solche, die bereit waren, die Alte Welt mit ihrer Armut und den immer wieder aufflammenden Kriegsnöten und den durch fürstliche Willkür verursachten kleinlichen Einschränkungen im Alltag einzutauschen gegen ein Leben in Frieden und vor allem in Freiheit – und nebenbei als Missionare des christlichen Glaubens zu wirken. Es las sich sehr aufregend.

Nicht einmal ordentlich gekämmt war die junge Frau, die normalerweise streng darauf achtete, das zu dicken Zöpfen geflochtene Haar auf dem Kopf ordentlich festzustecken. Jetzt griff sie einfach nach dem nächstbesten Schal und schlang ihn sich um Kopf und Schultern. Das schützte zugleich vor dem beständig wehenden Wind.

Die See war vergleichsweise ruhig, zügig näherten sich die Boote der kleinen Herde von Buckelwalen. Die aus den an der Kopfoberseite befindlichen Blaslöchern ausgestoßene Atemluft, vermischt mit Wasser, stieg in kleinen Fontänen gen Himmel. Das Bild der blasenden Wale, deren Köpfe weit aus dem Meer ragten, war umso eindrucksvoller, als das Geschehen sich nahezu synchron ereignete. Kurzzeitig versanken die riesigen Häupter; dafür reckten sich nun die mächtigen Fluken aus dem Wasser – ein Vorgang, der Birte vorzugaukeln schien, die Tiere würden ihr mit den gewaltigen Schwanzflossen zuwinken. Es war ein Anblick, den kein Mensch jemals vergaß, der das Glück genoss, ihn einmal erlebt zu haben.

Gleich darauf erhoben sich erneut die Köpfe dreier gewaltiger und ebenso vieler etwas kleinerer Meeresbewohner. Sie schienen keinerlei Angst vor den schwimmenden hölzernen Kisten zu empfinden, nur Neugierde, was die darin befindlichen Menschen wohl vorhaben könnten.

Selbst die langen Harpunen flößten ihnen keinerlei Angst ein. Irgendwo hatte Birte gehört, Wale würden schlecht sehen, hätten dafür jedoch einen guten Gehör- und Geruchssinn.

Mittlerweile hatten die drei wie Spielzeugschiffchen anmutenden Fangboote die Wale eingekreist, wobei jede Besatzung darauf achtete, sich entweder direkt von vorne oder von hinten im toten Winkel anzunähern, sodass man sich der Beute auf zehn, besser noch bis auf fünf Schritt anzunähern vermochte, um sie zu attackieren. Nur so bestand die Aussicht, der Wurf mit der Lanze könne gelingen.

Wie auf ein geheimes Kommando schleuderten die *Harpuniere* ihre todbringende Waffe auf den betreffenden Wal. Dazu bedurfte es ungeheurer Muskelkraft. Die Haut der Tiere war zäh, und sie so weit zu durchbohren, dass die Harpune im Fleisch des Opfers stecken blieb, war kein Kinderspiel. Kein Wunder, dass diese Speerschleuderer allesamt auffallend groß gewachsene und muskulöse Kerle waren.

War der Wurf erfolgreich, begann für die betreffende *Schaluppe* die Verfolgung des aufgescheuchten und durch den Schmerz verstörten Wales – und damit der brisanteste Teil der Jagd.

»Jetzt heißt es beten, dass das angeschossene Tier das Boot nicht durch einen Schlag mit seiner Fluke zum Kentern bringt! Das eiskalte Wasser bringt jeden um, der nicht schleunigst herausgezogen wird!«

Küper Gonne Rickmers wandte sich an die Eignerin, um sie über die heikle Aktion ins Bild zu setzen. »Aber die größte Gefahr besteht immer darin, dass ein Wal auf der Flucht die Besatzung der *Schaluppe* unter eine Eisscholle zieht, weil er ja mit dem Boot durch die Fangleine der Harpune verbunden ist«, erklärte er Birte das direkt vor ihren Augen sich anbahnende Drama.

»Da heißt es dann für den *Harpunier* gut aufzupassen und die Leine noch rechtzeitig zu kappen! Damit wäre der Wal zwar verloren, aber zumindest die Mannschaft der *Schaluppe* gerettet.«

Unwillkürlich begann Birte zu zittern. Das hörte sich ja brandgefährlich an! Die vorn in den Fangbooten aufrecht stehenden *Harpuniere* hatten mit ihren Lanzen tatsächlich die um ein Vielfaches größere Beute getroffen, was auf der *Meerjungfrau* triumphierend hochgereckte Daumen und zufriedenes Gemurmel hervorrief.

Rasch sah Birte sich um. An Deck wimmelte es mittlerweile von Matrosen, die, ausgestattet mit Handharpunen, riesigen Flensmessern und etwas kleineren Speckstechern schon bereitstanden, um nach erfolgreich beendeter Jagd ihr ureigenes Werk zu vollbringen.

Birtes Schiff gehörte nicht zu den ganz großen Walfängern, eher zu den mittleren. Den *Commandeur* und den Geistlichen eingerechnet befanden sich insgesamt zweiundsechzig Mann an Bord; achtzehn davon waren im Augenblick in den Fangbooten unterwegs. Die restlichen Seeleute würden genug zu tun haben, sollte die Aktion von Erfolg gekrönt sein.

Selbst der dreizehnjährige *Moses*, wie der Schiffsjunge Dirk Wögensen genannt wurde, war in der Pflicht, seinen Beitrag zu leisten. Ein rascher Seitenblick auf ihren Sohn, der sich neben seinen Freund Diderich Martensen gestellt hatte, verriet Birte, dass der Achtjährige sich am liebsten ebenfalls eines der scharfen Speckmesser gegriffen hätte, um sich damit ans Werk zu machen. Sie würde dies allerdings zu verhindern wissen.

Im Wasser schien sich mittlerweile in der Tat eine Tragödie anzubahnen. Die getroffenen Wale, in deren Nacken beziehungsweise Rücken sich jeweils einer der Wurfspeere festgesetzt hatte, waren so blitzartig davongeschnellt, dass es sich anhörte wie das Knallen von Schüssen, als die Riesen vom Schmerz gepeinigt davonschossen, um das störende Ding in ihrem Körper loszuwerden.

Das Wasser spritzte so hoch auf, dass die Boote sich bald den Blicken der Zuschauer auf dem Mutterschiff entzogen. Waren sie etwa gekentert, verursacht durch den mörderischen Ruck, den die fliehenden, mit der *Schaluppe* verbundenen Tiere ausgelöst hatten? Bloß das nicht!

»Jiises!«, stöhnte Diderich und wies mit dem Finger weit auf die See hinaus, wo man nun zu erkennen vermochte, mit welch urwüchsiger Kraft und auch mit welch hoher Geschwindigkeit die angeschossenen Wale die Flucht ergriffen hatten.

»Wenn der angeschossene Wal die Harpune nicht loswird, wird er anfangen, sich wie irre im Kreis zu drehen, um doch noch freizukommen«, begann der *Küper* erneut der Schiffseignerin das dramatische Geschehen zu erklären. So kam es auch. Zwei der getroffenen Buckelwale kehrten in großem Bogen in Richtung *Meerjungfrau* zurück, während der dritte nach wie vor davonschoss in die unendlichen Weiten des Atlantischen Ozeans. Die drei kleineren Exemplare waren längst untergetaucht.

Die beiden Riesentiere schienen direkt auf die *Meerjungfrau* zuzuhalten. Erst im allerletzten Augenblick drehten sie ab, um in einiger Entfernung wie wild um sich selbst zu kreiseln – genauso, wie es der Seemann geschildert hatte.

Zäh und unerbittlich blieben die *Schaluppen* dran an der Beute, indem ihre Besatzungen darauf warteten, dass die Wale allmählich müde wurden und man ihnen den Todesstoß versetzen konnte. Aber noch dauerte der Kampf an; die Wale drehten sich wie vom Veitstanz Befallene in der schäumenden See, die nun förmlich zu kochen schien.

Im Stillen hatte Birte jegliche Hoffnung für die beteiligten Seeleute verloren. Allein die Größenverhältnisse sprachen dafür, dass die Wale – ob verletzt oder nicht – am Ende siegreich sein würden über je sechs Menschlein in lächerlich winzigen Booten.

Schon war Birte bereit, den Namen ihres Sohnes zu rufen, um Jens in die Kajüte zu schicken, und sie öffnete bereits den Mund, um vorher noch den *Küper* zu bitten, ihr Catrina zu übergeben. Die Kinder sollten nicht Zeugen werden, wie ein Dutzend tapferer Männer vor ihren Augen den Seemannstod erlitt.

Indessen ließ ein Aufschrei aus rauen Kehlen Birte Petersen an ihrem Platz an Deck verharren. Die offensichtlich ermatteten Tiere hatten abrupt ihre kreiselnden Bewegungen verlangsamt, ehe sie nahezu völlig innehielten.

Darauf hatten die Fänger nur gewartet. Mit dem Lanzenmesser versetzte jeder *Harpunier* seinem Wal den Todesstoß in Herz oder Lunge, worauf das Wasser sich im Umkreis des Kadavers rötete, als hätte man eimerweise rote Farbe ins Meer gekippt.

Der Kampf war beendet.

Anschließend ruderten die Männer die *Schaluppen* zur ankernden *Meerjungfrau* zurück, die verendete Beute im Schlepptau.

Matrosen zogen mittels eines Flaschenzugs die getöteten Wale außen an der Bordwand des Mutterschiffs hoch und vertäuten sie sorgfältig. Beeilung tat not, die Kadaver aus dem Wasser zu hieven, denn schon waren gierige Räuber da, die ihren Teil der Beute einforderten, indem sie mit riesigen Mäulern, bestückt mit messerscharfen Zähnen, danach schnappten. Längst hatten Haie das Blut gewittert.

»Der Blutgeruch macht sie toll. Im Nu wäre ein Walkörper zerfleischt und restlos bis auf die Knochen abgenagt, ließe man die Bestien gewähren«, erklang hinter Birte die Stimme des *Commandeurs*.

Die gut eingespielte Mannschaft machte sich unverzüglich an die schwere und schmutzige Arbeit. Die Männer schälten die zähe Haut der Beute mit Messern ab, um an die begehrte, über dreißig Zentimeter dicke Speckschicht zu gelangen, die sie mit Flensmessern lösten und mit Speckmessern in kleinere Brocken zerteilten, die anschließend in den vom *Küper* und seinen Gehilfen herbeigeschafften Fässern verstaut wurden.

Die vollen Specktonnen schafften die Männer nach unten in den finsteren Schiffsbauch. Eine Aufgabe, die zu kontrollieren wiederum dem *Küper* oblag. Er musste achtgeben, dass die Matrosen das Schiff ordnungsgemäß beluden, damit es beim nächsten Sturm nicht Schlagseite bekam und womöglich kenterte.

Der Eignerin hatte man berichtet, dies sei eine Gefahr, die leider immer wieder unterschätzt werde und für manch ein Schiffsunglück sorge, welches sich leicht vermeiden ließe.

Aus den Abrechnungen, die Birte bisher erhalten hatte, wusste sie, dass nicht nur das Walfett, das zu Tran verkocht wurde, Verwendung als Heiz- und Leuchtmaterial fand, sondern dass die

Barten der so genannten Bartenwale, auch Fischbein genannt, genügend Käufer fanden.

Das waren aus Horn bestehende Teile im riesigen Maul des Wals, durch die er seine Nahrung seihte – meist kleinere Krebstiere. Aus den Barten ließen sich Korsettstangen für elegante Damenkleider, Stäbe für Sonnen- oder Regenschirme, Knöpfe, Billardstöcke, Lineale, Peitschenstiele, aber auch Angelruten, Kämme, Haarspangen oder Sprungfedern für Kutschen herstellen, die das Befahren holpriger Wege um einiges angenehmer gestalteten.

Die Apotheker hingegen kauften sehr gerne die Leber der Wale. Sie gewannen daraus den zwar scheußlich schmeckenden, aber angeblich sehr bekömmlichen Lebertran, den man meist kleinen Kindern verabreichte, die nicht recht gedeihen wollten.

Mittlerweile waren die Planken auf dem Schiffsdeck rot vom Blut der Wale – noch waren die Kadaver nicht völlig ausgeblutet – und gefährlich glitschig von dem reichlich vorhandenen Speck. Birte hatte genug vom Gestank der toten Tiere und ihrer Innereien sowie von der hektischen Betriebsamkeit auf der *Meerjungfrau*.

Mittlerweile hielt Didi, Jens' Freund, Catrina mit einem Arm fest; sie saß rittlings auf der Bordwand und ließ die Füße baumeln, während sie das Treiben neugierig beobachtete. Der freundliche Seemann, der die Kleine zu Anfang getragen hatte, war inzwischen beschäftigt, während Didi gerade eine kurze Pause einlegte.

Birte entging nicht, dass sie den schwer arbeitenden Matrosen nur im Wege stand. Gerne würde sie mit ihren Kindern das Feld räumen, ehe es Jens womöglich einfiel, sich selbst eins der scharfen Messer zu greifen und Unfug damit anzustellen.

»Jens«, rief sie energisch und packte ihn mit der freien Hand an der Schulter, um ihm keine Möglichkeit zu geben, ihr doch noch zu entwischen. »Lass uns in unsere Kajüte gehen. Wir stören die Männer nur bei ihrer schweren Arbeit!«

Der Junge zog zwar eine Schnute, dennoch machte er Anstalten, zu gehorchen – wenn auch sehr widerwillig. Und auch erst nachdem er noch einen abschließenden Blick ins Wasser hinunter geworfen hatte. Dort schien die See mittlerweile zu brodeln, geradeso, als hätte jemand am Meeresgrund ein Feuer entzündet, welches das Wasser zum Kochen brachte. Sogleich war der mütterliche Befehl vergessen.

Direkt vor Jens' Augen tummelte sich eine beeindruckende Ansammlung mächtiger Haie, die – fast verrückt vor Gier und Blutdurst – zwar nicht mehr vergeblich versuchten, nach den Kadavern zu schnappen, sondern darauf lauerten, dass die Seeleute ihnen Brocken des für sie wertlosen Walfleisches hinunterwarfen.

Längst hatte man auf Walfängerschiffen aufgehört, das Fleisch der erlegten Tiere zu essen. Lediglich der Speck war interessant; alles andere, Fleisch, Haut, Fluke und ein Teil der Knochen landeten im Meer.

»Nur die Barten und die am besten geeigneten Knochenteile verwendet man für verschiedene Gegenstände«, hatte *Commandeur* Frödesen behauptet, als er vor einigen Tagen Birte in Jens' Beisein eine kleine, ausnehmend kunstfertig gestaltete Figur einer zierlichen Wassernixe mit langem Fischschwanz als Geschenk überreicht hatte – ein von ihm selbst geschnitztes Symbol jener Meerjungfrau, die als überlebensgroße, bemalte hölzerne Figur den Bug zierte.

Ein untrüglicher Beweis für den aufgeweckten Jungen, dass der Kapitän seine Mutter liebte. Etwas, das er und Catrina zwar schon lange ahnten – und was ihnen nur recht war. Beide Kinder hatten den humorvollen, immer freundlichen Mann längst ins Herz geschlossen. Ihn als Stiefvater zu haben, erschien ihnen als durchaus erstrebenswert.

Birte hatte oft gesehen, dass die Föhringer Kapitäne vor allem für die mächtigen, meterlangen Kieferknochen der Tiere Verwendung fanden: Das gebogene, ungewöhnlich witterungsbeständige, harte Gebein diente als Balken und Pfosten, aber hauptsächlich als exotischer Gartenzaun; die allergrößten, paarweise einander zugeneigt aufgestellt – wie gigantische Stoßzähne irgendwelcher längst ausgestorbener Elefanten anmutend – ersetzten gar die Grundstückstore.

So war das betreffende Haus bereits von außen als der stolze Besitz eines erfolgreichen Walfängercommandeurs zu erkennen.

Zwar mochten sich Mikel und seine Mannschaft über den verheißungsvollen Auftakt der diesjährigen Fangsaison sehr zufrieden zeigen – die beiden mächtigen Exemplare und ihre Ausbeute an wertvollem Speck wogen die Tatsache, dass das dritte Fangboot erfolglos geblieben war, mehr als auf – für die betreffende Mannschaft bedeutete er allerdings eine bittere Niederlage.

Für den *Harpunier* jener *Schaluppe*, die das angeschossene Tier mit sich in die Weiten des Ozeans gerissen hatte, war das Verschwinden seines Bootes unter einer großen Eisscholle nur zu verhindern gewesen, indem er rigoros die Leine seiner Harpune kappte, die im Rücken des Wals steckte.

»Gleich danach ist das verdammte Vieh samt meiner Lanze auf Nimmerwiedersehen abgetaucht«, berichtete der Mann seinem Kapitän noch vor dem Abendessen. Sein Groll war nicht zu überhören.

Mikel Frödesen tröstete ihn, indem er ihn daran erinnerte, dass er damit die *Schaluppe*, sich selbst und die übrigen fünf Mann Besatzung vor dem sicheren Tod bewahrt habe. »Das ist die Hauptsache und du solltest dem Herrn dafür danken. Wale werden wir noch genügend fangen!«

Der Kapitän versprach allen Seeleuten zum Nachtmahl eine Extraration Rum, sozusagen zur Feier des Tages. Eine Ankündigung, die bei den Männern zufriedenes Gemurmel hervorrief.

SECHS

Also Ende gut, alles gut?

Birte bemühte sich, es so wie alle anderen zu sehen. Immerhin bedeuteten erfolgreiche Fangquoten einen satten Gewinn, nicht nur für den *Commandeur* und seine Mannschaft, sondern vor allem für sie selbst als Eigentümerin der *Meerjungfrau*. Aber insgeheim verspürte sie in ihrem Innern einen leisen Widerwillen, der sich zunehmend in Ekel verwandelte. Woher er so plötzlich kam, wusste sie nicht zu sagen. Wäre sie danach gefragt worden, hätte sie nicht vermocht, das seltsam widerstrebende Empfinden in geeignete Worte zu fassen.

Sie war es einfach nicht gewohnt, das viele Blut, das grausige Abhäuten, das Zerlegen der Kadaver, das Zerschneiden von Haut, Fleisch und Fett und dazu den widerwärtigen tranig-fauligen Geruch, der einem in die Nase stieg, sobald sich die Seeleute an die schmutzige Arbeit machten.

Nicht zu vergessen die vorhergegangene gnadenlose und keineswegs ungefährliche Jagd. Matrosen hatte sie mehrmals sagen hören, es komme immer wieder zu tödlichen Unfällen, falls ein angeschossener Wal mit einem Schlag seiner Fluke die *Schaluppe* zerschmettere.

Dazu kam das abstoßend gierige Gebaren der Haie, die meterhoch aus dem Wasser und die Bordwand hinauf sprangen, um mit ihren wie scharf geschliffene Dolche wirkenden Zähnen ein Stück aus dem Walkadaver zu reißen.

Wenn Birte ehrlich war, widerte das Ganze sie ziemlich an; aber das wollte sie nicht wahrhaben und schon gar nicht laut werden lassen.

Im Grunde handelte es sich doch um nichts anderes als um das ganz selbstverständliche Töten von Heringen oder Makrelen – nur dass dieses Meeresgetier um einiges größer war, versuchte sie sich einzureden. Es käme ihr doch auch nie in den Sinn, das Recht des Tötens von Fischen, Hühnern oder Schafen in Zweifel zu ziehen. Als Bäuerin war sie es gewohnt, Enten und Gänsen durch *Wringeln* den Garaus zu machen; selbst Lämmer hatte sie schon getötet. Nur bei größeren Tieren holte sie einen Knecht oder ihren Vater, der das Schlachten übernahm.

Beim Gedanken an ihren Vater wurde Birte um einiges leichter ums Herz. Er war immerhin Pfarrer und kannte sich aus mit den Geboten und dem Wort des Herrn. Noch nie hatte er seine

Gläubigen ermahnt, ihr Nutzvieh am Leben zu lassen; das wäre auch geradezu lächerlich gewesen. Wozu hielt man sich denn Haustiere?

Natürlich durften auch die Jäger das jagdbare Wild erlegen, ohne dem Willen des Schöpfers entgegen zu handeln. »Macht euch die Erde untertan!« So stand es doch schon in der Bibel.

Überraschend erhielten Birtes Skrupel durch ihre kleine Tochter neue Nahrung. Überraschend deswegen, weil sich die Kleine bisher noch kein einziges Mal negativ zu den Vorgängen geäußert hatte, obwohl sie an diesem Tag über Stunden Zeugin jener blutigen Arbeiten gewesen war, deretwegen man diese Seereise überhaupt unternahm.

»Mir tun die armen Walfische leid, Mama«, sagte das Mädchen leise, nachdem sie mit ihrer Mutter in der Kabine allein war. Von Jens war nichts zu sehen. Erneut schien der Junge ausgebüxt zu sein, weil er sich von dem Geschehen auf Deck einfach nicht losreißen konnte.

»Wie meinst du das, mein Schatz?«

Besorgt neigte Birte sich zu ihrem Töchterchen nieder und strich Catrina über die Wange. Erst jetzt fiel ihr auf, wie blass das Kind war.

Was war sie doch für eine nachlässige Mutter, schalt Birte sich selbst. Längst hätte sie ihre Kleine von Deck wegbringen müssen, um ihr den Anblick der grausigen Schlächterei zu ersparen.

»Die Wale haben uns doch gar nichts getan! Oder sind sie vielleicht sehr böse und gefährlich? Töten wir sie deswegen, Mama?«

Die kindlich naiven Fragen des Mädchens, dessen große blaue Augen fragend auf die Mutter gerichtet waren, rührten Birte im Innersten.

»Nein, Catrinchen, böse sind diese Tiere nicht. Sie werden gefangen und getötet, weil man ihr Fett braucht, um daraus Lampenöl zu machen, damit die Menschen es abends hell in ihren Stuben haben. Den Waltran kann man auch verbrennen, um die Zimmer zu heizen, damit es im Winter in unseren Stuben behaglich ist.«

Catrina überlegte eine ganze Weile. Dann brach es aus der Sechsjährigen leidenschaftlich heraus: »Lieber will ich frieren, als dass man die armen Wale noch länger umbringt. Und hell macht auch eine Bienenwachskerze. Deswegen muss man doch keins der Tiere tot machen!«

Birte, die sich äußerst unbehaglich fühlte, nahm ihre Zuflucht zu lahmen Ausreden und dürftigen Erklärungen. Unversehens befand sie sich in der unangenehmen Lage, eine Sache verteidigen zu müssen, die sie selbst im Grunde verurteilte. Andererseits war es immerhin ihr eigener, nicht unerheblicher Profit, der hier am Pranger stand …

Bei sich beschloss Birte Folgendes: Um ihre eigene Abneigung zu mildern, würde sie, sobald es ans Schlachten der Wale ging, künftig in ihrer Kajüte bleiben. Catrina wollte sie von nun an auch von dem Gemetzel fernhalten. Gewiss ein im Grunde feiger Kompromiss.

Schlimm genug, dass es ihr niemals gelingen würde, Jens am Zuschauen zu hindern. Sie durfte froh sein, wenn der Junge sich nicht jetzt schon selbst daran beteiligte. Birte verließ ihre Kajüte, um sich auf die Suche nach ihrem Sohn zu machen. Sie sah ihn kaum noch, weil er sich ständig bei den Seeleuten herumdrückte.

Birte hatte nichts gegen die Männer, aber sie fand es bedenklich, dass sich ein achtjähriger kleiner Junge dauernd bei Kerlen aufhielt, von denen er womöglich Dinge lernte, die sie nicht gutheißen konnte. Wobei neben lästerlichem Fluchen auch das Tabakrauchen gehörte.

Wie um ihre Befürchtungen zu bestätigen, hörte sie hinter sich Stimmen von Matrosen, die ihren Sohn in seiner Begeisterung für den Walfang bestätigten: »Ihr werdet gewiss selbst auch einmal ein tapferer Walfänger sein, junger Herr«, schmeichelte ihm ein älterer Seemann, und der Schiffsjunge Dirk Wögensen meinte: »Sie sind wahrlich zu beneiden, Herr Jens! Bald werden Sie als *Commandeur* Ihres eigenen Seglers an Deck stehen.«

»Einspruch, mein Lieber«, fuhr Birte barsch dazwischen. »Vorerst ist mein Sohn nur ein kleiner Junge, der noch unendlich viel zu lernen hat!«

Der Satz war ihr ohne langes Überlegen herausgerutscht. Es mochte wohl nicht diplomatisch klug gewesen sein, Jens vor den Matrosen herunterzumachen – zumal er ja tatsächlich in einigen Jahren der Herr der *Meerjungfrau* sein würde.

Aber seine Mutter machte es ärgerlich, dass man jetzt schon so ein Aufheben um seine Person machte. Sie selbst war von ihren Eltern zur Bescheidenheit erzogen worden und gedachte dies auch bei ihren eigenen Kindern so zu halten.

Dass der Junge sichtlich gekränkt war, übersah Birte geflissentlich; er würde sich schon wieder beruhigen.

*

Die nächsten Tage auf See verliefen außergewöhnlich ruhig. Man sichtete auch keine großen Wale mehr; nur kleinere Exemplare, die höchstens zwei Meter erreichten, so genannte Schweinswale, auf die man allerdings keinen Wert legte. Birte und ihre Kinder genossen die herrliche Sicht aufs Meer, dessen Oberfläche sich nur ganz sachte kräuselte – eine Seltenheit um diese Jahreszeit, wie Mikel Frödesen versicherte.

Da es zwar empfindlich kalt war, aber trocken blieb, konnte man den ganzen Tag – warm eingepackt – an Deck verbringen. Kurz nach der Abendmahlzeit, welche die Schiffseignerin und ihre Kinder stets am Tisch des *Commandeurs* einnahmen, fiel Birtes Sohn todmüde in seine Koje in der Kajüte, die er mit Mutter und Schwester teilte.

Darüber war Birte ganz froh; ersparte es ihr doch die üblichen allabendlichen Debatten mit dem Jungen, die sie von Hooge her bis zum Überdruss gewohnt war. Jens fand nämlich seit Langem, seine Mutter behandele ihn wie ein Kleinkind, und hatte sich für gewöhnlich geweigert, so früh zu Bett zu gehen.

Auf der *Meerjungfrau* hingegen kam es nicht selten vor, dass er sich widerspruchslos noch vor seiner jüngeren Schwester niederlegte und dann auch sofort einschlief, sobald sein Kopf das Kissen berührte

Mittlerweile hatte es sich eingebürgert, dass Birte nach dem Abendessen noch mit dem *Commandeur* zusammensaß, sobald Jens und Catrina eingeschlafen waren. Der Tag klang bei einem Glas Wein aus, indem sie die Vorkommnisse auf dem Schiff Revue passieren ließen.

Am meisten freute es beide, dass man bisher den *Meister* noch nicht ernsthaft hatte bemühen müssen.

»So wenige Unfälle, Krankheiten und Verletzungen durch Prügeleien wie dieses Mal hatten wir noch nie«, stellte Mikel Frödesen fest und rieb sich die Hände. »Wir stehen zwar erst am Anfang unseres Törns, aber ich denke, wir haben gute Aussichten, vor Schlimmerem verschont zu bleiben.«

»Worauf gründet sich Ihre Zuversicht?«, erkundigte sich Birte lächelnd. Sie glaubte zu wissen, was jetzt folgen würde: eines der Komplimente, die der Kapitän des Öfteren anbrachte. Auch dieses Mal irrte sie sich nicht.

»Seit Sie an Bord sind, Madame, herrschen nur noch Friede und Eintracht unter meinen Leuten. Keiner möchte sich vor der Eignerin eine Blöße geben. Bis jetzt musste ich noch keinen meiner Männer wegen Raufhändeln bestrafen. Und was den Walfang anbetrifft, ist uns bereits ein vielversprechender Anfang geglückt. Sogar das Wetter zeigt sich Ihnen zuliebe von seiner besten Seite!«

»Oh, Herr Frödesen, Sie schmeicheln mir«, wehrte Birte ab. Aber es war deutlich zu sehen, dass sie sich darüber freute.

Um kein Gerede unter den Seeleuten aufkommen zu lassen, achteten sie darauf, sich abends niemals allein in seiner Kapitänskajüte aufzuhalten.

Seit Beginn der Reise hielten beide dieses Gebot der Klugheit strikt ein. Die Enge auf einem Schiff brachte es nämlich mit sich, dass es vermutlich kaum einen Ort auf Erden gab, an dem mehr geklatscht wurde als an Bord. Unter der Mannschaft waren Gerüchte aller Art – je abstruser, desto beliebter – sozusagen das Salz in der Suppe.

Sollte man Mikel und Birte in Verdacht haben, etwas miteinander zu haben, wäre das dem guten Ruf beider überaus abträglich. Vor allem Birtes Reputation als weibliche Respektsperson wäre unwiederbringlich zum Teufel. Männer, die ohnehin unter dem monatelangen Mangel an Frauen litten, hätten die Eignerin vielleicht gar als leichte Beute betrachtet.

Im schlimmsten Falle wäre es womöglich aus Eifersucht zu Feindseligkeiten und körperlichen Auseinandersetzungen unter den Seeleuten gekommen. Etwas, wovor jedem Schiffsführer zu Recht graute. An Bord hatte absolute Harmonie zu herrschen; war man doch zur rechten Zeit, sobald es hart auf hart ging, auf Gedeih und Verderb auf einander angewiesen.

Auch an diesem Abend waren noch der *Bootsmann* Volkert Gonnesen und der Schiffsgeistliche Hauke Bohsen als Anstandspersonen zugegen. Letzterer rief den Anwesenden die anfängliche Skepsis der Seeleute ins Gedächtnis, die sie der Tatsache entgegengebracht hatten, diesen Sommer werde eine Frau mit an Bord sein.

»Davon ist absolut nichts mehr zu spüren, Frau Birte«, behauptete der Pastor, während er diskret die Qualmwolken beiseite wedelte, die der *Commandeur* mit seiner Meerschaumpfeife verbreitete, die er sich abends nach getaner Arbeit zu gönnen pflegte. Ein Laster, dem die meisten Seeleute frönten – an das Birte sich aber nie hatte gewöhnen können, obwohl ihr Ehemann Janne Ketelsen einst ebenfalls dem Tabakrauchen verfallen war.

Als Birte sich nach der Ursache erkundigte, weswegen unter Seeleuten der Glaube vorherrschte, Frauen an Bord brächten Unglück, wussten weder der *Commandeur* noch die anderen Herren eine vernünftige Antwort. Nach einer Weile gestand Mikel, er habe darüber auch noch nie ernsthaft nachgedacht.

»Aber wenn ich es jetzt recht bedenke, glaube ich, dass man damit einfach aus der Not eine Tugend macht. Es ist ja unzweifelhaft so, dass, je länger die auf See verbrachte Zeit andauert, die Sehnsucht der Männer nach ihren Frauen oder Bräuten umso stärker anwächst, nicht wahr? Da liegt es doch nahe, das, was man sowieso nicht haben kann, schlechtzureden, um damit den Verlust angeblich weniger schmerzhaft zu machen.«

Pastor Hauke Bohsen erteilte dieser Erklärung sofort seine Zustimmung und *Bootsmann* Volkert Gonnesen nickte nach einer kurzen Denkpause. »Ja, das könnte schon irgendwie stimmen«, gab er bedächtig zu. »Jedenfalls haben Sie uns bis jetzt Glück gebracht, Madame!«

Obwohl der *Commandeur* mit dem, was er anschließend preisgab, Birte in Verlegenheit brachte, erzählte er den beiden Herren, was sie ihm vor Tagen in einem gewissen Überschwang anvertraut hatte: ihren Spitznamen Walfängerbraut nämlich, den die Hoogener ihr angehängt hatten, nachdem auf der *Hallig* der Erwerb ihres eigenen Fangschiffs die Runde gemacht hatte. Anfangs genierte Birte sich dementsprechend.

Aber sowohl der Geistliche wie der *Bootsmann* bekundeten ihren Respekt und ihre ehrlich gemeinte Zustimmung.

»Diesen Namen haben Sie sich redlich verdient«, behauptete Pastor Bohsen. »Die Leute auf Hooge müssen sehr klug sein.«

Und Volkert Gonnesen meinte unverhofft charmant: »Dieser Name ist sehr hübsch und passt ausgezeichnet zu Ihnen, Frau Birte!«

Anschließend sprach man wieder über andere Dinge. Am nächsten Tag erwarte man, eine der Vestmannæyjar, der Westmännerinseln zu sichten, verkündete der *Bootsmann*, wo man vor allem frisches Wasser fassen wolle, um den enorm weiten Seeweg getrost in Angriff nehmen zu können.

»Ich habe den *Küper* in Amsterdam noch einmal besonders darauf hingewiesen, mehr Fässer als üblich an Bord zu nehmen«, betonte, an Birte gewandt, der Kapitän. »Wasser kann man nie genug zur Verfügung haben – man weiß nie, was einem auf hoher See widerfahren kann. Schon manche Schiffsbesatzung kam zu Schaden, weil die Männer aus irgendwelchen Gründen festsaßen und vom Nachschub an sauberem Trinkwasser abgeschnitten waren!«

»Es ist gut zu hören, dass Sie und Ihre Leute so umsichtig sind«, lobte Birte. »Es beruhigt mich ungeheuer – vor allem im Hinblick auf meine Kinder!«

Bald danach verabschiedete sie sich von den Herren, um ihre eigene Kajüte aufzusuchen, wo Jens und Catrina bestimmt schon lange schliefen.

*

Ohne Schwierigkeiten näherte man sich den Westmännerinseln und der Kapitän musste entscheiden, wo genau man anlanden sollte. Er und sein Steuermann Oluf Thedesen berieten sich.

»Soweit mir bekannt ist«, meinte Mikel, »ist von all den vielen Inseln nur eine einzige, nämlich Heimæy bewohnt. Aber es ist schon ein paar Jahre her, seit ich hier vorbeikam, und inzwischen mag sich einiges geändert haben!«

»Wohl wahr, Käpt'n!«

Bedächtig strich Oluf Thedesen sich über seinen blonden Seehundsschnauzbart. »Da kann jetzt alles schon wieder ganz anders ausschauen. Die Westmännerinseln sind recht lebhafte Vulkaninseln und ganz überraschend vermehren sie sich immer mal wieder. In Amsterdam habe ich sagen hören, es soll vor Kurzem wieder eine neue Insel dazugekommen sein.«

»Hat man mir auch erzählt«, stimmte Mikel Frödesen zu. »Sozusagen über Nacht soll sich nach einem unterseeischen Vulkanausbruch ein neues Eiland aus dem Meer erhoben haben. Es müsste jetzt ungefähr ein Dutzend Inseln sein.«

»Am besten wird wohl sein, Herr *Commandeur*, wenn wir Heimæy ansteuern, dort Anker werfen und uns mit Trinkwasser und anderen Dingen versorgen. Viel ist es ja sowieso nicht, was die paar Einwohner uns anbieten können.«

Genauso ordnete Mikel Frödesen es auch an.

Am nächsten, wunderschönen, aber wiederum eiskalten und windigen Morgen am letzten Tag im März des Jahres 1709 ankerte die *Meerjungfrau* in einer seichten Bucht der nur von einigen Fischerfamilien besiedelten, reichlich öden Vulkaninsel. Jetzt, im strahlenden Sonnenlicht, erschien der teilweise noch unter einer Schneedecke liegende Ort Birte ganz hübsch zu sein.

Mikel erinnerte er allerdings stark an die viel weiter im Nordosten liegende Insel Jan Mayen, die er nicht gerade in bester Erinnerung hatte.

Aber das war eine ganz andere Geschichte, über die er für gewöhnlich nicht so gerne sprach. Vielleicht würde er sie – irgendwann später einmal – Birte erzählen, falls sie sich jemals näherkommen sollten. Allmählich zweifelte er daran.

Die junge Frau war nach wie vor sehr zuvorkommend und liebenswürdig, aber in seinem Hauptanliegen, nämlich dem Werben um sie, war er noch keinen einzigen Schritt weitergekommen. Es hatte den Anschein, als würde sie nur ein gutes Verhältnis zwischen Schiffsbesitzerin und Angestelltem anstreben.

Aber noch gab er sich nicht geschlagen. Jede starke Festung bedurfte einer langen, intensiven und wohldurchdachten Eroberungsstrategie. Dass der Vergleich ziemlich hinkte, wusste er selbst. Aber als ehemaliger – in sehr jungen Jahren – Angehöriger der schwedischen Kriegsmarine vermochte Mikel eben am besten in militärischen Begriffen und Kategorien zu denken.

»Ja, es sieht jetzt ganz manierlich aus«, stimmte er Birte zu. »Aber ich fürchte, Madame, bei Nebel oder während der dunklen Winterszeit muss es hier auf dem gottverlassenen Eiland reichlich trostlos sein.«

»Zum Glück müssen wir ja auch nicht hierbleiben«, meinte Birte leichthin. Ihr jedenfalls gefiel die Insel recht gut. Zumindest würde man nach längerer Zeit auf See wieder einmal für eine kleine Weile festen Boden unter den Füßen haben. Sie gedachte, mit dem Schiffsmedicus Marten Paulsen und dem *Küper* und seinen Leuten, die für das Wasserfassen zuständig waren, von Bord zu gehen. Jens und Catrina durften sie begleiten.

Die erste Anfrage an Land bei ein paar Fischern, die am Strand dabei waren, ihre Netze zum Trocknen aufzuhängen, bestätigte, dass es etwa ein Dutzend Familien auf Heimæy gebe, darunter auch zwei Inuitsippen, die den Weg von Grönland hierher gefunden hatten und offenbar sesshaft zu werden gedachten.

Und ja, kaufen könne man einiges auf der Insel, wenn auch nur Kleinigkeiten; das Wichtigste, nämlich gutes und sauberes Trinkwasser zu bekommen, bereite auch keine Schwierigkeiten. Das klang verheißungsvoll. Birte und ihre Kinder stapften tapfer über ein Geröllfeld aus schwarzen Lavabrocken vom Ufer in Richtung Inland des Inselchens, umgingen dabei ein paar Schneeflecken und ein kleines Eisfeld, um auf eine winzige Ansiedlung zuzusteuern, von der man allerdings noch nichts erkennen konnte. Aber die Handbewegungen und die richtungweisenden Finger der Fischer waren eindeutig gewesen.

Nach einer Weile und nachdem alle einen etwas ermüdenden Marsch über die Holperstrecke ins Inselinnere hinter sich gebracht hatten, erhoben sich hinter einem dunkelgrauen, ausladenden Felsklotz ein paar Häuser.

Birte bemerkte seit Beginn der Wanderung, dass Catrina ihr und ihrem Bruder nur sehr zögerlich folgte. Da sie glaubte, es sei, weil dem kleinen Mädchen der schmale Pfad mit den spitzen Lavasteinen Mühe bereite, nahm sie schließlich ihre Tochter an die Hand.

Zu ihrem Erstaunen schaute Catrina zu ihr auf und sagte leise: »Mama, ich möchte zum Schiff zurück.« Als sie den leicht verärgerten Augenausdruck der Mutter wahrnahm, fügte sie rasch hinzu: »Bitte!«

»Was soll das jetzt, Catrina? Du wolltest doch unbedingt mitgehen. Ich denke nicht daran, jetzt umzukehren, ehe wir das Dorf erreicht haben. Du selbst hast dir gewünscht, wir sollten versuchen, ein kleines Spielzeug für dich zu finden. Also, sei so gut und nimm dich zusammen!«

Noch mehr überrascht war Birte allerdings, als das Mädchen zu weinen anfing. Große Tränen kullerten über das kleine Kindergesicht und veranlassten Jens, sich über seine Schwester lustig zu machen.

»Eine Heulsuse wie dich hätten wir wirklich besser an Bord gelassen«, meinte er überheblich und beschleunigte demonstrativ seine Schritte in Richtung der bescheidenen Ansiedlung.

»Jetzt sag mir bitte, was du hast, Liebchen!«, forderte Birte, die mittlerweile erschrocken stehen geblieben war, ihr Töchterchen auf. Es dauerte noch eine Weile, ehe Catrina mit ihrem Kummer herausrückte.

Um sich aufzuspielen und um ihr Angst einzuflößen, hatte der *Moses* ihr weisgemacht, auf den Westmännerinseln würden hinterhältige Trolle hausen, die jedem Fremden aus reiner Bosheit gemeine Streiche spielten, um ihn dazu zu bringen, die Insel gleich wieder zu verlassen.

»Das Trollpack ist nämlich äußerst lärmempfindlich und mag es gar nicht, wenn Menschen sich ihnen und ihren Behausungen nähern«, hatte Dirk behauptet. »Die stampfenden Trampelschritte und lauten Stimmen von uns Seeleuten oder von anderen Menschen sind ihnen ein Gräuel. So lassen sie sich allerhand Schurkereien einfallen, um Besucher abzuschrecken. Da sie so klein sind, bemerkt man die Trolle nicht rechtzeitig. Und weil sie sich unter Steinen oder in kleinen Erdspalten verkriechen, findet man die Biester kaum. Am liebsten ziehen sie kleine Kinder, wie du eines bist unter die Erde in ihre finsteren Höhlenwohnungen und lassen sie nie mehr frei!«

»Kein Wunder, mein Schatz, dass du Angst bekommen hast, wenn dir Dirk so einen Unsinn erzählt. Glaub mir, Catrina, es gibt keine Trolle! Das sind alles bloß Märchen, um kleinen Kindern und gutgläubigen Erwachsenen Furcht einzuflößen. Es ist unfassbar! Sobald wir zurück sind, werde ich mir den Knaben vornehmen und ihn fragen, ob er den Blödsinn, den er dir erzählt hat, tatsächlich glaubt. Ich verspreche dir, ich werde es nicht zulassen, dass er dir noch einmal Angst macht mit so einer albernen Spukgeschichte. Aber jetzt, mein Schatz, lass uns rasch weitergehen, damit wir ins Dorf kommen.«

Um Catrina zu beruhigen, hatte Birte sich bemüht, die Existenz von Erdgeistern zu leugnen und ins Reich der Phantasie zu verbannen. Aber tief in ihrem Innern war die junge Frau sich nicht ganz so sicher, wie sie sich gegeben hatte. Konnte sie selbst sich doch von einem gewissen Aberglauben nicht gänzlich freisprechen. Hielt sie etwa das Vorhandensein von Roggfladders, Muunbälkchen, Puuken oder Odderbantjes wirklich und wahrhaftig für gänzlich ausgeschlossen? Daran glaubten doch insgeheim die meisten ihrer Landsleute!

Wer wusste denn schon, was sich sonst noch alles an Spukgestalten und Gespenstern herumtrieb – vor allem in einer Gegend der Erde, die so weit entfernt war von der Heimat, in einem fremden Land, umgeben vom grenzenlos erscheinenden Ozean?

Unbestritten war der deutsche Norden – vor allem Friesland – geradezu das Paradies für Spökenkiekerei aller Art. Ihr eigener Vater, Pastor Peter Knudtsen, vermochte ein leidvolles Lied davon zu singen. Wie oft hatte Birte ihn gegen den Aberglauben predigen hören – mit recht magerem Erfolg.

Mutter und Tochter beeilten sich, die anderen einzuholen, die zügig dem in der Ferne auftauchenden winzigen Ort Heimæy zustrebten. Sogar ein Kirchlein schien vorhanden zu sein.

SIEBEN

Mittlerweile hatte den Hoogener Pastor ein Schreiben seines Föhringer Amtsbruders Lorenz Brarens erreicht, das kaum geeignet war, seine Besorgnis über den Frieden in Europa, speziell im Norden, zu zerstreuen.

Brarens' Wissen stammte auch dieses Mal – wie konnte es anders sein – von dessen langjährigem Freund Gottfried Wilhelm Leibniz.

Seit dem Jahr 1700 in Berlin lebend, hatte der in der Stadt Leipzig geborene und aufgewachsene Universalgelehrte und Philosoph noch immer beste Verbindungen nach Sachsen. Er wusste zu berichten von den Ängsten der dortigen Bevölkerung vor der Brutalität der schwedischen Soldaten, die man bereits vom Dreißigjährigen Krieg her noch allzu gut im Gedächtnis hatte.

Jetzt befürchteten die Menschen dort eine Neuauflage der Schwedengräuel. Der Grund, weshalb Karl XII. das Land Sachsen besetzt hielt, war die Unterstützung Russlands durch den sächsischen Kurfürsten, August den Starken. Ausgerechnet von Russland, dem erklärten Feind Schwedens!

Leibniz erwähnte auch die panische Flucht der sächsisch-kurfürstlichen Familie. Angeblich war der sächsische Staatsrat entschlossen, den schwedischen Invasoren – aus gutem Grund! – keinen Widerstand zu leisten. Der Föhringer Pastor wusste den Grund dafür zu nennen.

Sie meinen, es solle endlich Schluss sein mit den Ambitionen ihres Kurfürsten. Warum will er, unterstützt von Zar Peter, denn unbedingt auch noch König von Polen sein?

Für August den Starken waren die Sachsen nicht bereit, ihr Kurfürstentum sinnlos zu opfern. Dass Schweden nicht zuschauen würde, wie August den polnischen Thron bestieg, war sonnenklar. Inzwischen hatte der Staatsrat, wie Leibniz mit Genugtuung vermerkte, eine Friedensvereinbarung mit den Schweden unterzeichnet.

Für eine Weile ließ Birtes Vater den Brief des Freundes sinken. Er müsste über das bisher Gelesene genauer nachdenken.

Konnte man davon ausgehen, dass der endgültige Frieden nicht mehr fern war und der unselige Nordische Krieg beendet war?

Pastor Peter Knudtsen bedauerte es sehr, dass jeweils so riesige Zeitspannen vergingen, ehe man auf den Inseln und *Halligen* Wichtiges erfuhr. In diesem Augenblick, in dem er das Leibniz'sche Schreiben studierte, konnte die politische Lage schon längst wieder eine ganz andere sein.

Dass seine Befürchtungen nicht von der Hand zu weisen waren, verdeutlichte der nächste Teil des Briefes.

Leibniz wusste aus sicherer Quelle, dass der Zar russisches Geld und russische Soldaten opferte, um den Kurfürsten von Sachsen auf Biegen und Brechen auf dem polnischen Thron zu halten. Aber keineswegs aus Uneigennutz.

Der Zar hofft, solange in Polen Krieg geführt wird, spielt dieser sich nicht in Russland ab. Aber alles nützte nichts! August der Starke dankte schließlich doch als König von Polen ab und seitdem sucht Peter einen Ersatzmann; wobei der Zar allerdings keine glückliche Hand besitzt. Bisher handelte er sich nur Absagen ein.

Wieder musste Peter Knudtsen eine kurze Pause einlegen, ehe er weiterlas.

Prinz Eugen von Savoyen, den er am liebsten gehabt hätte, überließ die Entscheidung dem deutschen Kaiser. Der sah sich in der Zwickmühle. Einerseits hätte Kaiser Joseph der loyale und tüchtige Untertan ganz gut auf dem polnischen Thron gefallen, aber der Kaiser wagte es nicht, Karl von Schweden zu brüskieren, der seinerseits Stanislaus Leszczynski, einen polnischen Adligen, bevorzugte, zu dessen Qualifikation eine »bescheidene Intelligenz und eine unerschütterliche Treue zum schwedischen König« gehörten. So ist Zar Peter an Jakob Sobieski herangetreten, den Sohn des früheren Polenkönigs, der diese Ehre jedoch dankend abgelehnt hat. Für den Zaren wird es allmählich lebenswichtig, rechtzeitig einen prorussischen Monarchen in Polen zu etablieren, denn Karls Armee bereitet sich in Sachsen darauf vor, in russisches Gebiet einzumarschieren.

Pastor Knudtsen glaubte seinen Augen nicht zu trauen. Der Denkzettel in den Pripjet-Sümpfen hatte dem erlauchten Bruder der verstorbenen Herzogin von Schleswig und Holstein offenbar nicht gereicht. Was in drei Teufels Namen musste denn noch geschehen, ehe der Schwede zur Vernunft kam? Leibniz schrieb weiter:
Und dies, obwohl seine ältere Schwester, die Herzogin Hedwig Sophie, ihn zu ihren Lebzeiten in jedem ihrer Schreiben eindringlich ermahnte, das Kriegshandwerk endlich ruhen zu lassen und sich stattdessen um seine schwedischen Untertanen in den nordischen Provinzen des Baltikums zu kümmern, die unter russischer Herrschaft stöhnten. Peter wiederum wandte sich nunmehr an Francis Rakoszi, einen ungarischen Patrioten, der Ungarn kürz-

lich in einen – wenn auch vergeblichen – Aufstand gegen den habsburgischen Kaiser geführt hatte. Der willigte auch tatsächlich ein, die polnische Krone anzunehmen – aber nur unter der Bedingung, dass der Zar den polnischen Reichstag dazu bewegen könne, sie ihm offiziell anzubieten. Leider reichte die Zeit dazu nicht mehr und das ganze Vorhaben war vom Tisch. König Karl ist bereits aus Sachsen abmarschiert und nähert sich Russland.

Heiliger Jesus, dachte der Pastor von Hooge entsetzt. Jetzt würde der großartige Stratege eine weitere Anzahl wackerer Soldaten dem Untergang weihen.

Russland anzugreifen verbot sich nach seiner Meinung allein schon wegen der schieren Größe des russischen Imperiums. Die Schweden wären bald schon von jeglichem Nachschub an militärischen wie anderen lebenswichtigen Dingen abgeschnitten. Selbst gefallene Krieger wären nicht mehr durch neue zu ersetzen.

Den Pastor überfiel ein Frösteln, Zeichen der Vorahnung einer kommenden Katastrophe. Er zwang sich dazu, den Brief des Freundes zu Ende zu lesen.

Wie ich kürzlich durch Bekannte aus Leipzig erfahren konnte, forciert der Zar im Augenblick seine Bemühungen, Karl in letzter Minute ein Friedensangebot zu machen oder wenigstens Verbündete zu finden, die ihn unterstützen. Mein Freund, der sächsischen Regierungskreisen nahesteht, weiß von einem Angebot des Zaren an Holland, ihm 30.000 seiner besten Soldaten für den Krieg gegen Frankreich zur Verfügung zu stellen, wenn es das Kunststück schaffe, Schweden zum Frieden mit Russland zu überreden. Angeblich hat ihn Holland nicht einmal einer Antwort gewürdigt, worauf Peter die bisher neutralen Mächte Preußen und Dänemark um Vermittlung gebeten hat. Auch das ist gescheitert; ebenso eine Anfrage in England. Im März 1707 – also schon vor etwa zwei Jahren – ließ der Zar in seiner Verzweiflung – man höre und staune – sogar Ludwig XIV. von Frankreich einen Vorschlag unterbreiten. Er werde Ludwig russische Krieger für dessen Kampf gegen England, Holland und Österreich überlassen, wenn es dem französischen Monarchen gelänge, erfolgreich zwischen Schweden und Russland zu vermitteln. Um Karl XII. den Handel schmackhafter zu machen, bot Zar Peter an, das eroberte Dorpat zurückzugeben und noch dazu eine große Summe Geldes draufzulegen. Er bestand lediglich darauf, Sankt Petersburg, seine neu gegründete Stadt, und den Fluss Newa behalten zu dürfen. Wie mein Freund erfahren hat, hat Ludwig von Frankreich immerhin großmütig versprochen, einen Versuch zu machen.

Kopfschüttelnd ließ Pastor Knudtsen das ausführliche Schreiben seines Föhringer Freundes sinken. Wo sollte das Ganze noch enden? Nach einer friedlichen nahen Zukunft sah das wahrlich nicht aus, denn ernsthaft schien keine einzige der europäischen Mächte diesen Frieden anzustreben.

Ob ausgerechnet Ludwig XIV. dazu taugte, den Friedensengel zu spielen, erschien dem Pastor mehr als fraglich. Auch politisch im Allgemeinen eher Uninteressierten musste die Brisanz der Lage allmählich ernsthaft zu denken geben. Wenn die Querelen sich zu einem europäischen Flächenbrand ausdehnten, wären es wie immer nur die einfachen Leute, die darunter zu leiden hätten.

Das letzte Kapitel des Schreibens hatte sich Birtes Vater noch aufgespart. Seufzend widmete er sich der letzten Seite, obwohl ihm dabei nichts Gutes schwante.

Karl von Schweden weigert sich hartnäckig, irgendwelche Friedensverhandlungen mit Russland auch nur in Betracht zu ziehen.

»Alles andere hätte mich auch sehr gewundert«, murmelte der Pastor. Ha, dann kam's.

Erwartungsgemäß hat er das französische Vermittlungsangebot verworfen. Seine Absage begründete er damit, er persönlich traue keineswegs dem Wort des russischen Zaren. Auf ein nochmaliges Angebot Peters, ganz Livland, Estland und Ingermanland, mit Ausnahme von Sankt Petersburg und Schlüsselburg, zurückzugeben, ließ der Schwedenkönig im Kreml lediglich ausrichten, er werde eher den letzten schwedischen Soldaten opfern, als irgendetwas herzugeben, das aufgrund eines Vertrages zwischen seinem Großvater Karl XI. und Zar Alexei noch immer zu Schweden gehöre.

Angeekelt warf der Geistliche das Schreiben auf seinen Schreibtisch. »Damit ist alles gesagt! Der Nordische Krieg geht demnach mit aller Macht weiter. Mit welchen Konsequenzen für uns Inselfriesen oder Halligbewohner, wird die Zukunft erweisen. Da hilft vermutlich nur noch Beten!«

Er schickte sich an, in seine Kirche hinüberzugehen, um Gott zu bitten, den bitteren Kelch des Krieges an den jungen Männern, die er naturgemäß am schlimmsten treffe, vorübergehen zu lassen. Alles nur, weil ein paar gekrönte Häupter sich am Verhandlungstisch nicht vernünftig zu einigen vermochten. Ja, einer weigerte sich sogar, an diesem Tisch überhaupt Platz zu nehmen.

Vor gar nicht allzu langer Zeit hatte erst in Deutschland ein Krieg gewütet, der sich über dreißig Jahre lang hingezogen und ganze Landstriche entvölkert und verwüstet hatte. Sobald der Hoogener Pfarrherr an seine Tochter Birte und seine Enkel Jens und Catrina dachte und an das Schicksal, das ihnen allem Anschein nach bevorstand, wurde ihm beinahe schlecht vor Angst.

In seiner kleinen Halligkirche angekommen, kniete der Pastor vor dem Altar nieder und faltete die Hände.

»Einesteils, lieber Gott, ist es ein Segen, dass unsere gütige Herzogin Hedwig Sophie nicht mehr miterleben muss, wie wenig Einsicht ihr Bruder zeigt, sondern im Gegenteil sämtlichen guten Ratschlägen zu einer friedlichen Beilegung des Konflikts mit Russland eine schroffe Absage erteilt – und sei es auf Kosten einer ganzen Generation junger Männer, deren Abschlachten er, wie es scheint, gefasst ins Auge blickt.«

Dabei sah der ältere Mann seinen Enkel Jens vor sich, der bald alt genug sein würde, um an dem Irrsinn teilzunehmen.

»Oh, Herr, wie kann ich den Kleinen, wie kann ich alle Kinder und Jugendlichen meiner Gemeinde schützen?«

Eine Frage, auf die der Geistliche trotz intensiven und stundenlangen Gebets keine Antwort erhielt.

Als er, müde und erschöpft, in den Pfarrhof zurückkehrte, wollte ihn Gondel mit irgendeiner Banalität überfallen. Als sie jedoch seinen gequälten Gesichtsausdruck gewahrte, unterließ sie es. Ihn damit zu belasten, dass eine Kuh überraschend aufgehört hatte, Milch zu geben, dazu war auch am nächsten Tag noch Zeit.

Ohne etwas zum Abendbrot zu sich zu nehmen, suchte Gondels Herr sofort sein Studierzimmer auf. Dort ließ er sich seufzend und ächzend in seinen Sessel sinken, um aus dem Fenster zu starren, das ihm freie Sicht auf den Nachbarhof seiner Tochter und weiter aufs Meer hinaus bot. Wieder einmal bedauerte er es, als junger Mann nicht als Schiffsgeistlicher auf einem der großen Handelssegler *angeheuert* zu haben. So hätte er wenigstens etwas von der Welt gesehen, überlegte er nicht zum ersten Mal.

Es war zweifach klug gewesen, dass Birte die Flucht gleichsam nach vorn angetreten hatte und auf einen großen Törn gegangen war. Seine Billigung ihrer Entscheidung ging noch viel weiter. Selbst wenn Birte sich dazu entschließen sollte, dem alten Kontinent auf Dauer Lebewohl zu sagen, würde er ihr nicht im Wege stehen.

Ja, mittlerweile war Peter Knudtsen so weit, dass er jedem seinen Segen geben würde, der sich dazu durchränge, in Amerika oder anderswo sich ein Leben in Frieden und Freiheit aufzubauen.

Als er Lorenz Brarens' Brief auf dem Schreibtisch liegen sah, kam ihm die Fußnote in den Sinn, die der Nieblumer Pfarrer ganz unten noch angefügt hatte:

Seine Majestät, König Karl von Schweden, war angeblich, wie man hört, von der Kunde vom unerwarteten Ableben seiner um ein Jahr älteren Schwester, die er stets sehr geliebt und deren Ratschläge er stets überaus geschätzt habe, zutiefst betroffen. Der Monarch habe bittere Tränen vergossen.

Beinahe wäre dem Pastor eine derbe Bemerkung entschlüpft. »Er hätte lieber auf die Ermahnungen hören sollen, solange Hedwig Sophie noch am Leben war«, entfuhr es ihm wütend. »So sehr die hohe Frau sich auch bemühte, ihn um Vernunft zu bitten, erntete sie doch immer nur Ablehnung durch den Bruder.«
Ein paarmal atmete er tief durch.
»Gott allein, der Herr über Leben und Tod, weiß, wie es unserem kleinen Land Schleswig-Holstein und allen anderen Ländern, die in Aufruhr sind, ab jetzt ergehen wird. Möge der Herr uns allen gnädig sein!« Nach einem weiteren tiefen Seufzer fügte der Pastor noch ein aus innerstem Herzen kommendes »Amen!« hinzu.

Obwohl die friesischen Inseln im Jahr 1708 von den Pocken weitgehend verschont worden waren, hatten diese auf dem Festland reichlich gewütet. Die Seuche hatte ziemliche Lücken in die Bevölkerung der Städte und Ortschaften gerissen. Als die Männer, die während der Katastrophe auf See gewesen waren, im Herbst zurückkehrten und vom tragischen Ableben der Landesmutter erfuhren, waren die meisten wie versteinert.
Was ausnahmslos alle empfanden, drückte Pastor Knudtsen so aus: »Nach dem Tod des Herzogs vor einigen Jahren und nach dem jüngst erfolgten Hinscheiden unserer geliebten Herzogin haben wir nun einen Landesherrn, der ein unmündiger Knabe von nicht einmal neun Jahren ist und damit ein Spielball unterschiedlichster politischer Interessen sein wird. Unsere Nachbarn, die Föhringer etwa, werden jetzt wohl weiter auf den zügigen Ausbau ihres Hafens Bi de Wyke warten müssen, den ihnen die hohe Frau anlässlich ihres Besuches auf der Insel versprochen hatte. Die große Frage für uns alle lautet allerdings: Welches Schicksal droht Friesland überhaupt? Wird es seinetwegen zum Kampf zwischen Schweden und Dänemark kommen? Werden wir eine

Zerreißprobe erleben? Wie wird der deutsche Kaiser reagieren? Es wird ihm nicht gefallen, wenn sich die Machtverhältnisse im Norden drastisch verändern sollten. Werden sich womöglich die Niederlande und die mächtige Seefahrernation England auch noch einmischen? Alles, meine lieben Gemeindemitglieder, ist möglich und denkbar. Und eines wollen wir auch nicht vergessen: Den gefährlichen französischen König Ludwig XIV. gibt es immer noch – von Russlands Zar Peter ganz zu schweigen!«

Das Ende seiner Predigt hörte sich niederschmetternd an. Ähnliches hatten jedoch mittlerweile die Pastoren aller Gemeinden in Schleswig-Holstein ihren Schäflein verkündet. Es war Zeit, aufzuwachen! Wie lange noch würden die gewohnte Gelassenheit und relative Ruhe auf dem Festland und vor allem auf den Inseln Bestand haben?

Hatten die Menschen bisher schon genug mit den Widrigkeiten der Natur zu kämpfen gehabt, seien es verregnete oder verhagelte Ernten, unerklärliches Viehsterben, verheerende Orkane oder Sturmfluten auf dem Meer und an den Küsten, jetzt gesellte sich noch die lähmende Furcht vor Krieg und Unterdrückung hinzu, vor Ausbeutung, Hunger, Gefangenschaft und sinnlosem Abschlachten.

»Der russische Zar wird auf jeden Fall versuchen, das jetzt schon gehörig durcheinandergewirbelte Machtgefüge in Europas Norden zu seinen Gunsten auszunutzen«, hatte Knudtsens Amtsbruder Lorenz Brarens behauptet. Auch Peter Knudtsen glaubte das; um dies vorherzusagen, bedurfte es keiner besonderen prophetischen Gabe.

*

Trotz aller Sorgen und Bedenken war man schließlich notgedrungen zum üblichen Alltagsgeschäft zurückgekehrt. Noch ließ sich aus der Ferne keine Spur von Kanonendonner vernehmen. Die gewohnten Tätigkeiten beanspruchten Denken, Arbeitskraft und Aufmerksamkeit eines jeden Einzelnen. Nur den Allerkleinsten war es gestattet, unbeschwert in den Tag hinein zu leben, während bereits fünfjährige Kinder ihren eigenen Pflichtenkatalog zu erfüllen hatten.

Nicht selten schickten ärmere Insel- oder Halligbewohner ihre Söhne bereits mit sechs Jahren als Schiffsjungen zur See, damit auch sie ihren Beitrag zum Familieneinkommen beitrügen.

Auch an Ketel Mommsens Eltern waren schon zahlreiche Anfragen von Walfängerkapitänen herangetragen worden, ob sie ihren elfjährigen Sohn nicht endlich als *Moses* auf einem Segler verpflichten wollten. Während sein Vater Momme dazu durchaus bereit war, zögerte Frigge, seine Mutter, noch.

Insgeheim hoffte sie, den Knaben als Jungknecht bei Pastor Knudtsen oder bei Birte Petersen auf dem Hof unterbringen zu können. Die Chance für eine Anstellung dünkte Frigge nicht schlecht – mochte die Heilerin den ruhigen und anstelligen Jungen doch sehr gerne.

Vor Jahren hatte sie ihn von einer schweren Lungenentzündung befreit. Nichtsdestoweniger waren seine Eltern später unter den größten Schreiern gewesen, die Birte Unsägliches zum Vorwurf machten. Frigge hoffte auf Birtes schlechtes Gedächtnis, aber mehr noch auf ihr Verzeihen und ihre christliche Nächstenliebe, die das Kind nicht für die Sünden seiner Eltern haftbar machen würde.

ACHT

Unwillkürlich beschleunigten Birte, Marten Paulsen und die Seeleute der *Meerjungfrau* ihre Schritte, nachdem sie die dürftigen Anzeichen einer Besiedlung zu erkennen glaubten.

Es handelte sich eher um einfachste und sehr abweisend und unbewohnt wirkende Hütten aus Bruchsteinen als um Häuser, wie man sie von Hooge oder den Inseln gewohnt war. Bewohner sah man im Augenblick keine.

Immerhin, aus dem Innern der Schornsteine kräuselte sich graubrauner Rauch empor in die klare kalte Luft, dessen Geruch Birte an getrocknetes Moos, Torf und Birkenrinde erinnerte. Offensichtlich war das Dorf doch von Menschen bewohnt, mit denen man hoffentlich Handel treiben konnte.

Ein älterer Fischer – ein Mann, der offenbar auch Inuit zu seinen Vorfahren zählte – näherte sich mit schlurfenden Schritten den Ankömmlingen. Er fragte sie auf Dänisch nach ihren Wünschen. Wie sich herausstellte, handelte es sich um den Dorfältesten mit Namen Mánarse.

Die Besatzungsmitglieder der *Meerjungfrau* einigten sich bald mit ihm und schnell war das Wasserfassen an einer lebhaft sprudelnden Quelle am Rande des Dorfes erledigt. Ehe man es sich versah, waren die mitgebrachten Fässer bis zum Rande mit dem köstlichsten Nass gefüllt.

Inmitten des Ortes gab es eine Art Gemischtwarenladen, wo man Tabak, Bier, frisches Gemüse und allerlei Dinge des täglichen Bedarfs erwerben konnte.

Der Einkauf an Lebensmitteln ging auch rasch vonstatten; viel Auswahl an Nahrungsmitteln hatte der Laden, den eine unglaublich dicke Isländerin, Mánarses Frau, zusammen mit ihrer attraktiven jungen Schwiegertochter führte, ohnehin nicht zu bieten.

So dauerte es nicht lange, bis die Matrosen mit einigen Körben voll Eiern, einigen Säckchen Mehl und Tüten voll Haferflocken, etlichen großen Brotlaiben und viel sogenanntem Grönlandsalat zurück zur *Meerjungfrau* marschieren konnten. Aber erst, nachdem sie sich noch mit reichlich Kau- und Pfeifentabak sowie mit etlichen Flaschen Kornbranntwein eingedeckt hatten.

Auch der Medicus hatte dem Angebot an klarem Schnaps nicht zu widerstehen vermocht. Es handele sich um Medizin, behauptete er, und um ein Mittel, verunreinigte Wunden zu säubern.

Auf Jens' fragenden Blick hin musste Birte das bestätigen. Ja, Alkohol in geringer Menge und angemessen benutzt, reinige den

Körper innen und außen. »Es kommt darauf an, dass man ihn in der richtigen Weise anwendet«, sagte sie.

Catrina, die ihre Augen wieselflink in dem finsteren, kleinen und sehr unordentlichen Lädchen umherwandern ließ, fiel auf, dass die Seeleute darauf bedacht zu sein schienen, wie sie die Schnapsbuddeln unter den übrigen Waren verstauen konnten.

»Warum verstecken die Männer die Flaschen, Mama?«, piepste ihre Stimme hinter einem Fass mit eingelegten Heringen hervor. Das hörte sich so drollig an, dass die Männer vor Lachen laut herausplatzten.

»Niemand versteckt etwas, Kind«, gab Birte der Kleinen zur Antwort. »Sei nicht so vorlaut!«

Aber einer der Matrosen zwinkerte Catrina zu und meinte: »Braucht ja nicht jeder gleich zu wissen, dass wir uns Medizin besorgt haben! Sonst werden womöglich gleich alle an Bord krank und möchten davon auch was abhaben!« Damit löste der Mann eine weitere Lachsalve aus. Die Seeleute und der Schiffsarzt bezahlten und wandten sich zum Gehen.

»Hast du etwas gefunden, mein Schatz?«, wandte Birte sich an Catrina. »Jens hat sich schon ein aus Walrossbein geschnitztes Seeungeheuer ausgesucht. Es sieht ja gruselig genug aus; irgendeine Mischung aus Mensch, Bär und Walfisch. Aber wenn es ihm gefällt, soll er es meinetwegen haben.«

»Das ist ein Tupilak, wie ihn Eskimos herstellen, Mama!«, brüstete sich Jens mit seinem frisch erworbenen Wissen. »Das ist eine Figur, die hat …« Abrupt hielt er inne. Beinahe hätte er »Zauberkräfte« gesagt! Um Gottes willen, das durfte er seine Mutter unter keinen Umständen hören lassen! Mama wäre imstande und würde ihm den Kauf des exotischen Gegenstands verbieten. Er hatte jedoch keine Angst davor und wollte das bizarre Ding unbedingt besitzen.

Birte, die nicht richtig zugehört hatte, zückte ihre Geldkatze und nestelte an deren ledernen Schnürbändern. »Und was hast du dir jetzt ausgesucht?«, wandte sie sich wiederum an ihre Tochter.

Ihre normalerweise sanfte Stimme klang bereits ein bisschen ungeduldig; sämtliche Seeleute waren verschwunden und der Weg zum Schiff würde noch eine ganze Weile in Anspruch nehmen.

Wenn auch feststand, dass die *Meerjungfrau* nicht ohne die Eigentümerin und ihre Kinder den Anker lichten würde, um davonzusegeln, hatte sie dem *Commandeur* doch versprochen, sich nicht länger als zwei Stunden auf Heimæy aufzuhalten; und die junge Frau pflegte ihre Versprechen nach Möglichkeit einzuhalten.

Catrina aber konnte sich nicht entscheiden. Die Wahl fiel ihr schwer zwischen einer Puppe mit blauem, fein besticktem Gewand mit einem aus Knochen geschnitzten Kopf, der mit Haaren aus langen gelben, zu Locken gedrehten Wollfäden versehen war, auf denen eine aus Haselholz gefertigte und golden bemalte Krone saß. Offenbar sollte es eine Königin sein.

»Schau, Mama! Die Frau hat gesagt, dass das die Prinzessin Tausendschön ist!« Catrina streckte der Mutter die Puppe entgegen. »Sie sieht sehr schön aus, nicht wahr? Aber, die hier gefällt mir auch sehr gut.«

Jetzt griff das Kind nach etwas, das Birte zuerst für einen kleinen Flickenhaufen gehalten hatte. Das Etwas besaß eine rote, lange, spitze Nase, hatte lustige Knopfaugen und einen breiten lachenden Mund. Der Kopf mit dem runden Gesicht unter einem Wust schwarzer Haare hatte riesige, spitz zulaufende Ohren und war bedeckt von einer viel zu großen roten Mütze. Er war wie der ganze Körper samt Armen und Beinen nicht aus Bein geschnitzt, sondern bestand aus mehreren mit Werg gefüllten Stoffbeuteln. Bekleidet war die Figur mit einem bunten Gewand, einer Art Anzug, zusammengesetzt aus lauter kleinen Stofffetzen in verschiedenen Farben. Schuhe besaß die Puppe allerdings nicht. Offenbar handelte es sich um einen barfüßigen Troll – aber einen von der gutmütigen Sorte, der niemandem Angst einflößte.

»Welche Puppe soll ich nehmen, Mama?« Unentschlossen schaute Catrina auf die zwei Exemplare, die auf dem Verkaufstresen nebeneinander lagen.

»Wir nehmen beide«, beschloss Birte, um ihre Tochter nicht länger der Qual der Wahl auszusetzen. Spielsachen waren rar und im Allgemeinen sehr teuer, falls man sie nicht selbst herstellte. Eigentlich waren es sogar Luxusartikel und nur die Kinder der ganz Reichen oder Adeligen konnten sich daran erfreuen.

Hier allerdings kosteten sie nur einen Bruchteil dessen, was man in Wyk auf Föhr oder auf dem Festland dafür ausgeben müsste. Catrina jubelte über die unverhofften Geschenke und auch ihr Bruder bedankte sich artig. Wobei Jens sich im Stillen fragte, womit sie die Großzügigkeit ihrer Mutter verdient hatten. Seit sie nicht mehr zu Hause waren, kam ihm Birte um ein Vielfaches liebenswürdiger vor und viel weniger streng als sonst.

*

Der Schiffskoch lobte die Matrosen, so umsichtig gewesen zu sein und solche Mengen an gesundem Grünzeug besorgt zu haben. Seit langem wusste man auf den Schiffen, dass ohne frisches Obst und Gemüse eine schlimme Krankheit drohte, der auch als *Scharbock* bezeichnete *Skorbut* nämlich. Ein Ungemach, das den Seeleuten anfangs das Zahnfleisch bluten und später die Zähne ausfallen ließ, ihnen Kopfschmerzen bereitete, Sehstörungen bescherte, sie vollkommen ermattet aufs Lager warf und zu guter Letzt nicht selten zu ihrem Tod führte.

Um den Grönlandsalat, der nicht sofort verbraucht wurde, einlagern zu können, würde der *Smutje* ihn klein schneiden und an der frischen Luft dörren lassen. Auch in getrocknetem Zustand erfüllte er seinen Zweck und konnte den Speisen ganz einfach wie ein Gewürz zugesetzt werden.

Kaum waren alle wieder zurück an Bord, lichtete man den Anker und begab sich weiter auf große Fahrt.

Jens und Catrina wichen dem *Smutje* jetzt nicht mehr von der Seite. Die Kinder rätselten, was er wohl mit den vielen Brotlaiben anfangen werde. »So viel können wir doch gar nicht auf einmal essen«, flüsterte Jens seiner Schwester ins Ohr. »Das ganze schöne Brot wird steinhart oder schimmelig werden und dann können wir nur noch die Fische damit füttern!«

Der Koch schmunzelte. Er hatte den Einwand sehr wohl gehört und bereitete den beiden eine Überraschung. Um das Backwerk vor dem Schimmeln zu bewahren, schnitt er es in hauchdünne Scheiben und ließ diese bei zum Glück gerade herrschender Windstille und Sonnenschein – ausgebreitet auf einem großen Tuch – auf den blank gescheuerten Planken des Schiffsdecks dörren. Das ergab eine Art Schiffszwieback, der sich monatelang hielt, ohne schlecht zu werden. »Außer die allgegenwärtigen Mäuse fallen darüber her«, fügte der *Smutje* sorgenvoll hinzu.

Oh, diese Befürchtung verstanden die Kinder! Mäuse und Ratten gehörten leider Gottes zum Alltag auf jedem Segler. Das Viehzeug war auf Dauer – den aufgestellten Fallen und dem ausgestreuten Gift zum Trotz – einfach nicht auszurotten. Eher vergiftete sich der Schiffshund oder verendete gar. Aus irgendeiner Ritze krochen die gefräßigen Nager jedes Mal aufs Neue hervor und plünderten die Vorräte.

Um ihrer einigermaßen Herr zu werden, hielt man sich üblicherweise eine oder besser noch mehrere Katzen. Auch auf der *Meerjungfrau* lebten ein paar dieser nützlichen Samtpfoten – zur großen Freude der Kinder. Vor allem Catrina hatte gleich Freundschaft mit ihnen geschlossen und schleppte, wo immer sie stand oder ging, einen der pelzigen Maunzer auf dem Arm herum.

Der Schiffsjunge Dirk mokierte sich zwar darüber und behauptete, sie hielte die Tiere nur von ihrer eigentlichen Aufgabe, nämlich dem Mäusevertilgen, ab. Als *Commandeur* Mikel Frödesen das hörte, lachte er bloß. Ihn störte das nicht, im Gegenteil.

»Wer Tiere liebt, ist im Allgemeinen auch ein Freund seiner Mitmenschen«, behauptete er, was Catrina zum Erröten brachte. »Und wenn die Katzen Hunger verspüren, werden sie schon Jagd auf Mäuse machen. Gefüttert werden sie ja nicht.«

Letzteres stimmte nicht so ganz. Sowohl Jens als auch Catrina und sogar ein paar der Matrosen brachten es nicht übers Herz, den hübschen kleinen Raubtieren mit den bettelnden grünen Augen etwas abzuschlagen, und traten ihnen hin und wieder einen Bissen ihrer eigenen Essensrationen ab.

Eines Tages überraschte Birte sogar den Kapitän dabei, wie er einer stolzen, grau-weiß getigerten Katzenschönheit ein Stückchen Wurst vorsetzte – welches sie entsprechend hoheitsvoll entgegennahm.

Seit der Abreise von den Westmännerinseln schien Oluf Thedesen, der Steuermann der *Meerjungfrau,* an beträchtlichen Beschwerden der rechten Schulter zu leiden, die Tag für Tag schlimmer wurden. Es lag vermutlich am Wetter, das sich innerhalb weniger Tage beinah dramatisch verschlechtert hatte; außerdem konnte er sich beim Verstauen der Wasserfässer verhoben haben.

Waren die Seefahrer bisher mit ungewöhnlich traumhaftem Frühlingswetter verwöhnt worden, zeigte ihnen jetzt auf einmal der Wettergott, dass er auch andere Saiten aufzuziehen verstand. Es goss in Strömen, war dabei eisig kalt und es blies ein ekelhaft böiger Wind, der alles davonwehte, was nicht niet- und nagelfest war.

Anfangs fiel Birte nur auf, dass Oluf Thedesen seinen rechten Arm schonte. Aber seit einigen Tagen benützte er ihn fast überhaupt nicht mehr, sondern erledigte das meiste mit dem linken, obwohl er ein ausgesprochener Rechtshänder war.

Wenn er doch einmal den rechten Arm belastete, verzog er, sobald er sich unbeobachtet glaubte, vor Schmerzen das Gesicht. Unter seinem dicken braunen Überwurf schien neuerdings ein mächtiger Verband um seine Schulter gewickelt zu sein, der ihm zusätzlich jede Bewegung erschwerte.

Birte hatte sich bisher zurückgehalten. Solange der Mann sich beim Schiffsarzt nicht beklagte, waren auch ihr die Hände gebunden. Sie würde sich sowieso auf keinen Fall in die Arbeit von Medicus Marten Paulsen einmischen, sondern höchstens einen guten Rat erteilen, wenn man sie darum bat.

Aber jetzt waren sie so gut wie allein an Deck und der Gesichtsausdruck des Seemanns war so jämmerlich – mühsam unterdrückte er ein Stöhnen – dass Birte einfach nicht anders konnte.

»Was ist los mit Ihrem Arm, Steuermann?«, fragte ihn Birte ganz direkt, denn der Zustand seiner rechten Schulter schien aller Schonung zum Trotz keineswegs besser zu werden. »Sie halten sich schon ganz schief! Lassen Sie mich einmal nachschauen!«

Thedesen blickte sich vorsichtshalber um, ob niemand ihnen zuhörte oder sie beobachtete. Leise erklärte er sich damit einverstanden, dass Birte einen Blick darauf warf, und stapfte mit ihr zu ihrer Kajüte.

Mühsam und umständlich schälte er sich dann aus Umhang und Wollhemd und sie konnte den monströsen Verband in Augenschein nehmen, der aber immerhin fachgerecht angelegt zu sein schien.

»Wer hat Sie denn verbunden – und warum?«, erkundigte sich Birte. »Sind Sie denn so schlimm verletzt?«

Aus ihrer Stimme klang echte Besorgnis und der Steuermann fasste Vertrauen in die Fähigkeiten der jungen Frau, von der man sich an Bord erzählte, auf Hooge sei sie eine anerkannte Heilerin.

»Den Verband hat mir der *Meister* angelegt, Madame. Und nein, verletzt hab ich mich nicht. Meine Schulter schmerzt nur seit mehreren Tagen und ich habe Schwierigkeiten, den Arm zu benützen. Jetzt kann ich ihn nicht einmal mehr ein Stück weit anheben!«

»Wozu ein Gutteil auch die dicke Bandage beiträgt«, rutschte es Birte heraus. »Wenn Sie erlauben, Steuermann, nehme ich sie ab und sehe mir das Ganze einmal in Ruhe an.«

Nachdem sie einen wollenen Schal und eine viele Ellen lange Leinenbinde abgenommen sowie eine dicke, übelriechende Salbenschicht – Birte tippte auf ranziges Schweineschmalz – abgewaschen hatte, war die gerötete Schwellung der Achsel deutlich sichtbar.

Mit aller Vorsicht versuchte Birte, Oluf Thedesens Arm ein Stück weit anzuheben, wobei der Seemann allerdings schmerzlich zusammenzuckte. Versuchsweise legte Birte ihre kühle Hand auf die betroffene Stelle, wobei sie insgeheim über die davon ausgehende Hitze erschrak.

»Ah! Ihre Hand tut gut, Frau Birte! Sie kühlt so angenehm. Ich halte die Glut in meiner Schulter oft schier nicht mehr aus. Aber der *Meister* meint, dass ich das Feuer darin ertragen muss, wenn ich Erfolg haben will!«

»Ich denke, dass Sie im Gegenteil Kühlung nötig haben, Steuermann! In Ihrer Schulter hat sich nämlich eine schlimme Entzündung eingenistet und durch die zusätzliche Wärme von außen kann es gar nicht besser werden!«

Der Seemann starrte sie verständnislos an. War dies ein Streit unter medizinischen Experten, oder redete das junge Weib Unsinn?

»Lassen Sie mich nur machen, Steuermann! Dann werden wir ja sehen, wie lange es dauert, bis Sie das Schultergelenk und Ihren Oberarm wieder schmerzfrei bewegen können.«

»Wie wollen Sie denn vorgehen, Frau Birte?« Oluf Thedesen hörte sich ängstlich an. Zum Glück fiel ihm ein, was er von Birtes Ruf als Heilerin schon gehört hatte, und er erklärte sich mit ihrem Vorschlag einverstanden, den gesamten Bereich drastisch zu kühlen, um der schmerzhaften Entzündung Herr zu werden.

Dass er mit seinem Einverständnis den Schiffsarzt Marten Paulsen womöglich vor den Kopf stieße, klammerte Oluf Thedesen aus; dafür war sein Leidensdruck zu groß. Er selbst erteilte einem Matrosen namens Erik den Auftrag, ihm einen der um die *Meerjungfrau* herum schwimmenden Eisbrocken aus dem Wasser zu fischen und in die Eignerkajüte zu bringen.

Birte zerkleinerte den Eisklumpen mit einem vom Schiffskoch ausgeliehenen handlichen Hackebeil und füllte die Stücke in ein Stoffsäckchen, um das Eis nicht auf der blanken Haut aufzulegen, wo es – seltsamerweise – Verbrennungen verursachen konnte. Darüber wickelte sie zu guter Letzt eine dünne Leinenbinde und entließ ihren Patienten mit der Empfehlung, den Arm zwar noch zu schonen, ihn jedoch immer mal wieder leicht zu bewegen.

»Niemand kann sich vorstellen, wie schnell Muskeln ihren Dienst aufkündigen, wenn sie nicht benützt werden«, erklärte sie dem verwundert dreinschauenden Seemann. Schmerzmittel benötigte Oluf keines, da die Eiseskälte eine angenehm betäubende Wirkung ausübte – und der Mann im Übrigen nicht wehleidig war.

»Sobald Sie das Gefühl haben, dass das Eis anfängt zu schmelzen und das Gefühl der Kälte nachlässt, erneuern wir den Verband. Das Ganze wiederholen wir, bis die Entzündung vergangen und die Schwellung abgeklungen ist. Sie werden sich wundern, wie schnell diese Methode Wirkung zeigt, Steuermann!«

In Kürze war Thedesen in der Lage, beide Arme schmerzfrei und wie früher zu benutzen. Der Schiffsmedicus, der anfangs schwach protestiert und sich gegen fremde Einmischung höflich verwahrt hatte, fühlte sich beschämt. Sah er sich doch der Gefahr ausgesetzt, von den Seeleuten als Pfuscher gebrandmarkt zu werden.

Aber Birte war ein angeborenes Taktgefühl zu eigen; den *Meister* zu beschämen, lag ihr fern. Sie kamen überein, die erfolgreich geänderte Heilmethode als Verdienst des Medicus auszugeben.

Dem Steuermann war's einerlei, wer ihm geholfen hatte, und versprach, nichts darüber verlauten zu lassen, wem er seine Heilung verdankte. Der Schiffsarzt Marten Paulsen war Birte sehr dankbar; und sie selbst hatte schon so viele Heilerfolge erzielt, dass es ihr auf diesen einen nicht ankam.

NEUN

Immer wieder traf die *Meerjungfrau* neben Frachtschiffen aus Amerika auch vereinzelt auf Robbenfänger, die sich schon jetzt auf den Heimweg nach Hamburg, Amsterdam oder Kopenhagen freuten.

Für die Besatzung war es noch lange nicht so weit. Sie würde noch etliche Monate lang warten müssen. Noch hatte man nicht einmal den diesjährigen Zielort erreicht.

Es war üblich, dass einander begegnende Segler längsseits gingen und die Kapitäne mit ihren Offizieren wechselseitig auf das Nachbarschiff übersetzten, um einander einen freundlichen Empfang zu bereiten und Neuigkeiten auszutauschen. Oftmals gab man den anderen auch Briefe an die Lieben zu Hause mit.

Sobald Mikel Frödesen sein Ziel für die Waljagd erwähnte, die Davis Street, den Meeresarm zwischen Westgrönland und Baffin Land auf dem nordamerikanischen Kontinent, erntete er Bewunderung für seinen Mut. Man wünschte ihm, der schönen und charmanten Eignerin Birte Petersen und ihrer Besatzung viel Glück und ein gutes Fangergebnis.

Zwar handelte es sich keineswegs um ein neues Gebiet, das der *Commandeur* zu befahren sich vorgenommen hatte; seit Langem schon hatten Walfänger verschiedener Nationen dieses Meeresgebiet als besonders ergiebig ausgespäht und befuhren die Strecke regelmäßig. Doch war die Jagd in einem Gewässer so weit im hohen Norden kein Spaziergang.

»Aber der Walfang ist doch niemals und nirgendwo ein Kinderspiel«, pflegte Mikel Frödesen dann mit einem Lachen zu erwidern. »Wir Walfänger müssen den Walen folgen – so einfach ist das! Andere Teile des Nordmeeres sind schon ziemlich abgegrast – zumindest, was die wirklich großen Brocken anbelangt. Und die bringen nun mal die ergiebigste Ausbeute an Waltran.«

Weiter ging die Fahrt nach Westen durch die Irmingersee, um nach etlichen unguten Tagen – die ausgesprochen stürmisch und wegen des dichten Nebels auch nicht ungefährlich verliefen – etwa auf dem 60. Breitengrad die Südspitze Grönlands zu erreichen. Immer wieder galt es, Kollisionen mit größeren Eisbergen zu vermeiden. Das Festland auf der Steuerbordseite liegen lassend, wollte man endlich zur westlich gelegenen Labradorsee gelangen.

Da änderte sich das Wetter wiederum schlagartig. Über Nacht hatte der Sturm sich gelegt, wie von Zauberhand war der zähe Nebel weggewischt und die gleißende Sonne tat regelrecht weh in den Augen. Dennoch hinderte die Crew ein unvorhergesehener Aufenthalt an der zügigen Weiterfahrt.

Ein Segler aus Portsmouth, Südengland, war stecken geblieben im Packeis, sich mächtig auftürmenden Schollen gefrorenen Meerwassers, das gerade um diese Jahreszeit für sämtliche Schiffe eine beträchtliche Gefahr darstellte.

Selbstverständlich leistete die Mannschaft der *Meerjungfrau* Hilfe in der Not, indem sie den Segler *Queen Anne* mittels starker Taue aus den Eisschollen zurück in die Fahrrinne zog. Dazu bedurfte es neben reiner Muskelkraft einer Menge an Erfahrung sowie einer guten Portion Fingerspitzengefühl beim vorsichtigen Navigieren, um am Ende weder das eigene Schiff noch den festgesetzten Handelssegler zu beschädigen.

Commandeur Mikel Frödesen und der englische Kapitän, Sir Michael Francis – Letzterer auf dem Rückweg von Nordamerikas Ostküste nach seinem Heimathafen Porthmouth – wechselten Dankesworte und Grüße, nachdem sie sich über den Zweck ihrer Fahrten ausgetauscht hatten.

Die *Queen Anne,* von New York kommend, wie man Neu-Amsterdam jetzt wohl allgemein nannte, hatte in der Hauptsache Pelze und Felle geladen, wonach in Europa große Nachfrage bestand. Als ihm Frödesen das Ziel seines Törns nannte, wünschte ihm der Engländer viel Glück für sein Vorhaben.

»Seid froh, Sir, dass Ihr es nicht mit den eingeborenen Indianern zu tun haben werdet! Das verdammte Heidenpack glaubt in aller Regel, uns gottesfürchtige Europäer nach Belieben über den Tisch ziehen zu dürfen. So primitiv die Indianer einerseits sind, so verschlagen führen sie sich andererseits auf, wenn es darum geht, ihren Profit zu wahren und unverschämte Preise für ihre Tierhäute zu verlangen«, behauptete er reichlich arrogant. »Oftmals schrecken die Wilden selbst vor Diebstahl mit Waffengewalt nicht zurück. Sie hätten es bitter nötig, dass ihnen mal jemand sagt, wo es langgeht!«

Was er damit meinte, war nicht schwer zu erraten.

Birte und auch Mikel Frödesen hielten sich wohlweislich zurück, auch wenn es nicht leicht fiel. Der *Commandeur* wollte mit dem Engländer keinen Streit anfangen, obwohl er doch schon

ganz andere Sachen gehört hatte: dass es nämlich genau umgekehrt war und die hochnäsigen Europäer glaubten, die indigene
Bevölkerung für dumm verkaufen zu können.

Als am Abend nach der Mahlzeit wie üblich der *Commandeur*
mit den Offizieren und der Schiffseignerin beisammensaß, um
die Ereignisse des vergangenen Tages zu erörtern, sprach Birte
ihn auf die Äußerungen des Engländers an.

»Von meinem Vater, der Pastor ist, habe ich gehört, dass inzwischen ein großer Teil der Indianer getauft ist. Immerhin
schien mir der Ausdruck verdammtes Heidenpack nicht gerade
angemessen zu sein. Und was sollte die Bemerkung, sie strebten
danach, ihren Profit zu wahren? Unter Kaufleuten erscheint mir
das durchaus legitim zu sein! Außerdem handelt es sich um die
Felle von Wildtieren, die in den Wäldern Nordamerikas leben
und nach meinem Verständnis nicht den Engländern oder uns
anderen Europäern gehören. Wie kommt der Kapitän der *Queen
Anne* dazu, nicht angemessen dafür bezahlen zu wollen?«

Mikel stimmte ihr vorbehaltlos zu, andere Seeoffiziere der
Meerjungfrau wiegten bedenklich die Häupter und schienen sich
nicht so sicher, ob der englische Kapitän nicht doch recht hätte
mit seiner Einschätzung der Wilden.

Der Schiffsgeistliche, Hauke Bohsen, dem das Thema offensichtlich nicht besonders schmeckte, wählte den diplomatischen
Mittelweg. Er redete sowohl dem Respekt das Wort, den »die
Eingeborenen den weißen Europäern entgegen zu bringen« hätten, während er andererseits für »brüderliche Liebe« plädierte,
welche »die Weißen ihrerseits den schlichten Brüdern schulde-
ten«.

Er vertrat die Meinung, auf dieser Basis müsste es möglich
sein, in Frieden miteinander auszukommen und Handel treiben
zu können.

Die abendliche Runde löste sich dann sehr rasch auf und die
meisten begaben sich zur Ruhe. Nur Birte lag noch lange wach
und dachte über die Ereignisse dieses Tages nach. Es wollte ihr
nach wie vor scheinen, es sei doch das Recht der Indianer, zu

versuchen, den bestmöglichen Gewinn für sich herauszuholen. Das machte schließlich jeder vernünftige Kaufmann und Händler! Durfte man es den Einheimischen daher übel nehmen?

Die junge Frau schlief mit dem Gefühl ein, der englische Kapitän sei reichlich anmaßend gewesen. Sie jedenfalls würde allen Eskimos oder Indianern, denen man womöglich auf See begegnete – sogenannten Wilden – mit Freundlichkeit und Respekt begegnen.

»Wie man in den Wald hineinruft, so schallt es zurück!« Das hatte ihr Vater ihr schon als Kind beigebracht und Birte war sicher, dass dieser Spruch überall auf der Welt seine Gültigkeit besaß.

Nach der Umrundung Grönlands, die glücklicherweise – und durchaus nicht selbstverständlich – ohne große Probleme verlief, gelangte die *Meerjungfrau* endlich in die Labradorsee, worauf sie Kurs gen Davis Street und damit schnurstracks nach Norden nahm. *Commandeur* und Mannschaft hofften, bald die Baffin Bay zu erreichen, um den großen Fang an Walen zu bewerkstelligen.

Das Wetter meinte es weiterhin gut mit ihnen. Strahlender Sonnenschein begleitete sie auf der letzten Etappe ihres Seewegs; hin und wieder trafen sie auf Buckel- und Entenwale. Aber die beobachtete man nur, als Beute erschienen sie ihnen nicht lohnend. Entenwale maßen im besten Falle gute sieben Meter – da waren die begehrten Blauwale schon von anderem Kaliber: Körperlängen bis dreißig Meter und darüber waren keine Seltenheit.

Birte war hin und her gerissen.

Das barbarische Waleschlachten war ihre Sache nicht. Trotz der ausgezeichneten Weltmarktpreise für den überall begehrten Waltran vermochte sie der Art von dessen Gewinnung keine Sympathie entgegenzubringen.

Andererseits war sie die Eignerin eines Walfangschiffes und demnach Geschäftsfrau. Als solche musste sie sich glücklich schätzen, wenn ihre Mannschaft erfolgreich war.

Jens – mittlerweile hatte er seinen achten Geburtstag gefeiert – war hingegen völlig aus dem Häuschen, als eines hellen Vormittags in der Höhe des grönländischen Ortes Nuuk der Matrose im *Krähennest* eine riesige Herde der mächtigen Tiere ausmachte. In heller Aufregung kam er in Birtes Kajüte gerannt und schrie seiner Mutter »Wale, Mama! Jede Menge Walfische!«, entgegen.

»Brüll doch nicht so!«, tadelte ihn seine Schwester Catrina, die bald sechs Jahre alt sein würde, und schüttelte ein wenig blasiert ihren blonden Lockenkopf. »Man könnte glatt denken, die Welt geht unter!« Dabei rümpfte die Kleine ihre Nase. Seit Kurzem machte sie auf junge wohlerzogene Dame.

Birte, die ihren Sohn trotz der auf einem Walfangsegler herrschenden Enge seit etwa einer Woche kaum noch zu Gesicht bekommen hatte, konnte ein Schmunzeln nicht unterdrücken.

Der Junge war in der Tat hellauf begeistert. Er würde später gewiss ein guter *Commandeur* auf seinem eigenen Segler sein und sich nicht damit begnügen, wie sein tödlich verunglückter Vater nur Heringe vor Helgoland zu fangen.

Jens drehte sich schon wieder um und wollte erneut an Deck stürmen; Birte bekam ihn gerade noch am Ärmel seiner dicken Wolljoppe zu fassen.

»Halt, mein Sohn! Erst einmal hiergeblieben! Ich habe dich tagelang nicht mehr gesehen. Wie geht es dir denn so inmitten der Seeleute? Wie kommst du mit dem Schlafen zurecht und mit den Mahlzeiten?«

Diese Fragen waren nicht unberechtigt. Hatte Jens sich doch kürzlich von seiner Mutter die Erlaubnis erbeten, sich während der kommenden Seereise den einfachen Matrosen anschließen zu dürfen. Ihr Leben wollte er mit ihnen teilen – und zwar ohne jede Vorzugsbehandlung.

»Nur weil ich dein Sohn bin, Mama, und diesen Kahn – so Gott will – einmal besitzen werde, bin ich nichts Besseres als sie«, hatte er sich einsichtig gezeigt.

So hatte er es nach längerer Debatte mit Birte durchgesetzt, bei den einfachen Matrosen im Schiffsbauch gleich ihnen in einer Hängematte schlafen zu dürfen und mit ihnen das gleiche Essen aus einer Gemeinschaftsschüssel, genannt *Back*, zu sich zu nehmen.

Birte war keineswegs begeistert gewesen, als Jens mit seinem Geburtstagswunsch herausgerückt war. Ihr Einverständnis hatte sie davon abhängig gemacht, dass *Commandeur* Mikel Frödesen ihr in die Hand versprechen musste, einen der Offiziere damit zu betrauen, unauffällig ein Auge auf den Jungen zu haben.

»Die Matrosen mögen zwar im Allgemeinen brave Kerle sein, aber ich will nicht, dass Jens von ihnen das Fluchen und andere schlimme Ausdrücke lernt oder gar gemeine Witze hört! Er ist noch ein unschuldiges Kind – und das soll auch noch eine Weile so bleiben«, hatte sie ihre mütterliche Besorgnis begründet.

Dafür zeigte der Kapitän volles Verständnis. Er konnte die besorgte Birte beruhigen, indem er ihr versicherte, Oluf Thedesen, altbewährter Steuermann auf der *Meerjungfrau* und ein frommer Protestant dazu, werde sich persönlich des Knaben annehmen; kein Seemann werde auch nur den Versuch unternehmen, Jens irgendwie zu verderben.

»Alle Mann an Bord empfinden allergrößte Hochachtung für Sie, Madame, und für Ihre Kinder.«

»Alles ist in bester Ordnung, Mama«, behauptete Jens. »In einer Hängematte schläft es sich einfach himmlisch. Ich habe noch keine Nacht mein Bett vermisst! Und das Essen schmeckt mir auch«, fügte er hinzu – allerdings ein klein wenig zögerlich.

Wie alle an Bord wusste natürlich auch Birte, dass zwischen dem Nahrungsangebot für den *Commandeur* und die Offiziere und den Mahlzeiten für die einfachen Seeleute ein himmelweiter Unterschied bestand. Von der Art, wie es serviert wurde, einmal ganz abgesehen.

Die große *Back* für die Mannschaft enthielt in aller Regel eine Art Gemüseeintopf, angereichert mit Fisch oder anderem Meeresgetier, den jedermann der Schüssel mit seinem Löffel entnahm; eigene Teller waren für die Mannschaftsgrade nämlich nicht vorgesehen. Man erzählte sich, früher hätten die Seeleute mit den Fingern in die Schüssel gegriffen …

»Die Reste im Pott hat früher der *Moses* mit seiner Zunge ausgeleckt«, hatte ein Matrose dann noch genüsslich erzählt. »Das hat den Abwasch unnötig gemacht!«

Die Männer hatten gelacht, als sie Jens' Gesichtsausdruck bemerkten.

»Wirklich?«, hatte Jens sich daraufhin zweifelnd erkundigt. »Da hat Dirk ja Glück, dass es heute nicht mehr so ist!« Er glaubte, die Kerle wollten ihn nur auf den Arm nehmen. Aber Diderich »Didi« Martensen, der junge Matrose und Jens' Freund, bestätigte, dass sich die Männer durchaus keinen Scherz erlaubt hatten.

»Natürlich ist es heutzutage ganz anders«, warf Dirk Wögensen, der Schiffsjunge, ein. Er war vierzehn Jahre alt und der *Moses* auf der *Meerjungfrau* und bemühte sich ebenfalls um die Freundschaft mit dem Sohn der Eignerin. »Obwohl es eigentlich mich als den Jüngsten an Bord treffen würde, erledigen das jetzt unsere braven Schiffskatzen.«

Jetzt war das Gelächter der Seeleute noch stärker und Jens wurde sichtlich blass um die Nase. Der Appetit war ihm vergangen.

Da erlöste ihn Dirk, indem er hinzufügte: »Keine Sorge, Jens, das war nur ein Scherz! Hernach wird die *Back* in der Kombüse abgewaschen wie das ganze andere Geschirr auch, das unser Käpt'n, deine Mutter und die Offiziere an Bord benützen.«

Man konnte Jens deutlich ansehen, wie sehr ihn das erleichterte. Er beeilte sich jetzt mit dem Essen, denn der Inhalt der Schüssel war schon deutlich geschwunden. Wer satt werden wollte, musste sich ranhalten, damit einem die anderen nicht alles wegschnabulierten.

*

Das Jagdglück war den Männern auf der *Meerjungfrau* in den nächsten Tagen unwahrscheinlich hold. Teilweise waren alle sechs Fangboote zu Wasser gelassen und die *Harpuniere* erlegten ein Tier nach dem anderen. Die Matrosen an Bord kamen mit dem Abhäuten, Zerlegen und *Flensen* kaum noch nach und die Tonnen füllten sich mit dem begehrten Speck.

Sie waren keineswegs die Einzigen, die ihrer Profession nachgingen; zeitweise tummelten sich Seeleute von über einem Dutzend Walfangschiffen in einem relativ kleinen Umkreis und machten sich allmählich die Beute streitig.

Commandeur Frödesen beschloss, noch ein gutes Stück weiter nach Norden auszuweichen, in Richtung Upernavik, um in Ruhe die schwere und nicht ungefährliche Arbeit verrichten zu können.

Mittlerweile herrschte zwar der arktische Sommer mit strahlend blauem Himmel und Sonnenschein satt, aber die gnadenlose Kälte und die zahllosen gewaltigen Eisberge vor der Küste ließen Birte und die anderen keinen Augenblick lang vergessen, dass man sich hier immerhin auf der Höhe zwischen dem Ort Narssarssuaq und Nuuk in Westgrönland befand. Auf Mikels Karte in der Kapitänskajüte hatte sie gesehen, wie weit nördlich man jetzt bereits war.

Die Überlegung, ob sie recht daran getan hatte, ihre noch ziemlich kleinen Kinder in eine Kältewüste, wo sich das Wetter stündlich ändern konnte, verschleppt zu haben, raubte ihr neuerdings den Schlaf.

Hätte sie Jens und Catrina nicht besser auf der *Hallig* und bei ihrem Vater gelassen? Wohlgeborgen in einem anständigen Haus in vertrauter Umgebung, umhegt von einem liebevollen Großvater und behütet von der besorgten Magd Gondel? War sie zu eigennützig gewesen, als sie die Kinder mitnahm ins Ungewisse? Birte hoffte inständig, keinen Fehler begangen zu haben und zwei Menschen, die sie über alles liebte, ins Verderben zu führen.

Vor allem gab Birte zu denken, dass Trina beinahe jeden Tag von ihrem lieben Großvater sprach und davon, wie sehr sie ihn vermisse. Sogar Jens hatte bereits mehrfach betont, wie schade es sei, dass Großvater Peter nicht bei ihnen sei und das wunderbare Abenteuer gemeinsam mit ihnen erleben könne und wie sehr er sich darauf freue, ihm alles genau schildern zu können, wenn sie erst wieder zu Hause wären.

»Ich glaube, Großpapa hat genauso große Sehnsucht nach uns wie wir nach ihm«, war dem Jungen erst am vergangenen Abend, kurz vor dem Schlafengehen, entschlüpft. Catrina, die neuerdings vieles an ihrem Bruder auszusetzen fand, hatte bestätigend genickt und ein betrübtes Gesicht gemacht.

Sooft Birte an den eigentlichen Grund für diese Seereise dachte und dass sich daran womöglich lange Zeit nichts ändern würde, sanken ihr Mut und ihre Zuversicht.

Hatte sie etwas falsch gemacht? Anfangs nur als vage Frage im Raum stehend, wandelte sich Birtes Gefühl ganz allmählich in die traurige Gewissheit, sie hätte besser daran getan, den Wunsch des Pastors zu erfüllen, indem sie seine Enkel unter seiner Obhut ließ.

ZEHN

Birte, der die Vorgänge rund um das Waleschlachten zuwider waren und die den Männern bei ihrer blutigen Arbeit nicht mehr zusehen wollte, fand währenddessen die Zeit, sich einem schon lange geplanten, bisher aber immer wieder auf die lange Bank geschobenem Projekt zu widmen: dem Verfassen eines medizinischen Buches nämlich.

Dabei sollte es sich beileibe nicht um ein mit studierten Ärzten wetteiferndes gelehrtes Werk handeln, sondern es sollten darin die üblichen Krankheiten, häufig vorkommende Verletzungen und Leiden festgehalten werden, wie sie typisch waren für Seeleute und Bauern.

Nach ihren Erfahrungen als Halligheilerin holten sich während ihrer Tätigkeit auf dem Meer nicht wenige ein Lungen- oder Nierenleiden, das sie bisweilen frühzeitig ins Grab brachte oder schmerzhafte Schäden am Rücken, die sie bis ins Alter begleiteten.

Hier wollte Birte ansetzen, indem sie nicht nur ihre ganz eigenen Kräuterarzneien auflistete und deren Wirkungsweise detailliert beschrieb. Sie wollte auch so kühn sein, ihre von ihr selbst entwickelten Behandlungsmethoden, etwa spezielle Massagen und Handgriffe, öffentlich zu machen.

»Ich bin es leid, nur im Geheimen den Leuten zu helfen – und immer irgendwie in der Angst, von irgendwelchen Ignoranten der Hexerei verdächtigt zu werden«, hatte sie schon vor Jahren ihrem Vater anvertraut.

»Indem ich offen darüber berichte und mich nicht scheue, auch vom Handauflegen als Heilmethode und von der sogenannten Irisdiagnostik zu schreiben, nimmt das vielleicht dem Ganzen den Geruch des geheimnisvoll Zauberischen. Warum soll ich verschweigen, dass es vielen geholfen hat, wenn ich durch einen Blick in ihre Augen erkannt habe, was dem Betreffenden fehlte?«

Als sie den Pastor auf Hooge in ihren Plan eingeweiht hatte, damals, als noch alles in Ordnung gewesen war, hatte Peter Knudtsen Birte nur bedingt zugestimmt.

»Dass du recht hast, meine Liebe, bestreite ich gar nicht. Auch wenn man es nicht erklären kann, zeigen deine Behandlungen im Allgemeinen sehr gute Ergebnisse. Nur das zählt, finde ich. Hat nicht auch unser Herr Jesus die Kranken geheilt, indem er ihnen die Hände auflegte? Diese Kraft, die auch dir zu eigen ist, kann nicht vom Bösen stammen; sie wurde dir mit Sicherheit vom Herrn verliehen. Solltest du dein Wissen allerdings in einem Buch festhalten, sei dir darüber im Klaren, dass mögliche Gegner deiner Methode alles versuchen werden, dich im besten Falle lächerlich zu machen. Von der schlimmsten Möglichkeit brauche ich dir nichts zu sagen, mein Kind! Auf jeden Fall würde eine Frau mit einer zum Widerspruch einladenden Veröffentlichung in ein Wespennest stechen – und du müsstest damit rechnen, von einigen dieser Tierchen auch gehörig gestochen zu werden. Du musst dir ganz sicher sein, ob du dich einem Spießrutenlauf tatsächlich aussetzen möchtest.«

Birte war nicht wenig erschrocken. Sie hatte für sich tausend Ausreden vorgeschoben, um das knifflige Projekt nicht in Angriff nehmen zu müssen. Dann hatten sich auf der *Hallig* die Ereignisse regelrecht überschlagen und ihr guter Ruf hatte dramatisch gelitten. Jegliche Ermutigung für sie fehlte, ein Buch über Heilkunst zu verfassen, wenn niemand mehr ihre Dienste in Anspruch nehmen wollte.

Jetzt aber, weit weg von all der kleinlichen Missgunst, den verlogenen Anschuldigungen und fern der kleingeistigen Beschränktheit, umgeben vom Wohlwollen der Seeleute, in der reinen Meeresluft, die den Geist erfrischte, die Seele stärkte und einen die Dinge um vieles klarer erkennen ließ, war Birte endlich dazu bereit.

Anlässlich einer der ganz seltenen Gelegenheiten, bei welcher der *Commandeur* sich mit Birte allein in seiner Kajüte aufhielt, hatte sie sogar Mikel Frödesen um seine ehrliche Meinung gebeten.

Nachdem er seine Hochachtung vor ihrem Vorhaben zum Ausdruck gebracht hatte, gab er allerdings zu bedenken, sie habe dabei vermutlich weniger fanatische Hexenverfolger zu befürchten als vielmehr der eine oder andere missgünstige Quacksalber, Bader und erfolglose Medicus, welcher um sein eigenes Geschäft bangte.

»Auch viele Ärzte mit Reputation werden Sie und Ihre Schrift bekämpfen, Madame. Denn, falls sie zugestünden, auch einer Frau, die nicht studiert hat – weil man sie erst gar nicht zum Studium zulässt –, könne es gelingen, ernstere Krankheiten zu heilen, würde das in deren Augen die eigene jahrelange Ausbildung ad absurdum führen. Und dann steht zu befürchten, Madame, dass sich die Herren obendrein noch gerne der Ängste schlichter Gemüter vor Hexen und Zauberern bedienen werden, um Sie und Ihre Methoden als sündhaft und gefährlich anzuprangern!«

Mikel Frödesens ehrliche Worte gaben Birte zu denken. Verfassen allerdings wollte sie das Buch unter allen Umständen. Mit der Veröffentlichung konnte sie sich ja noch Zeit lassen. Immerhin war es doch möglich, dass sich irgendwann die Zeiten änderten, oder? Vielleicht vermochte es einst ihrer Tochter Catrina von Nutzen zu sein.

Was der jungen Frau jedoch wahre Glücksgefühle bescherte, war, dass der *Commandeur* ihr gegenüber ehrliche Gefühle der Freundschaft und Verbundenheit gezeigt hatte. Durfte sie vielleicht sogar daraus schließen, er empfinde mehr für sie als oberflächliche Bewunderung für ein hübsches weibliches Wesen und mehr als ein flüchtiges Begehren, wie es für Männer nun einmal typisch war?

Im Laufe vieler Wochen auf See war Birte nämlich zu der ehrlichen Einsicht gelangt, dass sie sich rettungslos in den gut aussehenden Kapitän verliebt hatte. Nichts wünschte sie sich sehnlicher, als dass Mikel Frödesen ihre Gefühle mit gleicher Intensität erwiderte.

Sie war immerhin schon lange Witwe und auch Mikel ungebunden. Es könnte demnach alles passen, überlegte sie zum hundertsten Mal. Ja, wenn er auf Island keine Geliebte hätte, mit der er sogar einen Sohn gezeugt hatte, meldete sich dann regelmäßig ihr Gewissen und machte ihre Hoffnung zunichte. Womöglich liebte er diese Frau ja viel mehr als sie? Vielleicht mochte er Birte überhaupt nicht? War nur liebenswürdig zu ihr, weil sie die Schiffseigentümerin war, und sie bildete sich seine Sympathie nur ein? Es wäre ja nicht das erste Mal, dass eine einsame junge Frau einem Wahn erlag und am Ende bitter enttäuscht wurde.

Um sich abzulenken, würde sie mit der schwierigen Arbeit an ihrem medizinischen Werk beginnen. Die Idee, das Buch ihrer Tochter zu widmen, gefiel Birte immer besser. Es sollte Trina dazu dienen, einst eine erfolgreiche Heilerin zu sein. Je mehr sie darüber nachdachte, desto weniger hegte sie nämlich Zweifel daran, dass das Mädchen einst in ihre und ihrer Großmutter Fußstapfen treten würde.

Ein paar Tage vor ihrer Abreise nach Amsterdam hatte Birte zufällig am Strand von Hooge eine interessante Beobachtung gemacht, die ihr seitdem nicht mehr aus dem Kopf ging.

Das Kind hatte tatsächlich den sichtbar gebrochenen und schlaff herabhängenden Flügel einer Silbermöwe geheilt, indem es den Vogel zwischen seine beiden kleinen Hände genommen und eine Weile an sein Herz gedrückt hatte. Als Catrina die Möwe nach einiger Zeit freigab und diese davonflog, als wäre nichts geschehen, war Birte von den ganz besonderen Kräften ihrer Tochter überzeugt. Aus eigenem Erleben wusste sie aber, dass bei aller natürlichen Begabung fachgerechte Ausbildung und Beratung nötig waren, um die Behandlungen umso wirkungsvoller zu machen.

Birtes Vater hatte es immer den theoretischen Unterbau genannt, woran es ihr lange Zeit gemangelt hatte. Sie hatte sich ihr medizinisches Wissen im Laufe der Jahre mühsam aus Büchern angeeignet.

Während sich die Matrosen an Deck abmühten, die erlegten Wale zu häuten und zu zerteilen, den Speck in die Holzfässer zu stopfen und die vor Fett und Blut starrenden Decksplanken immer wieder mit Kübeln voll Salzwasser abzuspülen und mit Bürsten zu schrubben, damit sich der eklige Gestank verflüchtigte und man auf dem schmierigen Untergrund nicht ausrutschte, begann Birte ihr ureigenes Werk, indem sie bestimmte Heilkräuter mit Tusche in einem Heft festhielt.

Da sie imstande war, einmal Gesehenes exakt wiederzugeben, konnte sie sich Skizzen und Entwürfe ersparen und die Pflanzen ohne Weiteres frei aus dem Gedächtnis zeichnen.

Exakt bildete sie jedes einzelne Kräutlein und seine jeweils für Heilzwecke relevanten Teile ab – seien es Blüten, Stängel, Blätter, Wurzeln, Rinde oder Früchte – alles so naturgetreu wie möglich. Egal, ob es sich um Kamille, Melisse, Pfefferminze, Fingerhut, Meerrettich oder Eichenrinde handelte.

Neben jede Zeichnung setzte sie den passenden Text, wogegen die Pflanzenteile helfen sollten und wie sie zu verwenden waren – als Tee, Likör, Tinktur, Sirup, Paste oder Breiumschlag, ob als Beigabe zu Suppe oder Salat.

Eine ganze Weile arbeitete Birte in ihrer Eignerkabine, vollkommen in diese Tätigkeit versunken, während Catrina auf dem

Boden mit den auf den Westmännerinseln erstandenen Püppchen spielte. Selbst die von draußen ins Innere dringende Geräuschkulisse der schwer schuftenden Mannschaft, die sich gegenseitig Kommandos und gelegentlich auch Verwünschungen zubrüllte, störte Birte nicht im Mindesten.

Auf einmal allerdings schreckte sie aufgeregtes Geschrei von außerhalb auf. Das hörte sich nach einem Unglück an! Hatte sich womöglich ein Unfall ereignet? Leicht möglich bei Arbeiten, bei denen hauptsächlich scharfe Schneidewerkzeuge zum Einsatz kamen. Geschwind legte Birte ein Tuch über die bereits beschriebenen Blätter, um sie vor Zugluft und möglichem Davonfliegen zu bewahren. Sie schnappte sich ihren kleinen, stets bereitliegenden Medizinbeutel und eilte aus der Kajüte.

Sicher, der *Meister* hatte stets eine wohlgefüllte *Lappdose* dabei – das war allgemein Vorschrift – aber womöglich konnte auch sie mit ihrem kleinen Vorrat an Arzneien und Gerätschaften behilflich sein.

Kaum hatte Birte ihre Kajüte verlassen, hörte sie zwischen dem allgemeinen Lärm auch das laute Jammern eines Mannes. Sie beeilte sich noch mehr, an die Unglücksstelle zu gelangen.

Insgeheim beglückwünschte sie sich, an diesem Morgen ihren langen Rock, den sie üblicherweise trug, gegen weite Matrosenhosen ausgetauscht zu haben.

Als hätte sie geahnt, dass ihre Dienste heute vielleicht noch gebraucht würden, dachte sie, während sie den feuchten, rutschigen *Niedergang* hinaufhastete. Womöglich über ihr langes Kleid zu stolpern und auf den schmierigen Planken auszugleiten und hinzuknallen, wäre wenig hilfreich.

»Hierher, Madame, nach *Backbord*!«

Ein erleichtert wirkender *Bootsmann* Volkert Gonnesen hatte sie entdeckt und winkte ihr mit beiden Armen. »Unser *Meister* ist weiter hinten grade mit einer Schnittverletzung beschäftigt. Ein Kerl hat sich mit dem Messer die Hand aufgeschlitzt; das muss genäht und verbunden werden.« Er deutete auf einen am Boden sich vor Schmerz krümmenden Matrosen. »Aber der hier hat es geschafft, sich selbst sein eigenes Speckmesser in den Fuß zu rammen! Hauke Steffensen heißt der Unglücksrabe.«

Das klang überhaupt nicht gut; ein Seemann war auf seine beiden gesunden Beine und Füße angewiesen.

»Dann will ich mir das Malheur einmal ansehen, Hauke«, kündigte Birte in betont ruhigem Tonfall an, als sie sich neben den sichtlich vom Schmerz gepeinigten, auf den Planken kauernden Matrosen niedersetzte, während eine Anzahl neugieriger Seeleute, die ihre Arbeit im Augenblick ruhen ließen, um sie herumstand.

In der Tat war es eine äußerst üble Geschichte. Das erkannte Birte auf den ersten Blick. Wie es schien, hatte sich der Mann mit dem wie ein Rasiermesser scharf geschliffenen Speckmesser mindestens eine Zehe abgetrennt. Der Fuß blutete fürchterlich und noch war für Birte das ganze Ausmaß der Verletzung gar nicht sichtbar.

»Bist du so gut, Hauke, und nimmst deine Hand weg von der Wunde, damit ich was sehen kann?«

Mit gemischten Gefühlen beobachtete Birte, wie der junge Speckschneider mit schmutzigen fetttriefenden Fingern seinen lädierten Fuß umklammerte. Als er nicht reagierte, brüllte ihn Johann Harksen, einer der *Harpuniere*, der mittlerweile auch hinzugetreten war, an: »Flikern wechnem, min Jung, damit Madame sich den Schiet ankucken kann!«

Das brachte Hauke, der wie betäubt am Boden hockte und nur leise wimmernd auf seinen verstümmelten Fuß stierte, zur Besinnung. Augenblicklich ließ er los.

»Freilich, Madame! Schauen Sie, ob Sie noch was machen können.« Der junge Kerl kämpfte sichtlich mit den Tränen.

Erst jetzt machte Birte die grausige Entdeckung, dass der Matrose zwei blutige Klumpen, einen größeren und einen kleineren, mit der rechten Hand krampfhaft festhielt. Es handelte sich um zwei sauber abgetrennte Zehen, die Großzehe und die daneben. Die mittlere hing auch nur noch an ein paar Fleischfasern am Fuß.

Die junge Frau überlegte blitzschnell. Nach dem Verlust von drei Zehen könnte Hauke seine Arbeit als Seemann für alle Zeiten vergessen. Kein noch so gut angepasster Stiefel wäre in der Lage, diese Art von Behinderung auszugleichen.

Auch als Bauer oder in sonst einem handwerklichen Beruf täte er sich entsetzlich schwer – und zu einem, der in einem Kontor hockte, Verträge aufsetzte, Listen und Rechnungen schrieb, reichte es bei ihm vermutlich nicht.

Es blieb nur eins, was sie zumindest versuchen konnte, um dem armen Burschen zu helfen. Als sie ihm ihre Absicht eröffnete und ihn vor Zeugen nach seiner Zustimmung fragte, erteilte Hauke ihr diese ohne lange zu überlegen.

»Machen Sie, was immer Sie für richtig finden, Madame. Wenn's nicht klappt, verliere ich ja nichts! Ein Krüppel bin ich sowieso schon.«

»Wo der Junge recht hat, hat er recht«, murmelte Johann Harksen.

So machte Birte sich an diesem denkwürdigen Tag daran, die grässliche Wunde erst mit heißem Essigwasser und dann mit hochprozentigem Schnaps zu säubern, so gut es ging. Aber erst, nachdem man dem armen Kerl einen ordentlichen Schluck aus eben jener Branntweinflasche gegönnt hatte.

Dann wurde der Patient mit ein wenig Schlafmohn ruhiggestellt, um schließlich den tollkühnen Versuch wagen zu können, die mittlere Zehe mit einer über einer brennenden Kerze ausgeglühten Nähnadel und einem weißen Zwirnsfaden zusammenzuflicken.

Inzwischen hatte der Schiffsarzt sein eigenes Werk beendet, das Nähen einer tiefen Wunde im Handballen eines Matrosen, entstanden durch unachtsames Hantieren mit einem Speckmesser. Er gesellte sich, genau wie der *Commandeur* und der Schiffsgeistliche, zu der Gruppe um Birte und ihren Patienten.

Der *Meister* sah keinen Grund einzugreifen. Wahrscheinlich war er froh, nicht an Birtes Stelle zu sein. Falls das gewagte Experiment schlecht endete – wovon er im Stillen ausging – trüge nicht er die Schuld daran …

Birte schickte sich jetzt an, die beiden gänzlich abgetrennten, mittlerweile vom Blut gereinigten Zehen an jenen Stellen des Fußes anzunähen, wo sie sich vor dem Unfall befunden hatten. Jetzt allerdings wollte sie als Zuschauer nur noch den *Commandeur*, den Schiffsarzt und den Geistlichen dulden.

Mikel Frödesen erhielt auch gleich einen kleinen Auftrag. Er durfte den Faden durchs Nadelöhr dröseln – obwohl Birte zwar die besseren Augen, aber auf einmal vor Aufregung leicht zittrige Hände hatte.

Erst wieder beim Stichesetzen ins rohe Fleisch war Birte die Ruhe selbst; das Beben ihrer Finger hörte schlagartig auf. Der Unglücksrabe war längst weggedämmert und ließ alles mit sich geschehen, ohne zu schreien oder zu zucken. Zum Glück war der Schnitt mit dem Speckmesser vollkommen glatt verlaufen und jeweils genau mitten durchs Zehengelenk, ohne die Knochen zu beschädigen.

»Die Muskeln und Sehnen in den beiden Zehen sind allerdings durchtrennt; die lassen sich auch nicht mehr zusammennähen. Vielleicht kann sich später noch Knorpel bilden und die Zehen werden dadurch dicker und plumper. Auf alle Fälle werden sie steif bleiben.«

Birte hörte sich bekümmert an.

»Immerhin sind die Dinger wieder dran!«

Kapitän Frödesen war über Mut und Geschick der schönen Frau, die er seit Langem nicht nur verehrte, sondern mittlerweile auch wahrhaft liebte, entzückt und betrachtete die Angelegenheit ganz sachlich. »Und dafür wird Ihnen Hauke Steffensen sein Leben lang dankbar sein, Frau Birte!«

Das war der junge Seemann in der Tat. Aus dem leichten Schlummer erwacht, der ihn aber nicht ganz betäubt hatte, sodass er trotzdem einiges an Schmerzen hatte aushalten müssen, beäugte er anfangs leicht kritisch den Fuß, der in einem dicken Verband steckte, und warf Birte, die bei ihm gewacht hatte, einen fragenden Blick zu. Kameraden hatten ihn nach der Operation nach unten in den Schlafraum der Matrosen getragen.

»Deine Zehen habe ich wieder drangenäht, Hauke«, beruhigte ihn die junge Frau. Er wollte es zunächst gar nicht glauben, aber der gleichfalls anwesende *Commandeur* bestätigte es: »Kannst du ruhig glauben! Ich war schließlich dabei, Matrose.«

»Der Herr Kapitän hat mir sogar geholfen«, behauptete Birte. Vor Erleichterung schossen dem jungen Kerl Tränen in die Augen. Zu sprechen und sich zu bedanken war er noch nicht in der Lage, aber seine Augen sprachen dafür Bände. Birte verabreichte ihm noch etwas gegen die schlimmsten Wundschmerzen.

Hauke Steffensen selbst zweifelte keinen Augenblick daran, dass die Zehen tatsächlich wieder anwachsen würden.

»Ich habe mein Lebtag gutes Heilfleisch besessen«, erklärte er nach einer Weile im Brustton der Überzeugung. Obwohl Birte das bei seinen geschätzten neunzehn Jahren nicht für sehr aussagekräftig hielt, sagte sie nichts dazu. Alles Glück der Welt und den ganz besonderen Segen des Herrn würde Hauke benötigen, damit die Gliedmaßen wieder einigermaßen gebrauchsfähig würden.

Für diese Saison war allerdings Schluss für ihn mit der Arbeit auf der *Meerjungfrau*. Er musste zufrieden sein, wenn er im nächsten Jahr wieder mit dabei sein könnte.

Eine mittlere Katastrophe für den jungen Burschen! War er doch der einzige Ernährer für seine alte Mutter in Öövenem üüb Feer, da er keine Geschwister hatte und seinen Vater auch schon etliche Jahre der kühle Rasen bedeckte.

»Wenn ich nicht arbeite, kriege ich keine *Heuer*«, jammerte er, nachdem Mikel Frödesen ihm reinen Wein eingeschenkt hatte. »Keine *Heuer* bedeutet kein Geld für meine arme Mutter. Mein geringes Erspartes wird nicht mal bis Weihnachten reichen. Und was dann?«

Die traurigen Aussichten stimmten den Matrosen trübsinnig.

»Mach dir mal keinen Kopf, min Jung«, beruhigte ihn jetzt Birte. »Du bekommst Geld von mir – aber du musst auch etwas dafür tun.«

»Alles, was Sie wollen, Madame!« Hoffnung keimte auf in seinen vom Weinen verschwollenen blauen Augen.

»Du kannst im kommenden Herbst und Winter für den Pfarr-hof meines Vaters auf Hooge neue Schilfmatten flechten. Das ist eine Arbeit, die man im Sitzen erledigt; das Reetschneiden über-nehmen die Mägde. Und deine alte Mutter holst du auch auf die Pfarrwarft!«

»Großer Gott, was bin ich froh, Madame! Das Mattenflechten werde ich ja wohl noch hinkriegen, wenn mir jemand zeigt, wie's geht. Dem Himmel sei Dank für dieses Angebot, Frau Birte!«

Das wäre die passende Aufgabe für Gondel, überlegte Birte. Die alte Magd würde den arbeitswilligen jungen Kerl gewiss ger-ne unter ihre mütterlichen Fittiche nehmen.

ELF

Glücklicherweise blieb es bei diesem einen schweren Unfall. Auch kleinere Malaisen hielten sich in Grenzen. Offiziere und Mannschaft befanden sich in außergewöhnlich gutem gesund-heitlichem Zustand und waren der bisher respektablen Fanger-gebnisse wegen bester Laune.

Die *Meerjungfrau* blieb auch bei Stürmen in Orkanstärke, wie sie sie ein paarmal erlebten und welche das Schiff nicht nur stampfen und rollen, sondern auch zum Gotterbarmen ächzen ließen, stabil. Sie hatte zudem gegenüber älteren Schiffsmodellen einiges mehr an Komfort zu bieten; vor allem war es an Bord nicht ganz so beengt wie sonst leider üblich.

»Auf diesem Schiff hat man nicht das Gefühl, einander direkt auf dem Schoß zu sitzen«, wie es etwa Frödde Popsen, der Schie-mann, der für die fachgerechte Verstauung der gesamten Ladung an Bord verantwortlich war, so treffend ausdrückte.

Bootsmann Gonnesen ging davon aus, dies könnte, falls es so weiterging, seine bisher beste Walfangsaison werden – und er habe schon eine ganze Reihe erlebt.

»Und wem verdanken wir das?«, fragte der Vertreter des *Commandeurs*, Steuermann Oluf Thedesen. Die einstimmige

Meinung der Männer dazu lautete:»Es muss an unserer Eignerin, Madame Birte Petersen, liegen. Sie und ihre reizenden Kinder bringen uns Glück!«

Birte war angenehm überrascht von der Wertschätzung, welche die Mannschaft ihr entgegenbrachte. Da hatte sie weiß Gott schon anderes miterleben müssen. Sobald sie an die ungerechten Anfeindungen dachte, denen sie auf Hooge ausgesetzt gewesen war, wurde ihr regelrecht übel.

Sie selbst konnte die Mitglieder der Mannschaft, trotz verschiedener Eigentümlichkeiten – meist handelte es sich um harmlose, eher liebenswerte Marotten – gut leiden. Das galt bis auf einen der *Harpuniere*: Ocke Japsen von der *Hallig* Ualun, auf Hochdeutsch Oland.

Gegen diesen Mann hatte sie von Anfang an gewisse Vorbehalte; er schien ihr verschlagen und unaufrichtig zu sein. Seine fast hündisch ergebene Art widerte sie an und wo es möglich war, mied sie seine Nähe. Er hingegen suchte die ihre geradezu, wie er im Übrigen bestrebt war, sich dem *Commandeur* aufzudrängen.

Birte hatte Mikel sogar gewarnt vor Ocke, als dieser ihn einmal im Gespräch über den grünen Klee gelobt hatte.»Ocke Japsen mag ein ausgezeichneter und mutiger *Harpunier* sein, *Commandeur* Frödesen – als Mensch hat er allerdings charakterliche Mängel, die er schlau hinter falscher Liebenswürdigkeit zu verbergen weiß. Ich rate Ihnen, ihm nicht über den Weg zu trauen!«

Der *Commandeur* hatte betroffen reagiert. Gerade diesen Mann hatte er im Stillen dazu ausersehen, sich ganz besonders um Jens zu kümmern, der so viel Interesse am Walfang zeigte.

»Um ehrlich zu sein, halte ich ihn für einen Mann, der einem hilflos am Boden Liegenden noch einen zusätzlichen Tritt verpasst«, hatte Birte in ihrem vernichtenden Urteil über den Offizier behauptet.»Für seinen eigenen Vorteil ginge Ocke Japsen über Leichen!«

Da sie Mikels Befremden über das harte Urteil spürte, hatte sie zur Erklärung noch Folgendes nachgeschoben:»Der Ausdruck seiner Augen ist es, der mir verrät, dass er kein guter Mensch ist. Hüten Sie sich vor ihm, *Commandeur*! Ich empfinde Unbehagen, wenn Ocke Japsen sich in meiner oder meiner Kinder Nähe aufhält.«

Diese Aussage ließ Mikel Frödesen aufhorchen und machte ihn immerhin nachdenklich. So negativ hatte er Birte Petersen noch nie über einen Menschen urteilen gehört. Es entsprach gar nicht ihrer Art, den Stab in so rigoroser Art über eine Person zu brechen. Künftig würde er vorsichtshalber den Mann besonders im Auge behalten.

Im Folgenden vergaß er jedoch allmählich Birtes Warnung. In seiner kargen Freizeit war Mikel Frödesen damit beschäftigt, Jens, der ihm kaum von der Seite wich, mit dem nautischen Instrumentarium vertraut zu machen.

Vor allem das FitzRoy-Sturmglas hatte es dem Knaben angetan: Seit dem vergangenen Jahrhundert war es bekannt und hatte sich seitdem in der Seefahrt bestens bewährt. Entwickelt von Admiral Robert FitzRoy konnte das etwa anderthalb Handspannen hohe, zylinderförmige, mit einer Lösung aus Kampfersalz befüllte Glas das kommende Wetter zuverlässig vorhersagen.

»Die in dem Zylinder befindlichen Salzkristalle reagieren nämlich äußerst empfindlich auf Veränderungen beim Luftdruck und bei der Temperatur«, versuchte Mikel Birtes Sohn die Wirksamkeit des Sturmglases zu erklären. »Auf einen Blick kann man erkennen, ob gutes Wetter naht, denn die Flüssigkeit ist dann ganz klar und ungetrübt. Nähert sich hingegen schlechtes Wetter, bilden sich im Glas immer mehr Flöckchen. Wenn die Salzkristalle im Inneren des Glases sichtbar nach oben wachsen, einem Bäumchen gleich, ist sogar ein gefährlicher Orkan im Anzug.«

»Hm! Dieser Admiral muss aber ein sehr kluger Mann gewesen sein«, äußerte sich Jens bewundernd.

»Wenn du magst, kannst du dir auch den richtigen Namen für dieses Instrument merken, mein Junge. Eigentlich heißt das

Gerät Barometer. Das ist griechisch und bedeutet Schweremesser, weil damit die Schwere des Luftdrucks gemessen wird. Im Übrigen kann man anstatt Kampfersalz und Wasser auch das schwer giftige Quecksilber zur Füllung des Zylinders verwenden. Darüber hat sich im Jahr 1643 ein schlauer Italiener namens Torricelli auch Gedanken gemacht. Die Glasröhre, die er benützte, war allerdings etwa einen Meter lang.«

»Da finde ich das Barometer, welches Sie verwenden, Herr Kapitän, aber viel besser«, stellte Jens altklug fest. »Es ist vor allem ungefährlich, nimmt kaum Platz ein und verrichtet denselben Dienst wie das große Ding.«

Inzwischen hatte Oluf Thedesen, der Steuermann, die Kajüte seines *Commandeurs* betreten, um mit ihm einiges zu bereden. Dadurch wurde er Zeuge der Unterhaltung.

»Dieses Zauberding, mein Junge, macht es möglich, sich an Deck auch bei schwerster See so behaglich wie daheim im Ohrensessel zu fühlen«, behauptete er, wobei er sich allerdings ein Grinsen nicht verkneifen konnte.

Auch der Kapitän schmunzelte jetzt. »Jetzt hat aber jemand ein bisschen arg dick aufgetragen, mein Lieber. Unsere *Meerjungfrau* hat beim letzten Unwetter ganz ordentlich geschaukelt und nicht wenigen Seeleuten soll dabei das Essen aus dem Gesicht gefallen sein. Ist mir zumindest zu Ohren gekommen.«

Jetzt brach Oluf Thedesen in lautes Gelächter aus. Die Bemerkung des Kapitäns zielte genau auf ihn. Des Steuermanns breites Grinsen zeigte allerdings, dass er das Gesagte keineswegs krumm nahm. Gehörte er doch zu jenen Bemitleidenswerten, die beim Stampfen und Rollen eines Walfangseglers von der leidigen Seekrankheit samt ihren unangenehmen Begleiterscheinungen gepackt wurden. Seit Jahrzehnten hatte sich daran leider nichts geändert.

»Nix für ungut, Steuermann!«

Mikel Frödesen hieb Oluf freundschaftlich auf die Schulter. Der jedoch zeigte, wie selbst einem Kind wie Jens nicht entging, tatsächlich eine gute Portion Humor.

»Warten Sie nur, Kapitän, bis Sie vielleicht das nächste Mal über der Reling hängen und die Fische füttern. Dann aber werde ich lachen!«

»Wer weiß, Steuermann?« Jetzt grinste auch der *Commandeur*.

An Bord eines jeden Schiffes galt als unbestritten, niemand könne behaupten, sein Leben lang von der Seekrankheit verschont zu bleiben. Es sollte Seeleute geben, denen jahrzehntelang die typischen Meeresbewegungen nichts ausgemacht hatten – und irgendwann ereilte sie dennoch das Schicksal in Form einer gottserbärmlichen Übelkeit. Die nur noch den einen Wunsch aufkommen ließ, nämlich den, auf der Stelle zu sterben. Dagegen war kein Mensch gefeit.

*

Es gab praktisch nur noch Tage und keine Nächte mehr. So weit oben im Norden näherte sich der blutrote Sonnenball zwar dem dunklen Horizont, verschwand jedoch nicht völlig und vor allem nicht mehr für lange Zeit. Das Tagesgestirn erhob sich gleich wieder, um nahezu vierundzwanzig Stunden für Helligkeit zu sorgen.

Ob es daran lag oder an etwas ganz anderem, wusste niemand zu sagen. Aber plötzlich häuften sich Sinnestäuschungen und andere seltsame Erscheinungen, die den Seeleuten auf einmal vor Augen kamen. An diesem Tag allerdings handelte es sich um eine ganz besondere Merkwürdigkeit, deren Auftreten gleich von einem Dutzend Männern beschworen wurde.

»Beim Leben meiner Mutter!«, behauptete ein Matrose und hob die Hand zum Schwur: »Ich hab das Ding mit meinen eigenen Augen gesehen. Ich irre mich bestimmt nicht und getrunken hab ich auch nicht. Auf Ehr und Seligkeit!«

»Mindestens zehn Vaterunser lang konnte ich es beobachten, wie es seelenruhig neben unserer *Meerjungfrau* hergeschwommen ist; das grausige Schlangenhaupt aus dem Wasser erhoben und den schuppigen Schwanz in die Höhe gereckt. Hin und wieder war sogar der geflügelte Leib des Ungeheuers sichtbar!«

Todernst bestätigten seine Kameraden die reichlich bizarre Aussage: »Genau das Gleiche haben wir ebenfalls gesehen!«

»Ich dachte, mich trifft der Schlag«, gestand einer, der immer noch ganz weiß um die Nase war, »als der hässliche Schädel des Viehs dicht neben der Reling auftauchte!«

»Ich hab ja immer gehört, Erzählungen über Seeungeheuer wären ein Märchen, aber ich weiß doch, was ich mit meinen eigenen Augen gesehen hab«, behauptete ein anderer leicht trotzig.

»Ich hab's ja immer gewusst, dass es mehr Dinge auf der Welt gibt, als man zugeben möchte«, orakelte ein anderer Seemann und bemühte sich, ein kluges Gesicht zu machen.

Ohne dass der *Commandeur* etwas dagegen unternehmen konnte, machte die unglaubliche Geschichte in Windeseile an Bord die Runde. Wie zu erwarten war, fand sie auch bei nahezu allen Männern Glauben.

Die Verwirrung, die unmittelbar darauf einsetzte, vor allem die beinah hysterische Aufregung, war groß. Ein Teil der Matrosen warf sich spontan auf die Knie und begann, laut zu beten, wobei sie den Herrgott inständig baten, sie durch das düüwelse ündiart nicht verderben zu lassen.

Eine Verhaltensweise, die bei dem bei Seeleuten normalerweise herrschenden Aberglauben eigentlich nicht verwunderlich war, aber in dieser Heftigkeit sogar den Schiffsgeistlichen erstaunte.

Es dauerte eine geraume Weile – ganze drei Tage, um genau zu sein – bis keine derartigen Phänomene, sprich teuflischen Untiere mehr gesichtet wurden und ehe die ängstlichen Gemüter sich beruhigt hatten. Wobei allerdings die Antwort auf die Frage offen blieb, was um Jesu Christi willen die Kerle denn nun tatsächlich gesehen hatten.

Den beängstigenden Eindruck verwischten letztlich äußerst Erfolg versprechende, in der Baffin Bay zwischen dem Umanakfjord und dem Ort Upernavik gelegene Walfanggründe, die Mitte April von Mitgliedern der Crew gesichtet wurden.

Das Wort für Mannschaft hatte einer der Matrosen von den Engländern gelernt, bei denen er vor Jahren *angeheuert* hatte. Jetzt benützte er den Begriff voller Stolz bei jeder sich bietenden Gelegenheit. Im Übrigen war es ja nicht schlecht, die englische Sprache wenigstens in groben Zügen zu beherrschen – immerhin war England eine der größten und bedeutendsten Seefahrernationen.

In der Hauptsache handelte es sich bei den erspähten Tieren um Grönlandwale, die sehr ergiebig waren, was den Speck anbelangte, den man aus ihnen gewinnen konnte, nachdem man sie gehäutet hatte.

Birte graute es immer noch jedes Mal – und das würde sich wohl nie mehr ändern –, wenn sie an Deck stand und in die Weite blickte, um aufs Meer und in den hohen Himmel zu schauen, und unter ihr auf groteske, ja nahezu obszöne Weise der geschundene Leib eines Wals an der Bordwand schaukelte, den man mithilfe von Flaschenzügen aus der See gehievt und ihn außenbords anstelle des zu Wasser gelassenen Fangboots festgemacht hatte.

Das musste jedesmal mit ganz besonderer Eile geschehen, um die Beute vor den Haien zu schützen, die leider auch hier in den eisigen Fluten allgegenwärtig waren.

Allmählich waren sämtliche Fässer, die man mit Meerwasser gefüllt mitgeführt hatte – als Ballast und um die hölzernen Fassdauben in der sommerlichen Wärme nicht schrumpfen zu lassen – bis obenhin mit Brocken von Walspeck gefüllt. Und dies noch um einiges vor der Zeit, die man ursprünglich in der Davis Street und der Baffin Bay hatte zubringen wollen.

Der Speck sollte nach dem Willen des *Commandeurs* wie in den beiden Jahren zuvor im Südosten Islands, in einer darauf spezialisierten Siederei, ausgekocht werden. Längst war man auf den meisten Seglern davon abgekommen, den Walspeck an Bord zu Tran zu verkochen; personeller wie zeitlicher Aufwand lohnte die Mühe nicht.

Den gewonnenen Waltran würde der *Commandeur* dieses Mal auf eigene Verantwortung in Holland vermarkten und den erzielten Erlös gerecht unter sich, der Eignerin und allen Seeleuten, ihrem Rang gemäß, aufteilen, was den Gewinn für jeden einzelnen auf der *Meerjungfrau* Beschäftigten beträchtlich anheben würde.

Üblicherweise schöpfte die jeweilige Reederei den Löwenanteil ab. *Commandeur* und Offiziere von Birtes Schiff gingen davon aus, dass dies in der Tat die bisher beste Fangsaison sein werde, zumal die Mannschaft kaum noch nachkam mit dem Töten und Zerlegen der Tiere.

Die Fanggründe in der Baffin Bay erwiesen sich als äußerst üppig, obwohl sich eine ganze Reihe von Walfängern verschiedener Nationen hier tummelte.

»Einige Jahre, schätze ich, wird es mit schönen Fangergebnissen noch weitergehen«, glaubte Mikel Frödesen. »Aber irgendwann wird auch dieser Teil des Meeres abgegrast sein. Der Bedarf an Waltran ist in den letzten Jahren sprunghaft angestiegen. Irgendwann werden wir es erleben, dass es keine großen Wale mehr zu jagen gibt.«

Eine Aussicht, die Birte nicht übermäßig bekümmerte. Wenn sie eines mit Sicherheit wusste, dann dies, dass der Walfang ihr immer abstoßend erscheinen würde.

»Dann muss ich eben, wie andere Unternehmer auch, mit allerlei anderen Gütern in den Überseehandel einsteigen«, meinte sie leichthin. »Darüber werde ich mir den Kopf zerbrechen, wenn es so weit ist.«

Etwas anderes bereitete der jungen Frau ungleich mehr Kummer: Mussten sie zum Speckauskochen tatsächlich nach Island? Gab es nirgendwo an anderer Stelle eine Möglichkeit, dies erledigen zu lassen?

Aber schon ein einziger Blick auf die große Landkarte, die in der Kajüte des Kapitäns hing, zeigte ihr, dass sämtliche anderen Trankochereien viel zu weit entfernt lagen; in Spitzbergen etwa.

Das hätte für die *Meerjungfrau* einen riesigen Umweg bedeutet und kam unter keinen Umständen in Frage. Irgendwie musste Birte sich wohl mit dem Gedanken anfreunden, dass Mikel

Frödesen seine Geliebte und den Sohn, den er mit ihr hatte, bald wieder sehen würde.

Dass ihr davor graute, damit musste sie leben. Die Möglichkeit, dass der Mann, in den sie sich mittlerweile so sehr verliebt hatte, erneut der jungen Grönländerin verfiel, war etwas, wovor sie die Augen nicht verschließen konnte.

Noch hatten sie und Mikel ihre Liebe einander nicht deutlich mit Worten gestanden – obwohl es ein paar Augenblicke gegeben hatte, wo es schien, als stünde der Kapitän kurz davor, seinen wahren Gefühlen freien Lauf zu lassen, indem er die Furcht unterdrückte, sie mit seinem Ansinnen zu beleidigen, sein und ihr Leben künftig miteinander zu verbinden.

Aber stets war eine Störung erfolgt, sei es, dass ein Matrose das Blasen von Walen melden wollte oder die Sichtung eines besonders mächtigen Eisbergs mitschiffs voraus, sei es, dass eins ihrer Kinder ein brennend wichtiges Anliegen vorbrachte.

Birte beschloss, von sich aus *Commandeur* Frödesen in seiner Kajüte aufzusuchen und eine klärende Aussprache zu suchen. Als sie allein in ihrer Koje lag und Jens und Catrina längst den seligen Schlaf der Kindheit genossen, fand sie, sie besitze ein Recht darauf, Bescheid zu wissen.

Schon einmal hatte sie den Stier bei den Hörnern gepackt, als sie Kapitän Erik Ockensen und seine Frau Eycke aufgesucht hatte, um eine Fahrgelegenheit nach Amsterdam zu erhalten.

Sie war immerhin Witwe mit der Verantwortung für einen achtjährigen Sohn und eine Tochter von sechs Jahren und kein unerfahrenes Ding mehr, das mit niedergeschlagenen Augen die Huldigungen seines Verehrers entgegennahm und demütig darauf wartete, bis der Herr sich irgendwann – vielleicht – erklärte, überlegte sie ein bisschen rebellisch.

Vom sozialen Status her waren sie sich gleich. Sie war ja seine Arbeitgeberin. Und überhaupt. Sie würde zu ihm gehen, weil sie sich mit ihm zuerst über den möglichen diesjährigen Profit unterhalten wollte – und dann würde sie nebenbei einen Köder auslegen. Mal sehen, wie er darauf reagierte. Dann würde sie zumindest wissen, woran sie war. Alles war besser als die ewige, zermürbende Unsicherheit.

Mit diesen Gedanken und zufrieden damit, sich endlich zum Handeln durchgerungen zu haben, schlief Birte schließlich ein.

Jedermann, vom jüngsten Schiffsjungen bis zum ältesten Matrosen, freute sich schon unbändig darauf, nach Monaten endlich wieder einmal festes Land unter den Füßen zu haben. Das letzte Mal war dies im Frühjahr auf den Westmännerinseln gewesen.

Der Jubel war entsprechend groß, als Mikel Frödesen am kommenden Tag der Mannschaft verkündete, sogar das allerletzte Fass sei bis obenhin mit Speck gefüllt und er habe zusammen mit Madame Birte beschlossen, umzukehren und Island anzusteuern, um die Beute dort zu Tran verkochen zu lassen.

Es würde bedeuten, dass alle dieses Jahr früher nach Hause kämen als in den vergangenen Jahren. Ein echter Grund zur Freude!

ZWÖLF

Auf dem Rückweg hatte die *Meerjungfrau* die riesige Insel Grönland mit ihren vielen Buchten und tief eingeschnittenen Fjorden auf der Backbordseite. Alle an Bord Anwesenden konnten jetzt, da die Hauptarbeit vorbei war und man die Muße dazu besaß, die Schönheit der Landschaft mit ihren mächtigen, in den Himmel ragenden Gletscherblöcken genießen.

Diese schoben sich in winzigen Schritten, für das menschliche Auge unsichtbar, allmählich von Land nach vorne in Richtung Meer, wobei sich von den Abbruchkanten immer mal wieder gewaltige Eisbrocken lösten und mit erschreckendem Getöse und hochaufschießender Gischt im Meer landeten.

Ein wahrhaft faszinierendes Naturschauspiel, das die Seefahrer und Nordlandbewohner kalben nannten, welches zwar schön anzuschauen, aber für einen Segler, der dem Ereignis womöglich zu nahe kam, mit Lebensgefahr verbunden war.

»Schon mancher Eisklotz hat ein Schiff leck geschlagen und dessen Untergang besiegelt«, hörte Birte einen der Offiziere murmeln.

»Mama, müssen wir jetzt Angst haben, dass auch unsere *Meerjungfrau* von so einem riesigen Brocken getroffen wird?«, erkundigte sich Catrina bei Birte. Ihr Bruder lachte wieder einmal über die ängstliche kleine Schwester.

Er stand mit seiner Mutter, die Catrina auf eine Taurolle gestellt hatte, damit sie über die Reling spähen konnte, nebst dem *Commandeur* und etlichen anderen Seeleuten auf Deck. Sie alle beobachteten die Westküste Grönlands. Im Augenblick befand man sich fast schon auf der Höhe von Nuuk.

»Auf der Steuerbordseite kann man ganz schwach Baffin Land erkennen«, hörte Jens den Kapitän gerade sagen. »Das liegt im Nordosten des nordamerikanischen Kontinents und – obwohl auf gleicher Höhe liegend – gibt es dort ungleich weniger Eis als auf Grönland. Dennoch ist es karg und kahl und für Menschen wenig einladend. So hat man es mir wenigstens geschildert. Selbst bin ich dort noch nie gewesen – und ich trage auch kein großes Verlangen danach.«

Dann wandte der *Commandeur* sich Catrina zu, deren Frage von vorhin er gehört hatte. »Nein, mein Kind. Du musst keine Angst haben, dass wir der Küste Grönlands an Stellen zu nahe kommen, an denen ein gefährlicher Gletscherabbruch möglich ist. Ich kenne diese Küste ziemlich gut und auf unseren erfahrenen Steuermann Oluf Thedesen, der die grönländische Westküste wie seine Westentasche kennt, ist auch unbedingt Verlass. Er wird uns niemals in Schwierigkeiten bringen!«

Mikel Frödesen strich Birtes Tochter liebevoll über den etwas wirren blonden Haarschopf, worauf das Mädchen ihn mit großen blauen Augen anstrahlte. Sie und ihr älterer Bruder hatten nie ein Hehl aus der großen Sympathie gemacht, die sie für Mikel empfanden.

Jetzt oder nie, dachte Birte entschlossen. Sie drehte sich zu Frödesen um und sprach ihn so laut an, dass alle es hören konnten: »Auf ein Wort, wenn Sie gestatten, Herr *Commandeur*! Ich habe da noch einige Fragen bezüglich der diesjährigen Abrechnungsmodalitäten für den Waltran, den wir verkaufen können.«

»Jederzeit, Madame! Wenn Sie mir bitte in meine Kabine folgen würden? In meinem Schreibtisch verwahre ich die Unterlagen und werde Ihnen alles genau darlegen.«

Birte fiel auf, dass der Kapitän es dieses Mal unterließ, den Schiffspastor oder den *Bootsmann* hinzuzuziehen, wie er es für gewöhnlich tat, um die Eignerin nicht zu kompromittieren. Lag ihm daran, mit ihr allein zu sein? Unwillkürlich machte ihr Herz einen kleinen Freudensprung. Während sie der Kajüte des *Commandeurs* zustrebten, schalt sie sich jedoch im Stillen eine Närrin. Dass er vergessen hatte, eine männliche Anstandsdame zu ihrem Gespräch hinzuzubitten, sagte doch überhaupt nichts! Am allerwenigsten schien es ein Indiz dafür zu sein, dass er ernste Absichten hegte.

Als er Anstalten machte, die Rechnungsbücher aus einer Schublade hervorzukramen, in denen jede einzelne Specktonne mit dem genauen Gewicht seines Inhaltes vermerkt war, winkte Birte gleichgültig ab.

»Lassen Sie nur, Kapitän Frödesen, ich interessiere mich in Wahrheit gar nicht dafür! Ich weiß, dass ich Ihnen vertrauen kann und will keineswegs nachrechnen.« Sie ließ ein etwas gezwungenes Lachen hören, weil das Gesagte selbst für ihre Ohren reichlich merkwürdig klang. Vor ein paar Minuten hatte es sich doch ganz anders angehört. »Mich beschäftigt seit Tagen etwas ganz anderes«, begann sie leise und zögernd, als Mikel Frödesen ihr einen überraschten Blick zuwarf.

»Ist es, weil wir einen bestimmten Punkt in Island ansteuern, Madame? Bereitet Ihnen das Kummer?« Er offenbarte eine Sensibilität, die Birte einen Herzschlag lang die Rede verschlug.

»Ich möchte Sie auf keinen Fall belügen, Kapitän, und jetzt etwas beschwichtigend Nichtssagendes vorbringen – worüber ich mich hinterher bloß schrecklich ärgern würde.«

Tapfer blickte sie hoch in sein markantes Gesicht, dessen Augen forschend in die ihren blickten.

»Sie haben es erraten«, fuhr sie fort. »Ich hatte nämlich das Gefühl, dass Sie und ich einander auf dieser ereignisreichen Reise nähergekommen sind – viel näher als Schiffseignerin und *Commandeur* es üblicherweise tun, falls sie überhaupt jemals gemeinsam auf große Fahrt gehen. Ich glaubte, bei Ihnen Anzeichen für Sympathie und eine gewisse Art von Werbung um mich gespürt zu haben, und ich verhehle nicht, auch meinerseits sehr herzliche Empfindungen für Sie zu hegen. Dass meine Kinder Sie längst ins Herz geschlossen haben, weiß jedermann an Bord! Und nun ...«

Plötzlich geriet Birte ins Stocken. Vor Verlegenheit war sie ganz rot geworden und flüchtig schoss ihr der Gedanke an ihren überaus auf Anstand und Moral bedachten Vater durch den Kopf. Was würde der Pastor von ihrem Verhalten denken? Würde er seine Tochter für schamlos halten, für eine leichtfertige Person, die sich einem Mann ungeniert an den Hals warf? Hatte sie sich etwas vergeben? Hatte sie womöglich etwas Ungehöriges, ja Unverzeihliches gesagt?

In der Kajüte war es so still, dass das Ticken der fest mit der hölzernen Wand verschraubten Uhr überlaut zu hören war.

Der Kapitän schwieg. Um zu retten, was noch möglich war, beeilte sich Birte hinzuzufügen: »Falls ich mich geirrt habe, bitte ich Sie, mir diese Dummheit zu verzeihen, Kapitän, und mir zu glauben, dass ich nie mehr auch nur ein einziges Wort darüber verlieren werde! Wir tun einfach so, als habe dieses Gespräch niemals stattgefunden, ja?«

Der Anblick von Mikel Frödesens strahlendem Gesicht sollte sie allerdings sogleich eines Besseren belehren.

Der große, athletisch gebaute Mann trat auf sie zu und legte ihr ganz sanft und behutsam beide Hände auf die Schultern. »Sie haben Bedenken, meine Liebe, ich könnte aufgrund der unumgänglichen Begegnung mit Aleqa erneut schwach werden und wiederum ihren exotischen Reizen erliegen?«

Birte, die anfangs die Augen gesenkt hielt, als sie ihn so nah vor sich spürte, gab sich einen Ruck und sah erneut zu ihm auf. Der beinah hypnotisch wirkenden Kraft seiner Augen vermochte sie sich nicht zu entziehen – und sie wollte es auch gar nicht.

»So ist es wohl, Mikel! Ich habe tatsächlich Angst davor, die Begegnung mit der Mutter deines Sohnes könnte dich dazu veranlassen, mich zu vergessen.« Sie drückte das unbändige Gefühlschaos, das seit Tagen in ihr tobte, leidlich zurückhaltend aus – wobei sie unversehens ins vertrauliche Du verfiel.

Der *Commandeur* griff nach Birtes Händen und führte sie an seine Lippen. »Ich schwöre dir, bei allem, was mir heilig ist, Birte, dass ich längst nur noch rein freundschaftliche Gefühle für Aleqa empfinde. Ich schätze und achte sie sehr als Mutter meines Kindes. Das wird auch immer so bleiben, Birte. Ihr verdanke ich Adrian, meinen wunderbaren Sohn – aber meine Liebe zu ihr hat sich längst in ein warmes Gefühl der Sympathie verwandelt und selbst mein Begehren hat sich mittlerweile gänzlich verflüchtigt. Was nun unser Wiedersehen anbelangt, erwarte ich mir davon eher Probleme. Ich beabsichtige nämlich, Adrian zu mir zu nehmen. Ich bin zum Beispiel nicht sehr glücklich darüber, dass er nur Odaq genannt wird. Sie und ihre Sippe lassen ihn ganz wie einen Eskimo aufwachsen und halten tunlichst jeden weißen Einfluss von ihm fern. Ich finde, als europäischer Vater habe ich das Recht und die Pflicht, den inzwischen Zehnjährigen zu einem Mann zu erziehen – und zwar in meinem Kulturkreis! Aleqa und die Ihren möchten zurück nach Grönland; was würde Adrian dort erwarten? Ein Leben als ungebildeter Nomade im Iglu oder Zelt, Reisen mit Schlittenhunden übers Eis und die Jagd im Kanu auf Robben. Ich denke aber, mein Junge, der sehr aufgeweckt ist, hat mehr verdient. Aber zurück zu uns, Geliebte!«

Ehe Birte es sich versah, nahm Mikel Frödesen seine Hände von ihren Schultern, trat einen Schritt zurück und ging vor ihr auf die Knie.

»Erlauben Sie mir, Madame, dass ich Ihnen meine aufrichtige Liebe gestehe und Sie im gleichen Atemzug darum bitte, meine

Werbung für Ihre Hand und Ihr Herz anzunehmen! Ich schwöre, allezeit für Sie und Ihre reizenden Kinder Sorge tragen zu wollen und Ihnen ein guter, treuer Ehemann und für Jens und Catrina ein liebevoller und verantwortungsbewusster Vater zu sein. Falls der Herrgott uns beiden gemeinsame Nachkommen schenken sollte – was ich mir insgeheim von Herzen erhoffe –, werde ich sie dennoch niemals meinen Stiefkindern vorziehen!«

Der Kapitän griff nach Birtes Hand und führte sie an seine Lippen. Dann erhob er sich und schloss Birte, die vor Aufregung und Glück kein Wort hervorbrachte, in seine Arme.

»Ach, Liebster! Wie gerne willige ich in deinen Antrag ein!« Erst nach einer Weile gelang es der jungen Frau, nachdem der lange und innige Kuss beendet war, den sie soeben getauscht hatten, zu flüstern: »Du ahnst nicht, wie oft ich in den vergangenen Wochen, ja Monaten, von diesem Augenblick geträumt habe!«

Ihr Geständnis brachte den *Commandeur* zum Schmunzeln. »Deine eigene Schuld, mein Schatz. Diesen Traum hättest du dir um einiges früher erfüllen können, Liebste. Aber du zogst es ja vor, die Unnahbare zu spielen und mich auf Abstand zu halten!«

Als Birte zu protestieren versuchte, lachte er laut. »Ich weiß ja, meine Liebste, du hast es aus Rücksicht auf die Mannschaft und deine Kinder getan. Das war auch ganz richtig so. Nirgends wird mehr geklatscht als auf einem Schiff. Immerhin stand dein tadelloser Ruf als Eignerin der *Meerjungfrau* auf dem Spiel. Alle meine Männer achten und verehren dich, die Walfängerbraut. Du giltst ihnen als Ausbund an Tugend und medizinischer Gelehrsamkeit, nachdem dir das Kunststück mit Hauke Steffensens Zehen gelungen ist, die übrigens tatsächlich anzuwachsen scheinen!«

Sie küssten sich erneut und vergaßen für eine Weile ihre Umgebung. Die traute Zweisamkeit wurde abrupt gestört, als der sonst so ruhige und gelassene Medicus ohne anzuklopfen mit allen Anzeichen von Aufregung und Verstörtheit hereinplatzte. Bei seinem plötzlichen Auftauchen fuhr das Paar erschrocken auseinander. Rasch fing sich der *Commandeur*.

»Mein lieber *Meister*, wer oder was hat Sie denn derart aus dem Häuschen gebracht? Beinahe könnte man glauben, Sie hätten ein Gespenst gesehen!«

Der *Commandeur* und seine frisch anverlobte Braut lachten gutmütig. Das Lachen sollte ihnen allerdings vergehen, nachdem der Medicus die üble Notlage schilderte, in welcher sich ganz überraschend ein Teil der Mannschaft befand.

»Quasi über Nacht ist eine schlimme Seuche über uns hereingebrochen, Kapitän!«

Als hätte das Schicksal beschlossen, es wäre nun genug der Wohltaten des Schöpfers, welche die Besatzung der *Meerjungfrau* bisher genossen habe, war an diesem Sommermorgen ein Teil der Männer mit Anzeichen einer Krankheit aufgewacht, die sie unfähig machte, ihren Dienst auch nur annähernd zu versehen: Schlimmste Gliederschmerzen, Kopfweh, Muskelkrämpfe, Schmerzen im Hals beim Schlucken – sogar das Wassertrinken bereitete Schwierigkeiten –, sowie hohes Fieber quälten die Matrosen.

»Mittlerweile befinden sich manche im Delirium und zu meinem allergrößten Entsetzen, Herr *Commandeur*, sind einige Männer bereits verstorben, ohne dass ich ihnen nur im Geringsten habe helfen können!«

Der Schiffsarzt war leichenblass und nahe daran, die Fassung zu verlieren. Plötzlich schoss ihm das Blut ins Gesicht und er begann zu keuchen. Verzweifelt rang der Medicus um Luft.

Im Folgenden sollten die Ereignisse sich überschlagen.

Obwohl Mikel und Birte gemeinsam versuchten, den auf eine Bank gelagerten und flach ausgestreckten Mann von seinem Hemdkragen sowie der offensichtlich beengenden Halsbinde zu befreien, um ihm das Atmen zu erleichtern, war ihre Mühe vergebens. Marten Paulsen starb binnen weniger Minuten vor ihren Augen.

Eine Katastrophe in jeder Beziehung. Ein Segler, dessen eine Hälfte der Besatzung todkrank war und kein Arzt an Bord, der wenigstens den Versuch unternehmen konnte, etwas gegen die unbekannte Seuche zu tun, war in aller Regel unweigerlich dem Untergang geweiht. Erfahrungsgemäß erkrankte auch die andere Hälfte.

Der *Commandeur* müsste die entsprechende Warnflagge hissen lassen, die weithin auf See jedermann signalisierte, dass eine gefährliche Krankheit an Bord dieses Schiffes grassiere. Selbstverständlich kam auch nicht infrage, in irgendeiner Hafenstadt an Land zu gehen. Die Gefahr, die Einwohner anzustecken und die Seuche zu verbreiten, war viel zu groß.

Jedes ihnen begegnende Schiff würde, sobald das Unglück publik war, einen weiten Bogen um sie schlagen. Kein Gedanke daran, dass ein anderer Kapitän, der seine fünf Sinne noch beisammen hatte, selbst die im Augenblick noch gesund erscheinenden Matrosen und Passagiere auf seinem Schiff aufnähme.

Birte schwindelte es angesichts der so unvermittelt auf ihr lastenden Verantwortung. Sie, die dem Schiffsarzt bisher nur hin und wieder geholfen hatte, kleinere Wunden zu verbinden, leichtere Blessuren zu versorgen und Pulver gegen Magendrücken zu verteilen – Haukes Zehen waren ein einmaliger Fall gewesen –, stand auf einmal in der Pflicht, den Dienst als *Meisterin* an Bord aufzunehmen – eine Aufgabe, die ihr unmöglich zu bewältigen erschien, die aber dennoch keinen Aufschub duldete. Wer außer ihr kam denn sonst in Frage?

Sie durchsuchte Marten Paulsens *Lappdose,* eine zum Glück gut gefüllte Medikamentenkiste, die sie bereits kannte, und die jedes Schiff laut Gesetz an Bord haben musste. Aber sie enthielt nur die üblichen Gerätschaften wie Pipetten, Zangen, Nadeln, Scheren und Klammern sowie eine Menge an Verbandszeug und Arzneien, die in diesem Fall leider so gut wie gar nicht weiterhalfen.

Birte befiel wahnsinnige Angst um ihre Kinder. Erneut machte sie sich Riesenvorwürfe, dass sie selbst es gewesen war, die Jens und Trina dieser tödlichen Gefahr ausgesetzt hatte.

Darüber hinaus trieb sie die Sorge um Mikel Frödesen um, jenen Mann, in den sie sich Hals über Kopf verliebt hatte und der in Kürze ihr zweiter Ehemann werden sollte. Beide hatten sich schon ausgemalt, wie schön es sein würde, wenn der eigene Vater beziehungsweise Schwiegervater ihre Trauung vollzöge.

Dass sie selbst durch ihren nahen Umgang mit den Betroffenen in größter Gefahr schwebte, daran verschwendete Birte Petersen keinen Gedanken. Mochten die von der Seuche Befallenen sie anstecken, war das eben der Wille des Herrn. Den Kindern jedoch verbot sie höchst eindringlich, ihre Kabine auch nur für kurze Zeit zu verlassen.

Unter den ersten, die man – eingenäht in einen Leinensack – der See übergeben musste, befanden sich auch »Didi« Diderich Martensen, jener junge Matrose, den Jens sich als engsten Freund erkoren hatte, sowie Dirk Wögensen, der Schiffsjunge; auch er mittlerweile ein guter Freund. Noch selten hatte Birte es erlebt, dass ihr Sohn so verzweifelt war und bitterlich weinte, während Catrina regelrecht verstört wirkte und kaum noch sprach.

Das Sterben unter den Mitgliedern der Mannschaft ging weiter; auffallend weniger unter den Offizieren als innerhalb der einfachen Mannschaftsränge. Auch das mochte ein Grund für den wachsenden Unmut der verängstigten und verunsicherten Besatzung sein.

Bei den Seebestattungen kam es zunehmend zu Befehlsverweigerungen, weil die Männer fürchteten, sich anzustecken, sobald sie ihre toten Kameraden berührten.

Nach wie vor blieb es so, dass die oberen Chargen in höherem Maße von der Seuche verschont blieben, während die Matrosen ihr reihenweise zum Opfer fielen. Es lag auf der Hand, dass es auch daran lag, dass die Mannschaft enger zusammengepfercht schlief, als es bei den Offizieren der Fall war.

Leider war das kaum zu ändern, der Platz auf einem Walfänger war beschränkt. So war es für Birte nahezu unmöglich, für die Kranken einigermaßen abgeschottete Bereiche zu finden, wo sie wenigstens ungestört dem Tod entgegendämmern konnten.

»Inzwischen werde ich von den Seeleuten regelrecht angefeindet«, beklagte sie sich beim Bordgeistlichen, der sich seit

Ausbruch der Seuche – allerdings nur mit mäßigem Erfolg – um Frieden an Deck bemühte. »Die Männer tun, als wäre es meine Schuld, dass sie so schwer krank geworden sind. Ich habe eine solch heftige Seuche auch noch nicht erlebt. Es ist grade so, als hätten sich Pest, Cholera, *Skorbut* und Hirnentzündung miteinander verbündet!«

Außer Gebete zu sprechen und den Sterbenden die Hand zu halten, blieb dem Schiffspfarrer nicht viel. Zwar hatte er Angst um sein Leben, aber die Verantwortung für jene, die sich anschickten, in Kürze vor ihren Schöpfer zu treten, erwies sich als stärker. Pastor Hauke Bohsen hielt sich tapfer und harrte mit Birte bei den von der rätselhaften Krankheit Befallenen aus.

Die junge Frau bekam seit Ausbruch des Unglücks den *Commandeur* nur noch von Weitem zu Gesicht. Es wollte ihr vorkommen, als verbringe Mikel Tage und Nächte auf der Brücke. Sie nahm sich vor, ihn eindringlich zu ermahnen, sich hin und wieder etwas Ruhe zu gönnen. Wenn er ebenfalls ausfiele – was dann?

Es sollte noch schlimmer kommen. Es ereignete sich das Übelste, was sich auf einem Schiff ereignen konnte, dessen Mannschaft vor Angst langsam nicht nur den Verstand, sondern auch jeglichen Sinn für Recht und Anstand verlor. Eine Meuterei brach aus. Bald war klar, von wem die Ungeheuerlichkeit ausging. Der Aufstand wurde von einem der *Harpuniere* angezettelt und angeführt, bezeichnenderweise von Ocke Japsen, dem Birte von Anfang an misstraut hatte. Ihre Ahnung hatte sie also nicht getrogen.

Bei Japsen handelte es sich um einen Mann, der schon lange auf einen Kapitänsposten spekulierte und jetzt eine gute Gelegenheit sah, *Commandeur* Mikel Frödesen und die Eignerin Birte Petersen zusammen mit einigen loyalen Offizieren sowie dem lästigen Geistlichen, der ihn gewiss nur wieder ermahnen und ihm mit der Vergeltung des Herrn drohen würde, loszuwerden.

Dreist ließ er von seinen Anhängern die gesunden Seeleute an Deck zusammenrufen und verkündete ihnen sein schändliches

Vorhaben: »Da unser *Commandeur* leider unfähig ist, Ordnung auf dem Schiff zu garantieren, werde ich ab jetzt mit den Überlebenden das Kommando auf der *Meerjungfrau* übernehmen. Auch die Eignerin taugt nichts. Ich frage euch, Freunde: Wen hat sie bis jetzt von der Krankheit heilen können? Obwohl sie doch angeblich so eine großartige Medica ist? Fort mit dem reichen nutzlosen Gesindel, sage ich! Wer überleben will, schließe sich mir an!« Tatsächlich brüllte ein Teil der Mannschaft laut sein Einverständnis heraus. Was Ocke Japsen wiederum veranlasste, die massive Drohung anzufügen: »Wer nicht für uns ist, ist gegen uns und wird diesen Verrat bitter bereuen!«

Der Meuterer und seine Kumpane zeigten auch gleich, was sie damit meinten. Einschüchternd fuchtelten sie mit gefährlichen Waffen wie Schwertern, Äxten und Pistolen herum, die sie sich widerrechtlich aus der verschlossenen Waffenkammer nach dem Tod des eigens dafür abgestellten Wachtpostens angeeignet hatten.

Um die Matrosen, die immer noch schwankten, wem ihre Loyalität zu gelten habe, auf seine Seite zu ziehen, brachte Japsen einen weiteren Punkt zur Sprache, um sie mit der in allen Menschen lauernden Geldgier zu ködern.

»Den Erlös für den gewonnenen Waltran werde ich erst mal, aber nur vorläufig, persönlich einkassieren, indem ich beim holländischen *Wasserschout* angebe, *Commandeur*, Prediger und Eignerin seien leider samt vielen anderen Seeleuten einer Seuche zum Opfer gefallen. Die durch den Verkauf erzielte Summe werde ich anschließend unter all den Seeleuten, die mich jetzt unterstützen, ganz gerecht aufteilen. Das schwöre ich! Da wir jetzt schon bloß noch halb so viele sind wie zu Beginn des Törns, ist der Anteil jedes Einzelnen auch um etliches größer«, stellte er grinsend fest, wobei er die Matrosen scharf im Auge behielt. Es müsste doch mit dem Teufel zugehen, sollte er nicht das verräterische Funkeln von Geldgier in den Augen der vor ihm Stehenden aufblitzen sehen.

Die Mehrheit der bisher noch gesunden Mannschaft schenkte dem verbrecherischen Schurken tatsächlich Glauben. Allzu viel hätten sie an der Lage auch nicht mehr zu ändern vermocht; die Meuterer hatten bereits im Vorfeld ganze Arbeit geleistet. Hatte es *Harpunier* Ocke Japsen doch mit einigen Mitverschwörern geschafft, Mikel Frödesens Erschöpfung durch den Dauereinsatz auf der Brücke auszunutzen, indem sie ihn überrumpelten, ihn mit einem Schlag auf den Hinterkopf niederstreckten und Ocke anschließend das Kommando gewaltsam an sich riss.

Die wichtigsten Personen, von denen noch Widerstand zu erwarten war, ließ Japsen auf einen Schlag von seinen Anhängern überwältigen, bei der geringsten Gegenwehr brutal zusammenschlagen, mit Stricken fesseln und wie gut verschnürte Pakete nebeneinander an Deck ablegen.

Die wenigen Seeleute, die noch Anstand im Leibe hatten und versuchten, gegen die Rebellion aufzubegehren, ließen ihr Vorhaben als sinnlos fallen und ergaben sich, weil sie zu Recht um ihr Leben fürchteten, aber aktiv an der Schandtat beteiligen wollten sie sich nicht. Das war auch gar nicht nötig; es gab genug, die sich dem heimtückischen *Harpunier* bedingungslos angeschlossen hatten und alles tun würden, was er ihnen befahl.

Birtes und anderer Überfallener wütende Proteste wurden erstickt, indem man den Gefangenen Stofffetzen in die Münder stopfte.

Die Festnahme der Schiffseignerin hatte Ocke als besonderen Leckerbissen eigenverantwortlich in die Hand genommen, wobei er unverschämt grinsend behauptete, das geschähe nur aus Respekt vor ihr. »Ich vermag nämlich leider nicht zu garantieren, dass keiner der mit Euch und der bisherigen Schiffsführung sehr unzufriedenen Matrosen übergriffig werden könnte«, betonte er scheinheilig.

Birte war klar, dass der Schurke ihren Abscheu vor ihm gespürt haben musste und dass er sich jetzt an ihrem Unglück geradezu weidete. Obwohl ihr regelrecht schlecht vor Angst war, würde sie ihm auf jeden Fall nicht den Gefallen tun und weinen, jammern oder sonst irgendwie an sein Mitgefühl appellieren.

Als Japsen ihr mit Worten, die an Deutlichkeit nichts zu wünschen übrig ließen, klarmachte, bei ihr könne er vielleicht Gnade
vor Recht ergehen lassen, wenn sie nur ein wenig nett zu ihm
wäre, spie ihm Birte, ohne zu überlegen, was es für Folgen haben
könnte, voll Verachtung ins Gesicht. Er hatte ihr nämlich den
Knebel abgenommen, damit sie antworten konnte.

Mit bösartigem Grinsen wischte Ocke sich die Spucke von
den Wangen und meinte zynisch: »Immer noch auf dem hohen
Ross, die Madame? Nun, wir werden ja sehen. Hochmut kommt
bekanntlich vor dem Fall!« Um die innerlich vor Furcht zittern-
de Frau noch mehr zu demütigen, zog er sie ruckartig an sich,
fasste ihr derb an die Brust und meinte hämisch: »Es ist dir doch
klar, dass ich dich zwingen könnte zu tun, was ich von dir will,
Schätzchen?«

Offensichtlich weidete er sich dabei an Birtes Abscheu und
Entsetzen. Gleich darauf stieß er sie allerdings verächtlich von
sich, sodass sie strauchelte und rücklings auf ihre Koje fiel. Was
ihm ein dreckiges Lachen und die Bemerkung entlockte: »Selbst
wenn Madame sich freiwillig für mich aufs Bett legt, habe ich
kein Interesse an ihr. Solche wie dich – und bessere – finde ich in
jedem Hafen und an jeder Ecke!«

DREIZEHN

Ehe er die mit Stricken gefesselte junge Frau allein ließ und in
ihrer Kajüte einschloss, knebelte er sie allerdings wieder, um zu
verhindern, dass sie durch Geschrei und Gejammer die Aufmerksamkeit der Seeleute auf sich lenkte. Womöglich gab es doch
noch ein paar mutige Kavaliere an Bord, die sich bemüßigt fühlen könnten, der schönen Eignerin zu Hilfe zu eilen.

Was Birte schier um den Verstand brachte, war das Ergehen
ihrer Kinder, die sich laut schreiend an sie geklammert hatten, als
die Meuterer in ihre Kabine eingedrungen waren. Ohnmächtig
hatte sie zusehen müssen, wie die Kerle Jens und Catrina mit

groben Fäusten ruhigstellten. Auf einen Wink Ockes hatte man die schreienden Kinder an Deck verschleppt.

Birte verstand, dass Ocke die beiden von ihr getrennt hatte, damit sie über deren Schicksal im Dunkeln tappte. Würde man ihnen ein Leid zufügen, um sie als Besitzerin des Schiffes gefügig zu machen? Wie lautete überhaupt der Plan des gemeinen Packs?

Ihr nächster Gedanke galt Mikel, ihrem Bräutigam. Welches Los hatten sie dem Kapitän zugedacht? Ohne Weiteres traute sie den Verbrechern zu, dass sie sich seiner entledigten, um freie Bahn zu haben. Während sie sich auf der Koje hin und her warf und vergebens versuchte, sich von den einschneidenden Fesseln zu befreien, malte sie sich die Gräueltaten aus, die man an ihrem Liebsten verüben könnte.

Wobei die Vorstellung von ihren hilflos im Wasser treibenden und von Haien bedrohten Kindern ihr schier das Herz stehen bleiben ließ. Der Gedanke, dass man Mikel womöglich die Kehle durchgeschnitten habe, ehe man ihn über Bord warf, trieb ihr Tränen der Trauer und des Zorns in die Augen.

Bei Gott, sollte es ihr gelingen, den feigen Anschlag zu überleben, würde sie sich bitter zu rächen wissen. Ocke Japsen und keiner seiner Mitverschworenen sollte je wieder eine ruhige Minute haben, in jedem nur denkbaren Winkel der Erde würde sie ihn aufspüren. Bezahlen sollte der falsche Hund für seine feige und verbrecherische Tat! So dachte sie, während sie hilflos dalag, zitternd vor Angst, Wut und aufsteigender Kälte, die ihr zunehmend in die taub werdenden Glieder kroch, nachdem der erste heiße Zorn sich gelegt hatte.

*

Mikel Frödesen, nach dem Schlag mittlerweile wieder einigermaßen zur Besinnung gekommen, versuchte, trotz der fürchterlichen Kopfschmerzen und der schmerzhaften Fesselung seiner Arme und Beine einigermaßen vernünftige Überlegungen anzustellen.

Hatte er doch bei nachlassender Bewusstlosigkeit, aber noch im Dämmerzustand Bemerkungen der Meuterer vernommen: »Am besten ist es doch, um uns weitere Schwierigkeiten zu ersparen, die Eignerin samt ihrer Brut und den Pfaffen und den *Commandeur* dazu über Bord zu schmeißen, den Haien zur Freude ...«

Damit seine künftige Frau nicht noch mehr in tödlichen Schrecken versetzt würde, hoffte er inständig, Birte habe dergleichen nicht gehört. Womöglich irrte er sich auch und der Schmerz, der durch sein Gehirn geschossen war, hatte ihm diese entsetzlichen Worte nur vorgegaukelt.

Die Hoffnung allerdings, Ocke Japsen habe sich noch einen winzigen Rest von Menschlichkeit bewahrt, gab er zunehmend auf, als er am eigenen Leib verspürte, wie man auf der *Meerjungfrau* mit den Gefangenen umging.

Ihn und seine überrumpelten Männer sowie Birtes Kinder ließ man erst einmal in der Kälte oben an Deck liegen und gottserbärmlich frieren. Von Birte war nichts zu sehen und Mikel war sich nicht sicher, ob dies als ein gutes Zeichen zu werten war. Womöglich hatte der Anführer sie absichtlich von den anderen Gefangenen separiert, um sich desto ungenierter mit ihr vergnügen zu können. Vor dem geistigen Auge des *Commandeurs* spielten sich wahre Horrorszenarien ab.

Als die Meuterer ihren Erfolg mit Branntwein begießen wollten, brauchten sie mehr Platz und warfen ihren *Commandeur*, Jens und Catrina sowie die widerspenstigen ehemaligen Kameraden in den Schiffsbauch hinunter.

Den Branntwein entwendeten sie dem *Smutje* aus einem Versteck in der Kombüse unter Androhung von schwerer Gewalt, falls er daran dächte, ihren kleinen Siegerumtrunk etwa verhindern zu wollen. Der Schiffskoch jedoch, auch er von der Seuche überwältigt, war zu keiner Gegenwehr mehr fähig und starb kurz nach Beginn der feuchtfröhlichen Feier.

Der *Commandeur* und sein Stellvertreter hatten stets darauf geachtet, dass sich nie zuviel Alkohol an Bord befand und dass er immer nur in kleinen Portionen und nur bei besonderen Anlässen ausgegeben wurde. So war der Vorrat noch reichlich bemessen und taugte für ein ordentliches Besäufnis der Meuterer.

Als der Schnaps endlich vertilgt war, wobei zum Glück ein Teil durch Ungeschicklichkeit verschüttet wurde, weil kurzzeitig ein Sturm aufkam, waren die Kerle wenigstens noch so weit bei Verstand, ihren Anführer nicht dazu aufzustacheln, etwas Nichtwiedergutzumachendes zu unternehmen: Vor Mord schreckten die meisten Männer Gott sei Dank immer noch zurück. Sie forderten Ocke Japsen auf zu schwören, sich an den Gefangenen auf keinen Fall ernsthaft zu vergreifen. Sie zu fesseln und zu knebeln reiche völlig aus, meinten sie. Natürlich schwor Ocke feierlich, obwohl er nach wie vor fest entschlossen war, sich seiner ganz speziellen Gefangenen auf alle Fälle zu entledigen.

Über lange und bange Stunden kreisten Mikels Gedanken allein um seine geliebte Birte. Auch unter den Gefangenen im Unterdeck konnte er sie nicht entdecken und er malte sich die größten Gräuel aus, die man ihr in ihrer Kabine womöglich zufügte.

Nach einem grauenvollen, in Angst und Eiseskälte verbrachten Aufenthalt im untersten Schiffsbauch bei den Speckfässern, bei Mäusen und Ratten, traf die Überwältigten am hellen Morgen ein neuer Schock, nachdem man sie wieder an Deck verfrachtet hatte. Inzwischen hatte Japsen sich nämlich Folgendes ausgedacht: Auf einem der Walfangboote würde er mit einem seiner Helfer und einem Teil der Gefangenen hinüber nach Westen, Richtung Baffin Land fahren, sie dort aussetzen und sich selbst und ihrem Schicksal überlassen.

Dass es ihm bitterer Ernst war, sahen alle, als auf einen Wink ihres Anführers einer der Meuterer Birte Petersen, die Eigentümerin des Schiffes – auch sie gefesselt und geknebelt – herbeizerrte und neben dem *Commandeur* grob auf die Planken fallen ließ. Jens kroch sofort auf seine Mutter zu und auch Catrina gelang es, sich an sie anzuschmiegen. Nicht einmal umarmen konnten sie einander: Ocke hatte befohlen, selbst den Kindern die Hände auf dem Rücken zusammenzubinden. Weil auch ihre Beine mit

Stricken gefesselt waren, mussten die Gefangenen einzeln auf das Boot getragen werden.

Indessen war erneut eine steife Brise aufgekommen. Während der gefährlich unruhigen Überfahrt, die mehrmals das Boot beinahe zum Kentern brachte, ließen es sich die beiden bewaffneten Kerle angelegen sein, ihre unglücklichen Gefangenen einzuschüchtern, indem sie ihnen ankündigten, sie vor der Küste Nordamerikas in den Meeresfluten zu versenken.

Japsen steuerte den Cumberlandsund an, wo er die Missliebigen schließlich an der Küste, ziemlich weitab von einer Eingeborenensiedlung mit Namen Pangnirtung, aus dem Boot warf. Dass es hier so etwas wie ein Dorf gab, sollten sie allerdings erst später erfahren.

Gnädigerweise ließ er ihnen die Knebel und die Stricke abnehmen, die ihnen mittlerweile fast ganz die Blutzufuhr an Händen und Füßen abgeschnürt hatten. Um seine Großmut zu beweisen, erlaubte er der elenden kleinen Schar die Mitnahme einer kleinen Kiste mit Schiffszwieback und mehrerer Flaschen Wasser. Außerdem sollten sich angeblich einige Decken und ein Jagdgewehr samt einiger weniger Patronen darin befinden.

Anschließend verhöhnte er die ungeschickt durch das seichte Wasser an Land Taumelnden: »Jetzt schaut, wie ihr zurechtkommt! Andere vor euch haben es in Amerika schließlich auch geschafft. Wenn es euch gelingt, von Bären nicht gefressen und von den Indianern nicht skalpiert zu werden, werdet ihr in der viel gelobten Neuen Welt bestimmt noch euer Glück machen!«

Unter gemeinem Gelächter traten die Banditen den Rückweg zur *Meerjungfrau* an und überließen in der kahlen Einöde die Ausgesetzten einem ungewissen Schicksal.

*

Es dauerte nicht lange, bis Mikel Frödesen, der Catrina auf dem Arm getragen hatte, während sie zum Festland wateten, Volkert Gonnesen und Hauke Steffensen, dessen Fuß sich erneut entzündet hatte, sowie dem Schiffspastor Hauke Bohsen und Birte Petersen aufging, dass von Anfang an ihrer aller Tod geplant gewesen war.

»Die Decken sind von Motten zerfressen und eigentlich bloß noch dünne Fetzen«, klagte Birte und ihre Stimme zitterte, obwohl sie sich alle Mühe gab, vor ihren Kindern nicht die Fassung zu verlieren. Womit sollte sie sie zudecken? Die Sonne ging so weit nördlich zwar nur kurz unter, dennoch herrschten in diesen Breiten eisige Temperaturen. Hier sah es auch nirgends so aus, als könne man wenigstens eine schützende Höhle finden.

Von mehreren Flaschen Trinkwasser konnte auch keine Rede sein; gerade mal eine einzige fand sich in der Kiste. Darüber hinaus erwies sich das morsche Behältnis bis auf ein paar schimmelige Krümel als vollkommen leer. »Ich habe gleich vermutet, dass das verfluchte Ding kaum etwas Brauchbares enthält«, knurrte der *Bootsmann*, der die Kiste auf seiner Schulter an Land geschleppt hatte. »Es fühlte sich viel zu leicht an!« Als nächstes machte Volkert Gonnesen die niederschmetternde Entdeckung, dass die gnädig überlassene Waffe über einen verbogenen Lauf verfügte.

Aber das Schlimmste war, wie der *Commandeur* feststellte, nachdem er Catrina auf dem Trockenen abgesetzt hatte, dass die Handvoll Gewehrkugeln überhaupt nicht zu der Jagdflinte passten. Wie sollten sie sich gegebenenfalls gegen einen Eisbären oder gegen ein Rudel Wölfe zur Wehr setzen? Es war nicht einmal möglich, eine Ente oder einen Hasen zum Verzehr zu erlegen.

»Lasst sehen, was wir überhaupt an Waffen besitzen«, forderte Mikel die Männer auf.

Unter diesen Umständen war die Ausbeute mehr als kläglich: Gerade mal zwei Dolche standen ihnen zur Verfügung, die Mikel und der *Bootsmann* in weiser Voraussicht ständig im Stiefelschaft versteckt hielten. Es war zutiefst entmutigend.

Der Pastor regte dennoch an, dem Herrn ein Dankgebet zu sprechen dafür, »dass uns die Meuterer nicht gleich an Ort und Stelle erledigt haben.« Immerhin bestünde die vage Aussicht, dass ihnen der Himmel gnädig sei und sie auf irgendeine Art und Weise doch noch gerettet würden.

Nach Beten war den Übrigen nicht unbedingt zumute; aber um der einzigen Frau unter ihnen willen und um den Kindern einen Hauch von Zuversicht zu schenken, tat man, was der Geistliche anregte – sie hatten ja sonst nicht viel anderes zu tun.

Die erste Nacht auf amerikanischem Boden war grässlich. Alle litten schrecklichen Hunger; außer ein paar Beeren fanden sie nichts Essbares, nicht einmal Vogeleier, und die trotz des Hochsommers herrschende Kälte setzte allen ungemein zu. Immer wieder schreckten die Ausgesetzten auf und wanderten im Kreis umher, um die Kälte und die Steifheit wenigstens für eine Weile aus den Beinen zu vertreiben.

Nach etlichen Stunden waren doch alle vor Erschöpfung in einen unruhigen Schlummer mit schlimmen Träumen versunken, aus denen sie immer wieder hochfuhren. Gerade waren Birte erneut die Augen zugefallen, als eine feine Stimme neben ihrem Ohr sie wiederum wach werden ließ. Gleichzeitig fühlte sie wie eine kleine Hand über ihre Wange streichelte.

»Du musst keine Angst haben, Mama!«, flüsterte ihr Catrina zu. »Jens und ich haben uns gegenseitig versprochen, von jetzt ab immer auf dich aufzupassen. Wir haben dich doch so furchtbar lieb. Wir werden auf keinen Fall zulassen, dass dir etwas Böses geschieht. Und unser Kapitän Mikel ist ja auch noch da, um dich zu beschützen!«

Trotz ihrer nahezu aussichtslosen Lage und aller Furcht vor der Zukunft zauberte das gut gemeinte kindliche Versprechen Birte ein Lächeln aufs Gesicht. Andererseits wurde ihr bewusst, dass sie vor den Kindern viel zu deutlich ihre Ängste gezeigt hatte. Fest ihr Töchterchen in die Arme schließend, meinte sie ernsthaft: »Dafür danke ich euch beiden sehr! Dass ich so tapfere Kinder habe, macht es mir gleich viel leichter. Gemeinsam werden wir es schaffen. Das wäre doch gelacht! Aber jetzt lass uns wieder schlafen.«

Ausgerechnet Birte war es, die am Morgen, beide Kinder an sich gedrückt, einigermaßen gefasst erwachte. Sie hatte als Einzige einen Traum gehabt, der Gutes verhieß. »Irgendwo in der Nähe muss es ein Dorf geben, das mich, meine Kinder, meinen künftigen Ehemann Mikel und auch euch wohl aufnimmt«, verkündete sie den erstaunt Lauschenden.

Mikel, der die erschöpfte Frau genauer ansah, fiel auf, dass Birte dabei kein bisschen lächelte. Er konnte ja nicht ahnen, dass sie einen aus ihrer Runde nicht unter den Geretteten gesehen hatte.

Gleichwohl hatte Birte damit zwei Fliegen mit einer Klappe geschlagen: Sie vermochte mit der Prophezeiung, die seltsamerweise niemand anzweifelte, ihren Leidensgenossen Mut zu machen – und sie hatte, was ihre Beziehung zu Mikel Frödesen anbelangte, endlich die Katze aus dem Sack gelassen.

Sowohl der Bordpfarrer wie der *Bootsmann* gratulierten dem Brautpaar zu dem löblichen Vorhaben, wie der Geistliche es nannte, der gleich an eine von ihm zu vollziehende Trauung dachte, während der *Bootsmann* sich sofort als Trauzeuge anbot, nachdem er die Neuigkeit verdaut hatte.

Die junge Frau, die schon lange gespürt hatte, wie sehr Volkert Gonnesen sie im Stillen verehrte, war sehr froh, dass er die Neuigkeit so gelassen aufnahm. In dieser schwierigen Lage noch ein Eifersuchtsdrama dazu wäre ungefähr das Letzte gewesen, was Birte noch ertragen hätte.

Nur Hauke Steffensen blieb seltsam ruhig. Blass und schwach kauerte er auf der Erde und hielt stumm seinen verletzten Fuß.

Am rührendsten war die Reaktion der Kinder. Durchgefroren und noch verschlafen – erst die lauten Stimmen der Erwachsenen hatten sie aus unruhigem Schlummer gerissen – hingen sowohl Jens als auch Catrina erst ihrer Mutter und dann auch dem *Commandeur* jubelnd am Hals und umarmten beide stürmisch. Catrina traktierte Mutter und Stiefvater mit vielen Küssen und der Versicherung, einen neuen Papa zu bekommen sei das schönste Geschenk, das sie sich nur wünschen könne. Zur Verblüffung der

Erwachsenen behauptete sie überdies, längst schon gewusst zu haben, »dass Mama und Mikel sich lieben«, was Jens mit ernsthaftem Kopfnicken bestätigte.

Birte fuhr beiden durch die arg zerzausten Haarschöpfe, die einige Zeit keinen Kamm mehr spüren würden, und meinte unter dem Gelächter der Umstehenden: »Und wir dachten, es würde niemand auf diesen Gedanken kommen, weil wir zwei uns selbst erst seit ganz kurzer Zeit sicher sind!«

Diese Neuigkeit mochte zwar sehr erfreulich sein, half dem Grüppchen der Gestrandeten im Augenblick jedoch nicht weiter. Für Birte war es ein Bedürfnis, sich nach Haukes Zustand zu erkundigen. Der Matrose wollte erst nicht mit der Wahrheit herausrücken, aber sie bestand darauf, sich seinen Fuß anzusehen.

Als sie den Verband abgenommen und die Wundheilung inspizierte, konnte sie keine Verschlimmerung feststellen. Mit dem Fortschritt der Heilung konnte man zufrieden sein. Warum ging es dem jungen Mann dann so schlecht? Binnen weniger Minuten verfiel er regelrecht vor ihren Augen.

»Oh, gütiger Herr! Es ist die Seuche, die ihn erwischt hat!«, entfuhr es dem Pastor, nachdem er hinzugetreten war.

Es war in der Tat nicht zu übersehen: Hauke Steffensen lag im Sterben. Mikel Frödesen opferte sein Wams, rollte es zusammen und schob es dem nur noch mühsam Atmenden unter den Kopf. Es dauerte auch gar nicht lange und der Pastor konnte dem jungen Burschen die Augen für immer schließen. Um ihn vor wilden Tieren, die des Weges kämen, zu schützen, bedeckten alle ihn mit großen und kleinen Felsbrocken und Steinen.

Nach einem gemeinsamen Gebet für Haukes Seele machten sich alle bedrückt auf den Weg weiter ins Landesinnere. Wer von ihnen würde der Nächste sein, den man fern der Heimat zurücklassen müsste? Eine nicht zu beantwortende, bange Frage, die jeden bedrückte.

Die Reaktion der Kinder aber war bestürzend. Jens und seine Schwester verstummten für den ganzen Tag; ihren Gesichtern war zwar – oberflächlich betrachtet – nichts abzulesen. Aber wer sich die Mühe machte, ihnen in die Augen zu sehen, erkannte Furcht vor der Zukunft sowie Trauer und Schmerz um den tapferen Matrosen, den alle sehr gemocht hatten.

Auch nachdem sie sich aufgemacht hatten, blieb die felsige Gegend, in die es sie verschlagen hatte, kahl und unwirtlich ohne das geringste Anzeichen von Bewuchs oder einer Spur von Essbarem. Auch Brennholz schien es keines zu geben. Aber da niemand von ihnen Schwefelhölzchen mit sich führte, war Letzteres bedeutungslos.

Sogar Trinkwasser hatten sie noch keines gefunden und der Durst quälte die Ausgesetzten immer ärger. Bei allem Frost fehlte es hier – im Gegensatz zur gegenüberliegenden grönländischen Seite – an Eis, das man hätte schmelzen können. Mikels lederner Hut, den er als Topf zur Verfügung stellen wollte, blieb unbenutzt.

Etwa um die Mittagszeit legte das traurige Häuflein eine Rast ein, mutlos und hungrig. Außer ein paar Moosbeeren und einigen Möweneiern, die Jens zwischen den Felsen entdeckt hatte und die sie roh verspeisten, hatte keiner von ihnen etwas im Magen. Birte machte sich vor allem um ihre Kinder Sorgen.

»Wie sah der Ort denn genau aus, den du im Traum gesehen hast, mein Kind?«, erkundigte sich Pfarrer Hauke Bohsen, um das niederschmetternde Schweigen der Gestrandeten nicht länger andauern zu lassen. Man hatte sich darauf geeinigt, einander zu duzen; nur bei dem Geistlichen wollte man eine Ausnahme machen.

»Oh, es war ein freundlicher Landstrich, Herr Pastor, mit hohen Bergen und sanften grünen Tälern, in denen fremdartig aussehende Leute Getreide ernteten, und mitten durchs Dorf rauschte ein Bach mit vielen Fischen darin. Die Bewohner des Ortes waren sehr freundlich und boten an, uns aufzunehmen. Danach lief ich durch einen Wald mit Bäumen, die ich nicht kenne, und entdeckte Tiere, die wie Hirsche aussahen. In weiterer Entfernung habe ich einen großen braunen Bären und ein paar Wölfe gesehen. Um das Dorf aus Steinhütten und ein paar Zelten lief ein Zaun, aus Weidenruten geflochten. Offenbar sollte er wilde Tiere und andere Feinde abhalten.«

»Klingt verlockend, meine Liebe«, seufzte Mikel. »Wenn du nur recht behieltest mit deinem Traum! Er sollte sich möglichst bald bewahrheiten.«

Jens interessierte sich für den Bären, den seine Mutter gesehen haben wollte, während Catrina leise jammerte; sie empfand auf einmal schreckliche Magenschmerzen; der Hunger setzte der Kleinen offenbar zu.

Den Übrigen erging es keinen Deut besser und im Nu sank die Stimmung erneut auf den Nullpunkt. Als der Pastor anregte, ein Gebet zu sprechen, worin sie dem Herrn dafür danken wollten, die erste Nacht überlebt zu haben, und ihn gleichzeitig um baldige Hilfe bitten, ihnen schnellstens Rettung zu gewähren, war das Echo reichlich lahm. Immerhin faltete schließlich auch der *Bootsmann* die Hände und murmelte etwas in seinen Bart, das bei gutem Willen als Gebet durchgehen mochte. Und tatsächlich! Das Glück schien den Ausgesetzten hold zu sein.

Im Laufe des Nachmittags, als sie, reichlich verzagt und mit knurrenden Mägen und schleppenden Schrittes jetzt in Richtung Süden stolperten, durch eine nahezu völlig kahle Landschaft, die ihnen aber immerhin eine neben dem Pfad aus dem Felsen entspringende Quelle beschert hatte, trafen sie überraschend auf einen Trupp von Indianern.

Erst hatten sie Angst vor den Einheimischen und ließen verzweifelt ihre Augen auf der Suche nach einem Versteck umherschweifen. Trugen die Männer doch Waffen bei sich und sahen auch sonst nicht sehr vertrauenerweckend aus. Aber hier gab es nicht einmal Mauselöcher. Von einer Höhle, die man als Schutzraum benützen konnte, ganz zu schweigen.

Dann entdeckten sie allerdings, dass die Indianer einen durchaus friedlichen Eindruck machten. Der Pastor behauptete jedenfalls, der Himmel müsse sie geschickt haben. Offenbar kehrten die in braunen Lederanzügen steckenden, mit langen schwarzen, mit bunten Perlenbändern gebändigten Haaren so andersartig aussehenden Männer heim von einem Jagdausflug. Davon zeugten ihre Bögen über den Schultern und die restlichen Pfeile in den Köchern. Nur einer schulterte eine Jagdflinte, aber jeder Eingeborene trug ein scharf geschliffenes Messer sowie ein primitives Beil im Gürtel.

Ein noch junger Mann mit tiefschwarzem glattem Haar, das ihm weit über den Rücken hing, offenbar ihr Anführer, sprach ein paar Brocken Holländisch und Englisch. Er war nicht sehr gut zu verstehen, aber immerhin hörten die Europäer heraus, dass er sie im Namen seiner Freunde begrüßte.

Dann lud er sie mit Gesten ein, ihnen in ihr Dorf zu folgen, wo man sie mit dem Nötigsten versorgen wolle. »Wer sagt uns denn, dass diese Leute keine gefährlichen Männer sind, die uns abschlachten werden, sobald sie uns in ihrer Gewalt haben?«, wisperte Birte ängstlich.

Mikel winkte ab. »Keine Bange, mein Schatz.« Auch er sprach leise. »Handelte es sich um Indianer auf dem Kriegspfad, wären ihre Gesichter bunt bemalt zum Zeichen ihrer Kampfbereitschaft. Außerdem schleppen die meisten noch einen vollen Sack mit sich herum. Vermutlich enthält er die jeweils erlegte Beute. Schau! Der junge Mann da zum Beispiel, mit dem sich Jens gerade anzufreunden scheint, schleppt sogar einen kleinen Hirsch auf der Schulter.«

Das beruhigte Birte. Außerdem gab der *Bootsmann* zu bedenken, wenn die Indianer Böses im Schilde führten, wäre es ein Leichtes für sie, sie alle auf der Stelle zu erledigen. »Wozu uns dann erst ins Dorf mitnehmen?«

Jens stupste seine Mutter am Oberarm an: »Sie tragen Wiljen und Gräges bei sich, Mama! Und einer hat mich in seinen Beutel schauen lassen, worin mehrere Kaninken waren. Wenn wir Glück haben, kriegen wir vielleicht etwas von ihnen!«

Das hörte sich nicht schlecht an. Von Wildenten und Wildgänsen wussten die Hoogener, wie gut sie schmeckten. Machten doch alljährlich Tausende zweimal Halt auf der *Hallig*, ehe sie weiterflogen in ihre Sommer- beziehungsweise Winterquartiere. Da liefen dann jeweils alle Frauen zum Strand, um die willkommenen Festtagsbraten zu *wringeln*, indem sie den Vögeln den Hals umdrehten. Und Kaninchen waren bei Gott auch nicht zu verachten! Die Mägen der Weißen knurrten verräterisch.

Als hätten die Indianer verstanden, worüber sich Jens und seine Mutter unterhielten, und um die sichtlich erschöpften Europäer zu stärken, legten die Eingeborenen, die nach eigenen Worten zum Stamme der Huronen zählten, eine Rast ein und gaben den Weißen zu essen und zu trinken.

VIERZEHN

Die Jäger rupften einige der Wildvögel, nahmen sie aus, spießten sie auf dünne Äste einer einzelnen, wie verloren in der kahlen Landschaft stehenden Esche, und brieten sie auf der Stelle über einem hurtig entfachten Feuer. Dann verteilten sie sie an die weißen Fremdlinge. Selten hatte denen halbgares, zähes Fleisch und pures abgestandenes Wasser, das die Huronen in Kürbisflaschen bei sich trugen, so gut geschmeckt.

Mit neuer kurzfristig gewonnener Tatkraft marschierten sie anschließend ihren Rettungsengeln hinterher, wobei Birte ihr kleines Mädchen an der Hand führte.

Catrina hatte inzwischen längst ihre anfängliche Scheu vor den bewaffneten, braunhäutigen Männern mit den langen, teilweise zu Zöpfen geflochtenen Haaren verloren. Trina war es auch, welche die weißen Erwachsenen auf ein Detail aufmerksam machte, das denen bisher anscheinend entgangen war.

»Hast du gesehen, Mama, die Männer tragen alle kleine Kreuze um den Hals«, krähte die Sechsjährige. »Das bedeutet doch etwas, oder?«

»Das heißt, es handelt sich nicht um Heiden, sondern um getaufte Christen«, stellte Pastor Bohsen mit einem Seufzer der Erleichterung fest. »Jetzt können wir wirklich sicher sein, nicht unter gottlose Räuber gefallen zu sein. Dem Herrn sei Lob und Dank, der uns diese Männer geschickt hat!«

»Der Herr sei gepriesen!«, fiel Birte ein und ihr künftiger Ehemann fügte ein erleichtertes »Amen!« hinzu, während Volkert Gonnesen, der *Bootsmann*, noch ein bisschen skeptisch blinzelte. Aber auch ihm war die Erleichterung anzumerken.

Der Weg ins Eingeborenendorf schien dem Häuflein Europäer, in Anbetracht der Aussicht auf einen warmen Platz zum Schlafen, nicht übermäßig lang zu sein, obwohl ihre Gehgeschwindigkeit inzwischen wieder stark abgenommen hatte. Zwei eiskalte Nächte in Folge hatten allen gereicht. Ein Wunder, dass sich bislang niemand von ihnen Erfrierungen zugezogen hatte. Ganz zu schweigen von der Möglichkeit, eventuell von der todbringenden Seuche befallen zu sein. Immerhin hatten sie sich in unmittelbarer Nähe des verstorbenen Seemanns aufgehalten. Vermutlich dachte jeder der Europäer an die lauernde Gefahr, zog es aber vor, darüber zu schweigen, um sich vor Angst nicht verrückt zu machen.

Von einer lang gezogenen Anhöhe aus konnte man bereits das Indianerdorf ausmachen, eine willkürliche Ansammlung bunter Zelte und kleiner, aus graubraunen Bruchsteinen zusammen gefügter Häuschen. Von Weitem betrachtet hatten die flachen Berghänge gänzlich leblos gewirkt. Bei näherem Hinsehen erst entdeckten Birtes scharfe Augen in den Felsspalten verschiedene Moose und auf den Gesteinsflächen Flecken, wo zumindest Flechten wuchsen.

Unwillkürlich entfuhr der jungen Frau ein Stöhnen und ihre Stirn umwölkte sich. Beim besten Willen konnte sie sich nicht vorstellen, was hier den Anbau lohnen könnte. Wovon lebten diese Menschen nur? Man konnte doch nicht immer nur Fleisch essen.

Bootsmann Volkert Gonnesen schien den gleichen Gedanken gehegt zu haben; unzufrieden brummte er vor sich hin: »Bin ja mal gespannt, wovon wir uns bei denen ernähren sollen! Immer nur Wild, Fisch und Geflügel ist auf die Dauer für unsereinen, vor allem für die Kinder, nicht gesund. Aber Getreide habe ich noch nirgends gesehen.«

Einer der Huronenjäger musste ihn verstanden haben, denn er grinste ihn an und sagte auf Deutsch: »Der weiße Mann muss keine Sorge haben. Er wird Brot und Gemüse bekommen!« Die übrigen Jäger lachten und nickten bestätigend.

Das klang verheißungsvoll und sofort hob sich die eingetrübte Stimmung der Gestrandeten beträchtlich. Mikel wagte die Frage, wo und wie sie die deutsche Sprache gelernt hatten. Holländische Sprachkenntnisse und auch englische – die waren immerhin zu erklären. Seines Wissens gab es weiter südlich eine größere Ansiedlung, die den Namen Neu-Amsterdam getragen haben sollte, die man jetzt allerdings als New York kannte, denn im Augenblick hatten die Engländer an der Ostküste Nordamerikas das Sagen.

Stolz erklärten die Indianer, vor gar nicht langer Zeit wären deutsche Siedler, sogenannte Missionare, zu ihnen nach Baffin Land gekommen und wären auch ein paar Jahre lang bei ihnen geblieben. Ihr Anliegen sei es gewesen, den Eingeborenen die frohe Botschaft des Christentums zu bringen. Die Weißen hätten einander Brüder und Schwestern genannt und in himmlischem Frieden und vorbildlicher Eintracht mit den Ureinwohnern zusammengelebt.

»Ein paar der Brüder haben sogar indianische Mädchen zu Ehefrauen genommen und mit ihnen Kinder gezeugt. Ich bin eines davon«, verkündete einer der ganz jungen Burschen und grinste von einem Ohr zum anderen.

In der Tat! Bei genauerem Hinschauen erwies sich seine Haut als um einiges heller; sein Haar war nicht so glatt, sondern gewellt und eher dunkelbraun als schwarz. Nur die schwarzen Augen glichen denen seiner Gefährten.

»Wohnen diese Deutschen noch bei euch?«, wollte der Geistliche wissen; aber da wurde er enttäuscht. Die Missionare, vor allem ihre Frauen und Kinder, hatten das entsagungsreiche Leben mit seiner schrecklichen Kälte und der nahezu halbjährigen Polarnacht auf Dauer nicht vertragen. Alle wären schließlich weitergezogen nach Süden. Einige auch ins Landesinnere, weit weg vom Meer.

»Deutschland ist groß«, behauptete Jens auf einmal. Der Junge hatte aufmerksam zugehört. »Von welcher Stadt kamen denn diese Brüder und Schwestern?«

Da erlebten die Ankömmlinge eine Überraschung. Etwa die Hälfte der Missionare hatte als ihre ursprüngliche Heimat Böhmen angegeben, wo man ihnen das Leben seit Jahrhunderten sehr schwer gemacht habe; die anderen stammten aus verschiedenen Orten des Römischen Reiches Deutscher Nation. Die entsprechenden Namen hatten sich die Indianer aber mit einer einzigen Ausnahme nicht gemerkt. Sie lautete Leipzig – für die Ureinwohner ein wahrer Zungenbrecher.

»Es muss sich um die Böhmischen Brüder gehandelt haben«, mutmaßte Pastor Hauke Bohsen. »Von denen habe ich schon gehört und von ihrer guten Absicht, die Heiden auf dem amerikanischen Kontinent zu Jesus Christus zu bekehren.«

Mikel, Birte, die Kinder und den *Bootsmann* interessierte das nicht so besonders; ihnen war vor allem daran gelegen, bald im Dorf anzukommen. Zusehens machte sich die Erschöpfung durch den langen Marsch bemerkbar.

Es ging bereits auf den Abend zu, die Sonne stand schon reichlich tief, und der Wind, der beständig wehte, wurde allmählich unangenehm kalt. Selbst jetzt noch – immerhin war Hochsommer – bedeckten Schneemassen die weiter abseits liegenden Täler. Auf der Seite zu ihrer Rechten konnten sie auf den höheren Hügelkuppen sogar Gletscher ausmachen, von denen einige jäh in einem steilen Abbruch im Meer endeten.

Ließ man den Blick über das Wasser schweifen, fielen einem die vielen Eisberge auf, die an der Küste entlangzogen. Das weckte bittere Erinnerungen an die verlorene *Meerjungfrau*.

Falls sie überlebte, würde Birte alles daran setzen, um vor Gericht ihr Recht – und das Schiff natürlich – zurückzubekommen. Im Übrigen wünschte sie den Meuterern ganz unchristlich die Pest an den Hals.

Endlich war das ersehnte Ziel erreicht. Dass es sich als winziges, elendes, armseliges Nest entpuppte, kümmerte die Ausgesetzten nicht wirklich. Hauptsache, man würde ihnen Obdach gewähren – und wäre es im Hühnerstall.

Die Jäger, die etwa zwei Wochen lang unterwegs gewesen sein mussten, wurden recht unterschiedlich empfangen: Von ihren Frauen betont kühl, denn die Liebe zwischen den Geschlechtern zeigte man bei den Eingeborenen nicht öffentlich, Zärtlichkeiten jeder Art galten vor anderen Menschen als absolut tabu.

Die Kinder hingegen jubelten ihren Vätern ungeniert zu und die Alten schlugen ihnen wohlwollend grinsend auf die Schultern, nachdem sie die Beute begutachtet hatten.

Den Weißen begegnete man zu Anfang sehr zurückhaltend. Erst als der Anführer des Jagdtrupps ihnen in ihrer Sprache vom schlimmen Schicksal der Europäer berichtet hatte, tauten die Huronen mehr und mehr auf. Man musste sie gar nicht verstehen – die mitleidigen Blicke, womit Birte und ihr Anhang bedacht wurden, sagten genug.

Die Gruppe war schon vorher übereingekommen, die Wahrheit über die Person Birtes und wie es zu ihrer und ihrer Freunde Ankunft auf Baffin Land gekommen war, ein klein wenig zurechtzubiegen. So verschwieg man etwa, dass es sich bei Birte um die Eigentümerin eines Walfängers handelte. »Wir wollen niemanden womöglich auf falsche Gedanken bringen«, hatte der Pastor zur Besonnenheit ermahnt. So behaupteten sie jetzt, bei ihnen handele es sich um den verarmten Rest von nordfriesischen Auswanderern, die einst ihr Glück im grönländischen Thule versucht hätten, um die Eskimos zu missionieren.

Auf der Rückreise nach Europa wären auf dem Segler, der sie nach Holland hätte mitnehmen sollen, einige unangenehme Dinge geschehen. Man habe sie um alles betrogen, indem der Kapitän, der sehr viel Geld für die Passage verlangt habe, sie einfach in der kalten Wildnis ausgesetzt habe. So seien sie zwar am Leben geblieben, hätten jedoch alles verloren.

Eine Frau in einem langen braunen, mit bunten Perlchen bestickten Lederrock, die, nach den zahlreichen Runzeln in ihrem
Gesicht und den langen weißgrauen Zottelhaaren zu schließen,
uralt zu sein schien, wandte sich Birte zu. Offensichtlich genoss
die Alte die Achtung aller übrigen Dorfbewohner.

»Ist einer der Männer dein Ehemann?«, fragte sie und deutete
erst auf den Pastor, dann auf den *Commandeur* und zum Schluss
auf den *Bootsmann*.

Ohne lange nachzudenken, schüttelte Birte den Kopf. »Ich bin
Witwe«, sagte sie. Es stimmte ja. Sie war nur verlobt und noch
nicht verheiratet. Dass die Konsequenz darin bestand, sie von
den Männern zu trennen, dessen war Birte sich bewusst.

Aber um der Kinder willen durfte sie in diesem Fall nicht lügen. Es wäre ein Unrecht gewesen, vor der Heirat mit Mikel zusammen zu sein, und als anständige christliche Mutter durfte sie
kein schlechtes Beispiel geben.

Im Nu waren die unfreiwilligen Flüchtlinge aufgeteilt. Drei
Indianerfamilien nahmen je einen der drei männlichen Weißen
in ihrer Mitte auf und Birte gelangte mit Jens und Catrina zu
der Dorfältesten mit dem Lederrock und den zerzausten grauen
Haaren, die sich aus einem dünnen, anscheinend zuletzt vor Tagen geflochtenem Zopf gelöst hatten.

Es waren nur wenige Schritte bis zur Hütte der Alten. Die
Behausung bestand aus grob behauenen grauen Bruchsteinen,
besaß kein Fenster, nur eine niedrige Tür – eigentlich eine Art
Vorhang aus Büffelleder – sowie ein über ein paar Stangen ge-
spanntes Dach aus zusammengenähten Tierhäuten. Birte hielt
das Material für Robbenfell. So etwas hatte sie schon auf der
Westmännerinsel Heimæy gesehen.

Im dunklen Innern der Hütte stank es stark nach Rauch;
die im Boden eingelassene Feuerstelle war mittig angelegt und
ein paar Äste glommen vor sich hin und sonderten neben dem
Qualm den Duft von Kiefernnadeln ab.

Die Bewohnerin zog den Vorhang am Eingang zurück und
ließ, nachdem sie eingetreten waren, die Tür offen. So drang zu-

mindest etwas Tageslicht ein, damit die Neuankömmlinge sehen konnten, wohin sie traten.

Das war auch gut so, denn unmittelbar neben einer ungefähr sechs Handbreit breiten und zwei Handbreit tiefen Herdkuhle waren einige Schilfmatten ausgebreitet. Auf einer davon lag ein alter Indianer, den im Augenblick ein fürchterlicher Hustenanfall schüttelte.

»Der arme Mann!«, rief Catrina und stürzte auf ihn zu. »Es tut mir leid, dass du dich nicht wohlfühlst, alter Mann. Vielleicht brauchst du bloß frische Luft. Ich fange auch gleich an zu husten. Hier drin erstickt man ja!«

Birte zuckte zusammen.

Immer wieder war sie von der selbstverständlichen Ungeniertheit ihrer Kinder verblüfft und unangenehm berührt. Natürlich kannte sie den Spruch »Kindermund tut Wahrheit kund!«, aber peinlich war es allemal.

Der Alte hustete nicht mehr, sondern keuchte bloß noch ein bisschen und lag dann ganz still. Catrina hatte ihm ihre kleine Kinderhand auf die magere Brust gelegt, die nur ein dünn geschabtes Lederhemd bedeckte. War es Zufall, dass der Anfall augenblicklich zum Stillstand kam?

Ehe Birte ihre Tochter zu sich herziehen konnte – was fiel dem Kind bloß ein? – baute ihre Gastgeberin sich vor ihnen auf.

»Mein Name ist Barbara«, verkündete sie stolz. »So hat mich der fromme Bruder einst getauft, der mit seinen Brüdern und Schwestern bei uns gelebt hat. Und das dort ist mein Mann Paulus. Die Böhmischen Brüder haben uns leider schon lange verlassen, aber wir sind immer noch gute Christen, die nur den Christengott Jesus und seine Mutter Maria anbeten.«

Birte, die sich beeilte, sich selbst sowie Sohn und Tochter namentlich vorzustellen, wunderte sich ein bisschen. Sie hatte noch nie gehört, dass man Maria anbetete. Hatten die Eingeborenen da vielleicht etwas missverstanden? Aber womöglich waren diese Missionare ja auch Katholiken gewesen – denen traute sie als gute Protestantin ja so einiges zu. Von Böhmischen Brüdern hatte sie sowieso noch nie etwas gehört. Andererseits wusste sie von ihrem Vater, dass katholische Missionare, falls sie Priester waren, nicht heiraten durften. Und hier war doch die Rede davon gewesen, dass sie einheimische Mädchen zu Frauen genommen hatten.

Barbara schickte sich an, das Abendessen vorzubereiten, nachdem sie ihren neuen Mitbewohnern Plätze auf den um die Feuerstelle liegenden Matten angewiesen hatte. Paulus, der sich über den plötzlichen Familienzuwachs nicht zu wundern schien, nestelte mit zittrigen Fingern an seinem Hemdausschnitt herum, um schließlich ein kleines Silberkreuz hervorzuholen, das er angeblich schon seit damals auf seinem Herzen trug.

Das habe ihm seinerzeit Bruder Karel geschenkt, jener Missionar, der ihm und seiner Sippe die frohe Botschaft und das Licht der Welt gebracht habe, erklärte er feierlich, indem er in einer Mischung aus Deutsch, Holländisch und ein bisschen Englisch radebrechte.

»Warst du einmal der Häuptling hier?«, wollte Jens wissen und Paulus bejahte. Ja, das sei er gewesen, so lange, bis ihn das hohe Alter und die Lungenkrankheit niedergestreckt hätten.

»Jetzt ist unser beider Enkel Johannes sein Nachfolger, der Anführer der Jäger, mit denen ihr in unserem Dorf angekommen seid«, erklärte Barbara.

»Dann bist du, Barbara, die Großmutter vom Häuptling, nicht wahr? Ich habe gleich bemerkt, dass du eine besonders wichtige Frau im Dorf bist«, stellte Catrina altklug fest.

Birte fiel von einer Verlegenheit in die nächste, aber die Dorfälteste nickte geschmeichelt und meinte: »Du bist ein kluges kleines Mädchen. Und heilende Hände besitzt du auch, wie ich beobachtet habe. Mein Mann hat nicht mehr gehustet, seit du ihn berührt hast, Catrina!«

»Ach, ich kann noch nicht viel«, wehrte Catrina bescheiden ab. »Dazu bin ich noch zu jung. Aber meine Mama, die ist bei uns daheim eine ganz berühmte Heilerin!«

Catrina geriet in Eifer, aber Birte unterband die Lobsprüche sofort. »Bitte, mein Schatz, übertreib nicht so. Manchen Leuten auf Hooge war gar nicht recht, was ich gemacht habe!«

»Großvater sagte, weil die Leute dumm sind. Und das werden sie auch irgendwann noch büßen, Mama. Dafür werde ich schon sorgen, sobald ich groß bin!«

Das war Jens, der sich unvermittelt zu Wort meldete und ganz zu vergessen schien, wo er sich befand. Die Mutter rief ihre beiden Sprösslinge energisch zur Ordnung. Es gehöre sich nicht, als Kind so vorlaut zu sein und sich in die Gespräche der Erwachsenen einzumischen.

Stattdessen fragte sie höflich an, ob sie oder die Kinder auf irgendeine Art behilflich sein könnten. Aber Barbara verneinte. »Die Gemüsesuppe wird von allein kochen. Die meisten Zutaten habe ich schon vorbereitet. Nur das Kaninchenfleisch, das mein Enkelsohn mitgebracht hat, muss ich noch klein schneiden.«

Birte bewunderte die Geschwindigkeit, mit der Barbara die Innereien, die Beine, den Rumpf und die Bauchlappen zweier gehäuteter Karnickel mit einem Dolch in mundgerechte Stücke zerschnitt und in die bereits in einem verrußten, an einem Haken über dem Feuer hängenden Kochtopf brodelnde Suppe warf. Darin befanden sich klein geschnittenes Grünzeug, eine Art Kohl, sowie Rübenschnitzel, getrocknete Bohnen und ein Stück Speck. Kopf, Pfoten und Gedärme der Tiere warf die alte Indianerin durch die Türöffnung nach draußen.

»Für die Hunde«, erklärte sie.

Von denen streunte allerdings eine ganze Menge durchs Dorf, immerzu auf der Suche nach Futter. Es handelte sich um eine mittelgroße Rasse mit kurzem, braunweiß gescheckem Fell und spitzen, aufrecht stehenden Ohren, die bemerkenswert selten bellte. So viel war den Ankömmlingen gleich zu Beginn aufgefallen.

Es dauerte nicht lange und ein verlockender Duft nach Fleischsuppe erfüllte den verqualmten kleinen Raum. Obwohl der Eingang meistens offen stand, konnten sich Rauch und Ruß nie ganz aus der Hütte verflüchtigen. Die grauen Steinwände waren im Inneren längst schwarz geworden und glänzten vom Ruß, der sich beim Verbrennen harziger Kiefernzweige und Tannenreisig, aber auch von getrocknetem Schilf und Riedgras oder Pferdemist bildete.

Ganz fremd war Birte dieser Geruch nicht. Auch auf den friesischen Inseln und den *Halligen* heizte man mit getrocknetem Schilf, mit Abfällen von Gesträuch jeglicher Art sowie mit *Ditten*. Als junges Mädchen hatte sie das übliche Dittenstechen, zu dem auch eine Pastorentochter verpflichtet war, regelrecht gehasst und sich so gut es ging davor gedrückt. Just in diesem Augenblick fiel ihr das wieder ein.

Als unangenehm empfand die junge Frau, dass es überhaupt keine Möglichkeit gab, durch ein Fenster frische Luft hereinzulassen, da ein solches beim Bau der Hütte ganz offensichtlich nicht vorgesehen war; wie auch in keiner der anderen Unterkünfte. Die kurze Zeit, die sie hier verbringen müssten, würde ihnen und den Kindern schon nicht schaden, überlegte Birte. Wie sie Mikel kannte, würde er bereits in Erfahrung gebracht haben, wie sie am ehesten ein Schiff fänden, das sie von Amerika nach Europa zurück brachte. Es gab schließlich eine ganze Reihe von Handelsschiffen.

Sie glaubte, weil der Umweg über Island und das Trankochen ja – leider – wegfielen, könnte sie in Holland bei der zuständigen Seefahrtsbehörde Anzeige wegen Meuterei, Raub und Aussetzens hilfloser Personen in einer menschenfeindlichen Umgebung gegen Ocke Japsen und seine Kumpane erstatten und trotzdem noch zur üblichen Zeit auf Hooge eintreffen.

Papa würde Augen machen, wenn er einen zweiten Schwiegersohn willkommen heißen dürfte! Er würde sie auch bestimmt beraten, wie sie am besten zu ihrem Recht käme, falls die Behörden ihr Schwierigkeiten bereiten sollten. Den frechen Raub ihres Schiffes würde sie jedenfalls nicht ungestraft auf sich beruhen lassen. Die Meuterer und Diebe sollten streng bestraft werden und sie müsste selbstverständlich ihr Eigentum zurückerhalten.

Was die Bewohner der übrigen *Warften* auf Hooge wohl zu all dem sagen würden? Birte verlor sich erneut in Tagträumereien. Sie hoffte, mittlerweile hätten sich zu Hause alle wieder beruhigt und wären vernünftig geworden, was die ungerechten Anwürfe gegen sie anbelangte.

Auf einmal verspürte sie rasendes Heimweh nach der heimatlichen *Hallig*, nach dem Geruch von Salz und Meer und nach Heu, sowie nach dem Anblick des hohen Himmels mit seinem strahlenden Sonnenschein, der die Augen blendete. Aber auch nach den geballten schwarzen Gewitterwolken im Sommer, aus denen ein heftiger Sturzbach herniederprasselte, ehe sich für gewöhnlich das Unwetter rasch wieder verzog.

Ebenso empfand sie bohrende Sehnsucht nach dem ewigen Gekreisch der Möwen, dem penetranten Gequake von Wildenten, dem Geklapper der Störche und dem reichlich monotonen Blöken der vielen Schafe. »Hergood uun heemel, ik wal tüs patuu!«, murmelte Birte unwillkürlich auf föringisch. Der Herrgott im Himmel würde schon verstehen, dass sie unbedingt nach Hause wollte.

FÜNFZEHN

Der Eintopf, den die Huronenfrau Barbara zubereitet hatte, schmeckte Birte und den Kindern geradezu himmlisch. Seit Tagen hatten sie nichts Ordentliches mehr in den Magen bekommen.

Vor allem Jens fiel regelrecht über die Gemüsesuppe mit Fleischeinlage her, die alle gemeinsam mit hölzernen Löffeln aus der Schüssel schöpften und zum Munde führten. Teller waren offenbar unbekannt. Aber das war unter den Matrosen auf der *Meerjungfrau* auch nicht anders gewesen, wo alle gemeinsam aus der Back gegessen hatten.

Die alte Frau drängte Birtes Sohn geradezu, sich nur ja ausreichend zu bedienen. »Iss nur tüchtig, junger Mann«, forderte sie ihn wiederholt auf und lächelte zufrieden, wobei sie mehrere Zahnlücken in ihrem gelbbraunen Gebiss sehen ließ. »Du musst noch wachsen und groß und stark werden!«

Nachdem er beinahe den halben Topf allein geleert hatte, konnte der Junge beim besten Willen nicht mehr. »Jetzt bin ich aber wirklich satt«, behauptete er und strich sich über den Bauch. »Das hat unheimlich gut geschmeckt. Vielen Dank auch! Fast so gut, wie wir auf unserem Schiff immer gegessen haben.« Sein letzter Satz brachte ihm einen ärgerlich-warnenden Seitenblick seiner Mutter ein.

Jens biss sich auf die Lippen. Beinahe hätte er sich total verplappert. Die Erwachsenen hatten doch ausgemacht, es sei klüger, manches niemandem auf die Nase zu binden.

Ja, der Pastor hatte sogar eindringlich davor gewarnt, allzu viel preiszugeben: »Das könnte Begehrlichkeiten wecken, die wir nicht erfüllen wollen – und in unserer erbärmlichen Lage auch gar nicht können.«

Man war übereingekommen, sich als arme Passagiere auszugeben, die eine Odyssee hinter sich hätten, die sie durch weite Teile des nordöstlichen Amerikas geführt habe, ehe ein Kapitän ihnen versprach, sie nach Holland mitzunehmen. Ihm hätten sie ihr ganzes Geld geben müssen und zum Dank habe er sie dann einfach auf Baffin Land ausgesetzt.

Birte sollte nebenbei erwähnen, sie sei nicht nur Missionarin, sondern einfache Bäuerin und die Witwe eines schlichten Heringsfischers, und ihre Begleiter – ein Priester und zwei Seeleute – habe man von Bord gejagt, weil sie sich für sie stark gemacht hätten.

Diese Version hatte ihnen besser gefallen als eine andere, wonach alle an Bord eines rätselhaften Todes gestorben wären. Sie befürchteten, die Indianer könnten sie womöglich aus Angst um ihre eigene Gesundheit aus dem Dorf vertreiben.

Auch wollte man auf keinen Fall verraten, dass es sich bei Mikel um den wohlhabenden *Commandeur* eines Walfängers handelte.

Um den fatalen Eindruck zu verwischen, bei ihnen sei einiges zu holen, lachte Birte laut auf und erklärte leichthin, ihr Sohn habe die ein, zwei Mahlzeiten gemeint, die man ihnen zu Beginn der Seereise gewährt habe, ehe man sich ihrer so schnöde entledigt habe. Barbara und Paulus nickten mit ernsten Gesichtern. Zum Glück schienen sie ihren Worten Glauben zu schenken.

Durch die warme Mahlzeit und die Wärme im Raum fielen Birte und den Kindern alsbald die Augen zu. Barbara hatte ihnen vorsorglich eigene Matten an der hinteren Hüttenwand angewiesen. Erschöpft sanken die Flüchtlinge samt ihren Kleidern darauf nieder und waren im Nu in ruhigen tiefen Schlaf verfallen. In dieser Nacht musste niemand Angst haben vor dem Angriff wilder Tiere oder dem Erfrieren.

Birte selbst war so erschöpft, dass sie sogar vergaß, mit ihren Kindern das übliche Abendgebet zu sprechen. Als sie am Morgen erwachte, fiel ihr das Versäumnis ein und sie schämte sich entsprechend.

Ein rascher Blick nach rechts und links zeigte ihr, dass Jens und Catrina immer noch in seligem Schlummer lagen. Sie würde sie ausschlafen lassen; es gab nichts zu tun und es war nicht damit zu rechnen, dass man schon heute wieder zur Küste aufbrechen müsste, um nach einer Fahrgelegenheit Ausschau zu halten.

Von Paulus und Barbara war keine Spur zu entdecken. Sie mussten schon ganz früh die Hütte verlassen haben. Birte glaubte sich zu erinnern, sie am Abend zuvor davon sprechen gehört zu haben, man wolle am Vormittag zum Angeln aufbrechen. Hinter dem Dorf gebe es ein äußerst fischreiches Fließgewässer.

Ganz wie in meinem Traum in der ersten Nacht auf dem amerikanischen Festland, dachte Birte.

Sie erhob sich von ihrer bunten Flechtmatte und zog sich ihre halbhohen Stiefel an, wobei sie sich bemühte, keinen Lärm zu machen. Sie würde sich im Ort umsehen und hoffte, Mikel und die anderen bald zu finden. Das weitere Vorgehen war zu besprechen.

Die größte Schwierigkeit schien Birte darin zu bestehen, einen Kapitän zu finden, der bereit war, die kleine Schar, die buchstäblich keinen blanken Heller mehr besaß, sozusagen auf Kredit mitzunehmen und darauf zu vertrauen, die Passagiere würden die Kosten für die Überfahrt später begleichen.

Unter Christenmenschen müsste eigentlich so viel Vertrauen möglich sein, überlegte sie, während sie sich dem Platz näherte, der ihr die Dorfmitte von Pangnirtung zu sein schien. Die meisten Bewohner waren bereits auf und gingen verschiedenen Tätigkeiten nach. Sie spülten Töpfe am Bach, wuschen Kleidung, zogen erlegten Pelztieren das Fell ab, rupften Geflügel, brachten bunte Perlenstickereien auf Lederblusen an oder hackten Holz klein.

Niemand sprach sie an, aber Birte spürte sehr wohl die schmalen dunklen Augen der Dorfbewohner neugierig auf sich gerichtet.

Endlich entdeckte sie Pastor Hauke Bohsen, der mit Mikel Frödesen in ein lebhaftes Gespräch vertieft schien. *Bootsmann* Volkert Gonnesen ließ sich nirgends sehen – vielleicht schlief er noch.

Als er Birte erspähte, leuchteten Mikels Augen freudig auf. Er kam schnell auf sie zu und sie hatte das Gefühl, er hätte sie gerne zur Begrüßung in den Arm genommen. Dann schien er sich noch rechtzeitig daran zu erinnern, was der Pastor ihnen eingeschärft hatte. Es mache einen ganz schlechten Eindruck, wenn Mann und Frau sich in der Öffentlichkeit gehen ließen. Dazu gehörten selbst harmlose Küsse auf die Wange, jede Art von Umarmung, ja, es galt sogar als verpönt, wenn ein Paar sich nur an den Händen fasste. Indianische Eheleute vermieden es in aller Regel, außerhalb ihres Heims auch nur das Wort an den jeweils anderen zu richten. Man verständige sich durch Gesten, wenn es unbedingt nötig sei, hatte Hauke Bohsen sie wissen lassen.

»Bei den Indianern leben und arbeiten Männer und Frauen im Allgemeinen getrennt. Es gibt bei ihnen zwei Gesellschaften, die männliche und die weibliche. Sie treffen sich nur selten, weil es wenig Berührungspunkte zwischen ihnen gibt. Beide Gruppen haben ganz verschiedene Aufgaben zu erfüllen, und beide Geschlechter gelten auf ihre Art als gleich wichtig!«

Das Letztere hatte Birte gut gefallen. In ihrer nordfriesischen Welt herrschten ganz ähnliche Sitten. Der Mann verließ das Dorf und sein Heim und begab sich auf die raue See, um als Kapitän, Fischer, Robbenschläger oder Walfänger die Familie zu ernähren, während die Frauen Haus und Hof samt Kindern zu hüten und zu versorgen hatten. Die Frauen verrichteten die Arbeit auf dem Feld, besserten die Dächer und den Deich aus, sobald eine Sturmflut Schaden anrichtete, zogen aus zum Muschelsuchen, zum Krabbenfang, im Frühjahr und im Herbst zum Entenwringeln, wobei es Hunderten von Zugvögeln buchstäblich an den Kragen ging, oder zum beliebten Schollenpricken.

»Wie habt ihr die Nacht verbracht?«, erkundigte Birte sich bei den beiden Männern. »Ich war so müde, dass ich nach dem Essen gleich eingeschlafen bin. Nicht einmal die rauchige Luft hat mich gestört, so erschöpft habe ich mich gefühlt. Jens und Catrina schliefen noch, als ich die Hütte verlassen habe.« Sie lächelte. »Nun, lange werden wir die Gastfreundschaft der netten Eingeborenen ja nicht mehr in Anspruch nehmen müssen. Irgendeines der nach Europa segelnden Schiffe wird uns in Gottes Namen schon mitnehmen, damit wir noch in diesem Herbst nach Hause gelangen.«

Birte lachte übermütig. Dann erst fielen ihr die Mienen ihrer Schicksalsgenossen auf, die ihr zunehmend betreten erschienen.

»Was ist los, Mikel? Habe ich etwas Dummes gesagt?« Ihr Lächeln erstarb.

»Oh nein, meine Liebe; durchaus nicht!«

Der Schiffsgeistliche schüttelte den Kopf, sagte jedoch nichts. Auffordernd blickte er auf den *Commandeur*. Es war deutlich, dass er es Mikel überlassen wollte, seiner Braut reinen Wein einzuschenken.

»Gehen wir ein Stück beiseite«, bat er Birte. »Vielleicht am Bach entlang? Wir stehen nämlich genau in der Dorfmitte.«

»Ach ja, ich vergaß. Es gilt hier als schlechter Stil, wenn sich Männlein und Weiblein miteinander unterhalten. Also, verschwinden wir lieber!« Immer noch einigermaßen gut gelaunt stapfte Birte hinter ihrem Liebsten her. Bald wären sie daheim und vor Gott und der Gemeinde verbundene Eheleute und bräuchten sich um derlei Empfindlichkeiten nicht mehr zu bekümmern. Zwar war es auch auf Hooge und den Inseln zumindest unüblich, wenn Paare in der Öffentlichkeit Zärtlichkeiten austauschten, aber so übertrieben prüde wie hier reagierte man nicht.

Was der Kapitän seiner Liebsten anschließend, fern aller Zuschauer und potenziellen Zuhörer, zu verkünden hatte, traf die junge Frau wie ein Hammerschlag.

»Das ist doch nicht dein Ernst, Mikel«, begehrte sie auf. »Das kann nur ein übler Scherz sein! Sag, dass du mich nur foppen willst, Schatz!«

»Leider nein, Liebste! Es ist bitterer Ernst. Wir müssen den ganzen restlichen Herbst und den Winter bis zum Frühjahr hier bei den Indianern verbringen. Und wir müssen Gott dafür besonders danken, dass diese Leute bereit sind, uns so lange Obdach zu gewähren. Sie sind selbst sehr arm, wie dir vielleicht schon aufgefallen ist. Mir ist sogar schleierhaft, wie und womit sie vier zusätzliche Erwachsene und zwei Kinder dazu durchfüttern wollen.«

»Um Jesu Christi Willen, es muss doch eine Möglichkeit geben, irgendeinen Segler zu finden, der nach Europa fährt und uns an Bord nimmt. Ich dachte, es herrsche reger Schiffsverkehr zwischen der so genannten Alten und der Neuen Welt!«

»Das stimmt auch, Birte. Aber du hast die Jahreszeit vergessen, in der wir uns mittlerweile befinden. Jeden Tag können jetzt die verdammt gefährlichen Herbststürme einsetzen. Der Winter kommt in diesen nördlichen Breiten sehr schnell, sozusagen über Nacht und mit voller Macht. Kein verantwortungsvoller Kapitän oder *Commandeur* macht sich jetzt noch mit einem Handelsschiff auf die lange Reise nach Europa. Zumal auch gar keine

Notwendigkeit dazu besteht. Jeder, der von hier nach drüben möchte, hat den Törn längst bei angenehmeren Temperaturen und besserer Witterung hinter sich gebracht.«

Birte verschlug es die Stimme. Erst nach einer Weile konnte sie wieder sprechen. »Einfach ausgedrückt: Wer jetzt wie wir das Pech hat, hier zu sein, muss bis zum Frühjahr bleiben. Das sind ja in der Tat großartige Aussichten!«

Die junge Frau ließ sich stöhnend auf einem morschen gefällten Birkenstamm nieder, legte den Kopf auf die auf ihren Schenkeln ruhenden Arme, wobei sie den Rücken ganz tief beugte, um ihr Gesicht im Schoß zu verbergen. Ihr Bräutigam sollte nicht sehen, dass sie vor Enttäuschung weinte.

»Ich sage dir, Mikel, diesen schrecklichen Winter werden wir nicht überleben«, prophezeite sie nach einer Weile düster, als ihr Tränenstrom versiegt war. »Es kann niemals gut gehen! Die Eingeborenen sind freundliche christliche Menschen, die zwar guten Willens sind; aber sie werden uns kaum noch durchfüttern, sobald es zu ihren eigenen Lasten geht. Sie müssen selbst zusehen, wo sie und ihre Familien bleiben!«

»Du irrst dich, meine liebe Birte! Wir werden überleben, das verspreche ich dir. Weil wir nämlich gleich heute beginnen werden, uns auf die kommende kalte und dunkle Jahreszeit vorzubereiten. Bevor du kamst, habe ich mit dem Häuptling besprochen, dass Volkert, Hauke und ich anfangen werden, Bruchsteine zu sammeln und in jenem kleinen Waldstück, das du dort weit hinten erkennen kannst, einige Bäume zu schlagen, um uns ein Haus mit Holzdach zu bauen, damit wir alle zusammen sein und den Huronen in ihren beengten Behausungen nicht länger zur Last fallen müssen. Schade auch um die wenigen Bäume, die wir fällen müssen, aber es fehlt unseren Gastgebern an den üblichen Walrosshäuten, um das Dach zu bespannen.«

»Das finde ich großartig!« Birte griff Mikels Idee umgehend auf. »Beim Steinesammeln werden ich und die Kinder mithelfen, dann könnt ihr Männer umso schneller mit dem Hausbau beginnen.« Um die Stimmung nicht zu trüben, verkniff sie sich die Frage, wovon sie eigentlich leben würden und ob dazu der Häuptling auch etwas gesagt habe.

Es erwies sich, dass Häuptling Johannes und die Dorfältesten bereits eine Stelle ausgewählt hatten, wo die Weißen zwei Hütten errichten sollten: Eine für Birte und die Kinder, die andere für ihre drei männlichen Begleiter. Der Platz war leidlich zentral und auch nicht weit von der Wasserstelle am Bach entfernt, wo die Frauen das Trinkwasser holten, ihre Wäsche und das wenige Geschirr wuschen und Krebse für ihre Mahlzeiten fingen.

Birtes Bedenken wegen des drohenden *Scharbocks* räumte Barbara aus. Die Großmutter des Häuptlings bot ihr an, mit ihr und den anderen Frauen zu einer verborgenen Stelle im kargen Felsengelände zu gehen, die ein Außenstehender kaum zu finden vermochte, wo es allerdings große Mengen von Grünzeug zu ernten gab, die man als Gemüse in den Kochtopf werfen konnte. Außerdem hatten einst bereits die Mütter der Frauen zusammen mit den Böhmischen Brüdern Beete angelegt, die einigermaßen gute Ernten an Mais, Rüben, Bohnen, Erbsen und Kohl lieferten.

»Das wäre alles ganz wunderbar.« Birte musste trotz ihrer Zweifel, ob alles gut gehen konnte, ein bisschen lachen. »Wenn ich denn einen Kochtopf hätte!«

Dieser Einwand erheiterte wiederum die alte Barbara sehr. »Das soll deine Sorge nicht sein, weiße Frau. Du bekommst einen von mir! Paulus und ich sind alt und essen nicht mehr viel, da genügt uns ein einziger Topf.«

Die Hilfsbereitschaft und Herzlichkeit der selbst bitter armen Alten rührte Birte zutiefst. Die Indianerin schien sich jedoch ihrer Not gar nicht bewusst zu sein. Warum auch? Sie und ihr Mann hatten doch alles, was sie zum Leben brauchten. Birte schämte sich insgeheim ihrer Verzagtheit und bedankte sich mit besonderer Herzlichkeit.

Die alte Frau hatte längst weitergedacht. Bei ihren Mitschwestern regte sie an, für die Fremdlinge eine Sammlung zu veranstalten, damit jeder von ihnen wenigstens ein warmes Kleidungsstück erhielt sowie einen gewissen Vorrat an getrockneten Bohnen, Mais und Gerstenmehl.

»Die Weiber werden dir auch den Weg zu einer bestimmten Stelle am Ufer weisen, wo du Schilf schneiden kannst«, stellte sie Birte in Aussicht. »Dabei kann dein Sohn dir zur Hand gehen. Ich und meine Schwestern werden dir zeigen, wie man Schlafmatten daraus flicht. Dabei sitzen wir Weiber beisammen und erzählen uns während des Flechtens Geschichten.«

Das wurde ja immer besser! Damit wurde sie in den Kreis der Indianerfrauen aufgenommen. Dass sie das Mattenherstellen schon sehr gut beherrschte, verschwieg sie lieber. Ganz zaghaft wagte sie es, aufzuatmen. Das ganze Abenteuer ließ sich um einiges besser an, als zu Anfang befürchtet.

Eine Frage drängte sich Birte allerdings auf: Was würden Mikel, der *Bootsmann* und der Pastor tun? Was könnten sie außer dem Bau von Hütten beitragen, um ihr Überleben im kommenden Winter zu sichern? Birte dachte an die Beschaffung von Fleisch. Bisher war nur von Gemüse und Brot die Rede gewesen, wobei sie ihre Mithilfe beim Backen zugesagt hatte.

Das hatten die Männer schon geregelt. Die drei würden mit ihren indianischen Brüdern auf die Jagd gehen.

»Decken bekommt ihr von uns auch«, fügte Barbara nach einer Weile hinzu. »Die Nächte im Winter sind eisig. Du wirst sehen, kein Vergleich mit jetzt. Jetzt ist Sommer und noch ist es warm.«

Am liebsten hätte Birte hellauf gelacht. Warm nannte die Huronenfrau die Nächte? Ihr und ihren Leidensgenossen hatte die eine, im Freien verbrachte Nacht gereicht. Sie ahnte, wie verweichlicht sie waren im Vergleich zu diesem Naturvolk. Selbst jetzt, gegen Ende der warmen Jahreszeit, bedeckten Schneemassen die tieferen Schluchten, in die kein Sonnenstrahl drang. Bald käme der grausame Winter. An der Schattenseite der höheren Berge waren kleine Gletscher auszumachen, die meist jäh in einem steilen Abbruch endeten.

Nach der mittäglichen, überaus kargen Mahlzeit – für jeden gab es nur eine Handvoll getrocknetes, in Streifen geschnittenes

Büffelfleisch, das man ewig kauen musste, ehe es überhaupt zu schlucken war – ging es zum Grünzeugernten.

Zu Birtes und Jens' Überraschung machte die geringe Essensration sogar satt – was vermutlich an dem extrem lang andauernden Kauvorgang lag. Catrina hatte sich erst geweigert, die lederartigen harten Dinger überhaupt als Nahrung zu betrachten; aber da ihr niemand etwas anderes zu essen anbot, griff sie schließlich zu und probierte wenigstens davon.

»Gar nicht mal so schlecht«, murmelte das kleine Mädchen schließlich und sicherte sich gleich noch ein paar Streifen Trockenfleisch, nachdem es sich erkundigt hatte, was Büffel für Tiere seien.

»Was, das weißt du nicht? Das sind mordsgroße Rindviecher!« Jens blies sich ein wenig mit seinem Wissen auf, das er allerdings auch erst kürzlich erworben hatte, nachdem er den alten Paulus nach dem riesigen Schädel mit den gewaltigen Hörnern befragt hatte, der, aufgespießt auf einem Pfahl, neben einem Zelt thronte, das der Medizinmann des Dorfes bewohnte.

SECHZEHN

Nach einem strammen Fußmarsch erreichten die einheimischen Frauen und Birte auf einem Bergpfad, den überschießendes Quellwasser schlüpfrig und damit nicht ungefährlich machte, eine Anhöhe, die ihnen einen grandiosen Ausblick auf einen Streifen tief dunkelblauen Meeres gönnte.

Wehmut ergriff Birtes Herz beim Anblick der trügerisch ruhigen See, die glatt wie ein Spiegel unter ihnen lag, nur gesprenkelt mit vereinzelten weißen und türkisfarbenen Eisbergen, die gemächlich von Norden in Richtung Süden trieben.

Warum um Himmels willen fuhr denn kein einziges Schiff mehr nach Übersee, in Richtung Europa? Wie stand es denn mit Walfangseglern, die – gleich der *Meerjungfrau* – sich weiter nördlich, in der Baffin Bay, in der Nähe von Thule, aufgehalten hatten oder vielleicht immer noch aufhielten? Hatten denn wirklich alle schon die Heimfahrt angetreten?

Ihres Wissens war die *Meerjungfrau* doch eines der ersten Schiffe gewesen, die mit vollen Speckfässern in Richtung Island zurückzufahren beabsichtigten. Wo waren alle anderen? Allerdings hatte man durch den Ausbruch der Seuche wertvolle Tage verloren, insgesamt zwei Wochen, da man Anker geworfen hatte, als die Krankheit am schlimmsten wütete.

So sehr Birte ihre Augen auch anstrengte, nirgends konnte sie ein Segelschiff ausmachen.

Dafür entdeckte sie Unmengen an Grönlandsalat, wie Birte ihre Matrosen die saftigen grünen Pflänzchen mit den kleinen runden Blättern hatte bezeichnen hören, die schon viele Seeleute vor dem Tod durch *Skorbut* bewahrt hatten.

Die nächsten zwei Stunden waren die Frauen mit dem Ernten der Pflanzen beschäftigt. Endlich waren ihre Flechtkörbe bis oben hin gefüllt und die eifrigen Sammlerinnen gönnten sich und ihren schmerzenden Rücken zum ersten Mal eine Pause.

Erneut wanderten Birtes Blicke unwillkürlich in Richtung Meer. Plötzlich fiel ihr ein Segelschiff auf, das sein Steuermann genau in ihre Richtung zu manövrieren schien. Ha! Demnach gab es doch noch eine Möglichkeit, von hier wegzukommen, hin zu angenehmeren Gefilden!

Noch hielt Birte sich zurück. Vielleicht irrte sie sich ja, und der Segler – ein Zweimaster, wie sie erkannte – fuhr ganz woanders hin. Möglicherweise nach diesem New York. Noch immer tat Birte sich schwer, sich an die englischen Namen zu gewöhnen.

Überall wäre es besser zu überwintern als in dieser grässlichen Einöde, wo man immer damit rechnen musste, Eisbären oder Wölfen zu begegnen, schoss es der jungen Frau durch den Kopf. Selbst hierher hatten zwei jugendliche Indianer mit Gewehren sie begleiten müssen, denn es war niemals auszuschließen, außerhalb des Dorfes von wilden Tieren attackiert zu werden. Der Schicklichkeit halber hielten die Halbwüchsigen sich allerdings ein Stück weit von den Frauen entfernt.

Nachdem das Schiff langsam und gemächlich weitergezogen war, sank Birtes gute Laune und machte grausamer Ernüchterung Platz. Der Segler und seine Besatzung – tatsächlich ein Walfänger, wie an den außenbords befestigten Fangbooten ersichtlich – dachten gar nicht daran, sich der nordamerikanischen Küste auch nur andeutungsweise zu nähern.

Urplötzlich war das auf die Entfernung wie ein Spielzeugboot wirkende Schiff ihren Blicken entzogen. Nebel kam auf. Auch dies ein beredtes Zeichen dafür, dass der Sommer praktisch zu Ende war. Am liebsten wäre Birte vor Wut und Enttäuschung in Tränen ausgebrochen. Sie hasste Ocke Japsen und würde nicht ruhen, bis der Verbrecher und seine willfährigen Helfershelfer ihrer gerechten Strafe zugeführt wären.

Dass Ocke ein Schurke war, hatte sie zwar geahnt, aber das Verhalten der übrigen Seeleute, die sich hatten missbrauchen und vor seinen Karren spannen lassen, enttäuschte Birte immer noch maßlos. Warum sind sie Mikel und mir dermaßen in den Rücken gefallen? Diese Frage hatte sie sich wohl schon hundertmal gestellt und bisher noch keine Antwort darauf gefunden. Alles Hadern mit dem Schicksal würde ihnen nicht helfen.

Sie mussten sich damit abfinden, eine lange Zeit bei den Indianern zu bleiben, ihr Leben mit ihnen zu teilen und darauf hoffen, den harten nordischen Winter zu überstehen, um sich im kommenden Jahr mit neuer Kraft aufzumachen, zu hoffen und darum zu beten, möglichst früh eine Mitfahrgelegenheit nach Europa zu finden. Ob nach England, Schottland, Norwegen oder Dänemark, war erst einmal zweitrangig; alle Wege führten irgendwie nach Amsterdam. Und war man erst einmal dort, war man praktisch so gut wie daheim. Viele Male sagte Birte sich das vor, und sie glaubte auch daran. Nur glücklicher machte es sie nicht. Ihr schauderte bei der trüben Aussicht, in einer äußerst schlichten Hütte die unendlich lange nordische Nacht zubringen zu müssen.

Eigentlich sollte sie beten, dachte sie flüchtig. Ihr Vater würde ihr das dringend raten. Aber mit diesem bitteren Groll gegen

Ocke Japsen im Herzen, einem Gefühl, das jeden Tag größer wurde, war Birte nicht imstande und auch nicht würdig, das Wort an den Herrn zu richten. Hatte sie es zu Anfang ihrer Odyssee noch geschafft, ihre Wut gegen den Meuterer und seine Kumpane einigermaßen zu zügeln, fiel ihr das zunehmend schwerer.

Vor allem in den Nächten hielt die Erinnerung an Ockes Erklärung sie hellwach, die er ihr gegenüber abgegeben hatte, warum er sie und ihre Brut bestrafen müsse. Genauso hatte der Schurke sich ausgedrückt, als er zu ihr in die Kajüte eingedrungen war, nachdem seine Handlanger ihre Kinder hinausgezerrt hatten.

»So eine wie du verdient kein Mitleid!« hatte er unheilschwanger seinen Rechtfertigungssermon begonnen und ihr mitleidslos ins Gesicht gegrinst.

»Hast du jetzt dein letztes bisschen Verstand verloren, Ocke?«, hatte Birte ihn gefragt und sich vergeblich gegen die Stricke gewehrt, mit denen man ihr die Füße an den Knöcheln und ihre Hände auf dem Rücken zusammengebunden hatte. »Mach mich augenblicklich los, du Schuft! Was fällt dir überhaupt ein? Bist du betrunken?«

»Solltest du es noch nicht bemerkt haben, Walfängerbraut? Du hast hier gar nichts mehr zu melden. Genauso wenig wie dieser unsägliche *Commandeur*, der ganz auf deiner Seite steht. Weiß der Geier, warum! Ich habe dem Frödesen angeboten, mit ihm halbe-halbe zu machen, aber der dämliche Narr hat abgelehnt.« Dann war Ocke in unbändiges Gelächter ausgebrochen. »Jetzt kann der Idiot schauen, was ihn erwartet! Jedenfalls habe jetzt ich das Kommando über dieses Schiff übernommen. Mit meinen Männern geht die Fahrt weiter – und du, deine Bälger und noch ein paar andere können schauen, wo sie bleiben!«

Frech hatte er sich ihrem Gesicht genähert und Anstalten gemacht, sie zu küssen, worauf die junge Frau angeekelt ihr Gesicht weggedreht hatte.

»Was hast du mit meinen Kindern gemacht, du Mörder?«

Dann hatte Birte versucht, ihrem Gegenüber ins Gesicht zu spucken, aber trotz des reichlich genossenen Alkohols war Ocke

Japsen noch so geistesgegenwärtig gewesen, ihr auszuweichen. Aber nicht ganz; einige Tröpfchen hatte er noch abbekommen.

Ohne im Geringsten zu zögern, hatte der gemeine Kerl ihr ins Gesicht geschlagen. Dafür würde er ihr gesondert büßen! Noch jetzt erregte die beschämende Szene, an die sie sich wohl ewig erinnern würde, ihren Zorn. Sie bereute auch nicht, ihn als elendes Schwein und räudigen Hund bezeichnet zu haben, obwohl solche Schimpfwörter bislang nicht zu ihrem Vokabular gehört hatten.

»Willst du wissen, warum du nichts Besseres verdienst, du Hexe?«, hatte er sie daraufhin – wiederum teuflisch grinsend – gefragt.

»Eigentlich nicht!« Es war ihr, trotz innerer Aufgewühltheit, tatsächlich gelungen, ihn dabei ungerührt anzuschauen und ihre Stimme eiskalt klingen zu lassen. »Du bist ein Wahnsinniger – und solche Menschen handeln nicht nach dem Verstand. Weshalb sollten mich also die verrückten Beweggründe für deine Übeltaten bekümmern?«

»Haha! Mich kannst du nicht täuschen, Birte!« Erneut hatte er laut gelacht. »Natürlich bist du neugierig, weil ich gesagt habe, dass du es verdienst. Du weißt ganz offensichtlich nicht, wer ich bin!«

»Ein Meuterer, ein Pirat, ein ganz gewöhnlicher Verbrecher! Das weiß ich. Und das ist auch alles, was ich wissen muss!«

»Ich sag's dir trotzdem. Ich bin ein naher Verwandter Eycke Ockensens. Die wirst du ja wohl kennen, nachdem du erst ihren Sohn umgebracht und danach versucht hast, ihren Mann in dein Bett zu bekommen!«

Da hatte es Birte regelrecht die Stimme verschlagen. Fieberhaft hatte sie ihre Gedanken gesammelt, ehe sie deutlich und ganz energisch widersprach. »Wenn du ein Verwandter von Eycke bist und angeblich so gut Bescheid weißt, dann müsstest du wissen, dass das eine gemeine Lüge ist, die meine Feinde auf Hooge nur verbreitet haben, um mir zu schaden. Nichts von den gemeinen Anschuldigungen ist wahr. Weder bin ich schuld daran, dass der kleine Junge bei der Geburt gestorben ist, noch habe ich nur den allerkleinsten Gedanken daran verschwendet, mich an Erik Ockensen heranzumachen!«

»Das würde ich an deiner Stelle und in der Lage, in der du dich im Augenblick befindest, auch behaupten«, hatte Ocke gehöhnt.

»Dass nicht stimmen kann, was du sagst, kannst du daran ersehen, dass Erik und seine Frau Eycke selbst es waren, die mir ein Boot und einen Matrosen zur Verfügung gestellt haben, um mich und meine Kinder nach Amsterdam zu meinem Schiff zu bringen. Würden sie mich für eine Kindsmörderin und Ehebrecherin halten, hätten die beiden mir wohl kaum geholfen.«

Einen Augenblick lang war Ocke Japsen verstummt. Der im Übermaß genossene Schnaps erschwerte ihm sichtlich das Denken. Dann raffte er sich auf und schrie Birte an: »Die Nachrichten, die zu mir und meiner Familie auf die *Hallig* Oland gelangt sind, sprechen eine ganz andere Sprache! Du bist eine freche Lügnerin und dazu eine Kindsmörderin und verhinderte Ehebrecherin!« Damit hatte er die Unterredung, die ihm sichtlich unangenehm zu werden drohte, beendet. Er brüllte nach einem der meuternden Matrosen und trug ihm auf, das Weibsstück an Deck zu schaffen, »zu den anderen unnützen Figuren. Und wenn sie nicht ruhig ist, stopf ihr das Maul!«

Sooft Birte an die entwürdigenden Szenen denken musste, krochen erneut heißer Zorn und bitterer Groll in ihr hoch – und dazu ein merkwürdiges Gefühl von Scham. Selbst mit Mikel hatte sie noch nicht darüber gesprochen. Hatte sie etwa Angst, ihr Liebster könnte an ihr zweifeln? Allein die Vorstellung, ihr künftiger Ehemann würde auch nur den Hauch eines solchen Verdachts gegen sie in Erwägung ziehen, brachte ihr Blut regelrecht in Wallung.

Die kommenden Tage schufteten der Kapitän, der *Bootsmann* und der Pastor bis zum Umfallen. Die ungewohnt schwere Arbeit brachte die drei Männer an den Rand ihrer körperlichen

Leistungsfähigkeit. Am schlimmsten war es für den Geistlichen, am leichtesten fiel sie dem *Bootsmann*, und Mikel empfand nach anfänglichen Schwierigkeiten sogar Spaß dabei.

Die Probleme begannen damit, dass der Platz, den man ihnen zum Bauen anwies, erst einmal eben gemacht werden musste, ehe man beginnen konnte, den Boden der Hütten herzurichten – wobei sie sich anfangs nicht mit gestampftem Lehm begnügen, sondern Dielenbretter legen wollten. Ein Wunsch, der bei den Eingeborenen nur Kopfschütteln hervorrief. Holz war ein rares Gut. In den nördlichen Breiten waren Bäume selten; und die wenigen, die es gab, waren nicht sehr hoch und die Stämme entsprechend dünn.

Nach kurzer Zeit wurden die Neulinge bescheidener; stillschweigend machten sie sich daran, den unebenen felsigen Untergrund mit einer dicken Schicht Sand, vermischt mit Lehm und Erde zu bedecken, der dann so lange geglättet und gestampft wurde, bis er einen einigermaßen ebenen Fußboden bildete.

Sie errichteten zwei Hütten: Eine für Birte und ihre Kinder, die andere für den *Bootsmann* und den *Commandeur*. Der Pastor fand langfristig Aufnahme bei Häuptling Johannes und seiner Familie, der sich diese Ehre – als guter Christ, der zu sein er behauptete – nicht nehmen ließ.

Nach fünf Tagen, als auch die üblichen Büffelhautdächer aufgesetzt waren, konnten sie einziehen. Irgendwie hatte man im Dorf noch passende Häute aufgetrieben und sie konnten sich das Bäumefällen ersparen.

Der Umzug war rasch erledigt, besaßen die Fremdlinge doch so gut wie keinerlei Eigentum. Ohne die Geschenke der Indianer – Decken, Matten, jeweils eine Pfanne und ein Kochtopf sowie einige Becher und ein paar hölzerne Löffel – hätte es ganz trostlos ausgesehen.

Genau über der Herdgrube hatten die Männer nach Anweisung von Paulus ein Loch in die Büffelhaut geschnitten, durch die der Rauch abziehen konnte. Bei Regen oder Schnee ließ sich die Öffnung mit einer Klappe verschließen. Barbara gestand, nur einige im Dorf hätten bisher diese Art von Feuerung von den Grönländern übernommen.

Birte war glücklich über die mittig angelegte Feuerstelle, so ähnlich, wie Barbara eine besaß. So war sie nicht gezwungen, außerhalb der Hütte zu kochen, wie es die meisten anderen Indianerinnen tun mussten, der Brandgefahr wegen.

»Jetzt, Kinder, müsst ihr mir nur noch helfen, genügend Brennbares herbeizuschaffen, damit wir es gemütlich haben!«

Birte bemühte sich um einen fröhlich klingenden Ausdruck in ihrer Stimme, ja, sie zwang sich sogar zu einem breiten Lächeln. Nie sollten Jens und Catrina ihre tatsächliche Befindlichkeit erahnen. Am liebsten hätte sie nämlich geweint. Geweint vor Wut auf denjenigen und seine Anhänger, denen sie das Debakel verdankten, und aus Enttäuschung darüber, dass es nicht geklappt hatte, eine Möglichkeit zur Heimfahrt zu finden.

Nachdem die Behausungen im Stil der Rundhütten der Algonkin, die auch die meisten Huronen für sich bevorzugten, fertiggestellt waren, konnten sich Mikel und seine beiden Freunde trotzdem nicht lange ausruhen. Jetzt ging es ans Beschaffen von kräftiger Fleischnahrung. Kurz darauf sollten die drei weißen Männer, wie die Indianer sie nannten, eines Morgens zusammen mit den Einheimischen unter Führung von Häuptling Johannes auf die Jagd gehen.

Birte hatte alle Hände voll zu tun, ja es bedurfte ihrer gesamten mütterlichen Autorität, um Jens davon abzuhalten, sich den Jägern anzuschließen. »Du bist gerade mal acht Jahre alt und noch ein Kind«, hielt seine Mutter ihm vor, als er Anstalten machte, sich den längsten Dolch zu schnappen, um bewaffnet zu sein wie die Großen.

»Für kleinere Tiere wie Kaninchen oder Fasane wird's reichen«, meinte Jens selbstbewusst. »Vielleicht leiht mir einer ja auch Pfeil und Bogen, damit ich schießen kann. Leider haben nur der Häuptling und ein paar besondere Krieger ein Gewehr. Ich hab ein gutes Auge und eine ruhige Hand. Ich treffe mindestens so gut wie ein erwachsener Mann, Mutter.« Seit Neuestem, ziemlich genau, seit sie bei den Huronen lebten, bedachte er Birte nicht mehr mit der kindlichen Anrede Mama.

»Ich glaube, du hast den Verstand verloren, Sohn. Begreif endlich: Du bist ein kleiner Junge. Kleine Jungen schießen und jagen nicht!«

»Pah! Ich bin schon genauso groß wie die Häuptlingssöhne Peter und Michael und die sind dreizehn und vierzehn.«

»Sie sind damit um fünf, sechs Jahre älter als du. Somit auch um einiges erfahrener und bestimmt reifer und vernünftiger, mein Lieber. Nur darum erlaubt ihnen Häuptling Johannes, an der Jagd teilzunehmen. Die Körperlänge allein macht es nicht!«

Aber noch war Jens nicht bereit aufzugeben.

»Was meinst du mit vernünftiger, Mutter? Hältst du mich etwa für dümmer als die Indianerjungen?« Er hörte sich sehr gekränkt an.

»Nein, das tue ich nicht. Aber fünf Jahre sind ein gewaltiger Vorsprung. Denk dran, dass junge Indianer bereits mit fünfzehn oder sechzehn Jahren heiraten können, wenn sie oder ihre Familien das wollen. Ein Heiratsalter für Männer, worüber wir Europäer nur den Kopf schütteln. Aber für ein Naturvolk wie die Huronen ist der Reifeprozess in diesem Alter abgeschlossen. Die jungen Burschen haben von ihren Vätern und Onkeln alles gelernt, was für ein Mitglied der dörflichen Gemeinschaft wichtig ist. Für uns Weiße ist das Leben nicht so einfach; deshalb dauern das Lernen und das Sammeln von Erfahrung bei uns entsprechend länger. Für dich spielt jetzt erst mal keine Rolle, wie groß du schon bist. Du bleibst noch etliche Jahre lang ein Kind.«

Als Jens sich wiederum anschickte zu widersprechen, fuhr Birte ihn ärgerlich an: »Ich will nichts mehr von dir hören, was mit den Themen Jagd und Schießen zu tun hat! Hast du mich verstanden? Ein für alle Male: Du hältst dich von der Jagd und den Jägern fern! Hol mir lieber einen Arm voll Reisig von draußen herein, damit hier drinnen das Feuer nicht ausgeht. Oder willst du deine Suppe heute kalt essen?«

Wütend und enttäuscht drehte Jens seiner Mutter den Rücken zu und stapfte aus der Hütte. Dass Catrina ihm die Zunge herausstreckte, übersah er zum Glück. Die jüngere Schwester nahm ihm übel, dass er sie seit dem Aufstehen damit geärgert hatte, er dürfe selbstverständlich mit den Erwachsenen in die fernen Wälder ziehen und beweisen, was für ein toller Schütze er sei. »Bestimmt wird mich einer mit seinem Bogen schießen lassen! Dann wirst du ja sehen, Trina, wie treffsicher ich bin, während du nur mit Puppen spielst!«

Damit hatte er ordentlich Salz in Catrinas Wunden gestreut, denn ihre zwei auf Island gekauften Puppen waren auf dem Schiff zurückgeblieben, während er seinen Tupilak, den er stets in der Hosentasche bei sich trug, gerettet hatte. Aber seine Schwester war auf seine Provokation nicht eingegangen. Sie hatte ihn nur ausgelacht und dem Angeber prophezeit, ihre Mutter werde ihm niemals die Erlaubnis geben, mit den Männern auf die Jagd zu gehen – worauf Jens ihr aus Verärgerung eine Ohrfeige versetzt hatte.

»Kannst mich ja verpetzen«, hatte er ihr etwas zögerlich angeboten, nachdem er nachträglich selbst über seine Tat erschrocken schien. Noch nie hatte er sich so etwas erlaubt, dementsprechend schlecht war jetzt auch sein Gewissen. Im Grunde liebte er seine Schwester sehr und hätte niemals zugelassen, dass ein anderer ihr ein Leid zufügte. Er verstand sich selbst nicht mehr. Seit der Meuterei und ihren Folgen schien irgendetwas aus der Bahn geraten.

Catrina tat nichts dergleichen. Verpetzen, das gehörte sich nicht. Auch auf Hooge war es unter den Kindern verpönt. Wer erwischt wurde, mit dem redete keines der anderen mehr. Außerdem war sein Schlag zwar kränkend, jedoch nicht allzu heftig ausgefallen.

»Kommt Zeit, kommt Rat!«, hatte Gondel, die alte Magd, in solchen Fällen immer gesagt. Catrina würde sich schon noch anderweitig rächen …

SIEBZEHN

An diesem Tag wartete Birte vergeblich auf den notwendigen Nachschub an Feuerholz. »Hat Jens es womöglich schon wieder vergessen? Was der Junge bloß immer im Kopf hat! Wo er sich nur wieder herumtreibt?«

Sie schüttelte den Kopf und ging selbst nach draußen, wo an der Wand der runden, im Stile der Algonkins gebauten Hütte, magere Stämmchen, sauber und handlich zurecht geschnitten, sowie dürre Äste und allerhand Reisig aufgestapelt waren. Daneben hatte man zum Anfeuern Moos und Heu zum Trocknen aufgeschichtet.

So ähnlich war es auch daheim, wo man Heidekraut, getrockneten Schafsmist, Wacholderstauden und gedörrtes Schilf verfeuerte. Unwillig schüttelte Birte den Gedanken an zu Hause ab. Es brachte ja nichts, sich ständig auszumalen, wie es wäre, wenn … Nun waren sie einmal dazu verdammt, in der Wildnis auszuharren. Und, bei Gott, sie würden es überleben! Dieses Versprechen glaubte Birte guten Gewissens abgeben zu können.

»Lieber Gott, so leicht wirft uns Friesen nichts um«, murmelte sie, während sie einen Armvoll Feuerholz in die Hütte schleppte. Da kam ihr erneut Jens in den Sinn. Wieso gehorchte ihr Sohn ihr nicht mehr? Sie musste dem Burschen wohl mal ein wenig die Ohren lang ziehen! Etwas, das sie nur sehr selten tat; im Grunde lehnte Birte körperliche Züchtigungen bei Kindern ab, obwohl sie in der Erziehung gang und gäbe waren. Sie selbst hatte auch hin und wieder die harte Hand ihres Vaters zu spüren bekommen – obwohl er ein ausgesprochen liebevoller und fürsorglicher Vater gewesen war. »Ach, Papa! Ich vermisse dich so sehr!«

Unwillkürlich stiegen Birte Tränen in die Augen. Dann fiel ihr Blick auf ihre kleine Tochter, die ihr nachgelaufen war.

»Warum weinst du, Mama? Bist du traurig?«

Die großen unschuldigen Kinderaugen des Mädchens brachten Birte rasch zur Besinnung. »Aber nein, Liebchen! Warum sollte ich traurig sein? Alles in allem haben wir doch großes

Glück gehabt. Es ist nur der kalte Rauch in der Hütte, der mir in den Augen weh tut.«

Kaum hatte sie es gesagt, war Birte zwar froh, dass das Kind die Erklärung widerspruchslos hinnahm, andererseits ärgerte sie sich darüber, zum Lügen gezwungen zu sein. Zorn und Abneigung gegen Ocke Japsen verstärkten sich noch mehr.

*

Birte und die anderen waren froh, dass die Indianer getaufte Christen waren. Ihres teilweise wilden Aussehens und ihres oftmals fremdartig anmutenden Benehmens zum Trotz handelte es sich um äußerst friedliche Menschen, mit denen sich Jens vergleichsweise schnell anfreundete.

Es dauerte nicht lange, und der Junge wusste auch Bescheid, was es gerade mit diesen Eingeborenen, bei denen sie jetzt lebten, auf sich hatte. Durch geschicktes Fragen hatte er den ehemaligen Häuptling Paulus, seine Frau Barbara und den Medizinmann Oscar dazu gebracht, ihm einiges aus ihrer traurigen Stammesgeschichte zu erzählen.

Die Huronen waren ein Stammesverband der nordamerikanischen Indianer, zur irokesischen Sprachfamilie gehörend und hatten als sesshafte Bauern ihr richtiges Zuhause am viel weiter südlich gelegenen Huronsee, einer ausgesprochen schönen Gegend, gehabt. Um die Mitte des 17. Jahrhunderts durch Krankheiten dezimiert und vom mächtigen Irokesenbund aus ihrer Heimat vertrieben, waren sie weit im Nordosten – eben in Pangnirtung – gestrandet, um hier ein ziemlich armseliges Leben zu fristen.

»Der einzige Vorteil ist, dass unser Dorf weit abgelegen ist und unter feindlichen Überfällen kaum zu leiden hat«, drückte es die alte Indianerfrau Barbara aus und lächelte den wissbegierigen Blondschopf an.

Birtes Sohn verfügte, ähnlich wie seine Schwester, über eine Art, auf Fremde zuzugehen, der selten jemand zu widerstehen vermochte. Jens fand das Leben bei und mit den Eingeborenen ungeheuer aufregend und spannend, während Catrina am Anfang zurückhaltender war.

Erst als sie Bekanntschaft schloss mit Anna, einem um ein Jahr älteren Huronenmädchen, bekam Birte auch ihre Tochter tagsüber so gut wie kaum noch zu sehen. Catrina und Anna waren seit jenem Tag allerbeste und unzertrennliche Freundinnen, an dem das kleine Indianermädchen auf Catrina zuging, dabei ein winziges geflecktes Hündchen auf dem Arm hielt und ihr dieses ganz offensichtlich zum Geschenk anbot: »Du mögen kleines Hund?«, piepste das schwarzbezopfte hübsche Kind und lächelte das fremde Mädchen scheu an. »Können haben!«

Catrina schmolz regelrecht dahin, nahm Anna das Tierchen ab und drückte es selig an ihr Herz. Annas Familie besaß eine Hündin, die einen Wurf Welpen in die Welt gesetzt hatte; daher stammte Baldur, wie Trina ihn getauft hatte. Während der nächsten Zeit sorgten beide Freundinnen für den Welpen, indem sie ihn beispielsweise regelmäßig zu seiner Mutter brachten, damit sie den Winzling säugte, dessen riesengroße Pfoten allerdings Zeugnis davon ablegten, dass aus ihm einmal ein mächtiger Rüde werden würde.

Selbst die anfänglich störende Sprachbarriere war schnell überwunden. Die Mädchen befleißigten sich eines merkwürdigen Kauderwelschs aus Englisch und Deutsch, vermischt mit Brocken des Algonkin, einer großen indianischen Sprachfamilie in Nordamerika, die mittlerweile auch von den Huronen benützt wurde.

*

Jens' Ungehorsam – trotz strengen mütterlichen Verbots war er den Jägern hinterhergeschlichen – hatte insofern ein Nachspiel, als Birte ihm im ersten Zorn als Strafe Stubenarrest auferlegte.

Die Aussicht, mehrere Tage lang die winzige Einraumhütte nicht verlassen zu dürfen, verstörte den Knaben zutiefst. Kaum war Birtes Empörung verraucht, sah sie ein, dass diese Art Bestrafung nicht angemessen war. Für ein gesundes, lebhaftes Kind voller Bewegungsdrang kam es eher einer Art Folter gleich.

Bereits nach einem Tag hob Birte die Strafe wieder auf und beließ es bei einer längeren Strafpredigt, die jedoch in der Androhung gipfelte, bei nochmaliger Missachtung ihrer mütterlichen Autorität werde sie unerbittlich Ernst machen.

»Mutter, ich verspreche, dir von nun an immer vorher zu sagen, wohin ich gehen möchte. Und wenn du es mir verbietest, werde ich gehorchen!«

»So ist es brav, mein Sohn. Erinnere dich immer daran.«

So ganz traute Birte dem Versprechen des Jungen nicht. Kinder vergaßen allzu schnell, was sie vorher geschworen hatten. Sie würde Jens von nun an besser im Auge behalten.

Der Jagdausflug, den der Knabe sich erschlichen hatte, war für ihn im Grunde nicht sehr angenehm verlaufen. Auch wenn Jens seiner jüngeren Schwester weiszumachen versuchte, alles wäre großartig gewesen.

Es begann damit, dass er den Männern, die eine ganze Weile vor ihm aufgebrochen waren, hatte hinterherrennen müssen, um ihre Spur nicht zu verlieren. Die Jäger machten zu Anfang große Schritte und liefen sehr schnell, um möglichst bald in ein entferntes, höher gelegenes Waldgebiet zu gelangen, in dem zu jagen sich überhaupt lohnte. Als er dem Trupp folgte, dem auch Mikel und Volkert, ja sogar Pastor Bohsen angehörten, musste er ganz vorsichtig sein und keinen Lärm machen, um nicht vorzeitig entdeckt zu werden. Vor allem vor den Hunden, die man zur Jagd mitgenommen hatte, musste er sich hüten. Er war froh, dass man sie angeleint mitführte. Er war ziemlich sicher, die Erwachsenen würden ihn zurückschicken, um sich nicht mit einem Kind zu belasten.

Bald taten ihm die Beine weh, da er sich gewaltig anstrengen musste, um den Anschluss nicht zu verlieren. Zum Glück drehte sich nur selten einmal einer der Jäger um; aber für ihn hieß es, immer auf der Hut zu sein und sich in diesem Fall sofort hinter einen Felsen zu ducken oder in eine Bodenkuhle zu werfen. So war Jens bereits todmüde, ehe die Jagd überhaupt begann. Insgeheim war er froh, nicht gezwungen zu sein, einen Bogen über der Schulter zu tragen und einen Köcher mit Pfeilen oder womöglich eine Flinte schleppen zu müssen. Nicht einmal eine Jagdtasche hatte er zu tragen – und doch hätte er sich am liebsten unter einen Busch gelegt, um zu verschnaufen.

Endlich – Jens kam es vor, als wäre er tagelang über dürftigen Grasboden gelaufen – blieben die Jäger auf einer Lichtung in einem Ahornwäldchen stehen, um zu beratschlagen, wie man am besten die Treibjagd organisieren solle. Ein Vetter des Häuptlings, einer der besten Fährtenleser des Dorfes, hatte Spuren entdeckt, die auf einen Hirsch hindeuteten.

»He! Ich glaub, ich träume!«, rief unvermittelt Mikel Frödesen aus, schnappte sich den kleinen Mitläufer und hielt ihn am Kragen fest, als er ihn entdeckt hatte. »Woher kommst du denn, Jens?«

Bootsmann Volkert Gonnesen und der Pastor staunten nicht schlecht und auch die Indianer schüttelten verwundert den Kopf.

»Warum bist du nicht bei deiner Mama geblieben, Kleiner?«, erkundigte sich Häuptling Johannes. Die übrigen Jäger lachten – auch Mikel – und das war die größte Demütigung, die Jens sich vorstellen konnte. Aber es war ein gutmütiges Lachen, frei von Häme; das konnte Jens genau heraushören. Insgeheim atmete er auf.

»Ich dadachte, ihr kökönntet mich vivielleicht brauchen«, stammelte er und wurde knallrot dabei. Das löste wiederum Gelächter aus.

»Beim Schießen sicher nicht«, beendete der Häuptling das Ganze. »Aber wenn du nun schon einmal da bist, kannst du dich nützlich machen, indem du auf unsere Sachen aufpasst, die wir hier am Rand der Lichtung liegenlassen. So müssen wir das Zeug nicht in den Wald mitschleppen.«

So hatte man Jens die ehrenvolle Aufgabe erteilt, auf die verschiedenen Taschen, Beutel und Umhänge der Männer achtzugeben. Als die Jäger sich, in Gruppen aufgeteilt, in verschiedene

Richtungen aufmachten, blieb Jens still hocken, um zu verschnaufen und seinen schmerzenden Waden Erholung zu gönnen.

Eigentlich ganz gut, dass er hierbleiben und sich ausruhen konnte, dachte er. Ob er dabei etwas Nützliches verrichtete, wagte er ehrlicherweise zu bezweifeln. Wen gab es denn schon in dieser Einöde, der die Sachen hätte stehlen wollen? Aber seine Schwester würde er gehörig damit beeindrucken! Trina würde große Augen machen, sobald er ihr erzählen konnte, der Häuptling selbst habe ihn zu der verantwortungsvollen Tätigkeit verpflichtet, die Besitztümer der Jäger zu bewachen. Dass er Angst gehabt hatte, allein zu bleiben – die Sorge, es könnte womöglich ein hungriger Wolf vorbeikommen und ihn am Ende auffressen, hatte ihm ziemlich zu schaffen gemacht –, brauchte er Trina ja nicht auf die Nase zu binden.

Seine Schwester gab neuerdings sowieso mächtig damit an, dass sie mittlerweile in der Indianerhütte von Annas Familie ein und aus gehen durfte, mit ihnen aß, beim Krebsefangen dabei war, mit den Hunden spielte und nebenbei spielerisch die fremde Sprache erlernte.

Als Jens so weit war, seine vom Muskelkater geplagten Beine wieder einigermaßen bewegen zu können, kehrten die Jäger mit verschiedenartigster Beute zurück. Die reichte von einem Hirsch und einem Eisfuchs, der immer noch sein dunkles rauchblaues Sommerfell besaß, über etliche Hasen und Kaninchen bis zu mehreren Enten und Gänsen, die anders aussahen als die, welche Jens von der heimatlichen *Hallig* Hooge gewohnt war.

Mit besonderem Stolz erfüllte es den Jungen, dass sein von ihm verehrter Stiefvater in spe derjenige war, der den Hirsch, einen so genannten Jährling, erlegt hatte. Er war Teil einer nach Westen ziehenden Herde von Karibus, wie die Indianer die Rentiere nannten. Das Tier besaß eine Schulterhöhe von etwa zwei Ellen und war gut zwei Männerschritte lang, mit dichtem dunklem Fell und einem bereits ziemlich ausladenden Geweih mit ordentlichen Schaufeln. Er würde eine Menge Fleisch liefern für die Leute im Dorf.

»Das Fell gebührt dir, mein weißer Freund«, bestimmte Häuptling Johannes und nickte Mikel wohlwollend zu. Dann gingen die Einheimischen ans Abhäuten und Zerteilen der großen Beute, wobei die Jäger die Därme des Karibubullen den Jagdhunden vorwarfen. Deren Bellen und Gejaule, während sie einander mit Bissen von der Beute zu verdrängen suchten, dauerte eine ganze Weile an, bis das Zeug endlich restlos verschlungen war.

Nach einer kurzen Essenspause, in der von den Indianern der übliche *Pemmikan* verzehrt wurde und die Europäer an einer Art zähem Pfannkuchen aus Wasser und Maismehl kauten, ging es bereits wieder im Eilschritt den ganzen langen Weg zurück. Das letzte Stück musste einer der Huronen, der lediglich mit einigen erlegten Fasanen belastet war, Jens sogar tragen, weil der Junge nicht mehr imstande war, selbst zu laufen.

Birte, die ihren erschöpften Jungen erleichtert in Empfang nahm, sah sich gezwungen, ihre Gardinenpredigt auf den nächsten Morgen zu verschieben. Sie ließ ihn lieber schlafen, ehe sie ihn für seinen Ungehorsam tüchtig ausschimpfte und ihm seine Strafe auferlegte.

Insgeheim hoffte sie, das Ganze werde ihrem Sohn eine Lehre sein. Sie wusste nämlich nicht, wie sie es schaffen sollte, beinah tagtäglich mit dem widerspenstigen Knaben einen Kampf darüber auszufechten, was er nun tun durfte oder nicht.

Sie war froh, dass Catrina in dieser Hinsicht pflegeleichter war. Ihre Tochter kündigte zumindest immer an, wo sie sich in der nächsten Stunde aufhalten würde; und allein ging das Mädchen sowieso nirgends hin. Immer war Anna dabei.

Dass Trina so einen guten Anschluss an eine ordentliche Indianerfamilie gefunden hatte, machte Birte sehr froh. Es war wichtig, dass ihre Kinder glücklich waren und sich in der Wildnis bei so ganz andersartigen Menschen gut zurechtfanden.

ACHTZEHN

Auch auf Hooge blieb die Zeit nicht stehen. Manches hatte sich geändert, vor allem die Haltung der meisten Halligbewohner, soweit es sich um Birte, die Tochter ihres Pastors, handelte. Was im vergangenen Winter noch undenkbar erschien, hatte sich inzwischen bewahrheitet. Die Menschen bedauerten es jetzt, der jungen Frau so schwer zugesetzt zu haben. Gegenseitig warfen sie sich vor, die Heilerin, derer sie so dringend bedurften, förmlich von der *Hallig* verjagt zu haben.

Auch von den Einwohnern auf den Nachbarinseln Amrum und Föhr bekamen sie zur rechten Zeit Scheltworte zu hören. »Ehe ihr euch so künstlich aufspieltet, hättet ihr euch erst mal genau erkundigen sollen, was es mit Birtes angeblichen Verfehlungen auf sich hat!«, warfen die Insulaner ihnen vor. Auch sie vermissten Birte von Tag zu Tag schmerzlicher.

Ein, zwei Frauen auf Hooge hatten sich zwar anheischig gemacht, Birtes Platz als Wehmutter und Heilerin einzunehmen, aber mit nur sehr mäßigem Erfolg.

Weder waren die frisch entbundenen Kindsmütter mit ihren Künsten einverstanden – es dauerte beispielsweise viel zu lange, bis die Frauen nach dem Kindbett wieder aufstehen und ihren Hausfrauenpflichten nachzugehen vermochten –, noch wollten die Säuglinge recht gedeihen; die Neugeborenen kümmerten regelrecht vor sich hin.

»Bei Birte war das ganz anders!«, behaupteten die Schwangeren und die Mütter im Brustton der Überzeugung und die Alten vermissten die wohltuenden Hände der Pastorentochter, denen es bisher gelungen war, ihnen Gliederreißen, Kreuzschmerzen und Dauerhusten zumindest erträglich zu machen, indem sie die natürlichen Kräutermittel zur Anwendung brachte, deren Kenntnis sie einst von ihrer Mutter Ingken übernommen hatte.

Nach dem Pfingstfest hatte sich das trübe und nasskalte Wetter schlagartig verbessert. Die Sonne brannte während des gesamten

Sommers heftig von einem geradezu südländisch anmutenden tiefblauen Firmament hernieder. Eine Schar Kinder spielte draußen am südwestlichen Rande der *Hallig*, wo es sich im warmen feuchten Sand, der die sachte vom Meer heran rollenden Wellen förmlich anzuziehen schien und im daran angrenzenden Grasland, das die Schafe so liebten, herrlich toben ließ.

Die meisten Kinder waren noch klein und wurden von ein paar älteren zu allerhand Unfug angestiftet.

So machten sie sich einen Spaß daraus, die im Frühjahr geborenen Lämmer und deren Mütter zu ärgern, indem sie sie laut schreiend auf der Wiese herumscheuchten. Die älteren Schafe versuchten zu fliehen oder stellten sich schützend vor ihren Nachwuchs; aber die Kinder hatten sich mit Stöcken bewaffnet und rannten mit Mordsgebrüll gegen die Tiere an, um sie als feindliche Soldaten zu verfolgen. Sie spielten in diesem Sommer häufig Krieg …

Eine nicht ganz ungefährliche Aktion.

Das *Allmendegrundstück*, das sich die Jungen und Mädchen zum Spielplatz erkoren hatten, wurde von einem *Priel* durchzogen, der durch den wochenlangen Regen reichlich Wasser führte.

»He, Antje!«, rief ein etwa zwölfjähriger Junge namens Torlick, »jetzt kannst du mal zeigen, was du drauf hast!«

Torlick war bereits als Schiffsjunge zur See gefahren, aber in diesem Jahr ausnahmsweise auf Hooge geblieben, da er kurz vor dem *Piadersdai* ernsthaft krank geworden war, jenem Tag, an dem alle Seeleute die *Halligen* und Inseln verließen.

Da er im Augenblick zu den Ältesten zählte und am vorlautesten war, war er der Anführer der kleinen Kinderschar und hatte als solcher auch das Sagen.

»Was soll ich denn tun, damit du mir glaubst, dass ich kein Angsthase bin?« Antjes meergrüne Augen blitzten förmlich vor Abenteuerlust.

»Na, dann schnapp dir mal da drüben das suart lumroom, nimm es auf den Arm und jump mit ihm übern priil! Dann werden wir sehen, was at lemschep maaget! Ob sie bloß blökt wie eine Verrückte, oder ob sie at jong retten will und sich die Füße nass macht und auch übers Wasser hopst.« Torlick grinste. »Etwas, das schep gar nicht mögen, obwohl sie schwimmen können.«

»Wenn's weiter nichts ist!«

Verächtlich verzog die siebenjährige Antje das Gesicht. »Das mach ich doch mä lachts!« Sie schickte sich an, das schwarze Lamm, das hinter dem Rücken des Mutterschafs Schutz gesucht hatte, zu greifen.

»Von wegen, du machst das mit links, Antje! Lass das sein!«, rief ein etwa elfjähriger Junge, der danebenstand. Er versuchte, Antje am Ärmel ihres Kleidchens zurückzuhalten.

»He! Was mischst du dich denn ein, Ketel Mommsen? Wenn sie will, dann lass sie doch!« Der etwas ältere Torlick war sichtlich verärgert. »Dem blöden Vieh wird schon nix passieren!«

»Dem lumroom vielleicht nicht. Aber Antje kann in den *Priel* fallen, wenn sie zu kurz springt, und womöglich untergehen!«

»Pah! Dom tjüch, mein Lieber. Wer ersäuft denn schon in einem *Priel*?«

Torlick stimmte ein übertrieben lautes Lachen an und nach kurzer Pause taten es ihm die anderen Kinder gleich.

»Im Allgemeinen keiner. Außer der *Priel* ist dreimal so voll wie gewöhnlich. Und das ist er im Augenblick. Mach's doch selbst, wenn du dich traust!«

Die Knaben standen sich gegenüber und Torlick musterte Ketel feindselig. Der andere war dabei, seine Autorität über die Kinderschar zu untergraben. Antje aber hatte sich längst von Ketels Hand losgerissen, griff sich das jämmerlich blökende schwarze Lämmchen und ging in Stellung für den weiten Hopser über den an dieser Stelle besonders breiten Wasserlauf.

In der Regel überquerten Viehhirten solche *Priele*, von denen es auf den Inseln und *Halligen* etliche gab, mit Hilfe eines übermannshohen Springstabes. Zum Vergnügen junger Leute wurden damit sogar jedes Jahr Wettbewerbe mit entsprechenden Preisgewinnen ausgetragen.

Antje besaß natürlich keinen der hilfreichen Stöcke; das Lamm, obwohl noch ziemlich klein, wog schwer für die Siebenjährige. Erwartungsgemäß fiel ihr Anlauf zu kurz aus, der Absprung geriet zu schwach und es kam, wie Ketel es vorhergesagt hatte. Antje landete, das Schäfchen krampfhaft gegen ihre Brust gepresst, mitten im kalten Wasser.

Sei es der Schock durch die plötzliche Nässe, die sofort durch ihre Kleidung drang, oder die Behinderung durch das Gewicht des Tieres, Antje, die normalerweise das Schwimmen schon recht gut beherrschte, fand unter ihren Füßen keinen Grund, wurde panisch und versank schreiend im *Priel*, der tatsächlich ein Mehrfaches an Wasser führte als gewöhnlich.

Einige Kinder schrien auf vor Entsetzen, andere blieben stumm vor Schreck – aber keines machte Anstalten, dem Mädchen zu helfen. Im Gegenteil! Stillschweigend verzogen sich alle und verließen den Ort des Dramas. Antjes Kopf tauchte hin und wieder zwar kurz auf, verschwand aber gleich wieder unter Wasser.

Als einer der Ersten machte sich Torlick aus dem Staub, jener Bursche, der das Mädchen zu dem gefährlichen Unsinn angestiftet hatte. Auch alle anderen waren auf einmal wie vom Erdboden verschluckt – bis auf einen. Kurz entschlossen streifte Ketel seine jop ab – Schuhe trug er ohnehin nicht – und sprang Antje hinterher.

Zum Glück wusste er, wo er suchen musste. Das Mädchen und das Lamm, das Antje schließlich doch losgelassen hatte, strampelten nämlich so gewaltig, dass das Wasser um sie herum nur so spritzte.

Ketel bekam Antje am Kragen ihres Kleidchens zu fassen und endlich gelang es ihm auch, das Kind, das sich verzweifelt an ihm festklammerte und bereits ordentlich Prielwasser geschluckt hatte, ans Ufer des Wasserlaufs zu ziehen. Dort legte er das Mädchen erst einmal ab, um kurz zu verschnaufen.

Als Antje, die zum Glück noch atmete, damit begann, einen Schwall Wasser auszuwürgen, wandte der kleine Held sich um und hüpfte noch einmal ins nasskalte Element, um auch das kleine Schaf, dessen Kräfte gefährlich nachließen, vor dem Absaufen zu bewahren.

Dem Lämmchen ging es anschließend besser als dem Menschenkind. Antje hatte Schwierigkeiten mit dem Atemholen und trotz des Sonnenscheins fror sie entsetzlich. Das kleine schwarze Schaf schüttelte sich bloß trocken und blökte ein paar Mal ganz jämmerlich.

Das Mutterschaf, das aus einiger Entfernung das Schauspiel verständnislos beobachtet zu haben schien, war jedoch gleich zur Stelle und ließ seinen Nachwuchs trinken.

Mutter und Kind spazierten anschließend ganz gemächlich von dannen, den anderen Schafen aus der Herde hinterher, die sich um das Ganze keinen Deut geschert hatten. Auch Mutterschaf und Junges benahmen sich, als wäre überhaupt nichts gewesen.

»Die zwei sagen nicht einmal Danke«, beschwerte sich Antje, die zum Gotterbarmen bibberte. »Aber ich sage es und zwar tausendmal, mein allerliebster Ketel! Du bist mein Lebensretter und ich werde dir en leewent loong dafür dankbar sein und dich immer ganz doll lieb haben. Und wenn ich groß bin, nehme ich dich zum Mann, wirst schon sehen!«

Der Junge, der vor Verlegenheit feuerrot geworden war, tat so, als wäre Antjes Versprechen als schlimme Drohung aufzufassen. Theatralisch schlug Ketel die Hände über dem Kopf zusammen. »Der gütige Herr Jesus möge mich davor bewahren! Ich glaub, ich werd später lieber überhaupt nicht heiraten!«

»Dann ist's besser, Ketel, du schmeißt mich zurück in den *Priel*«, erklärte Antje und grinste schelmisch.

Die in Panik davongerannten Kinder hatten aus sicherer Entfernung die weitere Entwicklung der sich abzeichnenden Tragödie beobachtet. Als sich allerdings der gute Ausgang des Dramas ankündigte, wagten die meisten sich wieder heran. So wurde die tropfnasse und trotz des angenehmen Sommerwetters jämmerlich frierende Antje beinah im Triumphzug zum nächstgelegenen Gehöft begleitet.

Das war der Pastoratshof, wo man bekanntlich immer Hilfe erwarten durfte. Gondel traf schier der Schlag, als sie das triefende Häuflein Elend an Ketels Hand heranschlurfen sah. Die alte Magd kannte das Kind natürlich. Allzu viele Kinder gab es nicht auf der *Hallig* und Antje war die Tochter einer von Birtes Mägden, die sich ausgerechnet an diesem Tag zu einem Verwandtenbesuch auf *Oomrem* aufhielt.

Kaum im Haus war es mit Antjes Fassung vorbei. Schluchzend warf die Kleine sich Gondel an den Hals, die auch im Pfarrhof nach dem Rechten sah, wenn Birte aushäusig war.

»Um Himmels willen, wie ist das denn zugegangen?«

Gondel fasste das Kind an der Hand und zog sie in die *Köögen*, um Antje erst einmal die nassen Sachen auszuziehen.

»Ich bin in den *Priel* gefallen und Ketel hat mich herausgefischt!« Erst jetzt fiel der alten Frau auf, dass auch der Junge klatschnass war.

»Deel mä de wiaten kladaasch!«, befahl Gondel resolut, »sonst werdet ihr noch todkrank!«

Klar, dass die nassen Klamotten so schnell wie möglich herunter mussten. Gondel packte selbst mit an und half, die Kleidungsstücke, die durch die salzige Nässe an den Körpern festklebten, herunterzuziehen. Im Nu waren beide Kinder splitterfasernackt, aber das scherte in diesem Augenblick niemanden.

Einer anderen Magd hatte Gondel bereits aufgetragen, wollene Tücher zu bringen, sie über die Herdstange zu hängen und anzuwärmen; zudem musste sie Decken herbeischaffen.

»Deine Mutter Frigge würde mir glatt den Kopf abreißen, falls du auch nur a snööw kriegen solltest!«

Die alte Frau grinste Ketel an und fasste sich selbst an die Nase. Jeder auf Hooge wusste um Frigges abgöttische Liebe zu ihrem Sohn, den sie auch um alles in der Welt davor zu bewahren suchte, den Beruf eines Seemanns zu ergreifen. Selbst wenn sie sich dabei mit ihrem Mann Momme Paulsen kräftig in die Wolle bekam. Er fuhr zur See und sah nicht ein, dass für seinen Sohn nicht gelten sollte, was für ihn selbst gut war.

Als die Kinder schließlich vor Gondel standen, eingepackt in den Leintüchern und anmutend wie kleine Gespenster, musste Gondel einfach schmunzeln. »So, jetzt ab ins Bett mit euch weederrooten!«

In der durchgehend beheizten Küche war für alle Fälle immer ein Bett bereit, falls jemand aus der Hausgemeinschaft erkrankt und wärmebedürftig war.

Im Nu lagen zwei zufrieden kichernde, aber erschöpfte und todmüde Kinder unter mehreren Schafwolldecken in dem Schrankbett begraben.

»Eigentlich müsste ich heim zu meiner Mutter«, meldete sich der Junge noch einmal schläfrig zu Wort und kämpfte sichtlich dagegen an, dass ihm die Augen zufielen.

Aber Gondel, die ihn sofort als denjenigen Jungen erkannt hatte, den Birte einst über Nacht bei sich behalten hatte, um ihn von einer schweren Erkältung zu kurieren, winkte ab. »Keine Sorge, min Jung, ich werde Frigge Mommsen Botschaft schicken lassen, dass du erst mal bei uns im Pfarrhof bleibst. Das sind wir dir zum Mindesten schuldig. Immerhin hast du unsere Antje vor dem fersüp bewahrt.«

Das Letzte hörte Ketel schon nicht mehr. Während Gondel noch redete, schlief er ein.

Der Pastor befand sich zu diesem Zeitpunkt außer Haus. Einer älteren Witwe von der Backenswarft stattete er regelmäßig einen Besuch ab, um ihr Trost zu spenden, wobei er ihr stets verschiedene Heilkräutertees mitbrachte, die seine Tochter selbst gesammelt, getrocknet, gemischt und in kleine Säckchen abgepackt hatte.

Bei seiner Rückkehr hatte er kaum die Schwelle seines Hauses überschritten, als ihm ein paar aufgeregte Mägde die Neuigkeit brühwarm auftischten, dass Ketel Antje vor dem sicheren Tod durch Ertrinken bewahrt habe, während alle anderen – auch ältere Jungs – sich feige verdrückt hätten. Das rechnete der Geistliche dem tapferen Jungen hoch an. Als Ketel aufwachte, sah er Birtes Vater vor dem Bett stehen und ihn freundlich anlächeln.

»Für deine Heldentat darfst du dir etwas wünschen, min Jung!
Was immer du möchtest, mein Lieber!«

Insgeheim erwartete Peter Knudtsen, Frigges und Mommes
Sohn werde ihm eine bestimmte Summe Geldes nennen, denn
der Familie Paulsen ging es nicht gerade rosig. Mittlerweile war
sie um drei weitere Mäuler angewachsen, die alle gestopft werden wollten; lauter Mädchen übrigens, für die später eine Mitgift
fällig würde.

Ein Grund mehr, weshalb Momme so sehr darauf gedrängt
hatte, Ketel möge endlich auf einem Walfänger als *Moses anheuern*, um die Familienkasse aufzubessern.

Zu seiner Überraschung erwartete Ketel aber kein Geld zur
Belohnung, sondern er wollte sich im Pastoratshof – »oder bei
Frau Birte, sobald sie wieder zurück ist« – als Jungknecht be-
werben.

Rasch verbreitete sich die Geschichte des kleinen Helden auf
der gesamten *Hallig*. In den Augen der meisten Halligleute schien
die Rettung eines von Birtes Gesindekindern die Vergeltung für
Birtes ehemalige gute Tat zu sein, als sie Ketel vor Jahren das Leben gerettet hatte. Seine schwere Erkältung damals war in Wahrheit eine gefährliche, weil lebensbedrohende Lungenentzündung
gewesen.

»Mir soll das nur recht sein«, reagierte der Pastor auf Ketels
Wunsch. »Meinetwegen kannst du schon morgen bei mir anfangen – sofern deine Mutter damit einverstanden ist.«

Dabei zwinkerte der Pfarrer dem Knaben zu. Es war bekannt,
dass Frigge sich nichts sehnlicher wünschte, als ihren Liebling
gut untergebracht zu sehen, ohne als Mutter ständig Angst haben zu müssen, er könne in einem Sturm über Bord gehen, wie es
vor Jahren einem ihrer Brüder ergangen war.

Nachdem Frigge hocherfreut ihr Einverständnis gegeben hatte, hielt Ketel samt einem kleinen Bündel mit seinen Habseligkeiten – ein Paar Schuhe für den Winter und Ersatzhosen, sowie ein
zweites Hemd – seinen Einzug im Pastoratshof.

NEUNZEHN

Jeden Tag aufs Neue, bei jedem Blick aufs Meer, machten sich die Neuankömmlinge klar, wie gut es doch war, auf dieser Seite der Davis Street zu sein. Zahlreiche große und kleine Eisberge auf dem Meer ließen sie keinen Augenblick lang vergessen, dass ihr Zufluchtsort zu einem Gebiet gehörte, das etwa auf der Höhe zwischen den Orten Disko und Nuuk in Westgrönland lag. Sie selbst, auf dieser Seite des Meeresarms, hatten das Glück, dass Baffin Land nicht wie Grönland ein einziger gigantischer Eisblock war mit einem nur an manchen Stellen schmalen eisfreien Küstenstreifen, der über zwei Meilen dick, wie ein gigantischer Koloss, auf dem Land lastete. So stand es zumindest in einem Buch, das Birte einst daheim bei ihrem Vater vorgefunden hatte.

Nicht auszudenken, hätten die Meuterer sie auf Grönland zurückgelassen! Dass Ocke Japsen darauf verzichtet hatte, war jedoch nicht besserer Einsicht oder gar Mitleid zu verdanken. Allein die Überlegung, es möchten an Grönlands Westküste zu dieser Zeit noch Walfänger unterwegs sein, auf deren Schiffen die Ausgesetzten womöglich Aufnahme fänden, hatte ihn dazu veranlasst, Nordamerikas rauen und weitgehend unbevölkerten Nordostteil als ihren Verbannungsort zu wählen. Rasch verscheuchte Birte ihre düsteren Gedanken, um den Groll in ihrem Herzen nicht noch mehr zu schüren.

Nach dem herzlichen Empfang der Habenichtse in der winzigen Ansiedlung hatten nicht nur die Weißen die ersten paar Wochen in äußerst beengten und primitiven Verhältnissen verbracht. Etliche Indianerfamilien waren zusammengerückt und lebten ihretwegen mit ihren Angehörigen ausgesprochen eingepfercht. Aber dieser Umstand war den schlichten Menschen als eine Selbstverständlichkeit erschienen, weil sie damit anderen, in Not geratenen Christenmenschen helfen konnten.

»Mir scheint, diese einfachen Leute haben den Begriff Brüderlichkeit wirklich erfasst und machen ihn sich auch zu eigen«, sagte Birte, während sie einen kurzen Augenblick der Zweisamkeit mit Mikel Frödesen nützte. Diese Momente waren rar genug. Immer war Rücksicht zu nehmen auf die Gefühle der Eingeborenen.

Was Birte allerdings als selbstbewusste Friesin besonders angenehm berührte, war, dass hier die Frauen den Männern in ihren Pflichten, aber auch in ihren Rechten gleichgestellt waren. Das ließ ihr die Zeit, die sie gezwungen war, mit den Indianern zu verbringen, gleich um vieles erträglicher erscheinen.

Inzwischen hatten die Fremden ihre eigenen Unterkünfte, aber ganz selbstverständlich half man ihnen nach Kräften weiter, sich auf den kommenden harten Winter einzustellen.

Besonders erfreut waren die Huronen gewesen, nachdem offenbar war, dass sich unter den Neulingen ein Geistlicher befand: Hauke Bohsen, den die Eingeborenen mit Vater anredeten, wurde sofort gebeten, junge Paare zu trauen, kleine Kinder zu taufen und Tote mit dem Segen des Herrn nicht unter den üblichen Steinhaufen zum Schutz vor wilden Tieren zu begraben, sondern in mühsam ausgehobenen Gräbern hinter der kleinen Kirche.

Es dauerte auch nicht lange, bis den Indianern aufging, dass sich unter ihnen eine Heilerin aufhielt. Birte hatte es zwar nicht darauf angelegt, aber es hatte sich so ergeben, dass sie einige Male ihre Fähigkeiten bei Magenverstimmungen, Erkältungen, Verstauchungen und Verbrennungen erfolgreich einsetzte. Mikel hatte das zu Beginn in Angst versetzt. Er hatte sich nämlich gesorgt, seine Braut könne in gefährliche Gegnerschaft zum örtlichen Schamanen geraten.

Aber der Medizinmann, ein nahezu gleichaltriger Onkel des jetzigen Häuptlings mit Namen Oscar, wies jegliches Konkurrenzdenken weit von sich. »Ich vermag zwar ebenfalls Krankheiten zu heilen, aber meine Aufgabe sehe ich weniger im Heilen, als vielmehr in der Vorhersage kommender Ereignisse und drohender Schicksalsschläge«, ließ er Birte ausrichten.

Worauf Pastor Hauke Bohsen sich im Stillen fragte, wie Oscar das mit seinem christlichen Gewissen in Einklang brachte. Von Hellseherei hielt die Kirche im Allgemeinen nicht allzu viel.

Der Schamane schien noch – oder bereits wieder – tief im Heidentum verankert zu sein. Der Pastor sah hier ganz dringenden Bedarf, um seine seelsorgerischen Fähigkeiten einzubringen. Der Glaube dieser von jeglicher Zivilisation abgeschnittenen Menschen schien ihm ganz besonderer, wenn auch behutsamer Auffrischung zu bedürfen.

Um Gesellschaft zu haben und um die Sprache ein wenig besser zu erlernen, entschloss sich Birte, ihre beste Freundin, eine junge Indianerin namens Amalia, eine ausgeprochen attraktive, liebenswerte und intelligente junge Frau, in ihrer Hütte aufzunehmen. Amalia war wiederum eine von mehreren unverheirateten Tanten Annas, mittlerweile die Herzensfreundin ihrer Tochter Trina.

Birte und Amalia nahmen die Verschönerung ihrer eigenen sowie der Hütte von Mikel und Volkert in Angriff. Sie bemühten sich, das Umfeld etwas wohnlicher mit Vorhängen und Bodenmatten auszustatten sowie ringsherum Beete für Gemüse und einige Kräuter anzulegen.

Obwohl Birte überzeugt war, nichts davon jemals selbst zu ernten, weil sie dann alle längst wieder zu Hause sein würden, machte sie mit. Teils, weil es sie drängte, irgendetwas Sinnvolles zu tun, und teils in der Hoffnung, damit im nächsten Jahr ihren liebenswürdigen Gastgebern etwas Gutes getan zu haben.

Die Männer hingegen begleiteten ihre roten Brüder regelmäßig auf die Jagd in den entfernten Wäldern und zum Fischen in den Fjord und fuhren auf kleinen Booten hinaus aus dem Cumberlandsund bis in die Labradorsee, um Robben zu erlegen.

Der Erfolg ihrer klugen Strategie, sich den Erfordernissen, Sitten und Gebräuchen der Ureinwohner stillschweigend anzupassen, trug jede Menge Früchte und ließ öde Langeweile gar nicht erst aufkommen. Es begann damit, dass Birte eines Morgens gleich nach dem Aufstehen, als sie zum Bach gehen und einen Topf frisches Wasser holen wollte, vor ihrer Tür ein geschlachtetes und gerupftes Huhn sowie mehrere Streifen von getrocknetem Büffelfleisch vorfand.

»Die Leute sparen sich die Sachen vom eigenen Mund ab«, sagte Birte später ihrem Liebsten, als er ihr weiteres Brennholz vorbeibrachte. »Es ist rührend, denn die Armen haben doch selbst so wenig.«

Im Laufe der Zeit brachten die einzelnen Haushalte weitere gewaltige Opfer, indem sie sich jeweils von einigen ihrer Haustiere trennten: von Hühnern, Enten, sogar einem Schaf und einer Ziege. Birte ahnte, dass es auf Veranlassung Amalias geschah, die ihre Leute ermunterte, sie und ihre Kinder zu unterstützen, indem sie nur Gutes über die weiße Frau verbreitete, die sie nicht als Sklavin missbrauchte, sondern sie behandelte, als wäre sie ihresgleichen.

Sie revanchierte sich, indem sie ihnen bei Unpässlichkeiten und kleineren Verletzungen mit ihrem Kräuterwissen hilfreich zur Seite stand, bis sie merkte, dass die Indianer selbst eine Menge von Kräutermedizin verstanden. Von nun an verlegte sie sich auf das Auflegen ihrer Hände, was wirklich die neidlose Bewunderung der Einheimischen erregte.

Annas Tante achtete ihrerseits darauf, dass Birte in möglichst wenige Fettnäpfchen trat im Umgang mit dem ihr weitgehend fremden Naturvolk, indem sie sie jeden Tag darauf hinwies, wie man dies oder jenes bei den Huronen in Pangnirtung zu handhaben pflegte. Sicher spielte es auch eine große Rolle, dass Birte bei ihnen in Gesellschaft eines christlichen Priesters angekommen war.

Unter Vater Haukes Anleitung, der allgemein größte Hochachtung genoss, gingen die indianischen Männer daran, die inzwischen zerfallene, noch aus der Zeit der Missionierung durch die Böhmischen Brüder stammende Kapelle zu restaurieren.

Die übrigen zwei weißen Brüder Mikel und Volkert erfreuten sich ebenfalls allgemeiner Wertschätzung. Zeigten die beiden Nordfriesen doch keinerlei Hochmut, wie die Indianer es trotz weitgehender Abschottung bei manchen anderen Europäern schon erlebt hatten.

»Hin und wieder kamen weiße Händler bei uns vorbei«, berichtete Amalia. »Die waren allerdings nicht nett, sondern versuchten uns zu betrügen, indem sie Wild und Geflügel nahezu geschenkt haben wollten. Die Ehre unserer Frauen und Mädchen haben sie auch oft nicht respektiert.«

Mikel und die Seinen hatten sich von Anfang an ihren roten Brüdern angeschlossen bei der Jagd, der Fischerei und manch anderen Unternehmungen, denen die Huronen nachzugehen pflegten, wie etwa dem Bau von Hütten für Dörfler, die immer noch in Zelten hausten, der Herstellung von typischen Jagdwaffen wie Pfeil und Bogen sowie dem Bau von Kanus für den Fischfang und die Jagd auf Kegelrobben.

Sowohl der *Bootsmann* als auch der ehemalige *Commandeur* waren sofort dabei, als es galt, die kleine Kirche zu erneuern und mit Bänken und zusätzlich einer Kanzel auszustatten.

Der Häuptling bedauerte es ausdrücklich, dass er sich nicht in der Lage sah, seinen Freunden auch mit einem Pferd dienen zu können. Im Dorf gab es lediglich zwei. Eines war im Besitz von Häuptling Johannes und das andere gehörte dem Schamanen Oscar. Mit Zucht war nichts zu machen, dummerweise waren beide Wallache.

Ein Pferd war neben einem Fischerboot das wichtigste Fortbewegungsmittel in dieser kargen, felsigen, von zahlreichen Bächen durchzogenen Ödnis, wo im Grunde nur verschiedene Arten von Heidekraut, Wollgras, Moosbeeren, Zwergbirken und Krüppelkiefern von selbst gediehen. Selbst der Ahorn wuchs nur an einigen, besonders geschützten Stellen.

An Rodungsarbeiten war noch unendlich viel zu leisten, fand Birte, wenn man künftig bei einer wachsenden Dorfbevölkerung genügend Anbaufläche für anspruchslose Getreidesorten, Kohl oder Rüben haben wollte. Sie bedauerte die Menschen, die noch so viel Arbeit vor sich hatten, während sie und die Ihren schon längst wieder daheim in Nordfriesland sein würden.

Auch Mikel Frödesen hoffte auf eine baldige Rückkehr in seine gewohnte Welt, neuerdings im Gegensatz zu Volkert Gonnesen. Der *Bootsmann*, auch er ein Mann im richtigen Alter, um eine Familie zu gründen, konnte sich auf einmal »durchaus vorstellen, hier sesshaft zu werden«, wie er es ausdrückte und dabei ein bisschen rot wurde.

Dieses Wunder hatte offenbar ein zauberhaftes weibliches Wesen zustande gebracht: Amalia nämlich, die schöne junge Indianerin, die neuerdings bei Birte wohnte. Um sie schlich Volkert ständig herum, brachte ihr andauernd kleine Geschenke und machte ihr Komplimente, sodass Mikel ihn bereits warnte:

»Mein Lieber! Glaub nicht, dass du mit dem Mädchen nur deinen Spaß haben und dich dann so einfach verabschieden kannst. Wenn du um sie wirbst, muss es dir auch ernst sein. Sonst könntest du gewaltigen Ärger mit ihren Verwandten bekommen, die dich genau im Auge behalten!«

Worauf der Seemann verschämt gestand, in das hübsche Mädel sehr verliebt zu sein und es heiraten zu wollen. »Daheim wartet keine Braut auf mich und eine Familie habe ich nicht mehr. Sind alle schon vor langer Zeit gestorben. Was soll ich also zu Hause? Ich kann genauso gut hierbleiben und mich mit Amalia häuslich einrichten!« Er hatte sich das allem Anschein nach bereits ganz genau überlegt. Die ersten Jahre könne er ja noch zur See fahren, meinte er, um Geld herbeizuschaffen, um ein Pferd und ein eigenes Boot zu erwerben.

»Warum nicht?«, fand auch Pfarrer Hauke Bohsen. Volkert war sein eigener Herr und konnte tun und lassen, was er wollte. Für Mikel und Birte sah es anders aus. Ihr Leben würde sich in der Zivilisation in Deutschlands hohem Norden abspielen. Aber wie stand es um den Pastor?

Birte hatte bisher ganz selbstverständlich angenommen, der Geistliche brenne wie sie darauf, der unwirtlichen Eis- und Steinwüste so schnell wie möglich den Rücken zu kehren. Zu ihrer großen Überraschung war der Geistliche sich jetzt auf einmal durchaus nicht mehr im Klaren, wann und ob er überhaupt noch einmal zurückfahren wollte.

»Diese Menschen und ihre Glaubensstärke bewundere ich von ganzem Herzen«, beteuerte er. »Seit Jahren ohne geistlichen Beistand, ohne die Unterstützung priesterlicher Seelsorge und helfender Fürsorge! Ganz allein auf sich gestellt und dabei den mannigfachen Anfechtungen des Heidentums mit seiner Geister- und Dämonenfurcht ausgesetzt, haben sie sich dennoch weitgehend ihren festen Glauben an Jesum Christum, unseren Herrn, bewahrt. Und sie geben ihn nach wie vor weiter an ihre Kinder und Enkel. Dafür verdienen sie größten Respekt. Ich ringe noch mit mir, ob es nicht meine Pflicht ist, bei ihnen zu bleiben und in dieser Gemeinde meine geistliche Aufgabe als Seelsorger zu erfüllen. Beinah bin ich geneigt, in der Meuterei auf der *Meerjungfrau* ein göttliches Zeichen zu erkennen, das mir meinen künftigen Weg weisen sollte.«

»Also bleiben nur Mikel und ich und meine Kinder, die den weiten Weg nach Europa antreten werden.« Irgendwie klang Birte enttäuscht, wenngleich sie die Motive des Pastors und des *Bootsmanns* als überaus ehrenvoll und nachvollziehbar anerkannte. »Ich hoffe bloß, dass du nicht auch noch abspringst und mich mit Jens und Trina den Rückweg allein unternehmen lässt«, sagte Birte halb im Scherz zu Mikel Frödesen, als der gerade von der Robbenjagd heimgekommen war und ihr einen Besuch abstattete, ehe er in die Gemeinschaftshütte mit Volkert zurückkehrte.

»Das überlege ich mir ganz ernsthaft, mein Schatz! Es sei denn …« Er grinste Birte schelmisch an und legte ihr dabei den Arm Besitz ergreifend um die schlanke Hüfte.

»He! Wie meinst du denn das?« Plötzlich war die junge Frau beunruhigt. Hatte Mikel sich etwa auch dazu überreden lassen, sein künftiges Leben hier zu verbringen? Wie würde das denn zusammenpassen mit seinem Wunsch, seinen zur Hälfte grönländischen Sohn Adrian als Europäer aufwachsen zu lassen? Das bedurfte der sofortigen Klärung. »Bis jetzt bin ich davon ausgegangen, dass du nichts lieber tätest, als noch heute nach Hause zu segeln! Muss ich mir tatsächlich Sorgen machen?« Birte zog die Stirn in besorgte Falten.

»Ach, Liebste! Ich habe doch nur einen Scherz gemacht – keinen besonders guten, das gebe ich zu; aber ich schwöre, du hast keinen Grund, dich aufzuregen. Ich denke nicht mal im Traum daran hierzubleiben. Wir werden in deiner Heimat heiraten, mit Hilfe des Gerichts dein Schiff zurückholen und damit gutes Geld verdienen. Davon werden wir uns ein angenehmes Leben einrichten und unsere Söhne auf eine höhere Schule, gar auf eine Universität schicken, wenn sie dazu genügend Intelligenz mitbringen – wovon ich eigentlich ausgehe. Und Catrinchen soll einen klugen und vermögenden Ehemann bekommen. Was hältst du davon, mein Schatz?«

Das klang in Birtes Ohren ausgesprochen vernünftig und vor allem sehr beruhigend. »Ja, Liebster, genauso wollen wir es machen!«

Birte hing an Mikels Hals und küsste ihn voller Hingabe. Gleich darauf fuhren sie wie ertappte Sünder auseinander, denn Jens polterte zur Tür herein. »Oh! Ich wollte nicht stören!« Der kleine Bengel grinste von einem Ohr zum anderen.

»Was möchtest du denn?«, fragte ihn seine Mutter, während sie sich zwei Schritte von Mikel entfernte.

»Ich wollte dich eigentlich nur um Erlaubnis fragen, ob ich bei Karel und seiner Familie übernachten darf. Er ist mein neuer Freund und hat mich eingeladen.«

»Karel heißen hier einige, welchen genau meinst du denn?«, erkundigte sich Birte. Der Name war anscheinend unter den hiesigen Huronen sehr beliebt, vermutlich weil er sie an jenen Anführer der Böhmischen Brüder erinnerte, der ihnen vor Jahren das Christentum gebracht hatte.

»Mein Karel ist einer der jüngeren Söhne von Oscar, dem Schamanen, Mutter«, erklärte Jens. Es war ihm anzuhören, wie stolz er war, mit einem Jungen aus einer der angesehensten Familien des Dorfes befreundet zu sein.

»Ist gut, mein Lieber!«

Birte griff nach ihrem Sohn und gab ihm schnell – ehe er sich losreißen konnte – einen Kuss auf die Wange. Sie wusste, dass ihm neuerdings Zärtlichkeiten als Weiberkram lästig waren – kam er sich doch als großer Junge vor, der von mütterlichen Zärtlichkeiten verschont bleiben wollte.

»Küssen und drücken ist nur was für kleine Hosenscheißer und für Mädchen«, hatte er unlängst seiner Schwester weismachen wollen, worauf Catrina ihn allerdings ausgelacht und sich vielsagend an die Stirn getippt hatte.

Mit einer höflichen Verbeugung vor Mikel und seiner Mutter und dem etwas süffisant klingenden Wunsch, »möget ihr eine angenehme Nachtruhe erleben«, verschwand der Junge auch schon wieder.

»Mir geht seit einigen Tagen etwas im Kopf herum, Liebster«, begann Birte und wandte sich dabei ihrem Bräutigam zu. Sie würde wieder einmal den Stier bei den Hörnern packen und musste sich damit beeilen, ehe Amalia oder Trina in die Hütte zurückkehrten.

»Lässt du mich teilhaben an deinen Gedanken, Schatz?«

Zärtlich wollte Mikel Birte auf seinen Schoß ziehen. Er selbst hatte sich auf einem der vier Hocker niedergelassen, diesen, von der schlichten Bettstatt einmal abgesehen, wichtigsten Möbelstücken in der Hütte. Auf Dauer war es für Birte und die Ihren nichts gewesen, auf Matten auf dem Boden zu sitzen.

Aber die junge Frau entzog sich ihrem Liebsten und forderte ihn auf, ihr gut zuzuhören. Was sie zu sagen habe, könne länger dauern. Birte blieb vor ihm stehen, während Mikel voll Spannung zu ihr hochschaute.

»Was ist es denn, was du mir Wichtiges mitteilen möchtest? Ich bin schon sehr neugierig, mein Liebes!«

»Es ist nur ein Vorschlag! Fühl dich auf keinen Fall zu irgendetwas gedrängt, versprich es mir. Ich bin dir nicht böse, falls du dagegen bist.«

»Hört sich geheimnisvoll an. Gut, ich verspreche es!«

Birte war so verlegen, dass sie es nicht fertigbrachte, ihrem Bräutigam ins Gesicht zu sehen, während sie mit ihrem Vorschlag herausrückte. Stattdessen wandte sie sich ab und starrte angelegentlich in die Herdgrube, in der ein paar Wacholderzweige vor sich hin glommen und einen milden roten Schein, aber vor allem einen würzigen Duft verbreiteten.

»Was hieltest du davon, wenn wir auf der Stelle heirateten?«, platzte die junge Frau heraus. »Vater Hauke würde sich unheimlich freuen, für unsere indianischen Mitbrüder wäre es ein kleines Fest, Jens und Catrina wären überglücklich – und wir könnten endlich als Mann und Frau ohne Sünde zusammenleben, so wie wir es uns seit Langem doch schon wünschen! Die große Feier können wir im Nachhinein immer noch auf Hooge abhalten, mit vielen geladenen Freunden und Verwandten und dem Segen meines lieben Vaters!«

Noch immer wagte Birte nicht, sich umzudrehen und ihrem geliebten Mikel ins Gesicht zu sehen – aus Angst, er könnte eine abwehrende Miene zeigen. Wobei sie sich bewusst war, dass eine Ablehnung durch ihn sie unheimlich kränken würde – ihrer vorigen Behauptung ungeachtet.

Kaum hatte sie den letzten Satz beendet, fühlte sie sich allerdings stürmisch umarmt und umgedreht. Mikels Gesicht dicht vor sich, erkannte sie als erstes sein strahlendes Lächeln, sodass sie nach seiner Antwort nicht mehr zu fragen brauchte.

»Das ist die klügste Entscheidung, die du bis jetzt getroffen hast, Schatz! Nein, ich muss mich verbessern: die zweitbeste ist es. Die allerbeste war jene, als du dich auf der *Meerjungfrau* entschlossen hast, mich als deinen künftigen Ehemann zu akzeptieren! So lass uns nur gleich Vater Hauke aufsuchen und ihn bitten, uns recht bald zu trauen. Wie wär's mit nächstem Sonntag?«

Damit schien für Birte der kommende Winter den Großteil seines Schreckens verloren zu haben. Mit einem liebenden Ehemann und einem treu sorgenden Vater für die Kinder an ihrer Seite konnte nicht mehr allzu viel schiefgehen.

ZWANZIG

Die Hochzeitsfeier war vorüber. Mit einfachsten Mitteln und dank der Unterstützung schlichter, aber herzlicher Menschen war es ein Fest gewesen, das weder die Indianer noch die Weißen jemals vergessen würden. Vor allem Birte war schier erschlagen von der selbstlosen Freigiebigkeit und aufrichtigen Liebenswürdigkeit der Eingeborenen, die man ihnen als Brautpaar angedeihen ließ.

Bereits am frühen Morgen des Hochzeitstages hatte es begonnen, als Barbara, die Frau des alten Häuptlings, unter Mithilfe mehrerer jüngerer Frauen sie als Braut schön hergerichtet hatte.

Innerhalb einer knappen Woche hatten die weiblichen Dorfbewohner für Birte ein langes Kleid aus fein geschabtem Büffelleder genäht. Es passte wie angegossen und war am Kragen, am Halsausschnitt, über der Brust, an den Ärmeln und am Saum mit reichen Stickereien versehen.

Tausende von bunten Perlchen prangten auf dem Gewand, das zusätzlich mit langen Lederfransen an den Ärmeln ausgestattet war. Dazu zog Barbara ihr noch eng anliegende, lederne und ebenfalls mit Perlen bestickte Strümpfe an, die über eine Sohle mit Absatz verfügten und so quasi als hohe Stiefel bis weit übers Knie reichten.

Die jungen Frauen begannen, ihr langes aschblondes Haar zu flechten, aufzustecken und mit weißen und rosafarbenen Blüten, die sie aus Stoff genäht hatten, zu schmücken.

Jens und Catrina wurden ebenfalls mit neuen Gewändern im Stil der Huronen ausgestattet. Es waren dieselben Kleidungsstücke, wie Erwachsene sie trugen, nur kleiner. Die Kinder kamen aus dem Staunen über die Verwandlung ihrer Mutter nicht mehr heraus.

»Was wird Papa bloß sagen, wenn er sieht, wie schön du bist, Mama?«, rief Catrina ein ums andere Mal. Selbst Jens, eifrig darauf bedacht, erwachsen zu wirken, zupfte beständig nervös an dem Beerenkranz herum, den man ihm – wie allen unmittelbar an der Hochzeit Beteiligten – um den Hals gelegt hatte.

Braut und Bräutigam würde man einen solchen Kranz nach erfolgter Trauung aufs Haupt setzen. Den müssten sie auch während des Mahles tragen, das gemeinsam mit allen Dorfbewohnern eingenommen wurde. Woher dieser Brauch stammte, war aus den Indianern nicht mehr genau herauszubringen. Birte vermutete, er sei womöglich von den Böhmischen Brüdern eingeführt worden.

»Sämtliche Weiber haben beim Essenmachen mitgeholfen«, erklärte Barbara gerade der künftigen Ehefrau, als erneut eine kleine Schar Huroninnen eintraf, die es unternehmen würde, Birtes Hütte blitzblank zu putzen und das Brautbett herzurichten – worunter sie verstanden, es üppig mit getrockneten Blüten, Früchten und Blättern zu schmücken.

Abgesehen vom Bräutigam war auch der Pastor sehr aufgeregt. Für Vater Hauke war die Heirat in einem Indianerdorf etwas ziemlich Ungewohntes, obwohl er bereits drei Paare getraut hatte, die allerdings schon über etliche Jahre zusammengelebt hatten und bereits Kinder großzogen. Als Schiffspfarrer hatte er nicht oft Gelegenheit gehabt, ein Paar zu trauen.

Die Männer hatten es als ihre Pflicht angesehen, das Kapelleninnere mit Zweigen, Moos und Schilfrohrstängeln zu schmücken; sie bewiesen dabei einen Geschmack und eine Geschicklichkeit, die den Europäern Staunen und Bewunderung abnötigte.

Der alte Häuptling Paulus ließ es sich nicht nehmen, dem Brautpaar zwei kleine Schnitzfiguren zu schenken, die er als junger Mann hergestellt hatte. Angeblich stellten sie Maria und Josef dar.

»Vielleicht sind es aber auch Adam und Eva?«, murmelte der alte Mann, ehe ihn wiederum einer seiner schrecklichen Hustenanfälle am Sprechen hinderte. So genau vermochte er sich nicht mehr daran zu erinnern.

Sofort eilte Catrina zu Häuptling Johannes' Großvater, um ihm ihre kleinen Hände auf die knochige Brust zu legen, die heute zu Ehren des Brautpaares eins seiner drei Hemden bedeckte, das am wenigsten zerschlissen war. Und wie durch ein Wunder hörte der Hustenreiz auf.

Die Umstehenden klatschten und nannten das kleine Mädchen eine Wunderheilerin, sodass Birte sich genötigt sah, den Erfolg ihrer Tochter als Zufall zu bezeichnen. Diese Art Verehrung auch ihrer eigenen Person sah sie nämlich allmählich als gefährlich an. Womöglich würden die Indianer sie im Frühjahr an der Abreise hindern, um in Zukunft nicht auf ihr Heilwissen verzichten zu müssen. Eine Vorstellung, die der jungen Frau puren Angstschweiß auf die Stirn trieb.

Nach der Trauung in der Kapelle spielten ein paar Indianer auf der Flöte mehrere protestantische Kirchenlieder. Erst ganz zum Schluss trug die alte Barbara noch ein altes, sehr melancholisch klingendes, indianisches Liebeslied vor. Ihre ausdrucksstarke, warme, vom Alter nur ganz wenig brüchig gewordene Stimme erzeugte eine ganz eigene, zu Herzen gehende Intimität, die nicht nur Birte Tränen der Ergriffenheit in die Augen trieb.

Nach dem Segen stürmten die Gemeindemitglieder ins Freie, um ein Spalier für das Brautpaar zu bilden, das dabei mit Glück bringenden, klein zerpflückten Moosbeeren- und Wacholderzweiglein sowie Maiskörnern beworfen wurde, die allesamt Glück, Reichtum und vor allem Fruchtbarkeit symbolisieren sollten.

Dann begab man sich zum Festschmaus, an dem das ganze Dorf – etwa siebzig Personen, Kinder und Erwachsene – teilnahmen. Da es bereits Spätsommer und traumhaft schönes Wetter war, würde die Mahlzeit, für die ein Hirsch, ein Hammel, mehrere Hasen sowie eine ganze Anzahl von Geflügel ihr Leben gelassen hatten, unter freiem Himmel auf dem Platz in der Dorfmitte stattfinden.

Der wurde von einigen Ahornbäumen gesäumt, deren blutrote Blätter in der Sonne weithin leuchteten und vom Indian Summer kündeten, der noch einige Wochen andauern würde, um dann nach wenigen frostigen Nächten zu vergehen und für viele Monate der dunklen eisigen Winterzeit Platz zu machen. Aber im Augenblick wollten weder die europäischen Flüchtlinge noch die Einheimischen daran denken. Heute war ein ganz besonderer Feiertag.

Der würzige Geruch des an Spießen brutzelnden Fleisches, hervorgerufen durch verschiedene Kräuter, die Birte gar nicht kannte, zog in appetitanregenden Schwaden durch den kleinen Ort.

Als Getränk gab es, neben Wasser, eine von den Frauen selbst gemachte, etwas säuerliche Beerenlimonade und eine Art leicht sprudelndes Maisbier. Birtes scharfen Augen entging allerdings nicht, dass, versteckt unter einer bunten Flickendecke, auch etliche Flaschen Feuerwasser der Leerung harrten.

Das fand sie nicht so gut; wusste man doch nie, zu welchen Tollheiten scharfe alkoholische Getränke die Menschen verführen konnten. Das war hier sicher genauso wie daheim auf Hooge, wo starker Alkohol schon viel Unheil angerichtet hatte, gerade bei fröhlichen Festlichkeiten. Sie nahm sich vor, Barbara darauf aufmerksam zu machen. Vielleicht konnte sie mit einigen anderen älteren Frauen ein Auge auf die Zecher haben, damit die gute Stimmung am Ende nicht in Aggression umkippte.

»Es ist meine Hochzeit!«, sagte sie energisch zu der alten Indianerin, »und ich möchte unbedingt vermeiden, dass benebelte Hirne Unsinn anstellen!«

Barbara konnte sie indes beruhigen. Schmunzelnd gestand sie Birte, bereits im Vorfeld die Gefahr von sinnlosen Besäufnissen verringert zu haben, indem sie und Amalia gut zur Hälfte Wasser in die Flaschen mit dem Schnaps geschüttet hätten. Das erheiterte Birte so sehr, dass sie eine ganze Weile mit Lachen nicht mehr aufhören konnte. Von Mikel nach dem Grund für ihre Heiterkeit befragt, antwortete sie nur, es habe sich um einen Scherz unter Weibern gehandelt.

Nach dem äußerst friedlich verlaufenden Hochzeitsessen, das immer wieder von Gratulanten unterbrochen wurde, die Bräutigam und Braut beglückwünschten und ihnen jeweils ein kleines Geschenk überreichten, beschlossen Mikel und Birte, einen Spaziergang hinaus aus dem Dorf zu unternehmen. Es drängte sie danach, für eine Weile allein zu sein. Vor lauter Trubel waren sie nicht dazu gekommen, mehr als nur ein paar belanglose Worte zu wechseln.

Im Augenblick galt es aufzupassen; der Weg war steinig und zwischen den Felsbrocken hockende Seeschwalben fühlten sich offenbar von den beiden Spaziergängern bedroht. Immer wieder unternahmen die Vögel überraschende Sturzflugangriffe gegen die vermeintlichen Störenfriede.

Mikel hatte Mühe, seine Wollmütze festzuhalten, die Birte ihm gehäkelt hatte. Sein Kapitänshut war längst zerschlissen und im Grunde nicht mehr tragbar gewesen, vor allem nicht an so einem bedeutenden Tag. Birte fuchtelte mit den Armen und zerrte an ihrem Kopftuch, das sie jetzt ständig trug, um es den Krallen einer besonders zudringlichen Schwalbe zu entreißen.

»Wie mögen sich diese Vögel erst im Frühjahr aufführen, wenn sie Junge im Nest haben?«, rief sie ihrem Mann zu, der gerade mit einer Schwalbe um den Besitz seiner Mütze kämpfte.

Beide entfernten sich etwas weiter von der Siedlung, weil Mikel seiner Frau einen guten Blick aufs Wasser ermöglichen wollte. Dazu mussten sie erneut einen kleinen Aufstieg in felsigem Gelände in Kauf nehmen, um einen freien Blick zu haben. Seinen Arm legte er dabei stützend um Birtes Hüfte.

»Das sind aber keine Eisberge, wie ich sie bisher gesehen habe!« Sie standen auf der Anhöhe und Birte deutete auf Eisgebilde, die mit bemerkenswerter Geschwindigkeit vorbeidrifteten.

»Sehr richtig. Das hast du gut beobachtet, mein Schatz! Es sind in der Tat keine festen Eisklötze, wie du sie bereits kennst; die vom Festland stammen, aus Süßwasser bestehen und ins Meer hinein gekalbt wurden. Vielmehr handelt es sich hier um Eisschollen.«

»Aha. Was ist denn nun genau der Unterschied? Ich dachte immer, Eis ist Eis, auch wenn die Formen und sogar die Färbungen sehr unterschiedlich ausfallen.«

»Die Schollen sind in einzelne Stücke zerbrochene riesige Eisplatten, die aus der gefrorenen Eisdecke stammen, die sich auf der Meeresoberfläche gebildet hat. Sie bestehen also aus Salzwasser.«

»Oh«, sagte Birte, »ich verstehe. Das bedeutet, dass es weiter oben im Norden schon sehr kalt sein muss, wenn selbst das Meerwasser gefriert.«

»Ja. Aber weil noch Sommer ist und die Sonne immerhin auch im hohen Norden zumindest eine gewisse Kraft besitzt, ist das Eis teilweise angetaut, in einzelne Schollen zerbrochen und schwimmt jetzt gerade vor unseren Augen herum, um sich weiter im Süden aufzulösen.«

Beide ließen sich auf einem von Wind und Wetter abgeschliffenen Felsbrocken nieder und beobachteten einträchtig das Schauspiel, das sich ihnen von oben bot. Birte lehnte ihren Kopf an Mikels Schulter und er hatte seinen Arm um sie geschlungen.

»Danke, dass du mich hierher geführt hast, mein Liebster«, flüsterte Birte nach einer Weile. »Es ist traumhaft schön! Ich glaube, ich habe noch niemals zuvor etwas so Wunderbares gesehen.«

Obwohl Meer, Himmel, Wolken und Eisschollen ihr als Kind der Nordsee nichts Neues waren, raubte ihr die märchenhafte Schönheit, die vor ihren Augen ausgebreitet lag, beinah den Atem. Ohne dass sie etwas dagegen zu tun vermochte, füllten sich Birtes Augen auf einmal mit Tränen.

»So ist aus dem Bösen, das Ocke Japsen uns in seiner Gier zugefügt hat, letztendlich doch etwas Gutes geworden«, meinte Mikel schließlich leise. »Ich verspreche dir, alles zu tun, was in meiner Macht steht, um dir zu deinem Recht zu verhelfen! Japsen soll ja nicht glauben, er könne sich der Früchte seines Verbrechens über lange Zeit oder gar auf Dauer erfreuen! Er geht bestimmt davon aus, dass wir auf amerikanischem Boden nicht überleben können, und wird Augen machen, wenn wir wieder auftauchen und vor Gericht unser Recht einfordern!«

Birte warf ihm einen dankbaren Blick zu. Sie war endlich verheiratet mit dem Mann, den sie liebte, und sie fühlte sich geborgen und vertraute ihm bedingungslos. Sie wandten sich einander zu und küssten sich lange und hingebungsvoll.

Birte hatte für Mikel noch eine Überraschung parat, von der sie allerdings noch nichts verraten wollte. So hatte er zum Beispiel keine Ahnung davon, wie wunderschön geschmückt das Brautbett sein würde, das er ab heute mit ihr teilen durfte.

Auf etlichen der dicht aneinander gedrängten Eisschollen hatten sich Möwen niedergelassen, die so ihre eigenen Kräfte schonten und auf bequeme Art weiter nach Süden drifteten. Aus der Entfernung nahmen die großen Seemöwen sich beinahe wie winzige Zaunkönige aus.

»Sieh nur, da drüben!«, machte Mikel seine Frau, die einen verträumten Eindruck machte, aufmerksam. »Da sitzt sogar eine Robbe, die anscheinend die letzten Sonnenstrahlen dieses Tages genießen möchte.«

»So ein Anblick lässt mir regelrecht das Herz aufgehen«, gestand Birte und spähte verzückt in die Ferne. »Irgendwie bedaure ich jeden Menschen, dem so etwas Wunderbares wie dieser Anblick nicht vergönnt ist. Es macht mich auch sehr glücklich, dass wir beide die Liebe zum Nordmeer teilen.«

Sie seufzte, ehe sie fort fuhr: »Auch wenn ich dabei bleibe, nicht darüber glücklich zu sein, den arktischen Winter miterleben zu müssen: Der Zauber des heutigen Tages entschädigt mich für vieles. Ich fürchte nur, dieser Zauber wird heute nicht mehr lange anhalten.«

In der Tat stand die Sonne bereits ziemlich tief. Ihr blutroter Schein tauchte den Horizont und den breiten Meeressaum, den er berührte, in sprühendes, goldenes Licht. Unvermittelt kam ein Sturm auf, der den beständig wehenden heftigen Wind ablöste. Von Süden herauf, über den Atlantik, zogen dunkle Regenwolken in einer Geschwindigkeit heran, die nichts Gutes verhieß.

Jäh aus sanften Träumereien gerissen, sprangen beide auf und machten sich eilends auf den Rückweg.

»Wir werden es nicht mehr schaffen, ohne klatschnass zu werden«, stellte Mikel mit einem Blick zum grauschwarz verfärbten Himmel fest. Er fasste nach Birtes Hand, um sie vor dem Ausgleiten auf den glatt geschliffenen Felsen zu bewahren.

»Nass bin ich schon oft geworden!« Birte lachte ausgelassen. »Was glaubst du denn, wie oft es bei uns zu Hause schüttet? Erst kommt ein Sturzbach vom Himmel – und gleich drauf wieder der herrlichste Sonnenschein! Wir Halligleute sind das gewohnt!«

Das entlockte auch Mikel ein Lächeln. Der Heimweg sollte sich allerdings um einiges schwieriger gestalten, als von beiden geahnt.

»Ich habe zu lange getrödelt, indem ich mir soviel Zeit gelassen habe, die Pflanzen neben dem Weg zu betrachten«, bemerkte Birte. »Aber es kommt nicht gerade oft vor, so eine Menge an verschiedenen Kräutern zu finden, von denen die meisten womöglich kranken Menschen von Nutzen sein können.«

»Bei ruhigem Wetter werden wir wieder hierherkommen«, versprach Mikel. »Dann kannst du alles in Ruhe anschauen und abzeichnen als Vorlage für das Buch, das du für unsere Catrina anfertigen möchtest.«

»Oh ja! Das will ich tun! Hongerkralen an Prüketfisler – Grasnelken und Stranddisteln – habe ich haufenweise gesehen sowie Moolkstöölken an Halem – Wolfsmilchgewächse und Strandhafer.«

Trotz des Sturms, der an ihren Kleidern zerrte, und der großen, vorerst noch vereinzelt auf den Steinen aufklatschenden Regentropfen blieb Birte stehen, um ihrem Ehemann einen Kuss auf die Wange zu drücken.

»Schön, dass du unsere gesagt hast«, flüsterte sie mit kaum hörbarer Stimme. War es doch ein erneuter Beweis, recht damit getan zu haben, Mikel Frödesen ihren Kindern zum Stiefvater zu geben.

Gleich darauf öffnete der Himmel seine Schleusen, die es bei der gleichzeitigen Verfinsterung des Himmels unmöglich machten, die felsigen Anhöhen sicheren Schrittes zu begehen. Zu ihrem unverhofften Glück entdeckte Mikel eine kleine Höhle im Gestein, zu der er Birte eiligst hinzog.

Nachdem er seine Frau ganz nach hinten in die Grotte geschoben hatte, reichte der geringe Platz gerade noch aus, dass auch er selbst noch einigermaßen vor dem heftigen Unwetter geschützt war. Sie kuschelten sich so eng wie möglich aneinander, aber als bequem konnte man ihre Lage nicht bezeichnen. So aneinandergedrückt zu sein, erheiterte sie aber dermaßen, dass sie mit dem Lachen gar nicht mehr aufhören konnten.

»Wir sind ausgesprochen albern«, stellte Birte nach einer Weile kichernd fest und Mikel ergänzte: »Schämen sollten wir uns, dass wir uns wie Kinder benehmen. Zum Glück sieht und hört uns keiner.«

Das erregte erneut ihre Heiterkeit, bis Birte auf einmal verblüfft feststellte: »Ich kann mich gar nicht mehr erinnern, wann ich das letzte Mal so herzlich lachen konnte.«

Worauf Mikel todernst erwiderte: »Du hast ja auch gut lachen, Walfängerbraut. Du hast doch jetzt mich als Ehemann!« Ein weiterer Ausbruch an Gelächter folgte.

Auf einmal schien sich die Stimmung der jungen Frau jedoch zu wandeln. Regelrecht bedrückt erschien sie Mikel, so, als quäle sie ein geheimer Kummer.

»Was ist mit dir, mein Liebes? Etwas lastet auf dir, das spüre ich. Sag mir, was es ist. Gemeinsam trägt es sich leichter.«

»Ich musste an meinen armen Papa denken. Jetzt ist die Zeit, zu der in aller Regel die Seeleute, die den Sommer über auf Großer Fahrt gewesen sind, zu Hause ankommen. Mein Vater wird sich Sorgen um mich und die Kinder machen. Ich weiß nicht einmal, ob die Föhringer Matrosen, die auf der *Meerjungfrau angeheuert* hatten, nicht alle der seltsamen Seuche erlegen sind – oder was Ocke Japsen mit ihnen anstellte, falls sie die Krankheit überstanden haben. Durchaus nicht jeder der Männer unterstützte sein Verbrechen. Ich traue ihm durchaus zu, dass er sich all derer entledigte, die ihm Widerstand leisteten. Wer soll dann auf Hooge die Nachricht von meinem Unglück überbringen?«

»Da ist etwas dran, meine Liebe! Aber die Alternative, dass Männer die Meuterei und die Seuche überlebt haben und deinem Vater über dich Bescheid geben, würde für ihn auch keine Beruhigung bedeuten. Keiner von ihnen vermag wirklich zu behaupten, es ginge dir und den Kindern gut, nachdem sich Ocke nach Piratenmanier des Schiffes bemächtigt und dich und einige andere einfach ausgesetzt hat.«

Birte war nahe dran, in Tränen auszubrechen. Mit aller Gewalt versuchte sie, das Elend aus ihren Gedanken und damit den Zwang zu weinen zu verscheuchen. Tränen am eigenen Hochzeitstag bedeuteten Unglück in der Zukunft ...

Mikel versuchte, sie in ihrer Sorge um den geliebten Vater aufzurichten, indem er ihr zu bedenken gab, dass es durchaus Fälle gegeben habe, die sich im Nachhinein um einiges weniger tragisch ausgewirkt hätten, als zuvor befürchtet.

Schließlich ließ Birte sich von ihm halbwegs überzeugen. Sogar zu einem zaghaften Lächeln fand sie zurück: »Mein Papa würde sagen, ich solle nicht so kleinmütig sein und stattdessen mehr Gottvertrauen an den Tag legen!«

Trotzdem wusste sie ziemlich gut, wie sehr der alte Mann unter der Unsicherheit, nichts über das Schicksal seiner geliebten Verwandten zu wissen, leiden würde.

Nach einer Weile war das Unwetter vorbei und sie verließen mit eingeschlafenen Beinen das ungemütliche Felsenloch. Der Pfad war rutschig und bei jedem Schritt hieß es sorgfältig zu prüfen, wohin man die Füße setzte.

»Wir sollten uns vielleicht etwas beeilen«, schlug Birte vor. »Sonst könnte es sein, dass man uns eine Rettungsmannschaft entgegenschickt, weil sie vermuten, wir seien verunglückt oder hätten uns verirrt!«

Außer ihnen war weit und breit keine Menschenseele zu sehen. Wer sich hier als Einzelgänger im Gelände ein Bein brach, besaß schlechte Aussichten, gefunden zu werden. Mikel wollte seine Frau nicht beunruhigen, aber bei sich beschloss er, Trina und Jens ernsthaft zu ermahnen, sich niemals allein vom Dorf zu entfernen.

Die Indianer und die Handvoll Europäer hatten sich in der Tat bereits Sorgen um das junge Paar gemacht, als in der Ferne, aber vom Dorf aus deutlich sichtbar, das schwere Gewitter niedergegangen war und man keine Spur von den beiden entdecken konnte.

Als sie endlich auftauchten, ging ein Aufatmen durch die Gemeinde. Nur der Pastor schimpfte ein bisschen vor sich hin. »Wo seid ihr denn so lange geblieben? Jens wollte schon losziehen und euch suchen! Ich konnte ihn grade noch festhalten und daran hindern, blindlings loszurennen.«

»Um Himmels willen! Das hätte uns gerade noch gefehlt!«

Jetzt hatte Birte tatsächlich ein schlechtes Gewissen und sie entschuldigte sich laut bei allen, die sich um sie gesorgt hatten.

Die meisten Dörfler zogen sich jetzt, da es Abend wurde und man das meiste aufgeräumt hatte, in ihre eigenen Hütten zurück, nachdem sie Mikel und Birte eine gute Nacht gewünscht hatten. Zuletzt standen die beiden allein auf dem Dorfplatz.

»Wo sind denn Catrina und Jens schon wieder?«, erkundigte sich der frischgebackene Vater nervös. Die beiden würden doch nicht weg gelaufen sein? Da konnte ihn Birte beruhigen.

Jetzt war der Augenblick gekommen, wo sie ihn mit der Überraschung konfrontieren wollte, kurz entschlossen hakte die junge Frau sich bei ihm unter. Sie zog ihn in Richtung ihrer Hütte, die ab sofort auch die seine war.

»Mach dir um unsere Kinder keine Sorgen, mein Schatz! Trina ist mit ihrer Freundin Anna zu Amalia und deren Sippe gegangen, um dort zu schlafen; und Jens hat sich zu seinem Freund Karel verzogen. Bei dem zu übernachten, hat er sich ja schon lange gewünscht – und ich habe es ihm erlaubt. Die nächsten drei Nächte werden wir ganz allein für uns haben, Liebster! Ich hoffe, das ist auch in deinem Sinne?«

Als Antwort griff sich Mikel seine Frau, lud sie sich auf die Arme und trug sie nach europäischer Sitte über die Schwelle der Hütte, wo bereits ein kleines anheimelndes Feuerchen in der Herdgrube brannte, aber dieses Mal nicht der muffige Gestank verbrennenden Schilfs und getrockneten Mooses vorherrschte, sondern der würzige Duft von Wacholderzweigen und Kräutern in der Luft lag, womit Barbara und ihre Freundinnen das eheliche Lager bestreut hatten.

EINUNDZWANZIG

Selten hatte sich Birte so glücklich gefühlt wie am Abend ihres Hochzeitstages, der einerseits so ganz anders verlaufen war, als es zuhause in Friesland der Fall gewesen wäre, und andererseits doch so vertraut schien. Es hatte liebe Mitfeiernde gegeben, die sich von Herzen über ihr Glück freuten. Und falls sie es nicht taten, hatten sie sich doch bemüht, es so wirken zu lassen.

Auf jeden Fall hatte man hervorragend gegessen und getrunken, hatte sich Geschichten erzählt und dabei viel gelacht. Man hatte sich der gegenseitigen Freundschaft und Hilfsbereitschaft versichert und zum Schluss die von den Indianerinnen geschmückte Braut zum Tanz, einer Art Reigen, aufgefordert. Die Missionare, denen sie das Christentum verdankten, hatten ihnen seinerzeit auch ein paar weltliche Lieder beigebracht, die von Liebe und Sehnsucht handelten und anlässlich einer Hochzeitsfeier sehr wohl am Platz waren.

Dank Barbaras Vorausschau und den wachsamen Augen ihrer Freundinnen kam es auch nicht zu Besäufnissen mit den üblichen unangenehmen Begleiterscheinungen wie Angeberei, Streitsucht oder Rauflust. Alles war friedlich und in Eintracht vonstatten gegangen, das war etwas, wofür man auf einer friesischen Hochzeit nicht unbedingt die Hand ins Feuer legen konnte. Vor Jahren war auf Sylt anlässlich einer allzu feuchtfröhlichen Hochzeit sogar der Bräutigam erstochen worden.

Birte und Mikel waren den schlichten Naturmenschen von Herzen dankbar für ihre erstaunliche Liebenswürdigkeit, ihre selbstverständliche Hilfsbereitschaft und für die beinahe kindliche Fröhlichkeit, mit welcher sie die Zeremonie in der kleinen Kirche und später auf dem Dorfplatz begleitet hatten. Birte und Mikel standen sich in ihrem neuen Heim gegenüber und betrachteten einander im Schein des Herdfeuers und mehrerer Kienspäne, die in Wandhalterungen steckten, die *Bootsmann* Volkert als Geschenk an der Wand angebracht hatte.

»Bedauerst du es schon, mich, einen im Moment völlig mittellosen Burschen, geheiratet zu haben?«, erkundigte sich *Commandeur* Frödesen zum Spaß.

»Natürlich! Aber nur, wenn es dir, Mikel Frödesen, bereits leid tut, mich, eine im Augenblick ebenfalls vollkommen blanke Deern, zur Frau genommen zu haben!«, erwiderte Birte schlagfertig. Sie blickten sich in die Augen, brachen in helles Gelächter aus und umarmten sich innig.

»Ich glaube, ich bin jetzt gerade der glücklichste Mann auf Erden!«, gestand Mikel und tanzte mit seiner frisch Angetrauten in der kleinen Hütte herum, wobei er aufpassen musste, nicht in die glühende Herdmulde zu tappen oder sonst wo anzustoßen.

Dass sie gleich darauf auf dem mit viel Liebe hergerichteten Brautbett landeten, war allerdings nicht nur der räumlichen Enge ihrer Behausung geschuldet.

»War es eigentlich deine großartige Idee, Liebste, Jens und Trina für eine Weile auszuquartieren?«, erkundigte sich der Kapitän gegen Morgen, ehe beide, müde und sehr glücklich, endlich in einen leichten Schlummer sanken. Schwach erhellte noch ein klein wenig Glut die Hütte.

So konnte er nicht sehen, dass Birte feuerrot geworden war. Eine Verlegenheit, die sich noch verstärkte, als Birte vor dem Bett den achtlos abgestreiften Kleiderhaufen entdeckte. Beiden hatte es mit dem Ausziehen gar nicht schnell genug gehen können.

»Was glaubst du denn, mein Liebster?« Mit dieser harmlos klingenden Frage zog sich Birte, die trotz aller Fähigkeit zur Leidenschaft eine in Liebesdingen immer noch eher zurückhaltende Frau war, aus der Affäre.

Als er keine direkte Antwort erhielt, meinte Mikel, wobei er herzhaft gähnte: »Obwohl, den einheimischen Frauen traue ich auch einiges zu, vor allem, wenn ich an das wunderschön hergerichtete Brautbett denke!«

»Zwei wunderbare Nächte stehen uns noch bevor«, überlegte Birte laut und hatte Mühe, dabei vor Wohlbehagen nicht wie ein Kätzchen zu schnurren. Ehe sie in Mikels Armen einschlief, schwor sie sich, immer mal wieder dafür zu sorgen, dass sie und ihr Mann diese höchst vergnügliche Seite des Ehelebens ungestört genießen konnten.

Ihr allerletzter Gedanke galt jedoch Barbara, der alten Huronin, die ihr am gestrigen Abend noch ungefragt ein uraltes Kräutermittel gegen eine mögliche Empfängnis in die Hand gedrückt hatte. Die einstige Häuptlingsfrau Barbara war ein Schatz! Sie wusste, wie sehr Birte sich nach ihrem Zuhause sehnte, und schwanger zu werden – in dieser lebensfeindlichen Jahreszeit und der primitiven Umgebung – war mit Sicherheit nichts, worauf die junge Frau Wert legte.

Für Kinder war noch genügend Zeit auf Hooge. Im Augenblick genügte es, für Catrina und Jens zu sorgen. Der Weg nach Hause wäre noch ein langer und vermutlich auch sehr entbehrungsreicher.

*

Erst im Laufe der Wochen, die sie bei den Einheimischen verbrachten, ging Birte und den anderen Europäern so richtig auf, wie fest das Heidentum in dieser Gruppe von Huronen noch verankert war.

»Es gibt praktisch nichts, woran der Schamane nicht beteiligt ist. Ob vor einer Eheschließung oder danach. Stets wirkt Oscar dabei mit. Das Gleiche gilt für den Zeitraum vor und nach einer Geburt. Auch hier ist wiederum Oscar, der Schamane gefragt! Gleichgültig, ob es sich um den Bootsbau, das Errichten eines Häuschens, den Anbau von Rüben, die Jagd oder den Fischfang handelt: Der Schamanismus spielt mit – trotz Christentum! Wie geht das zusammen, Vater Hauke?«, erkundigte sich Birte bei Pastor Hauke Bohsen. »Bereitet Euch das keine Sorgen? So liebenswürdig die Eingeborenen sind, so sehr bin ich manches Mal doch irritiert, wenn ich Oscar bei seinen bizarren und nicht selten verwirrenden Zauberkunststückchen beobachte. Was mich dabei am meisten erstaunt, ist die Hingabe, mit welcher die Indianer den exotischen Tänzen und eigenartigen Gesängen und Verrichtungen beiwohnen. Ist sie doch identisch mit jener tiefen Frömmigkeit, welche die Huronen in der christlichen Kirche an den Tag legen. Was geht in ihren Köpfen vor? Wie muss ich mir das vorstellen, dass jemand gleichzeitig Heide und Christ sein kann?«

»So sehr erstaunlich ist das gar nicht, meine Liebe.« Der Geistliche sah das Ganze offenbar viel gelassener als Birte. »Du musst dir vor Augen halten, dass diese einfachen Menschen bis vor Kurzem noch ihrem alten Heidenglauben anhingen, der in allem und jedem einen guten oder bösen Geist vermutete, den es entweder zu verehren oder zu bestechen galt! Nur Manitou schwebte über allem und hielt im Großen und Ganzen das Schicksal von Mensch und Tier in seiner Hand. Um mit diesem Manitou und den vielen Geistern in Verbindung zu treten, bedurfte man der zauberkräftigen Schamanen, auch Medizinmänner geheißen. Das Christentum kam erst vor verhältnismäßig kurzer Zeit zu den Huronen, einem ziemlich großen Volk. Und auch nur ein Teil von ihnen hat sich bisher zu Christus bekehrt. Viel eher erstaunt mich, dass unsere Indianer hier – obwohl die Missionare längst wieder fort sind – noch immer an der christlichen Religion festhalten und sie mittlerweile nicht gänzlich vergessen haben! Ich denke«, fügte Pastor Bohsen nach einer Weile hinzu, »es war ein Glücksfall, dass ich zu ihnen gekommen bin! Ich werde sie in ihrem christlichen Glauben bestärken und versuchen, sie wieder enger ans Christentum zu binden. Nur so kann es gelingen, das heidnische Schamanentum allmählich zurückzudrängen. Wobei ich nicht so unklug sein will und die Indianer mit Gewalt zu etwas zwingen werde. Der Wandel muss aus ihrem Inneren heraus, quasi von selbst kommen! Am Klügsten wird es wohl sein, den Schamanen selbst mit einzubinden in christliche Rituale! Den Übrigen wird es dann umso leichter fallen.«

Das konnte Birte gut verstehen. Wenngleich ihr die Anspielung des Geistlichen, welch ein Glück es doch gewesen sei, hier in der absoluten Einöde zu landen, nicht besonders gefiel. In ihren Ohren hörte es sich beinah so an, als müsse sie es gutheißen, von den unverschämten Meuterern ausgesetzt und ihrem Schicksal überlassen worden zu sein.

Missionierung mochte gut und schön sowie dem Herrn wohlgefällig sein. Aber nach Birtes Verständnis hätte der Herrgott sich ruhig einen anderen Weg einfallen lassen können, um bei den Indianern eine nachhaltige Glaubensfestigung zu bewirken – ohne Birte ihres Eigentums zu berauben und ohne sie und ihre Kinder aufs Übelste zu gefährden. Nein, in diesem Punkt vermochte Birte dem Pastor nicht zu folgen. Sie war sich sicher, Mikel dachte wie sie.

Allmählich wuchsen Kälte und Finsternis an. Der arktische Sommer war endgültig vorüber und die Probleme im Huronendorf wurden größer. Vor allem anderen galt es, genügend Brennholz herbeizuschaffen – ein zeitaufwändiges Unterfangen, denn die unmittelbare Umgebung des Dorfes war nahezu frei von größeren Bäumen, die diesen Namen auch verdienten.

Die wenigen Exemplare an Ahorn, Kiefern und Eschen wollte man keineswegs fällen, sondern im Gegenteil hegen und pflegen. Ein dichterer Wald würde zwar leider Wölfe und Bären anlocken, aber vor allem auch das jagdbare Wild.

Das meiste an Bewuchs waren winzige Krüppelfichten und sonstige Zwerggewächse. Um Feuerholz zu schlagen, mussten die Männer weite Wege nach Süden und ins Landesinnere auf sich nehmen. Tagelang sah Birte ihren Mann überhaupt nicht mehr.

Mit Volkert Gonnesen, dem einstigen *Bootsmann*, schloss er sich regelmäßig den Indianern an, die für Brenn- und Bauholz sorgten. Immer wieder waren die Hütten oder die kleine Kirche auszubessern, weil Unwetter mit orkanartigen Stürmen den Wänden und Dächern der Behausungen schwere Schäden zufügten.

Birte und ihre Kinder waren ebenfalls nicht müßig; zusammen mit den Indianerfrauen sammelten sie Reisig, Schilf und Moos zum Trocknen sowie Unmengen an Grünzeug, dessen Namen die Einheimischen als Zaubersalat kannten, der ihnen helfen würde, den langen Winter ohne den auch bei ihnen gefürchteten *Scharbock* zu überstehen.

»Die Matrosen auf der *Meerjungfrau* haben das nützliche Gewächs Grönlandsalat genannt«, erzählte Birte leise ihrem Sohn Jens. Sie wollte nicht, dass die Einheimischen allzu oft den Namen ihres Walfängers hörten. Sie könnten sonst zu viele Fragen stellen, argwöhnte Birte. Wie leicht könnten Trina oder Jens sich verraten – etwas, das man aus gutem Grunde ja vermeiden wollte.

Mit Netzen und kleineren Fallen rückten die Frauen auch kleineren Pelztieren wie Hasen, Kaninchen, Waschbären, Eichhörnchen und Füchsen zu Leibe. Meist wurde deren Fleisch verzehrt, aber genauso wertvoll waren die kuscheligen Felle, die sich unter den geschickten Frauenhänden zu Mützen, Jacken, Handschuhen und Futterstoffen für warme Winterhosen verwandelten. Auch die Stiefel aus Büffelleder wurden damit gefüttert.

Als geschickter Fallensteller, von den Indianern als Trapper bezeichnet, sollte sich alsbald Jens erweisen.

Eines Tages hatte der Junge zusammen mit seinem besten Indianerfreund Karel in einer nicht weit vom Dorf aufgestellten Falle einen jungen Bären gefangen. Unter großen Mühen und heimlich hatten die Freunde eine große eiserne Bärenfalle zu einer Stelle im felsigen Gelände geschleppt, die ihnen dafür zu taugen schien, einem Braunbären zum Verhängnis zu werden. Als sie nachsehen wollten, ob ein Tier in die Falle gegangen war, nahmen sie, ohne genauer zu überlegen, Catrina mit.

»Kiekt mol, en nögen baar!«, jubelte das Mädchen begeistert, was den Jungen ein befremdetes Stirnrunzeln entlockte. Ein niedlicher Bär? O Mann, das roch nach Ärger!

Karel war dafür, das Raubtier umgehend mit dem Messer durch einen wohlgezielten Stich ins Herz zu töten. Aber dummerweise hatten die Knaben ja erlaubt, dass Catrina mitkam. Das Geschrei des kleinen Mädchens war beispiellos!

»Kein Wort rede ich mehr mit einem von euch!«, drohte sie. »Wie könnt ihr nur dran denken, das süße Bärchen einfach abzustechen?«

Weil die Knaben sie links liegen ließen und ruhig weiter beratschlagten, wie sie dem in der Tat noch jugendlichen Braunbären am besten den Garaus machen könnten, wurde Catrina erst richtig böse.

»Nie hätte ich gedacht, dass mein eigener Bruder so etwas Gemeines tun möchte!« Sie schluchzte beinah vor Empörung und Mitleid mit dem immer wütender brummenden Tier.

»Süßes Bärchen? Ich glaube, du spinnst, Trina!«, setzte Jens dagegen. »Das ist schon ein ganz ordentlicher Brocken, der uns jederzeit zerfleischen könnte.«

»Oh, ja!«, pflichtete Karel seinem weißen Freund bei. »Obwohl noch nicht ganz ausgewachsen, kann dieser Bär auch einen erwachsenen Mann niedermachen. Auf keinen Fall dürfen wir ihn laufen lassen!«

»Ehe ihr dem armen Bären etwas antut, müsst ihr mich umbringen!« Höchst theatralisch baute Catrina sich zwischen dem Bären in der Falle und den Jungen auf.

»Komm wieder zu Verstand, Schwester, ja?«, versuchte es Jens von neuem, Trina von der Notwendigkeit ihres Handelns zu überzeugen. »Überleg doch mal, ehe du dich hier wie eine Verrückte aufführst. In der Falle können wir das Vieh wohl kaum lassen, weil es sonst elend verhungert. Willst du das? Nein? Dann hör mir zu! Sobald wir es von dem Schnappeisen befreien – wobei der Eisenbügel, wie man unschwer erkennen kann, ihm einen Hinterlauf zerquetscht hat und ihm riesige Schmerzen bereiten dürfte – wird es uns dafür nicht etwa dankbar sein, sondern sich wie toll auf uns stürzen. Ich für meine Person möchte ihm nicht vor die Schnauze kommen, das kann ich dir sagen. Schau dir mal seine Zähne an! Das niedliche Bärchen hat ein Gebiss wie ein Löwe.«

»Pah! Du hast doch noch gar nie einen Löwen gesehen!«, versuchte Catrina das Ganze vollkommen unlogisch auf ein Nebengleis zu verschieben. Aber jetzt reichte es dem Indianerjungen.

Ohne sich um ihr Protestgeschrei – das allerdings um einiges leiser geworden war, der Hinweis auf das Raubtiergebiss schien doch eine gewisse Wirkung zu zeigen –, zückte Karel den Dolch, den er im Gürtel trug, und stieß es dem zornig aufbrüllenden Tier in die bepelzte Brust, wo die Klinge mit federndem Schaft stecken blieb.

Ein Schwall des herausschießenden Blutes zeigte, dass Jens' Freund keine Rippe, sondern tatsächlich das Herz getroffen hatte. In kürzester Zeit, nach einem letzten krampfhaften Zucken seiner mit langen Krallen bewehrten Pfoten und des mächtigen Schädels verendete der Bär.

»Gott sei Dank hast du genau gezielt und gut getroffen!«, lobte ihn Jens. »So musste der Bär wenigstens nicht lange leiden.«

Die Arbeit des Abhäutens würden sie allerdings einem Erwachsenen überlassen. Sie selbst könnten womöglich den wertvollen Pelz mit ihren Messern verletzen und der Transport des toten Raubtiers war auch viel zu schwer für sie.

»Wir rennen so schnell wie möglich ins Dorf zurück und alarmieren die Männer, damit sie kommen und das Weitere veranlassen.«

Jens' Vorschlag fand Karels Zustimmung; von Trina war nichts mehr zu sehen und zu hören. Das Mädchen war allein zurückgelaufen – etwas, das ihr streng verboten war –, um sich bei Birte auszuweinen über die Grausamkeit der Knaben. Als Jens Anstalten machte, ihr sofort hinterherzurennen, hielt Karel ihn zurück.

»So können wir den Bären nicht liegen lassen, Jens! Andere Bären oder Wölfe und Füchse könnten das Aas riechen, herbeilaufen und uns die Beute wegschnappen. Zumindest wäre dann das Fell ruiniert.«

»Natürlich! Du hast recht. Wie blöd von mir! Wir sollten den Kadaver mit Steinen zudecken, damit der Blutgeruch nicht in die Umgebung zieht und weiteres Viehzeug anlockt!«

Gemeinsam erledigten die Freunde die schweißtreibende Arbeit, ehe auch sie den Weg ins Dorf antraten.

ZWEIUNDZWANZIG

Die nächsten Tage boten nur noch wenige Stunden Helligkeit. Es war kalt, aber noch war kein Schnee gefallen. Mikel und Birte nützten die Zeit aus, um, dick eingepackt in Mänteln und Tüchern, die nähere Umgebung zu erkunden. Sie war felsig und kahl und mit Überraschungen war kaum zu rechnen, bis auf die immer wiederkehrenden fantastischen Ausblicke auf das Meer.

Über einen durch Moosbewuchs schlüpfrigen Pfad gelangten Mikel Frödesen und seine Frau auf eine weitere kleine Anhöhe, die zu ihrem Erstaunen einen Friedhof beherbergte, bestückt mit in der Mehrzahl alten, aber auch einigen neueren Gräbern. Viele verfügten über einfache Steinkreuze. Laut überlegte Birte, wer hier wohl alles ruhen mochte bis zum Jüngsten Tag.

»Lass uns ein Gebet sprechen für die Toten«, sagte Birtes Ehemann, indem er seine Mütze abnahm und die Hände faltete. Beide verharrten eine Weile vor den äußerst schlichten Grabstellen, von denen sich die meisten in sehr schlechtem Zustand befanden. Den natürlichen Gegebenheiten entsprechend, handelte es sich um mit Felsbrocken und kleineren Steinen bedeckte, flache Gruben, in die man die Leichen versenkt hatte.

Im Laufe der Zeit hatten allerdings schwere Stürme einen Teil der Gräberabdeckungen entfernt; an etlichen Stellen waren die Körper der Verstorbenen teilweise sichtbar. Bei manchen waren die Leinensäcke oder die Hüllen aus Büffelhaut zerrissen und sie konnten die blanken Gerippe erkennen – manche mit deutlich sichtbaren Anzeichen von Tierverbiss. Auf Särge hatte man offenbar verzichtet aus Mangel an geeignetem Holz. Das wenige verbrauchten die Lebenden für Hausbau und Feuerung.

Birte schauderte und auch Mikel fühlte sich reichlich unwohl. Erkennbar kümmerte sich niemand mehr um die schlichten Gräber. Man schien weitgehend auf hölzerne Grabkreuze verzichtet zu haben. Die paar, von denen noch Spuren vorhanden waren, lagen verstreut in kleinen Stücken oder Spänen zwischen den einzelnen Grabstellen. »Das bleibt also übrig von jemandem, der das Pech hat, hier sein Leben auszuhauchen«, murmelte Birte betroffen.

Sie und ihr Ehemann gedachten der heimischen Friedhöfe, auf denen man zu Ehren der Verstorbenen Grabsteine aus Granit oder Sandstein aufstellte, mit sorgfältig eingravierten Namen, den Daten des Toten, oft mit einem Gebet oder einem Bibelspruch, mit Blumenverzierungen und meist noch der Berufsbezeichnung des Betreffenden. Bedeutende Seefahrer und Kapitäne ließen ihre Stelen nicht selten mit Abbildungen jener Segelschiffe schmücken, die sie einst befehligt hatten.

»Umso wichtiger ist es für uns, so schnell wie möglich den Heimweg anzutreten!«

Birte war froh, dass Mikel sie in diesem Fall rückhaltlos unterstützte. Auch der kleine Friedhof, den die Indianer unmittelbar hinter ihrem winzigen Gotteshaus angelegt hatten, zeigte nach europäischen Maßstäben Anzeichen einer gewissen Verwahrlosung. Es war deutlich zu sehen, dass der Totenkult der Einheimischen bis vor Kurzem ein ganz anderer gewesen sein musste.

Winterruhe war eingekehrt im Dorf der Huronen. Obwohl immer noch kaum Schnee lag, war es bitter kalt und man nutzte nur die wenigen hellen Stunden eines arktischen Wintertages, um wirklich Unumgängliches wie etwa das Wasserholen aus dem dorfeigenen Bach zu erledigen.

Meist kehrten die Frauen mit Kübeln voller Eisbrocken nach Hause, die erst in der Wärme der Hütten auftauten. Zum Glück hatten alle vorgesorgt und die Vorräte an Brennholz, gepökeltem Fleisch, geräuchertem Fisch und Maismehl würden mit Sicherheit bis zum Frühjahr reichen.

So hoffte man zumindest bei den Friesen, die allmählich leise daran zweifelten. Mittlerweile war alles Land so dick vereist, dass ihnen der Glaube daran schwerfiel, das werde sich in absehbarer Zeit ändern.

Ohne dreifach übereinandergezogene Kleidung und dazu noch mit Umschlagtüchern und Pelzstiefeln ausgerüstet sowie mit gefütterten Handschuhen wagte sich kein vernünftiger Mensch mehr aus der wohligen Wärme der Behausungen hinaus in die Eiseskälte. Schon nach ein paar Minuten im Freien ohne Handschuhe oder einem Schal vor dem Gesicht drohten Erfrierungen von Fingern und Nasen.

Birtes Kinder spielten mit den Indianerkindern in deren Wohnhäusern oder in Ställen, die von den Ausdünstungen der Schafe oder Ziegen gemütlich warm waren. Eines Tages zeigte Jens seinem Freund Karel seinen Tupilak in der Erwartung, den Indianerjungen gebührend zu beindrucken. Karels Reaktion indes war eine andere, als der Friesenjunge erwartet hatte. Er war geradezu entsetzt über die nachlässige Art der Aufbewahrung in der Hosentasche, zusammen mit allerlei anderem Krimskrams, den Knaben für gewöhnlich mit sich führten.

»Weißt du überhaupt, was du da hast?«, erkundigte Karel sich mit ungewohnt leiser Stimme. Das ratlose Gesicht seines Freundes sagte ihm offenbar genug. Da beugte der kleine Indianer sich vor, um Jens ins Ohr zu flüstern: »Es ist ein überaus mächtiger Zauber, der in dieser geschnitzten Figur wohnt! Er vereint drei Kräfte in sich, die, zusammengenommen, die größte Macht in sich bergen. Da ist einmal die beeindruckende Körpergröße des Walfisches, des riesigsten Tieres überhaupt. Dazu kommt die unbeschreibliche Körperkraft des Grizzlybären, des stärksten Tieres, das wir kennen – stärker noch als der Eisbär – und als Krönung vereint er in sich noch die Klugheit und die Manneskraft des Menschen, der dank seiner Schläue und seiner Zeugungskraft die ganze Erde erobert hat und sie beherrscht!«

»Ach, was du alles weißt!«, wunderte sich Jens. »Ich weiß nur, dass meine Mutter mir das Ding gekauft hat und dass man es ...«

»... Tupilak nennt«, fiel ihm Karel ins Wort. »Ab und zu kommen Eskimos mit ihren Kajaks übers Wasser, um Handel mit uns zu treiben. Bei ihnen habe ich diese Zauberamulette gesehen, die sie sich oft an einer Kette aus geflochtenem Menschenhaar um den Hals hängen. Die Männer behaupteten, durch die Kraft dieser Figuren könnten sie ihre Feinde im Zaum halten – und, falls nötig, sogar vernichten! Wenn ich dir einen guten Rat geben darf, dann lass das Ding am besten von niemand anderem sehen! Manche könnten in Versuchung geraten, die wertvolle Zauberfigur zu stehlen.«

»Wenn das stimmt, was du sagst, werde ich wohl einen würdevolleren Platz finden müssen, um das großartige Amulett aufzubewahren!« Jens betrachtete den aus Walrossbein geschnitzten Talisman auf einmal mit völlig anderen Augen. Bisher hatte er ihn eher für ein kurioses Spielzeug gehalten.

Da die Kinder anderweitig beschäftigt waren, hatten Birte und Mikel überraschend viel Zeit für sich, die sie unter anderem, nachdem sich Spaziergänge allmählich von selbst verboten, dazu nutzten, sich gegenseitig aus ihrem bisherigen Leben zu erzählen; wobei ihnen erst jetzt so richtig aufging, wie wenig sie eigentlich voneinander wussten.

Etwa, dass Birte ein Einzelkind war und ihre Mutter viel zu früh verloren hatte. Ein trauriges Schicksal, das sie mit Mikel teilte. Seine Mutter war gestorben, nachdem sie ihm das Leben geschenkt hatte. So hatte sein Vater seine drei Kinder allein aufgezogen mit Hilfe häufig wechselnder Haushälterinnen, die mit seiner schroffen Art nicht gut zurechtkamen und meist bald kündigten, sowie mit Mägden, die sich wenig um die Kinder kümmerten, sondern hauptsächlich am Vater interessiert waren, einem zwar sehr klugen, aber harten Mann, der über ein großes Vermögen verfügte. Trotz vieler Angebote, auch seriöser Art, hatte Mikels Vater nie mehr geheiratet.

»Was ist aus deinen Geschwistern geworden?«, erkundigte sich Birte, die eigentlich immer darunter gelitten hatte, keine große Familie zu haben. Immer hatte sie ihre Freundinnen, gesegnet mit Brüdern und Schwestern, glühend beneidet.

Sein älterer Bruder, ein Kaufmann, war leider seit Jahren in Persien verschollen und seine Schwester war verheiratet, wünschte sich seit Jahren vergeblich ein Kind und litt deshalb an seelischem Kummer. Sein Vater hingegen war ebenfalls lange tot und lag neben seiner Frau begraben. »Als mein Vater starb, war ich zehn Jahre alt und ein griesgrämiger Oheim übernahm es, mich zu erziehen.« Der Schmerz über seine unglücklichen Familienverhältnisse war Mikel deutlich anzumerken und Birte wechselte taktvoll das Thema.

Meist redeten sie von der *Meerjungfrau,* die ihnen künftig nach Birtes Wunsch gemeinsam zu gleichen Teilen gehören sollte. Ganz selbstverständlich gingen sie davon aus, den Segler bald wieder in ihrem eigenen Besitz zu haben. Mikel schlug Birte vor, das Schiff, sobald sie es wieder hätten, überholen zu lassen, wobei man einiges noch verbessern könnte.

»Ich kenne den Eigentümer einer Hamburger Werft, in der die Arbeiten ganz besonders sorgfältig und erstaunlich schnell vonstatten gehen. Jeweils im Herbst und Winter – ich rechne damit, dass wir über die *Meerjungfrau* im neuen Jahr wieder verfügen können – gehen diese Leute mit Feuereifer an die Sache heran. Davon habe ich mich selbst schon einige Male überzeugen können.«

»An welche Verbesserungen hast du dabei gedacht, Mikel?«, erkundigte sich Birte. Ihr lag viel daran, Eignerin eines der modernsten Walfänger zu sein, die es derzeit gab.

»Oh, da gäbe es schon noch eine ganze Reihe möglicher kleiner Schikanen, welche die ständig sich verbessernde Schiffsbautechnik kennt, Liebste! Ein etwas größeres Ruderhaus könnte beispielsweise nicht schaden.«

»Es würde mich freuen, falls du das in die Hand nähmest, Schatz!« Birte war bereits restlos von Mikels Begeisterung angesteckt. »Besser kann man derzeit sein Geld wohl kaum anlegen. Denk immer daran, dass du bei den Kosten nicht sparen musst! Aus meinem Erbe ist noch genügend vorhanden. Wenn ich an Bord bin, lege ich auch Wert darauf, alle möglichen Annehmlichkeiten zu genießen!«

Im Stillen wunderte sich der Kapitän über den erstaunlichen Meinungsumschwung seiner Frau. Hatte es gelegentlich schon so ausgesehen, als plane Birte ernsthaft den Verkauf des Seglers, da sie den Walfang verabscheute, so klang das eben doch ganz anders. Ihm sollte es recht sein. Offenbar trug sie sich sogar mit dem Gedanken, irgendwann selbst wieder mitzufahren.

»Ich habe bereits Überlegungen angestellt, wen ich beim nächsten Törn, den ich gerne zu den Walfanggründen nach Spitzbergen machen würde, zu meinem Stellvertreter und Ersten Offizier ernennen würde«, verriet Mikel.

»Ich denke da an einen weißbärtigen dänischen Riesen mit Namen Johann Brevensen. Ich habe ihn vor einer Reihe von Jahren als *Commandeur* der *Stella Maris* kennen gelernt, als er mich von der kargen Insel Jan Mayen nach Grönland mitgenommen hat. Aber das ist eine ganz eigene Geschichte, die ich dir bei Gelegenheit noch erzählen werde. Ich sage nur so viel, dass ich Brevensen als aufrechten, verlässlichen Seemann kennengelernt habe!«

Birte wollte natürlich Näheres über den Seemann wissen, den ihr Mann auf ihr Schiff verpflichten wollte. Mikel lobte den alten Seebären über den grünen Klee, der aufgrund seines Alters zwar keine Commandeursstelle mehr anstrebe, sich andererseits aber noch zu jung fürs Altenteil fühle.

»Wir haben uns von Anfang an, trotz des erheblichen Altersunterschieds, ausgezeichnet verstanden. Ich bin überzeugt, Johann Brevensen, der alte Wikinger, wird Feuer und Flamme sein, sobald ich ihm den Vorschlag unterbreite. Im Übrigen hat er auf Föhr einen guten Freund, nämlich den Pastor des Friesendoms, Sankt Johannis, den er einst als jungen Mann in Frankreich kennengelernt hat!«

»Ach was? Pastor Brarens ist in Frankreich gewesen, davon wusste ich ja gar nichts! Aber mein Vater, der ihn auch zu seinen Freunden zählt, wird wohl darüber Bescheid wissen!«

Auf einmal war das Heimweh wieder da und Birte fühlte, wie es brannte und an ihrem Herzen nagte.

»Wenn doch nur der Winter schon vorbei und es Frühling wäre!«, seufzte sie und lehnte ihren Kopf an Mikels Schulter.

Eigentlich schämte sie sich ihrer Schwäche ein bisschen. Sie hatte doch das große Glück, gesunde Kinder und seit Neuestem einen liebevollen und aufmerksamen Ehemann zu besitzen. Sie hatte ein Dach über dem Kopf und musste keinen Mangel leiden, weder an Nahrung noch an Wärme – und an Liebe am allerwenigsten.

Dankbar hätte sie zu sein und zufrieden mit ihrem Leben, wie es war, überlegte sie reuevoll. Und was tat sie stattdessen? Jammern und nörgeln! Eigentlich verdiente sie das alles gar nicht. Wenn sie so weitermachte, würde der Herr sie strafen, um ihr zu zeigen, wie es ist, tatsächlich Grund zur Unzufriedenheit zu haben. Sie war sich sicher, ihr Vater wäre sehr ärgerlich über sie.

Sie nahm sich vor, ihr weiteres unbekanntes Schicksal in der nordamerikanischen Eiswüste klaglos anzunehmen, wie die anderen es auch taten. Es hätte um vieles schlimmer sein können.

*

Während der langen dunklen Winterwochen, die man mehr oder weniger im Haus eingesperrt war, blieb es auch nicht aus, dass Birte von ihrer eigenen Zukunft träumte.

Der Hof auf Hooge wartete auf seine Herrin, obwohl Birte davon ausging, ihr Vater und ihre jütischen Knechte würden den Betrieb schon am Laufen halten. Dennoch war es wichtig, auch den Mägden, die leider zur Eigenmächtigkeit neigten, zu zeigen, wer auf dem Hof das Sagen hatte.

Birte schmunzelte. Das galt auch für Gondel, ihre alte treue Dienstmagd, die mittlerweile von allen schweren Arbeiten auf dem Feld befreit war und sich auch nicht mehr ums Schollen*pricken* kümmern musste. Im Augenblick umsorgte sie wohl ihren Vater, den von ihr so verehrten Herrn Pastor.

Beim Schollenfang standen die Frauen stundenlang samt ihren langen Röcken im seichten eiskalten Uferwasser, um mit Prickern, langen Stäben, die vorne mit einem spitzen Dorn versehen waren, nach den begehrten Plattfischen zu stechen, die sie reihenweise aufspießten.

Wie viele Weiber hatten sich dabei den Unterleib verkühlt oder ein Blasenleiden zugezogen, überlegte Birte. Wie oft hatte sie angeregt, die langen Kleider wenigstens bis übers Knie hinauf zu schürzen. Aber nein! Die angebliche Schamhaftigkeit verbot ihnen das, obwohl es weit und breit keine Kerle gab, die sie beobachten konnten! Die jungen waren auf See und die alten hatten vermutlich anderes im Sinn.

Zu ihrem eigenen Erstaunen wälzte Birte den Gedanken in ihrem Kopf herum, in ein paar Jahren durchaus wieder mit aufs Schiff zu gehen – obwohl sie das Abschlachten der Wale doch so sehr verabscheute. Als sie zum ersten Mal mit Mikel darüber sprach, war auch er erstaunt.

»Ich muss ja nicht zusehen, wie deine Männer die Tiere töten«, meinte sie. »Ich stelle mir allerdings vor, das nächste Mal als richtige Schiffsmedica, als offizielle *Meisterin* mitzusegeln!«

Mikel war nicht nur einverstanden mit ihrem Ansinnen, sondern geradezu begeistert über den Einfall, den er von ganzem Herzen begrüßte. So müsste er sich von seiner jungen Ehefrau nicht mehr für lange Zeit trennen.

»Das sage ich nicht nur, weil du das Schiff finanziert hast; deine Erfolge auf medizinischem Gebiet sind unbestritten. Davon konnte ich mich schon mehrmals überzeugen. Die Seeleute, die von dir versorgt werden, können sich glücklich schätzen. Das behaupte ich auch nicht, weil du meine Frau bist, sondern dein Ruf als Heilerin hat längst die Enge deiner *Hallig* überwunden und ist auf dem Festland sogar bis nach Bremen und Hamburg gedrungen. Ehe ich dich das erste Mal im Hafen von Amsterdam gesehen habe, wusste ich bereits, dass du es verstehst, Kranke zu heilen. Die Seeleute auf der *Meerjungfrau* haben es mir auch bestätigt, ehe es zu der schrecklichen Seuche kam, die sie hinwegraffte und gegen die kein Kraut gewachsen war, und lange bevor Ocke Japsen die Führung des Schiffes an sich gerissen hat!«

»Übertreibe nicht, mein Liebster!« Birte schmiegte sich zärtlich an ihren Mann; aber sie war doch sehr angetan von den Lobsprüchen, die sie von ihm zu hören bekam.

»Du bist jung, stark und gesund, Birte. Du kennst dich jetzt ziemlich gut aus mit der christlichen Seefahrt, wirst selbst nicht seekrank und bist eine gefühlvolle Medica – nicht so ein pfuschender Raubauz, wie ich ihn vor Jahren einmal an Bord erdulden musste. Vermutlich glaubte der Bursche, Ochsen anstatt Menschen als Patienten vor sich zu haben.«

Noch im Nachhinein verzog Mikel unwillig das Gesicht.

»Und außerdem, geliebte Frau: Nicht zuletzt bietest du einen ausgesprochen erfreulichen Anblick – geeignet, jeden kranken Seemann schnell wieder gesund werden zu lassen. Richtig eifersüchtig könnte man werden!«

»Nun ist es aber gut!« Scherzhaft drohte Birte ihrem Mann. »Warte nur, bis ich dich mal als Patienten zwischen die Finger bekomme, alter Schmeichler!«

Das Einzige, was Birte Kummer bereitete, war die Tatsache, sich dann für eine gewisse Zeit von ihren Kindern trennen zu müssen. Sie erneut auf See mitzunehmen, verbot sich von selbst. Jens musste unbedingt bei seinem Großvater einen geregelten Unterricht erhalten und Catrina hatte schon oft betont, dass sie auf jeden Fall bei ihrem Bruder bleiben wolle, um ebenfalls klug zu werden.

Was ihre Tochter später mit ihrer Klugheit anstellen wollte, davon hatte Birte keine Ahnung. Aber sie würde Catrina niemals im Weg stehen, wenn es diese danach gelüstete, etwas mehr zu lernen, als gerade mal die Bibel lesen zu können und einen einigermaßen vernünftigen Brief zu verfassen. Nach ihrer und ihres Vaters Überzeugung konnten Mädchen genauso viel lernen wie Knaben, sofern man es ihnen gestattete. Eine Ansicht, die jedoch nur die wenigsten Leute teilten.

Ihrer eigenen Mutter Ingken hatte der Pastor erst nach der Hochzeit Lesen, Schreiben und Rechnen beigebracht und ihr darüber hinaus mit verschiedenen Landkarten zu einem Begriff von der Größe und Mannigfaltigkeit der Erde verholfen. Sogar in Latein und Geschichte hatte er seiner gescheiten Frau Unterricht erteilt. Letzteres hatte er aber nur im Geheimen getan und Ingken gebeten, darüber Stillschweigen zu bewahren. Er befürchtete wohl, sein Tun käme bei seinen geistlichen Vorgesetzten nicht gut an.

Dass sie sich um den Hof und die fälligen Arbeiten keine Sorgen zu machen brauchte, selbst wenn sie erneut für ein halbes Jahr der *Hallig* Ade sagen würde, davon war Birte überzeugt. Ihr Vater hätte wiederum ganz selbstverständlich ein scharfes Auge auf ihr Eigentum, und ihre Knechte aus Jütland garantierten ihr, dass bei ihrer Rückkunft alles zum Besten stünde.

Wie hatte sich Knut doch ausgedrückt, als sie im zeitigen Frühjahr die *Hallig* verlassen hatte? »Macht Euch keine Gedanken, Frau! Ich, Jon, unsere Weiber und die übrigen Knechte und Mägde werden alles tun, was in eines Menschen Macht steht, damit jedes Ding aus Eurem Eigentum seine Ordnung hat. Mit Gottes Hilfe wird auf dem Hof der Walfängerbraut alles blühen und gedeihen. Das schwöre ich beim Leben meiner Kinder!« Mittlerweile waren es immerhin schon drei gewesen.

Mit Rührung erinnerte sich Birte: Zur Bekräftigung seines Schwurs hatte Knut seine schwielige Pranke auf seine breite Brust gelegt, auf eine speckige Stelle seiner Schafwolljoppe, wo er anscheinend den Sitz seines Herzens vermutete. Birte war versucht gewesen, ihn zu korrigieren, indem sie Knuts Hand ein Stück weiter nach oben und mehr nach links verschob. Aber das hatte sie dann doch lieber sein lassen – diese Äußerlichkeit hatte ja nun wahrlich keine Rolle gespielt.

Birte selbst zweifelte keinen Augenblick daran, dass es ihr mit Leichtigkeit gelänge, Ocke Japsen, den ehemaligen *Harpunier* von der *Hallig* Oland und derzeit rechtswidrig Herr auf ihrem Schiff, vor ein ordentliches Seemannsgericht in die Knie zu zwingen.

DREIUNDZWANZIG

Mittlerweile hielten es die Ratsmänner auf der Insel Föhr, angeführt von den drei Inselpastoren, für richtig und notwendig, Nachrichten, die sich mit dem Nordischen Krieg befassten, nicht mehr länger als Herrschaftswissen Weniger zu behandeln, sondern sie mit allen Insulanern zu teilen, die sich dafür interessierten.

Unter anderem beschlossen sie etwa, sich einmal im Monat in Nieblum im Friesendom zu treffen, wo Pastor Lorenz Brarens außerhalb der Gottesdienste seinem Kirchenvolk etwaige Neuigkeiten verkünden wollte. Jeder, der vom Festland zurückkehrte und etwas zum allgemeinen Wissensstand beizutragen vermochte, sollte vorher seine Nachrichten dem Pastor mitteilen, damit er sie in seine Rede einflechten konnte.

Er selbst versprach, sämtliche Stellen der Briefe, die ihn vom Hof in Gottorf von einer Hofdame oder von seinem Freund Leibniz erreichten, der Allgemeinheit vorzulesen, soweit sie die politische Lage beträfen.

Die beiden anderen Geistlichen von Sankt Nicolai und von Sankt Laurentii hatten gelobt, sich genauso zu verhalten und die Gläubigen einmal monatlich zu einer Zusammenkunft in ihren Gotteshäusern einzuladen. Mit dem Ergebnis, dass ihre Kirchen selten so voll waren wie im Sommer und Herbst 1709.

Auch Pastor Peter Knudtsen hatte sich an diesem Tag unter die Zuhörer gemischt. Er wollte nicht erst auf einen Brief aus Nieblum warten, um Neues zu erfahren, und ließ sich von Jon von der *Hallig* aus hinüber nach Föhr rudern.

Wieder einmal fiel ihm die positive Ausstrahlung des Mannes auf, den zu seinen Freunden zählen zu dürfen ihn unsagbar stolz und glücklich machte und wofür er dem Herrgott jeden Tag aufs Neue dankte.

Weil es sich nicht um eine Predigt handelte, stand Lorenz Brarens auch nicht auf der Kanzel in Talar und Beffchen, sondern hatte sich, gekleidet wie ein einfacher Bauer, vor dem Altar in der Nähe des uralten steinernen Taufbeckens platziert, wo die Zuhörer ihn auch alle gut verstehen konnten.

Alle lauschten aufmerksam der gut geschulten sonoren Predigerstimme des mittlerweile weißhaarigen Geistlichen. Er zitierte aus einem Schreiben seiner adligen Brieffreundin Alma von Roedingsfeld.

Selbst nach dem Tod seiner geliebten Schwester Hedwig Sophie, deren klugen Rat er angeblich stets überaus geschätzt habe, sieht der Schwedenkönig Karl keinen Sinn in Friedensverhandlungen mit Russland. Warum auch? Immerhin steht er – vermeintlich – auf dem Höhepunkt seines Erfolges. Europa liegt Schweden im Augenblick zu Füßen, seine ausgezeichnet ausgebildete und weithin als unüberwindbar geltende Armee ist jederzeit einsatzbereit. Jetzt kann er seiner Meinung nach alles mit einem einzigen sauberen Schwertstreich entscheiden! Wobei es freilich nicht risikolos ist, Hunderte von Meilen tief nach Russland hinein zu marschieren, aber die zu erwartende Belohnung scheint es ihm allemal wert zu sein. Er, Karl XII., König von Schweden, wird im Kreml dem Zaren einen Friedensvertrag aufzwingen, der Generationen überdauern wird. Davon träumt König Karl schon lange. Wer weiß, womöglich sind die Gefahren auch gar nicht so groß, wie man allenthalben orakelt? Immerhin hält man in ganz Westeuropa die Russen für miserable Soldaten. Die Niederlage bei Narwa scheint dies doch bewiesen zu haben. Und keiner der späteren Erfolge des Zaren im Osten hat den Eindruck zu verwischen vermocht, die Russen seien bloß ein zusammengewürfelter Haufen, unfähig, gegen eine disziplinierte westliche Armee zu siegen.

Pastor Brarens legte eine kleine Pause ein, sodass das Vorgetragene Zeit hatte, sich in den Köpfen der Zuhörer zu verankern. Dann fuhr er fort und verschiedentlich waren Seufzer der Nieblumer zu vernehmen. Dass Karl XII. sich wie eine Art Kreuzritter fühlte, war kein Geheimnis.

Einer friedlichen Einigung noch viel mehr im Wege steht aber der geradezu messianische Eifer im Wesen des schwedischen Königs. Nach Karls Meinung muss Peter bestraft werden, ebenso wie August der Starke. »Dieser Zar muss herunter vom Thron! Polen und Schweden, ja, der gesamte Norden Europas werden niemals Ruhe finden, solange man diesen Zaren zum Nachbarn hat, der grundlos einen Krieg beginnt. Ich muss in Russland einmarschieren und werde ihn absetzen!« Das hat Karl dem Polenkönig Stanislaus mitgeteilt, als der auf Frieden drängte, weil die Bevölkerung seines Landes schon genug durch den Krieg gelitten habe. Des Weiteren lässt der schwedische Monarch verlauten, er werde in Moskau die frühere Regierung wiedereinsetzen und sämtliche Reformen und vor allem das neue russische Heer wieder abschaffen, denn es gelte, »die Macht Russlands, die durch die Einführung militärischer Zucht so groß geworden ist, zu brechen und zu zerstören.«

Unwilliges Gemurmel machte sich in der Menge der Zuhörer breit, aber Pastor Brarens beachtete es nicht weiter.

Womit der König allerdings offen zugibt, die Schlagkraft russischer Truppen keineswegs als gering einzustufen, obwohl er doch nicht müde wird, den Mut und die Kampfstärke russischer Soldaten herabzusetzen. In Wahrheit – und im Widerspruch zu gegenteiligen Beteuerungen – weiß Karl von Beginn an, dass ein Feldzug gegen das russische Reich keineswegs ein Spaziergang sein wird. Gewaltige Entfernungen sind in dem riesigen Land zu bewältigen. Ausgedehnte Wälder müssen durchschritten werden und eine große Anzahl breiter Flüsse werden seine Männer zu überqueren haben.

Der Geistliche faltete das Schreiben der Hofdame wieder zusammen und steckte es zurück in eine Mappe, worin er sämtliche Briefschaften sammelte, soweit sie sich mit dem Nordischen Krieg befassten.

Gemurmel und Raunen stiegen zum gotischen Gewölbe der Sankt-Johannis-Kirche auf, aber die meisten verharrten stumm. Das Gehörte musste erst einmal verdaut werden.

»Liebe Gemeinde, ich kann euch noch eine weitere Mitteilung zu Gehör bringen, dessen Verfasser jedoch nicht namentlich genannt werden möchte, für dessen außerordentliche Lauterkeit und Verlässlichkeit ich mich jedoch persönlich verbürge.«

Birtes Vater verspürte beinah körperlich die sich erneut ausbreitende Anspannung der Gemeindemitglieder. Mittlerweile gab es auf der ganzen Insel nur noch wenige, die nicht ernsthaft besorgt waren.

Die Zeiten des sorglosen Desinteresses und der naiven Annahme, einen selbst werde es schon nicht treffen, waren definitiv vorbei. Die meisten der Anwesenden hatten zumindest einen jungen Mann in der Familie, den es direkt beträfe, falls es darum ginge, Soldaten für diesen elenden Krieg zu rekrutieren, den hier niemand wollte.

Herren vom Schlage eines Karls XII. wären wohl kaum geneigt, Ausreden gelten zu lassen wie etwa das gewichtige Argument, man müsse zur See fahren, um Wale oder Fische zu fangen, um die daheim lebenden Frauen und Kinder zu versorgen.

Vorne vor dem Altar entfaltete und glättete der Geistliche ein weiteres Blatt Papier. Auch Peter Knudtsen setzte sich unwillkürlich kerzengerade auf der Kirchenbank hin, um besser folgen zu können.

Neuigkeiten vom großen Denker Leibniz, dem Freund seines Freundes, waren es allemal wert, genauestens verfolgt zu werden. Für den Pfarrer aus Hooge bestand nicht der geringste Zweifel darüber, wer sich hinter dem geheimnisvollen Berichterstatter verbarg, der anonym zu bleiben wünschte. Seine Ausführungen schienen nahtlos in das Schreiben der Hofdame überzugehen.

Vor allem die Nord-Süd-Hindernisse der mächtigen Ströme werden den schwedischen Invasoren im Wege sein. Weichsel, Memel, Dnjepr und die Beresina meine ich. Aus gut unterrichteter Quelle wurde mir berichtet, dass Karl nächtelang mit seinen militärischen Beratern über polnischen Karten und einer ganz neu erstellten russischen Landkarte brütete, einem Geschenk Augusts des Starken von Sachsen. Angeblich waren die Beratungen dieser Herren so geheim, dass nicht einmal Gyllenkrook, Karls Generalquartiermeister, genau Bescheid wusste, für welche Route man sich letztendlich entschieden hat. Es gab nur zwei Möglichkeiten. Eine bestand darin, ins Baltikum einzumarschieren und die schwedischen Provinzen von der russischen Besatzung zu befreien. Eine Aktion, die Herzogin Hedwig Sophie ihrem Bruder schon vor Jahren eindringlich ans Herz gelegt hat, als es noch um ein Vielfaches einfacher gewesen wäre, und noch ehe Land und Bevölkerung gänzlich ausgesaugt und zerstört waren. Die Provinzen haben nämlich in den bisherigen sieben Jahren Krieg entsetzlich gelitten; Höfe wurden niedergebrannt, Felder verwüstet und Städte durch Gräueltaten feindlicher Soldaten und vom Kriegsvolk eingeschleppte Seuchen nahezu entvölkert. Sollten diese Landstriche erneut zum Schlachtfeld werden, bliebe dieses Mal buchstäblich nichts mehr von ihnen übrig. Bei einem Sieg Karls wäre das Baltikum befreit, die von Russland den Schweden zugefügte Beleidigung gesühnt, die neue Stadt Petersburg samt Hafen in schwedischer Hand – und die Russen wären vom Meer verdrängt. Alles in allem ein schwerer Schlag für Peter, ein Ende des bereits sieben Jahre währenden Krieges, Frieden für die notleidende Bevölkerung und Schluss mit der Bedrohung für friedliebende Friesen, die sich, wie du mir wiederholt geschrieben hast, nichts mehr wünschen als in Ruhe und ohne Angst ihrem maritimen Gewerbe nachgehen zu können.

Im Folgenden erhob der Pastor seine Stimme noch mehr.

Dennoch rang Karl sich zu folgender Erkenntnis durch: Es sollte die Fahne Schwedens auch über der Peter-und-Pauls-Festung wehen. Noch immer befinde der Zar sich in Moskau. Früher oder später würde er wiederum seine ruchlose Hand nach dem Meer ausstrecken. Angeblich schweren Herzens verwarf demnach Karl XII. den Marsch ins Baltikum, der ihm höchstens einen kleinen Eintrag im Buch der Geschichte einbringen würde, zugunsten eines weit kühneren Vorhabens, welches es ihm gestatten sollte, aller Welt seine Fähigkeiten als genialer Feldherr vor Augen zu führen: Er würde den direkten Vorstoß wagen, mitten hinein ins innerste Herz Russlands! Nur wenn schwedische Truppen ins Innere des Kremls marschierten und den Zaren beseitigten, bedeutete dies nach Karls Meinung Ruhm und Ehre für Schweden und einen dauerhaften Frieden.

Auch dieses Schreiben, dessen Inhalt die Anwesenden fast noch stärker beeindruckte als das erste, faltete der Nieblumer Geistliche sorgsam zusammen, während sich die Angst unter den Menschen fast körperlich spürbar weiter ausbreitete.

Pastor Knudtsen war niedergedrückt; fast war er geneigt, sich die baldige Rückkehr von Tochter und Enkeln nicht zu wünschen, trotz seiner Sehnsucht, besonders nach den Kindern.

In Grönland, Island oder wo auch immer fände sich bestimmt ein Platz, wo man gut leben konnte, überlegte er. Oder gar in Nordamerika, das nach Meinung vieler ein Land des Friedens sein sollte. Nicht umsonst hatte gerade dieser Kontinent ganze Scharen an Auswanderern angezogen, die sich in der Neuen Welt eine Existenz aufbauten, fernab von Glaubens- und Gewissensdruck.

Zum Abschluss meldete sich noch ein Wyker Kaufmann zu Wort, der in Dresden Geschäfte gemacht und erst kürzlich vom Festland herübergekommen war. Nach seinen Worten strömten in Sachsen viele deutsche Protestanten zusammen, um sich dem schwedischen Heer anzuschließen.

Protestanten, die aus Dankbarkeit einen ebenfalls protestantischen König unterstützen wollten, der immerhin dafür gesorgt hatte, dass sie ihre Gotteshäuser wieder öffnen und ihre Andachten abhalten durften, sammelten sich angeblich in solchen Scharen bei den Rekrutierungsstellen, dass die schwedischen Offiziere es sich der riesigen Auswahl wegen leisten konnten, nur die Gesündesten und Allertauglichsten einzuziehen.

Außerdem wollte der Kaufmann erfahren haben, die schwedische Armee, die bei ihrer Ankunft in Sachsen lediglich neunzehntausend Mann gezählt habe, sei durch die enorme Welle von Freiwilligen mittlerweile auf zweiunddreißigtausend Soldaten angewachsen.

Addiere man die neuen Rekruten aus Schwedisch-Pommern noch hinzu, ferner die neu angeworbenen deutschen Dragoner – die in Wahrheit berittene Infanteristen seien, die sowohl zu Pferd wie zu Fuß zu kämpfen verstünden – ferner die Hunderte von Offiziersburschen, Fuhrleuten und Pferdeknechten, die Geistlichen, Chirurgen und übrigen zivilen Angehörigen der Streitmacht, und zähle man gar noch die sechsundzwanzigtausend Kämpfer dazu, die in Finnland und Litauen auf ihren Einsatz warteten, komme man auf beinahe siebzigtausend Mann, die König Karl gegen Zar Peter zur Verfügung stünden!

Um noch ein Übriges zu tun, habe Karl für die ganze Armee eine neue Bewaffnung angeordnet. Er führe den »Karl-XII.-Degen« ein, eine spitzere und leichtere Waffe, die den schweren und ziemlich unhandlichen Säbel aus den Zeiten seines Vaters ersetzen sollte. Außerdem erhielten die meisten Bataillone nun neben den modernen Steinschlossmusketen neue Steinschlosspistolen. Aber das Hauptgewicht bilde angeblich wie eh und je bei der schwedischen Armee der Angriff mit der blanken Hieb- und Stichwaffe.

Eine ganze Weile noch diskutierten die Menschen in der Kirche. Viel Neues gab es allerdings nicht mehr dazu zu sagen – das Gehörte sprach ja für sich. Nach einem gemeinsam gesprochenen Gebet entließ der Nieblumer Pfarrer seine Gemeindemitglieder, nicht ohne allen noch ein aufmunterndes Wort mit auf den Heimweg zu geben. »Trotz allem, meine lieben Brüder und Schwestern, zum Verzweifeln besteht kein Anlass: Der Herr lässt die Seinen nicht verderben!«

Manch einer, der sowieso schon mit Zweifeln über die Güte des Herrn behaftet war, mochte bei seinen Worten eher ein wenig Zorn in sich aufsteigen spüren. Weshalb ließ der barmherzige Gott es überhaupt zu, dass eine Handvoll Männer, die der pure Zufall auf einen Thron gesetzt hatte, sich solche Ungeheuerlichkeiten herausnehmen durften? Hatte Gott nicht alle Menschen gleich erschaffen, nach seinem Bild und Gleichnis, mit gleichen Pflichten und Rechten? Wobei Letztere nach ihrem Verständnis auch das Recht auf menschenwürdiges Leben und Gesundheit umfassten? Wer durfte sie dazu anstacheln, andere Ebenbilder Gottes anzugreifen, zu verstümmeln oder gar umzubringen? Wer besaß überhaupt das Recht, seine Untertanen zu Mördern zu machen – oder zu Opfern?

Dieses Mal würde der Pfarrer seinen Heimweg nach Hooge mit einem Gefühl von Bitterkeit und Sorge antreten. Erstere erfüllte sein Herz, sobald er an den König von Schweden dachte, der seinem Anspruch, Alexander dem Großen oder Cäsar ebenbürtig zu sein, bedenkenlos Menschenleben opferte. Die Sorge war seiner Angst geschuldet, dass der Moloch Krieg auch seine kleine Welt der *Halligen* und Inseln verschlänge und ihm womöglich den einzigen Enkelsohn nähme, falls er sich noch jahrelang hinzöge. Noch weitere sieben Jahre und Jens wäre fünfzehn – gerade das richtige Alter, um als Kanonenfutter zu den Waffen gerufen zu werden.

Während sein Knecht ihn im Boot nach Hause ruderte, sprach Pastor Knudtsen entgegen seiner gewohnten leutseligen Art kein einziges Wort; zu aufgewühlt war er noch. Als Erstes wollte er seine Kirche aufsuchen und im Gebet Trost und Hilfe suchen sowie Erleuchtung für die vor ihm liegende Aufgabe, seine Schäfchen mit den drohenden Gefahren vertraut zu machen.

Auch auf Hooge huldigten im Allgemeinen die Menschen aus Bequemlichkeit dem Motto: Uns wird es schon nicht treffen! Falls das Unglück doch komme, brauchten sie nur den Kopf einzuziehen, bis der Sturm vorübergezogen sei.

Peter Knudtsen seufzte, während er die Kirchentür hinter sich zuzog und im abendlichen Dämmerschein nach vorne zum Altar schritt.

VIERUNDZWANZIG

Eigentlich war an ihrem derzeitigen Leben bei den friedlichen Ureinwohnern nichts auszusetzen. Alles in allem hatten die ohne den geringsten Besitz außer ihrem nackten Leben ausgesetzten Europäer noch riesiges Glück im Unglück gehabt.

Jeden Tag sagte Birte sich das aufs Neue vor. Und zwar immer dann, wenn die Schwermut sie wegen der monatelang andauernden Finsternis zu überwältigen drohte oder ihr die Ungeduld zu schaffen machte, die sie kaum noch bändigen konnte, so sehr drängte es sie nach Hause. Mittlerweile war ihr gleichgültig, was manche Hoogener über sie behaupteten. Im Gegenteil!

Zur Wehr setzen würde sie sich, dachte sie. Wer war sie denn, dass sie es klaglos duldete, wie man sie grundlos schlecht machte? Schluss mit dem stillen Ertragen von Lügen und Gemeinheiten! Jeden einzelnen, der es künftig wagen würde, sie auch nur schief anzuschauen, würde sie sich vorknöpfen. Und das nicht im Geheimen, sondern laut und deutlich am Sonntag in der Kirche, noch vor der Predigt. Dann sollte derjenige, der feige hinter ihrem Rücken Unwahrheiten verbreitete und mit dem Finger auf sie deutete, eines anderen belehrt werden. Und zwar jeder, der glaubte, auf den Splitter in ihrem Auge hinweisen zu müssen, während er den Balken im eigenen übersah. Künftig würde jeder, der ihr Schlechtes nachsagen wollte, sofort den Beweis dafür antreten müssen. Andernfalls würde sie vor Gericht gehen und sich ihr Recht von den Richtern verschaffen lassen!

Dass sie viel zu zögerlich gewesen und gottergeben auf die Einsicht der Leute gewartet hatte, bestätigte ihr mittlerweile auch ihr Ehemann, den sie im Laufe der Zeit eingeweiht hatte.

Jetzt verstand Mikel auch, warum sie mit ihren Kindern das Risiko eingegangen war, einen Walfängertörn mitzumachen.

»In Zukunft bin ich an deiner Seite, Schatz. Sei versichert, niemand wird es mehr wagen, dich zu beleidigen, wenn er nicht riskieren will, von mir gehörig eins aufs Maul zu kriegen!«

In der dunklen und eiskalten Jahreszeit schliefen Indianer und Weiße um einiges mehr als in der hellen Jahreszeit. Das hatte immerhin den Vorteil, dass man Feuerholz sparte; auch die Mahlzeiten fielen deshalb bedeutend karger aus.

Birte staunte, wie sehr Jens in diesem Winter in die Höhe schoss. Mit seinen gerade einmal acht Jahren überragte er inzwischen zwölf- und dreizehnjährige Indianerjungen. Indessen blieb die sechs Jahre alte Catrina vorläufig noch ein kleines zierliches Püppchen von Gestalt, wenn auch mit einem hellwachen Geist. Für Birte schien ihre Tochter seit dem Verlassen von Hooge nur unwesentlich an Körpergröße gewonnen zu haben.

An Verstand und Seelenstärke hatten beide Kinder enorm zugelegt. Pastor Hauke Bohsen pflegte es folgendermaßen auszudrücken: »Veranlasst durch die Erfahrung eines rauen Törns, des primitiven Lebensstils an Bord, der direkten Beobachtung des Waleschlachtens, des Todes vieler Seeleute durch eine tödliche Seuche sowie einer Meuterei mitsamt den ausgestandenen Ängsten, verursacht durch Gefangennahme und Aussetzung auf einem von Gott verlassenem Erdenfleck, sind diese Kinder weit über ihr Alter hinaus gereift. Was die beiden in sehr jungen Jahren erlebt und erduldet haben, das widerfährt vielen Erwachsenen in ihrem gesamten Erdendasein nicht! Das Erlebte hat Jens und Trina auf jeden Fall sehr stark gemacht für alles Kommende.«

Gut, dass Birte sich um ihre beiden, die zum Glück viele Freunde unter den Huronenkindern gefunden hatten, keine allzu großen Sorgen machen musste. Obwohl ihre Angst, sie könnten einem wilden Tier zum Opfer fallen, nie ganz einschlief: Es war einfach unmöglich, sie davon abzuhalten, sich mit ihren Kameraden in der Wildnis herumzutreiben.

*

Wie zur Bestätigung verbreitete sich noch vor Weihnachten die Schreckenskunde, Greta, eine junge Indianerfrau, und ihre Freundinnen seien beim Holzsammeln von einem ungewöhnlich bösartigen Grizzlybären angefallen worden, wobei Greta schwere Bisswunden davongetragen habe, von denen sie sich wohl nur sehr schwer wieder erholen werde. Normalerweise mieden einzelne Bären Menschengruppen – es waren immerhin acht Frauen gewesen. Nur mit lautem Geschrei hatten die Frauen es überhaupt geschafft, das Tier davon abzuhalten, Greta auf der Stelle zu töten. Zwei hatten es sogar gewagt, sich dem Bären zu nähern und ihn zu irritieren, indem sie ihn mit Stockschlägen auf Kopf und Rücken traktierten, sodass er schließlich zornig brummend von seinem Opfer abließ. Die Bewusstlose trugen sie daraufhin ins Dorf und zu ihrer Hütte zurück.

Sobald sie von Barbara die Nachricht erhielt, die junge, schwer verletzte Mutter bedürfe ihrer Hilfe, lief Birte auch schon dorthin.

Ein wenig wunderte sie sich schon, dass man auf ihren Beistand zurückgriff, gab es doch im Dorf mehrere heilkundige Indianerfrauen; Barbara selbst gehörte dazu. Als Birte nachfragte, wich die alte Häuptlingsfrau jedoch aus. Nachdem Birte allerdings einen Blick auf die böse zugerichtete Greta geworfen hatte, verstand sie den Grund.

»Noch nie in meinem Leben habe ich einen Menschen gesehen, der so schrecklich verletzt war«, gestand sie Mikel unter Tränen, als sie abends in ihrer Hütte eintraf. »Die Ärmste hat kaum Aussicht, den Angriff der Bestie zu überleben, und das wissen auch alle. Ich habe lediglich ihre schlimmsten Wunden ausgewaschen und notdürftig verbunden; außerdem habe ich ihr ein starkes Schmerzpulver verabreicht. Den Frauen, die bei ihr geblieben sind, um über sie zu wachen, habe ich reinen Wein eingeschenkt, dass ich nicht damit rechne, Greta werde die Nacht überleben. Das Untier muss ein mächtiges Gebiss gehabt haben.

Es hat der armen Greta ganze Brocken Fleisch aus Gesicht, Brust, Bauch und Beinen herausgerissen. Sie ist entsetzlich entstellt und hat mindestens ein Auge und eine Brust verloren. Der Biss in ihrem Oberschenkel reicht bis auf den Knochen! Auch der Darm wurde bei der Attacke verletzt. Ich konnte nur versuchen, ihre allerschlimmsten Schmerzen zu lindern.«

Birte brach in haltloses Schluchzen aus und Mikel nahm sie tröstend in den Arm.

»Allein der Blutverlust ist riesig!«, fuhr Birte fort. »Wenn der sie nicht umbringt, wird es der unvermeidliche Wundbrand tun. Ich habe keine Hoffnung, dass ihre beiden kleinen Kinder ihre Mutter behalten werden.«

»So furchtbar das ist, Liebste, überleg dir, ob es nicht vielleicht barmherziger ist, wenn unser Herrgott sie in diesem Fall sterben lässt«, gab Mikel ihr zu bedenken. »Wie sollte sie jemals wieder für ihre Kinder sorgen können? Wer kümmert sich im Übrigen jetzt um die Kleinen?«

»Ich wäre dazu bereit gewesen, Gretas Kinder bei uns aufzunehmen. Aber das übernimmt die Mutter von Gretas Mann, der todunglücklich neben der Matratze seiner Frau kauert und sie mit brennenden Augen hilflos anstarrt. Die alte Frau hat die Halbwaisen sofort in ihre eigene Hütte mitgenommen, nachdem man ihre halbtote Schwiegertochter nach Hause gebracht hat.«

»Beten wir, Leute, dass der Herr sie zu sich nimmt und sie in Frieden ins Reich Gottes eingehen kann, ohne noch einmal aufzuwachen!«, sagte auch Vater Hauke, den man als nächsten an Gretas Lager gerufen hatte.

Wie von Birte vorhergesagt, war die junge Mutter am nächsten Tag tot. Zu allem Unglück war ein Begräbnis der ersten Toten in diesem Winter nicht mehr möglich. Der karge Boden mit seiner dürftigen Ackerkrume rings um die kleine Kirche, der den getauften Eingeborenen als Friedhof diente – auch wenn ein Grab nur ganz flach, wenige Handspannen tief sein konnte – war derzeit nicht geeignet, eine auch nur annähernd große Grube auszuheben. Das wenige Erdreich war beinhart gefroren.

Greta wurde in einen braunen Fellsack geschnürt, zwischen den gefalteten Fingern einen Rosenkranz aus geschnitzten Perlen von Hirschgeweihknochen, ein Tuch über dem bis zur Unkenntlichkeit entstellten Gesicht sowie ein langes Kleid aus Robbenleder, das ihren zerfleischten Körper verhüllte.

Gretas Mann holte kurz vor ihrem letzten Atemzug noch den Schamanen. Das war bei ihnen so üblich; die Europäer lud man zu der Zeremonie, die Oscar vornehmen würde, nicht ein. Mit ihnen zusammen würde man allerdings die anschließende Totenfeier in der Dorfkirche abhalten.

Die Trauerfeier, gehalten von Vater Hauke, war sehr würdevoll. Niemand weinte, Indianer zeigten ihre Gefühle nicht in der Öffentlichkeit. Das galt auch für nahe Verwandte. Man sang und betete für das Seelenheil der Verstorbenen und empfahl sie wiederholt Gottes Barmherzigkeit an.

Die Kinder – drei und vier Jahre alt – verhielten sich geradezu vorbildlich. Birte hoffte, die Kleinen würden noch nicht begreifen, dass die Feier für ihre Mutter abgehalten wurde und was das letztlich für sie selbst bedeutete. Künftig würde die Großmutter sich um ihre Aufzucht kümmern.

Vater Hauke beendete seine Predigt mit der Aufforderung an alle Gemeindemitglieder, für denjenigen zu beten, der Greta als nächster folgen würden.

Nach dem Segen verließ die Trauergemeinde die Kirche; in diesem Falle war es die gesamte Dorfbevölkerung, wozu auch die Weißen zählten, und marschierte singend und betend zu einem nahe gelegenen Schuppen, der als Aufbewahrungshalle für Leichen diente, die man während des Winters nicht würde bestatten können. Gretas Leichnam würde bis zum Frühjahr warten müssen.

Noch lag sie allein, aber die alten Frauen und der Schamane waren sicher, dass das nicht lange so bleiben werde. In aller Regel beherbergte die kleine Halle, bis endlich Tauwetter einsetzte, ein halbes Dutzend oder auch mehr Verstorbene.

»Da ist dann schnelles Handeln nötig«, erklärte Barbara, »damit die Toten in die Erde kommen und ihre armen Seelen endlich Ruhe finden!«

Offensichtlich glaubten die Indianer, die im Schuppen Aufgebahrten verfügten noch über ihre Seelen. Eine ziemlich unheimliche Vorstellung. Birte fragte sich im Stillen, ob der Pastor darüber Bescheid wusste.

Warum man sich auf eine Erdbestattung versteife, wollte sie außerdem wissen, wenn doch die klimatischen Gegebenheiten vehement dagegen sprächen. »Warum begrabt ihr eure Toten nicht wie früher unter einer dicken Lage von Steinen?«

Die Indianer, die ihre Frage hörten, waren geradezu schockiert. Das sei doch finsterstes Heidentum! Damit hätten sie als gute Christen längst nichts mehr im Sinn. »Da könnte man ja gleich zu jener uralten Bestattungsform heidnischer Indianerstämme zurückkehren, die vorschreibt, ein Toter müsse in die Astgabel eines Baumes gelegt werden, wo die Geier sein Gebein vom faulenden Fleisch befreien, ehe man seine blanken Knochen unter Felsbrocken verbirgt oder verbrennt«, meinten einige.

»Das Aufhängen der Leichen in Bäumen war nie der allgemeine Brauch bei uns Huronen«, rückte der ehemalige Häuptling Paulus die Dinge kategorisch zurecht. »Einfach deswegen, weil in den Breiten, in denen wir vorwiegend leben, kaum hohe Bäume wachsen!«

Barbara, seine Frau, ergänzte stolz: »Wir sind gute Christen und als solche beerdigen wir unsere Verstorbenen so, wie es sich für anständige Gläubige gehört.«

FÜNFUNDZWANZIG

Einen Monat später erreichte den Pastor von Hooge ein weiteres Schreiben seines geistlichen Freundes aus Föhr. Dieser wiederum hatte Botschaft erhalten von seiner adeligen Bekannten vom Hof zu Gottorf, Frau Alma von Roedingsfeld.

Um in Ruhe lesen zu können, zog Peter Knudtsen sich in sein Studierzimmer im Pfarrhof auf der Kirchwarft zurück. Mit vor Aufregung zitternden Fingern entfaltete er den Brief. Gutes würde er wohl kaum enthalten. Dann las er.

Der 27. Juni 1709 war auf einen Sonntag gefallen. Nach dem Gebet hatte König Karl XII. am Nachmittag die Generäle und Obristen an sein Krankenlager gerufen. Eine feindliche Kugel hatte seinen Fuß durchschossen und er litt an hohem Fieber und Wundeiterung. Die Feldärzte befürchteten, um eine Amputation bis zum Knie nicht herumzukommen. Karl verweigerte das. So glaubte man, er werde wohl an Wundbrand sterben.

Zum Erstaunen aller erholte der Siebenundzwanzigjährige sich jedoch wieder und teilte seinen Untergebenen mit, er plane für den nächsten Tag eine Schlacht. Obwohl der Zar über mehr Soldaten verfüge, könne diese Überlegenheit durch kühne Taktik ausgeglichen werden.

Peters Armee lag eingezwängt in einer Stellung direkt am Steilufer der Worskla, die an dieser Stelle so breit und sumpfig war, dass eine größere Anzahl schwedischer Soldaten unmöglich an ihn heranrücken konnte. Andererseits war dieses Gebiet auch für die Russen unpassierbar. Ihre einzige Rückzugsmöglichkeit lag im Norden in der Nähe der Furt von Petrowka.

»Wenn wir ihnen nun diese Rückzugslinie nach Norden abschneiden«, erklärte der König seinen Generälen, »dann sitzen die Russen wie die Kaninchen in der Falle. Und da der Zar selbst sich an dem Kampf beteiligt, können wir ihn mit etwas Glück gefangen nehmen!«

Immerhin standen also neunzehntausend Schweden gegen zweiundvierzigtausend Russen. Dennoch war König Karl entschlossen, kurz vor dem Morgengrauen einen Überraschungsangriff durchzuführen. Funktionierte sein Plan, wovon er natürlich ausging, wären die Russen in ihrem Lager eingekesselt und müssten entweder die schwedische Herausforderung zum Kampf annehmen, oder – und dabei lachte der schwedische König lauthals

– sie könnten verschanzt bleiben, die schwedische Belagerung aussitzen und langsam verhungern.

Um diese Jahreszeit wurde es erst um elf Uhr abends dunkel; die schwedische Infanterie brach ihr Lager leise ab. Karl XII. lag auf einer Bahre und ließ seinen verletzten Fuß neu verbinden. Er hatte seine Uniform angelegt samt einem hohen gespornten Reiterstiefel am unverletzten rechten Bein; den Degen ließ er neben sich griffbereit auf die Bahre legen.

Der Himmel war bedeckt und daher für eine ukrainische Sommernacht verhältnismäßig dunkel. Um Mitternacht mussten sich die schwedischen Soldaten in Reih und Glied aufstellen. Um sich vom Feind zu unterscheiden, hatte jeder Schwede einen Strohwisch an seiner Mütze befestigt. Außerdem hatte jeder ein bestimmtes Kennwort zu rufen, wenn partout nicht mehr zu erkennen war, wo der Feind stand. Die Parole lautete: »Mit Gottes Hilfe!«

Um vier Uhr in der Frühe, gerade als im Osten die ersten Sonnenstrahlen aufglühten, erhielten die Schweden dann endlich den Befehl zum Angriff. Die Schlacht von Poltawa hatte begonnen, die von Anbeginn unter einem schlechten Stern stand.

»Ha! Wusste ich es doch!«

Birtes Vater ließ das Schreiben sinken. Wo in Gottes Namen sollte diese Katastrophe noch enden? Offenbar hatte selbst seine schwere Verwundung König Karl nicht zum Umdenken bewogen. Er dachte nicht im Traum daran, auf die Stimme der Vernunft zu hören und sich stattdessen um Frieden zu bemühen.

Resigniert nahm Peter Knudtsen den Brief erneut zur Hand.

Die Tatsache, dass der schwedische Befehlshaber Rehnskjold seine untergeordneten Kommandeure nicht hinreichend instruiert hatte, führte zu großer Verwirrung auf dem Schlachtfeld. Die Männer verloren komplett die Übersicht.

Unwillkürlich stöhnte der Hoogener Seelenhirte auf. Auch das noch! Kompetenzgerangel in solch einer Situation! Unfassbar!

Einen kurzen Augenblick lang schienen die Schweden zu triumphieren, voreilig gratulierten die Offiziere ihrem von zwei Soldaten auf einer Bahre mitgeschleppten König.

Um sechs Uhr morgens erhielten die Schweden den Befehl, sich zurückzuziehen; die Kampfhandlungen sollten allerdings nur unterbrochen werden. So weit der schwedische Plan.

Inzwischen inspizierte Zar Peter auf dem Westwall seines Lagers das Schlachtfeld und beobachtete, dass ein Teil der Feinde im Südwesten abzog. Damit war seine eigene Einkesselung aufgehoben. Rasch erteilte er seinerseits den Befehl, jetzt mit einer starken Abteilung von sechstausend Mann vorzurücken, anzugreifen und den schwedischen Gegner zu vernichten.

Bei den Schweden sorgten die sich nähernden Schwadronen zuerst für eine angenehme Überraschung. Glaubten sie doch, sie erhielten Verstärkung aus dem eigenen Lager. Ehe ihnen der tragische Irrtum aufging, war der Feind auch schon da. Diese Russen erwiesen sich nicht als unerfahrene Neulinge. In dem folgenden blutigen Nahkampf wurden viele schwedische Soldaten getötet oder gefangen genommen.

Die entsetzliche Lektüre, die alle schrecklichen Vermutungen bestätigte, setzte dem alternden Geistlichen ungeheuer zu. Wieder einmal waren Männer in der Blüte ihrer Jahre sinnlos geopfert worden. Pastor Knudtsen musste sich regelrecht dazu zwingen weiterzulesen.

Noch einmal, kurz vor Poltawa, warfen sich die tapferen Schweden in einen Schanzgraben. Vergebens. Erneut gelang es ihren russischen Verfolgern, sich an sie heranzupirschen. Den wenigen Überlebenden blieb nur noch, sich zu ergeben. Gerade als sie General Roos als Gefangenen abführten, setzte im Nordwesten schwerer Kanonendonner ein. Nun fielen die ersten Schüsse der tatsächlichen Schlacht – aber Roos und seine Männer waren bereits aus dem Spiel genommen. Noch ehe die Hauptschlacht von Poltawa auch nur begonnen hatte, waren sechs Bataillone und damit immerhin ein Drittel der gesamten schwedischen Infanterie ausgeschaltet.

Die Schweden gerieten unter heftigen Beschuss der russischen Artillerie. Zwei Gardesoldaten, die sich in König Karls Nähe aufhielten, tötete eine Kugel. Eine weitere schleuderte die Bahre des Königs, auf welcher er gerade noch gelegen hatte, wie ein Spielzeug beiseite. Daraufhin flüchteten die Schweden nach Südwesten in ein Wäldchen, um dort Deckung zu suchen.

Kleinliche Eifersüchteleien, falscher Stolz, Borniertheit und Selbstüberschätzung hatten von Anfang an eine vernünftige Absprache unter den schwedischen Befehlshabern verhindert. Von Koordination keine Spur. Sogar den größten Teil der zahlenmäßig ohnehin schwachen schwedischen Artillerie hatte man einfach zurückgelassen.

Birtes Vater kämpfte mittlerweile gegen aufsteigende Tränen des Zorns und der bitteren Enttäuschung an.

Es ging mittlerweile auf neun Uhr zu und Rehnskjold war gezwungen, eine Entscheidung zu fällen. Er wählte den Rückzug, nachdem er zwei Stunden vergeblich auf die schwedische Verstärkung gewartet hatte. Seine eigene Streitmacht war zu gering, seine Lage ungünstig.

Gerade als man sich zum Rückmarsch formierte, änderte sich das Bild dramatisch. Man konnte beobachten, wie plötzlich die gesamte russische Armee in Bewegung geriet. Die Lagereingänge waren offen, die Brücken über die Gräben heruntergelassen – und drüber weg strömten Russen in hellen Scharen und stellten sich in Schlachtordnung auf.

Zum ersten Mal in diesem Krieg wagte es der Zar anscheinend, sein Heer in offener Feldschlacht gegen die Schweden antreten zu lassen. Der schnelle und tadellose Aufmarsch der Russen bewies Drill und Disziplin, wie sie das russische Heer niemals zuvor gezeigt hatte. Bald standen den Schweden Zehntausende von Männern und Pferden gegenüber.

Der Zar folgte zu Pferd der Infanterie am linken Flügel. Er ritt sein Lieblingspferd, einen braunen Araberhengst, ein Geschenk des türkischen Sultans.

Jetzt befanden sich die Schweden in einem Dilemma. Ihre eigene Schlachtreihe hatten sie ja bereits aufgegeben und standen in Marschformation, bereit zum Abzug. Sollte Rehnskjold seine Soldaten marschieren lassen und die Russen griffen von hinten an, käme es zu keiner Schlacht, sondern zu einem Massaker. So entschloss sich der General, den Rückzug anzuhalten, umzukehren und sich doch noch zum Kampf zu stellen. Eine Stunde später, um zehn Uhr, stand die schwedische Armee erneut kampfbereit. Inzwischen hatte man auch Karl gemeldet, dass die Russen aus dem Lager ausgebrochen waren.

Die Überlegenheit der Russen im Hinblick auf Anzahl der Kämpfer und Feuerkraft schien für die Schweden eine kriegerische Auseinandersetzung von vornherein unmöglich zu machen: Fünftausend durch Hunger und Erschöpfung ermattete Soldaten ohne Unterstützung durch Geschütze sollten es wagen, vierundzwanzigtausend feindliche Russen anzugreifen, die von siebzig Kanonen unterstützt wurden.

Trotz schier übermenschlicher Anstrengung von König Karls Kriegern war das Ganze aussichtslos. Er selbst lag auf seiner Trage, während auf russischer Seite sich der Zar persönlich am Kampf beteiligte, obwohl er durch seine Körpergröße von über zwei Metern unter sämtlichen Kämpfern herausragte und so die Angriffe auf seine Person geradezu provozierte.

Obwohl dreimal getroffen, erlitt er keine Verwundung. Eine Musketenkugel fegte ihm den Hut vom Kopf, eine zweite blieb im Leder seines Sattels stecken, während die dritte ihn zwar in die Brust traf, jedoch an einer silbernen Ikone abprallte, die er um den Hals zu tragen pflegte.

Innerhalb kürzester Zeit war die schwedische Front in Auflösung begriffen. Ganze Kompanien wurden von den Russen mit Degen, Pike oder Bajonett niedergemacht, Rehnskjold geriet in Gefangenschaft. Um Haaresbreite hätte Karl XII. das gleiche

Schicksal ereilt. Seine Bahre war zertrümmert worden und die meisten seiner Träger waren gefallen.

Ein Offizier rettete ihn, indem er selbst von seinem Pferd abstieg und seinen König, dessen Verband sich gelöst und dessen Wunde erneut zu bluten anfing, in den Sattel hievte. Kurz darauf wurde das Pferd getroffen, aber Karl erhielt wiederum ein neues. Stark aus der aufgeplatzten Wunde blutend und sich mit letzter Kraft an der Mähne des Tieres festklammernd, erreichte er die schwedischen Linien.

Bis Mittag dauerte es, bis der größte Teil der Überlebenden das Lager erreichte und die völlig erschöpften schwedischen Soldaten sich endlich auf den Boden werfen und ausruhen konnten.

Zar Peter allerdings ließ einen Dankgottesdienst sowie ein eilig zusammen gestelltes Festmahl abhalten. Die legendäre Schlacht von Poltawa war vorbei.

Birtes Vater fand dem Schreiben eine Fußnote beigefügt, dass noch unklar sei, wie es um Karls Armee stehe, und man besitze auch keine Kenntnis darüber, wie es ihm selbst nach seiner Verwundung ergehe. Die Hofdame versprach, sobald ihr Verwandter ihr Neues übermittle, sich erneut sofort zu melden. Pastor Knudtsen, der zumindest seine Tochter und die Enkel in Sicherheit glaubte, wusste, dass das unter Umständen Monate bedeuten konnte.

Bedrückt durch die niederschmetternde Lektüre ließ er den Brief seines Freundes in den Schoß fallen. Er dachte bereits weiter. Wie sollte es dem schwedischen König gelingen, samt den traurigen Überresten seiner geschlagenen Armee einigermaßen ungeschoren aus Feindesland zurückzukehren?

Den ausgelaugten Männern würden zahlreiche unglückliche Umstände entgegenstehen, bis sie endlich wieder bei ihren Familien wären. Widerstände, von denen die von der Natur vorgegebenen nicht die geringsten sein würden! Müssten sie womöglich den zu Recht gefürchteten russischen Winter erleiden, ohne ausreichende Nahrung und ohne genügend warme Kleidung?

»Oh Herr! Ich bitte dich inständig, sei diesen armen Menschen gnädig!«, betete der Geistliche voller Inbrunst. »Lass die Unschuldigen nicht für den Hochmut ihres Anführers leiden, sondern schenke ihnen eine baldige, glückliche und gesunde Heimkehr. Dem schwedischen König aber verleihe endlich genügend Verstand, um in Zukunft den Frieden unter den Völkern zu bewahren! Und schenke ihm nicht zuletzt die Herzensgüte, Mitleid mit seinen Untertanen zu empfinden, die nur den einen Wunsch haben, ein bescheidenes, aber friedliches Leben zusammen mit ihren Familien zu führen.«

SECHSUNDZWANZIG

In Kürze kam es zu einer geradezu explosionsartigen Sterbewelle.

Eigentlich handelte es sich anfangs nur um eine mehr oder weniger starke, einfache Erkältung, wovon die Bewohner des Dorfes befallen waren. Begonnen hatte es mit dem Pastor, der eines Morgens mit Schnupfen und Heiserkeit aufgewacht war. Birte nahm die Beschwerden anfangs nicht besonders ernst. Dass Erwachsene und Kinder husteten und über Schnupfen und Halsweh klagten, war beispielsweise auf Hooge, besonders im Winter, nicht gerade sensationell.

Dagegen halfen Salbeitee mit Honig, Hustensaft und warme Halswickel. War das Übel hartnäckiger, verordneten die Heilerinnen Bettruhe und viel Schlaf – und in spätestens einer Woche war der Spuk vorbei.

Nicht so in Pangnirtung.

»Allmählich bin ich am Verzweifeln«, klagte Birte Mikel ihr Leid. »Die Leute werden einfach nicht gesund. Im Gegenteil, das Fieber steigt und sie bekommen schreckliche Kopfschmerzen. Das Schlucken fällt ihnen immer schwerer und vor allem die Kinder und die Alten werden zunehmend kraftlos!«

Was Birte und ihre Freunde nicht bedachten, war die Tatsache, dass das Naturvolk bisher verhältnismäßig geringen Kontakt mit Weißen gehabt hatte und den fremden Krankheiten keine Widerstandskraft entgegensetzen konnte. Unbeabsichtigt wurde Hauke Bohsen zum Überträger der ansteckenden Krankheit.

In diesem Winter war der Verlust an Menschenleben besonders dramatisch: Anstatt der üblichen fünf oder sechs Toten würden dieses Mal gleich an die zwanzig im Schuppen auf ihre Bestattung im Frühjahr warten müssen.

»Der Platz wird allmählich zu eng.« Vater Hauke, der längst wieder gesund war, besprach sich mit Volkert Gonnesen. Der ehemalige *Bootsmann* versprach seine Mithilfe beim fälligen Anbau der Hütte. Er sah ein, dass man aus Gründen der Pietät die Verblichenen nicht wie Bretter aufeinander stapeln konnte.

Was Volkert da noch nicht wissen konnte, war der traurige Umstand, dass unter den ersten Toten, die man im neuen Teil des Schuppens unterbringen musste, seine Indianerfreundin sein würde, die er im Frühjahr hatte heiraten wollen.

Bootsmann Gonnesen sprach daraufhin wochenlang kein einziges Wort mehr. Er verkroch sich in der kleinen Hütte, die er mit Amalia, seiner einheimischen Braut, bewohnt hatte, und ließ niemanden an sich heran. Erst Jens und Catrina verstanden es mit ihrer kindlich-natürlichen Art, den Trauernden in die Gemeinschaft der Lebenden zurückzuholen. Verschämt gestand er Birte, er habe noch keine Frau so sehr geliebt wie Amalia. »Ich habe auch vorher nie den Wunsch verspürt, mich auf Dauer an eine einzelne Weibsperson zu binden! Bei meiner Amalia war das ganz anders!«

Birte und ihre Indianerfreundinnen, von denen sie mittlerweile eine ganze Reihe besaß, waren sich einig, man müsse ihm – nach geraumer und schicklicher Trauerzeit natürlich – eine andere Frau sozusagen ans Herz legen. Das ganze Dorf war daran interessiert, dass der Weiße mit den geschickten Händen und dem großen Herzen auch weiter bei ihnen blieb.

Beim Pastor durften sie sich bereits sicher sein. Anlässlich der letzten Trauerfeier – ein zehn- und elfjähriges Geschwisterpaar war der Krankheit erlegen – hatte Vater Hauke seinen Entschluss verkündet, ihrem Wunsch gemäß bei ihnen zu bleiben und weiter als ihr Seelenhirte zu wirken.

»Wir finden es schlimm genug, dass du, Birte, dein Mann und eure Kinder uns verlassen werden!«, erklärten viele. Auch Johannes, der Häuptling des Dorfes, würde Mikel sehr vermissen, hielt er ihn doch für einen ausgezeichneten Jäger – für beinah so gut, wie er selbst zu sein behauptete. Ein Riesenkompliment! Sogar Oscar, der Schamane, versicherte, mit dem Weggang der weißen Familie verliere der Ort eine Menge Gutes. Barbara und ein Teil der Frauen vermochten sich lange nicht mit dem Gedanken anzufreunden, sich von der Heilerin und ihrer Familie in Bälde verabschieden zu müssen. Sie hatten nicht nur Birte, sondern auch Jens und vor allem Trina ins Herz geschlossen.

Es war nicht mehr zu übersehen, dass Birtes Tochter einst in die Fußstapfen ihrer Mutter treten würde. Bei Verstauchungen, Prellungen, kleineren Schürf- oder Schnittwunden, selbst bei hartnäckigem Husten hatte das Mädchen schon mehrere Spontanheilungen zuwege gebracht, indem sie den Betreffenden einfach ihre kleinen Hände auflegte. Einesteils freute sich Birte über die besondere Begabung Catrinas, andererseits wusste sie Bescheid über die Anfeindungen, denen eine Heilerin ausgesetzt sein konnte, und wollte dies ihrer Kleinen nach Möglichkeit ersparen.

»Wenn Trina diese Gabe hat, wird sie gar nicht dagegen ankönnen«, meinte Mikel. »Selbst wenn du es ihr verbieten würdest, ihre Heilkunst anzuwenden, würde sich ihre Begabung, Kranke gesund zu machen, eines Tages durchsetzen. Ich stelle mir das so vor, wie es einem Dichter erginge, dem man untersagen wollte zu schreiben. Auch er wird stets einen Weg finden, ein solches Verbot zu unterlaufen. Bei einem Maler, denke ich, wäre es genauso. Was in einem Menschen an Talenten drinsteckt, sollte ungehindert zum Durchbruch kommen dürfen; andernfalls wird er nur sehr unglücklich werden.«

So viel an Feingefühl hatte Birte ihrem rauen Seemann gar nicht zugetraut. Wieder einmal hatte Mikel sie mit seiner Sensibilität überrascht – und sie liebte ihn darum noch um vieles mehr.

*

Während der zweiten Hälfte des Monats Januar und im gesamten Februar herrschte ruhiges Winterwetter. Es überwogen nach wie vor eisige Temperaturen; rund um die Uhr war es immer noch stockfinster und man blieb am besten daheim, wo es einigermaßen warm war. Schnee fiel keiner mehr, aber der bereits gefallene taute natürlich nicht ab, sondern bildete immer noch eine gewaltige Decke über der dünnen Erdkrume und dem felsigen Boden.

Wo man ihn beiseitegeräumt hatte, um Zugang zu den Hütten oder zur Kirche zu schaffen, türmte er sich seitlich der Pfade zu kleinen Hügeln auf, welche die Sicht zu den Nachbarhäusern behinderten. So bildete jede kleine Hausgemeinschaft einen eigenen, in sich abgeschlossenen und weitgehend für sich lebenden Kosmos.

Im Allgemeinen entzogen sich nur die etwas größeren Kinder der häuslichen Enge, wenn sie miteinander spielen wollten, oder die Frauen, die einander besuchten, um gemeinsam Handarbeiten anzufertigen wie Ausbesserungsarbeiten an der Kleidung oder die Herstellung neuer Lederhosen und -hemden, die sie zumeist mit kunstvollen bunten Perlenstickereien versahen.

Die Männer verließen den Schutz der Hütten nur, um zwischen den Felsen vergrabene Fleischvorräte herbeizuschaffen, Feuerholz zu zerkleinern oder sich bei Oscar, dem Schamanen, Rat in einer bestimmten Sache zu holen, etwa nach merkwürdigen Träumen.

Ein Tag in der Woche bildete eine Ausnahme. Das war der Sonntag, der heilige Tag, an dem jeder, der seine Beine benützen konnte, sich aufmachte und zur Kirche stapfte, um dem Gottesdienst beizuwohnen. Seit Vater Hauke unter ihnen weilte, wollte niemand diese Feier und die Predigt des Geistlichen versäumen. Als Entschuldigung für ein Nichterscheinen galt lediglich schwere Unpässlichkeit.

Die fiebrige Erkältungskrankheit, die einen großen Teil der Dorfbevölkerung hinweggerafft hatte, war Gott sei Dank inzwischen abgeklungen und die Gefahr vorbei, die Leichen im Schuppen bei der Kirche wie Bretter stapeln zu müssen.

Die Dorfältesten, die auf die Nahrungsmittelvorräte ein wachsames Auge hatten, indem sie auf absolut gerechter Verteilung bestanden, sahen sich zu vorsichtiger Entwarnung veranlasst: Bis zum Frühjahr – und sogar noch darüber hinaus – würden Fleisch, Maismehl und Trockengemüse wie Bohnen und Erbsen sowie der getrocknete Grönlandsalat reichen. Eigentlich hatte man nur noch die Zeit abzuwarten, bis es wieder hell und damit auch wärmer wurde. Die war absehbar.

»Irgendwann geht auch der schlimmste Winter zu Ende!«, sagten sich die Eingeborenen und die Weißen gleichermaßen.

*

Womit niemand gerechnet hatte, geschah genau um die Mittagszeit eines Sonntags Ende Februar. Nach dem Segen ihres Pastors strömten die Gemeindemitglieder aus ihrem kleinen Gotteshaus – und erstarrten vor Schreck.

Während die Gläubigen sangen und beteten, einander die Hände zum Friedensgruß reichten und ihrem Pfarrer lauschten, während nur die ganz Alten und Kränklichen sowie die allerkleinsten Kinder unter der Obhut einer Großmutter daheim geblieben waren, hatten sich klammheimlich Besucher im Dorf eingeschlichen.

Dreist hatten sie die Umwallung aus Dornengestrüpp, Reisig und Bruchsteinen überklettert und sich leise mit ihren Waffen vor der Kirche aufgebaut.

Auf diese Waffen starrten jetzt die vollkommen überrumpelten Kirchgänger und wussten nicht, wie sie angesichts der massiven Bedrohung reagieren sollten. Als friedliche Eingeborene hatten sie natürlich ihre Gewehre, Bögen und Pfeile, die sowieso nicht mehr dem Kampf, sondern nur noch der Fleischbeschaffung oder

der Verteidigung gegen wilde Tiere dienten, in ihren Hütten gelassen. Die meisten führten nicht einmal ein Messer mit sich.

Die Feinde, von denen sie im Augenblick bedroht wurden, besaßen allesamt Gewehre, die, wie Mikel und der *Bootsmann* auf den ersten Blick erkannten, von moderner Bauart waren und offenbar aus englischen oder französischen Beständen stammten.

»Gekauft haben die Kerle die Büchsen gewiss nicht«, raunte Volkert Gonnesen. »Es scheint sich um Diebsgesindel zu handeln, das jetzt auch uns noch ausplündern will!«

Birte, die sich als eine der Ersten ins Freie gedrängt hatte, besaß zum Glück die Geistesgegenwart, ihrer Tochter mit einem schnellen Handgriff den breiten Wollschal weit übers Gesicht zu ziehen, um Trinas auffallendes Blondhaar und das blasse Gesicht zu verdecken. Sie selbst hatte ihr Haupt beim Kirchgang der Kälte wegen komplett verhüllt.

Inständig hoffte sie, die offensichtlich feindseligen Krieger würden sie nicht als Europäer erkennen. Sie ahnte irgendwie, dass die martialisch auftretenden Ankömmlinge auf Weiße nicht besonders gut zu sprechen waren. »Halt ja den Mund!«, zischte sie Catrina warnend zu. Aber das Mädchen war viel zu erschrocken, um auch nur ein einziges Wort herauszubringen.

Wie sich bald herausstellte, handelte es sich bei den ungeliebten Gästen um streitbare Huronen, also immerhin um Verwandte ihrer liebenswürdigen Gastgeber. Sie waren allerdings keine Christen, sondern huldigten nach wie vor ihrer eigenen heidnischen Religion. Als Häuptling Johannes sie freundlich begrüßte, dabei die auf sich und die anderen Gläubigen gerichteten Gewehre geflissentlich übersehend, reagierten sie nur mit unwilligem Knurren. Ihr Anführer winkte verächtlich ab.

»Lass das, Bruder!«, verlangte er kalt. »Indem du vorgibst, dich über unser Auftauchen zu freuen, beleidigst du nur unsere Intelligenz! Wir wollen nicht euren freundlichen Willkomm, sondern es verlangt uns nach Nahrung, warmer Kleidung, Medizin und Decken. Pferde brauchen wir zwar auch, aber, wie wir uns bereits überzeugen konnten, habt ihr selber keine. Alles andere, was ich eben aufgezählt habe, werdet ihr uns widerstandslos aushändigen, sonst ...«

Er hob die Waffe, legte sie auf den Häuptling an und tat so, als würde er abdrücken wollen. Birte vermochte im letzten Augenblick noch einen Aufschrei zu unterdrücken. Der Mann, der da so herrisch seinen Anspruch und den seiner Banditen bekundete, sah nicht danach aus, als würde er sich durch lästiges Weibergekreisch von seinem Vorhaben abbringen lassen.

Im nächsten Moment allerdings fiel Birte etwas anderes auf. Die Indianer machten nicht nur einen kriegerisch-entschlossenen, sondern auch einen deutlich heruntergekommenen und zerlumpten Eindruck. Was sie am Leib trugen, war zum größten Teil fadenscheinig, zerrissen und der herrschenden Eiseskälte keineswegs angemessen. Ihre Gesichter glichen bei näherem Hinsehen eher den Antlitzen von Toten oder Schwerkranken, so abgemagert wie sie waren, mit eingesunkenen und trüben Augen, bar jeglicher Hoffnung.

»Ihr werdet bekommen, Brüder, was ihr braucht«, versuchte der Häuptling die durch Hunger aggressiv gewordenen Stammesbrüder zu besänftigen. »Auch ohne Bedrohung durch eure Waffen werden wir euch nicht im Stich lassen. Das ist für uns als getaufte Christen eine selbstverständliche Pflicht. Unser Herr Jesus, an den wir glauben, hat uns gelehrt: Was ihr dem geringsten meiner Brüder getan habt, das habt ihr mir getan! Daran halten wir uns. Wir werden mit euch unsere Vorräte brüderlich teilen, die allerdings jetzt, gegen Ende des Winters, nicht mehr sehr üppig sind, wie ihr euch denken könnt. Aber ich und meine Leute werden bestimmt einen Weg finden, euch zufriedenzustellen, damit ihr bald wieder in Frieden eures Weges ziehen könnt.«

Das war ein Versprechen und gleichzeitig ein Wink mit dem Zaunpfahl, man hoffe, sie würden sich schleunigst wieder zurückziehen. Sie waren aus dem Landesinneren gekommen, wo Seuchen und eine schreckliche Hungersnot herrschten, wie die so unsanft aus ihrer Zufriedenheit gerissenen Dörfler von Pangnirtung alsbald erfahren sollten.

Schuld daran trugen Überfälle feindlicher Irokesen, die ihnen nicht nur die Krankheiten eingeschleppt, sondern ihnen annähernd sämtliche Nahrungsmittel, Decken und Pferde geraubt hatten und außerdem auch Huronenkinder und junge Squaws, die nicht rechtzeitig in die Wälder geflohen waren, gewaltsam entführt hatten.

Birte, die erkannte, dass manche der sich so wild gebärdenden Indianer kaum noch stehen konnten und Schwierigkeiten hatten, ihre Gewehre zu halten, ließ alle Vorsicht fahren. Mithilfe der dürftigen Brocken des einheimischen Dialekts, die sie sich im Laufe des Winters durch Kontakt mit den Frauen angeeignet hatte, forderte sie die am schlechtesten Aussehenden auf, mit ihr in ihre Hütte zu kommen.

»Ich bin eine Heilerin und werde euch etwas geben, das euch vielleicht wieder schneller auf die Beine bringt. Zu essen gibt es bei mir und meinem Mann auch.« Sie deutete auf Mikel, der nickend sein Einverständnis zeigte. Der Häuptling, der Schamane und einige der Ältesten des Dorfes folgten Birtes Beispiel und luden die Fremden ebenfalls in ihre Häuser ein.

Mit auffordernden Handbewegungen schaffte Birte es in Kürze, etwa ein halbes Dutzend der rund zwanzig erschöpften Männer zu sich einzuladen. Ihrem Sohn, der Anstalten machte, hinterdrein zu laufen, raunte sie zu: »Nimm Trina und verschwinde mit ihr zu einer Familie, die keine Gäste aufnimmt! Und bleibt dort, bis ich und euer Vater euch rufen lassen!«

SIEBENUNDZWANZIG

Zuerst hatte bei den Überraschungsgästen noch großes Misstrauen geherrscht. Ganz offensichtlich wollten die hinterlistigen Brüder ihre Gruppe aufteilen, um sie leichter niedermachen zu können. Aber es ging ihnen dermaßen schlecht, dass sie den Vorschlag dann doch dankbar aufgriffen.

Die Leidtragenden des Irokesenüberfalls erkannten bald, dass man ihnen nichts Böses wollte, sondern im Gegenteil bereit war, sie mit dem Nötigsten zu versorgen und ihnen zu helfen, so gut es ging. Der Anführer, der mit Birte gegangen war, ließ sich von ihr eine eiternde Beinwunde versorgen, verursacht vom Axthieb eines feindlichen Angreifers, als er versucht hatte, drei mit Kriegsbemalung versehene Irokesen daran zu hindern, seine junge Frau zu verschleppen.

»Sie sind nicht als Händler gekommen, die von unseren Vorräten etwas erwerben wollten, auch nicht als Bittsteller.« Die Stimme des abgemagerten und erschöpften Mannes klang bitter. »Sie hatten das Kriegsbeil gegen uns ausgegraben. Weit in der Überzahl, gelang ihnen der böse Streich.«

»Da kam euch anschließend der Gedanke, eure Stammesbrüder weiter im Osten zu überfallen«, ergänzte Birte frostig, während sie die Verletzungen eines weiteren Huronen, hervorgerufen durch eine Messerattacke, versorgte.

»Wir wussten ja nicht, wie sie sich uns gegenüber verhalten würden. Seit sie Christen geworden sind, haben wir uns gegenseitig nicht mehr oft besucht. Wer konnte damit rechnen, dass sie uns so brüderlich empfangen würden?« Der Sprecher sah ziemlich unglücklich drein und Birte beschloss, sein ehrliches Eingeständnis als eine Art Entschuldigung zu werten. Das taten im Übrigen auch die anderen Dörfler, die, gleich den Europäern, ebenfalls ein paar der halbverhungerten Huronen bei sich aufgenommen hatten.

Bald ließ Birte ihre Kinder wieder nach Hause kommen; Gefahr schien von den Neuankömmlingen nicht auszugehen.

Jens interessierte sich sofort für ihre martialische Ausrüstung. Mikel aber riss seinem Stiefsohn umgehend das Gewehr, an dem der Junge bereits herumfingerte, aus den Händen. Das war beileibe kein Spielzeug für einen noch nicht einmal Neunjährigen! Aber die von den auf einmal gar nicht mehr feindlich gesinnten Huronen mitgeführten Tomahawks durfte er genauer untersuchen. Sie imponierten ihm mächtig – wie leider alles, was mit Waffen zusammenhing, wie seine Mutter mit Missvergnügen feststellte. Aber das schien nun einmal Jungenart zu sein.

Catrina allerdings hielt sich anfangs lieber fern von den mehrheitlich grimmig aussehenden Indianern.

»Sie brauchen vor allem vernünftiges Essen, dann werden ihre hageren Gesichter wieder voller«, behauptete Volkert Gonnesen. »Im Nu werden sie dann nicht mehr so sehr an hungrige Geier oder verschlagene Füchse erinnern.«

Nachdem die schlimmsten Wunden gereinigt und verbunden waren und der ärgste Hunger gestillt, beorderte Häuptling Johannes seine eigenen Leute und die Neuen zum Dorfplatz, wo man in seiner Hütte, die größer war als alle anderen Behausungen, darüber beriet, wie den Stammesverwandten am besten zu helfen sei. Alle waren sich einig – auch die Weißen – dass es wohl keinen Sinn mache, die geraubten Frauen und jungen Mädchen zurückholen zu wollen.

»Inzwischen ist zu viel Zeit vergangen; die Irokesen hatten genügend Zeit, sie weiß Gott wohin zu verschleppen! Mittlerweile könnten sie überall sein. Wieviele junge Frauen sind euch denn geblieben?«, erkundigte sich der Häuptling.

Sie schätzten, so an die dreißig. Als sie das Dorf verließen, waren noch längst nicht alle in die Wälder geflüchteten Frauen zurückgekehrt. »Vielleicht sind es auch ein paar mehr«, legte der Anführer Rechenschaft ab. »Aber wir haben rund fünfzig Krieger und außerdem noch zwanzig junge unverheiratete Burschen. Demnach fehlen uns eine Menge Weiber.«

»Wir haben zwar kürzlich durch eine schwere Krankheit zahlreiche Gemeindemitglieder, darunter auch weibliche, verloren; aber immer noch herrscht in unserem Dorf seit Längerem ein beträchtlicher Frauenüberschuss. Vielleicht findet ihr bei uns junge Weiber und Mädchen, die bereit sind, mit euch zu gehen und mit euch Kinder zu zeugen!«

Was die Europäer, vor allem Birte, erstaunte, war die unwahrscheinliche Gelassenheit, mit der die entspannt am Boden Kauernden über den Verlust ihrer Frauen und den Erwerb »neuer Weiber« sprachen, als handele es sich dabei um Säcke voll Mais oder Bohnen.

Andere Länder, andere Sitten, überlegte Birte und erinnerte sich dabei an ihren Vater, der diesen Ausspruch so oft getan hatte. Oh, mein liebster Papa, dachte sie dann wohl zum tausendsten Mal, hoffentlich machst du dir nicht allzu viele Sorgen um uns!

Jens, der sich unter die Erwachsenen gemischt hatte, schien die Gedanken seiner Mutter irgendwie erraten zu haben. Sie fühlte, wie ihr Sohn sie seitlich anstupste und ihr zuflüsterte: »Großvater wird Augen machen, wenn wir ihm unsere Abenteuer erzählen! Ich wünsche mir bloß, Mutter, dass der arme Großpapa nicht denkt, wir seien inzwischen tot!«

Als Nächstes verschafften sich die Dorfältesten einen Überblick über die noch vorhandenen Vorräte an Lebensmitteln und anderen Dingen, wovon sie den Stammesbrüdern einiges überlassen konnten. Bald lag das Ergebnis vor, wobei sich erwies, dass es sich nicht allzu übel ausnahm.

»Ich fasse also zusammen«, meldete sich schließlich ein Ältester zu Wort: »Feuerholz braucht ihr zum Glück von uns keines, weil ihr im Gegensatz zu uns rings um euer Dorf Wälder habt und es euch selbst besorgen könnt. Decken und warme Kleidung werdet ihr genug bekommen, weil jede Familie euch ein oder zwei Stücke spenden wird, die sie nicht unbedingt selbst braucht. Mit den Lebensmitteln ist es am kritischsten. Aber wir haben beschlossen, auch von dem Wenigen, das wir selbst noch haben, einiges abzuzweigen. Ich denke, es wird genügen, euch und die Euren am Leben zu erhalten, bis ihr selbst für Nachschub sorgen könnt. Bei Fleisch ist es ähnlich. Unsere eigenen Vorräte sind arg geschrumpft, aber da möchten wir euch einen Vorschlag machen.«

Mikel und Volkert erklärten sich sofort bereit, dabei mitzumachen und sogar der Pastor wollte sich der einheimischen Jägerschar anschließen, die sich – trotz Eiseskälte und immer noch herrschender Dauerfinsternis – aufmachen wollte, um Wild aufzuspüren und zu erlegen. Die erschöpften Huronen sollten sich nicht an der Jagd beteiligen. Häuptling Johannes meinte, es sei klüger, sie würden im Dorf bleiben und, medizinisch versorgt und mit Nahrung versehen, sich erholen, um bald gekräftigt nach Hause gehen zu können.

*

Zehn Jäger machten sich bereits am folgenden Tag auf zur Jagd. Die Hoffnung, etwas Brauchbares erlegen zu können, war nicht sehr groß. Die Karibuherden waren schon Ende des vergangenen Sommers in Richtung Süden gezogen; auch andere Hirsche ließen sich kaum blicken; vielleicht könnten sie einen Bären überraschen – obwohl man das Fleisch dieser Allesfresser im Allgemeinen mied, weil man nicht selten krank davon wurde – außer man räucherte ihre Tatzen oder den Schinken.

Auch das Robbenschlagen war zu dieser Jahreszeit nicht gut möglich; Fische hingegen würde man fangen können, wenn die Frauen erst einmal mühsam den Dorfbach von der dicken Eisschicht befreit hatten. Birte meldete sich auf Barbaras Aufforderung hin als eine der ersten, während Mikel und Volkert sich selbstverständlich den Jägern anschlossen.

Obwohl auch Vater Hauke gerne mal wieder auf die Jagd gegangen wäre, blieb er doch auf Wunsch seiner Huronen daheim. Man wollte nicht so lange auf geistlichen Beistand verzichten, und wenn etliche kampfstarke Männer im Dorf blieben, war das auch nicht schlecht. Wer konnte wissen, was den zu Kräften Gekommenen womöglich einfiele? Es konnte immerhin mehrere Wochen dauern, ehe die Jäger wieder zurückkehrten. Ob mit Beute oder ohne, darüber würde der Herr entscheiden.

Kaum war Mikel nicht mehr bei ihr, wurde Birte mehrere Nächte lang hintereinander von einem äußerst intensiven Traum heimgesucht. Sie erlebte mit, dass man die Meuterer und Kaperer der *Meerjungfrau* zwar belangte – sie allerdings mit lächerlich geringen Strafen belegte. Aber das Wesentliche war, dass der Segler erneut in ihr Eigentum überging. Auch Mikel Frödesen sah sie, wie er sich als liebevoller Ehemann und Stiefvater zeigte. Ein Blick in die fernere Zukunft blieb ihr allerdings verwehrt.

Nach zwei Wochen kehrten die Jäger zurück. Große Beute hatten sie leider nicht gemacht. Da waren ihnen auch die von ihren Gästen leihweise überlassenen Jagdgewehre keine große Hilfe gewesen: Wo kein Wild war, konnte man auch keines erlegen. Lediglich ein Dutzend Enten hatten sie mit ihren Pfeilen erlegt sowie Vögel, die ähnlich wie Moorhühner aussahen, aber zum Glück nach dem Braten um einiges besser schmeckten als diese.

Häuptling Johannes und die Ältesten kamen schweren Herzens überein, sich von etlichen ihrer genügsamen Schafe zu trennen. Der Schamane Oscar wählte zwei ältere Böcke aus, denn die allesamt tragenden Mutterschafe durfte man keinesfalls opfern.

*

Auf einmal war der Polarwinter vorbei.

Andeutungsweise waren wieder Tag und Nacht zu unterscheiden, schüchtern zeigte sich die Sonne, mildere Temperaturen ließen Eis und Schnee schmelzen, sodass in Kürze nicht nur der Dorfplatz unter Wasser stand.

Als Erstes ging man daran, die in der Kirchenscheune aufbewahrten Toten ordentlich, das heißt christlich, auf dem kleinen Friedhof hinter der Kapelle zu bestatten. Es war eine sehr würdevolle Feier mit vielen Gebeten, Segnungen und Kirchenliedern, die auch den heidnischen Huronen stark imponierte, obwohl ihnen das Ganze ein Buch mit sieben Siegeln war.

Als Nächstes stand der Abschied von ihnen an, man wünschte ihnen alles Gute und gab ihnen Vorräte mit, auch für die übrigen Stammesbrüder und -schwestern, die den schrecklichen Winter hoffentlich überlebt hatten. Mit das Erfreulichste aber war, dass sich in den Zug der Heimkehrer ein Dutzend junger Frauen mischte, von denen sich jede freiwillig entschlossen hatte, einen der ursprünglich in feindlicher Absicht aufgetauchten Jäger zum Mann zu nehmen und ihm in sein Dorf zu folgen.

Oscar, der Schamane, kommentierte es trocken: »Recht so! So ist uns allen gedient! Unsere roten Brüder können sich das Lager mit einer Gefährtin teilen, um durch neue Kinder die ihnen von den Irokesen zugefügten Verluste an Menschenleben auszugleichen, und wir haben, auf Dauer gesehen, etliche alte Jungfern weniger zu füttern, haha!«

Als Mikel das seiner Frau genauso und haargenau mit Oscars Worten erzählte, musste Birte schallend lachen. Inzwischen hatte sie ihre indianischen Gastgeber als sehr pragmatische und zuweilen recht humorvolle Menschen kennengelernt.

*

An einem der nächsten Tage kehrten Volkert und einer seiner neu gewonnenen Indianerfreunde vom Ufer des Cumberlandsunds zurück, wo sie Jagd auf Walrosse gemacht hatten.

Die Männer brachten eine wunderbare Neuigkeit mit. Eben war ein größeres englisches Segelschiff mit dem schönen Namen *Seacloud* in den winzigen Hafen eingelaufen, um vor der Weiterfahrt nach Neu-Amsterdam, oder, wie sie natürlich sagten, New York, Wasser aufzunehmen und eventuell Pelze und Felle aufzukaufen.

Wasser bekamen sie reichlich, auch ein paar Wolfs- und Fuchsfelle. Aber um vieles interessanter war ihr Angebot, die Weißen mit an Bord zu nehmen, um sie nach Europa zu bringen – allerdings mit dem Umweg über das südlich von New York gelegene, 1682 gegründete Philadelphia und dann nach London, den Heimathafen der *Seacloud*.

Das war Musik in den Ohren von Birte und Mikel. Natürlich würden sie das Angebot nicht ausschlagen. Wozu noch warten auf ein späteres Schiff? Die *Seacloud* und ihr Kapitän sowie seine übrige Mannschaft machten einen soliden Eindruck, und von London nach Amsterdam zu gelangen, bedeutete nicht die Welt.

Auch Jens und Catrina freuten sich darauf, ihren Großvater endlich wiederzusehen und darauf, erneut im eigenen Bett schlafen zu dürfen – und überhaupt! Alle hatten schreckliches Heimweh nach Hooge und den friesischen Inseln. »Es wäre schön, wieder an einem Ort zu sein, wo alle Leute friesisch oder zumindest deutsch reden«, fand Trina. Der Abschied von den Indianerkindern allerdings fiel Birtes Kindern trotz aller Vorfreude aufs Zuhause sehr schwer.

Die letzten Stunden, die sie noch in dem Indianerdorf verbringen würden, wollten sich Catrina und Jens von ihren Freunden keine Minute trennen. Sein Freund Karel, der Sohn des Schamanen, hatte noch eine Überraschung besonderer Art für ihn. »Ich habe meinem Vater von deinem Tupilak erzählt«, gestand er. »Er bittet dich, zu ihm zu kommen, weil er dir etwas Wichtiges dazu erzählen möchte!«

»Da bin ich aber gespannt.«

Jens wusste im ersten Augenblick nicht recht, was er davon halten sollte. Einerseits hatte Karel ihm versprochen gehabt, keiner Menschenseele etwas darüber zu verraten – andererseits fühlte er sich über Oscars Interesse an ihm und seinem Inuit-Talisman sehr geschmeichelt.

»Darf ich ihn sehen?«, erkundigte sich Karels Vater. Bereitwillig zog Jens das lederne Band mit dem daran baumelnden Amulett aus seinem Hemdausschnitt. Er zog sich die Schnur über den Kopf und drückte es dem Medizinmann in die Hand.

Der beäugte das knöcherne Ding, eine Dreiheit aus Mann, Bär und Wal, von allen Seiten, wobei er keine Miene verzog. Was er davon hielt, vermochte Jens von seinem Gesicht nicht abzulesen. Nach einer Weile gab er das Schnitzwerk dem Freund seines Sohnes zurück.

»Ein wunderschönes Stück! Eine meisterhafte Schnitzarbeit, die du da besitzt, kleiner weißer Freund«, äußerte er. »Du solltest sie als feines kleines Kunstwerk betrachten und als solches hoch in Ehren halten. Aber Zauberkräfte besitzt das Schnitzwerk nicht.«

Jens war sichtlich enttäuscht. »Woher weißt du das, weiser Mann?«, fragte er endlich respektvoll, aber mit traurigem Unterton. »Was ist falsch daran?«

»Nichts, Freund meines Sohnes. Nur die Art und Weise, wie es in deinen Besitz gelangte, macht den Unterschied. Es wurde, soweit ich weiß, von deiner Mutter für dich gekauft. Also ist es ohne Wirkung gegen Feinde. Eines, mit dem du deine Gegner gegebenenfalls vernichten kannst, muss immer selbst gemacht oder ein Geschenk sein. Aber das wird für dich keine Bedeutung haben. Du bist ja ein Christ, sollst deinen Feinden verzeihen und sie nicht durch einen Zauber umbringen. Der im Übrigen auch für den Besitzer nicht ungefährlich ist, weil er sich gegen ihn selbst wenden kann. Freu dich einfach an einem schönen Gegenstand.«

Damit gab Oscar, der Schamane, Jens den Tupilak zurück.

Der Junge war doch etwas enttäuscht. Er bedauerte es ziemlich, dass so gar keine Zauberkraft in dem bizarren Ding stecken sollte. Wie lange schon hatte er es sich ausgemalt, damit Ocke Japsen, den gemeinen Dieb der *Meerjungfrau,* zu bestrafen …

Dann fiel ihm etwas ein, was der Schamane auch gesagt hatte: Das Amulett besitze Zauberkraft, falls man es als Geschenk erhielt. Dem war doch so! Natürlich hatte seine Mutter das Ding gekauft, aber nicht für sich, sondern sie hatte es ihm geschenkt. Vielleicht vermochte es doch an einem abscheulichen Feind Vergeltung zu üben?

Im Nu waren die wenigen Habseligkeiten gepackt nebst ein paar Geschenken, womit die Einheimischen, die selbst so wenig ihr Eigen nannten, ihre weißen Gäste zum Schluss noch überraschten.

Am Abreisetag frühmorgens erwacht, zweifelte die junge Frau keineswegs daran, von nun an das Glück gepachtet zu haben. Warum auch nicht? Sie war jung, gesund und steckte voller Optimismus. »San een rocht fering foomen!«, rief sie übermütig lachend aus, ehe sie daran ging, Trina und Jens zu wecken.

»Wer wird denn ernsthaft daran zweifeln wollen, mein Schatz, dass du eine echte Friesin bist?«

Mikel war bester Laune, obwohl auch er mit Wehmut an die Trennung von vielen lieb gewonnenen Freunden dachte. Nacheinander suchten Birte und Mikel die Dorfbewohner auf und sagten jedem Einzelnen Lebewohl. Volkert Gonnesen und Hauke

Bohsen sparten sie sich bis ganz zum Schluss auf. Von ihnen fiel der Abschied am schwersten. Sie bedauerten aufrichtig, dass beide – zwar jeweils aus nachvollziehbaren Gründen – entschlossen waren, in Amerika und bei den Indianern zu bleiben.

Während der Pastor seine Lebensaufgabe darin sah, die Schäfchen, einst von den Böhmischen Brüdern für das Christentum gewonnen, weiterhin zu unterstützen und in ihrem Glauben zu stärken, hatte der ehemalige *Bootsmann* erneut sein persönliches Glück in Gestalt einer hübschen Huronensquaw gefunden. Bei Elsbeth handelte es sich um die zwei Jahre jüngere Schwester von Amalia, die seit Kurzem auf dem Friedhof hinter der Kirche ruhte. Birte und Mikel umarmten den guten Freund und wünschten ihm viel Glück.

Der Pastor würde sie nicht bis zum Schiffsanlegeplatz begleiten. Alle miteinander hatten Angst davor, in Tränen auszubrechen, und wollten den Abschied kurz und schmerzlos absolvieren. Kurz vor ihrer Abreise vertraute Vater Hauke seinen weißen Freunden noch an, dass auch er selbst bald den Bund fürs Leben einzugehen gedenke. Bei seiner Auserwählten handelte es sich um eine dreißig Jahre alte Huronenfrau namens Anna, die von Anfang an durch besonderen Glaubenseifer und ihre wunderschöne Singstimme aufgefallen war, mit der sie jeden Gottesdienst zu einem besonderen Erlebnis zu machen verstand.

»Oh, wie wunderschön, Vater! Ich gratuliere Ihnen und Anna sehr herzlich!«

Birte schüttelte dem etwas verlegen dastehenden Pastor die Hand und Mikel schloss ihn in die Arme und drückte den Gefährten so vieler gemeinsam erlebter Abenteuer an seine breite Brust. »Möget Ihr in Eurer Ehe das gleiche Glück finden, wie es mir beschieden ist, Vater!«

»Amen! Der Herr in Seiner Güte wird es so geschehen lassen, liebe Freunde. Ihr aber sollt heil und gesund nach Hause gelangen. Dafür will ich beten!« Damit drehte Hauke Bohsen sich abrupt um und verschwand in seiner Kirche.

*

Mikel war bereits eine Stunde früher mit dem schwereren Gepäck vorausgegangen. Jetzt war es auch für Birte an der Zeit, sich mit den Kindern auf den Weg zur Anlegestelle am Fjord zu machen, wo die *Seacloud* sie erwartete, um sie an Bord zu nehmen und sie, wenn auch auf Umwegen, in die Heimat zu bringen. Ihre eigenen Abschiedstränen und die ihrer Tochter Catrina würden gewiss bald trocknen.

Birtes Herz machte einen Freudensprung, als sie Mikels kräftige, aber schlanke, hochgewachsene Gestalt am Ufer erspähte. Welch ansehnlichen, stattlichen Ehemann sie doch hatte. Als sie jedoch den Arm heben wollte, um ihrem Liebsten freudig zuzuwinken, überfiel sie urplötzlich eines ihrer Gesichter, die sie früher ziemlich häufig gehabt hatte. In den letzten Jahren waren diese allerdings seltener geworden. Sie erlebte sie auch kaum am hellen Tage und im Wachzustand; meist kamen die Vorhersagen nachts im Traum.

Nach kurzer Zeit war Birte wieder klar bei sich. Niemand hatte etwas bemerkt, selbst der stets wachsame Jens und die nicht minder aufmerksame Catrina waren zu sehr mit ihren eigenen Gefühlen des Abschiedsschmerzes, aber auch der Hoffnung und der Vorfreude auf die Heimreise beschäftigt.

Die junge Walfängerbraut wusste nicht, wie sie das soeben Gesehene einordnen sollte. Hatte sie sich doch an einem Ort an einem riesigen Gewässer aufgehalten – ein Strom, ein Meer? – aber Hooge oder eine der nordfriesischen Inseln war es nicht gewesen. Sie hatte schneebedeckte Felsenberge, aber auch undurchdringliche Wälder und im Wasser Eisberge gesehen. Im Gedächtnis war ihr auch eine Anzahl warm eingepackter Menschen, die in steinernen Hütten lebten, Robben und Eisbären jagten, Waltran in riesigen Kesseln auskochten und mit Europäern Handel mit Karibufellen und Fuchspelzen trieben …

Birte zuckte mit den Achseln, um das Traumgesicht endgültig zu vertreiben. Wahrscheinlich hatte sie einen Blick in die Zukunft ihres weißen Freundes Volkert Gonnesen getan. Er wollte doch noch einige Jahre als Walfänger zur See fahren. Es hatte gar nichts mit ihr und den Ihren zu tun. Dann war auch Mikel schon bei ihnen, um seiner Familie auf die *Seacloud* zu helfen. Da vergaß Birte die kleine Episode.

»Ales wel ham nü tu 'n guuden wään!« Leise sprach sie sich selbst Mut zu. Alles würde sich ab jetzt zum Guten wenden, nachdem sie erst einmal das Schiff bestiegen hatten, das sie endlich in Richtung Alte Welt bringen würde.

ACHTUNDZWANZIG

Natürlich hatte die übrige Welt nicht aufgehört, sich weiter zu drehen, mochten Birte und den Ihren noch so einschneidende Erlebnisse zuteilgeworden sein. In der Alten Welt hatten sich inzwischen Konstellationen ergeben, die nicht nur Pastor Knudtsen den Kopf schütteln ließen.

Wiederum war die Reihe an ihm, seiner Gemeinde die politischen Neuigkeiten zu verkünden, die ihm selbst so großes Kopfzerbrechen bereiteten, seit sein Nieblumer Freund Lorenz Brarens ihn damit konfrontiert hatte.

Wie immer war das Hoogener Kirchlein voll bis auf den letzten Platz. Solch einen Andrang erlebte der Pfarrer im Allgemeinen nur an Weihnachten. Obwohl es ein strahlend schöner Tag mit viel Sonnenschein war, roch es in der Kirche feucht und etwas muffig. Noch vor Kurzem war starker Regen gefallen und das viele Wasser hatte seinen Weg auch ins Innere des Gotteshauses gefunden. Beim Bau desselben war man so vorausschauend gewesen und hatte darauf verzichtet, einen festen Plattenboden zu verlegen, sondern sich für eine extra dicke Schicht Sandboden entschieden, in der gestautes Wasser versickern konnte. Aber das dauerte eben seine Zeit. Und so lange, bis die Feuchtigkeit restlos verschwunden war, roch es eben nach nassem Hund, wie die Hoogener zu sagen pflegten.

Alle Blicke der Gläubigen waren gebannt auf Birtes Vater gerichtet, was dieser zu verkünden hatte. Gab es jetzt endlich Frieden? Aber daran glaubte eigentlich niemand so recht.

Anstatt nach der verheerenden Schlappe von Poltawa so schnell wie möglich den Rückweg nach Schweden anzutreten, hat König Karl XII. den türkischen Sultan um Asyl gebeten.

Es war, als hätte eine Kanonenkugel in der Kirche eingeschlagen. Erst herrschte Stille, dann waren vereinzelt ungläubige Aufschreie zu hören, gefolgt von entrüstet anschwellendem Gemurmel. Sogar vereinzelte Flüche drangen aus den hinteren Reihen, die jedoch umgehend verebbten; befand man sich doch nicht im *Döörpskroog,* sondern in einem Haus des Herrn.

War dieser König noch bei klarem Verstand? Um Hilfe betteln beim Erzfeind der Christenheit? Er, der erwiesenermaßen stets die militärischen Schriften Alexanders des Großen mit sich führte und unbedingt dem großen Schwedenkönig aus dem Dreißigjährigen Krieg, Gustav Adolf, nachzueifern wünschte! Was würde als Nächstes kommen, nachdem der ruhmsüchtige Schwede das riesige Reich des Zaren angegriffen hatte und dabei kläglich unterlegen war? Ein Reich, das er als tödlichen Feind betrachtete, dessen Herrscher und Bevölkerung sich aber immerhin zu einer christlichen Glaubensrichtung bekannten!

»Müssen wir jetzt womöglich damit rechnen, irgendwann auch Mohammedaner werden zu müssen, Herr Pastor?« Laut und mit vor Empörung bebender Stimme erkundigte sich ein alter Fischer danach.

»Gott bewahre, Dref Bohnsen!«, beruhigte ihn Pfarrer Knudtsen. »So weit wird es niemals kommen.« Nachdem wieder Ruhe eingekehrt war, fuhr er mit der verstörenden Lektüre fort.

Seiner Religion gemäß war Sultan Ahmad III. verpflichtet, Karl von Schweden das erbetene Asyl zu gewähren. Jussuf Pascha, Statthalter der Stadt Bender, hieß den König im Namen des

Sultans feierlich willkommen und brachte bei dieser Gelegenheit gleich ein paar Wagenladungen mit Proviant mit.

Als Birtes Vater diese Nachricht vorlas, atmeten etliche Halligbewohner etwas auf. Bedeutete das doch, dass die kurz vor dem Hungertod stehenden Soldaten – vermutlich schlichte Kerle, wie sie selbst es waren – sich endlich wieder einmal satt essen konnten. Von saftigen Melonen, gebratenem Hammelfleisch und dem berühmten hervorragenden türkischen Kaffee war die Rede.

Nach dem Willen des Sultans sollten die Gäste, wie er die Flüchtlinge nannte, allerdings zweihundertvierzig Kilometer weiter nach Südwesten ziehen, noch um etliches weiter von ihrer Heimat entfernt, mitten hinein in die Stadt Bender, gelegen am Fluss Dnjestr. Dort hausen die Schweden nun in großen Zelten, die man für sie in einer wunderschönen Landschaft auf einer Wiese am Ufer des Flusses, umgeben von Obstbäumen, bereitgestellt hat.

Bei dieser Schilderung ging ein sehnsüchtiges Seufzen durch die Reihen der Gläubigen. Das klang ja fast nach Paradies, jedenfalls zu schön, um wahr zu sein. Wo war der Pferdefuß?

Wie es scheint, hat Karl XII. noch immer nicht seinen Wunsch begraben, den Zaren militärisch zu besiegen. Er sandte nämlich Befehle an den Staatsrat in Stockholm, man solle neue Regimenter ausheben und sie ihm schleunigst via Ostsee in die Türkei schicken.

Diese Zeilen ließen erneut Unmutsbekundungen aufbranden. Aber der Pastor winkte ab; er wünschte fortzufahren.

Zu seinem großen Ärger wollte seine Wunde am Fuß nicht heilen. Sechs Wochen lang vermochte König Karl kein Pferd zu besteigen.

Während er untätig in seinem Zelt saß, ging ihm immer wieder der überraschende Tod seiner älteren Schwester Hedwig

Sophie durch den Sinn. Tagelang wollte er keinen Menschen sehen. Er soll sogar auch türkische Besucher nicht empfangen haben, angeblich aus tiefer Trauer.

In einem Brief an seine jüngere Schwester, Prinzessin Ulrike, soll er behauptet haben, er hätte es vorgezogen, als Erster der drei Geschwister in die Ewigkeit einzugehen. Er bete jetzt inständig darum, wenigstens als Zweiter an der Reihe zu sein.

In der Zuhörerschaft des Pastors wurde wiederum unmutiges Gemurmel laut, weil kaum jemand dem selbstherrlichen König das Gerede abnahm. »Warum kehrt Karl denn nicht heim nach Schweden, wie es seine Pflicht als guter König wäre?«, erkundigte sich ein jüngerer Mann. In dem Schreiben, das Pastor Knudtsen in der Hand hielt, fand sich die Erklärung.

Russische Truppen marschieren bereits in Polen ein, Dänemark hat den zeitweise ruhenden Krieg gegen Schweden wieder aufgenommen; die dänische Armee ist schon in schwedisches Hoheitsgebiet eingedrungen.

Erneute leise Aufschreie in der Kirche. Genau davor hatten schließlich alle Nordfriesen insgeheim Angst gehabt.

Damit nicht genug, marschierten russische Soldaten durch die ungeschützten Ostseeprovinzen und besetzten Riga, Pärnu, Reval und Wyborg.

Warum kam König Karl seinen bedrängten Landsleuten nicht zu Hilfe, indem er dort, wie es ihm wohl angestanden hätte, die militärische Führung übernahm?

Auf diese überaus heikle Frage wusste das Schreiben aus Gottorf auch gleich die Antwort:

Die Reise war dem König zu schwierig und zu gefährlich. Die türkische Stadt Bender, wo er sich derzeit aufhält, liegt immerhin zweitausend Kilometer südlich von Stockholm – weit weg von den brandgefährlichen Russen!

Peter Knudtsen ließ den Brief sinken und blickte in die Gesichter seiner Gemeindemitglieder.

»Das zeigt doch den ganzen Irrsinn des gesamten Feldzugs!«, meinte ein zuhörender Fischer empört. »Wie kann sich ein vernünftiger Feldherr überhaupt so weit von seiner heimischen Basis entfernen und so tief in Feindesland eindringen? Ist das etwa verantwortungsvoll?«

»Diese Frage, mein lieber Freund, könnte dir nur Gott der Herr beantworten«, antwortete ihm trocken der Pastor, ehe er die niederschmetternde Lektüre wieder aufnahm.

Der Weg durch Polen ist durch Soldaten Zar Peters und Augusts des Starken abgeriegelt. Letzterer hat mittlerweile seinen Kontrahenten von Karls Gnaden vom Thron vertrieben und sich selbst wieder als König von Polen eingesetzt.

Als wäre es noch nicht genug, ist auch noch die Pest ausgebrochen und die Österreicher haben aus Angst vor Einschleppung der Seuche ihre Grenzen dichtgemacht – was man durchaus verstehen kann.

Just in diesem Augenblick bringt sich der französische König Ludwig XIV. ins Gespräch. Mehrmals soll er Karl bereits angeboten haben, ihn per Schiff nach Schweden bringen zu lassen. Aber keineswegs aus wahrer Freundschaft. Ihm ist vielmehr daran gelegen, dass König Karl in Europa die Konflikte unter seinen englischen, holländischen und österreichischen Gegnern ja nicht einschlafen lässt, sondern dass er im Gegenteil weiter Zwietracht sät.

Karl wiederum treibt jetzt die Furcht um, ihn könnten auf dem Seeweg womöglich Seeräuber kapern.

Noch etwas anderes kommt erschwerend hinzu. Ließe er sich von den Franzosen nach Hause zurückbringen, wäre er aus Dankbarkeit gezwungen, im unseligen Spanischen Erbfolgekrieg, der seit Jahren schon vor sich hin schwelt, Partei für Ludwig XIV. zu ergreifen.

Die Fragen einiger Zuhörer, was es mit Letzterem auf sich habe, überging der Pastor. Es würde die meisten Anwesenden überfordern, auch noch davon anzufangen. Außerdem spielte dieser Konflikt für die Friesen keine Rolle, soweit Birtes Vater es zumindest im Augenblick beurteilen konnte.

Der Schwedenkönig zieht es also vor, im osmanischen Reich zu bleiben. Er möchte allerdings den Sultan dazu anstiften, seinerseits einen Krieg mit dem Zaren anzuzetteln. Falls er sich – so seine Überlegung – den Türken bei einer erfolgreichen Offensive anzuschließen vermöchte, wäre es ihm immer noch möglich, Peter zu schlagen und alles zurückzugewinnen, was Schweden verloren hat.

»Mit Ausnahme der sinnlos geopferten Männer!«, rief einer aus der Gemeinde zornig und die übrigen gaben ihm recht.

Damit ließ der Pastor es für dieses Mal gut sein mit den Informationen aus Föhr, die eigentlich von Gottfried Wilhelm Leibniz stammten, der bekanntlich freundschaftliche Beziehungen zu Mitgliedern des Hofes von August dem Starken unterhielt. Bei Gott, es reichte, was Peter Knudtsen seinen Schäfchen offenbart hatte. Es würde ihnen genügend Stoff zum Nachdenken und Anlass für manche schlaflose Nacht bieten.

*

König Karl hatte im Herbst 1709 zwei Agenten beauftragt, sich in ein gefährliches diplomatisches Spiel mit den Türken einzulassen. Seitdem bemühten sich die beiden darum, den russischen Gesandten Tolstoi beim türkischen Sultan und seinem Großwesir missliebig zu machen.

Peter Tolstoi, vom Zaren wegen besonderer Verdienste in den Grafenstand erhoben, beklagte sich wiederholt bei seinem Herrn über die schlechte Behandlung, die ihm in Konstantinopel zuteil wurde. Aber angeblich erging es dem türkischen Gesandten in Moskau um kein Jota besser ...

Wes Geistes Kind dieser Tolstoi war, wurde einem so richtig klar, wenn man Zugang zu gewissen Informationen besaß.

Tolstoi trieb die Angst um, einer seiner russischen Diener könne zum Islam übertreten und dann seine – Tolstois – Spionagetätigkeit an die Türken verraten. In diplomatischen Kreisen kursierten Gerüchte, dieser Fall sei bereits einmal eingetreten.

Tolstoi selbst habe nach Moskau geschrieben, nach seiner Beobachtung sei der islamische Glaube für unbedarfte Menschen sehr attraktiv. Er führte auch gleich ein Beispiel an.

»Einer meiner jungen Botschaftssekretäre namens Timotheus hatte sich mit einigen Türken angefreundet und wollte zum Islam konvertieren«, schrieb Tolstoi an Zar Peter. »Gott sei gelobt, dass ich rechtzeitig davon erfuhr! Ich ließ ihn rufen und Timotheus gestand mir, Mohammedaner werden zu wollen. Darauf gab ich ihm in aller Freundschaft ein Glas Wein zu trinken und schloss ihn anschließend während der Nacht in seinem Zimmer ein. Am nächsten Morgen fanden ihn Diener leider tot im Bett liegend vor. Er ist gewiss schnell und ohne große Schmerzen gestorben. So hat ihn Gott vor einem großen Übel bewahrt, das zu begehen er im Begriffe war.«

Pastor Peter Knudtsen schauderte, als er diese Nachricht seines Freundes las, der – wie so häufig – von einer befreundeten Gottorfer Hofdame auf dem Laufenden gehalten wurde, die ihrerseits einen Verwandten am Zarenhof besaß. »Man kann einen feigen Giftmord auch begründen und sogar entschuldigen, indem man die Tatsachen so zurechtbiegt, dass sie einem in den Kram passen«, murmelte Birtes Vater, erschüttert über so viel Kaltblütigkeit.

»Dieser Tolstoi scheint mir ein ganz abgebrühtes Subjekt zu sein«, hatte die Hofdame es treffend formuliert.

Immerhin schien er es bis jetzt geschafft zu haben, die Türken davon abzuhalten, gegen Russland Krieg zu führen. Genau das sollten die schwedischen Agenten nach Karls Willen jetzt ändern.

Eigentlich wollten die Türken ja überhaupt keinen Krieg führen. Peters Sieg bei Poltawa hatte ihren Respekt vor der russischen Kampfkraft nämlich gewaltig anwachsen lassen. »Der König von Schweden ist wie eine schwere Last auf die Schultern der Hohen Pforte gefallen«, behauptete man in Konstantinopel ganz unverblümt.

Allerdings gab es nicht nur strikte Ablehnung, sondern auch einflussreiche Befürworter einer kriegerischen Auseinandersetzung mit Russland. Dazu zählte, wie Pastor Knudtsen mit großem Erstaunen las, ausgerechnet die Mutter Sultan Ahmads. Sie schien von den zahlreichen Legenden über den blonden nordischen Helden Karl geradezu fasziniert zu sein.

Sie und andere sollten durch die schwedischen Gesandten nun dazu angestiftet werden, den osmanischen Herrscher in einen Kampf gegen den Zaren zu verwickeln. Hilfreich erwies sich dabei der in schwedischen Augen günstige Umstand, dass auch die türkische Armee, besonders die Janitscharen, den Kriegerkönig aus dem hohen Norden regelrecht vergötterten.

»König Karl, der vermutlich einsah«, hatte Frau Alma von Roedingsfeld geschrieben, »dass er schlecht den Sultan in den Kampf schicken und selbst untätig bleiben könne, schrieb einen Brandbrief nach Stockholm, in dem er mitteilte, die osmanische Armee werde bereits mobil gemacht und man möge in Stockholm endlich für den sicheren und rechtzeitigen Transport der bereits erwähnten Regimenter nach Pommern sorgen.«

Die Ratsmänner in Stockholm waren über das befremdliche Ersuchen ihres Herrschers ausgesprochen verstimmt: Hatte doch bereits im November 1709 Dänemark den Frieden mit Schweden einseitig aufgekündigt und seine Truppen – worüber König Karl auch genau Bescheid wusste! – in Südschweden einmarschieren lassen.

Ein weiterer Befehl des Königs, nun auch noch ein Heer nach Pommern zu schicken, kam dem schwedischen Staatsrat, der nicht wusste, wie die bis dato bereits aufgelaufenen hohen Kriegskosten aufzubringen waren, wie blanker Irrsinn vor. Ohne alle diplomatischen Schnörkel ließen die Herren ihren König wissen, man könne derzeit keinen einzigen schwedischen Soldaten entbehren.

Man könnte es eine Ironie des Schicksals nennen, überlegte Pastor Peter, falls Karls Agenten in Konstantinopel mit ihrer Kriegstreiberei Erfolg hätten – und der König in seiner eigenen Hauptstadt bei seinem eigenen Staatsrat auf Granit bisse!

Die Gefahr, dass Schweden die fehlenden Krieger aus anderen Teilen des Reiches – vorzugsweise aus Nordfriesland – rekrutieren könnte, stand erneut drohend im Raum. Aber noch bestand ja zum Glück die Aussicht, dass die Türken sich gar nicht auf das russische Abenteuer einließen.

Möge Gott, der Herr, es fügen, dass – wenn schon nicht der Schwedenkönig – dann vielleicht der türkische Sultan genügend Verstand besitzt, das hohe Gut des Friedens zu bewahren! Amen.

Diesem frommen Wunsch der Hofdame konnte sich Peter Knudtsen nur von ganzem Herzen anschließen.

Wieder einmal war der Hoogener Pastor froh darüber, seine Tochter Birte – wenn auch aus ganz anderen Gründen – dazu überredet zu haben, für eine Weile die Heimat zu verlassen. Seine Liebsten hielten sich derzeit weit außerhalb der Reichweite europäischen Eroberungswahns und Schlachtenlärms auf.

Was Vorausschauende seit Langem befürchtet hatten, war eingetreten: Dänemark, das über Westerlandföhr herrschte, hatte – wieder einmal! – Schweden den Krieg erklärt. Jenem Land, dessen König Karl XII. der Oheim des künftigen Herzogs von Schleswig-Holstein und damit von Osterlandföhr war. Und die *Hallig* Hooge lag gewissermaßen vor der Haustür der Insel Föhr.

Die Hoffnung der Friesen auf einen weitgehend normalen Alltag beruhte jetzt allein auf der Vernunft der dänischen *Gangfersmänner,* die im Westteil Föhrs saßen und mit denen es sich normalerweise wunderbar auskommen ließ. Aber das bezog sich vornehmlich auf Friedenszeiten – mit denen es jetzt vorbei war.

Der Pastor würde Gondel sagen, dass sie heute nicht mit dem Essen auf ihn warten sollte; er hatte beschlossen, sich von einem von Birtes jütischen Knechten nach Föhr rudern zu lassen, um mal wieder den Ratsherren auf der dänischen Seite der Insel einen seiner obligaten Höflichkeitsbesuche abzustatten. Mal sehen, ob das alte Sprichwort auch in diesem Falle stimmte, dass im Allgemeinen nicht so heiß gegessen wie gekocht wurde. Meine liebe Tochter, dachte er, während er die alte Magd im Pastoratshof suchte, ist ja gottlob in Sicherheit, und lächelte zufrieden.

NEUNUNDZWANZIG

Wenn der Pastor von Hooge sich auf der Insel Föhr aufhielt, war es ihm selbstverständlich auch ein Herzensanliegen, seinen guten Freund Lorenz Brarens, den Pfarrer des Friesendoms in Nieblum, aufzusuchen.

»Gott zum Gruße, verehrter Mitbruder«, begrüßte ihn dieser mit ernstem Gesicht und forderte ihn auf, in seiner Studierstube Platz zu nehmen. »Ihr Besuch erspart es mir, zur Feder zu greifen und Sie schriftlich über ein Ereignis von allerhöchster Brisanz zu informieren.«

»Jesus! Kommt der Krieg jetzt doch auf die Inseln?« Peter Knudtsen erschrak und wurde bleich.

»Nein, mein Lieber! Die schlechte Nachricht, die ich Ihnen leider nicht vorenthalten darf, bezieht sich auf Ihre Tochter und Ihre Enkel!«

Jetzt hatte der Hoogener Seelenhirte Mühe, die Fassung nicht völlig zu verlieren; er war froh, bereits auf einem Stuhl zu sitzen, denn er war sich nicht sicher, ob seine Beine ihn noch getragen hätten. »Bitte sprechen Sie!«, stöhnte er.

»Heute Vormittag erhielt ich durch Boten eine Nachricht aus Holland – Sie wissen, dass ich etliche zur See fahrende Verwandte und Bekannte besitze. Deren Nachrichtennetz ist über die gesamte Nordsee und teilweise auch über die arktischen Bereiche gespannt; Neuigkeiten verbreiten sich im Allgemeinen über Stafetten wie ein Lauffeuer auch zum Festland und zu uns auf die Inseln. Ich will es kurz machen, mein lieber Freund: Auf dem Segler *Meerjungfrau* breitete sich rasend schnell eine schwere Seuche aus, wodurch viele Seeleute ihr Leben verloren haben; auch der Schiffsmedicus befand sich unter den Opfern. Ihre Tochter schien mit der medizinischen Versorgung überfordert und das Sterben ging weiter. Das nützte einer der *Harpuniere* für seine finsteren Zwecke aus, indem er in der *Davis Street* eine Meuterei anzettelte. Ihre Tochter samt den Kindern, der *Commandeur* sowie der Schiffsgeistliche, der *Bootsmann* und noch ein junger Seemann, der zu seiner Schiffseignerin hielt und sich den Verbrechern nicht anschließen wollte, wurden vom Anführer der Meuterer persönlich gefangen genommen und ausgesetzt. Wohlweislich nicht in Grönland, wo zu dieser Jahreszeit immerhin öfters Walfangschiffe auf ihrem Weg nach Europa verkehren, sondern drüben auf dem nordostamerikanischen Baffin Land, wo ab dem Spätsommer für gewöhnlich kein Segler mehr die Route nach Europa übernimmt!«

Peter Knudtsen war kreideweiß und zuerst nicht imstande, einen zusammenhängenden Satz zu formulieren. Ehe er Fragen stellen konnte, fuhr sein Freund jedoch fort: »Man hat sie nicht angerührt – aber niemand vermag zu sagen, wie es ihnen derzeit ergeht! Die Gegend, wohin man sie verbracht hat, gilt als äußerst vegetationsarm und menschenfeindlich. Es heißt, Bäume suche man dort vergeblich. Was einen nicht wundert. Auf demselben Breitengrad liegt schließlich das vereiste Grönland! Hin und wieder sollen sich dort Bären blicken lassen und ab und zu ziehen ein paar Indianer durch die karge Felseneinöde. Ob diese Eingeborenen den Weißen allerdings freundlich gesinnt sind oder nicht, weiß keiner.«

»Herr im Himmel! Warum tust du mir das an?« Pastor Knudtsen rang verzweifelt die Hände im Schoß. »Vielleicht sind meine Lieben längst verhungert, erfroren, wilden Tieren oder feindseligen Indianern zum Opfer gefallen? Und ich Narr habe mich eben noch darüber gefreut, dass mir die dänischen *Gangfersmänner* glaubhaft versicherten, von ihrer Seite aus bestünden keinerlei Animositäten gegenüber den Inselfriesen.«

Lorenz Brarens, der mit einem Schock seines Freundes gerechnet hatte, war bemüht, dessen Verzweiflung nicht übermächtig werden zu lassen.

»Kleinmut ist eine Sünde vor dem Herrn, Peter! Wir wollen ihm in unserem Herzen keinen Raum geben. Es besteht die berechtigte Hoffnung, dass alle den schrecklichen Vorfall heil überstehen. Bedenken Sie: Sie sind unverletzt und man hat ihnen, wie Matrosen glaubhaft versicherten, eine Kiste mit Proviant, Decken und einem Gewehr samt Munition überlassen. Außerdem: Weder Kapitän Mikel Frödesen noch sein *Bootsmann* sind Feiglinge oder unbedachte, unerfahrene Männer. Auch der Geistliche, ein Ostfriese namens Hauke Bohsen, soll das Herz auf dem rechten Fleck haben und kräftig anpacken können, wo es Not tut. Der andere, ein junger Matrose, ist Birte blind ergeben, weil sie ihm angeblich den Fuß gerettet hat, den er sich beim Zerlegen eines Wals schlimm verletzt hatte. Alles in allem, lieber Bruder Peter: Die Aussichten, dass sie heil aus der unangenehmen Sache herauskommen, stehen keineswegs schlecht. Und um den nötigen Segen unseres Herrgotts zu erbitten, dafür sind schließlich wir beide da, mein Freund!«

Aber so leicht war Brarens' Freund nicht zu beruhigen.

»Weiß man denn auch, wer die ungeheuerliche Tat begangen hat? Von Piratenüberfällen der *Barbaresken* hat man schon längere Zeit nichts mehr gehört. Soweit mir bekannt ist, ist die *Meerjungfrau* auch ganz ordentlich mit Waffen ausgerüstet! Wie konnte es sein, dass man sich so einfach den Kaperern ergeben hat?«

»Sie haben mir nicht genau zugehört, Peter«, musste sich Birtes Vater sagen lassen. »Es handelte sich bei denen, die den Segler in ihre Gewalt gebracht haben, nicht um fremde Piraten, sondern um Mitglieder der Schiffsbesatzung!«

»Gott im Himmel! Wer hat je so etwas gehört? Kann man jetzt den eigenen Leuten nicht mehr vertrauen? In welchen Zeiten leben wir denn?«

»In äußerst unruhigen, mein Freund! Man kennt sogar den Namen des Hauptschuldigen des Aufstandes. Ocke Japsen ist es, ein ungefähr dreißig Jahre alter *Harpunier*, der von der *Hallig* Oland stammt!«

»Das glaube ich jetzt nicht! Ich kenne seinen Vater, einen redlichen Heringsfischer, sehr gut – aber noch besser seinen Oheim. Bunde Japsen war mit mir gemeinsam auf der höheren Schule und ist ebenfalls Pastor geworden. Soweit ich weiß, dient er unserem Herrn in der Nähe von Gottorf in einer kleinen Gemeinde.«

»Da scheint der Junge ja mächtig aus der Art geschlagen zu sein, wenn er glaubte, sich ungestraft auf die Seeräuberei verlegen zu können. Wenigstens in diesem Punkt kann ich Ihnen Hoffnung machen, mein Freund! Sehr lange erfreute er sich nämlich nicht des Kommandos über den Segler Ihrer Tochter. Nachdem er aus lauter Geldgier versucht hatte, diejenigen Seeleute, die sich ihm angeschlossen oder zumindest stillgehalten hatten, bei der Abrechnung des erbeuteten Waltrans übers Ohr zu hauen, sah er sich plötzlich einer entschlossenen Mannschaft gegenüber. Sie schlugen ihn nieder, legten ihn in Ketten und lieferten ihn den holländischen Behörden als gefährlichen Verbrecher aus. Mein letzter Wissensstand lautet, dass er in einem Amsterdamer Kerker schmort, um vor dem großen Seeamtsgericht auf seinen Prozess zu warten. Die ihn bei der Meuterei unterstützt haben, werden sich ebenfalls vor den Richtern verantworten müssen. Aber für diese Kerle sieht es nicht ganz so schlecht aus. Sie machen geltend, sie hätten nur aus Angst vor dem brutalen, gut bewaffneten und zum Äußersten entschlossenen Ocke Japsen mitgemacht. Er habe ihnen nämlich im Falle des Widerstands den Tod angedroht.«

»Kommt darauf an, wie die Richter das bewerten«, murmelte Peter Knudtsen. »Aber mir geht es im Augenblick in erster Linie nicht um die Bestrafung der Verbrecher, auch nicht so sehr um die Rückgabe des Schiffes, sondern einzig um das Leben meiner Tochter und meiner Enkelkinder! Das werden mir aber auch die holländischen Richter nicht garantieren können.«

»Nein, mein Freund, dafür ist ein anderer zuständig! Lassen Sie uns in die Sankt-Johannis-Kirche hinübergehen und um göttlichen Beistand beten.«

*

Im späten Herbst 1710 fuhr Pastor Knudtsen in Vertretung seiner verschollenen Tochter Birte, zusammen mit ihrem jütischen Knecht Jon Haraldson nach Amsterdam, um dem Gerichtsverfahren gegen Ocke Japsen beizuwohnen. Die Seeleute, die sich an der Meuterei beteiligt hatten, hatte man bereits abgeurteilt.

Sie kamen jeder mit einer saftigen Geldbuße davon, weil alle dichthielten und sich gegenseitig nicht verpfeifen wollten, wer nun ein aktiver Meuterer gewesen war und wer nur passiv das Ganze habe geschehen lassen. Eine Solidarität, die niemanden verwunderte. Mussten die Männer doch künftig erneut zur See fahren, um ihren Lebensunterhalt zu verdienen, und konnten durchaus irgendwann auf dem gleichen Segler verpflichtet sein wie ein anderer, dem man zu einer harten Strafe verholfen hatte. Gegenseitige Feindschaft wäre also sehr hinderlich gewesen.

Für Ocke Japsen sah es nach Meinung von Experten nicht so gut aus. Auf sein Verbrechen stand in aller Regel die Todesstrafe.

Diese Art von Prozess fand zum Glück nicht häufig statt; entsprechend groß war der Andrang bei den Zuschauern der Verhandlung. Einen großen Teil derer, die lediglich zum Gaffen gekommen waren, ließen die Türsteher erst gar nicht in den viel zu kleinen Gerichtssaal hinein.

Auch Pastor Peter Knudtsen sowie seinen Begleiter Jon unterzog man einer strengen Kontrolle. Nachdem man ihre Papiere durchgesehen hatte, wurden sie nach Waffen durchsucht. Niemand durfte bewaffnet einem Gerichtsverfahren beiwohnen.

Als klar war, dass Peter Knudtsen der Vater der betroffenen Schiffseignerin und als Zeuge geladen war, geleitete ein Wachmann ihn mit freundlichen Worten in den Saal, wo er in der ersten Bankreihe der Zeugen Platz nehmen durfte, während sich Jon weiter hinten zu den übrigen Zuschauern gesellte.

Jedermann im Saal erhob sich, als das Hohe Gericht eintrat. An den Gesichtern dreier Richter und sechs Schöffen war nicht das Geringste abzulesen, auch wenn Birtes Vater glaubte, der

Oberste Richter, der in der Mitte auf erhöhtem Stuhl Platz nahm, strahle eine gewisse Portion an Kälte und Hochmut aus. Auf seinen Wink hin führte ein Gerichtsdiener Ocke Japsen herein.

Dass der Beschuldigte bereits ein paar Monate Kerkerhaft – wenngleich als Beklagter und nicht als Verurteilter – hinter sich hatte, sah man ihm deutlich an. Blass und abgemagert schien er alles von seiner üblichen Dreistigkeit, die man ihm nachsagte, verloren zu haben. Pastor Knudtsen, ein Mann mit großer Menschenkenntnis, gewann indes sofort den Eindruck, der Meuterer lege es darauf an, sich herauszuwinden, indem er sich naiv und gutgläubig gab, die Wahrheit gnadenlos verdrehte und seine Untaten so hinstellte, als habe er es eigentlich nur gut gemeint, indem er Schlimmeres verhindert habe.

Auch er sei von der schrecklichen, an Bord grassierenden Seuche befallen gewesen, behauptete er, offenbar Mitleid heischend. Darüber hatten Pastor Brarens' Informanten allerdings kein Wort verlauten lassen. Dank Gottes Hilfe und seines guten Allgemeinzustandes sei er jedoch nicht daran zugrunde gegangen, sondern habe knapp überlebt. Indes nicht so gut sei der Zustand seines Kopfes gewesen: Von tagelangem hohem Fieber geschwächt, habe er nicht nur Stimmen gehört, sondern auch schreckliche Ängste ausgestanden, es könnten alle an Bord sterben und nur er allein bliebe übrig – was mit Sicherheit seinen Untergang bedeutet hätte. Die restliche Mannschaft habe sich in Aufruhr befunden, flocht er dann wie nebenbei ein. Eine dreiste Umkehrung der Tatsache, da er selbst es gewesen war, der die Rebellion überhaupt angezettelt hatte.

Was die Stimmen denn zu ihm gesagt hätten, erkundigte sich gespannt der Oberste Richter, der ebenso wie seine beiden Nebenrichter und die Schöffen ganz offensichtlich von den Schilderungen des Spitzbuben fasziniert zu sein schien.

Ja, die hätten ihm immer massiver zugesetzt, behauptete Ocke scheinheilig und mit wehleidigem Gesichtsausdruck. »Zuletzt haben sie von mir verlangt, ich müsse die *Meerjungfrau* vom *Commandeur*, vom Prediger sowie der Eignerin befreien. Ja, genau so haben sie sich ausgedrückt, diese Stimmen in meinem Kopf! Ich wollte das aber auf gar keinen Fall, hohes Gericht! Ich bin mein Lebtag lang ein einfacher braver Seemann gewesen und nicht zum Kapitän bestimmt!«

Hier hakte der Oberste Richter ein. »Na, na! Keine falsche Bescheidenheit, Beklagter Japsen! Sie waren immerhin *Harpunier*, gehörten also rangmäßig zu den Offizieren und nicht zu den schlichten Matrosen!«

»Ich habe mich nie zur Offizierskaste zugehörig gefühlt, Euer Gnaden, sondern mich stets als einer gesehen, der mit seiner Hände harter Arbeit sein Brot verdient!«

Unwillkürlich stöhnte Pastor Knudtsen leise auf bei so viel geballter Scheinheiligkeit. Wenn der Kerl so weitermachte, dachte er beunruhigt, stünde er womöglich am Schluss des Verfahrens noch als Märtyrer da!

»Wie ging es weiter mit den Stimmen, welche Sie angeblich gehört haben?«, wollte der Richter wissen.

»Die Stimmen haben mir keine Ruhe gelassen, sondern mich immer stärker bedrängt!«, behauptete Ocke frech, aber mit dem unschuldigsten Gesicht der Welt. »Sie haben gesagt, wenn ich das Schiff und die überlebenden Seeleute retten wolle, müsse ich die genannten Personen entfernen!«

»Was soll das Gericht sich unter ›entfernen‹ vorstellen, Beklagter?«

Die Mienen von Richtern und Schöffen waren jetzt sehr ernst geworden. Ocke Japsen schien das zu bemerken und war bestrebt, bei den hohen Herren ja nicht das Gefühl aufkommen zu lassen, er sei womöglich ein gemeiner Verbrecher – und nicht das Opfer seiner Einbildungen, die er der schweren Krankheit verdankte.

»Fast scheue ich mich, es auszuprechen, Herr Richter«, begann der Angeklagte schlau und senkte bescheiden den Blick. »Die Stimmen bedrängten mich, die genannten Personen über Bord zu werfen! Aber dagegen wehrte ich mich mit aller Macht! Lieber wollte ich selber sterben, als so etwas Furchtbares zu tun!«

Daraufhin wurde im Gerichtssaal erregtes Gemurmel unter den Zuhörern laut, die auf diesen plumpen Schwindel nicht hereinfielen. Das veranlasste wiederum den Obersten Richter zu einer scharfen Rüge ans Publikum. Er drohte damit, den Saal räumen zu lassen, und umgehend kehrte Ruhe ein.

»Fahren Sie fort, Beklagter!«

»Ich habe mich nach längerem Zögern dazu entschlossen, die genannten Personen – er weigerte sich nach wie vor strikt, die Namen seiner Opfer zu nennen – vor rohen Übergriffen der gesunden Matrosen zu schützen, indem ich sie gerade noch rechtzeitig von Bord schaffte!«

Birtes Vater stöhnte innerlich auf. Er konnte nicht glauben, was er da zu hören bekam. Jetzt spielte der Kerl sich tatsächlich noch als Birtes und ihrer Kinder Retter auf!

»Ich selbst setzte mich mit den Genannten in eines der Boote und ließ sie trotz heftigen Seegangs ans rettende amerikanische Ufer rudern, um sie aus der Reichweite der aufgebrachten Besatzung zu schaffen!«

»Wie stellten Sie sich denn vor, wie die von Ihnen in der Wildnis Ausgesetzten überleben sollten?«, erkundigte sich darauf einer der zwei beigeordneten Richter. »Ohne Nahrung, ohne warme Kleidung, ohne alles? Mir scheint, Beklagter, Sie haben den Tod Ihrer Opfer billigend in Kauf genommen und wollen uns jetzt vormachen, Sie hätten nur das Wohl von Eignerin, *Commandeur*, Schiffsgeistlichem und *Bootsmann* im Sinn gehabt!«

Peter Knudtsen atmete insgeheim auf. Dieser Richter schien im Gegensatz zum Obersten Gerichtsherrn nicht auf die beachtlichen Schauspielkünste und unverschämten Lügen des Ocke Japsen hereinzufallen. Es käme vermutlich auf die Entscheidung des dritten Richters an, der sich bisher noch gar nicht geäußert hatte, um den offenbar zur Milde tendierenden Obersten Richter zu überstimmen. Die Schöffen schlossen sich dann im Allgemeinen der Richtermehrheit an.

»Oh, Hohes Gericht! Nicht doch! Ich habe selbstverständlich in weiser Voraussicht für die mir anvertrauten Personen vorgesorgt! Und zwar klammheimlich, ohne dass die übrigen Seeleute es mitbekamen! Die waren nämlich nach wie vor sehr aufgebracht – vor allem über die Frau Eignerin, die sich als Heilerin aufspielte und alles nur noch viel schlimmer machte, nachdem der richtige Medicus tot war. Die Leute starben ihr nur so unter den Händen weg! Die meisten Erkrankten weigerten sich mittlerweile, von ihr auch nur berührt zu werden!«

Im Gerichtssaal machte sich Unruhe breit und Peter Knudtsen stockte beinahe der Atem. Gütiger Himmel! Das wurde ja immer schlimmer! Der Pastor vermochte kaum noch ruhig auf seinem Platz sitzen zu bleiben.

»Wie haben Sie also vorgesorgt, Ocke Japsen?«

Aha, mit »Beklagter« war es anscheinend vorbei. Peter Knudtsen schwindelte es. Er musste schwer an sich halten, nicht wütend aus dem Gerichtssaal zu stürzen, um dieser Farce nicht länger beiwohnen zu müssen.

»Ohne dass es jemand bemerkte, habe ich selber eine große Kiste ins Boot geschleppt mit Proviant, Trinkwasser und warmen Decken. Aber das Beste war ein Jagdgewehr mit ausreichend Munition! Wenn meine Kameraden das erfahren hätten, wären sie sehr wütend auf mich gewesen, und ich weiß nicht, was sie zur Vergeltung mit mir angestellt hätten!«

Der Oberste Richter schien beeindruckt, aber der Jurist zu seiner Rechten sah das Ganze ein wenig anders.

»Sofern Sie Menschen in einer derart lebensfeindlichen Umgebung aussetzen, überlassen Sie diese einem ungewissen Schicksal. Das muss Ihnen klar gewesen sein, selbst wenn Sie noch an den Nachwirkungen einer Seuche zu leiden gehabt haben sollten. Wie groß war denn diese Kiste, wenn Sie darin für fünf Erwachsene ausreichend Getränke und Nahrung für ein paar Tage sowie warme Decken und dazu noch eine Waffe samt passender Munition verstaut haben wollen? Wie wollen sie diese Kiste allein getragen haben? Nach einem Herkules sehen Sie mir nicht gerade aus!«

»So lebensfeindlich ist diese Gegend gar nicht, Euer Ehren!«

Geschickt vermied es der Meuterer, auf die übrigen Fragen einzugehen. »Ich habe Männer davon berichten hören, dass es dort vor jagdbarem Wild geradezu wimmelt im Gegensatz zur grönländischen Seite der Davis Street! Und die Eingeborenen, die da leben, sind in den meisten Fällen brave Christenmenschen, die niemandem etwas zuleide tun. Ich rechne damit, dass im nächsten Frühjahr alle, die von mir gerettet wurden, auf einem Segler von Amerika aus nach Hause kommen werden, mit Verspätung zwar, aber heil und gesund.«

Offenbar befand sich niemand im Gerichtssaal, der jemals dort gewesen war und Ocke Japsen der Lüge zeihen konnte. So blieb seine Aussage unwidersprochen.

Eigentlich stand das Urteil über den raffinierten Verbrecher, der sich jedoch auf wundersame Weise zum Retter stilisiert hatte, mehr oder weniger fest.

DREISSIG

Um sich kein Versäumnis nachsagen lassen zu müssen, rief der Oberste Richter noch ein paar Seeleute, die mit Sicherheit nicht an dem Aufstand beteiligt waren, in den Zeugenstand. Aber diese Männer waren auch keine Dummköpfe; längst war ihnen aufgegangen, woher der Wind wehte.

Aus dem drohenden Orkan, der dem Übeltäter eigentlich heftig ins Gesicht hätte blasen müssen, war mittlerweile ein laues Lüftchen des Verständnisses, ja, beinahe des Wohlwollens geworden.

Ihre Befragung erwies sich demnach in Bezug auf die Wahrheitsfindung kaum erhellend. Während die einen an merkwürdiger Gedächtnisschwäche litten, natürlich hervorgerufen durch die schlimme Seuche, konnten sich die anderen zwar bemerkenswert gut erinnern – allerdings an kein einziges Detail, das Ocke Japsen belastete.

Im Gegenteil. Sie hatten angeblich noch genau vor Augen, wie besorgt der *Harpunier* gewesen war, dass den Herrschaften ja nichts zustoße, sei es durch wütende Matrosen oder die schreckliche Krankheit. Ja, dadurch, dass sie vom Schiff hätten fliehen können, sei ihnen Schlimmeres erspart geblieben.

Dann gab es noch diejenigen, die Ockes absurde Einschätzung der Lebensumstände auf dem Erdenfleck im Nordosten des amerikanischen Kontinents aufs Lebhafteste bestätigten. Aus ihrem Munde klang es beinahe, als wären die Ausgesetzten direkt im Paradies gelandet.

Als am Ende des Verfahrens der Pastor aufgerufen wurde, hatte es den Anschein, der Oberste Richter habe die Befragung des Zeugen Peter Knudtsen als unwichtig vergessen, aber sie wäre ihm zu guter Letzt doch noch eingefallen.

»Möchten Sie sich vielleicht als Vater der Schiffseignerin Birte Petersen zu diesem Fall auch noch äußern, Herr Pastor?«, fragte er, wobei Miene und Tonfall durchblicken ließen, dass er Knudtsens Aussage eigentlich keine Relevanz beimaß.

»Ich bitte das Hohe Gericht ums Wort – und zwar ausdrücklich!«, gab der Geistliche mit Groll in der Stimme deutlich zu Protokoll.

»Ich verstehe! Sie sind zwar von den Umständen insofern betroffen, weil Sie sich wahrscheinlich um Ihre Tochter Sorgen machen – allerdings, wie Herr Japsen und andere Seeleute glaubhaft dargelegt haben, zu Unrecht! Die *Meerjungfrau* liegt im Übrigen längst im Amsterdamer Hafen an der Kette, wo sie auf ihre rechtmäßige Besitzerin wartet. Es ist Ihrer Tochter demnach keinerlei Schaden entstanden. Daher noch einmal meine Frage: Haben Sie zu dem Ganzen noch etwas Wichtiges beizutragen, Herr Pfarrer?«

Die Stimme des Obersten Richters klang kalt und seine Miene sprach Bände.

»Ich denke, ja, Hohes Gericht!«

Peter Knudtsen war mittlerweile zornrot im Gesicht. Am liebsten hätte er seinem Unmut deutlich Ausdruck verliehen. Auf diese Art einen Prozess gegen einen gefährlichen Meuterer und Räuber zu führen, der wissentlich Menschen in größte

Lebensgefahr gebracht hatte, war in seinen Augen eine Ungeheuerlichkeit.

Dass Birtes Segler in diesem Hafen deponiert war und nicht
irgendwo an einem verlassenen Strand in Ostindien vor sich
hin dümpelte, war nicht der Güte dieses Verbrechers geschuldet, sondern allein der Tatsache, dass einige Seeleute noch
rechtzeitig zur Vernunft gekommen waren, nachdem sie Ocke
Japsens Betrugsabsicht witterten, ihn als Kapitän abgesetzt und
in Ketten gelegt den Behörden übergeben hatten. Aber davon
war in dem ganzen lächerlichen Gerichtsverfahren kein einziges Wort gefallen.

»Vor allem lege ich Wert darauf, dass nicht nur meine Tochter
Opfer der ruchlosen Tat des Angeklagten wurde, sondern ebenfalls ihre beiden Kinder mit sechs beziehungsweise acht Jahren!
Warum wurde das im Prozess mit keiner Silbe erwähnt? Macht
man sich überhaupt eine Vorstellung davon, was in unschuldigen
Kinderseelen die verheerende Tatsache anzurichten vermag, dass
die eigene Mutter von ihrem Hab und Gut mit Gewalt verjagt
und gegen ihren ausdrücklichen Willen an einer gottverlassenen Stelle ausgesetzt wird, zusammen mit Männern, die zu ihr
gehalten haben, wie es die Pflicht von allen auf dem Schiff gewesen wäre – allein weil dieser ehrvergessene Bursche hier eine
unglaubliche Meuterei angezettelt hat!«

Umgehend brachte daraufhin der Oberste Richter zum Ausdruck, wie sehr ihm die »weit hergeholten und vollkommen
übertriebenen Einlassungen des voreingenommenen Zeugen«
missfielen. »Ich muss Sie leider dazu ermahnen, Herr Pastor,
nicht ausfällig zu werden gegen den hier anwesenden Seemann
Ocke Japsen! Noch ist er nicht verurteilt – und es erscheint fraglich, inwieweit dieses ehrenwerte Seefahrtsgericht eine besondere
Schuld des Mannes wird feststellen können. Nun zu den Kindern! Wie alt, sagten Sie, seien diese gewesen? Sechs und acht
Jahre? Da darf dann wohl die Frage erlaubt sein, wie Ihre Tochter es verantworten konnte, Kinder so geringen Alters einer derartigen Unternehmung auszusetzen, nicht wahr?«

»Soweit mir bekannt ist, Herr Richter, ist es keine Seltenheit, dass Reedereien bereits fünf- oder sechsjährige Knaben als *Moses* verpflichten!«, parierte der Pastor den Angriff auf seine Tochter, die das Gericht offenbar als pflichtvergessene Mutter hinzustellen versuchte.

Auf diese Debatte ließ der Oberste Richter sich allerdings nicht ein. »Aus Ihrer mit so viel Temperament vorgetragenen Rede, Herr Pastor, glaubt das Hohe Gericht eine Art Anklage herauszuhören, betreffs der Prozessführung, die es jedoch deutlich und mit aller Entschiedenheit zurückweisen muss. Also, bitte mäßigen Sie sich im Ton, dessen Sie sich hier befleißigen. Das Gericht sähe sich andernfalls gezwungen, ein Bußgeld als Ordnungsstrafe gegen Sie zu verhängen, Herr Pfarrer. Ich frage Sie noch einmal: Haben Sie noch etwas zu sagen?«

Peter Knudtsen, der trotz seines friedfertigen und immer auf Ausgleich bedachten Charakters kurz vor einem Tobsuchtsanfall stand, schluckte ein paarmal und verkniff sich dann klugerweise jede weitere Bemerkung. Er verneinte und schüttelte dabei den Kopf, wobei er einen verächtlichen Blick in Richtung des Angeklagten und einen eher verständnislosen und zutiefst besorgten zur Richterbank schickte.

Im Urteil, das kurz darauf einer der Gerichtsdiener verlas, war vermerkt, die ehrenwerten Herren Richter erachteten den bereits vor dem Prozess im Kerker verbrachten Aufenthalt von einigen Monaten als ausreichend für Ocke Japsens Verfehlungen, deren er sich im Zustande einer gewissen geistigen Verwirrung, hervorgerufen durch eine unbekannte Seuche, möglicherweise schuldig gemacht habe.

Kurz und gut. Dem ausgekochten, mit sämtlichen Wassern gewaschenen Angeklagten hatte man nichts Schlimmes nachzuweisen vermocht, Ocke war mit seiner haarsträubenden Geschichte durchgekommen. Der Beklagte verließ den Gerichtssaal als freier Mann, nachdem er angekündigt hatte, nach Schweden, der Heimat seiner mütterlichen Verwandten, zu fahren.

Birtes Vater trat wie vor den Kopf geschlagen die weite Heimreise an, wobei er sich dieses Mal auf dem Weg zu seinem Boot schwer auf den Arm seines Begleiters stützte. Schlagartig schien der Geistliche um Jahre gealtert zu sein. Die Falten in seinem Gesicht schienen ausgeprägter und die Augen auf einmal trüb. Jon Haraldson machte sich große Sorgen um den älteren Mann.

»Wenn ich einen Vorschlag machen dürfte, gnädiger Herr, würde ich Ihnen erst mal eine kräftige Suppe in einem der Gasthöfe empfehlen, ehe wir aufs Boot gehen!«

»Ein sehr weiser Rat, Jon Haraldson! Der Appetit ist mir zwar vergangen, aber mein Hals ist ganz trocken; gehen wir etwas trinken – wobei ich dieses Mal allerdings nicht an Tee denke …«

Gerührt von der Fürsorge des schlichten Mannes ließ Peter Knudtsen sich von Jon, einem der beiden jütischen Knechte, die Birtes verstorbener Ehemann Janne Ketelsen noch verpflichtet hatte, zu einem Wirtshaus führen, nicht weit vom Liegeplatz der dort ankernden *Meerjungfrau* entfernt. Ehe er Amsterdam verließ, wollte er wenigstens von außen einen Blick auf Birtes Eigentum werfen.

*

Ein kleines bisschen Aufatmen war auch der Bevölkerung Nordfrieslands gegönnt. Immerhin war Karl XII., der Hauptkriegstreiber, in der Türkei sozusagen ruhiggestellt; die Menschen mussten derzeit nicht befürchten, dass Werbekolonnen durch die Gemeinden zogen, um junge Männer zum Kriegsdienst zu pressen.

Manche erlaubten sich gar den Scherz zu behaupten, man komme ganz gut ohne den König aus, keiner vermisse ihn nämlich. Auf den schwedischen Staatsrat bezogen, hatte dies bestimmt seine Richtigkeit: Kaum einer, der seine Rückkehr herbeisehnte.

Die Herren Räte waren auf ihren Monarchen aus bestimmten, sehr nachvollziehbaren Gründen überhaupt nicht gut zu sprechen. Die Verantwortlichen hatten beschlossen, die Forderung des Königs nach immer mehr Soldaten für sein russisches Abenteuer schlicht zu ignorieren.

Sollte er sich doch im türkischen Exil an der Biographie Alexanders des Großen weiden, welche er nach Aussage von Leuten, die dies auf ihren Eid nahmen, sogar auf Kriegszügen stets in der Satteltasche mit sich führte.

Nachts, wenn Karl keinen Schlaf fand, pflegte er darin zu lesen; nicht allein zu seinem Ergötzen, sondern um für sich daraus Gewinn zu ziehen, dergestalt, dass er lernte, die raffinierten Strategien des überragenden Mazedoniers nachzuahmen. So unternahm er es beispielsweise, jede siegreiche Schlacht seines militärischen Vorbilds aufs Genaueste im Geiste durchzuspielen, um sie im Bedarfsfalle in der Wirklichkeit nachzuahmen.

War diesem Mann, der zunehmend jegliches Augenmaß zu verlieren drohte, zuzutrauen, Schleswig-Holstein einfach zu opfern, sollte er in Kürze zurückkehren?

Diese existenzielle Sorge trieb nicht wenige um, die weiter dachten als bis zur nächsten Sanddüne.

Wie stets in politisch, gesellschaftlich und wirtschaftlich turbulenten Zeiten wandten sich auch jetzt die verunsicherten Menschen vermehrt dem Übernatürlichen zu, um nach Gründen und vor allem nach Schuldigen zu suchen.

Einerseits begrüßten die Pastoren den wachsenden Zulauf in ihren Kirchen. Eine stärkere Hinwendung zu Gott, dem Herrn, schadete auf keinen Fall und innige Gebete konnten durchaus ihre heilsame Wirkung entfalten. Was der Geistlichkeit hingegen zunehmend Kummer bereitete, war der Aberglaube vieler ihrer Schäfchen. Zwar latent stets vorhanden, wuchs dieser neuerdings geradezu unheimlich stark an.

Birtes Vater beschwerte sich in diesem Winter 1710 auf 1711 beinahe jeden Tag bei Gondel darüber, wie sehr er sich den Mund fusselig reden müsse, um wenigstens die ärgsten Abweichungen vom rechten christlichen Glauben abzuwehren.

»Die albernsten Anschuldigungen muss ich mir anhören, wenn es darum geht, sich gegenseitig zauberischer Machenschaften zu beschuldigen, die als Grund für die drohende Kriegsgefahr herhalten müssen! Als ob König Karl sich darum scheren würde, ob a ianfach eilunsbüür, also ein einfacher Inselbauer, seinem Nachbarn die Pest an den Hals wünscht und deshalb heimlich Beschwörungsformeln murmelt oder ihm ein Hexenamulett unter der Haustürschwelle vergräbt! Es ist oft zum Haareraufen!«

Zum Schlimmsten gehörte für die Pastoren Knudtsen, Brarens und die zwei anderen Föringer Inselgeistlichen die Erfahrung, dass nicht nur schlichte Gemüter und sonstige Zurückgebliebene die Schuld bei ihren harmlosen Mitbürgern suchten, sondern auch vermeintlich Höherstehende und Gebildete keine Ausnahme bildeten, sobald es sich um sogenannte vernünftige Erklärungen für die unguten Zeitläufte handelte.

Dass das Phänomen nicht nur auf den Inseln und den noch abgeschiedeneren *Halligen*, sondern auch auf dem Festland und dort gar in allerhöchsten Kreisen üblich war, ahnte zum damaligen Zeitpunkt noch niemand.

Hätte Peter Knudtsen etwas Derartiges geargwöhnt, hätte er sich kaum so sehr auf die Rückkehr seiner Tochter und seiner Enkelkinder gefreut. Durch den auf dem Meer zwischen sich begegnenden Schiffen üblichen Postverkehr erfuhr der Hoogener Geistliche nämlich um einiges früher von der baldigen Heimkunft der Verschollenen, als diese selbst leibhaftig auf der *Hallig* eintrafen.

Selbst Hoogener, die sich noch vor einem Jahr als ganz strikte Gegner der Heilerin aufgeführt hatten, waren jetzt froh, dass Birte zurückkommen wollte, und beglückwünschten ihren Vater zur Heimkehr seiner Tochter. Sie meinten es sogar ehrlich, denn mittlerweile fehlte eine erfahrene Heilkundige an allen Ecken und Enden.

EINUNDDREISSIG

Herr Christian August, Vormund Carl-Friedrichs und Schwager der verstorbenen Herzogin Hedwig Sophie, hielt sich im vergangenen Herbst ausgerechnet auf Schloss Gottorf bei seinem Mündel auf, dem minderjährigen künftigen Herzog, als ihn die frohe Botschaft erreichte, sein größter Herzenswunsch sei in Erfüllung gegangen: Er war der designierte Fürstbischof von Lübeck! Damit war endlich ein lang gehegter Traum des ehrgeizigen jüngeren Bruders des verstorbenen Herzogs von Schleswig-Holstein wahr geworden.

Selbstverständlich musste das Ereignis auf Schloss Gottorf gebührend gefeiert werden. Sowohl der ansässige Adel wie die Edlen aus der näheren und weiteren Nachbarschaft wurden geladen – ungeachtet der unruhigen Zeiten. »Das Wesentliche darf niemals und unter keinen Umständen aus dem Auge verloren werden!« Nach dieser Maxime des frisch gebackenen Fürstbischofs ließ es sich trefflich leben, sofern man das rare Privileg genoss, zur Oberschicht zu gehören. Natürlich war so ein illustres Ereignis auch ein hervorragender Markt für heiratsfähige und -willige Söhne und Töchter der jeweiligen Herrschaften. Zu verkuppeln gab es immer jemanden.

Obschon die ersten Herbststürme übers Land gefegt waren und bereits Nachtfröste den kommenden Winter angekündigt hatten, war der Tag des großen Ereignisses noch sommerlich warm und sonnig. Die festlich herausgeputzte und frohgestimmte Hofgesellschaft erging sich nach dem Mittagsmahl paarweise oder in größeren und kleineren Gruppen im herbstlich bunten Park von Schloss Gottorf und bewunderte die kunstvollen Arrangements aus leuchtenden Spätblühern und von den Gärtnern sorgsam zu Tier- und Menschenfiguren getrimmten Büschen und Sträuchern.

Hässliche Themen wie etwa Krieg, Not und Elend klammerte man selbstverständlich aus; die Damen und Herren wollten sich an einem Jubeltag wie diesem nur Erbaulichem widmen.

Selbst die bereits vorsorglich für den Winter abgestellten Springbrunnen und Fontänen im Park hatten die Aufseher erneut zum Laufen gebracht. Künstliche Wasserspiele gehörten zu einem feierlichen Anlass im Freien unbedingt dazu. Gesprächsgruppen fanden sich, um sich alsbald wieder aufzulösen; man hatte sich noch mit vielen anderen Personen auszutauschen. Wie üblich war die Unterhaltung ziemlich seicht; in der Hauptsache drückte jedermann überaus große Billigung für die Ernennung des hohen Geistlichen, der als großzügiger Gastgeber fungierte, aus.

Herrn Christian August war bei diesem Anlass sehr daran gelegen, den gesamten Hofstaat seiner verstorbenen Schwägerin genau kennenzulernen. Er dachte nämlich nicht daran, irgendwelche Leute, die ihm nicht behagten, weiter in herzoglichen Diensten zu behalten. Nötigenfalls würde er sogar die noch von Hedwig Sophie ernannten Erzieher des künftigen Landesherrn entlassen und durch ihm genehme Herren ersetzen. Die Hofschranzen wussten das und jedermann war bestrebt, sich vor Seiner Eminenz von seiner besten Seite zu zeigen.

Einer, der sich am auffälligsten an den Fürstbischof herandrängte, war ein gewisser Moritz von Mannstein-Senftenberg. Hinter seinem Rücken erntete er dementsprechend spöttische oder auch empörte Blicke, sooft er bei jedem dünnen Späßchen des geistlichen Herrn laut auflachte beziehungsweise anlässlich eines noch so dürftigen Bonmots lebhaft Beifall klatschte. Der hohe Kirchenmann in seiner Eitelkeit bemerkte von der Peinlichkeit offenbar nichts, im Gegenteil. Bald waren die zwei Herren in ein intimes Gespräch vertieft, das nur sie beide etwas anzugehen schien.

Dafür hatte Christian August gesorgt, indem er sich mit Moritz von Mannstein-Senftenberg auf einer kleinen Bank am Rande eines marmornen Brunnenbeckens niederließ, die nur für zwei Personen Platz bot. Eine kaum merkliche Handbewegung des Gastgebers hatte die übrigen Damen und Herren, die sich eben noch um die beiden geschart hatten, diskret, aber deutlich verscheucht, was dem Höfling allerhand eifersüchtig-neidische Blicke eintrug. Das sanfte Plätschern des Springbrunnens verhinderte das Belauschen durch Unbefugte. Der Fürstbischof scheute sich auch nicht, gleich zur Sache zu kommen.

»Wie man mir berichtet hat, macht neuerdings eine junge Friesin von einer der Inseln oder *Halligen*, die sich teilweise – dem Herrn sei's geklagt – im Besitz der Dänen befinden sollen, von sich reden!«, fiel er sozusagen mit der Tür ins Haus. Über die tatsächlichen Machtverhältnisse schien der Fürstbischof nicht so recht im Bilde zu sein. »Ihren hohen Bekanntheitsgrad scheint die Frau sich durch mehrere spektakuläre Heilungen erworben zu haben. Wisst Ihr etwas über diese Benke, Berta oder Birte Petersen – oder wie sie auch heißen mag?«

Scharf heftete er seine beeindruckend schönen blauen Augen auf den sichtlich verlegenen Höfling. Der wusste allerdings nicht, wie er sich verhalten sollte. Bedeutete das Interesse des hohen Herrn etwas Positives – oder genau das Gegenteil?

Gewisse Gerüchte waren schon vor langer Zeit auch zu ihm gedrungen, genau wie zu allen anderen am Hof zu Gottorf. Falls er jetzt Lobendes über diese Birte zum Besten gab, schadete er sich dann womöglich selbst oder geriete es ihm zum Vorteil? Hatte Herr Christian August – ein zweifellos attraktiver Mann in den besten Jahren und, wie Gerüchte wissen wollten, keineswegs ein Kostverächter weiblicher Reize – vielleicht ein Auge auf dieses zweifellos interessante Weibsbild geworfen und wollte sie zur Mätresse haben? Denn verteufelt schön sollte das junge Frauenzimmer ja sein …

Ganz anders verhielte es sich allerdings, wenn der Erzbischof sie wegen ihrer umstrittenen Heilkünste insgeheim verdammte und jetzt nur nach genügend Sargnägeln suchte, um sie endgültig aus dem Verkehr zu ziehen. Die Haltung bedeutender protestantischer Kirchenmänner war derzeit etwas ambivalent. Die fortschrittlicheren verwahrten sich gegen abergläubischen Blödsinn, konservativere waren durchaus dafür, Hexen gnadenlos zu verfolgen und auszumerzen.

Moritz von Mannstein-Senftenberg fühlte sich demnach äußerst unbehaglich; unwillkürlich warf er einen hilflosen Blick in die Runde. Die übrigen Gäste standen indes in diskreter Ferne und waren in ihre eigenen Unterhaltungen vertieft.

»Niemand kann uns hören, mein Lieber! Ihr könnt frei von der Leber weg sprechen. Also, was haltet Ihr von der jungen Frau, der man hin und wieder, hm, unsaubere Praktiken nachsagt, wie man mir berichtet hat? Sogar von Mord soll andeutungsweise die Rede gewesen sein!«

Ein lauernder Blick traf Herrn Moritz; Christian August hatte sein gut geschnittenes männliches Gesicht dabei dem seines Gesprächspartners vertraulich angenähert. »Wichtig ist immer der scharfe Blick von vorausschauenden Männern wie uns, nicht wahr, mon cher?«

Geschickt warf der Fürstbischof dem Höfling einen Brocken hin, den dieser bereitwillig aufschnappte. Jetzt glaubte er, richtig verstanden zu haben. Christian August lag auf keinen Fall daran, Lobeshymnen über das betreffende Frauenzimmer zu hören. In Windeseile legte Herr Moritz sich eine Strategie zurecht, die es ihm erlaubte, dem Geistlichen einerseits nach dem Munde zu reden, ohne sich andererseits selbst als bösartigen Verleumder in ein schiefes Licht zu rücken.

»Nun, ich gestehe, Hoheit«, begann er in verschwörerischem Tonfall, »dass mir tatsächlich einiges über diese Person zu Ohren gekommen ist. Birte Petersen soll schön und klug, die Tochter eines Halligpastors und seit einigen Jahren Witwe sein. Überdies ist sie gut befreundet mit einer gewissen Kerrin Rolufsen von der Insel Föhr, die ebenfalls die Kunst des Heilens ausübt – und welche von Eurer erlauchten Frau Schwägerin, Herzogin Hedwig Sophie, überaus geschätzt wurde. Obwohl gewisse Gerüchte über jene Person umherschwirrten, der Eure Aufmerksamkeit gilt, schenkte ich persönlich ihnen keinen Glauben. Wie sollte man auch die Freundin einer von der Frau Herzogin so sehr geliebten Person übler Machenschaften verdächtigen?«

Ein gewisses Maß an Absicherung dünkte dem Höfling Moritz von Mannstein-Senftenberg durchaus angebracht; das plötzliche Interesse des geistlichen Herrn schien ihm nämlich in eine ziemlich unangenehme Richtung zu zielen.

»Versteht sich, versteht sich, mein Bester!«

Gönnerhaft legte Hedwig Sophies einstiger Schwager seinem Gesprächspartner eine mit einem parfümierten Handschuh bekleidete Hand aufs seidenbestrumpfte Knie – eine vertrauliche Geste, welche dem solcherart Geehrten weltmännisch-augenzwinkerndes Verständnis und zugleich allerhöchste Solidarität signalisieren sollte.

»So, so«, fuhr er fort, »Ihr habt demnach ebenfalls gehört, dass die junge Weibsperson sehr ansehnlich sein soll! Leider ist es so, dass gerade schöne Frauen es vermögen, besonders klugen Männern beizeiten den Verstand zu rauben. Das behauptet man zumindest. Berichtet also jetzt frei heraus, was Ihr alles an Geschichten über diese Birte gehört habt, mon cher, aber vor allem, was Ihr selbst über sie denkt!«

»Zuerst war ich wie alle anderen erstaunt über die medizinischen Erfolge dieser ungebildeten Friesin. Im Laufe der Zeit kamen mir allerdings gewisse Bedenken, wie das zugehen mochte! Hatte diese Tochter eines Landpfarrers doch niemals eine höhere Schule besucht oder sonst eine medizinische Unterweisung erhalten. Frauen ist derlei zum Glück ja nicht gestattet«, betonte er tugendhaft.

»Frauen als Ärzte – das fehlte noch!«, murmelte der Geistliche und verzog angewidert sein Gesicht.

»Dennoch soll sie spektakuläre Heilungen vollbracht haben, indem sie den Kranken einfach ihre Hände auflegte oder ihnen in die Augen schaute!«, fuhr der Edelmann fort.

»Aha? Und was weiter?« Der hohe Kirchenmann schien ein wenig ungeduldig wegen der nervenden Weitschweifigkeit seines Gegenübers. Wann kam der Mensch denn endlich zum Punkt?

»Das Ganze vermochte in mir ein gewisses Misstrauen zu wecken, ja, sogar eine Art von Widerwillen«, legte er nach, als ihm die verdrießliche Miene des Fürstbischofs auffiel. »Ich wünschte mir nur, nie mit dieser Person zu tun haben zu müssen. Die Frau scheint gefährlich zu sein. Man nennt sie übrigens Walfängerbraut, weil sie neuerdings einen eigenen Walfangsegler ihr Eigen nennt. Demnach scheint sie nicht ganz unvermögend zu sein.«

Damit hoffte Moritz von Mannstein alles gesagt zu haben, was der fromme Herr zu wissen begehrte. Aber so leicht ließ der ihn nicht vom Haken.

»Was genau, mein Lieber, konnte Euren Verdacht wecken? Da muss es doch zumindest einen oder mehrere gravierende Vorfälle gegeben haben! So ohne Weiteres tauchen doch niemals ernsthafte Verdachtsmomente bezüglich teuflischer Praktiken auf! Lasst Euch doch nicht alles so mühsam aus der Nase ziehen!«

»Verzeihung, Euer Hoheit! Ich pflege Gerüchten im Allgemeinen keine große Aufmerksamkeit zu schenken und daher ...« Der Höfling, der sich alles andere als wohl in seiner Haut fühlte, wollte sich mit scheinheilig niedergeschlagenen Augen herauswinden.

»Pah! Erzählt mir keine Märchen, mein Guter! Da wäret Ihr der erste, der nicht vor Neugier vergeht! Ich frage Euch jetzt ganz offen, was diese Walfängerbraut getan hat, um bei Euch Zweifel an ihrer Lauterkeit und Glaubenstreue zu wecken! Dieses Mal keine Ausflüchte mehr, mein Lieber!«

Aus Angst vor dem Unwillen des Fürstbischofs brachte Herr Moritz sein Gewissen zum Schweigen. Dem hohen Herrn zu Gefallen und aus purer Wichtigtuerei sowie aus dem Bestreben heraus, sich selbst nicht zu schaden, indem er Christian August verärgerte, erhob Mannstein-Senftenberg schamlos allerlei obskure Anschuldigungen, die jeglicher Grundlage entbehrten, aber geeignet waren, die junge Frau in ein verheerendes Licht zu setzen und ihren guten Ruf für immer zu ruinieren.

Es habe Menschen gegeben auf der *Hallig* Hooge, wo die betreffende Weibsperson lebe, die laut und deutlich davon gesprochen hätten, Birte Petersen habe den Säugling einer verheirateten Kapitänsfrau absichtlich sterben lassen, weil sie den Kindsvater als ihren eigenen Liebhaber begehrt habe. Man habe die beiden später sogar bei unziemlichen Zärtlichkeiten überrascht, empörte er sich. Von den von ihr in aller Regel praktizierten heidnischen Ritualen und Zaubersprüchen wolle er schon gar nicht mehr sprechen, verkündete er und bemühte sich dabei um eine angewiderte Miene. Auch habe er diese sofort wieder vergessen, so entsetzt sei er darüber gewesen. »Aber ich will mich gerne weiter umhören, wenn Eurer Eminenz damit gedient sein sollte und sofern Euer Gnaden das wünschen«, erbot der Höfling sich schleimig.

»Tut das, mein lieber Mannstein, tut das!« Damit war der ehrabschneiderische und rückgratlose Intrigant gnädig entlassen. Erleichtert entfernte er sich unter vielen devoten Bücklingen.

Der Fürstbischof wirkte mit seinen Gedanken bereits weit weg, als er sich von der Marmorbank am Brunnenrand erhob, um sich erneut der Hofgesellschaft anzuschließen.

Christian August, der jetzt endgültig Witterung aufgenommen hatte, würde die Angelegenheit persönlich in die Hand nehmen. Diese ungewöhnliche junge Frau, die dazu noch eine wahre Schönheit sein sollte, interessierte ihn außerordentlich – rein beruflich natürlich. Er war es schließlich seinem hohen geistlichen Stande schuldig, Gefahren, die möglicherweise von einer für den wahren Glauben gefährlichen Person ausgehen konnten, von seinen Schäflein abzuwenden. Sollte sich sein Verdacht bestätigen, würde man diese Walfängerbraut – was für ein anmaßender Titel für eine schlichte Pfarrerstochter vom Lande! – unverzüglich zur Rechenschaft ziehen. Erzbischof Christian August gehörte nämlich keineswegs zu jenen wachsweichen protestantischen Geistlichen, die sich scheuten, gegen Zauberische – seien sie männlich oder weiblich – mit aller Härte vorzugehen, aus Angst, mit den abergläubischen Katholiken in einen Topf geworfen zu werden.

»En süüreft schep kön en hial hok uunsteeg!« So viel Nordfriesisch konnte er immerhin, um den klugen Spruch zu verstehen: »Ein räudiges Schaf kann eine ganze Herde anstecken!«

Gleich am nächsten Morgen würde er einen intelligenten und vertrauenswürdigen Spion auf die *Hallig* Hooge entsenden. Oder vielleicht besser auf die benachbarte Insel Föhr. Da funktionierte vermutlich seine Tarnung besser als auf einer gottverlassenen *Hallig*, wo ein Fremder bereits auffiel, sobald er seinen Fuß vom Boot aufs Land setzte. Der Mann sollte sich Informationen sozusagen aus erster Hand über besagte verdächtige Weibsperson besorgen und die dann umgehend persönlich nach Lübeck ins erzbischöfliche Palais überführen. Dort würde man sie genau in Augenschein nehmen und sehen, ob es sich lohne, die angebliche Heilerin vor ein Kirchengericht zu stellen.

Den ganzen restlichen Abend war der hohe Herr nicht mehr recht bei der Sache, was deutlich wurde, weil er während der Abendmahlzeit dem kindlichen Geplapper seines Neffen kaum noch Aufmerksamkeit schenkte. Es ging ihm so einiges im Kopf herum. Vor allem wollte er nicht vergessen, diesen Moritz von Mannstein-Senftenberg nach einem gewitzten Kerl zu fragen, der zum Spion taugen würde.

Um seelischen Schaden von der ihm vom Herrn anvertrauten Christengemeinde abzuwenden, würde er sich nicht einmal scheuen, dem Teufel persönlich ins Antlitz zu schauen, redete er sich selbst ein und merkte gar nicht, wie absurd sich das in diesem Zusammenhang ausnahm und wie sehr er im Begriff war, sich gänzlich zu verrennen. Längst malte er sich aus, damit eine gute Möglichkeit zu haben, seinem einstigen Konkurrenten um das Bischofsamt, dem ihm weit überlegenen Pastor Lorenz Brarens von der Insel Föhr, großen Kummer zu bereiten.

Es verhielt sich nämlich so, dass diese Birte, die Hallighexe – ein Name, den er um vieles zutreffender empfand als Walfängerbraut –, die beste Freundin der Nichte jenes Geistlichen war, die ihrerseits noch viel stärker im Verdacht stand, mit teuflischen Mächten im Bunde zu stehen. Aber an dieses Weibsstück namens Kerrin getraute der Lübecker Fürstbischof sich nicht heran, weil er schlichtweg Angst vor ihrem Oheim hatte, dem er als Theologe bei Weitem nicht das Wasser reichen konnte und der überdies gute Verbindungen zu bedeutenden und mächtigen Personen besaß. Es dünkte ihn klüger, jeglicher Konfrontation mit jenem angesehenen Gelehrten aus dem Weg zu gehen.

Wenn es ihm schon nicht gelang, die dubiose Kerrin aus dem Weg zu räumen, sollte ihm das wenigstens bei jener ominösen Walfängerbraut gelingen. Er war nahezu sicher, an ihr einiges zu finden, das verdammenswert war, und sei es auch nur die überhebliche und anmaßende Art aller friesischen Weiber, sich den Männern ebenbürtig zu fühlen. Mit diesem erhebenden Gedanken begab sich der Fürstbischof am Ende eines für ihn sehr befriedigenden Tages zu Bett.

ZWEIUNDDREISSIG

Etliche tausend Meilen entfernt genossen Birte und Mikel ihr frisches Ehe- und Familienglück und ahnten nichts von den dunklen Gewitterwolken, die sich in der Heimat über dem Haupt der jungen Frau zusammenballten. Das bisherige bösartige Geschwätz, das im Übrigen längst abgeebbt war, war nichts im Vergleich zu jener Gefahr, die sich gegen die Halligheilerin richten sollte, sofern es nach dem Willen des neu ernannten Fürstbischofs ging.

Der hohe Herr langweilte sich ein wenig und suchte nach etwas, womit er sich profilieren konnte. So war er auf den Gedanken gefallen, sich durch rigorose Durchsetzung besonders strenger Kirchenzucht vor allen übrigen, zumeist älteren protestantischen Bischöfen, auszuzeichnen. Niemand sollte auch nur hinter vorgehaltener Hand noch behaupten können, in Nordfriesland würden Aberglaube und Hexerei geduldet!

*

Zur Überraschung der Föhringer waren im Herbst 1710 erneut und ganz unvermittelt die Ausbauarbeiten am Wyker Hafen aufgenommen worden. Damit hatte niemand mehr gerechnet, nachdem ihre Gönnerin, Herzogin Hedwig Sophie, so unerwartet verstorben war.

Keiner ahnte, dass der verantwortliche Bauleiter vom Festland, ein gewisser Peter Campmann aus Bremen, ein Spion des Fürstbischofs von Lübeck war. Hinter diesem Namen verbarg sich auch kein anderer als Moritz von Mannstein-Senftenberg.

Er hatte sich selbst als Vorarbeiter zur Verfügung gestellt, weil er sich davon eine Menge Spaß und Unterhaltung versprach. Die Bauleute, die er vom Festland mitbrachte, waren nur mäßig begeistert über die schwierige und verantwortungsvolle Aufgabe. Dazu waren sie auch in keiner Weise arbeitswillig, sondern allesamt nur am versprochenen Lohn interessiert. Zu allem Überfluss verfügten sie ausgerechnet bei der Anlage eines Hafens über keinerlei Kompetenzen.

Es blieb daher nicht aus, dass Peter Campmann auch Insulaner einstellen musste. Diese Männer, die wirklich vom Fach waren, wunderten sich über die von wenig Sachverstand zeugende Auswahl der ursprünglichen Mannschaft, die der Bauleiter vom Festland herübergebracht hatte.

»Von denen, die der ausgesucht hat, besitzt nicht nur kein Einziger den leisesten Schimmer von dem, was hier entstehen soll; die meisten sind auch noch arbeitsscheue Faulpelze!«

»Wan det man gudgungt?« So fragten sich viele.

Andere gaben zu bedenken, es genüge, wenn der Herr aus Gottorf Bescheid wisse, der werde den Kerlen schon zeigen, wo's langgehe.

Die anfängliche Begeisterung der Insulaner verflog jedoch gänzlich, als sich herausstellte, dass auch der angebliche Hafenbau-Experte wenig bis nichts zustande brachte. Zum Glück für ihn brach in Nordfriesland der Winter 1710/11 ausnehmend früh herein und die Arbeiten an der Baustelle im Hafen von Wyk kamen zu einem ganz natürlichen Stillstand.

Die Föhringer verwunderte, dass Herr Campmann, im Gegensatz zum Großteil seiner Leute, nicht gleich nach Hause fuhr, sondern Anstalten machte, sogar das Weihnachtsfest sowie den

Jahreswechsel auf der Insel zu verbringen, obwohl er Junggeselle war und niemanden auf der Insel kannte.

Das war ein grober Fehler und der Arroganz dieses Mannes geschuldet, der insgeheim alle anderen, die nicht von Adel waren, für beschränkt ansah. In Wahrheit verhielt er selbst sich beim Spionieren so ungeschickt, dass auch dem Arglosesten bald klar wurde, was einige angeblich gleich zu Anfang geargwöhnt hatten, nämlich, dass Campmann bloß hier war, um irgendjemanden auszuspähen.

Seine ungeschickten Schnüffeleien stießen etlichen Insulanern sauer auf, vor allem als sich allmählich der Verdacht erhärtete, wem sein gesteigertes Interesse galt. Nämlich der Halligheilerin Birte Petersen, die sich auf Walfang begeben hatte und von Meuterern irgendwo an Land ausgesetzt worden war, wo es kaum eine Möglichkeit geben sollte, sich einigermaßen am Leben zu erhalten. Erst war es die Föringer Heilerin Kerrin Rolufsen gewesen, der man das Leben vergällt hatte, jetzt sollte es also die Tochter von Pastor Knudtsen sein.

Man mochte zu Birte stehen, wie man wollte, Tatsache war, dass sie seit dem Tod ihrer Mutter seit vielen Jahren zahlreichen Menschen geholfen hatte, wieder gesund zu werden, und dass sie immer ein offenes Ohr für jedweden Kummer und eine ebensolche Hand für unverschuldet in Not Geratene besessen hatte.

Von den alten Anschuldigungen gegen sie wollte man nichts mehr wissen, wo doch Eycke selbst sich zur eifrigsten Fürsprecherin Birtes gemacht hatte. Und da schickte ein x-beliebiger Dahergelaufener, der von der Anlage eines Hafens keine Ahnung hatte, sich an, einer der Ihren hinterherzuspionieren, um Schlechtes über sie auszugraben?

»De swinjak hat nix Gutes im Sinn!«, behauptete der Wirt vom Boldixumer *Dööpskroog*, dabei den Hafenbaumeister ungeniert und auch unwidersprochen als Schweinehund bezeichnend. Flugs begab er sich mit ein paar gleichgesinnten Freunden zu Pastor Brarens nach Naiblem, der mit Birtes Vater befreundet war und als kluger Mann, der er war, gewiss Rat wüsste.

Kaum war der Verdacht ans Ohr des empörten Pastors von Sankt Johannis gedrungen, versprach dieser, der Sache persönlich nachzugehen. Eindringlich bat er die Männer darum, vorläufig nichts darüber verlauten zu lassen. Vor allem ihren Frauen oder Bräuten gegenüber sollten sie kein Wort verlieren.

»Wir wollen die Gäule nicht gleich scheu machen«, meinte er. »Und vor allem den Herrn Campmann nicht zu früh darauf hinweisen, dass wir sein Spiel durchschaut haben und ihm auf der Spur sind, nicht wahr? Womöglich ist ja auch gar nichts dran an eurem Verdacht und wir alle könnten uns am Ende mordsmäßig blamieren!«

Das sahen der Wirt und seine Freunde natürlich ein; sie gelobten, zu schweigen wie ein Grab. Der Pastor aber war sehr besorgt um die Tochter seines Freundes, die als Betroffene – wie üblich – wieder einmal keine Ahnung hatte und erst bei ihrer Rückkehr im Frühjahr davon erführe – so sie denn überhaupt noch lebte und wieder zurückkäme.

Da Pastor Brarens ein kluger Kopf war, kannte er die richtigen Fragen und wusste außerdem auch, wem er sie stellen musste. So fiel es ihm nicht allzu schwer, Informationen aus seinen Gemeindemitgliedern herauszuholen. Geschickt befragte er jeden, der ihm über den Weg lief, und ehe es derjenige gewahr wurde, konnte der Pastor aus dessen Äußerungen das entnehmen, was in Birtes Interesse von Wichtigkeit war. So hatte er auch bald herausgefunden, worum es ging.

Das Ergebnis ließ ihn allerdings frösteln; handelte es sich doch um nichts Geringeres als um den perfiden Versuch, der jungen Halligheilerin das Vergehen der Hexerei anzuhängen und sie vor Gericht zu stellen! Eine *Towersche* sollte sie angeblich sein, eine Zauberische also, die eine Gefahr für Leib und Seele ihrer Mitmenschen darstellte.

»Genauso, wie man es von Teufelsbräuten eben erwartet«, drückte es einer der von ihm Befragten in grenzenloser Naivität aus.

So schlimm hatte es sich Lorenz Brarens gar nicht vorgestellt. Offenbar war hier kein kleiner fanatisierter Prediger oder eine abergläubische Dorfklatschtante heimlicher Drahtzieher, sondern eine gewichtige Persönlichkeit von Rang und Namen musste dahinter stecken.

Ja, wenn man den enormen Aufwand bedachte, den man deshalb betrieb, konnte es eigentlich kein Geringerer sein als nämlich sein und seines Hoogener Freundes unmittelbarer geistlicher Vorgesetzter, der Erzbischof von Lübeck! Kurz darauf war er sich dessen sicher, weil einer sich verplappert hatte.

Als ihm die Tragweite dessen, was sich während Birtes Abwesenheit gegen sie zusammengebraut hatte, so richtig bewusst wurde, musste er gegen ein Gefühl des Schwindels ankämpfen. Alles drehte sich um ihn; unwillkürlich tastete er nach einer Stütze, um den Halt nicht zu verlieren. Schon wieder stand eine junge Frau in der Gefahr, gnadenlosen, irregeleiteten Eiferern zum Opfer zu fallen!

Rasch verabschiedete sich der Pastor des Friesendoms von seinem letzten Gesprächspartner, einem biederen ledigen Arbeiter aus Bremerhaven, der den Winter über ebenfalls auf der Insel blieb und der ihm arglos auf seine Fragen geantwortet hatte. Brarens hatte sich jedes einzelne Wort genau gemerkt, sodass er sie für seinen Freund Peter Knudtsen exakt niederzuschreiben vermochte.

»Ich selber kenne hier niemanden«, hatte der Bursche mit treuherzigem Augenaufschlag ausgeplaudert. »Ich gebe Euch nur wieder, Herr Pastor, was Herr Campmann uns Arbeitern befohlen hat, ehe er einen Tag vor Heilig Abend doch noch nach Haus gefahren ist. Wir als treue und ergebene Anhänger des Herrn Erzbischofs müssten uns hier über die genannte junge Person unauffällig umhören, und dann alles haarklein ihm, dem Herrn Campmann, berichten, der es seinerseits an den Herrn Fürstbischof weitergeben werde. Aber wirklich alles, was wichtig sein könnte, um ein arg böses Weib, eine hinterlistige Hexe, zur Strecke zu bringen. Das hat man uns allen nachdrücklich ans Herz gelegt, Herr Pastor! Und das werde nur gelingen, hat uns der Campmann noch eingetrichtert, wenn der hohe geistliche Herr genügend Tatsachen kenne, die er gegen dieses teuflische Weibsbild verwenden könne.«

Entsetzt schnappte Peter Knudtsen nach Luft, als er das Schreiben seines Freundes in Händen hielt. Er wusste im Augenblick nicht, was bei ihm überwog: das Erschrecken über die Gefahr, in der seine unschuldige Tochter schwebte, sobald sie zurückkam, oder die Wut über den Bruder des toten Herzogs von Schleswig-Holstein, der vor einigen Jahren im Nordischen Krieg sein Leben verloren hatte. Hätte stattdessen nicht dieser Bruder …?
Erschrocken über seine sündhaften und unchristlich lieblosen Gedanken rief sich Birtes Vater schnell zur Ordnung. Was ihn so außer sich geraten ließ, war die heimtückische Art und Weise, wie der Fürstbischof an seine Erkenntnisse zu gelangen hoffte: indem er arglose Menschen dazu benutzte, für ihn zu spionieren und ebenso unbedarfte Insulaner zu Aussagen zu nötigen, die geeignet schienen, Birte in einem gefährlich schlechten Licht erscheinen zu lassen.
Niedergeschmettert von der Nachricht des Freundes zog er sich an diesem Abend ohne Essen in sein Studierzimmer zurück. Was ihn umtrieb, war die Frage nach dem Warum.
»Herrgott, ich bitte dich inständig, schenke mir die Erleuchtung, was den Erzbischof auf den Gedanken gebracht hat, sich ausgerechnet meine Tochter zum Thema seiner Ausforschungen auszuwählen! Ferner bitte ich dich, lieber Herr Jesus, ändere den Sinn von Herrn Christian August und lenke sein Interesse auf etwas anderes! Auf etwas, das allen Gläubigen zum Heile gereichen würde! Dafür lass ihn meine Tochter, die Mutter zweier unschuldiger Kinder, vergessen! Amen.«
Gondel, die alte Magd, hatte leise das Zimmer betreten, um ihn womöglich doch noch an den Abendbrottisch zu locken. Aber seit Kurzem litt der Geistliche an urplötzlichen Schlafattacken – Narkolepsie nannten es die gelehrten Doctores.
Ehe ihn in seinem Sessel der Schlaf schlagartig übermannte, hörte er Gondel, der er vorhin aus dem Brief einige Passagen vor-

gelesen hatte, noch murmeln: »Woher kennt dieser schreckliche Mensch unsere Birte überhaupt? Von einem Campmann habe ich sie nie sprechen gehört.«

Leise, um ihren Herrn nicht aufzuwecken, war Gondel wieder hinausgegangen.

Am nächsten Morgen verließ Peter Knudtsen noch vor dem Frühmahl seinen Pfarrhof. Er suchte Knut, den er schließlich im Schafstall ausfindig machte, um den Jüten zu bitten, ihn in etwa einer Stunde mit dem Boot nach Föhr hinüberzurudern.

Die Knechte Knut und Jon hatten jahrelang die *Hallig* jeden Herbst verlassen, um zu ihren Familien nach Jütland heimzureisen und im Frühjahr wiederzukommen. Seit diesem Jahr jedoch war das zu seiner großen Freude anders: Wohl waren die beiden nach Hause gefahren, aber nach kurzer Zeit waren sie mit ihren Frauen – Jon außerdem noch mit zwei Kindern – bald darauf erneut auf Hooge eingetroffen.

»Wir möchten ganz bei Euch bleiben, gnädiger Herr!«, sagten sie. »Auch unsere Frauen werden von nun an für Euch und Eure Tochter arbeiten!«

Die schlichten Männer zweifelten demnach nicht daran, dass die junge Herrin wieder gesund nach Hause käme. Diese Zuversicht und die Anhänglichkeit, die sich in ihrem Verhalten zeigte, hatte dem Pastor wieder ein wenig Zuversicht geschenkt.

»Ich danke euch beiden und heiße euch mit euren Frauen und Kindern auf Hooge und der Pfarrwarft herzlich willkommen. Arbeit gibt es genug!« Er hatte sich dann rasch weggedreht, um sie seine Rührung nicht sehen zu lassen.

Immerhin war damit ein jahrelanger Wunsch, den er insgeheim gehegt hatte, in Erfüllung gegangen: rund ums Jahr genügend zuverlässige Knechte zu haben.

Auch jetzt erfüllte Knut sogleich seine Bitte, obwohl die Überfahrt nach Föhr eine ziemlich stürmische Angelegenheit zu werden drohte. Sollte es ganz grimmig kommen, müssten sie eventuell einen Zwischenaufenthalt auf der *Hallig* Langeneß einlegen.

Aber es ging alles gut. Gegen Mittag kam er im Pfarrhof in Nieblum an und wurde zusammen mit Knut von der Pfarrersfrau Göntje wie selbstverständlich zum Mittagsmahl eingeladen. Bald wusste Peter Knudtsen endgültig Bescheid über die Intrige, die vermutlich am Gottorfer Hof gegen Birte eingefädelt worden war. Der Zorn raubte dem alten Pastor beinah den Atem.

Dennoch zwang er sich, einen kühlen Kopf zu bewahren. Er musste sich eine Strategie ausdenken, die seine Tochter vor Schaden bewahren konnte. Einen Augenblick lang war er versucht, die Hilfe seines Freundes in Anspruch zu nehmen, wozu dieser auch – daran zweifelte er keinen Moment – jederzeit bereit sein würde.

Er verwarf jedoch den Gedanken daran; es war ihm zum gegenwärtigen Zeitpunkt nicht möglich, sich in einer geschlossenen Studierstube oder im Inneren einer Kirche aufzuhalten. Da waren immerzu Störungen durch Gemeindemitglieder oder Lorenz' Ehefrau möglich – und genau das galt es für ihn heute zu vermeiden, wo er sich aufs Äußerste konzentrieren müsste.

Also verabschiedete sich Birtes Vater mit Dank und schlug den Weg zum Strand ein. Dort, mit dem vom Wind sanft gekräuselten Meeressaum im Blick und der Sicht auf die nach Amrum abziehenden Wolken, sollte es ihm eigentlich gelingen, sich tief in sein Inneres zu versenken, um die Lösung für das heikle Problem zu finden. Knut hatte er gebeten, noch im Pfarrhof zu verweilen und sich irgendwie nützlich zu machen.

»Leewer God!«, begann er, in den Dünen sitzend, seinen Diskurs mit dem Herrgott, der ihn bisher nur ganz selten im Stich gelassen hatte. »Wat skal ik maage?«

Über mehrere Stunden saß der alte Mann am Wyker Ufer, wo in einiger Entfernung der neue Hafen entstehen sollte, den dicken Überrock eng um sich gezogen. Ein kräftigerer Wind kam auf und die Sonne versteckte sich hinter regenschwerem Gewölk.

Aber Pastor Knudtsen würde nicht eher den Heimweg antreten, bevor er sich nicht darüber im Klaren war, wie er die nichts ah-

nende Birte über die drohende Gefahr aufklären und wie er sie bei
weiteren Schritten beraten müsste. Sie war kein dummes kleines
Mädchen und er konnte sich ausmalen, wie klug sie jeden seiner
Vorschläge mit all seinen möglichen Konsequenzen hinterfragen
würde. Was er ihr empfahl, musste hieb- und stichfest sein.

Endlich – der Nachmittag war längst verstrichen – erhob sich
der Geistliche von dem Findlingsbrocken, auf dem er so lange
ausgeharrt hatte. Die Lösung war gefunden und leise ächzend
hielt er sich den schmerzenden Rücken.

Nein, der Jüngste war Peter Knudtsen nicht mehr. Jetzt, da
das Alter mit all seinen Gebrechen bereits vernehmlich an seine
Tür klopfte und er so sehr gehofft hatte, in Ruhe und Frieden
– soweit die kriegerischen Zeiten es erlaubten – im Kreise der
Seinen zu leben und sich hauptsächlich um die übernächste Generation zu kümmern, da schlug das Schicksal erneut zu und
versuchte, ihn einer seiner liebsten Verwandten – neben Jens und
Catrina – zu berauben. Obwohl ihm graute vor einer neuerlichen
Trennung – von der er nicht einmal wissen konnte, wie lange
sie andauern würde – hoffte er doch, die junge Frau werde auf
ihren alten Vater hören und nicht meinen, die drohende Gefahr
ignorieren zu dürfen.

Soviel dem Pastor bisher über den Charakter des neu ernannten Erzbischofs zu Ohren gekommen war, schien Christian August kein Mann zu sein, der lange fackelte und falsches Mitleid
mit Christinnen an den Tag legte, die neben der rechten Spur
wandelten.

DREIUNDDREISSIG

Die ungewohnt lange Dauer der absoluten Winterdunkelheit hatte an den Nerven der Europäer gezehrt. Obwohl das Schlimmste
der Polarnacht längst vorbei war, als man sich auf das englische
Schiff *Seacloud* begeben hatte, schwebte Birte immer noch in Gefahr, nachträglich in Schwermut zu verfallen.

Selbst die Kinder neigten zur Unleidlichkeit; Jens wurde häufig aufsässig und Catrina zunehmend empfindlich. Wegen lächerlicher Kleinigkeiten kam es oft zu Streitereien unter den Geschwistern oder zwischen Birte und ihnen, wobei Mikel meist hilflos danebenstand.

Von Anfang an war er bemüht gewesen, neutral zu bleiben und keines seiner Stiefkinder zu bevorzugen – was sich aber zunehmend schwieriger gestaltete, da ihn die Kinder jetzt als ihren Papa und damit bei Meinungsverschiedenheiten automatisch als Schiedsrichter betrachteten.

Noch unangenehmer erschien ihm diese Rolle, wann immer sie ihn zwang, zwischen Birte und ihren Sprösslingen ein Machtwort zu sprechen. Es häuften sich die Fälle, bei denen die Mutter ein Verbot aussprach und sie anschließend zu ihrem Vater liefen, um sich dessen Zustimmung zu erschleichen und hernach bei Birte triumphierend aufzutauchen: »Papa hat's aber erlaubt!« Besonders Trina war eine Meisterin in der Kunst, ihren Vater um den Finger zu wickeln.

Birte sah wohl, wie sehr Mikel darunter litt – aber da konnte sie ihm nicht helfen; das müsse er lernen, meinte sie. »Alle Väter sollten es irgendwie hinbekommen, mit so raffinierten kleinen Geschöpfen umzugehen!«

Eine starke Ursache für die zunehmende Unleidlichkeit der Geschwister lag zweifellos in ihrer Trauer um die zurückgelassenen Freunde. Catrina war nach wie vor untröstlich über den Verlust ihrer Freundin Anna; sie weinte jeden Tag, weil ihr langsam aufging, dass der Abschied von ihr aller Voraussicht nach ein immerwährender gewesen war.

Auch ihr Bruder litt unter der Trennung; Jens hing sehr an Karel und wollte nicht so einfach hinnehmen, dass er seinen Indianerfreund wohl nie mehr treffen werde. Und das, obwohl er und Trina beim letzten Beisammensein mit ihren Freunden ihnen noch ganz feierlich geschworen hatten: »Wenn wir groß sind, werden wir zu euch zurückkommen! Wir werden euch niemals vergessen!«

Die Erwachsenen hatten es nicht übers Herz gebracht, ihnen die Vorfreude auf ein Wiedersehen zu rauben, auch wenn sich diese aller Wahrscheinlichkeit nach als Illusion erweisen würde. War es doch nicht einmal möglich, sich gegenseitig Briefe zu schreiben – keiner der Indianer konnte lesen oder schreiben. Schriftliche Botschaften konnten nur in eine Richtung laufen – und auch nur mit Vater Hauke als Vermittler. Dennoch gelangten die Kinder im Laufe der nächsten Tage und Wochen von sich aus zu der traurigen Erkenntnis, ihre indianischen Freunde auf immer verloren zu haben.

Mikel und Birte hingegen dankten jeden Morgen dem Herrgott, der kargen eisigen Wüste Nordostamerikas entronnen zu sein. Im Nachhinein betrachtet, hatten Eis, meterhoher Schnee, klirrende Kälte und die allgegenwärtige Dunkelheit das ohnehin entbehrungsreiche Leben in zunehmendem Maße schwierig gemacht.

Es hatte an Möglichkeiten gefehlt, sich sinnvoll zu beschäftigen: Ja, der ganz normale Bewegungsdrang war sehr eingeschränkt gewesen und mehrmals hatte die Stimmung gedroht, sich ernsthaft einzutrüben.

Wie schlimm es tatsächlich gewesen war, wurde ihnen erst jetzt allmählich klar, als der immense Druck während der Seereise in südliche Richtung nachließ, um allmählich ganz zu weichen.

»Erinnert ihr euch«, fragte Birte, »dass selbst der immer gut aufgelegte Volkert Gonnesen täglich muffiger geworden ist, sodass sogar seine indianische Freundin ihn zunehmend mied – was wiederum seine ohnehin düstere Laune noch weiter eingetrübt hat?«

»Beinahe täglich hat Vater Hauke uns ermahnt, nicht mit unserem Schicksal zu hadern, sondern dem Herrn zu danken, dass er uns vor Krankheit, Hunger und Tod bewahrt habe! Ich gebe zu, dass mir das allmählich sehr schwer gefallen ist«, gestand sogar Mikel ein, dem es im Großen und Ganzen gelungen war, seine wahren Gefühle gut zu verbergen.

»Wir sollten immer daran denken, dass dieses Abenteuer ganz anders hätte ausgehen können. Vor allem dürfen wir nie vergessen, dass Ocke Japsen uns ein völlig anderes Schicksal zugedacht hatte!«, ermahnte Birte ihre Angehörigen. »Er wird Augen machen, falls er uns jemals zu Gesicht bekommen sollte!«

Daran aber glaubten mittlerweile weder der *Commandeur* noch seine Frau. Nach ihrer Ansicht war der räudige Hund, wie sie ihn bei sich nannten, mit Birtes Schiff längst über alle Berge. Vielleicht irgendwo in Ostasien oder in der Südsee.

Wie auch immer! Pastor Hauke Bohsen hatte natürlich recht gehabt. Statt zu jammern und mit dem Schicksal zu hadern, war es immer klüger, dankbar zu sein und nach vorn zu blicken.

Seitdem der Geistliche ihnen ernsthaft ins Gewissen geredet hatte, war es Birtes Angewohnheit geworden, Catrina und Jens viel von Hooge, ihrem Großvater Peter und ihrem leiblichen Vater, dem Fischer Janne Ketelsen, zu erzählen. Es war ihr wichtig, dass sie niemals die Bindung an Herkunft und Zuhause, an ihre Wurzeln also, verlören.

Das führte Birte auch auf der *Seacloud* fort. Selbst über die in jungen Jahren verstorbene Großmutter ihrer Kinder, Ingken, der sie das meiste ihres Heilwissens verdankte, wusste sie ihnen eine ganze Menge zu berichten.

»Sie hat mir gezeigt, an welchen Körperstellen ich meine Hände auflegen muss, wenn ich eine bestimmte Krankheit heilen will. Von ihr weiß ich auch, worauf ich in den Augen eines Patienten achten muss, um festzustellen, woran er leidet. Außerdem hat sie mich gelehrt, welche Pflanzen heilkräftig sind und wogegen ich sie einsetzen kann!«

»Großmutter Ingken muss eine sehr kluge Frau gewesen sein. Schade, dass ich sie nicht mehr kennengelernt habe!« Catrina machte ein ernstes Gesicht. »Aber zum Glück habe ich ja dich, Mama, damit du mir alles beibringen kannst, was man braucht, um eine Heilerin zu sein!«

»Ja, möchtest du denn das wirklich gerne werden?« erkundigte sich Birte vorsichtig und strich ihrer Tochter zärtlich über das weizenblonde Haar. Wieder einmal war sie überrascht, wie sehr das Mädchen inzwischen seiner Großmutter ähnelte. Selbst wie Trina sich bewegte, erweckte in Birte Erinnerungen an ihre Mutter.

Einerseits erfüllte sie die Aussicht, neben sich eine junge Heilerin heranwachsen zu sehen und sie führen und anleiten zu dürfen, mit großer Freude, andererseits jedoch auch mit nicht minder großem Bangen.

Diese Art von Tätigkeit schien zwar wohlangesehen bei der Bevölkerung, war aber immer noch mit dem Geruch des Zauberischen, Hexenhaften und Teuflischen verbunden. Selten gab es weise Frauen, denen man nicht – zumindest heimlich – den Hang zu unguten, ja, sündhaften Praktiken nachsagte.

War es das, was sie sich für ihre kleine unschuldige Tochter wünschte? Birte seufzte, als Catrina mit leuchtenden Augen ihre Frage bejahte. Es lag wohl kaum in ihrer Macht, Catrina davon abzuhalten, falls ihr ebenfalls die Gabe mit in die Wiege gelegt worden war. Vieles sprach bereits dafür, dass dem so war.

»Ich will alles lernen, was du mir beibringen kannst, Mama«, erhielt sie zur Antwort. »Ich weiß, dass es für mich das Richtige ist!«, fügte die Sechsjährige dann noch wie selbstverständlich und altklug hinzu.

»Genauso, wie es mein Wunsch ist, später einmal Kapitän auf meinem eigenen Segler zu sein, Frau Mutter!« Auch Jens mit seinen über acht Jahren schien genaue Vorstellungen von seinem künftigen Leben zu haben. »Wie mein Vater will ich zur See fahren und Jagd auf Wale machen, solange es welche gibt!« Jedem war klar, dass er nicht Janne Ketelsen damit meinte, sondern Mikel Frödesen. »Später, wenn ich genügend verdient habe, möchte ich ein Handelsherr werden, der Waren nach Übersee bringt, sie dort verkauft und dafür Dinge kauft, die man ihm zu Hause für teures Geld abnimmt! Werden Sie mir das erlauben, Frau Mutter?«

Innerlich erschrak Birte. Zum ersten hatte sie nicht erwartet, dass ein kleiner Junge schon so genaue Vorstellungen über das Geldverdienen hatte, ja, dass ihm Geld überhaupt so wichtig war, dass es in seinem kindlichen Denken bereits eine so große Rolle spielte.

Das zweite war der Umstand, dass ihr Sohn sie nicht mehr duzte, sondern sie mit Frau Mutter anredete und die Anrede Sie benutzt hatte. Das kindliche Mama hatte er sich ja schon seit Längerem abgewöhnt.

Bei ihr war diese Umstellung erst erfolgt, als sie elf Jahre alt gewesen war. Da war ihr plötzlich aufgegangen, dass die Eltern das Anrecht auf ihren ganz besonderen Respekt besaßen – und dass es für sie selbst an der Zeit war, ein wenig Distanz zwischen sich und ihren Eltern zu wahren: Der Prozess ihrer Abnabelung hatte begonnen. Bei Jens fing dieser offenbar schon um vieles früher an.

Die junge Frau ließ auch auf See keinen Tag verstreichen, ohne Pastor Peter Knudtsen ausdrücklich vor seinen Enkeln zu erwähnen. Kinder dieses Alters waren vergesslich und Birte, eingedenk der Ermahnungen Vater Haukes, wollte auf keinen Fall riskieren, dass der Großvater ihnen womöglich aus dem Gedächtnis entschwand. Sie gewöhnte sich auch an, regelmäßig mit ihnen zu beten und zu singen.

Im Dorf der Huronen hatte sie ihnen sogar Unterricht im Schreiben und Lesen erteilt, wobei sie kleine Geschichten erfunden hatte, die sie ihnen diktierte oder – von ihr aufgeschrieben – als Lesestoff benützte. Die Schwierigkeit war gewesen, an geeignetes Papier zu gelangen.

Aber da hatte der alte Häuptling Paulus Rat gewusst! Aus den Zeiten der Böhmischen Brüder waren noch Tinte, Schreibfedern und leere Hefte vorhanden, die jene damals zurückgelassen hatten, als ihr Auftrag, die Heiden Amerikas zu missionieren, sie veranlasst hatte, weiterzuziehen.

Mit Rührung dachte Birte an den Augenblick, als der ehemalige Häuptling sie feierlich in einen winzigen Nebenraum der Kirche geführt hatte, wo diese Schätze in einer Truhe ihrer Verwendung harrten.

Im Besonderen diente diese Kiste der Aufbewahrung einer Ersatzaltardecke, des Abendmahlkelchs, zweier Leuchter, etlicher Gesangbücher sowie eines schwarzen Talars und einer nicht mehr ganz weißen, vielfach gefältelten Halskrause.

Anfangs hatte Birte befürchtet, das Papier könnte längst von Mäusen zernagt oder zumindest die Tinte eingetrocknet sein. Aber sogar die Gänsekiele ließen sich noch gut verwenden.

Jens und Trina waren eifrige Schüler gewesen und machten große Fortschritte, zumal Mikel es als seine väterliche Pflicht angesehen hatte, den beiden zusätzlichen Unterricht in Mathematik und Geographie zu erteilen.

»Großvater Peter wird sehr stolz auf euch sein!«, prophezeite er ihnen, sooft sein liebevoller Blick auf ihnen geruht und er beobachtet hatte, wie sie mit vor Eifer roten Köpfen, gerunzelten Brauen und zwischen die Lippen geschobenen Zungen Probleme wälzten – und schließlich meisterten.

Auch jetzt, wann immer das junge Ehepaar von der Zukunft sprach, die ihm bevorstand, war es guten Mutes, obwohl Mikel und Birte – in schweigender Übereinkunft – nicht mehr ernsthaft damit rechneten, ihr Schiff jemals wiederzusehen, geschweige denn, es erneut als ihr Eigentum in Besitz nehmen zu können.

»Als *Commandeur* auf einem fremden Walfänger verdiene ich genug!« Davon war Mikel Frödesen überzeugt. »Die wenigsten Kapitäne befehligen ihre eigenen Schiffe. Vielleicht schaffen wir es in zehn, zwölf Jahren, uns aus eigener Kraft einen neuen Segler leisten zu können!«

»Ganz bestimmt!« Birte bestärkte ihren Mann jedes Mal in seinen Wunschträumen. Sie glaubte unbedingt daran, dass dies möglich sei, und mochte es auch zwanzig Jahre dauern.

»Ich bin eine gute und sparsame Hausfrau und habe alles gelernt, was eine tüchtige Bäuerin können muss, mein Schatz. Du wirst sehen, ich vermag es sehr gut, umsichtig und ohne Verschwendung zu wirtschaften. Wir lassen uns doch von einem Räuber wie Ocke Japsen nicht unterkriegen. Möge er auf der gestohlenen *Meerjungfrau* verrotten!«

Mikel Frödesens Familie war sich darin einig, seit sie ihren Fuß auf die *Seacloud* gesetzt hatte, einen vollkommenen Neu-anfang gewagt zu haben, für den sie alles unternehmen würde, damit er zu ihrer Zufriedenheit gelänge. An ein mögliches Schei-tern dachte niemand.

*

Von der Stadt New York war, ihrer Größe und Betriebsamkeit wegen, vor allem Jens hell begeistert.

»Was ich komisch finde, ist, dass die Stadt zwei Namen hat! Wie kommt das, Vater? Früher hieß sie doch Neu-Amsterdam!«

Jens stand neben seinem Vater Mikel an Deck und beobach-tete das nicht ganz einfache Anlegemanöver. Ein starker Früh-jahrssturm hatte sich erhoben und trieb den Segler immer wieder weg vom Pier.

»Das ist gar nicht so schwer zu verstehen, mein Junge!«

Mikel legte Jens den Arm um die Schulter. »Im Jahre 1626 war der damals noch kleine Ort nur eine holländische Handels-station und erhielt den Namen Neu-Amsterdam. Im Jahr 1664 wurde der Handelsposten von den Engländern erobert und umbenannt in New York. Aber schon um den Jahreswechsel 1673/74 war dieses New York erneut in holländischer Hand und hieß dann erneut Neu-Amsterdam. Damit nicht genug, kam es zu einem weiteren Namenswechsel. Seit 1685 war das Gebiet Kronkolonie, hieß – wen wundert's? – wiederum New York und ist seit 1688/89 ein Teil des Dominion of England. Wie es aus-sieht, scheint das jetzt endgültig zu sein!«

»Gut so!«, meinte Jens altklug und klammerte sich an den Arm seines Stiefvaters. Eine hohe Woge hatte das Schiff angeho-ben und etwas unsanft gegen die Kaimauer gedrückt.

»Himmel! Was für ein unfreundlicher Empfang!«

Birte war ebenfalls an Deck aufgetaucht und hatte Mühe, fes-ten Stand zu bewahren. Es würde für die Matrosen nicht leicht werden, die für die amerikanische Stadt bestimmten Waren zu entladen und neue aufzunehmen, die nach Europa verschifft werden sollten.

Mikel und seine kleine Familie würden abwarten, bis das Wetter sich etwas beruhigte, um der Stadt New York einen kurzen Besuch abzustatten. Die Liegezeit sollte nur bis zum übernächsten Morgen andauern, dann wollte man erneut Segel setzen und Europa ansteuern – via Island, wie der Kapitän es angekündigt hatte, um Wasser und Lebensmittel für die Besatzung aufzunehmen. Für diesen Aufenthalt waren insgesamt drei Tage eingeplant, die man auf keinen Fall überschreiten wollte.

Mikel Frödesen bliebe demnach nicht viel Zeit, um seinen Sohn Adrian-Odaq und seine Geliebte Aleqa zu sehen …

Birte sah der Begegnung zwischen ihrem Mann und der Grönländerin mittlerweile mit einer gewissen Gelassenheit entgegen. Sie war mit Mikel verheiratet und er würde sie wohl kaum verlassen, um in Island zu bleiben.

Mit ein wenig Bangen hatte sie allerdings zu kämpfen, sooft ihr der Gedanke in den Sinn kam, ob es Mikel gelänge, Adrian mit nach Nordfriesland zu nehmen – und falls er erfolgreich war, wie der fremde Knabe sich in ihrer Familie und der neuen Heimat einfügen würde.

Jens und Trina hatten sie vorsichtshalber noch nichts über ihren Stiefbruder erzählt.

Det skal wi nooch fu mä Gods halep, dachte Birte und blieb ganz ruhig dabei. Keine Frage, dass sie auch das noch mit der Hilfe Gottes schaffen würden. Sie hatten schon ganz andere Probleme gemeistert. Daran klammerte Birte sich eisern fest.

Etwas, das ihr ihre Mutter Ingken noch frühzeitig beigebracht hatte, lautete: »Falls du etwas unbedingt willst, hilft es ungemein, ohne Wenn und Aber ganz fest daran zu glauben! Sobald du selbst an der Verwirklichung zweifelst, kann es nicht gelingen.«

Der Spaziergang in der Stadt New York fiel witterungsbedingt ziemlich kurz aus. Aber alle vier erhielten einen kleinen Eindruck von dem ungemein lebhaften und äußerst geschäftigen Ort an der Ostküste, das Ziel so vieler europäischer Einwanderer im Gelobten Land Amerika.

Auch einige Indianer sahen sie durch die vereisten Straßen und Gassen trippeln. Alle waren des eiskalten Windes wegen dick vermummt und strebten eilig irgendwelchen vermutlich angenehm warmen Zielen entgegen.

Überhaupt schien jedermann es überaus eilig zu haben. Als Birte dem amerikanischen Hafenmeister gegenüber eine entsprechende Bemerkung fallen ließ, grinste der behäbige Mann ihr ins Gesicht und meinte in einem sehr breiten englischen Dialekt: »Time's money, Ma'am, you know?«

So viel Englisch verstand Birte zum Glück; unwillkürlich musste sie lachen. Diese Amerikaner waren schon ein merkwürdiges Völkchen: Dass »Zeit gleich Geld« sein sollte, kam ihr schon sehr komisch vor. Das hatte sie noch nie gehört; darüber würde sie später genauer nachdenken müssen.

VIERUNDDREISSIG

»Alt ist er diesen Winter geworden, unser Pastor«, tuschelten die Gemeindemitglieder, sooft sie Peter Knudtsen auf seiner bejahrten Stute Heidrun gemächlich über die *Hallig* reiten sahen. Das müde Pferd und der mittlerweile weißhaarige Reiter liebten es nun, ohne Eile ihr Ziel zu erreichen, wo sie noch vor Kurzem ein flottes Tempo vorgelegt hatten.

»Die Sorgen um seine Tochter und die Enkel treiben ihn um!«, sagten die Leute voller Mitleid. »Sollte er nach der Frau jetzt auch noch sein eigen Fleisch und Blut verlieren, wird er womöglich ganz im Trübsinn versinken.«

Da der Pfarrer bei den Hoogenern sehr beliebt war, wünschte ihm jedermann aufrichtig, er möge nach dem Ende des Winters ein Lebenszeichen von Birte und ihren Kindern erhalten.

Bereits nach dem so unbefriedigend verlaufenen Prozess gegen Ocke Japsen hatte Pastor Knudtsen bei der Seefahrtsbehörde in

Amsterdam ein Schreiben hinterlegt, das Birte darüber unterrichten sollte, dass ihre *Meerjungfrau* im Hafen vor Anker liege und auf ihre rechtmäßige Eignerin warte.

Über den unbefriedigend endenden Prozess gegen Ocke hatte er sich hingegen ausgeschwiegen. An Andeutungen über eine Gefährdung durch Spione des Erzbischofs von Lübeck ließ er es allerdings nicht fehlen. Diesbezüglich erteilte er ihr auch Ratschläge, wo sie Zuflucht finden könnte. Es erschien ihm nämlich nicht unbedingt geboten, zum jetzigen Zeitpunkt auf die *Hallig* zurückzukehren. Es könnte Ärger geben, argwöhnte er.

Ein halbes Jahr später, im Frühjahr 1711, sollte sich in Friesland die Situation für Birte tatsächlich gefährlich verändern. Angesichts der für seine Tochter lebensbedrohenden Lage empfahl der Pastor ihr in einem weiteren Schreiben an die Seefahrtsbehörde – und dieses Mal sehr deutlich und ohne alle Umschweife – entweder in Amsterdam zu bleiben oder vielleicht in Norwegen oder England Zuflucht zu suchen.

Auf keinen Fall dürfe sie nach Friesland kommen, solange das Damoklesschwert einer Festnahme und eines Hexenprozesses über ihr schwebte. Auch Schweden müsse sie unbedingt meiden.

Der Pastor betete jeden Abend darum, seine Tochter möge noch am Leben sein und diese Nachricht auch erhalten.

*

Längst war die *Seacloud* wieder in See gestochen mit Kurs auf Island. Obwohl der Platz um einiges beschränkter war als in der Eignerkabine auf ihrem Walfänger, war die junge Frau sehr glücklich, denn jede Meile ostwärts bedeutete doch die baldige Heimkehr nach Friesland.

Birtes etwaige Bedenken wegen der einstigen Geliebten ihres Mannes erwiesen sich auch im Nachhinein als vollkommen überflüssig. Auf Mikel sollte allerdings eine Riesenenttäuschung warten.

Als der Handelssegler den Breidhafjord ansteuerte, wurde Birtes Ehemann sichtlich nervös. Der Kapitän hatte versprochen, ihn und seine Familie bei Ólafsvík von Bord gehen zu lassen. Dort müssten sie sich allerdings nach drei Tagen wieder einfinden, um den Rückweg nach Amsterdam anzutreten. Die *Seacloud* selbst würde weiterfahren bis zum kleinen Ort Stykkishólmur, um ihre Angelegenheiten zu erledigen.

Ólafsvík erwies sich als eingeschneites verschlafenes Nest zu Füßen eines imposant aufragenden, reichlich abweisend aussehenden Berges von geschätzten weit über eintausend Metern Höhe, dessen Gipfel sich in grauen Wolken verbarg. In diesem trostlosen Dorf sollten Aleqa und Adrian, genannt Odaq, samt ihrer Inuitsippe leben.

Birte, an Aleqas Stelle, hätte es durchaus verstehen können, wenn die junge Frau unbedingt von hier weg wollte; auf Grönland konnte es kaum schlimmer sein.

Seit Tagen hatte Mikel sich die richtigen Worte zurechtgelegt, mit denen er Aleqa zu überzeugen hoffte, ihm den gemeinsamen Sohn zu überlassen. Von ungeheuren Möglichkeiten, die auf einen jungen Mann warteten, der die richtige, sprich europäische Ausbildung habe, wollte er ihr und der übrigen Familie vorschwärmen.

»Sie werden gar nicht anders können, als meinem Vorschlag zuzustimmen«, machte er sich selbst Mut. Birte bestärkte ihn darin.

Sie war ehrlichen Herzens überzeugt und willens, den Sohn ihres geliebten Ehemannes als ihren eigenen anzunehmen und ihn auch lieben zu können. Sie würde vor allem alles tun, um dem Knaben das Einleben auf der *Hallig* zu erleichtern.

Auch Jens und Catrina, denen sie endlich reinen Wein eingeschenkt hatten, freuten sich schon sehr auf einen weiteren Bruder und waren bereit, ihn ohne weiteres und ohne jede Eifersucht in ihrer Familie willkommen zu heißen.

Nachdem Mikel und die Seinen am Strand von Ólafsvík das Schiff verlassen und sich in Richtung der schäbigen kleinen Ansiedlung aufmachten, begegneten ihnen ein paar Einheimische auf kleinen struppigen Pferden mit wehenden hellen Mähnen und ebensolchen Schweifen.

Sie versperrten der kleinen Schar den schmalen steinigen Pfad, indem sie ihre Gäule anhielten, und sprachen sie in einem merkwürdigen Gemisch aus Norwegisch, Dänisch und Niederländisch an. Es handelte sich um drei weiße Männer und einen jungen Burschen, der aussah, als hätte er auch grönländisches Blut in sich.

»Wohin des Weges, Freunde?«, erkundigten sie sich mit freundlicher Neugierde. Fremde sah man hier nicht allzu oft. Als Mikel erklärte, wen er suche, musterten die Reiter ihn und seine Familie mit Bedauern.

»Da seid Ihr um zwei Wochen zu spät dran, Leute!«, sagte der Älteste, dem Aussehen nach ein Bauer oder Fischer, die mit Robbenfell gefütterte Kapuze seines Überrocks zurückstreifend, sodass sein langes graues Haar im Wind flatterte.

»Die Inuitsippe, die Ihr sucht, hat Island verlassen in Richtung Irmingersee, rüber nach Angmagssalik, glaube ich. Im Sommer soll es dann ganz nach Norden hinauf gehen. Wohin immer das sein mag!«

Als die Isländer Mikels und der Kinder maßlose Enttäuschung wahrnahmen – auch Birte wirkte ehrlich deprimiert – versuchten sie, die Fremden zu trösten. Es seien merkwürdige Leute gewesen, denen im Ort niemand nachtrauere, behaupteten sie. Alle Versuche, sie in der Dorfgemeinschaft aufzunehmen, seien an ihrem Desinteresse und ihrem hartnäckigen Widerstand abgeprallt.

»Sie wollten nur unter sich bleiben und haben jeden Kontakt mit uns vermieden. Sogar ein Junge, der dem äußeren Anschein nach einen weißen Vater gehabt haben muss, durfte niemals mit den Dorfkindern spielen – was er zwar gerne getan hätte, aber sein Großvater war sehr streng und hat ihm jede Freundschaft mit einem unserer Söhne verboten!«

»Wisst Ihr, warum er das getan hat?«, erkundigte sich Birte kopfschüttelnd. Dieser Erziehungsstil erschien ihr grausam und sie empfand aufrichtiges Mitleid mit Mikels Sohn.

»Er sollte vermutlich nichts von der Lebensart der Europäer annehmen, damit er sich umso leichter in Grönland eingewöhnen könnte, sobald die Sippe wieder nach *Kalaallit* zurückkehren würde. So sagte es zumindest seine Mutter, eine schöne junge Eskimofrau.« Den etwas jüngeren Isländer konnte man leichter verstehen, da er ein besseres Holländisch sprach als der alte.

Mikel sah keinen Grund, den aufgeschlossenen und freundlichen Einheimischen zu verschweigen, dass er der Vater des Jungen sei. Er habe Adrian mit nach Hause nehmen wollen, wo er zusammen mit seinen beiden anderen Kindern hätte aufwachsen sollen.

»Ach? Adrian hat der Knabe geheißen? Ich habe immer nur gehört, wie sie ihn Odaq gerufen haben!« Der jüngste auf einem Islandpony Sitzende zog die Stirne kraus.

Die *Seacloud* war inzwischen natürlich längst weitergesegelt und die reichlich enttäuschten Friesen mussten die Zeit bis zur Weiterfahrt irgendwie hinter sich bringen. Im Dorf überließ man Mikel ein kleines Pferd, ein Pony, und bot ihm an, mit den Männern auf die Jagd nach Schneehühnern und Eisfüchsen zu gehen, während Birte sich vielleicht den Frauen anschließen könne, um irgendwelche häuslichen Tätigkeiten zu übernehmen.

Helfende Hände wurden immer gebraucht und so ernannten die Isländerinnen die Fremde zur Stickerin, die mit bunten Wollfäden und Schmuckperlen Kleidungsstücke und Fellstiefel verschönerte – eine Kunst, die man von den Inuit übernommen hatte und die Birte auch durch ihren Aufenthalt bei den Indianern vertraut war.

Jens durfte die Männer begleiten, indem er als ausgesprochenes Leichtgewicht hinter seinem Stiefvater im Sattel Platz nahm, während Catrina sich gleich mit den kleinen isländischen Mädchen anfreundete, mit ihnen sang und tanzte und mit neugeborenen Lämmchen spielte.

Die schlimmste Enttäuschung hatte Mikel zwar überwunden, aber während der weiteren Seereise nach Amsterdam nagte noch immer der Kummer über den wohl dauerhaft verlorenen Sohn an ihm.

Beim Dorfältesten hatte Aleqa nämlich einen auf Isländisch, das heißt in ganz altem Norwegisch, verfassten Brief hinterlassen, den man Mikel, falls er sich jemals wieder in Ólafsvík blicken ließe, aushändigen sollte.

Mit gemischten Gefühlen hatte Birtes Mann das Schreiben entgegengenommen. Darin versicherte ihm die junge Frau, sie werde ihren Sohn zu einem ordentlichen grönländischen Mann erziehen, der in seiner Heimat *Kalaallit* alles lernen werde, was er künftig brauche, um ein wertvolles Mitglied seiner Eskimosippe zu sein. Außerdem behauptete sie, stets mit Wohlwollen und Dankbarkeit an den Vater ihres Sohnes zu denken, habe er ihr doch das Wertvollste geschenkt, was sie bisher erhalten habe, nämlich ihren Sohn. Für sein weiteres Leben wünschte sie Mikel alles Gute.

Niedergeschlagen war der Kapitän daraufhin zu seiner Familie zurückgekehrt, die während des kurzen Aufenthalts auf Island bei der Frau eines der Jäger Quartier gefunden hatte. Es war ganz deutlich, dass Aleqa keinen weiteren Kontakt mit ihm wünschte und dass er Adrian nie wiedersehen würde. Die Aussicht, ihn im riesigen Grönland jemals aufzuspüren, ging gegen Null.

Birte versuchte zwar, ihren enttäuschten Ehemann ein wenig aufzuheitern. Als sie die Nutzlosigkeit erkannte, ließ sie es sein. Es würde wohl noch eine geraume Weile dauern, ehe er sich endgültig damit abfand. Zum Glück hatte er seinen Sohn so selten gesehen, dass er ihn kaum kannte und keine starke Bindung zu ihm hatte aufbauen können.

Birte kam es so vor, als schlössen sich Jens und Catrina – wie um ihren Stiefvater zu trösten – jetzt noch enger an Mikel an, um ihn den Verlust weniger stark spüren zu lassen. Zu ihrer großen Freude gelang es ihnen auch. Frühmorgens am vierten Tag, als sie am Ufer von Ólafsvík bereitstanden, um auf der kurzzeitig ankernden *Seacloud* an Bord zu gehen, war Kapitän Frödesen

zumindest äußerlich nichts mehr von seiner Enttäuschung anzumerken.

*

Im Hafenamt von Amsterdam, das jedermann, der ein dort vor
Anker liegendes Schiff besteigen wollte oder ein ankommendes
verließ, aufsuchen musste, erwartete die Frödesen-Familie eine
Riesenüberraschung.

»Mit allem habe ich gerechnet, aber damit bei Gott nicht!«

Birte gelang es nicht, die Tränen zurückzuhalten, sondern ließ
ihnen freien Lauf. Der holländische Hafenmeister persönlich
hatte es sich nicht nehmen lassen, sie alle, nachdem er Birte einen
an sie adressierten Brief ihres Vaters ausgehändigt hatte, zu jener
Stelle im Hafen zu begleiten, wo die *Meerjungfrau* nicht nur ordentlich vertäut, sondern angekettet zum Schutz vor neuerlichen
Dieben vor Anker lag.

»Dem Herrn sei Lob und Dank!«

Birte war nahe daran, vor Rührung und Dankbarkeit mitten
auf der Pier und vor allen möglichen Zuschauern, in der Hauptsache Seeleuten und Kaufherren, auf die Knie zu fallen.

»Ich habe es in all den Jahren, die ich nun schon im Hafenamt
tätig bin, noch nie erlebt«, gestand der Hafenmeister, »dass ein
von Seeräubern oder Meuterern aufgebrachtes Schiff seinem Eigentümer so bald und in so gutem Zustand ohne Lösegeld und
überhaupt ohne jede Art von Forderung zurückerstattet worden
wäre! Da haben Sie unglaubliches Glück gehabt, Madame!«

»Das größte Glück war wohl, dass wir die Wintermonate heil
überstanden haben, nachdem man uns ohne alles in einer wahren Einöde ausgesetzt hatte!«, dämpfte Mikel ein klein wenig die
Euphorie des Hafenmeisters.

Aber es grenzte natürlich tatsächlich an ein Wunder, dass
dieses unangenehme Abenteuer ein glückliches Ende gefunden
hatte. Die Freude darüber vermochte auch die anschließende ge-
nauere Inspektion des Schiffsinneren nicht allzusehr zu trüben.

Wie sich zeigte, waren die aufständischen Matrosen und ihr Anführer mit dem Schiff nicht gerade pfleglich umgegangen. Ob an Deck, auf der Kommandobrücke, im Ruderhaus, auf dem *Niedergang*, in der *Messe*, in den Kojen, in den Unterkünften der Mannschaft oder im Frachtraum: Überall waren Anzeichen von Schlamperei, Unachtsamkeit oder gar mutwilliger Zerstörung zu erkennen.

»Ärgere dich nicht, mein Schatz!«

Tröstend nahm Mikel seine wütende Frau in den Arm.

»Das sieht alles schlimmer aus, als es ist. Ich kenne eine ausgezeichnete Werft in Hamburg, deren Besitzer, Jonas Paulsen, seit Jahren mit mir befreundet ist. Seine Leute arbeiten schnell und umsichtig. Er wird mich nicht übers Ohr hauen, sondern einen angemessenen Preis berechnen. Da können wir dann auch gleich ein paar Neuerungen einbauen lassen, damit der Segler noch ein bisschen komfortabler wird, als er jetzt schon ist. Keine Sorge, Liebste! Ich werde für alles aufkommen. Das soll mein kleiner Beitrag dazu sein, dass du so liebenswürdig und vertrauensvoll bist, mich als weiteren Eigner eintragen zu lassen.«

Birte und ihr Mann einigten sich darauf, dass er auf der Stelle wieder das Kommando über die *Meerjungfrau* übernähme und mit einer neuen Crew nach Hamburg zur Werft seines Freundes fuhr. Birte und ihre Kinder sollten sich auf einem kleineren *Schmackschiff* nach Föhr und von dort aus nach Hooge bringen lassen.

Das bedeutete allerdings, dass Pastor Peter Knudtsen seinen Schwiegersohn vorerst nicht, sondern erst später zu Gesicht bekäme. Aber das erschien ihnen angesichts der besonderen Umstände nicht so schlimm. Es war wichtig, den Segler schnellstmöglich wieder in Ordnung zu bringen, um die kommende Sommersaison nicht gänzlich verloren zu geben.

Die seltsame Andeutung des Hoogener Pastors, dass Birte womöglich Ärger drohen könne und man einen Spion ihretwegen nach Föhr beordert zu haben schien, wirkte auf sie in ihrer Euphorie gänzlich abwegig.

Wer sollte das wagen? Und weshalb auch? Nun rächte es sich, dass Peter Knudtsen aus Furcht vor Agenten, die nicht davor zurückschreckten, fremde Briefe zu öffnen und zu lesen, sich in seinem ersten Schreiben sehr vage und verklausuliert ausgedrückt hatte. So lachten auch seine Tochter und ihr Mann über seinen Vorschlag, statt nach Hause zu kommen, irgendwo anders Asyl zu nehmen.

»Ach, mein lieber Papa und seine unnötigen Sorgen!«

Birte war gerührt.

Was weder sie noch Mikel ahnten, war die Existenz einer zweiten Nachricht, die sehr viel detaillierter auf die Bedrohung einging und ihr dringend ans Herz legte, nicht den Weg nach Schleswig-Holstein zu nehmen. Leider war dieser Brief durch einen dummen Zufall verloren gegangen und gelangte infolgedessen nicht in Birtes Hände.

Die holländische Seefahrtsbehörde ließ ihre Beziehungen spielen und siehe da, es klappte überraschend schnell. Der Abschied der Familienmitglieder fiel dementsprechend kurz aus: Bereits am nächsten Tag ergab sich für Birte und die Kinder eine Möglichkeit, die nordfriesischen Inseln, darunter auch Föhr, zu erreichen. Mikel musste sich erst noch um eine komplett neue Mannschaft kümmern, ehe er mit der *Meerjungfrau* nach der Hansestadt Hamburg aufbrechen konnte.

Er versprach, nach Umbau und Reparatur so bald wie möglich die *Hallig* aufzusuchen, ehe er – dieses Mal ohne Familie – nach Norden aufbrechen würde, um wenigstens noch ein paar Wale zu erlegen.

Birte hatte beschlossen, die nächsten Jahre bei ihrem Vater zu bleiben und sich um die Erziehung ihrer Kinder und um den Hof zu kümmern.

Catrina, die mittlerweile sehr an Mikel hing, weinte beim Abschied bitterlich und vermochte sich kaum von ihrem Vater loszureißen. Jens wäre auch gerne mit nach Hamburg gefahren – er hatte schon so vieles über die große und reiche Hansestadt gehört, dass es ihn förmlich danach drängte, sie kennenzulernen.

Aber da blieb seine Mutter unerbittlich. »Nix da, min Jung! Du kommst mit zu Großpapa und gehst bei ihm zur Schule! Glaubst du vielleicht, dass dein Vater dich jemals wieder auf die *Meerjungfrau* lässt, wenn du nichts gelernt hast und überhaupt nichts kannst? Dummköpfe kann man auf der Kommandobrücke nicht gebrauchen, das weißt du doch.«

Jens maulte zwar ein bisschen – aber im Grunde freute er sich doch, genau wie Trina, ungemein darauf, seinen geliebten Großvater wiederzusehen. Hamburg konnte warten.

FÜNFUNDDREISSIG

In den ersten Frühlingstagen des Jahres 1711 war auch der angebliche Bauleiter Peter Campmann mit seiner Schar Hafenarbeiter nach Föhr zurückgekehrt, um die im Spätherbst unterbrochenen Arbeiten am neuen Wyker Hafen erneut mit Schwung aufzunehmen.

Eine vollmundige Formulierung, die den meisten Einheimischen nur ein spöttisches Lächeln entlockte. Wenn dieser Mensch mit seinen Gehilfen, die allesamt nicht vom Fach sein konnten, so weiter machte, würde der Hafen ihrer Meinung nach in hundert Jahren noch nicht fertig sein.

Campmann – in Wahrheit ja Moritz von Mannstein-Senftenberg – wollte eigentlich Birte weiter ausspionieren. Er hoffte allerdings, erfolgreicher als das letzte Mal zu sein, um Fürstbischof Christian August die gewünschten Auskünfte über die Hoogener Hexe übermitteln zu können. Durch sein bisheriges Versagen hatte er sich bei dem hohen Herrn nicht gerade lieb Kind gemacht.

Mit Schaudern gedachte der vorgebliche Hafenbauingenieur, wie er sich hochtrabend nannte, der letzten Audienz im Lübecker Bischofssitz, ehe er erneut nach Föhr aufgebrochen war. Blut und

Wasser hatte er geschwitzt bei den erneut heftigen Vorhaltungen des Kirchenfürsten – die vom vergangenen Herbst lagen ihm noch schwer genug im Magen –, der ihn mit der deutlich formulierten Aufforderung, ihn nicht noch einmal zu enttäuschen, entlassen hatte. Die darin enthaltene Drohung war unüberhörbar gewesen.

»Das Nächste, was ich von Ihm zu hören wünsche, ist eine ordnungsgemäße Vollzugsmeldung«, hatte der Erzbischof ihn angeblafft. »Andernfalls braucht Er sich gar nicht mehr in Lübeck oder in Gottorf blicken zu lassen!«

Was nichts anderes bedeutete, als dass er im Falle eines Misserfolgs seinen bequemen Posten als Hofschranze des Erzbischofs für immer los wäre. Dann müsste er erneut von Hof zu Hof durch die Lande ziehen und sich etwas anderes suchen. Sein eigenes kleines Schloss war längst verfallen und nahezu unbewohnbar.

Fast so wie einst die Sänger und Gaukler im Mittelalter, die ihr Leben lang von Burg zu Burg pilgerten, dachte der Höfling verdrießlich. Etwas, was ihm äußerst schwer fiele; mangelte es ihm doch, da seine früheren Gönner, der Herzog und die Herzogin, nicht mehr am Leben waren, an der nötigen Protektion. Und gar so jung war er mit weit über dreißig Jahren auch nicht mehr. Ja, die Plätze am warmen Kamin waren rar geworden.

Seine einstigen Meriten als ausgefuchster Berater des verblichenen Herzogs zählten jetzt nicht mehr. Im Falle, dass alle Stricke rissen und er nichts ausgraben konnte, was geeignet war, der jungen Heilerin das Genick zu brechen, würde er notfalls zu schamlosen Lügen Zuflucht nehmen müssen. Jawohl, dann würde er einfach irgendetwas Finsteres und Gefährliches erfinden. Das Weibsstück konnte seinetwegen schauen, wie es sich wieder herauswand.

Mit diesem tröstlichen Gedanken war Campmann erneut auf Föhr gelandet, um in Wyk eine Aufgabe in Angriff zu nehmen, die ihn von Anbeginn überfordert hatte. Insgeheim hatte er seinen geistlichen Herrn schon tausendmal verflucht. Weshalb musste er, der vom Bauhandwerk allgemein, insbesondere von der Anlage von Häfen, nicht das Geringste verstand, ja der nicht einmal einen Bauplan lesen konnte, sondern ihn häufig verkehrt herum in den Händen hielt und infolgedessen auch anderen keine vernünftigen Anweisungen zu erteilen vermochte, ausgerechnet einen verdammten Hafen bauen? Der Teufel persönlich musste dem Erzbischof den verflixten Gedanken zugeflüstert haben!

Als Peter Campmann in einem Gasthof nahe der Wyker Anlegestelle ein Zimmer bezog, schwor er sich, auf keinen Fall lange auf der Insel zu verweilen. Dem Wirt, der sich bereits die Hände rieb, gaukelte er allerdings vor, mindestens bis zum Herbst zu Gast bleiben zu wollen, weil er hoffte, damit den Preis drücken zu können.

Davon, dass Pastor Brarens – und somit auch sein Freund, Pfarrer Knudtsen – und viele andere Insulaner längst wussten, welche Intrigantenrolle er spielte, hatte Meister Peter, wie ihn seine Arbeiter nannten, keine Ahnung.

Vor allem das Wichtigste wusste er noch gar nicht. Die Person, die er ausspähen sollte, um sie mit Schmutz bewerfen, im Namen des hohen Kirchenmannes festzunehmen und ihm auf Gedeih und Verderb auszuliefern, hielt sich gar nicht auf Hooge auf.

Niemand, den er so ganz nebenbei über Birte Frödesen ausfragen wollte, klärte ihn darüber auf. Insgeheim gönnten ihm alle den Reinfall, den er zweifellos erleiden würde.

*

»Glaub mir, mein liebes Kind, mir blutet das Herz! Aber ich sehe keine andere Möglichkeit, um dich vor dem Schlimmsten zu bewahren. Auch mein Föhringer Freund, Lorenz Brarens, ist sehr betroffen und rät dir, so schnell wie möglich zu fliehen.«

Der Hoogener Pfarrer hatte sich drei Tage vor der Ankunft des erzbischöflichen Spions mit seiner Tochter ins Studierzimmer zurückgezogen, wie er es immer zu tun pflegte, sobald schwierige Themen anstanden. Er wusste, dass mit Campmanns Rückkehr in Bälde gerechnet wurde. Eindringlich ermahnte er seine Tochter Birte, nicht länger mehr auf Hooge zu verweilen, auch wenn es ihr noch so schwer fiele, erneut der Heimat den Rücken zu kehren.

»Dieses Mal geht es nicht darum, dich vor den Nachstellungen einer fanatisierten, aber dummen Masse zu schützen. Jetzt haben wir es mit einem mächtigen Mann zu tun, der sich für den obersten Bewahrer des reinen Glaubens hält und sich das Recht anmaßt, rigoros gegen jedermann vorzugehen, der ihm in dieser Hinsicht verdächtig erscheint!«

Seit einer guten Weile bereits redete der Pastor auf seine Tochter ein; genauer gesagt, seit ihrer Ankunft auf Hooge, die sich die junge Frau bei Gott anders vorgestellt hatte. Statt Freude und Jubel hatte im Pfarrhof Betroffenheit geherrscht. Ob sie seine zweite Nachricht nicht erhalten habe, hatte Peter Knudtsens wichtigste Frage gelautet.

Birte wirkte traurig, aber seltsam gefasst, als hätte sie insgeheim schon lange mit einem derartigen Angriff gerechnet. Ja, sie glaubte sogar zu wissen, wer dazu beigetragen hatte, sie in den Augen des hochwürdigen Herrn zu diskriminieren. Sie wusste, dass es auf Föhr und anderswo immer noch Einzelne gab, die glaubten, Eyckes Interessen vertreten zu müssen, obwohl die Kapitänsfrau selbst ihr nie einen Vorwurf daraus gemacht hatte, dass ihr Söhnchen damals nach der Geburt gestorben war.

»Wenn ich raten müsste, wem ich die Anwürfe zu verdanken habe, würde ich sagen, es müsse sich um Ocke Japsen, einen weitläufigen Verwandten Eyckes, handeln. Machte er mir doch anlässlich seiner Meuterei diesbezügliche Vorhaltungen. Ich bin mir durchaus bewusst, mein lieber Papa, dass es bitter ernst ist. Sonst hätte der Herr Erzbischof sich nicht die Mühe gemacht, eigens einen Spion vom Festland herüberzuschicken, der den Auftrag hat, mich, was ich gemacht und gesagt habe und wenn möglich, auch noch meine geheimsten Gedanken auszuforschen.«

Der Tonfall der jungen Frau war bitter. Eine knappe Woche war sie erst wieder zu Hause und sollte Hooge bereits wieder verlassen. Erschöpft wirkte Birte, als wäre sie es endgültig leid, sich immer von Neuem gegen absurde Verdächtigungen verteidigen zu müssen.

»Wie mir zu Ohren kam, mein Kind, sind einige Föhringer bereits auf den Kerl hereingefallen und haben ordentlich aus dem Nähkästchen geplaudert, wobei sie, dem vornehmen Fremden zu Gefallen und um sich selbst als besonders wichtig hervorzutun, noch gewaltig übertrieben haben, was deine angeblichen Zaubereien oder Wunderheilungen angeht.«

»Ja, die Lust am Schwadronieren treibt bei den Menschen oft genug seltsame Blüten, Papa. So kommt es, dass ich, nur weil sich ein paar Leute ins rechte Licht rücken wollen, wieder aus meiner Heimat verschwinden soll.«

Zu des Pastors Erleichterung schien Birte ihre Lethargie überwunden und, den Ernst der Lage erkennend, sich entschlossen zu haben, seinen Rat anzunehmen und schleunigst die Flucht anzutreten.

»Ich tue, was immer nötig ist, liebster Papa!«

»Und ich, mein Kind, werde klammheimlich alles für deine Flucht vorbereiten«, versprach der Pastor. »Du aber lebe bis dahin weiter so, als wäre alles in bester Ordnung. Lass dir um Himmels willen nicht anmerken, dass du dich mit dem Gedanken trägst, Hooge für lange Zeit Lebewohl zu sagen! Wir dürfen nicht riskieren, Birte, dass dieser verschlagene Peter Campmann Verdacht schöpft und dich womöglich gleich nach seiner Ankunft, die jeden Tag erfolgen kann, festnehmen und nach Lübeck verschleppen lässt.«

»Auch ich verstehe mich auf die Kunst der Täuschung, wenn es unbedingt sein muss, liebster Vater. Niemand wird das geringste Misstrauen gegen mich hegen, das verspreche ich Euch!«

Vorerst weihte der Pastor nur die treue Magd Gondel ein, dass er nach einem zuverlässigen Seemann suchen müsse, der den ersten Teil von Birtes Flucht übernehmen werde. Irgendwie musste sie nach Hamburg zu ihrem Mann gelangen, um mit ihm die weiteren Schritte zu besprechen.

Überraschend schnell fand Peter Knudtsen einen, der geeignet schien. Wie ein Wink des Schicksals kam ihm vor, dass es sich bei diesem Jemand ausgerechnet um einen weiteren Vetter Eycke Ockensens handelte, der allerdings – im Gegensatz zu Ocke Japsen – über einen anständigen Charakter verfügte.

Der junge Mann hieß Klaas Petersen, war insgeheim schon lange in die schöne Heilerin verliebt und würde sie bereitwillig bei Nacht und Nebel auf seinem Heringskutter nach Hamburg bringen. Es war ein Glücksfall, dass er mit Ocke so gar keine Ähnlichkeit besaß. Obwohl mit ihm verwandt, war Klaas indessen ein Mann mit vielen Vorzügen.

»Ich mach das gerne für dich«, behauptete er, als Birte behutsam vorfühlte, ob er denn tatsächlich …

»Ich erzähl auch keiner Menschenseele was davon, mein Ehrenwort, Birte!«

Birte, die seine Begeisterung für das Abenteuer – das für sie allerdings blutiger Ernst war – nicht dämpfen wollte, lächelte ihn dankbar an. Dann ging sie daran, sich für ihre Flucht vorzubereiten.

»Wi draap üs do kemen naacht bi strun!«, kündigte sie ihm nach zwei Tagen an. Dass sie sich bereits in der kommenden Nacht am Strand treffen wollten, gefiel Klaas ausgesprochen gut. Er konnte es kaum noch erwarten, dass das geheime Unternehmen seinen Anfang nahm.

Seine Belohnung für die Fahrt würde im Übrigen üppig ausfallen. Der Pastor war nicht kleinlich.

Über den wahren Grund für Birtes heimliches Verschwinden hatte man ihn absichtlich im Ungewissen gelassen. Der Pastor hatte etwas von einem hochgestellten, höchst aufdringlichen Verehrer gemurmelt, der keine Zurückweisung ertrage, und Klaas hatte nicht weiter nachgefragt.

Dass Birte mittlerweile einen anderen Mann gefunden hatte, wusste er, und der geradlinige Bursche empfand es geradezu als schandbar, dass eine verheiratete Frau gezwungen war, sich den Nachstellungen eines missliebigen Verehrers zu entziehen, indem sie Reißaus nahm.

Dass Mikel Frödesen mit der ein wenig ramponierten *Meerjungfrau* gleich nach Hamburg in eine Werft hatte fahren müssen, war ihm und einigen anderen bekannt – zum Leidwesen der Neugierigen, die unbedingt wissen wollten, wie der Mann denn aussah, der das Herz der vermögenden Witwe erobert hatte.

Erst hatte Birte Klaas über die wahren Zusammenhänge aufklären wollen, aber ihr Vater hatte ihr dringend davon abgeraten. Man könne unmöglich vorhersehen, wie Klaas Petersen auf die Wahrheit reagiere. »Womöglich macht der Bursche aus Angst, sich mit einer *Towerschen* einzulassen, einen Rückzieher. Ich finde, eine kleine Notlüge ist in diesem Fall gerechtfertigt!«

Das sah Birte auch ein. Genauso, wie es notwendig war, auch ihre Kinder zu beschwindeln. Jens und Catrina waren noch zu jung, um ein Geheimnis bewahren zu können und sollten nicht belastet werden.

Den eigenen Freunden machte Klaas weis, er müsse dringend zu einer Fahrt nach Bremerhaven aufbrechen, um einen entfernten Großoheim aufzusuchen, der schwer erkrankt sei. Seine Bekannten wunderten sich zwar, denn von einem Zweig seiner Verwandtschaft, der dort lebte, hatten sie bisher nichts gewusst, aber letztlich fand niemand etwas dabei.

Auf den eindringlichen Rat ihres Vaters hin unterließ Birte es auch, ihren Knechten und Mägden reinen Wein einzuschenken. Sie solle, wie auch ihren Kindern gegenüber, behaupten, eine entfernte Muhme sei todkrank und der Pastor habe sie gebeten, sich um die Genesung der alten Frau zu kümmern.

Bei Knut Darre und Jon Gaudesson fiel ihr das Lügen besonders schwer. Immerhin waren beide ihre fleißigsten und vertrauenswürdigsten Knechte. Erst das Argument, je weniger sie wüssten, umso besser seien sie selbst geschützt, falls man sie befragen sollte, verfing bei Birte.

Natürlich würde man darangehen, ihre Leute auszuquetschen, sobald offenbar wurde, dass der Vogel ausgeflogen war. Es war auf jeden Fall vernünftiger, auch ihnen eine Lügengeschichte aufzutischen.

»Nur bei Gondel bringe ich das nicht übers Herz!«, beteuerte die junge Heilerin. »Ich weiß durch einen Traum, den ich in den letzten drei vergangenen Nächten hintereinander hatte, dass ich die alte Frau nie mehr lebend sehen werde. Das Letzte, was sie von mir zu hören bekommt, darf keine Lüge sein!«

Da gestand ihr der Pastor, dass er Gondel bereits eingeweiht habe. »Dennoch würde sie sich gewiss sehr freuen, wenn du selbst es ihr auch noch anvertrauen würdest.«

In der letzten Nacht vor der geplanten Flucht lud Birte die alte Magd unter einem Vorwand dazu ein, die Nacht wieder einmal – so wie früher, als sie noch nicht mit Janne verheiratet gewesen war – mit ihr gemeinsam im Bett zu verbringen.

»Nu, wat heest mi tu sai, Birte?«, lautete Gondels erste Frage, nachdem beide nebeneinander im Schrankbett der Hausfrau lagen. Die alte Frau hatte schon bemerkt, woher der Wind wehte, und war sehr glücklich darüber, dass die junge Herrin offenbar Vertrauen zu ihr hatte.

Mit keiner Silbe verriet Gondel, dass sie schon Bescheid wusste. Von Birte in das Geheimnis eingeweiht, lobte sie deren Entschluss, sich der Gefahr ohne Zögern zu entziehen.

»Dein Vater ist wie sein bester Freund, der Pastor von Naiblem, ein sehr kluger Mann. Dass du Hooge verlässt, wird das Richtige für dich sein, Birte. Weil du die Kinder dieses Mal bei ihrem Großvater lässt, wird auch niemand so schnell misstrauisch werden und auf keinen Fall argwöhnen, du seiest geflohen. Ich wünsche dir nur, dass du das Heimweh erträgst, das dich irgendwann unweigerlich packen wird. Ich bitte dich jedoch inständig, auf keinen Fall zu früh zurückzukehren. Bleib weg, ehe die Gefahr nicht wirklich vorbei ist. Sonst wäre alles umsonst gewesen!«

Das konnte ihr Birte – schon um ihrer Kinder willen – ehrlichen Herzens versprechen. Catrina und Jens sollten nicht erleben müssen, ihre eigene Mutter als Hexe aufs Festland verschleppt, angeklagt und womöglich verurteilt zu sehen.

Gondel gab zu bedenken, dass niemand die Zukunft kenne. Kein Mensch könne vorhersagen, ob Fürstbischof Christian August nicht noch zur Einsicht gelange und die Anklage gegen Birte fallen ließe. Womöglich aber berief ihn Gott, der Herr, in ähnlich jungen Jahren ab wie seinen Bruder, den Herzog von Schleswig-Holstein, oder seine Schwägerin Hedwig Sophie?

»Vielleicht kommst du eher wieder nach Hooge zurück, als du es dir jetzt vorstellen kannst, Birte!« Die alte Frau versuchte der jungen Heilerin Mut zu machen. »Ich bin jedenfalls sehr froh, dass du zu mir Vertrauen hattest, Frau! Jetzt kann ich mich auch endgültig von dir verabschieden.«

Auf Birtes beunruhigte Nachfrage, was Gondel damit meine, gab die alte Magd seelenruhig zur Antwort: »Ich weiß, dass ich dich jetzt zum letzten Mal in meinem Leben sehe. Den kommenden Winter werde ich nicht mehr überstehen – das fühle ich seit Langem. Wenn du das nächste Mal auf die *Hallig* kommst, kannst du mich auf dem Kirchhof besuchen.«

Gondels Worte klangen so endgültig und so bewundernswert gefasst, dass Birte gar keinen Versuch unternahm, sie zu beschwichtigen oder es ihr auszureden. Wusste sie es doch auch, dass die älteste Magd auf ihrem Hof die Wahrheit sprach und ihre Zeit auf Erden bald zu Ende ging.

SECHSUNDDREISSIG

In der bewussten Nacht war Neumond. Im Schein einiger Laternen schlichen Birte mit Catrina an der Hand, sowie Jens, der nebenher schlurfte, und der Pastor zum Strand hinunter, wo die junge Frau an Bord eines schmucken, neuen Kutters gehen würde. Auf ihn war sein Besitzer, Klaas Petersen, ungeheuer stolz.

Jahrelang hatte der Junggeselle einen Teil seiner ansehnlichen Erlöse aus dem Heringsfang vor Helgoland beiseitegelegt, wobei er auf manche Annehmlichkeit verzichtet hatte, um sich den neuwertigen Kahn leisten zu können. Meistens hatte er sich den Gang in den Dorfkrug verkniffen, weshalb ihn seine Bekannten nicht selten auf den Arm genommen hatten, indem sie ihn fragten, ob er neuerdings ein Nüchternheitsgelübde abgelegt hätte.

»Meine Neuerwerbung!«, verkündete er mit einer stolzen, weit ausholenden Handbewegung, als würde er ihnen einen Segler von der Größe eines Walfängers vorführen.

»Wunderschön!«, bestätigte der Pastor. »Gratuliere, Klaas Petersen!«

»Wir werden darauf fahren wie auf einem Sofa aus meinem *Pesel*«, lobte Birte.

Da mussten alle trotz des Abschiedsschmerzes ein wenig lachen und die Trennung von ihren Kindern und dem ältlichen Vater fiel Birte ein kleines bisschen leichter. Gondel hatte sie noch daheim in der *Dörnsk* Lebewohl gesagt, nachdem beide in der Dunkelheit aufgestanden waren.

Nur flüchtig hatte die Alte ihre Herrin umarmt, sie eilig auf beide Wangen geküsst und ihr mit ziemlich trockenen Worten alles Gute gewünscht.

Gefühlvolles Gewäsch war Gondels Sache nicht. Erst als Birte sie bat, ja gut auf Trina und Jens aufzupassen, kämpfte die altgediente Magd gegen die Tränen an. »Solange ich noch am Leben bin, werde ich das tun, junge Herrin«, hatte sie gemurmelt, sich über die Augen gewischt und auf dem Absatz kehrtgemacht.

Ehe Birte endgültig an Bord ging, küsste und umarmte sie ihre Kinder und ermahnte sie, allezeit ihrem Großvater mit Ehrfurcht zu begegnen und ihm keinen Kummer zu bereiten. Catrina und sogar Jens kullerten dicke Tränen übers Gesicht, und sie versprachen der Mutter alles, was sie sich von ihnen wünschte; nur bald wieder heimkommen sollte sie! Und am besten gleich den Vater mitbringen.

»Mach die Muhme bald wieder gesund – wir brauchen dich bei uns«, schluchzte Trina.

Zuletzt verabschiedete sich Birte von ihrem Vater. Schweigend umarmte er sie und drückte sie eine ganze Weile an sich; es war ja alles gesagt. Zuletzt trug er ihr noch flüsternd Grüße an seinen unbekannten Schwiegersohn auf, von dem er bisher nur Gutes gehört habe.

In Hamburg angekommen, sollte Klaas die junge Frau abliefern und anschließend gleich wieder nach Hooge zurückkehren, um nach Helgoland zum traditionellen Heringsfang aufzubrechen. Mikel würde sich dann um das weitere Fortkommen seiner Frau kümmern.

Ohne ein weiteres Wort – es gab nichts mehr zu besprechen – verließ Peter Knudtsen den Ankerplatz. Nicht einmal das Ablegemanöver des Kutters wartete er ab. Selbst das übliche Winken unterließ er, um am Ende nicht doch noch in Tränen auszubrechen. Das Armeschwenken besorgten seine Enkelkinder, ehe sie ihrem Großvater zur Pfarrwarft hinterherrannten.

Jetzt lag das Schicksal seines einzigen Kindes allein in des Allmächtigen Hand, dachte der Pastor und fühlte sich auf einmal grenzenlos verlassen. Vielleicht sollte er bald wieder einmal Lorenz aufsuchen? Der lebenskluge Freund vermochte es wahrscheinlich, ihn wieder ein wenig aufzumuntern.

*

Während der Fahrt auf dem jämmerlich schaukelnden Bötchen, vorbei an Pellworm und Süderoog, ging Birte immer wieder das tausendmal Besprochene durch den Kopf.

»Dein Asyl sollte sich möglichst weit entfernt von Schleswig-Holstein und von Schweden befinden«, hatte ihr der Vater eindringlich ans Herz gelegt. »Der Herr Fürstbischof hat beste Verbindungen zu diesem Land! Auch Dänemark ist nicht sicher. Sonst wäre es ja ein Leichtes gewesen, dich einfach nach Föhr zu schaffen – nach Nieblum nämlich, wo die Grenze mitten durch den Ort verläuft – und ein paar hundert Schritte weiter nach Westen, nämlich auf dänisches Hoheitsgebiet. Aber der dänische König Friedrich war noch nie gut auf Hexen zu sprechen und du sollst ja nicht vom Regen in die Traufe gelangen!«

Gerührt musste Birte an die Fürsorglichkeit ihres Vaters denken, der gezwungen war, erneut auf seine Tochter zu verzichten, weil man anscheinend im Herzogtum eine Rückwärtswendung ins finstere Mittelalter plante, sofern es nach einem gewissen Kirchenfürsten gehen sollte, der vom Glauben an Zauberer und Hexen geradezu besessen schien.

Zudem war abzusehen, dass in Kürze junge Männer nicht mehr für ihre Familien Sorge tragen könnten, sondern als Soldaten machtgieriger Herrscher die Spielsteine auf dem Schachbrett Europas darstellen sollten. So war es auch besser, wenn Mikel ebenfalls die Flucht ergriffe, solange noch Zeit dazu war.

Mit Klaas Petersen, ihrem uneigennützigen Fluchthelfer, kam Birte gut aus. Obwohl seine verliebten Blicke Bände sprachen, fiel er ihr mit lästigen Geständnissen nicht auf die Nerven. Wobei ihn einerseits seine angeborene Schüchternheit bremste; andererseits besaß der einfache Fischer ein feines Gespür für Situationen, bei denen es angebracht war, sich zu äußern, und für solche, in denen man besser den Mund hielt.

Zu den gänzlich unangebrachten gehörte in der Lage, in der Birte sich im Augenblick befand, mit Sicherheit jegliche Art von Liebeserklärung. Sie war erstens verheiratet und wollte keinesfalls ihren Ehemann mit einem hochgestellten Herrn betrügen, der sich angeblich rasend in sie verliebt hatte. Zum Zweiten war es ausnehmend gutherzig von ihr und bezeugte ihre Barmherzigkeit, dass sie den weiten Weg samt der Trennung von Haus, Hof, Kindern und Vater auf sich nahm, um eine schwer kranke Verwandte zu versorgen. Letzteres hatten ihm Birtes Mägde verraten.

Schweren Herzens hatte Klaas beschlossen abzuwarten, bis Birte wieder nach Hause käme, um ihr seine Gefühle zu offenbaren. Wer konnte schon vorhersagen, wie es sich dann mit ihrem Ehemann verhielt? In politisch unruhigen Zeiten konnten aus Ehefrauen ganz schnell Witwen werden.

*

In dem vornehmen Haus an der Binnenalster, bewohnt von Jonas Paulsen, Werftbesitzer und Reeder, und seiner Gattin Antje herrschte große Betroffenheit, nachdem sie von *Commandeur* Mikel Frödesen über die Lage seiner Frau aufgeklärt wurden. Pastor Peter Knudtsen hatte seinem Schwiegersohn in einem Brief Birtes Kommen angekündigt und den Grund dafür keineswegs verschwiegen. Er hatte dies getan, noch ehe er mit seiner Tochter darüber gesprochen hatte.

Aus Angst vor Spionage – es war leider üblich, dass Angestellte von Behörden auch ganz private Post öffneten – hatte sich der Pastor bemüht, nicht zu offen zu sein; er erging sich weitgehend in Andeutungen. Lediglich zwischen den Zeilen vermochte Birtes Ehemann herauszulesen, dass seiner Frau, initiiert durch eine üble Laune des Lübecker Erzbischofs, Gefahr für Leib und Leben drohte.

Nach dem ersten Schrecken wollte der *Commandeur* beginnen, sich mit aller Vorsicht nach alternativen Wohnorten für sich und Birte umzuhören. Auf keinen Fall sollten Jonas und seine Frau gefährdet werden. Aber Antje Paulsen erklärte kategorisch, es sei wohl selbstverständlich, dass Mikel und seine Ehefrau bei ihnen blieben.

»Mindestens so lange, wie die *Meerjungfrau* bei uns noch im Trockendock liegt, um den Kiel genau inspizieren zu lassen«, bestimmte Antje resolut. »Und dann solltet ihr euch gut überlegen, wohin die Reise gehen soll. Erst wenn das geklärt ist, erlaube ich euch, uns zu verlassen! Vorher wäre es viel zu gefährlich. Bei uns hingegen seid ihr sicher; es weiß ja keiner im Haus, dass deine Frau als Hexe auf der Liste des Erzbischofs steht. Und falls doch, lege ich für unser Personal meine Hand ins Feuer!«

Der Leibkutscher Jonas Paulsens holte Birte zwar an der Anlegestelle ab, aber, um kein unliebsames Aufsehen zu erregen, fuhr Sven Rickmers dieses Mal nicht mit der großen Kalesche mit dem Familienwappen vor. Er ließ Birte, die er nach einer genauen Beschreibung sofort erkannte, samt ihrem geringen Gepäck in ein kleines bescheidenes Gefährt einsteigen, das niemandes Aufmerksamkeit erregte.

Im Innern der Kutsche hinter den mit Vorhängen verhüllten Kutschenfenstern erwartete sie Mikel, an dessen Hals sich die junge Frau mit einem Schluchzen warf, das einen Stein zu erweichen vermocht hätte. All der Kummer, die Angst und der Zorn, alle negativen Gefühle, die in ihr schlummerten, brachen sich Bahn in jenen ersten Minuten des Wiedersehens. Erst allmählich beruhigte sich Birte, und die Freude über das Wiedersehen mit ihrem geliebten Mann überwog jegliches Übel.

»Ich soll dich tausendmal grüßen von meinem Vater und von Jens und Trina. Beide sind sehr traurig, dass es nun eine ganze Weile dauern wird, ehe sie uns beide wiedersehen werden!«

Mikel unterdrückte den Impuls, darauf hinzuweisen, dass diese ganze Weile womöglich viele Jahre andauern könnte. Im Geiste überlegte er bereits, wo man sich mit den Kindern und ihrem Großvater hin und wieder gefahrlos zu treffen vermochte, ohne befürchten zu müssen, den Feinden in die Hände zu fallen.

Im Grunde waren sie beide Mitwirkende in einem Drama, für dessen Inszenierung sie zwar nichts konnten, an dessen Aufführung sie jedoch gegen ihren Willen beteiligt sein mussten. Seine Aufgabe als Birtes Ehemann war es nun, umsichtig dafür zu sorgen, dass die Tragödie zu einem guten Ende kam.

Nach ihrem Gefühlsausbruch gab Birte sich betont forsch gemäß der friesischen Wesensart, bei der es üblich war, den Deckel auf Töpfen mit brodelndem Inhalt besonders fest draufzuhalten.

Kurz ehe sie das elegante Stadthaus der Paulsens erreichten, griff Birte in eine Tasche ihres Umhangs und förderte ein längliches Päckchen zutage. »Das hat mir mein Vater für dich mitgegeben, Mikel, zusammen mit einem schönen Gruß und dem Wunsch, dich bald kennenzulernen. Möge das Ding ihm gute Dienste auf hoher See leisten!, hat er dazu gesagt, mir aber nicht verraten, worum es sich handelt.«

Dankend nahm Mikel das Päckchen entgegen. »Ich bin sehr neugierig, meine Liebste – genauso wie du, das sehe ich dir an!« Der *Commandeur* schmunzelte. »Aber ich mache dir einen Vorschlag: Wir wollen das Geschenk deines Vaters erst in Augenschein nehmen, sobald wir beide uns an Bord unseres Schiffes befinden, das in wenigen Tagen überholt und ausgebessert sein wird.«

Damit war Birte einverstanden, obwohl sie gar zu gerne gewusst hätte, was sich in dem kleinen Paket befand. Aber es war für Mikel bestimmt und so fügte sie sich.

Den größten Teil ihres Gepäcks nahm ein Ballen feinen englischen Tuchs ein, den Birte noch in London für sich erworben hatte, als die *Seacloud* in der englischen Hauptstadt festgemacht hatte, um die amerikanischen Pelze und Felle an der Themse auszuladen, ehe die Fahrt der Familie weitergegangen war nach Amsterdam. »Ich will ihn der Frau deines Hamburger Freundes zum Geschenk überreichen«, kündigte Birte an.

Mikel, der wusste, wie glücklich seine Liebste gewesen war, als sie den Kauf in einem renommierten Londoner Tuchladen getätigt hatte, war gerührt über das Opfer, das zu bringen sie bereit war. »Ich bin überzeugt, Jonas und Antje Paulsen werden dich gleich in ihr Herz schließen, wie es jeder tut, der dich kennt, Liebste!«

Eine Prophezeiung, die genau so in Erfüllung ging, zumal Frau Antje und ihr Gemahl keineswegs zu den Bewunderern des hochfahrenden, eitlen und als extrem verschwenderisch bekannten Fürstbischofs gehörten.

*

Die Fahrt hinauf nach Spitzbergen würde zwar sehr lange dauern – was der großen Entfernung wegen für niemanden überraschend käme – und würde naturgemäß an manchen Tagen auch ziemlich stürmisch verlaufen. Dennoch hatte man sich nach reiflicher Überlegung aus mehreren Gründen gerade für dieses Ziel entschieden.

»Es ist zwar reichlich spät, um so weit nach Norden zu fahren, aber gerade noch zu verantworten«, glaubte Mikel, und sein Freund Jonas Paulsen hatte ihm beigepflichtet – ebenso wie Johann Brevensen, der ehemalige dänische Kapitän, mit dem Birtes Mann eine alte und ganz besondere Freundschaft verband.

Der hünenhafte alte Seebär mit einer Stimme, die aus einem mächtigen Brustkorb dröhnte, weißem flatterndem Haupthaar und ebensolchem Bart, hatte sich unheimlich gefreut, als von Mikel das Angebot kam, als Erster Offizier auf der *Meerjungfrau* anzuheuern. »Ich kann es kaum erwarten, dass ich endlich mal wieder Wasser unterm Kiel zu spüren kriege, alter Freund!«

Wenn der Wikinger – so nannte ihn Mikel spaßeshalber – lachte, zeigte er große kräftige Zähne, die einem viel jüngeren Mann zu gehören schienen, und ein Netz von Falten durchzog sein sympathisches Gesicht.

»Du kannst da oben immer noch genügend Wale fangen und hast den Vorteil, den Speck gleich dort in einer der zahlreichen Kochereien zu Tran verarbeiten zu lassen. Das spart Zeit. In Spitzbergen tauchen auch regelmäßig Händler aus Russland auf, die den Kapitänen den Waltran abkaufen. Wie man hört, hauen sie einen nicht kräftiger übers Ohr, als die Holländer es tun.«

Jonas Paulsen, Johann Brevensen und selbst Mikel hatten unbändig gelacht. Bei der Verabschiedung seines Freundes durchströmte Paulsen ein gutes Gefühl; immerhin hatte er ihm geholfen, eine vertrauenswürdige und arbeitswillige Mannschaft – und Johann Brevensen – auszusuchen, beziehungsweise aufzuspüren. Der Däne wohnte nämlich in einem Dorf außerhalb Hamburgs.

Ein Vorteil war: Keiner der Männer war verheiratet oder hatte familiäre Verpflichtungen. Es war daher nicht nötig, im Herbst unbedingt wieder in Amsterdam zu sein. Man könnte auch anderswo überwintern.

»Ist die Lage dann immer noch gefährlich für deine Frau, wovon du ausgehen solltest, dann könntet ihr zur Not auch in Spitzbergen bleiben«, hatte Reeder Paulsen geraten. »Dort gibt es allerdings Siedlungen, die ich einer Dame nicht unbedingt empfehle. Besser, du steuerst Tromsø in Nordnorwegen oder die Lofoten an.«

»Je nachdem ist auch ein Winterquartier in Trondheim oder in Bergen, einer höchst gediegenen Hansestadt, zu empfehlen«, hatte Brevensen gemeint. »Ich kann mir nicht denken, dass der

Arm des Lübecker Fürstbischofs so weit nach Norden hinauf reicht, dass ihr seine Büttel zu fürchten hättet.«

Antje Paulsen, die bei den Beratungen immer anwesend war, hatte genickt. »Die Ratsherren von Hansestädten sind sehr selbstbewusst und lassen sich nicht gerne von Außenstehenden vorschreiben, was sie zu tun und zu lassen haben. Selbst wenn es sich um einen hohen Kirchenmann handelt! Sie interessiert im Allgemeinen nur, dass ihre Gäste sich anständig benehmen – und dass sie genügend Geld haben.«

*

»Jetzt zahlt es sich aus, meine Liebe, dass du beim Bau des Seglers nicht gespart hast. Die Reparaturen und Verbesserungen vor unserer Abreise haben sich gleichfalls gelohnt!« *Commandeur* Mikel Frödesen zeigte sich ausgesprochen zufrieden, nachdem man einen ungewöhnlich heftigen Gewittersturm auf Höhe der Shetlandinseln ohne den geringsten Schaden überstanden hatte.

»Genau hier habe ich vor Jahren schon einmal einen ähnlich heftigen Orkan erlebt«, erinnerte sich Johann Brevensen. »Damals hat mein Segler allerdings den *Besanmast* eingebüßt!«

Auch er, der alte sturmerprobte Fahrensmann Brevensen, vermochte der *Meerjungfrau* nur allerhöchstes Lob zu spenden.

Mikel hatte jetzt die Möglichkeit gehabt, sein FitzRoy-Sturmglas, eine Art Barometer, das seinem Stiefsohn Jens so imponiert hatte, zu überprüfen, ob es noch taugte.

Glücklicherweise hatten die Meuterer es nicht gestohlen oder gar zerstört, wie es leider bei einigen anderen Apparaturen und Werkzeugen der Fall gewesen war.

Auch Peter Knudtsens Geschenk kam jetzt zu Ehren und zwar an jedem Tag: Es handelte sich um ein Galileo-Thermometer, eine faszinierende Art, die Umgebungstemperatur zu messen. Ende des 16. Jahrhunderts von dem genialen Italiener Galileo Galilei entwickelt, versetzte es noch immer viele Menschen in Erstaunen. Je nach Temperatur stiegen fünf, mit bunten Flüssigkeiten gefüllte, durchsichtige Kugeln in dem etwa zwei Handspannen hohen Glaskolben auf oder sanken herab.

An einem Metallplättchen auf der zuunterst schwimmenden Messkugel konnte man dann die jeweils aktuellen Wärmegrade ablesen.

Nördlich des Polarkreises, vor Jan Mayen, mitten im Europäischen Nordmeer, waren ergiebige Walfanggründe zu erwarten und genau dorthin steuerte auch die *Meerjungfrau*.

Birte, die ein gutes Gedächtnis besaß, erinnerte sich an eine beiläufige Bemerkung ihres Mannes, ehe sie vor über einem Jahr die Westmännerinseln angesteuert hatten, er habe eine nicht besonders erbauliche Erinnerung an diese düstere Insel – und er werde ihr vielleicht später einmal davon erzählen.

Jetzt, fand seine Frau, sei genau der richtige Zeitpunkt, um sie endlich einzuweihen.

SIEBENUNDDREISSIG

Es war ein paar Tage nach der zweiten Ankunft des Freiherrn Moritz von Mannstein-Senftenberg alias Peter Campmann, auf Föhr. Der angebliche Bauleiter saß noch in der Gaststube, um eine ausgiebige Frühmahlzeit einzunehmen. Und das zu einer Tageszeit, zu der andere schwer arbeitende Insulaner bereits vor ihrer Mittagssuppe saßen.

Da ging die Tür auf und ein groß gewachsener, weißhaariger Mann in einem langen schwarzen Mantel und einem schwarzen Hut mit breiter Krempe trat ein und näherte sich der Ofenbank, auf der Peter Campmann es sich bequem gemacht hatte.

Unwillkürlich blickte Campmann hoch von seinem aufgehäuften Teller. Der Anblick des vornehm wirkenden älteren Herrn flößte ihm irgendwie ein ungutes Gefühl ein.

Dieser Mensch bedeutet Ärger, erkannte er instinktiv. Während die breitschultrige Gestalt direkt auf ihn zusteuerte, glaubte er, den Ankömmling zu erkennen. Das war doch ...

Freilich! Das musste ein Pastor sein! Was wollte der Mann von ihm? Offenbar nichts Gutes, schwante ihm, dem grimmigen Blick seiner großen blaugrauen Augen nach zu urteilen, mit denen er ihn musterte.

»Gott zum Gruße, Pastor!«, begann Campmann mit falscher Freundlichkeit. »Wollt Ihr Euch zu mir setzen und mir beim Frühmahl Gesellschaft leisten?« Geistesgegenwärtig und aufgesetzt leutselig richtete er das Wort an den sichtlich erbosten Pfarrer.

»Zu Ihnen will ich in der Tat, Herr Campmann!«, grollte Peter Knudtsen, der von Lorenz Brarens die Nachricht erhalten hatte, der Spion halte sich wiederum auf der Insel auf. »Zu Ihnen an den Tisch setzen werde ich mich allerdings nicht! Das Brot zu brechen pflege ich nur mit Personen, die mir angenehm sind – wozu ich Sie leider nicht zählen kann.«

Damit blieb Pastor Knudtsen vor dem Tisch des vor Wut und Verlegenheit rot angelaufenen angeblichen Hafenkonstrukteurs stehen.

»Könnten Sie mir vielleicht verraten, welcher Teufel Sie letztes Jahr geritten hat, zu versuchen, hinter meinem und meiner Tochter Rücken auf hinterhältige Weise Erkundigungen über sie einzuziehen?«, überfiel Birtes Vater den anderen regelrecht. »Erkundigungen, die keineswegs ihre zahlreichen Verdienste um die dankbaren Bewohner Hooges und anderer *Halligen* und Inseln zum Inhalt hatten, sondern solche, die dazu dienen sollten, die junge Frau auf perfide Art und Weise zu verunglimpfen. Ja, sie mit Anschuldigungen zu überhäufen, die nicht nur jeder Grundlage entbehren, sondern überdies auch noch jeder Beschreibung spotten! Und jetzt wagen Sie es gar, erneut hier aufzutauchen, als ob nichts gewesen wäre! Ist Ihnen denn jegliches Schamgefühl fremd?«

Im ersten Augenblick war Peter Campmann wie erstarrt. Demnach war seine Tarnung als Hafenbauer aufgeflogen! Jemand musste ihn verraten haben. Aber dafür konnte er schließlich nichts. Das Gefühl, das ihn auf einmal durchströmte, kam einer ungeheuren Erleichterung ziemlich nahe. Jetzt brauchte er nicht länger mehr im Trüben zu fischen, sondern konnte die ihm verhasste Insel verlassen und nach Hause fahren. Er riss sich zusammen und biss mit gespieltem Genuss in ein Stück Weizenbrot, das dick mit Butter und Honig bestrichen war.

»Möchtet Ihr nicht doch mit mir eine Kleinigkeit zu Euch nehmen, Herr Pastor?«, erkundigte er sich scheinheilig und tat dabei, als habe der andere ihm soeben ein Kompliment gemacht. »Der Honig mundet köstlich! Aber den Schinken kann ich Euch ebenfalls sehr empfehlen!«

Längst hatten der Wirt und die wenigen anwesenden Gäste lange Hälse gemacht, um ja kein Wort des Disputs zu verpassen; in der Wirtsstube gab es niemanden, der nicht Bescheid gewusst hätte.

Peter Knudtsen kniff die Augen zusammen.

»Das Scherzen wird Ihnen bald vergehen, mein Herr! Spätestens wenn Sie erneut vor Ihrem mir leider unbekannten Auftraggeber mit leeren Händen dastehen werden! Ach ja, übrigens: Meine Tochter, die von Ihren Umtrieben gar nichts geahnt hat, musste die *Hallig* bereits wieder verlassen, um Verwandte in Übersee aufzusuchen. Sie kann also für eine Befragung leider nicht zur Verfügung stehen. Aber Sie können ja jederzeit mit mir vorlieb nehmen, falls Sie etwas über meine Tochter erfahren möchten! Dort, wo sie sich im Augenblick aufhält, wird Birte das tun, was sie immer getan hat: nämlich versuchen, Kranken und Leidenden zu helfen mit ihrem Wissen sowie mit ihrer ganz besonderen heilenden Kraft, die ihr unser Herrgott verliehen hat. Ich bin ganz sicher, sie wird äußerst erfolgreich sein in einer Umgebung, frei von öder Kleingeisterei, kindischem Aberglauben und böswilliger Verfolgung durch religiöse Eiferer, die dem Herrn bekanntlich ein Gräuel sind. Seien Sie doch so gut und richten Sie vor allem Letzteres demjenigen aus, der Sie zu der Bespitzelung angestiftet und vermutlich auch bezahlt hat! Genießen Sie noch Ihr Frühmahl, mein Guter!«

Nach einem letzten verächtlichen Blick wandte der Hoogener Pastor sich ab und verließ die Gaststube.

Draußen auf der Straße atmete Peter Knudtsen tief durch. Das Ganze war ihm ein großes Anliegen gewesen. Wenn er daran dachte, wie Campmann sein Versagen wohl vor demjenigen zu rechtfertigen versuchte, von dem die ganze Aktion ausgegangen war, musste er unwillkürlich grinsen. Als er vorgegeben hatte, er kenne den Anstifter nicht, hatte er natürlich nicht die Wahrheit gesagt. So konnte der Kerl auch nicht behaupten, der Pastor habe den Herrn Erzbischof beleidigen wollen. Dafür hatte er sogar jede Menge Zeugen, dachte er zufrieden.

Überhaupt war der alte Pfarrer recht zufrieden mit seinem vorigen Auftritt. Deutlich hatte er seinen Abscheu vor der Sache, der Hexenjagd nämlich, zum Ausdruck gebracht, ohne die Begriffe Hexe oder Zauberei überhaupt in den Mund zu nehmen. Wie gut war es doch gewesen, Birte zum Verlassen der *Hallig* zu drängen! Wenn er an die Gefahren dachte, denen seine Tochter dadurch entronnen war, krampfte sich sein Magen noch nachträglich zusammen.

»Ich habe geahnt, dass der hinterhältige Schweinekerl wiederkommt«, murmelte er. »Gondel wird mit mir zufrieden sein! Vielleicht gibt ihr das den nötigen Auftrieb, wieder vom Bett aufzustehen, aus dem sie sich seit ein paar Tagen nicht mehr herausgetraut hat.«

*

Allein die Miene des Fürstbischofs von Lübeck sprach Bände. Und was Seine Exzellenz dann äußerte, unterstrich noch weitaus deutlicher seinen beinah übermächtigen Grimm.

»Er hat mich sehr enttäuscht, Bursche! Ich hatte mir wirklich mehr von Ihm versprochen, nachdem in früheren Jahren mein Herr Bruder, der Herzog, Ihn so gelobt und mir als besonders geschickt, ja, geradezu gerissen, geschildert hatte! Jetzt wagt Er es, mir zum zweiten Mal unter die Augen zu treten – mit buchstäblich nichts in der Hand, was man gegen die bewusste Person verwenden könnte! Ich frage mich, wie der verblichene Herzog sich so sehr in Ihm zu täuschen vermochte. Natürlich habe ich mich auf sein Urteil über Ihn, mein lieber Herr von Mannstein, verlassen. Aber außer viel heißer Luft scheint Er ja nichts zustande zu bringen! Wie man mir berichtet hat, ist Er bereits im vorigen Jahr den schlichten Gemütern auf der Insel Föhr als wenig geschickter Hafenkonstrukteur unangenehm aufgefallen. So habe ich darauf gebaut, dass Er es dieses Mal zumindest mit dem Weibsbild besser hinbekommen werde. Wieso steht Er jetzt schon wieder mit leeren Händen vor mir?« Die Stimme des hohen Geistlichen klang nun beinahe weinerlich.

Das Schlimmste aber war die Art und Weise der Anrede, die der Fürstbischof auch dieses Mal benutzte. So sprach man nicht mit einem Edelmann – sondern mit Lakaien!

»Ist es denn so schwer, ein verdächtiges junges Frauenzimmer in eine Falle zu locken und diese dann zuschnappen zu lassen? Was für ein verdammter Einfaltspinsel Er doch ist!«

Das wurde ja immer übler! Regelrecht in Rage redete sich der fromme Herr.

»Über ein Jahr hat Er sinnlos verschwendet! Diese angebliche Walfängerbraut wird währenddessen eine Menge Unheil auf den Inseln und anderswo angerichtet haben. Man weiß doch, wie hinterlistig solche Frauenzimmer vorgehen. Im Nu ist eine ganze, ehemals gut christlich-protestantische Gemeinde im Innersten verdorben. Vergleichbar ist das mit einem einzigen faulen Apfel, der einen ganzen Korb voll gesunder Früchte anzustecken vermag!«

In diesem Stile ging das Lamento noch eine ganze Weile weiter. Moritz von Mannstein-Senftenberg zog es vor, den Mund zu halten und das erzbischöfliche Donnerwetter über sich ergehen zu lassen. Irgendwann würde auch dieser Wutanfall sein Ende finden – hoffte er zumindest.

Herr Christian August interpretierte das Schweigen des anderen allerdings als Verstocktheit. Folglich steigerte sich seine Wut gegen ihn noch mehr. Was bildete der Schwachkopf sich eigentlich ein?

»Ich hätte gute Lust, Ihn von meinem Majordomus ein wenig durchprügeln zu lassen«, polterte er plötzlich los. »Vielleicht würde das helfen, Seine Zunge ein bisschen schneller zu lösen! Was meint Er dazu?«

Schon griff der Kirchenmann nach der Klingelschnur, um den bewussten obersten Domestiken seines erzbischöflichen Haushalts herbeizurufen. Der war allgemein bekannt dafür, die Prügelorgien ungemein zu genießen, die er an den ihm unterstellten Dienern ab und zu regelrecht zelebrierte.

Jetzt wurde es brenzlig! Der aus erzbischöflicher Gunst gefallene Höfling sah sich gezwungen, sich möglichst schnell zu den Vorwürfen zu äußern, wollte er verhindern, die nächsten drei Wochen auf dem Bauche liegend zu verbringen.

»Aber nicht doch, hoher Herr!«, protestierte er mit vor Angst piepsender Stimme. »Ich kann wirklich nichts dafür! Irgendwer muss geplaudert und das Wild verschreckt haben. Der Vater besagter junger Heilerin suchte mich nämlich auf und ließ mich hämisch grinsend wissen, dass das Vögelchen aus dem Nest entfleucht ist. Angeblich um Verwandte in Übersee aufzusuchen.«

»Was? Was muss ich da hören? Wie konnte das geschehen? Hat womöglich einer der Männer, die Er als Arbeiter auf die Insel mitgenommen hat, sein Maul nicht halten können? Hat Er sich die Kerle denn vorher nicht genau angesehen, ob sie verschwiegen sind und man ihnen trauen kann? Ich fasse es nicht!«

Der Erzbischof funkelte Moritz von Mannstein-Senftenberg zornig an. Die Gefahr einer tüchtigen Abreibung durch den Majordomus stand also nach wie vor im Raum. Peter Campmanns Gedanken rasten.

»Auch dafür bin nicht ich verantwortlich, hochwürdiger Herr!«, behauptete er dreist. »Ich habe die Männer nicht ausgesucht. Sie wurden mir von Herrn von Bachhaus wärmstens empfohlen!« Hier log er einfach das Blaue vom Himmel herunter und konnte nur hoffen, dass der Geistliche dieser Behauptung nicht näher auf den Grund ging. »Auch meine Wenigkeit vermutet, wenn ich das untertänigst anmerken darf, dass einer dieser Kerle geschwätzig war, um sich interessant zu machen, Euer Gnaden!«

Alles war glatt gelogen. Der Trupp Arbeiter, den er nach Föhr mitgenommen hatte, war von ihm höchstpersönlich ausgewählt und eingestellt worden. Aber die Gefahr, dass man ihn bei der Unwahrheit ertappte, war ziemlich gering.

»So, so! Der von Bachhaus hat diese Kretins ausgesucht? Da hat er sich allerdings kein Ruhmesblatt erworben! Sobald ich ihn das nächste Mal treffe, werde ich ihn meine Meinung diesbezüglich wissen lassen.«

Eduard von Bachhaus weilte seit Kurzem samt Frau und übriger Familie in der Neuen Welt. So schnell würde er also kaum nach Deutschland zurückkehren und für eine Befragung durch den Erzbischof zur Verfügung stehen. Zum Glück schien Christian August davon nichts zu wissen.

Scharf beäugte der Erzbischof den sichtlich geknickten Edelmann. Dieser vermeinte Entwarnung für sein Hinterteil zu erahnen und erlaubte sich ein leises Aufatmen. Sogar seine bisher devot gebeugte Haltung straffte sich ein klein wenig.

»Verschwinde Er mir aus den Augen und lasse Er sich nie mehr in meinem Palais oder im Schloss meines Neffen in Gottorf blicken! Andernfalls sähe ich mich gezwungen, meinem Majordomus doch noch eine kleine Freude zu bereiten!«

Womit der fromme Herr klar zum Ausdruck brachte, über die perversen Vorlieben seines Haushofmeisters Bescheid zu wissen, wozu unter anderem der Spaß am Quälen von Tieren und Menschen gehörte.

Das Hausverbot traf den gedemütigten Edelmann hart. Einerlei! Peter Campmann war entlassen und durfte sich entfernen – und zwar mit heiler Haut am Allerwertesten.

*

Erzbischof Christian Augusts Enttäuschung war gewaltig. Dieses unsägliche Frauenzimmer von Hooge schien in der Tat mit finsteren Mächten im Bunde zu sein. Wenn er Pech hatte, gelang es der mittlerweile sogar auf dem Festland berühmten Walfängerbraut mit den heilenden Händen – von ihm jetzt ganz offen nur als Hallighexe bezeichnet – zu entwischen.

Keinen Augenblick lang glaubte er daran, dass Birte lediglich zum Zwecke eines Verwandtenbesuchs Nordfriesland verlassen habe. Das sah ihm ganz nach einem gut geplanten und sehr langen Aufenthalt außerhalb seines Einflussbereiches aus.

Er persönlich hatte diesem dreisten und unberechenbaren, nicht unbedingt an die Scholle gebundenen friesischen Seefahrervolk immer schon misstraut. Wie leicht fiel es ihnen, sich ohne Erlaubnis ihres Landesherrn auf Nimmerwiedersehen aus dem Staub zu machen.

Der gesamte Stamm der Friesen, bei denen sich seiner Meinung nach vor allem die Weiber viel zu viele Rechte anmaßten – glaubten sie doch tatsächlich, den Männern gleichwertig zu sein – war ihm, was Gehorsam und Loyalität anbelangte, seit jeher suspekt gewesen. Es war an der Zeit, ihnen endlich die Flügel zu stutzen. Bloß das Wie war dem geistlichen Herrn noch nicht so recht klar.

Als Erstes müsste er ein ernstes Wörtchen mit dem Pfarrer von Hooge, Birtes Vater, sprechen, sowie mit dem für seinen Geschmack viel zu selbstherrlichen Pastor vom Friesendom auf Föhr. Dieser verflixte Inselgeistliche, interessanterweise der Freund des besagten Halligpfaffen, schien ihm nämlich hinter dem Ganzen zu stecken.

Eine Annahme, mit der Seine Eminenz guten Instinkt bewies. Gewiss hatte er Peter Knudtsen geholfen, seine Tochter Birte aus seiner, des Erzbischofs, Reichweite zu schaffen. Sollte er ihm das etwa so ohne Weiteres durchgehen lassen?

Sobald Christian August daran dachte, wie sich der sture Friese über seinen schlauen Schachzug womöglich ins Fäustchen lachte, kroch blanke Wut in ihm hoch. Schon lange hatte er nach einem Grund gesucht, Pastor Lorenz Brarens am Zeug zu flicken. Sein Groll gegen diesen Mann saß in Wahrheit nämlich sehr tief, und zwar schon seit Langem.

Das Schlimmste dabei war, dass er sich den Missmut gegen den Pfarrer von Nieblum nicht offen anmerken lassen durfte, denn eigentlich war genau dieser Mann der Grund, dass er, Christian August, als Fürsterzbischof in dem herrlichen Palais in Lübeck residierte. Eigentlich müsste er ihm dafür ewig dankbar sein, weil Brarens einst die Ernennung in das hohe Amt eines Bischofs abgelehnt hatte.

Genau dieser Sachverhalt war es, der den stolzen Kirchenmann so unsagbar wütend machte. Allein der Gedanke daran, als gelehrter und vermögender Edelmann einem schlichten Dorfpfaffen irgendetwas – und erst recht seine hohe Stellung – zu verdanken, bereitete ihm nach wie vor heftiges Bauchgrimmen.

Wobei er schlichtweg die jahrzehntelangen Studien des friesischen Geistlichen vergaß – die ja im Grunde bis dato nicht aufgehört hatten – sowie dessen Vielsprachigkeit, sein mannigfaltiges Wissen und seine engen Kontakte nicht nur zu Theologen, sondern in der Hauptsache zu Wissenschaftlern verschiedenster Fachrichtungen und Nationalitäten. In Wahrheit beneidete er in seinem Innersten den anderen glühend.

Tief im Herzen wusste Herr Christian August, dass er seinem Amtsbruder das Wasser nicht reichen konnte, wie es der Volksmund so treffend ausdrückte. Und genau das sowie die Tatsache, dass Pastor Brarens persönlich absolut integer und damit unangreifbar war, nahm er ihm übel.

Falls es ihm gelang, seinem Busenfreund, Pastor Knudtsen, Leid zuzufügen, dann vermochte er damit auch Lorenz Brarens empfindlich zu treffen. Ergo: Nach seiner reichlich verqueren Logik musste es ihm gelingen, Birte, der Hallighexe, habhaft zu werden und sie wegen zauberischer Praktiken ihrer gerechten Strafe zuzuführen.

Der Erzbischof mochte noch so sehr versuchen, sich abzulenken, er kam von den Gedanken an Lorenz Brarens nicht los. Als vor einiger Zeit die Stelle des Lübecker Erzbischofs vakant geworden war, stand unter anderen auch Pastor Brarens zur Debatte. Und beileibe nicht als aussichtsloser Kandidat, sondern als sein am meisten ernst zu nehmender Konkurrent.

Galt dieser doch in Kirchenkreisen als ein Ausbund an Wissen und Bildung, aber auch an persönlicher Integrität, wahrer Frömmigkeit und Nächstenliebe.

Zu beinahe jeder wissenschaftlichen Koryphäe Europas stand er in brieflichem Kontakt, beherrschte außer Latein, Griechisch und Hebräisch auch noch Französisch, Italienisch und Niederländisch. Dazu erfreute er sich bei seinen Schäfchen einer großen Beliebtheit, weil er ihnen ohne zu zögern zur Seite stand, wo immer es vonnöten war.

Als Christian Augusts Mitbewerber einer nach dem anderen ausgeschieden waren und sich in der Tat die Waagschale zugunsten dieses Dorfpfarrers zu neigen schien – verzichtete der auf einmal und ließ ihm – immerhin einem Herrn von höchster Geburt! – großmütig den Vortritt.

Er wolle doch lieber bei seinen Föringer Insulanern bleiben, hatte er die Herren vom Vorstand der erlauchten protestantischen Kirchensynode wissen lassen.

Als ob er das nicht gleich von Anfang an vorgehabt hätte, zürnte der Fürstbischof im Stillen. Es ging dem Föhringer immer nur darum, ihn zu demütigen! Dass er damit ganz weit daneben lag, dieser Gedanke kam Christian August zu keiner Zeit. Brarens, der sich niemals um den Posten bemüht hatte, dachte nicht im Traum daran, irgendjemanden auf so perfide Art zu beschämen; solche Winkelzüge waren seinem geradlinigen Wesen fremd.

In Wahrheit hatte die Nominierung für das ehrenvolle Kirchenamt den bescheidenen Charakter des Pastors überrascht und ihn längere Zeit wie gelähmt sein lassen. Kaum hatte er diese Lähmung allerdings abgeschüttelt, hatte er auch schon dankend seinen Verzicht geäußert.

ACHTUNDDREISSIG

Schwedens Niederlage gegen Russland und die Flucht Karls XII. ausgerechnet in den Schutz der Türken brachte in Europa einiges in Bewegung.

So änderten etwa die europäischen Herrscherhäuser und Adelshöfe ihre ablehnende Haltung gegenüber dem Zaren und seiner Familie. Auf einmal bemühte man sich darum, durch verwandtschaftliche Bindungen, sprich Heirat, eine engere Beziehung zum bisher als barbarisch verachteten Zarenhof zu knüpfen.

Peter selbst war leider vergeben. Die erste Zariza und Mutter des Zarewitsch verbrachte ihre Tage in einem Kloster und der Zar war durch eine nichtkirchliche, sozusagen private Eheschließung mit einer neuen Gemahlin, Katharina, verbunden. So stand neben den Schwestern des Zaren vor allem sein Sohn Alexei als Heiratskandidat zur Verfügung.

Der große Philosoph Friedrich Wilhelm Leibniz, der noch vor Kurzem geschrieben hatte, er würde es sehr begrüßen, falls König Karl der künftige Herrscher über Russland sein würde, rang sich plötzlich zu der Ansicht durch, die Vernichtung der schwedischen Armee durch Zar Peter sei »einer der glorreichsten Wendepunkte in der Geschichte«. Eine beachtenswerte Kehrtwende!

Zumindest seinen Freund auf Föhr brachte er damit ins Staunen – und ehrlich gesagt, auch ins Grübeln. Wie war es möglich, dass ein intelligenter Mann so ohne Weiteres und von einem Tag auf den anderen seine Meinung komplett änderte?

Mit einem Mal schien sich Leibniz als übersprudelnder Quell politischer Ideen und mehr oder weniger praktikabler Vorschläge zu entpuppen. Er zögerte auch nicht, sich dem Zaren als loyaler Untertan und Mitarbeiter anzudienen, indem er in Aussicht stellte, Pläne für eine russische Akademie der Wissenschaften sowie für Museen und Hochschulen auszuarbeiten.

Ja, Leibniz scheute auch nicht davor zurück, eine Medaille zur Erinnerung an die heldenhafte Schlacht bei Poltawa zu entwerfen! Lorenz Brarens und auch andere kamen aus dem Kopfschütteln nicht mehr heraus.

Leibniz stand allerdings nicht allein mit seiner neu gewonnenen Begeisterung für Zar Peter. Überall in Europa war eine abrupte Kehrtwende zu beobachten. Peter wurde geradezu überschüttet mit Vorschlägen für interessante Verträge und günstige Vereinbarungen.

Sogar der König von Preußen und der Kurfürst von Hannover verliehen ihrem Wunsch Ausdruck, ganz offiziell Verbindungen mit dem Kreml aufzunehmen.

Der russische Gesandte in Kopenhagen, Fürst Wassili Dolgoruki – auch er ein guter Bekannter des Verwandten Frau von Roedingsfelds – wurde überdies von der Mitteilung überrascht, König Ludwig XIV. von Frankreich würde sich glücklich schätzen, ein Bündnis mit Zar Peter eingehen zu dürfen. Im Gegenzug wollte Frankreich sich dafür verbürgen, dass die russischen Eroberungen an der Ostsee für alle Zeit unangetastet bleiben sollten.

Jedem, der das aufmerksam las, war klar, was Ludwig XIV. eigentlich damit bezweckte: dem holländischen und britischen Handel empfindlich zu schaden. Angeblich hatte der Zar darauf nur zurückhaltend reagiert. Vermutlich traute er – selber ein gewiefter Fuchs – dem verschlagenen alten Franzosen nicht.

Ganz anders sah es beim Vorschlag des dänischen Monarchen Friedrich IV. aus. Er versuchte, Dolgoruki ein neues dänisch-russisches Bündnis gegen Schweden schmackhaft zu machen. Das war immerhin ein Vorhaben, um das der russische Fürst sich bisher Monate lang vergeblich bemüht hatte.

Dem stimmte der Zar sofort zu. Im gleichen Monat noch überquerten dänische Soldaten den Sund und marschierten ohne nennenswerte Gegenwehr in Südschweden ein. »Ein Manöver, das Fürst Dolgoruki von Bord eines Schiffes der Invasionsflotte aus mit Interesse beobachtete«, wie Frau Alma von Roedingsfeld ihrem lieben Freund, dem Föhringer Pastor, mitteilte.

Die Gottorfer Hofdame bestätigte auch, was man auf der Insel bereits vom Gelehrten Leibniz erfahren hatte. Kaum war die

Nachricht vom Sieg bei Poltawa durch die Russen bei August dem Starken eingetroffen, nutzte dieser die Gunst der Stunde, um mit einer sächsischen Armee von 14.000 Soldaten in Polen einzumarschieren und den polnischen König von Karls Gnaden, Stanislaus Leszcynski, vom Thron zu fegen.

Die polnischen Magnaten, denen Karls Armee keine Angst mehr einflößen konnte, hießen August willkommen. So suchte Stanislaus sein Heil in der Flucht; erst nach Schwedisch-Pommern, dann nach Schweden, und zuletzt ebenfalls in Karls türkisches Asyl.

Zar Peter jedoch unternahm von Kiew aus eine mehrmonatige Rundreise. Zu Anfang Oktober fuhr er von Warschau aus die Weichsel abwärts, um in der Nähe von Thorn August den Starken zu treffen. Der sah der Zusammenkunft mit dem Zaren mit recht gemischten Gefühlen entgegen. Immerhin hatte er einst das Bündnis mit Russland gebrochen und einen Vertrag mit Karl geschlossen – wenn auch unter Zwang.

Der Zar indes zog huldvoll einen dicken Strich unter die jüngste Vergangenheit und bald waren alle noch bestehenden Ressentiments ausgeräumt. August verpflichtete sich seinerseits, gegen Schweden und alle übrigen Feinde Russlands in den Krieg zu ziehen.

Die weitreichenden Vereinbarungen wurden eingerahmt von einem feierlichen Akt, über den ausführlich zu berichten Leibniz nicht versäumte. Nicht zu vergessen die Übereinkunft beider Herrscher, Schweden nicht vernichten zu wollen. Karl sollte lediglich auf sein ursprünglich schwedisches Territorium zurückgedrängt werden, um ihn so zu schwächen, dass es ihm nie mehr einfiele, seine Nachbarn zu bedrohen.

Ein maßvoll gerechtes Vorhaben, das durchaus den Beifall vernünftiger Bürger fand. Auch Birtes Vater gehörte zu ihnen, nachdem er das entsprechende Schreiben seines geistlichen Freundes in Händen hielt.

Von Thorn aus ging Peters Reise weiter die Weichsel abwärts bis Marienwerder, wo er mit dem König von Preußen zusammentraf.

Friedrich I. bereitete Russlands Machtzuwachs im nördlichen Europa zugestandenermaßen einiges Kopfzerbrechen. Gleichzeitig war er aber sehr daran interessiert, schwedische Territorien für Preußen zu gewinnen.

Der Zar verstand sehr wohl, dass Friedrich zwar Landgewinne für sich im Sinn hatte, ohne sich jedoch deswegen an einem Kampf darum zu beteiligen. Dementsprechend reserviert verhielt Peter sich ihm gegenüber.

Ein gewisser Erfolg war trotzdem zu verbuchen. Russland und Preußen einigten sich immerhin darauf, ein gemeinsames Abwehrbündnis gegen Schweden zu schmieden.

Noch etwas anderes lag dem russischen Zaren sehr am Herzen: Der Zarewitsch sollte endlich verheiratet werden! Die Tradition schrieb zwar zwingend vor, dass russische Prinzen nur Russinnen heiraten durften. So hatte man bisher vermieden, dass sich ihr Blut mit dem nicht-orthodoxer Gläubiger vermischte. Peter aber war entschlossen, mit der alten Sitte zu brechen.

Bisher war es so gewesen, dass kein ausländischer Monarch es für wünschenswert erachtete, ein weibliches Familienmitglied in die Zarenfamilie einheiraten zu lassen. Galten die Romanows doch als quantité négligeable, also als überaus unbedeutend und wie das ganze Land als rückständig und barbarisch.

Diese Einstellung hatte sich seit Kurzem grundlegend geändert.

Die Hofdame Roedingsfeld schrieb nach Föhr:

Seit dem Jahr 1707 verhandelt Zar Peter bereits mit dem Herzog von Wolfenbüttel über eine Heirat seines Sohnes Alexei mit der Herzogstochter Charlotte. Aber die Angelegenheit zog sich ewig hin. Wer konnte es dem Herzog verdenken, dass er es nicht eilig hatte, seine Tochter mit dem Sohn eines Herrschers zu verheiraten, der ohnehin bald vom Schwedenkönig Karl vom Thron verjagt sein würde.

Jetzt, nach der Schlacht von Poltawa, sind alle Schwierigkeiten ausgeräumt. Ihr müsst wissen, verehrter Pastor, Eheschließungen mit dem Hause Romanow gelten plötzlich als erstrebenswert!

Beinahe wäre für die Herzogstochter die Hochzeit doch nicht zustande gekommen. Ehe man zu einem verbindlichen Ehevertrag gelangte, überbrachte ein Bote aus Wien dem Zaren eine Offerte des Kaisers. Erzherzogin Magdalena, Leopolds jüngste Schwester, eine kaiserliche Prinzessin also, war auf einmal als Braut des Zarewitschs im Angebot!

Da hatte es der Herzog von Wolfenbüttel auf einmal sehr eilig, zum Abschluss der Heiratsvereinbarungen zu gelangen.

Als Peter Knudtsen das las, huschte ein amüsiertes Lächeln über sein tagtäglich hagerer werdendes Gesicht. Das ungewisse Schicksal Birtes bereitete ihm Kummer, sodass er laufend an Gewicht verlor. Ein Umstand, der seine Gemeinde zusehends bekümmerte.

Den Rest des Schreibens überflog er nur noch. Es ging um eine zweite Eheschließung, vom Zar arrangiert; nämlich die zwischen seiner Nichte Anna, einer Tochter seines Halbbruders Iwan, und Herzog Friedrich Wilhelm von Kurland, einem Neffen König Friedrichs von Preußen.

Peter erlaubt Kurland – quasi als Hochzeitsgeschenk – die künftige politische Neutralität, was wiederum den Wünschen des Preußenkönigs sehr entgegenkommt. Im Nordosten seines Landes entsteht damit eine Pufferzone, die immerhin einen gewissen Schutz vor den Russen bietet. Friedrich I. traut Zar Peter nämlich keineswegs über den Weg.

Der Hoogener Pastor faltete das Schreiben seines Freundes Lorenz Brarens, der ihn regelmäßig mit politischen Neuigkeiten versorgte, sorgfältig zusammen, um es zu den vielen anderen zu legen, die er von ihm im Lauf der Jahre erhalten hatte. Die hölzerne Truhe, in der sich mittlerweile eine Unmenge an Briefschaften angesammelt hatte, wurde allmählich zu klein.

Er beschloss, Simon zu bitten, ihm eine größere zu zimmern. Das zweitoberste Schreiben stammte von seiner Tochter Birte. Auf allerlei verschlungenen Pfaden war es erst vor einem Monat von Amerika über Island und Amsterdam und endlich nach langer Odyssee auf Hooge in seinem Pfarrhof gelandet. Es hatte sich um die Nachricht gehandelt, dass sie und ihre Kinder wohlauf seien und sie selbst geheiratet habe, und zwar den *Commandeur* ihrer *Meerjungfrau*.

»Ich freue mich darauf, liebster Vater, Euch bald wieder in die Arme schließen und Euch meinen Gatten vorstellen zu können«, hatte Birte geschrieben.

Der Pastor seufzte. Wie lange der Brief gebraucht hatte, ehe er beim Empfänger angekommen war! Jetzt war Birte bereits wieder auf der Flucht, und seinen Schwiegersohn hatte er immer noch nicht kennengelernt. Wenigstens hatte er seine Enkel wieder bei sich. Jens und Catrina bereiteten dem alten Pfarrer viel Freude. Es waren sehr verständige Kinder, weit über ihr Alter hinaus gereift, die eifrig lernten und gute Fortschritte machten.

NEUNUNDDREISSIG

Endlich machte Mikel seine Ankündigung wahr, seiner Frau von seinen Erlebnissen auf Jan Mayen zu erzählen.

»Ein ganz junger Kerl bin ich damals gewesen, als man mich als Gehilfen des *Bootsmanns* an Bord der *Heifaskfliker* schickte. Ich hoffte, von ihm alles zu lernen, was ich brauchte, um nach drei Jahren als fertig ausgebildeter *Bootsmann* eigenständig arbeiten zu können. Leider sollte mein Aufenthalt auf der *Haifischflosse* abrupt zu Ende gehen, und zwar beträchtlich anders, als ich es mir vorgestellt hatte.«

Jetzt war Birte noch um einiges mehr gespannt, was Mikel ihr erzählen könnte. Was ihr Ehemann ihr zu berichten hatte, ließ sie nachträglich noch erschaudern.

Mikels Ausbilder, ein Mann von großer Kompetenz, aber mit einem mehr als zwielichtigen Charakter, hatte sich sehr eng mit einem der *Harpuniere* angefreundet, einem Menschen, der über eine verwerfliche Zuneigung zu jungen Kerlen, ja auch Knaben, verfügte.

Mikel, mit siebzehn Jahren bereits ein großer kräftiger Bursche, wurde nur zweimal von ihm belästigt. Er hatte sich allerdings gegen die massiven Übergriffe vehement zu wehren gewusst, als der *Harpunier* ihm zu nahe kam. Angefangen hatte es damit, dass dieser plötzlich seine Pobacken streichelte.

»He, was soll das?«, hatte Mikel gerufen und sich unwillig nach dem anderen umgedreht. Weil etliche Seeleute in der Nähe waren, war dem *Harpunier* nur übriggeblieben, sich zu entschuldigen und etwas von einem Versehen zu murmeln.

»Ich habe ihm geglaubt, weil ich mir was anderes gar nicht vorstellen konnte.« Noch beim Erinnern an die unangenehme Erfahrung wurde Birtes Mann knallrot im Gesicht.

»Die nächste Attacke erfolgte, als er mich eines schönen Tages allein im Mannschaftsquartier antraf. Da griff er mir grinsend in den Schritt, packte mein Glied und versuchte es aus meiner Hose zu ziehen. Das war nun beim besten Willen nicht mehr als Versehen hinzustellen. Jetzt ging mir auch auf, was er eigentlich von mir wollte, und ich habe rot gesehen! Noch tagelang lief er, ein etwa dreißigjähriger Kerl, humpelnd und mit einem blauen Auge herum. Meinem Lehrmeister, dem *Bootsmann*, gefiel jedoch überhaupt nicht, dass ich so kräftig zugeschlagen hatte; er suchte nach allerhand Beschönigungen für die Verfehlung seines Freundes und behauptete selbst gegenüber dem Kapitän, ich sei weit über das Ziel hinausgeschossen; es habe keinerlei Ursache bestanden, den *Harpunier* – der sich lediglich einen harmlosen Scherz, wie er unter Männern nicht unüblich sei – erlaubt habe, so übel zu misshandeln. Ja, er ging in dem Bemühen, seinen Kumpel zu verteidigen, so weit, mich beim *Commandeur* als gefährlichen und unberechenbaren Stänkerer und Schläger anzuprangern!«

Birte war empört. »Konntest du dir nicht Rückhalt verschaffen bei den anderen Seeleuten?«, erkundigte sie sich. »Ist denen denn nie aufgefallen, was dieser Knabenschänder getrieben hat?«

»Leider nein, meine Liebe! Übergriffe auf die jüngsten Matrosen und die Schiffsjungen leistete er sich nur, wenn keine Erwachsenen zugegen waren mit Ausnahme des *Bootsmannes*. Der schien zwar nicht so veranlagt zu sein, ließ den anderen aber wohlwollend gewähren; zumindest stellte er sich blind. Heute denke ich, dass er ebenfalls ganz gern mitgemacht hätte, sich jedoch seine Abartigkeit selbst nicht eingestand. Die Jungen hatten allesamt große Angst vor ihm und dem *Bootsmann* und ließen ohne Widerstand alles mit sich machen. Ab diesem Zeitpunkt war das Verhältnis zwischen mir und meinem Lehrmeister, dem *Bootsmann*, gänzlich vergiftet. Ich verabscheute ihn, er hasste mich. Er hatte nichts Besseres zu tun, als alles und jedes, was ich tat, zu kritisieren und schlechtzureden. Von da ab konnte ich ihm nichts mehr recht machen. Er schwärzte mich beim *Commandeur* an als dumm und faul; auf einmal hatte ich den Ruf weg, nicht nur unbelehrbar, sondern auch noch arbeitsunwillig zu sein. Er verdonnerte mich bis zu achtzehn Stunden schwerster Arbeit pro Tag. Wenn ich dann vor Erschöpfung bloß noch übers Deck taumeln konnte, schüttete er kübelweise Hohn und Spott über mir aus und beschimpfte mich – am liebsten vor anderen – äußerst unflätig. Das trieb er so lange, bis mir eines Tages der Geduldsfaden riss.«

»Das kann ich gut verstehen. Das ist ja unglaublich!«, empörte sich Birte.

»Mag sein. Aber dennoch setzte ich mich mit der folgenden Aktion tatsächlich ins Unrecht und hatte bitter dafür zu büßen!«

»Wieso denn du und nicht der *Bootsmann*, dieser Unmensch?« Birte verstand die Welt nicht mehr.

»Als er mich eines Abends noch das gesamte blutige und mit Walfett verschmierte Deck schrubben hieß – wobei keiner der anderen jungen Matrosen mir helfen durfte – beschwerte ich mich und nannte ihn einen elenden Sklaventreiber. Worauf er sich wie ein wütender Stier auf mich stürzte und mir eine Ohrfeige versetzte, dass mir Hören und Sehen verging.«

»Schämen hätte er sich sollen, dieser Kerl! Ich kann begreifen, dass du daraufhin zornig geworden bist!«

»Zornig? Das ist ein wenig untertrieben, Liebste! Statt mich ganz offiziell beim Kapitän über ihn zu beschweren, habe ich den Fehler begangen, meinerseits meinen Vorgesetzten tätlich anzugreifen. Ohne zu überlegen, schlug ich ihm mit all meiner Kraft die Faust ans Kinn, sodass er wie ein gefällter Baum umkippte und auf die Decksplanken krachte.«

»Recht so!«, urteilte Birte, musste sich jedoch von Mikel belehren lassen, dass diese Art von Selbstjustiz keineswegs rechtens gewesen war.

»Es gab deswegen einen fürchterlichen Aufruhr an Bord. Als der *Bootsmann* zu sich kam und nach dem *Commandeur* schrie, trauten sich auf einmal auch andere aus der Deckung heraus, denen seine brutale Art, Untergebene zu behandeln, zuwider war. Im Nu war die größte und lauteste Streiterei vom Zaun gebrochen, die schließlich noch in eine hässliche Prügelei ausartete. Kurz und gut, der *Bootsmann* und sein Freund schafften es, mir die Schuld an dem Aufruhr in die Schuhe zu schieben. Ich und meine unverträgliche Art seien an Bord nicht mehr länger tragbar, hieß es. Der Kapitän schien zwar Zweifel zu haben, ob tatsächlich ich der Störenfried sei, aber um wieder Ruhe auf seinem Schiff einkehren zu lassen, war er bereit, mich zu opfern. Und weil sich das ganze Drama kurz vor Jan Mayen abspielte, beschlossen der *Commandeur* und die übrigen Offiziere, mich dort auszusetzen. Nun verhält es sich jedoch so, dass dieses Eiland so ungefähr das Trostloseste und Schrecklichste ist, das man sich vorstellen kann. Es wächst buchstäblich nichts dort – von einigen Moosen und Flechten und ein bisschen Strandhafer einmal abgesehen. Um mich nicht gleich verhungern und verdursten zu lassen, gaben sie mir ein paar Flaschen Trinkwasser mit und einen Laib Brot. Das werde reichen, bis ein anderes Schiff vorbeikomme und mich aufsammle, sagte man mir. Ich solle mir die Rationen an Essen und Trinken gut einteilen. Damit war ich allein auf einem gottverlassenen Fleck Erde, auf dem es außer einem gelegentlich ausbrechenden Vulkan und viel schwarzem Lavastaub nichts gab. Vor allem nichts, was im ersten Augenblick auf irgendeine Art von Leben hindeutete.«

Birte war sprachlos. So etwas Ungeheuerliches war ihr noch nicht vorgekommen. Vergleichbar war dies nur mit der Meuterei auf der *Meerjungfrau,* die sie selbst miterlebt hatte.

»Das mit dem fehlenden Leben auf Jan Mayen erwies sich bald als Irrtum«, spann Mikel den Gesprächsfaden weiter. »Es gab zumindest Seemöwen, deren Eier ich roh essen konnte. Außerdem sah ich von Weitem Füchse, wegen ihres blaugrauen Fells vom dunklen Untergrund nur schwer zu unterscheiden. Viel später habe ich erfahren, dass es sich um Eisfüchse handelte, die sich über Generationen hinweg ihrer grauen Umgebung angepasst hatten und folglich auf den weißen Pelz verzichteten. Nach zwei scheußlichen Tagen und drei noch abscheulicheren Nächten kam schließlich die Rettung. Und zwar in der Person von unserem Johann Brevensen. Er war damals *Commandeur* auf einem dänischen Dreimaster, der in der Grönlandsee auf Walfang ging. Zu meinem Glück fuhr er nahe genug an Jan Mayen vorbei, sodass er mich Häuflein Elend, das wie verrückt am Strand herumhüpfte und mit den Armen Zeichen gab, entdecken konnte und aufsammelte. Wofür ich ihm ewig dankbar sein werde. Seit diesem Tage vor siebzehn Jahren sind wir beste Freunde.«

»Jetzt kann ich verstehen, dass du Johann dieses Mal unbedingt dabei haben wolltest. Immerhin verdankst du ihm dein Leben. Wer weiß, ob und wann ein anderer Segler an dieser schrecklichen Insel Jan Mayen vorbei gekommen wäre – und ob man dich überhaupt entdeckt hätte.«

»Ich liebe und schätze ihn wie einen Vater«, gestand Mikel etwas verschämt, und Birte drückte verständnisvoll die Hand ihres Mannes. Wusste sie doch, dass Mikel seinen richtigen Vater verloren hatte, als er noch ein Knabe gewesen war, und fortan unter der Obhut eines strengen Oheims leben musste, da auch die Mutter längst verstorben war.

*

Während die Seeleute ihrer Arbeit als Walfänger nachgingen, war Birte in ihrer Kajüte damit beschäftigt, weiter zu schreiben und zu zeichnen an ihrem Buch über Heilpflanzen, Heilwissen und Heilmethoden, das sie für ihre Tochter Catrina verfassen wollte, falls diese, älter geworden, am Heilberuf noch interessiert sein sollte.

Ihrer Pflicht als *Meisterin* hatte sie erst wenige Male nachgehen müssen. Die Mannschaft erfreute sich ausnehmend guter Gesundheit.

Schneller als gedacht steuerte man Spitsbergen an, wie Willem Barentsz die von ihm um 1596 entdeckten Inseln ihrer auffällig scharfen Berggrate wegen genannt hatte. Bald danach waren auch schon Walfänger angekommen, die lange Zeit dachten, es handele sich dabei um einen Teil des grönländischen Festlands.

Der Hamburger Schiffsmedicus Friedrich Martens war es, der in seiner berühmten Reisebeschreibung aus Spitsbergen schließlich Spitzbergen machte: »Schon ab 1600 haben die Inseln Walfängern aus verschiedenen Nationen als Stützpunkt gedient«, hatte er in seinem Buch festgehalten, das Jonas Paulsen seinem Freund Mikel zum Abschied in die Hand gedrückt hatte.

Mikel stand mit Johann Brevensen an Deck; die Männer unterhielten sich, wobei der weißbärtige alte Seebär sich erinnerte, vor fünf Jahren bei seinem letzten Aufenthalt im Raudfjord – für alle von Westen Kommenden der erste Fjord an der Nordküste Spitzbergens – norwegische Jäger und sogar ein paar russische Fallensteller angetroffen zu haben.

»Auch Pomoranen habe ich gesehen«, erzählte Johann. »Das ist kein eigenes Volk, sondern bedeutet auf Slawisch ganz allgemein Küstenbewohner. Es handelte sich bei ihnen um Kaschuben, einen westslawischen Volksstamm, die man nach ihrem traditionellen Kleidungsstück, der Kaszuba, einem dicken Pelzrock, so nennt. Ich vermute, die Männer werden nach wie vor als Händler hierherkommen.«

Jedermann, vom Schiffsjungen bis zum *Commandeur*, freute sich darauf, nach über einem Monat endlich wieder festes Land unter den Füßen zu spüren.

Der Raudfjord oder Rote Fjord war etwa fünfzehn Seemeilen lang und zirka dreieinhalb Seemeilen breit, hatte mehrere Buchten auf der Westseite, die allesamt zumindest stellenweise sehr untief waren und an Abbruchkanten von Gletschern endeten, von denen immer mal wieder größere Eisberge ins Meer abbrachen.

Ein faszinierendes Naturschauspiel, welches die Seefahrer kalben nannten und das zwar schön anzuschauen, aber für einen Segler nicht ungefährlich war.

Am Ende gabelte sich der Fjord einerseits in den Ayerfjord und andererseits in einen, dessen Name Mikel und auch Johann unbekannt war. Aber sie steuerten sowieso den seit dem frühen 17. Jahrhundert bekannten Ayerfjord samt gleichnamigem Ort an. Den Ursprung dieses Namens wusste niemand.

Ein weiterer Ort war Biskayarhuken, so getauft nach den frühen baskischen Walfängern, die vor den Friesen im Auftrag der Holländer auf Walfang gegangen waren, ehe es ihnen der französische König Ludwig XIV. verboten hatte.

»Der Raudfjord, den die englischen Seefahrer Red Cliff Sound nennen, heißt so, wie du leicht erkennen kannst, nach der rotbraunen Färbung des Sandsteins auf der Ostseite des Fjords«, erklärte Johann der neugierigen Schiffsmedica, als sie die Gabelung erreichten. Nicht nur Birte war begeistert von der Schönheit der Landschaft, die trotz aller Kargheit jeden Ankömmling verzauberte.

Bis der erbeutete Speck zu Tran verarbeitet und erneut in die Fässer gefüllt war, konnte man es geruhsamer angehen lassen. Außer einigen wuchtigen Hammerschlägen hier und da und ein paar auffrischenden Pinselstrichen an der Außenbordwand waren keine größeren Ausbesserungsarbeiten nötig.

Es gab demnach genügend Möglichkeiten, sich auf der wild zerklüfteten Insel Spitzbergen genauer umzusehen, der die Wikinger einst den zutreffenden Namen Svalbard, das heißt kalte Küste, gegeben hatten.

»Vielleicht habt auch ihr wie ich vor einigen Jahren zufällig die Gelegenheit, einen Todeszug der Lemminge mitzuerleben!«

Was sollte das denn sein? Das hörte sich ja grauenvoll an!

Zu Birtes Erstaunen berichtete ein älterer Matrose von dem seltsamen Phänomen, dass sich kleine pelzige Nager gelegentlich in Scharen auf den Weg in Richtung Strand machten, um sich gemeinsam über die Klippen ins Meer zu stürzen, wo sie jämmerlich ertranken. »So schaffen sie es, dass es niemals zu viele von ihnen gibt.«

Nicht nur Birte, alle, die dem Mann zuhörten, waren verblüfft. Über kollektiven Selbstmord bei Tieren war ihnen bisher nichts zu Ohren gekommen. Ob das vielleicht nur ein Beispiel für das berühmte Seemannsgarn war, welches die Matrosen gerne spannen, um bei Flauten der Langeweile zu entgehen?

Später, allein mit Birte, äußerte Kapitän Mikel Frödesen die Vermutung, das absonderliche Verhalten der Lemminge resultiere wohl kaum aus einer bewussten Überlegung heraus, sondern erfolge eher aus blindem Herdentrieb.

»So etwas Ähnliches gibt es ja auch bei uns Menschen. Einer spurtet los, schreit Alarm, und Dutzende rennen blindlings hinterher, ohne sich erst umzuschauen und zu erkunden, was eigentlich los ist.«

»Das erinnert mich an Lots Frau aus der Bibel, Mikel. Eigentlich hätte Gott sie nicht für ihre angebliche Neugierde bestrafen, sondern für ihr umsichtiges Verhalten belohnen sollen! Sie hat sich umgedreht, weil sie wissen wollte, was hinter ihrem Rücken los war. Oder was meinst du?«

Das brachte Birtes Ehemann zum Schmunzeln. »Dazu möchte ich mich lieber nicht äußern, Frau. Theologisches solltest du besser mit deinem Vater diskutieren!«

Beide waren sich aber einig, dass sie es spannend fänden, Zeuge eines Zugs der Lemminge in den Tod zu werden; gleichwohl äußerte Birte ihr Mitgefühl mit den offenbar verwirrten Tieren.

Während der Einfahrt in den einigermaßen primitiven, aber ausreichend geräumigen Hafen erinnerte sich Mikel unwillkürlich erneut an seine einstige ungewollte Ankunft auf Jan Mayen, jenem gottverlassenen Eiland, das einem Schiff kaum Möglich-keiten bot, gefahrlos anzulegen.

Als hätte Johann Brevensen, der während des Anlegema-növers neben seinem *Commandeur* auf der Brücke stand, die Gedanken seines Freundes erraten, erwähnte er, dass Spitz-bergen seine ziemlich gute Zugänglichkeit einem letzten Aus-läufer einer angenehm warmen Strömung des Nordatlantiks verdanke.

»Wenn man als Kapitän oder Steuermann die Augen nur ordentlich aufmacht, gibt es hier vor der Küste kaum wirklich gefährliche Untiefen, die einem heimtückisch den Schiffsbauch aufreißen könnten«, behauptete der Wikinger. »Während ande-re Orte in diesen nördlichen Breiten längst im Eis eingeschlos-sen sind, können hier bis in den November hinein immer noch Schiffe anlegen. Darum ist Spitzbergen so ein wunderbarer Stütz-punkt für uns Walfänger – abgesehen davon, dass es hier noch Unmengen von den Riesentieren gibt.«

VIERZIG

Vor ihrem ersten Landgang, während sie an Deck noch auf ihren Mann wartete, der sie begleiten würde, ahnte Birte, dass es trotz aller Vorzüge auf Spitzbergen anscheinend nur wenige Dauerbe-wohner gab. Trotz des freien Ausblicks auf das Festland sah sie nur eine Handvoll Häuser. Möglicherweise war es im Inselinne-ren jedoch anders.

Einer der Seeleute, der sich schon ein paar Male hier aufgehal-ten hatte und den Birte darüber befragte, meinte: »Das ist nicht weiter verwunderlich, Madame! Die zweifellos zauberhafte, aber karge Umwelt bedingt ein Leben, das sehr entbehrungsreich ist und das auf Dauer nur die wenigsten als Herausforderung an-zunehmen bereit sind. Da die mildere Meeresströmung das raue arktische Klima etwas abschwächt, ist die Nordwestküste Spitz-bergens, die wir angesteuert haben, recht erträglich, zumindest in der wärmeren Jahreszeit. Im Winter allerdings ist es vermutlich der reinste Albtraum.«

Was Birte wirklich als störend empfand, war der dichte Nebel, der sich von einem Augenblick auf den anderen gebildet hatte und sich nun wie ein Vorhang vor der Küste und der dahinter liegenden Siedlung Ayerfjord aufbauschte.

Als Mikel, ein Gewehr an einem Riemen über der Schulter hängend, aus seiner Kapitänskajüte trat, fiel ihm Birtes enttäuschter Gesichtsausdruck auf.

»Dieser Nebel, der oft vor Spitzbergen liegt – ähnlich wie auch vor Jan Mayen – bildet sich durch das Zusammentreffen von etwas wärmerer und sehr kalter Luft. Das Wasser des Nordatlantikstroms ist wärmer und die Polarwinde sind eiskalt.« Er glaubte wohl, das Inselklima verteidigen zu müssen. »Aber ich kann dich beruhigen, mein Schatz, der Nebel reißt immer wieder auf und du wirst noch mehr als genug von Spitzbergen zu sehen bekommen«, fügte er, ihre Ungeduld spürend, hinzu.

Und tatsächlich! Wie auf Kommando zerriss die weißgraue Wand plötzlich und gab den Blick frei auf eine Landschaft, die sie sofort an einen anderen Ort erinnerte. Eisige winterliche Temperaturen hatten im Laufe vieler Jahrhunderte oder gar Jahrtausende die spitzen Anhöhen geformt; zahlreiche Felsblöcke waren zerborsten und an den unteren Hängen lagerten die Trümmer.

Mein Gott, hier sah es ähnlich aus wie in Pangnirtung, im Nordosten Amerikas! In Birte flammte die Erinnerung an die Meuterei und ihre Aussetzung durch Ocke Japsen erneut auf. Nur waren dort aufgrund ihres Alters die Felsspitzen bereits abgeflacht. Die junge Frau schüttelte den Gedanken daran ab.

Die aus harten Gesteinen bestehende Westseite des Fjords war stark vergletschert. Insgesamt waren es zehn Abbruchkanten von Gletschern, die den Fjord erreichten, von denen der Raudfjordbreen der größte war. Die Bergflanken ragten oft nahezu senkrecht in die Höhe. Die Ostseite des Fjords bestand – wie Johann Brevensen, der, gleichfalls bewaffnet, das Paar begleitete, von seinem letzten Aufenthalt noch wusste – aus deutlich weicherem, weniger hohem Gestein, war besser vor Niederschlägen geschützt und besaß auch keine Abbruchkanten von Gletschern.

»Da drüben ist das Solanderfjellet!« Johann deutete mit einem vom Alter bereits etwas krummen Zeigefinger nach Osten. »Als ich mich vor fünf Jahren das letzte Mal hier aufhielt, bin ich mit einem meiner Seeleute ein Stück weit drübergewandert. Von da hat man einen wunderschönen Blick über das Tal, das nach Nordosten wieder zum Meer zurückführt und mehrere Seen hat. Aber das Wandern über die rutschigen Schutthänge erfordert ungeheure Trittsicherheit.« Damit bremste der alte Seemann Birtes Begeisterung; sie hatte einen Matrosen über zahlreiche Vogelkolonien von Dickschnabellummen reden gehört, die sie gar zu gerne besucht hätte.

»Außerdem besteht hier immer die Gefahr, einem Eisbären zu begegnen; das ist auch der Grund, weshalb man sich niemals ohne Gewehr vom Schiff oder von der Ortschaft entfernen sollte, wenn man allein unterwegs ist«, warnte auch der *Commandeur* besonders eindringlich.

Er kannte doch seine Frau und wollte ihr daher die lauernden Gefahren deutlich vor Augen führen. Er schätzte sie allerdings um vieles unbekümmerter ein, als sie tatsächlich war. In Birte schlummerte nämlich eine tief verwurzelte Angst vor Raubtieren jeglicher Art, und sie würde sich niemals leichtsinnig in Gefahr begeben. Auch während ihres Zwangsaufenthalts in Amerika war die Furcht vor wilden Tieren deutlich größer gewesen als die vor Hunger und Kälte.

*

Birte hatte sich für den Landgang ein bisschen fein gemacht. Immerhin würde man sich in der Zivilisation aufhalten, auch wenn diese sich in ein paar schlichten Holzhütten und primitiven Läden längs einer ungepflasterten Straße erschöpfte. Passanten gab es nur wenige. Die meisten schienen Seeleute zu sein – wie man deutlich an ihrer ganz speziellen Art, an Land die Beine in wiegendem Schritt zu bewegen, am Seemannsgang also, erkennen konnte.

Ayerfjord hatte schon von Weitem ziemlich unattraktiv, ja, geradezu hässlich gewirkt. Dieser Eindruck änderte sich auch nicht wesentlich, seit sie ihren Fuß an Land gesetzt hatten.

Grob zusammen gefügte, niedrige und vollkommen schmucklose Zweckbauten bildeten einen winzigen Ort, der lediglich dazu diente, im Hafen zu ankern, den erbeuteten Walspeck auskochen zu lassen, um ihn als Tran nach Hause zu schaffen oder gleich an Ort und Stelle an Aufkäufer zu verhökern. Die Seeleute konnten hier ein paar Tage ausruhen von der Knochenarbeit auf See und sich in einfachen Gasthäusern mit Speis und Trank verwöhnen lassen – und wer wollte, auch sich ordentlich betrinken.

Als Erstes fiel Birte und den anderen der allgegenwärtige Gestank nach Fett und Tran auf, der alle anderen Gerüche nach Salz, Fischen, Teer und Tang überdeckte, die in aller Regel als typische Kennzeichen einer Ansiedlung am Meer galten. Dennoch überwogen bei den Neuankömmlingen das Interesse und das Entzücken über die urtümliche Landschaft. Anderes, wie etwa den penetranten Geruch, blendete man am besten aus.

»Als am weitesten im Westen gelegener Fjord an Spitzbergens Nordküste steht dieser hier noch unter dem Einfluss der warmen Strömung; er wird meist schon früh im Sommer eisfrei. Erst bilden sich Tööger oder Waken im Eis, das sind offene Stellen, die sich rasch vergrößern. Darum sind der Raudfjord und der Ayerfjord den Walfängern schon seit hundert Jahren gut bekannt. Aus den Anfängen des vorigen Jahrhunderts stammen auch einige alte Gräber von Seefahrern, die hier gestorben sind, die meisten wohl am *Scharbock*.«

Wie immer lauschte Birte aufmerksam den Erklärungen des alten dänischen Kapitäns. Er war in seinem Element und wirkte, seitdem er seinen Fuß auf die *Meerjungfrau* gesetzt hatte, um mindestens zehn Jahre jünger.

Sie spazierten langsam durch den kleinen Ort. Ein paar norwegische Jäger und Fallensteller sollten sich hier aufhalten, hatte man ihnen gesagt, die Fuchspelze und Bärenfelle anboten. Einige hatten bereits – in winzigen Bötchen sitzend – draußen auf See versucht, der Besatzung aus Walrosszähnen geschnitzte Tierfiguren und hübsch bemalte Schachteln aus Birkenrinde zu verkaufen, kaum dass die Männer Anker geworfen hatten.

»Der Geruch ist schon sehr gewöhnungsbedürftig!« Birte rümpfte jetzt doch die Nase. »An Bord und während der Fahrt auf See ist er mir noch nie dermaßen unangenehm aufgefallen.«

»Denk an die Unmengen an Waltran, die hier gekocht werden, Schatz! Wie du im Hafen gesehen hast, sind wir ja weiß Gott nicht die Einzigen, die vor Ayerfjord ankern.«

»Um den öligen Mief zu vertreiben, Frau Birte«, mischte Johann sich ein, »bräuchte es schon einen ordentlichen Orkan – und den wünschen wir uns besser nicht.«

»Bestimmt nicht, Johann!« Birte lachte. »Ich werde mich schon noch daran gewöhnen. Spätestens wenn wir den Anker lichten, werde ich den tranigen Gestank gar nicht mehr wahrnehmen.«

Jetzt, da der Nebel sich erneut für eine ganze Weile verzogen hatte, war ersichtlich, dass jedes ankommende Segelschiff bei der Einfahrt in den mehr oder weniger eng von unterschiedlich steilen Bergwänden begrenzten Fjord von kleinen Eisbergen begrüßt wurde, die allerdings keine Gefahr darstellten.

Aus weiterer Entfernung hatten die Berghänge gänzlich leblos gewirkt. Bei näherem Hinsehen erst entdeckten Birtes scharfe Augen in den Felsspalten Moose und auf den Gesteinsflächen Flecken, auf denen zumindest Flechten wuchsen.

Selbst jetzt noch – immerhin hatte man Hochsommer – bedeckten beträchtliche Schneemassen die Täler. An einer Seite waren die Gletscher auszumachen, von denen einige wild gezackt waren und jäh in einer scharfen Kante vor der Abbruchstelle endeten.

Über einen schlüpfrigen Pfad gelangten Johann, Mikel und seine Frau auf eine kleine Anhöhe, bestückt mit alten und auch etlichen neueren Gräbern. Birte überlegte im Stillen, aus wie vielen verschiedenen Nationen stammend hier wohl Menschen ruhten und auf die Auferstehung am Jüngsten Tage warteten.

»Lasst uns ein Gebet für die Toten sprechen«, sagte Birtes Ehemann, nahm seine Mütze ab und faltete die Hände. Johann tat es ihm gleich und auch Birte verharrte andächtig vor den schlichten Grabstellen, von denen die meisten sich in sehr schlechtem Zustand befanden. Wieder war es ein Erinnern an ähnliche Grabstätten, die Birte und Mikel vor gar nicht langer Zeit außerhalb des Huronendorfes im Nordosten Amerikas entdeckt hatten.

Auch hier war deutlich zu sehen, dass es niemanden kümmerte, dass die meisten der hölzernen Grabkreuze längst umgefallen und vermodert waren. Unmittelbar unterhalb des verlassenen Gräberfelds erhob sich ein primitiver, inzwischen halb verfallener riesiger Holzschuppen. Genau den steuerte Johann Brevensen an. Mikel und Birte folgten ihm; ihr alter Freund kannte sich hier aus.

Der Übelkeit erregende Trangeruch verstärkte sich mittlerweile noch. Als sie den Schuppen betraten, wurde der Gestank schier unerträglich und die im Inneren des Holzbaus herrschende Hitze benahm ihnen beinah vollends den Atem.

In der Mitte standen auf eisernen Beinen riesige Kessel, in denen der Walspeck zu Tran verkocht wurde – ein Schmelzvorgang, vergleichbar mit der Umwandlung von Gletschereis in Wasser mittels höchst effektiver Wärmezufuhr.

Eine Reihe halbnackter Männer war damit beschäftigt, mit einer Art von Heugabel ständig Nachschub von Speckbrocken in die Behältnisse zu schaufeln, während andere darauf achteten, dass das Feuer unter den Trankesseln nicht ausging, indem sie fortwährend Heizmaterial wie Torf, zerkleinerte Holzstämme und Reisig herbeischafften und in die darunter liegenden großen gemauerten Feuerstellen kippten.

Mikel fragte nach dem Meister und einer der Männer verwies ihn an einen dicken gemütlichen Norweger, der den neuen Auftrag zum Trankochen erfreut entgegennahm. Noch am selben

Tag könne man die Speckladung von der *Meerjungfrau* abholen lassen und damit beginnen, sie zu verarbeiten, versprach er.

Als Mikel ihm die Anzahl der vollen Fässer nannte, grinste der Mann breit. So große Aufträge liebten er und seine Mitarbeiter sehr.

Birte kämpfte zunehmend mit Übelkeit. Aber sie riss sich zusammen; sie war nicht gewillt, sich und ihrem Mann die gute Laune wegen ein wenig Gestank und Hitze verderben zu lassen. Sie riss sich lediglich Kopftuch und Schal herunter und öffnete ihren Mantel.

Dennoch atmete sie im wahrsten Sinne auf und war heilfroh, als der norwegische Verwalter und ihr Mann Anstalten machten, sich zu verabschieden, nachdem sie noch einen Schnaps miteinander getrunken sowie mit einem markigen Handschlag das Geschäft besiegelt hatten.

Drei Tage, sagte man ihnen, werde es insgesamt dauern, bis die Fässer samt Tran wieder an Bord des Seglers geschafft wären. Man könne ihnen aber auch einen redlichen Aufkäufer vermitteln, der ihnen den Tran gleich hier zu einem anständigen Preis abnähme. Ganz wie der Herr *Commandeur* es wünsche!

Aber Mikel – von Johann diesbezüglich bereits vorgewarnt – lehnte das Angebot dankend ab. Er hatte keine Lust, dem Verwalter für die Vermittlung eine vermutlich saftige Provision zu bezahlen. Es konnte doch nicht so schwer sein, selbst einen Aufkäufer zu finden.

Auch der *Commandeur* und sein Erster Offizier Johann zeigten sich erleichtert, als sie draußen wieder frische Luft atmen konnten. Der Geruch im Freien kam ihnen jetzt gar nicht mehr so schlimm vor, nachdem sie ihn in dem Schuppen für längere Zeit so intensiv genossen hatten.

Birte war erstaunt, dass sich die Prozedur über ganze drei Tage hinziehen sollte. Aber Johann versicherte ihr, das sei bemerkenswert schnell. Gerade diese Trankocherei sei ihm vom letzten Mal noch sehr gut in Erinnerung. »Ich empfehle sie allen meinen Freunden, weil sie schnell und am ordentlichsten arbeitet und keine unverschämten Preise verlangt. Außerdem ist es allemal günstiger als vergleichsweise früher, als man an Bord den Speck noch selbst zu Tran verkocht hat.«

»Das glaube ich gerne«, gab Birte zu. »Das muss eine zeit- und geldaufwändige und dazu nicht ganz ungefährliche Drecksarbeit gewesen sein!«

»Allerdings!« Johann Brevensen schüttelte sich. »Einmal habe ich erlebt, wie auf einem benachbarten Segler ein verheerender Brand ausgebrochen ist. Feuer auf einem Schiff ist immer eine verflixt heikle Sache.«

Sie hatten sich etwas weiter vom Ort entfernt, weil Brevensen ihnen die Packeisgrenze zeigen wollte, die sich bis auf wenige Seemeilen vor die Nordküste Spitzbergens heranschob. Es handelte sich um eine gut sichtbare Stelle, an der der warme Meeresstrom, Golfstrom genannt, endete.

Das Eis als solches war nicht nur mit bloßem Auge zu erkennen, sondern auch seine Beschaffenheit. Es handelte sich in der Tat um keine feste Barriere, sondern hatte die Form dicht aneinandergedrängter Eisschollen, auf denen sich Möwen niederließen und ab und zu eine Robbe sich sonnte.

»So ein Anblick lässt mir das Herz aufgehen«, gestand Mikel und spähte verzückt in die Ferne. »Ich bedaure jeden, dem so etwas nicht vergönnt ist. Es macht mich auch unwahrscheinlich glücklich, Birte, dass du meine Liebe zum Nordmeer und dem Nordland teilst.«

Da die Attacken der Seeschwalben, die sich um ihre Brut sorgten, heftiger und allmählich unerträglich wurden, beschlossen sie schweren Herzens umzukehren. Vor allem Birte fiel es nicht leicht, sich erneut dem schäbigen kleinen Ort anzunähern. Außerhalb, in der unberührten Natur, gab es nämlich einiges zu entdecken, das sie für ihr Medizinbuch verwenden konnte.

Den seltenen Polarlöwenzahn etwa sowie den kräftig gelben oder weißen Svalbardmohn, das weißblütige Arktische Hornkraut sowie das Grönländische Löffelkraut, das besonders unter dem Begriff *Skorbut*kraut oder *Scharbocks*kraut bekannt und sowohl bei Arktisbewohnern wie nordischen Seefahrern heiß begehrt war. In einiger Entfernung machte sie Roten Steinbrech aus, der in Wirklichkeit lila blühte, sowie den selteneren Fadensteinbrech, dessen leuchtend gelbe Blüten auf blutroten Stängeln saßen, die untereinander mit langen roten Fäden, ihren Ablegern, verbunden waren. So überzog ein wirres rotes Geflecht den kargen Steinboden.

Neben dem allgegenwärtigen weißen Wollgras entdeckte Johann Brevensen noch das purpurfarbene wollige Läusekraut, das, wie Birte aus ihres Vaters Botanikbüchern wusste, giftig war, sowie die Nördliche Himmelsleiter, die auffallend violettblaue Blütenblätter besaß.

Am liebsten hätte Birte laut gejubelt. Sie war den Männern dankbar, dass sie nicht weiterdrängten, sondern ihr ausreichend Zeit gönnten und die Möwen, so gut es ging, von ihr fernhielten, bis sie alle Pflanzen fein säuberlich in ihrem Notizbüchlein skizziert hatte. Sehr bemerkenswert erschien ihr vor allem die Nördliche Himmelsleiter, nachdem Johann sie darauf hingewiesen hatte, dass es auf Spitzbergen nur ganz selten blau blühende Blumen gab.

Ein Stück vor dem Ortseingang – die angriffslustigen Vögel hatten sich zum Glück verzogen – trennte sich der Erste Offizier von seinem Kapitän und dessen Frau. Per Zufall war er auf einen alten Bekannten getroffen und wollte mit ihm über frühere Zeiten plaudern, als beide noch regelmäßig auf Walfängern fuhren.

Birte und Mikel hatten beschlossen, den Ort trotz aller Schäbigkeit genauer zu erkunden – in der Hoffnung, ein Gasthaus zu entdecken, das einigermaßen vertrauenerweckend aussah, um dort eine Kleinigkeit zu verzehren. Beide waren übermütig und alberten ein bisschen herum – eher wie ein ganz junges Liebespaar und nicht wie seriöse Eheleute, die bereits zwei Kinder von neun und sieben Jahren hatten.

EINUNDVIERZIG

Dass Birtes und ihres Mannes gute Laune dann doch noch einen gehörigen Dämpfer erhielt, war weder dem allgegenwärtigen und wie eine Käseglocke über den Hütten lastenden Trangestank noch den verärgerten und zudringlichen Seevögeln anzulasten. Den Hügel mit etlichen Kochereien hatten Birte und Mikel längst hinter sich gelassen und bogen nach einer Weile gemächlichen Schlenderns in ein Nebengässchen des schlichten Ortes ein.

Laut einem Schild, auf dem ein Trampelpfad sich vollmundig »Hauptstraße« nannte, sollten hier in einem Store gewebte Teppiche und Vorleger aus Eisbärenfell zu erwerben sein. Birte fand, die könne man sich ja wenigstens einmal ansehen. Plötzlich fasste sie Halt suchend nach dem Arm ihres Mannes.

»Oh, mein Gott! Ich kann's nicht glauben! Mikel, sieh dir doch diesen Menschen dort an.«

Mit zittrigem Finger wies die junge Frau auf eine ausgemergelte Gestalt, die mit trostlosem Gesichtsausdruck vor einem Geschäft mit Jagdausrüstungen auf der Erde kauerte und jedem Vorübergehenden bettelnd die Hand entgegenstreckte.

»Lass uns dem armen Teufel etwas geben, Mikel!«

Bereitwillig griff Mikel Frödesen nach seiner am ledernen Gürtel befestigten Geldkatze, um nach einer Münze zu suchen. Mit Rührung beobachtete er seine gutherzige Frau, die auf die hohlwangige Gestalt, offenbar einen jungen Inuk, förmlich losstürzte. Der zuckte bei ihrem überraschenden Ansturm verängstigt zurück.

»Kennst du den Eskimo etwa?«, erkundigte sich Mikel verblüfft.

»Jiisus Krast! Nein, natürlich nicht! Ich hielt ihn für einen Indianer und bin entsetzt von seinem Elend. Ich bilde mir ein, Armut zu kennen, aber so etwas ist mir noch nicht untergekommen.«

Der Kapitän betrachtete sich den Bettler genauer. Der sah in der Tat erbarmungswürdig aus. In seinem dünnen schäbigen

Gewand, einer Art langärmeliger weiter Bluse und einer durchlöcherten Hose, schien er erbärmlich zu frieren. Zudem war er bloßfüßig. Und das bei Temperaturen, die kaum über dem Gefrierpunkt lagen.

»Teufel noch eins!«, entfuhr es Birtes Mann. »Der Bursche muss weg von der Straße und ins Warme, sonst erfriert er noch vor unser aller Augen.« Spontan streckte Mikel der Jammergestalt die Hand entgegen, um ihm aufzuhelfen. »Komm mit uns! Wir suchen uns ein Wirtshaus, wo es etwas Warmes zu essen und zu trinken gibt.«

Zögernd ergriff der Grönländer die dargebotene Hand, um sich umständlich vom Boden zu erheben. Gewiss waren seine Beine bei der Kälte eingeschlafen. An den auffallend schwerfälligen Bewegungen, mit denen der junge Mann sich abmühte, erkannten die beiden, dass mit ihm etwas nicht stimmte.

»Er setzt die Beine vorsichtig wie ein uralter Mann, der Schmerzen in sämtlichen Knochen verspürt«, murmelte Mikel besorgt. Birte beschloss, den jungen Eskimo später deswegen auszuhorchen. Erst einmal schien es wichtig, den halb verhungerten und beinah erfrorenen, sich ängstlich nach allen Seiten umschauenden Mann von der zugigen Gasse weg in die Wärme eines Gasthauses zu führen. Der Laden mit den Eisbärfellen konnte warten.

»Ein Stück weiter die Hauptstraße hinunter habe ich beim Herweg das Schild eines Speisehauses gesehen. Ich denke, wir drei haben uns eine ordentliche Mahlzeit verdient. Kommen Sie, mein Lieber!« Damit packte Mikel den jungen Mann am zerschlissenen Ärmel, wobei er durch den schütteren Stoff einen abgemagerten Oberarm zu fassen bekam.

Zu Birtes und Mikels Erstaunen setzte sich der junge Eskimo, der sich ihnen als Kŭŭpik vorgestellt hatte, leicht zur Wehr. Mikel hatte ihn auf Niederländisch angesprochen und sie hatten den Eindruck gewonnen, er verstünde sie gut. Warum zögerte er jetzt?

»In meinem verkommenen Zustand wird man mich nicht ins Haus lassen«, erklärte er mit trauriger Miene, als Birte weiter insistierte.

»Das werden wir dann schon sehen, mein Freund! Ich denke, es wird niemand etwas dagegen haben. Und falls doch, kriegt derjenige von mir das Richtige zu hören«, beruhigte ihn der Kapitän.

»Mein Mann weiß sich durchzusetzen«, versicherte Birte lächelnd. »Wäre ja noch schöner! Aber wieso hat es Sie überhaupt hierher verschlagen?« Die Neugierde ging mit ihr durch.

»Das ist eine lange und nicht sehr schöne Geschichte«, behauptete der Grönländer leise, wobei ein schmerzliches Lächeln über sein eingefallenes Gesicht zuckte. Birte erschien er nicht nur ausgehungert, sondern auch ziemlich krank zu sein.

Mittlerweile waren sie an der betreffenden Blockhütte angekommen, in der man »Erlesene Speisen und gehaltvolle Getränke zu günstigen Preisen« erhalte, wie eine über dem Türstock angenagelte Tafel großspurig ankündigte. Man würde ja sehen.

Als sie in die finstere, nur durch eine blakende Tranfunzel kümmerlich beleuchtete Gaststube traten, war ihnen augenblicklich die Aufmerksamkeit aller Anwesenden sicher. In der Mehrzahl handelte es sich um einfache Seeleute verschiedener nördlicher Nationen, wie man an der Aussprache erkannte; offensichtlich waren auch ein paar Offiziere darunter.

Das Mobiliar erschien Birte höchst dürftig und war dazu größtenteils auch noch ramponiert. Aber hier durfte man nicht zu anspruchsvoll sein, denn die Auswahl an Lokalitäten vor Ort war ausgesprochen beschränkt.

Der Wirt, ein unwahrscheinlich beleibter Däne, wollte anfangs protestieren, als sein Blick auf die schäbige Gestalt des Grönländers fiel. Aber dann überlegte er es sich anders, nachdem dieser Eskimo sich offenbar in Begleitung zweier gut gekleideter Weißer befand – obwohl er sich über ihren Geschmack in punkto Umgang sehr verwunderte. Aber das war deren Sache und ging ihn nichts an.

Die hübsche junge Dame und den anscheinend recht wohlhabenden jungen Herrn würdigte er einer ausnehmend freundlichen, beinahe devoten Begrüßung; den verwahrlosten Inuk hingegen ignorierte er. Er geleitete sie zu einem freien Tisch an der hinteren Wand des Raumes in der Nähe der offenen Feuerstelle, die nicht nur mehr Licht, sondern vor allem wohlige Wärme spendete.

»Ich werde den Herrschaften sofort Bedienung schicken«, kündigte er beflissen an und schlurfte zum Schanktisch zurück. Dahinter befand sich eine angelehnte Tür, die vermutlich in die Küche führte. »Dunek!«, brüllte der Wirt über die Schulter in Richtung Küchentür. »Neue Gäste sind da!«

Sofort tauchte eine weibliche, schlicht, aber sehr sauber gekleidete Gestalt jugendlichen Alters auf – unverkennbar ein Inuitmädchen. Unwillig runzelte Birte die Augenbrauen. Demnach durften Eskimos hier zwar arbeiten; nur als Gäste waren sie nicht erwünscht, dachte sie erbost.

Die »erlesene« Speisenauswahl war erwartungsgemäß recht bescheiden. Es gab nur eine einzige warme Mahlzeit, eine Art Fischeintopf mit Rüben, Grünzeug und Gerstengraupen. Das erinnerte Birte immerhin an ihr friesisches Zuhause.

Dazu konnten sie entweder Tee oder Wasser bestellen oder ein besonderes Bier, das angeblich aus Dänemark importiert war. Birte und Küüpik entschieden sich für heißen Tee, während der Kapitän das dänische Bier versuchen wollte. Bis das Essen kam, floss das Gespräch eher zäh dahin, denn keiner der drei wusste so recht, was er sagen sollte, ungeachtet der gespannten Erwartung, die vor allem Birte innerlich beinah zerriss.

Sie konnte sich beim besten Willen nicht vorstellen, wie ein Mensch, der sehr wahrscheinlich hiergekommen war, um wie alle anderen zu arbeiten, in einen derartigen Zustand versetzt werden konnte. Es sah aus, als wäre der arme Kerl unter die Räuber gefallen, die ihm nichts als das nackte Leben gelassen hatten.

Zum Glück dauerte es nicht lange, bis Dunek erneut an ihrem Tisch erschien und Getränke und Mahlzeiten servierte.

Mittlerweile hatten die anderen Gäste ihr Interesse an den Neuankömmlingen verloren und der Geräuschpegel der Unterhaltung an den drei übrigen Tischen hatte wieder die gleiche Stärke erreicht wie vor ihrer Ankunft.

An der Art, wie Kûûpik den überraschend wohlschmeckenden Eintopf hinunterschlang, war ersichtlich, wie ausgehungert der junge Mensch sein musste. Er schien tagelang nichts mehr gegessen zu haben. Sein Teller war bereits leer, als seine beiden Tischnachbarn noch nicht einmal ein Drittel der üppigen Mahlzeit geschafft hatten.

Mikel Frödesen winkte den Wirt herbei und bestellte sich noch ein Bier; dabei orderte er eine zweite Essensportion für ihren Begleiter. Um ihn nicht zu beschämen, behauptete der Kapitän, er selbst habe keinen großen Appetit, weil er am Morgen zu üppig gespeist habe. Und Birte, als eitle junge Frau, achte sowieso auf ihre Figur, aber ein junger Kerl wie er müsse unbedingt ordentlich zulangen.

Nachdem alle drei satt waren, sie ihren Verdauungsschnaps vor sich stehen hatten – der Fischgemüseeintopf hatte ziemlich viel Fett enthalten – und Mikel sich zum Abschluss seine Pfeife anzündete, fanden es die Weißen für vertretbar, zur Sache zu kommen.

Birte war aufgefallen, dass der Wirt, der den Schnaps brachte, zuerst gezögert hatte, dem Grönländer Alkohol zu servieren. Aber dann schien er sich zu der Erkenntnis durchzuringen, dass es ihm gleichgültig sein konnte; Hauptsache, der Europäer bezahlte die gesamte Zeche.

Was Birte und Mikel dann allerdings von Kûûpik zu hören bekamen, trieb den beiden erst die Scham-, dann die Zornröte ins Gesicht. Vor allem Birte fand anfangs keine Worte, um ihren Abscheu auszudrücken, den sie für denjenigen empfand, dem der junge Eskimo seine Anwesenheit auf Spitzbergen verdankte.

»Ich und noch etliche andere meines Stammes sind die traurigen Opfer eines weißen Mannes geworden«, behauptete Kûûpik in bitterem, aber erstaunlich ruhigem Ton. »Mit der Hilfe von *angeheuerten* Männern hat dieser Herr uns gnadenlos eingefangen und uns aus unserer Heimat *Kalaallit* verschleppt.«

»Det mut dach wel ei woor wees!«, entfuhr es Birte unwillkürlich auf Föringisch. »Das darf doch wohl nicht wahr sein«, wiederholte sie dann auf Niederländisch, damit der Inuk sie auch verstand. Sie war so entsetzt, dass sie es anfangs gar nicht glauben wollte. Irgendetwas musste sie falsch verstanden haben.

Erst als Mikel ihr glaubhaft versicherte, es gebe tatsächlich Menschenjäger, welche primitive Menschen wie wilde Tiere einfingen und aus ihren Heimatländern mit Gewalt verschleppten, glaubte sie Kŭŭpiks Worten.

»Ich kenne Berichte, mein Schatz, wonach es nicht wenige Personen gibt, die Männer, Frauen und sogar Kinder aus entlegenen Weltgegenden in Afrika und Asien entführen, um sie in Europa als billige Arbeitssklaven zu verkaufen oder gegen Geld als Exoten in Menagerien bestaunen oder als Wilde in zoologischen Gärten begaffen zu lassen.«

»Warum, in Gottes Namen, unternimmt denn niemand etwas gegen diese abscheulichen Verbrecher?«, entrüstete sich Birte.

Erst als ihr Mann zu bedenken gab, dass es seit Langem gängige – und vollkommen legale – Praxis war, schwarze Menschen aus Afrika in Amerika oder Europa zu versklaven, verstummte die junge Frau betroffen. Sich jetzt plötzlich zu ereifern, erschien ihr irgendwie scheinheilig – hatte sie sich doch bisher noch niemals über das allgemein bekannte Phänomen der Sklavenhaltung auch nur im Geringsten Gedanken gemacht.

»Aber eigentlich müsste man doch etwas dagegen tun«, sagte sie nach einer Weile leise.

Kŭŭpik hatte während des Disputs zwischen Mann und Frau geschwiegen, aber seine schmalen schwarzen Augen waren hoffnungsvoll auf den Kapitän gerichtet.

»Weil viele es ungestraft tun, heißt das natürlich nicht, dass man ein Unrecht für ewige Zeiten unwidersprochen dulden muss, meine Liebe! Ich werde dafür sorgen, dass unser Inuk -Freund den Händen dieses Sklavenhändlers entrissen wird! Wie heißt der Unmensch übrigens?«

Die Antwort auf diese Frage sollte den beiden einen weiteren, noch heftigeren Schlag ins Gesicht versetzen. Kein anderer als Ocke Japsen war es, der die *Seahawk,* einen Segler älterer Bauart und zum Walfang nicht mehr recht tauglich, günstig erworben, sprich gekapert hatte und nun dazu benutzte, um arme Menschen aus ihren Heimatländern zu entführen. Das riss sowohl bei Mikel wie bei Birte noch kaum verheilte Wunden auf.

»Insgesamt schmachten noch etwa zwei Dutzend gewaltsam Entführte meines Stammes auf der *Seahawk,* auch Frauen und Kinder«, berichtete der Grönländer leise. »Auf dem Schiff erzählen sich die Matrosen«, fuhr er fort, »dass Herr Japsen kürzlich vor Gericht stand wegen Meuterei und Aussetzens von hilflosen Personen, aber man habe ihn von aller Schuld freigesprochen. Da sei er nach Schweden zu Verwandten gegangen und betreibe von dort aus seine Geschäfte!«

»Es passt zu ihm, dass er damit fortfährt, menschliche Tragödien zu verursachen!« Mikel Frödesens stahlgraue Augen funkelten zornig, »Aber, bei Gott, ich werde alles versuchen, ihm das schmutzige Handwerk zu legen!«

Dem Kapitän und seiner Frau war für diesen Tag die Lust auf einen weiteren Bummel durch die kleine Ansiedlung gründlich vergangen. Wichtiger erschien, den Abgezehrten und durch körperliche Misshandlungen schwer Gezeichneten auf die *Meerjungfrau* zu bringen, wo ihn Birte unter ihre Fittiche nehmen und man ihn als Menschen behandeln würde.

Vor der Siedlung Ayerfjord lag die *Seahawk* im Hafen vor Anker, in unmittelbarer Nachbarschaft zu ihrem Segler, nicht allzu weit entfernt von einem mächtigen Gletscher, dem Chauveaubreen, dessen Zunge bis zum Fjord heranreichte. Sobald man seinen Blick von Land aus über die sanft gekräuselte Wasseroberfläche in Richtung der *Seahawk* schweifen ließ, konnte man die spitzen Rückenfinnen mehrerer Zwergwale erkennen.

Das schäbige Sklavenschiff war einen Tag früher angekommen als Birtes und Mikels Walfangsegler. In einem günstigen

Augenblick hatte Kűűpik die Flucht gewagt, sich dank des herrschenden Nebels aus dem Bereich des Hafengeländes geschlichen und ein Versteck in einer längst verfallenen ungenutzten Hütte am Ortsrand gefunden. Zu seinem Erstaunen hatte man bisher anscheinend noch gar nicht nach ihm gesucht.

Frödesen schätzte, dass die Mannschaft des Sklavenschiffs nachlässig war und, erfreut über die Aussicht, sich volllaufen zu lassen, sich nicht um ihre wertvolle Fracht gekümmert hatte. »Vermutlich trauen sie es den durch Prügel eingeschüchterten Eskimos gar nicht zu, eine Flucht auch nur in Erwägung zu ziehen.«

Reichlich verkommen präsentierte sich das gewiss einst scöne Schiff. Der augenblickliche Zustand ließ aufs Trefflichste auf den Charakter seines derzeitigen Eigners schließen.

ZWEIUNDVIERZIG

Von außen deutete nichts auf die menschliche Tragödie hin, die sich unter Deck des Seglers abspielen musste. Vom wenig einnehmenden Äußeren einiger an Bord herumhantierender Matrosen ließ sich Mikel Frödesen nicht abschrecken. Mit einigen seiner Männer war er am Liegeplatz des Sklavenschiffs aufgetaucht.

Zu seinen Begleitern zählte natürlich auch Johann Brevensen, der dänische Hüne, dessen beeindruckende Statur, das lange weiße, im Wind flatternde Haar und die schwarze Augenklappe über dem linken Auge ihn wie Odin, den einstigen Hauptgott der Nordländer, aussehen ließen. Hin und wieder legte er sie an; nicht weil ihm das Auge fehlte, sondern weil er ab und an Schwierigkeiten hatte, mit beiden Augen scharf zu sehen.

Mit herrischer Stimme verlangte *Commandeur* Frödesen, ihn samt seinen Freunden an Bord zu lassen, da er dem Kapitän seine Aufwartung zu machen wünsche. Die Störung gefiel den paar Seeleuten, die das Deck zu schrubben hatten, offensichtlich nicht besonders. Aber sie sahen keinen stichhaltigen Grund, den Fremden den Zutritt zur *Seahawk* zu verweigern; war es doch guter alter Seemannsbrauch, sich nach Möglichkeit in den Häfen, die man in der Fremde anlief, gegenseitig zu besuchen, um Nachrichten auszutauschen und eventuell Grüße an die Daheimgebliebenen zu übermitteln.

Als die unverhofften Gäste in der *Offiziersmesse* Platz genommen hatten, geschah erst eine ganze Weile gar nichts, obwohl der Matrose, der sie empfangen hatte, versichert hatte, er werde den Kapitän umgehend benachrichtigen. Endlich tauchte er auf.

Seit Mikel ihn das letzte Mal gesehen hatte, hatte Ocke Japsen sich stark zu seinem Nachteil verändert. Der ehemals schlanke und muskulöse *Harpunier* hatte enorm an Gewicht zugelegt und wirkte ausgesprochen schwammig. Dazu erweckte er stark den Eindruck, als habe er seinen letzten Rausch noch nicht ganz ausgeschlafen.

Als Japsen seinen ehemaligen *Commandeur* erkannte, sank ihm der Unterkiefer herab. Dies und die Tatsache, dass Frödesen fünf, und wie er mit einem Blick erkannte, bewaffnete Begleiter dabei hatte, was bei einem bloßen Freundschaftsbesuch absolut unüblich war, schien mächtigen Ärger zu bedeuten.

Mikel und seine Männer hatten zwar beim Betreten der *Seahawk* Messer und Handfeuerwaffen gut unter der Kleidung verborgen, aber jetzt präsentierten sie sie ganz provokativ. Trotzdem fand Ocke Japsen rasch zu seiner üblichen Kaltschnäuzigkeit zurück und tat, als sähe er die Waffen gar nicht.

»Was wollt Ihr hier?«, blaffte er den etwa gleichaltrigen Kapitän unwirsch an. »Ich wüsste nicht, was ausgerechnet wir beide zu besprechen hätten!«

»Oh, ich wüsste da so einiges, das zu diskutieren sich lohnen könnte, *Harpunier* Ocke Japsen! Aber, keine Sorge, von den alten Geschichten will ich jetzt gar nicht anfangen. Ich weiß, dass es dir gelungen ist – der Himmel mag wissen, womit – das Gericht in Amsterdam für dumm zu verkaufen. Aber, wie gesagt, deswegen sind wir nicht hier. Sonst dürftest du nämlich gleich dein letztes Gebet sprechen!«

Frödesens Begleiter ließen ein grimmiges Lachen hören.

»Heute geht es um ganz andere Verbrechen, die du begangen hast, Japsen!«

»Davon wüsste ich aber«, behauptete der Angesprochene frech. »Ich bin mir keiner Schuld bewusst. Ich fordere Euch auf, mein Schiff augenblicklich zu verlassen!«

»Aber nicht doch«, wehrte Frödesen spöttisch lächelnd ab. »Wir beginnen doch gerade erst zu plaudern. Da muss ich leider feststellen, dass das Allerschlimmste bei dir ist, absolut kein Gespür für Schuld zu haben, weil du ein gewissenloser Schurke bist. Kein Wunder, dass dein eigener Vater und dein Oheim von dir nichts mehr wissen wollen, weil sie sich deiner schämen. So warst du gezwungen, bei der schwedischen Verwandtschaft deiner Mutter Unterschlupf zu suchen.« Letzteres war ein Schuss ins Blaue, aber an der Miene des ehemaligen Meuterers, der sich neuerdings auf Sklavenhandel verlegt hatte, bewies Mikel, dass er mit seiner Vermutung nicht danebenlag.

Ocke Japsen lief rot an, trumpfte aber dennoch wütend auf: »Wenn Ihr glaubt, mich auf meinem eigenen Schiff beleidigen zu können, werde ich Euch von meinen Männern schneller wieder von Bord schaffen lassen, als Euch lieb ist!«

Diese Drohung verpuffte natürlich, wussten die Besucher doch ganz genau, dass sich im Augenblick nicht einmal eine Handvoll Matrosen an Bord der *Seahawk* aufhielt. Mit denen würden Mikels Seeleute, speziell ausgesuchte Herkulesse, spielend fertig werden.

»Versuch das lieber nicht, Junge!«, warf Johann Brevensen mit dröhnender Stimme und verächtlichem Gesichtsausdruck ein und erhob sich gemächlich von seinem Stuhl, um sich drohend vor Ocke aufzubauen. Wie ein Leuchtturm überragte der Wikinger den auch nicht gerade kurz geratenen Sklavenhändler und musterte ihn abschätzig.

»Es könnte sonst leicht sein, dass deine Mannschaft im eiskalten Wasser Schwimmversuche macht«, fügte Frödesen höhnisch lächelnd hinzu. »Und du brauchst doch dringend jede einzelne

Hand an Bord, um deine unglückselige Fracht an der Flucht zu hindern, nicht wahr? Womöglich würden dir dann noch mehr entkommen als nur der eine arme Teufel, den du erst halb tot geprügelt und dann beinah verhungern lassen hast.«

Ocke Japsen schnappte empört nach Luft, womit er bewies, dass Küüpiks Flucht tatsächlich noch nicht bemerkt worden war. Japsen war außer sich vor Wut auf den flüchtigen Sklaven, auf seine unaufmerksame Mannschaft, auf sich selbst – und natürlich vor allem auf die Männer der *Meerjungfrau*. Aber was konnte er schon dagegen unternehmen? Um die Form zu wahren, verlangte er zwar kategorisch, ihm umgehend den unbotmäßigen Sklaven, der schließlich sein Eigentum sei, auszuliefern. Worauf der *Commandeur* allerdings nur mit bitterem Auflachen reagierte.

»Hör mir zu, Sklaventreiber«, verlangte er kalt. »Wir werden den Mann mit Hilfe meiner Frau Birte gesund pflegen und ihn irgendwann wieder dahin zurückbringen, wohin er gehört. Nach Grönland nämlich – und zwar als freier Mann! Außerdem werde ich dich vor Gericht bringen, Junge, dessen darfst du gewiss sein! Und ich werde darauf achten, dass du dieses Mal nicht ungeschoren davon kommst. Es sei denn, du bist einsichtig und lässt die anderen Grönländer ebenfalls frei, die sich gegen ihren Willen auf deinem elenden Seelenverkäufer aufhalten!«

Da allerdings biss *Commandeur* Frödesen auf Granit. Dreist beharrte Ocke auf seinem guten Recht, Menschen wie Tiere einzufangen und meistbietend auf dubiosen Sklavenmärkten zu versteigern, indem er sich auf das Recht des Stärkeren sowie auf die geltende Gesetzeslage berief. Selbstverständlich weigerte er sich, die übrigen Pechvögel, die er wie Vieh unter Deck gefangen hielt, laufen zu lassen. Im Gegenteil, er ritt beharrlich darauf herum, dass es von Mikel ein Unrecht sei, ihm den unverschämterweise entflohenen Sklaven vorzuenthalten.

Mikel Frödesen, der die ekelerregende Gegenwart des anderen nicht länger ertragen konnte, ohne ihn für sein früheres Verbrechen niederzuschlagen, stand auf, um zu gehen. Dabei kündigte er an, es werde zu einem Prozess wegen Menschenhandels in

Malmö – Japsens derzeitigem Wohnort – kommen, den er persönlich anzustrengen beabsichtige. Den erbärmlichen Zustand des entkommenen Inuks könnten er, seine Frau und seine gesamte Mannschaft bezeugen.

Der Eigner der *Seahawk* ließ als Antwort lediglich ein dreckiges Lachen hören.

Als Frödesen und seine Männer bereits auf der Pier standen, um zu ihrem eigenen Schiff zurückzukehren, rief ihnen der Sklavenhändler noch nach, die Mühe eines aufwendigen Gerichtsverfahrens könnten sie sich sparen. Kein Richter der Welt werde ihn jemals verurteilen.

Der *Commandeur* würdigte ihn dieses Mal keiner Antwort. Auch Johann Brevensen und die übrigen vier Begleiter hielten sich zurück. Dass der Ausgang eines Verfahrens wegen Sklavenhandels vollkommen ungewiss wäre, wussten die Männer selbst. Bewohnern von rückständigen und unzivilisierten Ländern billigte man im Allgemeinen kaum Rechte zu.

Bestes Beispiel waren die Barbareskenländer, deren muslimische Einwohner ganz Schwarzafrika auf der Suche nach dem schwarzen Gold, den Negersklaven nämlich, durchpflügten. Keine christliche Hand, mit Ausnahme von ein paar engagierten Missionaren, rührte sich dagegen. Im Gegenteil. Gerade mit den Christen machten die Araber die besten Geschäfte, indem sie sie mit schwarzen Sklaven versorgten.

Mit den Indianern Nordamerikas verhielt es sich dagegen etwas anders. Sie selbst leisteten erbitterten Widerstand und riskierten lieber den Tod, als sich so zu erniedrigen, und die katholische Kirche hatte es immerhin erreicht, dass die Ureinwohner der Neuen Welt nicht versklavt werden durften, vornehmlich die getauften. Dafür missbrauchte der weiße Mann jetzt die Schwarzen Afrikas, die auf Schiffen dorthin verschleppt und als billige Arbeitskräfte ausgebeutet wurden. Schon im Jahre 1619 waren die ersten Schwarzafrikaner als Sklaven nach Virginia gebracht worden.

Nach Mikel Frödesens Meinung waren die Inuit, die eingeborenen Grönländer, den Indianern doch sehr ähnlich. Müsste dann der Schutz vor Versklavung nicht auch für sie Geltung besitzen? Wie auch immer, Frödesen fand es an der Zeit, ein Exempel zu statuieren, um es wenigstens den europäischen Menschenhändlern nicht mehr ganz so einfach zu machen.

»Zumindest muss endlich ein Gefühl in den Europäern geweckt werden, dass es sich dabei um schändliches Unrecht handelt. Vielleicht gelingt es mir ja, den Schweinekerl wegen Misshandlung hilfloser Gefangener dranzukriegen.« Mikel hatte Birte von seiner gescheiterten Mission auf der *Seahawk* berichtet.

*

Küǔpik selbst war überglücklich, sich im Augenblick in Sicherheit zu wissen, obwohl er über das ungewisse Schicksal seiner gefangenen Verwandten und Kameraden sehr traurig war. Welchen Herren würde man sie wohl ausliefern?

»Was wird mit mir geschehen?«, erkundigte er sich an dem Tag bei Birte, an dem sämtliche Fässer mit Waltran von etlichen Aufkäufern übernommen worden waren. Am nächsten Morgen sollte der Anker der *Meerjungfrau* gelichtet werden, um den Weg in Richtung Norwegen anzutreten. Die Männer, deren lange Pelzröcke beinahe am Boden schleiften und deren Gesichter unter den Fellmützen man ihrer alles überwuchernden Bärte wegen kaum zu erkennen vermochte, waren Kaschuben, wie Johann Brevensen sie seinem *Commandeur* bereits angekündigt hatte. Es handelte sich um gewiefte, aber nicht unverschämte slawische Händler, die Mikel einen anständigen Preis für den Tran boten.

»In Moskau dürften sie sich allerdings so nicht sehen lassen«, wusste der Däne. »Ich habe sagen hören, dass Zar Peter die langen Bärte verboten hat, selbst bei der Geistlichkeit. Er findet sie scheußlich und altmodisch, eines modernen Reiches, das unter seiner Herrschaft zu werden Russland sich anschickt, nicht würdig. Trotz des hartnäckigen Widerstandes der Popen bleibt er dabei und lässt jeden Zuwiderhandelnden bestrafen.« Der Wikinger lachte laut. »Ja, man sagt, der Zar selbst habe schon zur

Schere gegriffen und den eigensinnigen Bartträgern ihre Manneszier abgeschnitten, ohne sich um die geistlichen Würden der Betreffenden zu kümmern!«

Birte konnte Küüpik beruhigen. »Keine Sorge, mein lieber Küüpik, mein Mann nimmt dich natürlich mit! Was solltest du auch in Spitzbergen? Die *Seahawk* hat Ayerfjord zwar verlassen, aber die Gefahr, von einem anderen Menschenhändler eingefangen zu werden, ist nicht von der Hand zu weisen. Mittlerweile hat der Kapitän erfahren, dass dein und deiner Sippe Schicksal leider auch im hohen Norden kein einmaliges ist.«

Birte trieb die Sorge um, auch bei Dunek, der Gasthausangestellten im Ort, handele es sich um eine gegen ihren Willen Verschleppte. Es hatte sich leider keine Gelegenheit mehr ergeben, allein mit der jungen Frau zu sprechen und nachzuforschen, wie sie ganz allein den Weg hierher geschafft hatte. Vielleicht war sie auch freiwillig mit einem Seemann mitgegangen, der sie dann hier einfach zurückgelassen hatte, überlegte Birte. Sie wandte sich erneut ihrem besorgten Schützling zu, dessen schmale schwarze Augen flehentlich auf sie gerichtet waren.

»Du bist noch längst nicht gesund«, erklärte Birte; »du bist abgemagert und einige deiner Verletzungen durch Schläge mit der Peitsche sind immer noch nicht verheilt!« Insgeheim befürchtete die junge Heilerin, die mangelhafte Unterbringung im Schiffsbauch bei miserabler Ernährung und äußerst schlechter Luft sowie die viel zu dünne Kleidung hätten bereits seine Lungen angegriffen. Sobald den Inuk einer seiner krampfartigen Hustenanfälle überfiel, drohte er regelmäßig zu ersticken.

»Ich habe sogar vor, dich nach Hooge auf meinen eigenen Hof mitzunehmen, um dich gänzlich wiederherzustellen – sobald ich es wagen kann, meine Heimat aufzusuchen!«

Sie weihte Küüpik insoweit ein, als sie ihm anvertraute, ein mächtiger und böser Mann plane, ihr zu schaden. Daher müsse sie sich von ihrem Zuhause fernhalten, obwohl sie große Sehnsucht nach ihren zwei Kindern und ihrem Vater habe.

»Wenn es dir wieder gut geht, wollen wir sehen, wie du zu einer sicheren Passage nach Grönland kommst, wenn es dir recht ist!«

Sie hegte die Hoffnung, der Eskimo würde sich an Nordfriesland gewöhnen und gar nicht mehr fort wollen. Mikel und ihr schien er ein sehr aufgeweckter und anstelliger Bursche zu sein, der überall zu gebrauchen war, gegen anständige Entlohnung und Behandlung selbstverständlich. Seine Familie existierte nicht mehr und vielleicht ... Aber er sollte später selbst entscheiden, wo er sein weiteres Leben verbringen wollte.

Im Augenblick musste Kůůpik nicht lange überlegen, um den Vorteil des Planes einzusehen. Er war von Herzen froh über das großzügige Angebot. »Jetzt kann ich die Europäer wieder achten; ja, manche von ihnen sogar lieben«, gestand er verschämt. »Euer Mann und Ihr und die Mannschaft auf Eurem Schiff haben mir bewiesen, Frau Birte, dass nicht alle Weißen Schurken sind, sondern dass es auch viele freundliche Menschen unter ihnen gibt!«

Das zu hören, erleichterte die junge Frau sehr. Sie hatte den stark untergewichtigen Inuk ohne das fadenscheinige, zerrissene Gewand gesehen und die schrecklichen Narben, ferner die Beulen und blauen Flecken sowie die noch nicht verheilten, eiternden Stellen auf seinem ganzen Körper bemerkt, die allesamt von Schlägen und Misshandlungen zeugten. Da war ihr erst aufgegangen, welches Ausmaß an Qualen der junge Inuk erlitten haben musste, ehe er sich der Übermacht seiner Entführer ergeben hatte. Wie ein Löwe musste Kůůpik um seine Freiheit gekämpft haben. Ihr Zorn und ihre Verachtung für Ocke und seinesgleichen erhielten weitere Nahrung.

An diesem Tag, dem letzten, den man noch in Spitzbergen verbringen würde, gedachte Birte, noch einmal an Land zu gehen, um sich dieses Eiland genauer anzusehen. Wer wusste, ob sie noch einmal in ihrem Leben hierher kommen würde. Sie würde es später bereuen, sich nicht gründlicher umgeschaut zu haben. Dieses Mal erbot Johann Brevensen sich, ihr Begleiter zu sein.

Ihr Mann beabsichtigte nämlich, bisher versäumte Einträge in seinem Schiffstagebuch in Ruhe nachzuholen.

Der alte dänische Hüne mit weißem Haar und Bart und seinem wettergegerbten, tief zerfurchten Gesicht, das neben einer gewaltigen Nase durchdringende blaue Augen beherrschten, war ein angenehmer und unterhaltsamer Weggenosse. Aus eigenem Erleben in früheren Zeiten vermochte er einiges dazu beitragen, Birte das Leben auf dieser Insel im hohen Norden vertrauter zu machen.

»Am schönsten ist es hier im Winter«, behauptete er. »Aber nur für Männer, nicht für Frauen! Ich weiß das, weil ich bereits zweimal hier oben überwintern musste, da mein Walfänger wegen der Unmenge an Packeis von der Küste nicht mehr loskam.«

Obwohl Birte durchaus als erfahrene Seefahrerin gelten konnte, ging ihr doch erst in diesem Augenblick der Unterschied zwischen Packeis und Eisbergen so richtig auf. Viele Landratten warfen ja beide Begriffe ohne nachzudenken in einen Topf.

Auch sie hatte früher immer geglaubt, allein der beträchtliche Größenunterschied der Eisbrocken mache den Unterschied aus. Dann erinnerte Birte sich dunkel, früher schon von Mikel darüber gehört zu haben. Das hatte sie ganz vergessen gehabt, aber jetzt fiel es ihr wieder ein.

»Packeis besteht aus Stücken oder Platten aus gefrorenem salzigem Meerwasser und darf mit Eisbergen nicht verwechselt werden«, hörte sie Johann sagen. Sie gönnte ihm den Spaß, sie zu belehren, und sagte auch nichts dazu, als er fortfuhr: »Eisberge dagegen sind, meist in Fjordnähe, abgebrochene Teile von Gletschern und bestehen demnach aus Süßwasser. Die Decke aus Packeis bildet sich, weil die Oberfläche des Nordpolarmeeres viele Monate im Jahr eiskalt ist, sich nur ganz leicht in der sanften Wärme der Mitternachtssonne erwärmt und dadurch für Schiffe überhaupt durchlässig wird. Verpasst ein Kapitän den richtigen Zeitpunkt, hängt er aber unweigerlich fest im Eis.«

»Und warum sagst du, dass es ausgerechnet im Winter hier schön ist, wenn alles vor Kälte erstarrt und zu Stein und Bein gefriert?« Birte klang belustigt. Sie vermutete, der Wikinger habe nur einen Scherz gemacht.

»Das kann ich dir erklären, Birte Frödesen! Weil dann der Schnee alles Hässliche, was von Menschen gemacht wurde, überdeckt. Nur freundlicher Lampenschein aus den Fenstern erhellt die Finsternis der Tage. Tage, die diesen Namen allerdings nicht verdienen, weil hier oben fast ein halbes Jahr über vollständige Nacht herrscht.«

Birte nickte. »Diese anhaltende Dunkelheit, die einem aufs Gemüt schlägt, kenne ich aus Amerika«, sagte sie leise. »Zauberhaft schön fand ich allerdings das Wunder des Nordlichts.«

Ihre Gedanken wanderten zurück. Wie sich die in leuchtenden Farben schillernden, in sich verwobenen und unaufhörlich um sich selbst windenden märchenhaften, grünen, gelben und violetten Lichterscheinungen gleich zarten, schleierartigen Feengewändern über dem schwarzen Nordhimmel ausbreiteten – das würde sie nie mehr vergessen. Es hätte nicht viel gefehlt, um sie sogar bedauern zu lassen, im Augenblick zur falschen Jahreszeit hier zu sein.

»Wer sich im Frühjahr von den Hütten wegbewegt, muss unbedingt ein Gewehr mitnehmen; die Gefahr, von Eisbären, die nach dem Winterschlaf ausgehungert sind, angefallen zu werden, ist groß. Ich hatte da mal ein Erlebnis ...«

Während Johann Brevensen in seinen Erinnerungen schwelgte, schweiften Birtes Gedanken ab zu eigenen Abenteuern, die sie und Mikel im vergangenen Winter im Huronendorf Pangnirtung erlebt hatten.

DREIUNDVIERZIG

Als ihr Schiff Spitzbergen allmählich hinter sich ließ, hing jeder seinen Gedanken nach. Bei Birte drehte sich alles wie immer um ihre Kinder. Wie mochte es Jens und Catrina ergehen? Würden sie ihrem Großvater Kummer bereiten?

Davon ging sie eigentlich nicht aus. Es waren wohlerzogene und gutartige Kinder, die sie Janne Ketelsen, ihrem ersten Ehemann zu verdanken hatte. Birte unterdrückte ein Lächeln. Sie hoffte, auch ihrem zweiten Ehemann bald ein Kind zu schenken.

Sie malte sich im Geiste aus, was Mikel für ein Gesicht machen würde, sobald sie ihn damit überraschen könnte, dass er Vater werden sollte. Dabei hoffte Birte inständig, einen Jungen zur Welt zu bringen; sie hatte gesehen, wie sehr er unter dem Verlust von Adrian gelitten hatte, dem Sohn, den seine Inuit-Geliebte ihm geschenkt und wieder genommen hatte.

Aber noch war es nicht so weit. Die junge Frau zweifelte jedoch nicht daran, noch einmal Mutter zu werden.

*

Die diesjährige Walfangsaison hatte sich gelohnt. Sämtliche Tranfässer waren bis oben hin gefüllt gewesen, hatten einen guten Preis erzielt und dementsprechenden Gewinn abgeworfen, was auch die Mannschaft, die anteilig ausbezahlt wurde, überaus zufriedenstellte. So war man ziemlich guter Stimmung, als man die Reise in Richtung Nordnorwegen antrat.

»Und wir haben Küūpik befreit und damit dazu beigetragen, das Unrecht, das dem braven Burschen widerfuhr, ein klein wenig wiedergutzumachen«, betonte der *Commandeur.* »Nur schade, dass es uns nicht gelungen ist, auch die anderen Verschleppten zu befreien. Aber vielleicht bringt ja die Anzeige vor dem Gericht in Malmö etwas – obwohl ich da, ehrlich gesagt, nicht allzu viel Hoffnung habe. Die armen Teufel werden sich wohl in ihr Sklavenschicksal ergeben müssen.«

Kapitän und Crew waren übereingekommen, dass man die Hansestadt Bergen ansteuern wolle, wo die *Meerjungfrau* im Hafen vor Anker liegen bleiben konnte. Birte, Mikel, Johann Brevensen und vielleicht noch ein paar andere Offiziere würden in Bergen überwintern, während der überwiegende Teil der

Mannschaft von dort aus eine Gelegenheit finden würde, nach Hause zu gelangen.

Mikel und seine Frau gingen davon aus, dass es ratsam war, den Heimweg nach Hooge noch nicht anzutreten. Ein dicker Packen an Post hatte sie in Tromsø erwartet, auf allerlei Umwegen von Hooge gekommen über verschiedene Segler, die von Amsterdam aus abfuhren.

Pastor Knudtsen hatte jede Kleinigkeit, die er über die Politik im Allgemeinen und die Machenschaften des Fürstbischofs von Lübeck im Besonderen erfahren konnte, schriftlich festgehalten und ans Hafenamt in Amsterdam, gleichsam als Knotenpunkt und Sammelstelle aller irgendwie relevanten Informationen, gesandt.

Es entsprach seit Langem seemännischer Gepflogenheit und klappte hervorragend, denn alle europäischen Schiffe, die Amsterdam anliefen oder verließen, nahmen Briefe und Päckchen für andere Segler mit, falls sich die Route mit ihrer eigenen kreuzte oder sonst irgendwie vereinbaren ließ. Da Frödesen in Holland die norwegische Adresse hinterlegt hatte, war ihnen die Post auch dorthin nachgeschickt worden.

Die Nachrichten, die Birte zu lesen bekam, waren ihr und Mikel Warnung genug, dass die Lage sich noch keineswegs entspannt hatte – womit sie auch nicht wirklich gerechnet hatten.

Auch die hohe Politik, die zur Niederlage des schwedischen Königs gegen den russischen Zaren und zu seiner unglaublich erscheinenden Flucht ausgerechnet in den zweifelhaften Schutz der muselmanischen Türken geführt hatte, bescherte Birte eine Reihe schlafloser Nächte.

Der Dänenkönig, Morgenluft witternd, hatte Schweden bereits 1709 den Krieg erklärt. Jetzt war Karl XII. sehr weit fort und die Gelegenheit, endgültig schwedisches Territorium an sich zu reißen, gegeben – und Schleswig-Holstein war auf Seiten Schwedens. Dessen König wiederum beim ausgemachten Feind der Christenheit, beim türkischen Sultan, Asyl gesucht hatte.

Wenn man sich vor Augen hielt, dass der Wahnsinnskrieg im vorigen Jahrhundert, der sich über dreißig Jahre lang hingezogen und ganze Landstriche entvölkert und verheert hatte, noch keine hundert Jahre vorbei war und sich gegen einen Bevölkerungsteil gerichtet hatte, der eine andere christliche Glaubensausrichtung bevorzugte, waren mögliche kriegerische Verwicklungen mit den Anhängern Mohammeds an Grauen wohl nicht mehr zu überbieten. Ausgerechnet unter diesem Schutzschirm hatte Karl XII. Zuflucht gesucht. Was für ein Irrsinn!

»Was wohl König Gustav Adolf von Schweden, ein überzeugter Anhänger Luthers und ein weiteres von Karls großen militärischen Vorbildern, dazu sagen würde?«, fragte Johann Brevensen, der mit anderen Seeleuten anwesend war, als Birte in der *Offiziersmesse* die Post ihres Vaters vorlas.

Eine kleine, aber sehr aufschlussreiche Geschichte war dem Brief noch beigefügt. Es ging darum, was sich unmittelbar nach der für die Russen siegreichen Schlacht bei Poltawa zugetragen hatte. Sie warf ein interessantes Licht auf den Charakter des russischen Zaren:

Kaum waren die letzten Schüsse auf dem Schlachtfeld verhallt, als der Zar in verständlicher Genugtuung einen Dankgottesdienst abhalten ließ, um danach zu einem improvisierten Festessen zu eilen. Die Russen waren erschöpft und hungrig, aber in größter Feierlaune. Man brachte, wie es der Brauch verlangte, zahlreiche Trinksprüche aus.

Danach wurden die gefangenen schwedischen Generäle und Obristen hereingeführt, denen man anbot, sich im Kreis um den Zaren zu setzen. Trotz seiner Begeisterung über den Sieg zeigte sich Peter keineswegs hochmütig.Er verhielt sich im Gegenteil freundlich gegenüber den Gefangenen.

Oftmals sah er sich um, offenbar in der Erwartung, jeden Moment werde auch der schwedische König hereingebracht. »Wo ist mein Bruder Karl?«, soll er sich einige Male erkundigt haben.

Als er von General Rehnskjold wissen wollte, wie er es habe wagen können, das riesige Heer der Russen mit einer Handvoll

Soldaten anzugreifen, antwortete der schwedische General, dass sein König es so bestimmt habe und dass es für ihn als ergebenen Untertan eine heilige Pflicht gewesen sei zu gehorchen.

Das gefiel dem Zaren außerordentlich.

»Sie sind ein ehrenwerter Mann«, meinte Peter anerkennend. »Wegen Ihrer Loyalität gebe ich Ihnen Ihren Degen zurück.«

Diese Episode beeindruckte Birtes Zuhörerschaft sichtlich. Ganz offenkundig war Zar Peter kein Barbar.

Auch andere Seeleute hatten Mitteilungen von zu Hause erhalten, aber die wenigsten verfügten über jemanden, der so gute Verbindungen zu Personen besaß, welche die Neuigkeiten sozusagen aus erster Hand bekamen – wenn auch mit großer zeitlicher Verzögerung – wie es bei Frau Alma von Roedingsfeld der Fall war.

Birte glaubte, ihren gespannt lauschenden Zuhörern eine Erklärung schuldig zu sein: »Diese Dame, über die auf Umwegen Nachrichten nach Föhr und dann nach Hooge zu meinem Vater gelangen, ist eine ehemalige Hofdame der verstorbenen Herzogin Hedwig Sophie von Schleswig-Holstein, stammend aus dem schwedischen Königshaus. Frau von Roedingsfeld hat einen Verwandten, der wiederum mit einem adligen Herrn befreundet ist, der seinerseits im Moskauer Kreml sitzt und ein enger Vertrauter Zar Peters ist.«

Damit erwarb sich Birte womöglich noch mehr Hochachtung bei der Mannschaft, als dies zuvor bereits der Fall gewesen war.

*

Die norwegische Hafenstadt Tromsø hatte man längst verlassen und erreichte endlich die Hansestadt Bergen.

Während Mikel seine Frau Birte und ihren Patienten Küüpik in einem vornehmen Gasthof in Bergen einquartierte, wo es ihnen an nichts fehlen würde, wollten er und sein Freund Johann

Brevensen sich zu Pferd nach Oslo, dann mit einem Boot nach dem schwedischen Göteborg aufmachen, um die letzte Etappe nach Malmö wiederum auf einem Pferderücken hinter sich zu bringen.

Von Anfang an hatte Mikel Frödesen sich zwar keinerlei Illusionen hingegeben, mit einer Klage gegen Ocke Japsen allzu viel ausrichten zu können. Aber dass ihn der Gerichtshof in Malmö, wohin er als Hauptzeuge geladen war, so vollständig ins Leere laufen ließe, damit hatte er nicht gerechnet.

Als er sich mit Johann, seinem Ersten Offizier und besten Freund, auf den Weg nach Schweden machte – zahlreiche Zeugenaussagen seiner Crew im Gepäck (alle unterschrieben und an Eides statt abgegeben) – hatte er zumindest die Hoffnung gehabt, die Richter würden den verruchten Menschenjäger wenigstens der Körperverletzung an dem Grönländer Kũũpik für schuldig erklären.

Auch Brevensen unterstützte ihn in dieser Ansicht, die eigentlich nur logisch erschien. Niemand durfte einen anderen unschuldigen Menschen einsperren, schlagen und hungern lassen! Solche Strafen konnte nur ein Gericht als Sühne für ein Verbrechen verhängen, und ein solches hatte der Inuk ja nicht begangen.

Relativ entspannt und guter Laune waren die Männer in diesem sonnigen Herbst 1711 auf Reisen gegangen. Der *Commandeur* war allerdings entsetzt, als er erkennen musste, dass sich niemand bei Gericht für das Unrecht, das man dem Eskimo zugefügt hatte, zu interessieren schien. Im Gegenteil.

Ocke Japsen hatte es verstanden, eine Reihe von Zeugen, alles vermögende und angesehene Kaufherren, welche ihm die Inuit als Sklaven abgekauft hatten, vor den Schranken des Gerichtes aufmarschieren zu lassen. Frödesen spürte schmerzlich, dass er gegen Ocke Japsen in Malmö genauso den Kürzeren ziehen würde wie vor einem Jahr sein Schwiegervater in Amsterdam.

Ockes Zeugen schworen allesamt, die Grönländer befänden sich in ausgesprochen guter Verfassung, arbeiteten mit Eifer und

Freude für ihre schwedischen Herren und würden unter gar keinen Umständen mehr ins unwirtliche *Kalaallit* zurückkehren wollen.

Einer der betuchten Herren hatte sogar zwei seiner Diener mitgebracht, die Letzteres geradezu mit lächerlich übertriebenem Eifer bestätigten. Der Anblick der Uniformen, in die man sie gesteckt hatte, hätte eigentlich zum Lachen reizen müssen, falls der Anlass nicht so ernst gewesen wäre. In den roten Schuhen mit hohen Absätzen, den affigen Kniebundhosen, den mit Silber bestickten kurzen Jäckchen und den bunten Seidenhemden mit Spitzenmanschetten an den Ärmeln – sogar weißblonde Perücken mit Zöpfchen im Nacken hatte man ihnen übergestülpt – wirkten sie ausgesprochen lächerlich, wäre da nicht ihr unendlich melancholischer Gesichtsausdruck gewesen, der genau das Gegenteil von Wohlgefühl ausdrückte und die Aussagen ihres Besitzers ganz klar Lügen strafte.

Es war ein so offensichtlicher Sachverhalt, auf den der dänische Riese Johann Brevensen das Gericht auch sofort – allerdings ungefragt – hinwies: »Man müsste schon blind sein, falls einem der traurige und unwürdige Zustand dieser grönländischen Ureinwohner und Naturkinder, die man wie Zirkusaffen ausstaffiert hat, entginge!«, blaffte er den Zeugen an.

Was die Richter allerdings keineswegs beeindruckte, sondern im Gegenteil ihm einen Ordnungsruf einbrachte mit dem lapidaren Hinweis, solle er noch einmal vor dem Ehrenwerten Gericht ausfällig werden, werde er dafür zwei Tage wegen Missachtung des Gerichts ins Gefängnis wandern.

Dass Versklavung von geistig, sittlich und moralisch – angeblich – nicht sehr hochstehenden Ureinwohnern nicht als Verbrechen angesehen und demzufolge auch nicht geahndet wurde, war klar. Wobei sich allerdings nach Frödesens Meinung zumindest die Frage hätte erheben müssen, wer zum Teufel die Befugnis besaß, über Intelligenz, Sitten und Moral von Eingeborenen zu richten. Dass es schwer sein würde, vor Gericht Gehör zu finden, damit hatte er gerechnet. Ihm ging es also darum, sich hauptsächlich auf den körperlich desolaten Zustand Kŭŭpiks zu berufen. Dafür legte er den Richtern zahlreiche beglaubigte Aussagen seiner Mannschaft und sogar das Gutachten eines richtigen Arztes aus Tromsø vor, den er mit dem Grönländer konsultiert hatte. Die Richter warfen allerdings kaum einen Blick darauf. Sie wussten ja bereits bestens Bescheid. Ocke Japsen war es nämlich seinerseits gelungen, einen Mediziner für die Aussage zu gewinnen, die Verletzungen habe sich der entlaufene Eskimo in betrunkenem Zustand zugezogen, anlässlich einer Rauferei an Land in Spitzbergen. Den Gegenbeweis vermochte Birtes Ehemann aus naheliegenden Gründen natürlich nicht anzutreten.

Dass der Bursche abgemagert gewesen war, sei seinem späteren Herrn, Kapitän Japsen, bereits in Grönland aufgefallen. Er und seine Sippschaft seien krank und halb am Verhungern gewesen. Sie seien daher froh und dankbar gewesen, von einem barmherzigen Christenmenschen aufgesammelt, mitgenommen und verpflegt zu werden. Alle seien selbstverständlich freiwillig mit nach Europa gefahren und überglücklich, in Schweden sein zu dürfen, wo sie allesamt in dienenden Stellungen bei ehrsamen protestantischen Herrschaften ihre wahre Bestimmung gefunden hätten.

Das Gericht belobigte zum Schluss noch den abgefeimten Menschenhändler Japsen als wahren Wohltäter. Damit war der Prozess, eine ausgemachte Farce, auch schon zu Ende. Mikel Frödesen bekam vor Enttäuschung und unterdrückter Wut Magenbeschwerden und Johann Brevensen war einem Tobsuchtsanfall nahe. Mikel hatte alle Hände voll zu tun, den für gewöhnlich ausgeglichenen und ausgesprochen friedfertigen alten Seemann aus dem Gerichtssaal zu führen, ohne dass dieser Gelegenheit bekam, vor Zorn über die Ungerechtigkeit loszubrüllen oder zumindest ein auf dem Richtertisch stehendes Tintenfass zu packen und gegen die Wand zu schleudern.

Während sein Freund noch immer grollte und fluchte, hatte sich *Commandeur* Frödesen insoweit beruhigt, dass er zumindest einsah, dass die Richter – bei all den Beschwichtigungen, Verdrehungen und faustdicken Lügen der Zeugen – gar nicht anders gekonnt hatten, als ein Urteil zugunsten Ocke Japsens zu fällen. Unstrittige Tatsache war nun einmal, dass Sklaverei allein nicht strafbar war. Der Vorwurf der miserablen Behandlung mit Hunger und Schlägen war nicht zu erhärten gewesen. Selbst Mikel Frödesen war nicht in der Lage, es auf seinen Eid zu nehmen, genau zu wissen, woher die Verletzungen und blauen Flecken des Inuk stammten.

»Pah!«, machte Brevensen abfällig. »Wenn sich die Herren Richter die Mühe einer ordentlichen Befragung der eingeschüchterten Inuit-Zeugen gemacht hätten, wäre die Wahrheit schon herausgekommen! Aber dem Gericht fehlte es am guten Willen, sie ans Tageslicht zu befördern. Vermutlich haben sie selbst so arme Kerle daheim, die für sie und ihre Madames bei schlechter Behandlung die ganze Drecksarbeit erledigen!« Gerade von der letzten Annahme war der wackere Däne nicht abzubringen, denn eine Krähe hackte der anderen bekanntlich kein Auge aus.

Mikel Frödesen war mit seinen Gedanken bereits bei seiner Frau Birte. Was sie wohl empfinden würde, sobald sie von der Schlappe für die Gerechtigkeit erfuhr? Ihr Mitgefühl für die versklavten Inuit war echt und ging tief. Hoffentlich vermochte sie sich letztendlich damit zu trösten, dass es ihnen immerhin gelungen war, einen Grönländer vor dem Schicksal, ein vollkommen Rechtloser zu sein, bewahrt zu haben.

Auch er würde sich damit bescheiden müssen, dachte der *Commandeur* bedrückt. Aber im Augenblick hatte er die Aufgabe zu bewältigen, den empörten Johann Brevensen zu beruhigen. Energisch packte er den Freund am Arm und führte ihn aus dem wie ein Labyrinth angelegten Gerichtsgebäude. Johanns laute Flüche hatten bereits beim zahlreich in den Gängen und im Treppenhaus vertretenen Wachpersonal für Aufsehen gesorgt. Mikel hatte keine Lust, den alten Seebären wegen Unbotmäßigkeit noch in eine schwedische Gefängniszelle wandern zu sehen.

»Ich versteh nicht, mein Lieber, wie du so gelassen bleiben
kannst angesichts dieser himmelschreienden Ungerechtigkeit«,
grollte der einstige Kapitän. »Am liebsten möchte ich um mich
schlagen!«

»Das glaube ich dir, mein Freund! Du darfst versichert sein,
mir geht es ebenso. Ich kann jetzt nachempfinden, wie sich Birtes
Vater gefühlt haben muss, als er vor Gericht gegen Ocke Japsen
den Kürzeren zog. Dieser heimtückische Pirat und Sklavenhändler ist nicht nur mit allen Wassern gewaschen, sondern scheint
auch noch einen Pakt mit dem Teufel geschlossen zu haben, der
ihm in brenzligen Situationen beisteht. Mein Lieber, lass uns die
ganze unangenehme Geschichte so schnell wie möglich aus unserem Gedächtnis streichen. Darüber nachzugrübeln und dem Gericht noch länger zu grollen, bringt uns nichts. Die Gesetze sind
eben so – und sie werden bekanntlich nicht von den Richtern
gemacht, sondern sind das Werk von den Herrschaften, die uns
so fabelhaft regieren, nicht wahr!«

Als Johann Brevensen aufging, dass Mikel Frödesen im Grunde seines Herzens seine schlechte Meinung über das Urteil teilte, beruhigte er sich allmählich. Erst recht, als ihm einfiel, dass
der *Commandeur* vor Gericht nicht nur einen herben Fehlschlag
erlitten hatte, sondern auch noch die nicht ganz unerheblichen
Kosten für das Verfahren zu bezahlen hatte.

»Ich glaube, ich brauche jetzt etwas zu trinken«, brummte er,
als beide auf der Gasse vor dem Gerichtsgebäude standen. »Und
ich denke dabei nicht an Tee, sondern an einen richtig steifen
Grog, mein lieber Mikel!«

VIERUNDVIERZIG

Von Anfang an – seit der gewonnenen Schlacht von Poltawa –
bedrängte der Zar die Osmanen, ihm König Karl, den Verlierer,
zu übergeben oder ihn wenigstens des Landes zu verweisen. Dieses andauernde Beharren auf Auslieferung empfand der Schatten

Gottes, wie sich der Sultan in beträchtlicher Selbstüberschätzung titulieren ließ, nicht nur als lästig, sondern zunehmend als massive Beleidigung seiner unantastbaren Würde.

Karls Agenten Poniatowski und Neugebauer waren indes bestrebt, die Türken zu einem Feldzug gegen Russland zu bewegen. Die Herren hatten es gewiss nicht leicht mit ihrem Vorhaben. Ja, im Grunde waren sie dem Sultan ähnlich zuwider wie Zar Peter. Er wollte sich partout nicht auf einen Kampf mit dem Kremlherrn einlassen. Gerade die Schlacht von Poltawa, die Russland den Sieg gebracht hatte, bestärkte ihn noch in seinem Widerwillen.

Natürlich gab es auch Kräfte in der Türkei, die eine kriegerische Auseinandersetzung mit den Russen geradezu herbeisehnten. Dazu gehörte etwa Devlet Gerey, der russenfeindliche Khan der Krim, der seit dem Jahr 1700 keine russischen Tributzahlungen mehr erhalten hatte. Dann waren da die Schweden aus der unmittelbaren Umgebung König Karls sowie die Franzosen unter Ludwig XIV. – und nicht zuletzt des Sultans eigene Mutter. Sie alle machten sich stark für einen Kriegseintritt der Osmanen gegen Russland.

Im Jahre 1703 war Sultan Mustapha II. von der Elitetruppe der Janitscharen zugunsten seines Bruders Ahmad III. abgesetzt worden. Dieser Sultan war launisch, sehr von Stimmungen abhängig und stand stark unter dem Einfluss seiner Mutter, die bekanntlich eine große Schwäche für Karl XII. besaß. Ahmad liebte die Frauen und die Poesie, malte, besaß eine große Leidenschaft für schöne Architektur und ließ zahlreiche wunderbare Moscheen errichten. Außerdem liebte er das Theater und chinesische Schattenspiele. Ausgerechnet dieser Mann, der in einer höchst kultivierten und abgesonderten Welt lebte, sollte sich mit dem hässlichen und rohen Thema Krieg befassen. Die angebliche Beleidigung durch den Zaren gab jedoch den Ausschlag, sodass die Türken endlich den Russen den Krieg erklärten.

Peter Tolstoi, der russische Gesandte, der sich jahrelang um die Erhaltung des Friedens zwischen beiden Ländern aufgerieben hatte, war der erste Leidtragende, da Gesandte nach türkischem

Recht in Kriegszeiten keine diplomatische Immunität genossen. Türkische Soldaten verhafteten ihn, zogen ihn nahezu nackt aus, setzten ihn auf einen klapprigen alten Gaul und jagten ihn zum Entzücken des Pöbels durch die Straßen der Stadt, ehe sie ihn in einem Gefängnis, Sieben Türme genannt, inhaftierten.

Als etwa ein halbes Jahr später die Nachricht von Tolstois Demütigung auch die Insel Föhr und die *Hallig* Hooge erreichte, vermochten allerdings die Pastoren Lorenz Brarens und Peter Knudtsen mit diesem Russen kein Mitleid aufzubringen. Es erschien ihnen im Gegenteil nur als sehr geringe Strafe für einen heimtückischen Giftmörder.

*

König Karl selbst nahm an keinem der Kämpfe zwischen dem osmanischen und dem russischen Reich teil; es mangelte ihm an den nötigen Soldaten, die seine schwedische Heimat ihm ja wohlweislich verweigerte.

Um ihn dennoch zur Teilnahme zu bewegen, unterbreitete ihm der Großwesir – der selbst niemals Soldat gewesen war und von Kriegsführung keine Ahnung besaß – einen Vorschlag, den Karl jedoch brüsk ablehnte. Er lautete, der schwedische König möge doch wenigstens am Vormarsch der türkischen Armee teilnehmen.

Karl XII. war nachgerade empört über das Ansinnen des Großwesirs. Als König konnte er sich unmöglich einer Armee anschließen, die er nicht selbst befehligte, sondern die unter dem Kommando des Großwesirs stand, der noch dazu einen niedrigeren Rang als er – ein gekröntes Haupt – einnahm.

Etliche von Karls Generälen glaubten, dass sich diese Entscheidung ihres Königs, getroffen aus purer Eitelkeit, noch als schwerwiegender Fehler erweisen könnte. An Soldaten mochte es Karl zwar mangeln, aber immerhin war er ein guter Stratege im Gegensatz zum vollkommen ahnungslosen Großwesir.

Am 25. Februar 1711 wurde im Moskauer Kreml ein überaus pompöses Zeremoniell abgehalten. Peters Garderegimenter marschierten vor der Uspenski-Kathedrale auf, wobei auf ihren roten Bannern das Kreuzzeichen zu sehen war sowie der Losungsspruch Kaiser Konstantins des Großen: »In diesem Zeichen wirst du siegen!« In der Kathedrale verkündete der Zar dann feierlich den heiligen Krieg gegen die Feinde Christi.

Peter selbst übernahm das Kommando und verließ Moskau am 6. März 1711 – dem exakt gleichen Datum, an dem Birte und Mikel Frödesen ihre Fahrt von Hamburg aus nach Spitzbergen angetreten hatten – an sich ein ganz normaler Walfängertörn, in ihrem speziellen Fall allerdings hauptsächlich die Flucht vor den Nachstellungen eines fanatischen Erzbischofs.

Der Zar erkrankte erneut schwer und gab den Befehl an einen anderen hohen Offizier ab. Nach etlichen Wochen, als er sich besser fühlte, reiste er weiter nach Jaworow, um den vereinbarten Ehevertrag zu unterschreiben, der endlich die Heirat zwischen seinem Sohn Alexei und Prinzessin Charlotte Christine von Braunschweig-Wolfenbüttel ermöglichen würde. Ein Beauftragter des Herzogs von Wolfenbüttel berichtete begeistert von der außerordentlichen Liebenswürdigkeit des Zaren, der angekündigt habe, die Hochzeit des Zarewitschs solle – welch hohe Ehre! – in Braunschweig stattfinden.

Als Peter Knudtsen davon erfuhr – nach der üblichen zeitlichen Verzögerung natürlich – war er darüber nicht unglücklich. Im Gegenteil. Ein vorsichtiges Aufatmen schien ihm durchaus angebracht. Der kriegslüsterne Schwedenkönig saß in der Türkei fest und die russische Armee war mit Kämpfen gegen die Osmanen beschäftigt.

Zar Peter selbst hatte im Augenblick wohl keine Schlachten im Sinn, denn er bereitete sich auf die Hochzeit seines Sohnes vor und der dänische Monarch ließ die nordfriesische Inselwelt im Augenblick als unwichtig in Frieden.

Vor Ludwig XIV. brauchte man sich in Schleswig-Holstein auch nicht besonders zu fürchten, sofern es gelang, sich aus den

Querelen zwischen Holland, England und Frankreich wegen der Fischereirechte in der Nordsee herauszuhalten.

Selbst der Preußenkönig Friedrich zeigte an den Nordfriesen kein besonderes Interesse und der Kaiser in Wien sowieso nicht. Soweit es Birtes Vater anbetraf, konnte dieser Zustand noch ewig andauern. Zwar blieb dabei alles in der Schwebe, aber zumindest bestand keine unmittelbare Gefahr für die hiesige Bevölkerung. Offiziell mochten sich ja die meisten Länder Europas noch im Kriegszustand befinden, aber einzig wichtig schien den meisten Insulanern doch zu sein, dass ihre Söhne nicht als Soldaten geworben wurden, um ihr Leben für Interessen zu opfern, welche auf keinen Fall ihre eigenen waren.

*

Mikel versuchte, seinen Ärger und die Enttäuschung über den Verlauf des Prozesses zu verarbeiten, die ihm außer verlorener Zeit und einer Menge Kosten nur die Erkenntnis eingetragen hatte, ein naiver Narr gewesen zu sein, der tatsächlich geglaubt hatte, seine Ansicht menschenwürdiger Behandlung von indigener Bevölkerung fremder Länder vor einem ordentlichen Gericht eines christlichen Staates durchsetzen zu können.

»Jetzt habe ich es sogar schriftlich – wenn auch mit allerlei juristischen Floskeln verbrämt – dass es ein Fehler gewesen ist, gegen den Strom zu schwimmen.« Der *Commandeur* hatte bereits etliche Grogs intus und war dadurch etwas mitteilsamer als üblich. »Wie konnte ich nur so dumm sein? Gescheiter wäre es gewesen, alle Mann hoch auf die *Seahawk* zu stürmen, den Augenblick der Überraschung auszunützen und die armen Teufel unter Deck im Handstreich zu befreien!«

»Zum Glück hast du das nicht getan, Mikel!«

Jetzt war es der alte Däne, der einen kühlen Kopf bewahrte. »Damit hättest du dich ins Unrecht gesetzt! Ocke Japsen hätte nicht gezögert, dich anzuzeigen. Und du wärst jetzt erst recht der Dumme und müsstest dem Saukerl noch eine finanzielle Entschädigung leisten. Was denkst du, wie du dich dann erst fühlen würdest?«

Erbost starrte Mikel Frödesen in seinen Grogbecher; dann gab er sich einen Ruck, schaute seinem Freund ins Gesicht und stellte, jetzt bedeutend ruhiger, fest: »Von Anfang an bestand mein Fehler darin, nicht bedacht zu haben, dass Grönländer genauso wenig wie die Schwarzen Afrikas als vollwertige Menschen betrachtet werden. Den Indianern in der Neuen Welt scheint es ja ähnlich zu ergehen.«

Diese Beobachtung konnte Johann nur bestätigen. »Auch mir ist bei mehreren Fahrten nach Nordamerika aufgefallen, dass weiße Händler versuchten, die Eingeborenen aufs Kreuz zu legen, sobald es sich etwa um Preise für ihre wichtigste Exportware, nämlich um Felle, handelte. Und ganz übel wird es, wenn sich die Weißen mit den Ureinwohnern um Landansprüche streiten!«

»Lass uns allmählich aufbrechen, Johann!« Mikel stülpte die Öffnung des Krugs über seinen Becher, um auch nicht einen einzigen Tropfen des würzigen Getränks zu vergeuden, musste aber erkennen, dass dieser bereits geleert war. Er stellte ihn auf den Tisch zurück und erhob sich leicht schwankend. Johann grinste.

»Du verträgst nicht grade viel, mein Freund! Hoffentlich kippst du nicht vom Gaul!«

»Keine Sorge! Reiten kann ich besser als laufen. Aber wir sollten die Zeit nützen, solange es noch einigermaßen hell ist!«

Vor dem Eingang des Gasthofs waren ihre Pferde angebunden und die beiden Freunde schwangen sich in die Sättel, um loszureiten, was ihnen jedoch überraschenderweise verwehrt wurde. Wie aus dem Nichts tauchten um die Ecke der Gastwirtschaft vier Reiter auf, die den Weg blockierten, indem sie ihre mageren Gäule quer stellten.

»Was wollt Ihr denn von uns? Haut lieber ab!« Der dänische Riese grollte.

»Och, eigentlich möchten wir uns nur ein wenig mit Euch unterhalten«, schnarrte einer der Kerle, offenbar der Anführer der wenig vertrauenerweckenden kleinen Schar.

»Wie sind nicht grade in der Stimmung für liebenswürdiges Geplauder! Aus dem Weg, Männer!«

Noch blieb Mikel Frödesen gelassen. Dem ungepflegten Aussehen und der zerlumpten Kleidung nach zu schließen, konnte es sich um Bettler, vielleicht um heruntergekommene ehemalige Seeleute handeln, die die Pferde irgendwo gestohlen hatten. Der *Commandeur* rechnete insgeheim damit, sich den freien Abzug etwas kosten lassen zu müssen. Na, gut, wenn's weiter nichts war; ernstere Schwierigkeiten schloss er eigentlich aus. Auch wenn sich die Burschen in der Überzahl befanden, fühlte er sich nicht wirklich bedroht. Immerhin waren er und Jens gut bewaffnet und ihre Reittiere waren erstklassig.

Die Kerle brachen in höhnisches Gelächter aus und zogen den Kreis um Johann und Mikel noch enger.

»Das glauben wir Euch gern! Die Abfuhr heute Nachmittag vor Gericht war sicher schmerzhaft. Zuerst das Abschmettern Eurer Klage und dann noch auf den Gerichtskosten sitzen bleiben, das tat sicher weh! Um den Rest Eurer Kröten wollen wir Euch jetzt erleichtern. Damit Ihr auf dem Heimweg nicht mehr so viel zu schleppen habt.«

Rings um den Kapitän und seinen Ersten Offizier ertönte erneut dreckiges Lachen, welches allerdings abrupt abbrach. Blitzschnell hatte Johann die Peitsche gehoben und dem Sprecher einen Schlag quer übers Gesicht gezogen. Der schneidende Schmerz ließ diesen tierisch aufbrüllen und beide Hände vors Gesicht schlagen.

»Meine Augen!«, heulte er. »Der verdammte Hund hat mir die Augen ausgeschlagen!«

Schon war ein weiterer Aufschrei zu hören. Der ehemalige Kapitän hatte erneut ausgeholt und einen weiteren Kerl mit der Peitschenschnur gezüchtigt, die wie eine scharfe Messerklinge durch Haut und Fleisch schnitt. Jetzt schrieen bereits zwei der Strauchdiebe Zeter und Mordio.

»Wer möchte der Nächste sein?«, erhob sich Johann Brevensens Stentorstimme. Wie ein rächender Gott aus einem altnordischen Mythos überragte der weißhaarige Recke die Angreifer, aufrecht in den Steigbügeln stehend und die Peitsche schwingend.

»Mein Freund meint es nur gut mit euch«, erklang beinahe sanft Mikels Aufforderung. »Glaubt mir, es ist wirklich klüger, uns aus dem Weg zu gehen! Wie gesagt, unsere Laune ist heute nicht die allerbeste.« Um seinen Worten Nachdruck zu verleihen und auch die zwei noch unverletzten Räuber zum Aufgeben zu überreden, hatte Mikel seine Pistole gezogen und legte seelenruhig auf den dritten der Kerle an, während Johann den letzten Strauchdieb aufs Korn nahm.

»Halt! Nein!« – »Bitte nicht!« – »War doch nur ein Scherz!« Die Räuber gaben klein bei, ehe noch der Kapitän den Abzug drückte und der Däne erneut die Peitsche sprechen ließ. Alle vier Banditen rissen wie verrückt am Zaumzeug der unterernährten Klepper und machten kehrt, so schnell es ihre betagten Pferde beim brutalen Einsatzes der Sporen erlaubten.

Im Schein der allmählich untergehenden Sonne war zu erkennen gewesen, dass der eine Bandit keineswegs sein Augenlicht verloren hatte. Die gewachste Peitschenschnur hatte ihn quer über der Stirn erwischt und ihm die Augenbrauen aufgerissen, sodass ihm Blut in die Augen rann, was ihn beim Sehen behinderte. Der zweite vermochte seinen Gaul nur noch mit der linken Hand zu lenken, denn sein rechter, wie tot herabhängender Arm war vermutlich für längere Zeit nicht mehr einsatzbereit.

Unvermittelt schoss Mikel in die Luft – was die Kerle komplett konfus machte, denn ihre erschrockenen Gäule versuchten nun seitlich auszubrechen. »Um die Flucht des unseligen Kleeblatts ein bisschen zu beschleunigen«, erklärte Kapitän Frödesen auf die stumme Frage seines Freundes.

»Kleeblatt?« Johann Brevensen lachte laut auf. »Ja, Pech für die Knaben! In aller Regel sollen vierblättrige doch Glück bringen.«

Hinter sich hörten die Freunde, wie die Tür des Gasthofs aufging und durch den Lärm aufgescheuchte Gäste ins Freie drängten. Der Knall der Pistole hatte sie wohl alarmiert.

»Komm, mein Freund, lass uns reiten! Mir ist nicht danach, dumme Fragen zu beantworten.«

Der Kapitän ließ die Waffe in die Tasche seines Reiterumhangs gleiten und Johann die Peitsche in der dafür vorgesehenen Lederhülse am Sattelhorn verschwinden. Beide hätten zu ihrer Verteidigung auch noch Degen dabeigehabt, aber die waren unbenutzt geblieben. Sie hofften, dass es auch auf dem weiteren Heimweg so bliebe. Weder der *Commandeur* noch sein Erster Offizier waren auf Krawall aus.

FÜNFUNDVIERZIG

Während Mikel Frödesen und sein alter Freund Johann Brevensen sich in Malmö aufhielten, richtete Birte sich höchst komfortabel in der reichen und wunderschönen Hansestadt Bergen ein.

Natürlich hatten sie und ihr Mann vor seiner Abreise das Deutsche Viertel gewählt, in einem hübschen mittelgroßen Haus Quartier bezogen und als Erstes nach einer zuverlässigen und klugen Dienerin Umschau gehalten.

Da Birte bereit war, einen mehr als anständigen Lohn zu bezahlen – zwei Gulden im Monat zuzüglich freier Kost und Logis plus einen freien Tag in der Woche – konnte sie unter einer ganzen Reihe von Bewerberinnen auswählen.

Zuletzt musste Kǔǔpik die Frauen und Mädchen, die immer noch herbeiströmten, abweisen, da seine Herrin sich bereits für eine Magd entschieden hatte, die aus dem Umland von Trondheim stammte.

Sie hieß Kristin Bertilstochter und war die jüngste von sechs Töchtern eines Bauern, dessen einziger Sohn diesen Sommer geheiratet und den väterlichen Hof übernommen hatte und froh war, auch die letzte seiner Schwestern aus dem Haus zu haben.

»Ich denke, wir werden gut miteinander auskommen, Kristin«, prophezeite Birte, die nach dem ersten Blick in das etwas derbe und dennoch einnehmende Gesicht der achtzehnjährigen

Norwegerin sicher war, mit diesem Mädchen keinen Fehlgriff zu tun.

Die wenigen Sätze, die sie beim Einstellungsgespräch wechselten, bestätigten Birtes Vermutung: Diese Kristin war ein gescheites, pfiffiges Geschöpf, anstellig und arbeitswillig.

Letzteres stellte sie gleich in der ersten Woche unter Beweis: »Ich brauche nicht jede Woche einen ganzen freien Tag, Herrin«, sagte sie eines Morgens, nachdem sie Birte geweckt hatte. »Ein halber genügt mir. Was soll ich denn hier in Bergen unternehmen? Ich kenne ja keinen!«

»Wie du meinst, Kristin!« Birte schmunzelte. »Aber ich denke, das wird sich bald ändern. Ein hübsches Mädchen wie du wird bald einen Verehrer haben. Dann kannst du dir immer noch einen ganzen freien Tag genehmigen, um mit deinem Schatz in der Stadt und ihrer Umgebung spazierenzugehen!«

Auch der Inuk kam mit Kristin gut zurecht. »Die junge weiße Frau ist sehr freundlich zu mir«, stellte Küüpik fest. Birte hatte den jungen Mann, der fast wieder ganz gesund war bis auf einen nach wie vor hartnäckigen Husten, als Kutscher angestellt. Erstaunlicherweise vermochte er, der in seiner grönländischen Heimat bisher noch nie mit Pferden zu tun gehabt hatte, ausgezeichnet mit diesem Huftier umzugehen.

Nachdem Birte eine kleine Kutsche und Bascha, eine lammfromme Stute, angeschafft hatte, war er eine Weile mit zweifelnder Miene im Stall vor dem Tier gestanden. Dann hatte sein Gesicht sich aufgehellt und er hatte Bascha einen Arm voll Heu angeboten. Das war sozusagen der Beginn einer wunderbaren Freundschaft gewesen.

Ein zauberhaft goldener Herbst mit tiefblauem Himmel verwöhnte im Jahr 1711 die Menschen in diesem Teil Norwegens und Birte nützte jeden Tag, um mit ihrem Gefährt die Gegend zu erkunden und Bekanntschaften zu knüpfen. Eine schöne und offenbar vermögende Frau wie sie, deren schmucker Segler im Hafen vor Anker lag und die es sich leisten konnte, ein ganzes Haus zu mieten, hatte sofort Aufsehen erregt bei den Einwohnern der Stadt. Es hagelte Einladungen von morgens bis abends.

Nach dem Verbleib ihres Mannes befragt, gab Birte nur die Hälfte der Wahrheit preis. »Mein Mann ist mit einem Freund in wichtigen Geschäften nach Schweden verreist«, ließ sie verlauten. »Ich hoffe, er kommt bald zurück!«

Das Thema Prozess und die weiteren Umstände ließ sie unerwähnt. Es dünkte sie nicht besonders klug, genauer darauf einzugehen. Von Kristin hatte sie nämlich erfahren, dass es nicht wenige reiche Familien in Bergen gab, die selbst Sklaven hielten. Zwar handelte es sich bei denen nicht um Grönländer, aber die Schwarzen taten Birte ebenso leid. Dennoch sagte ihr Gefühl, dass sie mit harscher Kritik nur zur Außenseiterin würde – und doch keinen einzigen der armen Kerle vor der Versklavung retten könnte. Es dünkte sie besser, einfach darüber hinwegzusehen. Sie wusste, dass ihre Haltung feige war, und tröstete sich damit, abwarten zu müssen, mit welchem Ergebnis ihr Mann nach Hause käme. Dann könnte sie immer noch ihr Verhalten überdenken und gegebenenfalls ändern.

Es dauerte nicht lange und Birte wurde nicht nur zum Tee am Nachmittag gebeten. Mit der Zeit trafen auch Einladungen zu glanzvollen Abendessen und sogar zu Bällen ein. Letztere sagte sie – als fromme Lutheranerin und treuergebene Ehefrau – natürlich erst einmal kategorisch ab.

»Als verheiratete Frau, deren Gatte verhindert ist, kann ich doch nicht abends allein ausgehen – und gar zum Tanzen!« Birte hörte sich tatsächlich ein bisschen empört an, als sie mit Kristin beim Morgenimbiss darüber sprach. Die Gesellschaft der Vermögenden und Einflussreichen in Bergen schien das nicht so eng zu sehen. Auch Kristin schüttelte den Kopf.

»Aber wieso denn nicht, Frau Birte?«, wollte die Magd wissen. »Auf jedem Ball gibt es genügend Matronen, die ein Auge darauf haben, dass die guten Sitten gewahrt bleiben. Was ist denn dabei? Warum sollten Frauen, deren Männer oft monate-, ja, nicht selten jahrelang von zu Hause fort sind, nicht hin und wieder ein bisschen Spaß haben?«

Frau Gudrun Langbehn, eine Dame mit einem illustren Bekanntenkreis – Ehefrau eines Kapitäns, der gerade in Ostindien weilte, und seit Kurzem Birtes Freundin – riet ihr dringend, sich auf keinen Fall ein Ballvergnügen zu versagen. »Bei diesen abendlichen Veranstaltungen geht alles gemäß Moral und Sitte zu, vertrau mir! Wir Frauen wollen uns nur ab und zu vergnügen, indem wir Musik hören und ein bisschen das Tanzbein schwingen. Selten genug haben wir die Gelegenheit dazu, denn bei uns herrscht immer chronischer Männermangel. Aber das ist wohl das Los aller Seemannsfrauen! Wir versuchen nur, in aller Unschuld das Beste daraus zu machen.«

Eine Einstellung, die Birte wiederum irgendwie einleuchtete. Außerdem war ihr langweilig und ein wenig Abwechslung konnte nicht schaden. Beim nächsten Ballabend war sie dabei und bereute den Entschluss anfangs auch nicht. Hatte er doch den Anlass dafür geboten, sich ein neues Festgewand schneidern zu lassen. Noch nie hatte sich bisher in ihrem Leben die Gelegenheit dazu ergeben.

Schon der Entwurf der Schneiderin war geeignet, ihr Bauchschmerzen zu bereiten. Der Ausschnitt des Kleides war in ihren Augen skandalös tief. Es bedurfte viel guten Zuredens von seiten Gudrun Langbehns, Birte die Skrupel zu nehmen. »Das, ma chère, ist die Pariser Mode, nach der sich alle hier richten! Roben à la française sind ein absolutes Muss in der guten Gesellschaft. Ohne das wird dich niemand ernst nehmen, sondern – Entschuldigung! – für einen deutschen Provinztrampel halten.«

Das löste bei Birte keineswegs Empörung, sondern einen Lachanfall aus. »Aber ich komme doch aus der Provinz! Denkst du vielleicht, auf den nordfriesischen Inseln und *Halligen* wissen wir über Pariser Chic Bescheid? Den braucht bei uns niemand. Das gute Sonntagsgewand reicht auch für große Feste. Und was den Trampel angeht«, prustete sie, »so möchte ich dich daran erinnern, dass wir daheim barfuß laufen oder in Holzpantinen herumrennen. Mit zierlichen Trippelschrittchen geht da gar nichts! Kannst du dir vielleicht ausmalen, wie wir Frauen in Seidenschühchen mit hohen Absätzen am Strand die Wildenten erschlagen, im Watt die Schollen aufspießen, beim *Ditten*stechen den Spaten schwingen oder im Stall die Mistgabel schwingen?«

Das reizte auch Gudrun zum Kichern. »Aber hin und wieder werdet ihr doch auch tanzen und nicht immer bloß arbeiten?«

»Sicher«, meinte Birte. »Aber dafür haben wir Schuhwerk aus Leder, das jahrelang hält, und die Absätze sind niedriger als die hier bei euch üblichen.«

Nach einigem Hin und Her war Birte aber doch davon überzeugt, dass das Dekolleté ihres Ballkleides genau richtig war und keineswegs schamlos. Ja, allmählich freute sie sich sogar darauf, einmal zeigen zu dürfen, dass sie eine überaus ansehnliche junge Frau war. Das Ankleiden vor dem Ball, bei dem Kristin ihr mit den vielen Knöpfchen und Schleifen behilflich war, verlieh ihr das Gefühl, eine kleine Königin zu sein.

»Schade, Frau Birte, dass Ihr Herr Gemahl Sie nicht so sehen kann! Ich bin sicher, er würde sich noch viel mehr in Sie verlieben.«

Birte drehte sich in ihrem Schlafzimmer vor dem bodenlangen Spiegel und betrachtete sich in einem Traum aus roséfarbener Seide und weißer Spitze an Dekolleté und Ärmeln. Dazu trug sie eine kleine Beuteltasche aus dem gleichen Material und spitze weiße Seidenschuhe mit hohen Absätzen.

»Ich hatte noch niemals zuvor so ein wunderschönes Kleid«, gestand sie ihrer Magd, zu der sie mittlerweile ein beinahe freundschaftliches und nicht das übliche Herrin-Dienerin-Verhältnis pflegte. In wenigen Wochen war Kristin ihr ans Herz gewachsen, ähnlich wie früher Gondel, von der sie ahnte, dass die alte Frau inzwischen leider das Zeitliche gesegnet hatte.

»Dann wurde es aber Zeit, Frau Birte! Eine schöne Frau braucht schöne Kleider. Das ist ähnlich wie mit Gemälden. Ein gut gemaltes Bild benötigt einen passenden Rahmen, sonst leidet die ganze Wirkung!«

Über diesen Vergleich lachten beide junge Frauen. Vor allem Birte genoss es, wieder einmal richtig fröhlich zu sein. Dass sie gezwungen war, im Exil zu leben, getrennt von ihren Kindern und ihrem Vater, war schlimm genug. Kein Tag verging, ohne dass sie mit großer Sehnsucht an die Ihren dachte.

Vor zwei Wochen war Mikel nach Malmö geritten und Gott mochte wissen, wann er zurückkehrte. Jeder einzelne Tag und jede einzelne Nacht ohne ihn kam Birte mittlerweile wie eine Bestrafung vor. Da kam ein wenig Frohsinn gerade recht.

Während des festlichen Diners, das dem Ball vorausging, unterhielt sich auch die feine Bergener Bürgerschaft über die politische Lage in Europa. Schließlich war es in einer Gesellschaft wie jener von Tyske Byggen, die bis ins 16. Jahrhundert die ganze Stadt Bergen beherrscht hatte und immer noch überwiegend von Handel und Wandel auf See lebte, überlebenswichtig, dass die Seewege frei waren von Kriegsgetümmel und feindlichen Übergriffen und ihre Schiffe nicht Gefahr liefen, beschossen und versenkt zu werden – und die dringend benötigten Seeleute nicht auf Kriegsschiffen Dienst tun mussten.

Nicht wenige der Anwesenden besaßen gute Verbindungen zu wichtigen Leuten und man wusste über Politik ziemlich gut Bescheid. Es herrschte Übereinstimmung, dass die Niederlage Schwedens zwar eine Katastrophe war, aber selbstverschuldet durch den Eigensinn des schwedischen Königs. Niemand bedauerte, dass der unselige Krieg mit Russland zu Ende war, wenn man auch das Streben des Zaren nach Machtgewinn an der Ostsee mit großem Misstrauen zur Kenntnis nahm. Umso wichtiger erschien es allen, sich mit Zar Peter künftig gut zu stellen.

In Russland lebten ganz offensichtlich nicht nur tumbe hinterwäldlerische Barbaren, sondern Menschen, die vom Westen bereits vieles gelernt hatten – wovon gerade ihr Herrscher, der Zar, beredtes Zeugnis ablegte. Hatte er nicht sogar in den Niederlanden das Schiffsbauhandwerk erlernt?

Alle fanden es gut, dass Peter seinen Nachfolger mit einer europäischen Braut verheiraten wollte. Damit wäre Russland eingebunden in Europa und die Kriegsgefahr um ein Vielfaches eingedämmt – hoffte man zumindest.

Birte spitzte die Ohren, als sie so über den Zaren sprechen hörte. Ein Riese von Gestalt – über zwei Meter groß – sollte er sein, ein schöner Mann mit schwarzen Locken sowie einem schmalen Oberlippenbart, mit exzellenten Manieren und großer Liebenswürdigkeit, gebildet, vielseitig interessiert und äußerst trinkfest.

Das einzig Schwache an ihm sei seine Gesundheit – er litte gelegentlich an epileptischen Anfällen – ansonsten sei er ein Ausbund an Körperkraft und Standfestigkeit in jeder Beziehung. Gelobt wurde auch seine Frömmigkeit; wobei ihm allerdings jeglicher Fanatismus und der Hang zur Rückschrittlichkeit bei der orthodoxen Geistlichkeit ein wahrer Gräuel seien. Auch dass er sich eine zweite Gemahlin genommen hatte, nahm man ihm nicht weiter übel. Hatte die erste doch ein keusches Leben in einem Kloster vorgezogen.

Einer der Anwesenden, ein alter, zu großem Vermögen gekommener Handelsherr, strich Peters Neigung ganz besonders heraus, ehrlich eingestandenes Unrecht, ja, selbst den Verrat von politisch Verbündeten, gnädig zu verzeihen. Er wusste auch etliche Beispiele zum Besten zu geben.

Peter Tolstoi etwa habe noch im Jahre 1689, während der Thronstreitigkeiten in Moskau, zu Peters Halbschwester Sofia gehalten. Gerade noch rechtzeitig sei er zum Sieger übergelaufen. Peter habe ihm die Chance gegeben, sich als Diplomat zu bewähren, ihn später sogar in den Grafenstand erhoben und ihn als Gesandten nach Konstantinopel geschickt. Vergessen habe Peter ihm allerdings nie, dass er einst auf der Seite seiner Gegner stand. Einmal habe der Zar Tolstois Haupt in seine kräftigen Hände genommen und ausgerufen: »O Kopf! Du säßest längst nicht mehr auf deinen Schultern, wenn du nicht so klug wärest!«

Die Zuhörer bedachten den Kaufmann, der die Episode zum Besten gegeben hatte, mit Beifall. So etwas gefiel allen. Der alte Herr, gut gelaunt, konnte mit einer weiteren Geschichte über Zar Peter aufwarten.

»Als der Zar nach der siegreich beendeten Schlacht von Poltawa bei Thorn mit August dem Starken von Sachsen zusammentreffen sollte, war letzterer recht nervös. Nicht ohne Grund. Hatte er doch das Bündnis mit Russland gebrochen, indem er mit Karl von Schweden einen Vertrag unterzeichnete. Zum Glück für August war Peter jedoch großmütig und glaubte ihm, er habe nur unter Zwang gehandelt. Er versprach ihm, einen Strich unter die Vergangenheit zu ziehen.«

Vor allem auf die Damen machte die edelmütige Art des Zaren großen Eindruck.

Birte erntete an diesem Abend viele Komplimente für ihr blendendes Aussehen, die raffinierte Hochsteckfrisur, die Kristin gezaubert hatte, sowie ihre geschmackvolle Garderobe. Sie tanzte auch etliche Male, ließ sich jedoch lange vor Mitternacht von Küüpik nach Hause kutschieren. Einer der Herren, ein gut aussehender Vetter Gudrun Langbehns, war ihr zuletzt nicht mehr von der Seite gewichen.

Birte, die den jungen Zweiten Offizier Friedrich Thorn, der gerade aus Madagaskar zurückgekehrt war und höchst interessant zu plaudern verstand, sehr anziehend fand, hatte irgendwie das Gefühl, es sei wohl besser, ihn künftig auf Abstand zu halten. Sie wollte ihm weiß Gott keine Hoffnungen machen, die sie keineswegs zu erfüllen gedachte.

»Sie wollen wirklich schon gehen?«, hatte er sie gefragt und die Enttäuschung in seinen großen grünen Augen hatten sie in ihrem Entschluss beinahe schwankend gemacht. Da war zum Glück ein Dienstbote aufgetaucht, der meldete, die Kutsche von Frau Frödesen sei soeben vorgefahren.

Nachdem sie im Wagen Platz genommen hatte und der Grönländer das Gefährt durch die nächtlich stillen Straßen des Deutschen Viertels lenkte, kam Birte der Gedanke, sie sei es – im Gegensatz zu den vornehmen städtischen Damen – einfach nicht gewohnt, sich gegenüber werbenden Männern souverän zu verhalten. Seit sie erneut verheiratet war, machte es sie unsicher und verlegen, sobald ein Mann an ihr sein Interesse bekundete.

Keine Frage, sie hatte es nie gelernt, dieses amüsante und prickelnde Spiel der Geschlechter, welches vornehme Damen auf dem Festland quasi mit der Muttermilch einsogen. Auf den friesischen Inseln und auf Hooge galten derlei Künste nichts. Wenn sie ehrlich war, hatte Birte ihre Unbedarftheit in diesem Punkt auch nie bedauert – bis zum heutigen Abend.

Aber wozu jetzt noch damit anfangen, dachte sie dann. Sie würde ja nicht ewig hier bleiben müssen. Aus einem nicht ungefährlichen Spiel mit dem Feuer könnte sich unverhofft ein Brand entwickeln, und wegen eines kurzen Gefühls des Sinnenrausches ihre Ehe mit Mikel zu gefährden, käme ihr niemals in den Sinn.

Auf einmal war sie schrecklich müde und vom Tanzen in den ungewohnt eleganten, aber engen Schuhen schmerzten ihre Zehen. Sie freute sich darauf, bald in ihrem Bett zu liegen und sich ausruhen zu dürfen. Vielleicht käme ihr Liebster ja morgen schon zurück?

SECHSUNDVIERZIG

Zar Peter und seine Gemahlin Katharina fuhren im Herbst 1711 nach Polen. Ein Vergnügen, das der Zar ausgesprochen genoss. Vor der Vernichtung der schwedischen Armee hatte König Karl dieses Land unter seiner Kontrolle gehabt, sodass es unmöglich gewesen wäre, als russischer Zar durch Polen nach Deutschland zu fahren.

Körperlich fühlte Peter sich erschöpft; er bedurfte dringend der Ruhe und Erholung. Der Sommer war schlimm für ihn gewesen, die Niederlage gegen die Türken am Pruth und der Friedensvertrag mit dem Sultan hatten ihm schwer zugesetzt. Die Euphorie nach dem Erfolg bei Poltawa war schon lange Geschichte und seinen Ambitionen im Süden vermutlich für alle Zeiten ein Riegel vorgeschoben. Mit dem Einholen der russischen Flagge an der Südküste und der Zerstörung der Festungen von Asow und Taganrog waren die Träume seiner Jugend und das Werk sechzehnjähriger Bemühungen zerstört.

Während dieses Sommers hatten ihn zudem fortwährend Erschöpfungszustände, Depressionen und andere Malaisen heimgesucht. Auch jetzt, auf dem Wasserweg der Weichsel hinunter nach Warschau, wo er zwei Tage zu verweilen gedachte, fühlte Peter sich krank und ausgelaugt. In der Stadt Posen litt er unter einer heftigen Kolik und musste einige Tage das Bett hüten, bevor er über das sächsische Dresden weiterreiste nach Karlsbad, um sich dort einer Trinkkur zu unterziehen. Nach beendigtem Kuraufenthalt reiste der Zar zurück nach Dresden, wo er eine ganze Woche blieb.

Zur Überraschung aller wohnte er allerdings nicht im königlichen Palast, sondern im Gasthaus »Goldener Ring«, wo er ebenfalls nicht eine der vornehmen Gästesuiten bezog, sondern sich das kleine Zimmer des Portiers als Quartier erwählte.

Während seines Aufenthalts in der sächsischen Hauptstadt besuchte er zweimal eine Papierfabrik, weil ihn der Herstellungsprozess interessierte und faszinierte. Er fertigte sogar Papierbögen mit eigener Hand an. Dass sie ihm gelungen waren, erfüllte ihn mit beinahe kindlicher Freude.

Noch jemanden beehrte er mit seinem Besuch: den berühmten Hofjuwelier Johann Melchior Dinglinger, der in ganz Europa für seinen prachtvollen Schmuck bekannt war. Er bat darum, dem Juwelier über die Schulter sehen zu dürfen, als dieser sich ganz besonderen Entwürfen für eine neue Schmuckkollektion widmete.

Außerdem verbrachte der Zar drei Stunden mit Andreas Gärtner, dem Hofmathematiker und Mechaniker, der einen exzellenten Ruf genoss. Die ganz spezielle Konstruktion Gärtners hatte es dem Zaren besonders angetan: eine Gerätschaft, die Personen und Gegenstände von einem Stockwerk des Gebäudes in ein anderes zu transportieren vermochte, kurz ausgedrückt, ein Aufzug! Von der Erfindung Gärtners überaus beeindruckt, schenkte ihm der Zar aus Dankbarkeit für die Vorführung einen ganzen Armvoll wertvoller Zobelpelze.

Der Zar fühlte sich jetzt ausgesprochen stark und gesund. Offenbar zeigte die Kur in Karlsbad ausgezeichnete Wirkung. Am 13. Oktober traf Peter in Torgau ein, dem Schloss der Königin von Polen. Hier sollte die Hochzeit von Zarewitsch Alexei stattfinden. Mit Bedacht hatte man nicht die Hauptstadt Dresden zum Ort der Eheschließung gewählt. So würde die Zeremonie ganz privatim bleiben und man konnte protokollarische Untiefen elegant umschiffen, indem man weder den König von Preußen noch den Kurfürsten von Hannover noch irgendeinen anderen deutschen Fürsten dazu einladen musste. Was wiederum drei weitere Vorteile hatte. Es wurden Probleme mit dem leidigen Protokoll vermieden, der Zar konnte Zeit und der Brautvater, der wie üblich die Kosten der Hochzeit übernahm, eine Menge Geld einsparen.

*

Birte und Mikel hatten sofort, nachdem klar war, wo man überwintern würde, auf dem üblichen Seeweg eine Nachricht nach Hooge gesandt, damit Birtes Vater die Adresse kannte, unter der Tochter und Schwiegersohn die nächsten Monate zu erreichen sein würden.

Ein Schreiben aus der Heimat war kürzlich eingetroffen, und Birtes Salon war voll mit Besuchern, unter denen sich auch Friedrich Thorn bei den Herren und Gudrun Langbehn in einer Schar von Damen der guten Gesellschaft von Tyske Byggen befanden.

Birte zitierte mit lauter Stimme, damit auch ältere Gäste mit nachlassendem Gehör sie gut verstehen konnten.

Die Hochzeit fand am 14. Oktober 1711 im großen Saal des Palastes statt. An den Wänden und Fenstern des Saales hatte man raffinierterweise Spiegel angebracht, die das Licht von Tausenden von Kerzen widerspiegelten. Es war märchenhaft!

Absichtlich legte Birte eine kleine Pause ein, um das Gehörte vor allem den Damen so richtig unter die Haut gehen zu lassen. Einige seufzten vernehmlich.

Der orthodoxe Gottesdienst wurde auf Russisch abgehalten, die Braut hatte vom lutherischen zum orthodoxen Glauben übertreten müssen, um den künftigen Zaren heiraten zu können. Aber man befragte sie auf Latein, ob sie den anwesenden Alexei Romanow freiwillig zum Mann nehmen wolle – was die junge Frau bejahte. Nach dem Hochzeitsmahl gab es Musik und einen Ball in den Räumen der polnischen Königin.

Darauf erteilte Seine Majestät der Zar dem jung vermählten Paar seinen väterlichen Segen und geleitete es höchst persönlich zu dessen Schlafgemach.

Erneut ließ Birte das Schreiben in ihren Schoß sinken. Sie wollte vor allem den Zuhörerinnen Gelegenheit geben, sich dazu zu äußern. Manche waren so gerührt, dass Tränen in ihren Augen standen, während die Herren es wahrscheinlich vorgezogen hätten, weniger über Romantik als vielmehr endlich etwas Neues über die derzeitige politische Lage zu erfahren.

Als die Hausfrau den Brief ihres Vaters wieder zur Hand nahm, hofften die Herren, ihre Erwartung möge sich erfüllen.

In Torgau traf Zar Peter schließlich mit Gottfried Wilhelm Leibniz zusammen. Schon seit Peters erstem Besuch in Deutschland hatte der berühmte Philosoph und Mathematiker auf eine Gelegenheit gelauert, den russischen Monarchen für neue Lehr- und Forschungsanstalten zu interessieren. Nun war es dem hartnäckigen Deutschen möglich, wenigstens einen kleinen Erfolg zu verbuchen.

Peter vertraute ihm zwar keineswegs die Zukunft der russischen Kultur und Bildung an, ernannte ihn jedoch fürs kommende Jahr zum Justizrat, stellte ihm sogar ein Gehalt in Aussicht und ersuchte ihn, eine Liste mit seinen Vorschlägen zu pädagogischen, juristischen und administrativen Reformen zusammenzustellen.

Des Weiteren hatte Pastor Knudtsen den Originaltext des gelehrten Mannes aus dem Schreiben seines Föhringer Freundes Lorenz Brarens benutzt und an seine Tochter wie folgt weitergegeben:

Ich traf Seine Majestät nach seiner Kur. Was soll ich sagen? Ich werde gewissermaßen der Solon Russlands werden – wenn auch nur aus der Ferne! Der Zar hat mich durch seinen Großkanzler Golowkin beauftragt, Russlands antiquierte Gesetze zu reformieren und etliche neue Reglements für die russische Justiz zu entwerfen. Ihr könnt Euch denken, wie glücklich ich darüber bin!

Weil ich meine, dass die kürzesten Gesetze die besten sind, wie zum Beispiel die Zehn Gebote und die Zwölf Tafeln des alten Roms, und da ich mich mit diesem Thema seit frühester Zeit intensiv befasst habe, wird mich diese Aufgabe nicht allzu viel Zeit kosten.

Sein langjähriger Föhringer Freund, der Pastor von Nieblum, der immer noch regelmäßig mit Leibniz korrespondierte, hatte ihn scherzhaft gewarnt, er werde für seine Bemühungen wohl nicht viel mehr bekommen als das Sankt-Andreas-Kreuz, das ihm Golowkin überreicht hatte. Daher glaubte Leibniz seine neue Aufgabe verteidigen zu müssen.

Ich schätze mich glücklich, dass es mir gelungen ist, dich, mein lieber Freund, mit meinem Ausspruch vom russischen Solon erheitert zu haben. Aber bedenke, ein russischer Solon muss nicht die Weisheit dieses alten Griechen besitzen, er kommt mit viel weniger Klugheit aus. Was das Sankt-Andreas-Kreuz anbelangt, wäre es mir nicht unlieb, wenn es mit Diamanten besetzt wäre.

Wichtig für mich sind allein die 500 Dukaten, die mir der Zar versprochen hat.

So konnte man die Dinge natürlich auch sehen. Sein Freund Lorenz Brarens war nicht sicher, ob er diesen Charakterzug des großen Denkers akzeptabel fand. Manchmal gingen ihm dessen überhebliche Art und seine betont materialistische Sichtweise gehörig gegen den Strich. Auch Birtes Vater fand einiges an Leibniz zu kritisieren. Aber womöglich hatte der bedeutende Mann sich auch bloß einen kleinen Scherz erlaubt.

Bei der illustren Runde in Bergen ersparten sich Birtes Zuhörer jedenfalls jeden Kommentar. Sie interessierten sich eher für die Aussichten auf dauerhaften Frieden in Europa. Würde es denn endlich dazu kommen?

Mittlerweile wusste jeder, dass der Zar schon zu Anfang des Jahres 1711 sein Interesse signalisiert hatte, mit Schweden Frieden zu schließen. Er hatte schließlich seine Ziele erreicht. Petersburg war gegen Norden abgesichert und auch vom Süden her geschützt. Neben Sankt Petersburg hatte er zwei Seehäfen, Riga und Reval, unter seiner Kontrolle. Mehr wollte Peter gar nicht.

Auch der schwedische Regentschaftsrat und die Bevölkerung wünschten sich Frieden. Noch stöhnte das Land unter den schlimmen Nachwirkungen einer Missernte von 1709 und des Kriegseintritts von Dänemark im selben Jahr. In den Jahren 1710 und 1711 war Schweden zu allem Übel von der Pest heimgesucht worden, wobei die Hauptstadt Stockholm ein Drittel seiner Bevölkerung eingebüßt hatte. Kurz und gut, das Land und seine Bewohner lagen ziemlich am Boden.

Keinen einzigen Verbündeten besaß Schweden, sondern sah sich im Gegenteil einer feindlichen Übermacht aus Russland, Dänemark, Sachsen und Polen gegenüber. Außerdem sah es ganz danach aus, als würden sich in Kürze auch noch Hannover und Preußen der antischwedischen Allianz anschließen.

Schweden besaß zu Norwegen eine sehr lange Grenze und seine Bewohner waren an kriegerischen Auseinandersetzungen mit dem Nachbarland keineswegs interessiert. Dennoch durfte man nicht unterschätzen, dass Norwegen seit dem Jahr 1450 von dänischen Königen aus dem Hause Oldenburg regiert wurde. Damals hatte der Reichsrat Christian I. von Dänemark im Unionsvertrag von Bergen zum König gewählt.

Die Frage für jeden, der einigermaßen bei Verstand war, lautete: Wenn die Vernunft also geradezu nach einem baldigen Friedensabkommen schrie, warum wurde es dann nicht schleunigst geschlossen?

Die traurige Antwort lautete: Weil der schwedische König es nicht wollte!

Also wurde weiter geschossen, geplündert, gemordet, vergewaltigt, gebrandschatzt und sinnlos gestorben. Daran konnte auch die Tatsache nichts ändern, dass seit 1711 Karl von Österreich, einer der beiden Bewerber um die Krone Spaniens, Kaiser des Heiligen Römischen Reiches Deutscher Nation war. Der deutsche Norden scherte ihn nämlich nicht. Noch war der Spanische Erbfolgekrieg nicht zu Ende.

Karl von Schweden glaubte, er müsse nur eine neue Armee ausheben und könne alles wieder zurückgewinnen, was verloren war. Und die stete Hoffnung, den Sultan und die Osmanen bewegen zu können, sich ihm auf einem Marsch nach Moskau anzuschließen, beflügelte ihn noch immer.

Der Zar richtete sich darauf ein und zeigte sich seinerseits entschlossen, Sankt Petersburg auf keinen Fall aufzugeben. Im Jahre 1711 und später richteten sich die Offensiven Russlands und seiner Verbündeten auf die schwedischen Besitzungen in Norddeutschland. Das waren Pommern mit seinen Seehäfen Stralsund, Stettin und Wismar, dazu Bremen und Verden an der Weser; alle Städte waren Schwedens Tor zum Kontinent und damit das perfekte Sprungbrett, um in Mitteleuropa einfallen zu können.

Die Verfügungsgewalt über diese Häfen wurde also auch zu einer Herzensangelegenheit für Dänemark, Preußen und Hannover. So war es auch nur folgerichtig, dass alle drei Länder zu Russlands Verbündeten wurden. Das Ziel aller mochte zwar sein, die Schweden auszuschalten und von der Ostsee zurückzudrängen, aber die Einzelinteressen der beteiligten Staaten waren zu grundverschieden, als dass es dazu gereicht hätte, Schweden ernsthaft zu schaden.

Unterschiedliche Absichten der Verbündeten und Streitereien unter den diversen Kommandeuren führten dazu, dass keinerlei militärische Erfolge erzielt wurden.

Der Einzige, der sich an die Vereinbarungen hielt, schien Zar Peter zu sein, während andere ihren Verpflichtungen keineswegs nachkamen. Das galt hauptsächlich für Dänemark. Die dänische Flotte war ein wichtiger, ja, unverzichtbarer Bestandteil der verbündeten Streitmacht; kein anderer Ostseestaat verfügte über eine Kriegsflotte, die es mit der schwedischen hätte aufnehmen können. Nur setzte der dänische König sie nicht ein!

»Es ist mir unbegreiflich, warum unsere Vereinbarungen nicht eingehalten wurden«, schrieb Peter empört. Sein Brandbrief zeigte keinen Erfolg. Die dänische Artillerie nahm weiterhin Bremen unter Beschuss, nicht Stettin. Enttäuscht verließ der Zar die Armee und fuhr erneut nach Karlsbad zur Kur. Auf seiner Fahrt kam er durch Wittenberg, wo er es sich nicht nehmen ließ, Grab und Wohnhaus Martin Luthers aufzusuchen.

Dort zeigte man ihm einen Tintenfleck an der Wand, der angeblich dadurch entstanden war, dass Luther seinerzeit der Teufel erschienen war und er mit dem Tintenfass nach ihm geworfen habe. Die Anekdote amüsierte den Zaren sehr. Er lachte und fragte seine Begleitung: »Sollte gar dieser kluge Mann noch an den Teufel geglaubt haben?« Da bereits zahllose Besucher ihre Namen neben dem Fleck an die Wand verewigt hatten, nahm das der Zar zum Anlass, seinerseits »Pjotr« neben den Tintenklecks zu setzen.

Am Tag darauf fuhr er noch nach Berlin, um dort einige Tage zu verweilen. Wie stets war er der absolute Mittelpunkt jeder Einladung, die er annahm, wobei die Reichen und Mächtigen in einen wahren Wettstreit darüber gerieten, wer den Zaren zu seinen Gästen zählen durfte – nach König Friedrich I. natürlich!

SIEBENUNDVIERZIG

Birte bereitete ihrem Mann einen so überschwänglichen Empfang, als wäre er ein Jahr lang abwesend gewesen und nicht nur gerade einmal drei Wochen. Auch dass seine Mission in Malmö keineswegs erfolgreich gewesen war, konnte die gute Stimmung der jungen Frau nicht beeinträchtigen.

»Das Wichtigste ist, mein Liebster, dass du wieder heil zurück bist. Ich wüsste nicht, was ich ohne dich täte! Ich habe mich trotz aller Einladungen, Empfänge und Ausflüge manchmal sehr einsam gefühlt, obwohl alle hier unwahrscheinlich liebenswürdig zu mir gewesen sind. Zuerst fand ich es großartig, dass sich jedermann um meine Gesellschaft zu reißen schien – aber ich habe bald gemerkt, dass die Welt der feinen Gesellschaft in Bergen nicht so ganz die meine ist. Alles ist nett und freundlich, aber im Grunde sehr seicht und oberflächlich. Man liebt es nicht, Probleme zu erörtern – es sei denn, es handelt sich um solche politischwirtschaftlicher Natur. Geld ist den Menschen hier ungeheuer wichtig und ich gebe zu, der herrschende Luxus vermag einen durchaus zu blenden! Aber eben nur für eine Weile.«

»Nanu, Liebste! War es so schlimm? Ich hoffe doch, dass du dich wenigstens ein bisschen amüsiert hast!«

»Doch, ja. Aber sieh mal, Mikel. Mir ist das alles weitgehend fremd. Der ganze übertriebene Aufwand. Es beginnt schon mit der Art des Wohnens. Auf Hooge sind wir auch nicht gerade arm und doch ist eigentlich nur der *Pesel* etwas vornehmer eingerichtet. Da gibt es gepolsterte Sessel, feine Tischdecken, teure Lampenschirme, Teppiche auf den polierten Böden und an den Wänden Delfter Kacheln, schön verzierte schmiedeeiserne Öfen und Bilder. Aber hier sind alle Räume so edel eingerichtet, auch die Schlafzimmer mit den langen Seidenvorhängen und der Spitzenbettwäsche auf den Lagerstätten. Wobei ich, nebenbei gesagt, unsere gemütlichen Wandschrankbetten mit den mit duftendem Heu gefüllten Matratzen bei Weitem vorziehe. Ich habe mich während der Zeit, die du weg warst, oft gefragt: Brauche ich das alles zu meinem Glück oder auch nur zu meiner Zufriedenheit? Die Antwort lautet eindeutig: Nein!«

Zum Glück war Mikel Frödesen mit ihr einig, dass ihnen die in Friesland übliche Lebensweise mehr zusagte.

»Hoffen und beten wir, Liebste, dass wir bald wieder nach Hause können. Noch gibt es ja leider keine Entwarnung. Wie es aussieht, werden wir im kommenden Frühjahr von hier aus auf Walfang gehen und wie ich dich kenne, wirst du mich wiederum begleiten?«

»Davon darfst du ausgehen, mein Liebster!«

So wie in dieser Nacht hatte der Kapitän seine Frau noch nie erlebt. Birtes Hingabe war eine totale, er lernte Seiten an ihr kennen, die er nie bei ihr vermutet hätte. Vor allem ihre fordernde Leidenschaft entzückte und entflammte ihn und erst im Morgengrauen versanken beide in erschöpften Schlummer.

Ehe er einschlief, wurde Mikel noch bewusst, dass Birte dieses Mal keinerlei Vorkehrungen getroffen hatte, eine mögliche Schwangerschaft zu verhüten. War er es bisher gewohnt, dass sie nach der Erfüllung regelmäßig umgehend das geheime Gemach aufsuchte, blieb sie in dieser Nacht in seinem Arm liegen.

Ein Gefühl tiefster Befriedigung, die weit über die körperliche hinausreichte, erfüllte ihn, und Hoffnung machte sich in seinem Herzen breit, die geliebte Frau möge ihm einen eigenen Sohn schenken.

Adrian, seinen Erstgeborenen, vermisste er noch immer sehr. Diese schmerzliche Lücke würde auch wahrscheinlich nie ganz geschlossen werden. Aber ein zweites Kind wäre imstande, den herben Verlust entschieden zu mildern.

*

Die Weihnachtszeit rückte heran und Birtes Sehnsucht nach Jens und Catrina und nach ihrem Zuhause wuchs schier ins Unendliche. Hatte sie bisher wöchentlich einen Brief nach Hooge geschrieben, war es nun jeden Tag ein Schreiben, das sie verfasste, um den Kontakt zu ihren Lieben aufrecht zu erhalten. Ihr Vater, ebenfalls ein emsiger Schreiber, ließ sie, so gut er es vermochte, am heimischen Leben teilnehmen.

Auch ihre Kinder fügten jedes Mal einen seitenlangen Brief bei, den Catrina mit Herzen und Blümchen schmückte, während Jens sich als geschickter Zeichner erwies, der vor allem Tiere festhielt, die er in seinem Umfeld beinah täglich sah: Robben, Möwen, Seeschwalben, Wildenten, getrocknete Frösche vom vergangenen Sommer oder Libellen und natürlich Muscheln und allerlei Fische.

»Mein lieber Sohn scheint ja ein kleiner Künstler zu sein«, stellte Mikel mit beträchtlichem Stolz fest, als Birte ihm ein Blatt mit einem mit Tusche überraschend fein gezeichneten Seestern vorlegte.

Auch in Bergen war jetzt die düstere Winterzeit angebrochen, in der es tagsüber nicht mehr richtig hell werden wollte. Den ganzen Tag über drückte ein graues Dämmerlicht auf das Gemüt der meisten Menschen. So war es gut, dass die gesellschaftlichen Verpflichtungen der deutschen Gemeinde in Bergen gar nicht mehr abrissen.

Beinahe jeden Abend waren auch Birte und ihr Mann bei Bekannten oder Freunden eingeladen. Selten kamen sie vor Mitternacht nach Hause und Birte hätte gelogen, wenn sie behauptet hätte, sich nicht doch zu amüsieren. Mit Mikel als ihrem Begleiter genoss sie es sogar insgeheim, im Mittelpunkt der Aufmerksamkeit zu stehen.

Nicht einmal ihr Ehemann nahm Anstoß daran, dass andere Männer sie bewunderten und ihr Komplimente machten. Als sie ihn einmal direkt danach befragte, ob er die Herren nicht als störend empfinde, die sich üblicherweise um sie scharten, schien er ganz erstaunt zu sein. »Nicht im Geringsten, mein Schatz. Ich bin stolz auf meine schöne Frau! Weshalb sollte ich eifersüchtig sein? Solange ich es bin, mit dem du wieder nach Hause fährst ...«

Er hatte sogar darauf bestanden, dass Birte sich zwei weitere Ballkleider anfertigen ließ. Wobei ihn der übliche tiefe Ausschnitt à la mode française keineswegs genierte – im Gegenteil, er fand, sie habe einen so wunderschönen Hals und einen ebensolchen Brustansatz, dass es geradezu einer Sünde gleichkäme, sich bis zum Kinn zu verhüllen.

So machten sie das Beste aus dem, was sie spaßhaft ihren erzwungenen Aufenthalt nannten; insbesondere der Kapitän nützte die Gelegenheit, geschäftliche Verbindungen zu Bergener Kaufleuten zu knüpfen, und Johann Brevensen streckte seine Fühler nach brauchbaren Seeleuten aus, die er das nächste Mal gerne auf der *Meerjungfrau* mitnehmen wollte.

Dem wackeren Dänen hatte Birte es zu verdanken, dass ihr Spitzname Walfängerbraut auch bald in Tyske Byggen die Runde in der guten Gesellschaft machte. Den Geschäfts- und Handelsleuten gefiel der Name außerordentlich gut; womöglich stieg die junge Frau noch mehr in ihrer Achtung.

*

Birte Frödesen wartete jedes Mal mit großer Sehnsucht, aber auch mit einer gewissen nervösen Spannung auf Post von Hooge.

Sie sei ja wirklich dumm, schalt sie sich regelmäßig selbst, sobald sie wiederum enttäuscht ein Schreiben in der Hand hielt, das ihren heimlichen Erwartungen nicht entsprach. Eigentlich wollte sie von ihrem Vater erfahren, dass sich irgendetwas zu ihren Gunsten geändert hatte!

Obwohl sie wusste, dass das so bald kaum der Fall sein würde, empfand sie jedes Mal aufs Neue einen Stich der Enttäuschung, wenn der Pastor wieder nichts darüber verlauten ließ, dass der Erzbischof seine Meinung über sie geändert habe.

Eines Tages war sie nach der Lektüre eines Briefes, der sie nur davon in Kenntnis setzte, dass alle gesund waren – bis auf Gondel, die lange vor den Weihnachtstagen friedlich eingeschlafen war – so am Boden zerstört, dass sie sich unvermittelt Kristin anvertraute.

Das kluge junge Mädchen begriff sofort, wo ihre Herrin der Schuh drückte. »Das bedeutet im Grunde, dass Ihr nicht nach Hause könnt, solange dieser schreckliche Erzbischof noch am Leben ist. Dass ein Mensch, der noch an Hexen glaubt und dabei Euch unterstellt, eine solche zu sein, seine Meinung jemals ändern wird – davon würde ich nicht ausgehen.«

»Na, du machst mir ja vielleicht Mut, meine Liebe.«

Ganz verzagt kauerte Birte auf einer Ottomane und hielt den Brief ihres Vaters in der verkrampften Hand, sodass das Papier schon ganz zerknittert war. »Damit stellst du mir ganz unverblümt in Aussicht, dass ich damit rechnen muss, auf ewige Zeiten hier zu bleiben. Wahrlich großartige Aussichten!«

»Für mich schon«, meinte Kristin trocken.

Schockiert fuhr Birte auf. »Wie darf ich denn das verstehen?«

»Überlegt doch, Herrin! Solange Ihr hierbleiben müsst, kann ich bei Euch bleiben. Etwas Schöneres gibt es für mich doch gar nicht.«

Kristins klare Worte rührten Birte ans Herz und spontan traf sie eine Entscheidung. »Wer sagt dir denn, meine Gute, dass wir uns trennen müssten, falls ich wieder nach Hause fahren könnte?«

»Herrin! Meint Ihr das wirklich so? Ihr würdet mich auch behalten, falls Euch die Heimkehr möglich wäre?«

»Ja, Kristin! Das meine ich tatsächlich so. Ich bin überaus zufrieden mit dir und allem, was du tust. Es spricht nichts dagegen, dich als Magd zu behalten – sofern du auch damit einverstanden bist.«

Kristin Bertilstochter brach daraufhin in Jubel aus und küsste Birtes Hand, was die junge Frau sehr verlegen machte. Noch nie hatte bisher ein Dienstbote ihr so deutlich seine Dankbarkeit und Zuneigung gezeigt.

»Ich schwöre Euch, Frau Birte, von nun an werde ich jeden Tag darum beten, dass Ihr wieder in Eure Heimat zurückkehren könnt, und sollte es den bösartigen Kirchenfürsten das Leben kosten!«

»Kristin, Kristin!« Birte drohte dem jungen Mädchen mit dem Finger. »Versündige dich nicht! Man darf einem anderen nichts Böses wünschen; schon gar nicht den Tod!«

»So ernst war's auch nicht gemeint, Herrin! Aber irgendetwas sollte den frommen Mann schon aufrütteln, damit er endlich zur Vernunft kommt!«

»Amen!« Dem konnte Birte nichts mehr hinzufügen.

*

Das Warten auf bessere Nachrichten nahm jedoch kein Ende – zumindest war auch Pastor Knudtsens folgenden Briefen nichts dergleichen zu entnehmen.

Der Jahreswechsel 1711 auf 1712 war bereits zwei Wochen vorüber und es sah ganz danach aus, dass Mikel Frödesen und seine Frau von Bergen aus ihren diesjährigen Törn ins nördliche Eismeer beginnen würden. Der Kapitän war ganz darauf eingestellt und überlegte schon seit Tagen, was sich auf ihrem Walfangsegler noch verbessern ließe, um es Birte ja so behaglich wie möglich zu machen.

»So gerne ich mit dir auf der *Meerjungfrau* zusammen wäre, mein Liebster, ich fürchte, es wird nicht möglich sein!«

Im ersten Augenblick dachte Mikel, er habe Birte schlecht verstanden; fragend blickte er in ihre meergrünen Augen, die ihn nach wie vor faszinierten. »Was meintest du, Liebes?«

»Ich sagte, ich glaube, dass ich dich dieses Jahr doch nicht begleiten sollte, mein Schatz!«

»Ach, wirklich? Jammerschade! Ich hatte mich schon sehr darauf gefreut. Ich dachte immer, du liebst die See genau wie ich, aber wenn du den Sommer über lieber hierbleiben möchtest, beuge ich mich dem selbstverständlich, Liebste. Auch wenn ich deine Entscheidung aufrichtig bedaure!«

»Ich liebe das Meer über alles!« Birtes Stimme hörte sich dabei so sehnsuchtsvoll an, dass Mikel überhaupt nichts mehr begriff.

»Was hindert dich dann daran, dich mir und Johann Brevensen anzuschließen?«

Birte stand auf und ging zu ihrem Mann hinüber, der an seinem Schreibtisch saß und wieder einmal das tat, was er als seine Lieblingsbeschäftigung bezeichnete: Seekarten studieren!

Sie ließ sich auf Mikels Schoß nieder und legte ihm ihre Arme um den Hals. »Schau«, begann sie und streichelte zärtlich seinen Nacken. »Ich denke mir, dass es womöglich keine so wirklich gute Idee sein würde, im Juni, mitten in der Grönlandsee, in meiner Kajüte unser Kind zur Welt zu bringen. Oder wie denkst du darüber, mein Schatz?«

»Du lieber Himmel! Ich werde tatsächlich Vater? Mein Herz, das ist doch das Wunderbarste, was ich seit Langem gehört habe!«

Mikel schloss Birte ganz fest in seine Arme und küsste sie stürmisch. Natürlich durfte sie unter diesen ganz besonderen Umständen nicht auf ein Schiff! Der Kapitän selbst äußerte Skrupel, ob er es überhaupt verantworten konnte, seine Frau in diesem Fall allein zu lassen. Eigentlich könnte doch Johann Brevensen als erfahrener ehemaliger *Commandeur* ausnahmsweise allein …?

Aber Birte winkte gleich ab. »Kommt nicht infrage, Liebster! Kinderaustragen und Kinderkriegen ist Weiberangelegenheit. Ich bin jung, gesund und stark und die beiden ersten Schwangerschaften und Geburten habe ich bestens überstanden. Vergiss bitte nicht, dass ich nicht nur Heilerin, sondern auch Wehmutter bin, und keine schlechte. Aber solange du noch nicht an Bord bist, kannst du mir behilflich sein, geeignete Namen für unser gemeinsames Kind zu finden!«

»Mit Vergnügen, mein Schatz! Meine Mutter, die gleich nach meiner Geburt gestorben ist, hieß Antje. Ich fände es schön und es würde mich glücklich machen, wenn wir eine Tochter nach ihr benennen würden. Das gäbe mir das Gefühl, die viel zu früh Verstorbene in meine Familie zurückzuführen.«

»Oh, gut! Antje ist ein wunderschöner Name. Genauso soll unsere Tochter heißen.«

»Ich danke dir! Den Namen für einen Jungen musst aber du jetzt aussuchen, Birte.«

»Der Vater meines Papas hieß Knudt. Ich kann mich nur noch ganz vage an den alten Mann erinnern, der als Fischer und Bauer den Lebensunterhalt für seine Familie und besonders für das Studium meines Vaters verdient hat. Er war ein sehr stiller und bescheidener Mann, der nie an sich gedacht hat. Das hat mir Ingken, meine Mutter, berichtet, die ihren Schwiegervater sehr geliebt hat.«

»Schön! Falls du mir einen Jungen schenkst, soll er Knudt heißen, in Erinnerung an deinen wunderbaren Großvater.«

»Das Einzige, was uns jetzt noch fehlt zu unserem Glück, ist die Möglichkeit, heimkehren zu dürfen, wie anderen Menschen das auch zugestanden wird«, flüsterte Birte kaum hörbar, aber Mikel hatte sie sehr wohl verstanden.

Ihm ging schon eine ganze Weile ein Gedanke durch den Kopf, der allerdings nicht ganz ausgereift war und noch vielfältiger Überlegung und Vorbereitung bedurfte. Dabei dürfte er nichts überstürzen, sonst wäre womöglich alles verloren. Aber darüber wollte er mit seiner Frau auf keinen Fall sprechen, um nicht Hoffnungen zu wecken, die sich womöglich nicht erfüllen ließen.

ACHTUNDVIERZIG

Nach einigen Tagen hielt Birte erneut einen dicken Brief ihres Vaters in Händen, dem auch, wie seit Kurzem üblich, kleine Briefchen und Zeichnungen ihrer Kinder beilagen.

Catrinas Modell war ihr Lieblingsschaf Merrit gewesen, während Jens sich an einem Porträt seines Großvaters versucht hatte. Birte fiel aus allen Wolken. »Die Ähnlichkeit mit meinem Vater ist geradezu verblüffend. Ich bin wirklich überrascht, wie gut Jens das kann!«

»Ich habe dir schon vor einiger Zeit gesagt, Jens ist ein kleiner Künstler.« Mikel fühlte sich bestätigt. »Wir sollten ihn ermuntern und nach Kräften unterstützen.«

»Meinetwegen!« Birte schmunzelte. »Falls es nicht bei brotloser Kunst bleibt. Aber um sein Leben fristen und eine Familie ernähren zu können, müsste er schon noch eine ganze Menge lernen.«

»Am besten ermöglichen wir Jens später eine Ausbildung in Holland bei einem berühmten Künstler. Da kann er die Kunst des Malens und Zeichnens von Grund auf studieren.«

Mikel schien Feuer und Flamme, aber Birte bremste ihn ein bisschen. »Abwarten! Erst soll er einmal ordentlich schreiben, lesen und rechnen lernen, ehe er an etwas anderes denkt. Vielleicht ist das Ganze auch nur ein Strohfeuer.«

»Das glaube ich nicht. Ich denke, Jens besitzt großes Talent.«

Sie erfuhren leider nicht viel Neues aus der alten Heimat. Nur dass die Kinder und Pastor Knudtsen sehr unter dem Fernbleiben ihrer Mutter beziehungsweise Tochter litten. Catrina schrieb, dass sie oft weinen müsse, sooft sie an ihre Mama denke und daran, wie lange es noch andauern werde, bis sie einander wieder umarmen könnten.

Auch Mikel, ihren neuen Vater, vermissten die beiden sehr. Jetzt kam zu diesem Schmerz noch ein weiterer hinzu: Gondels Tod. Erst jetzt, da die Magd nicht mehr lebte, nahmen alle wahr, wie sehr die alte Frau an allen Ecken und Enden fehlte; mit ihrer stillen, überlegten Art hatte sie im Grunde sowohl Birtes Haushalt als auch den des Geistlichen verwaltet und bestimmt.

»Es ist nicht leicht, eine Nachfolgerin heranzuziehen, der man ähnlich wie Gondel vertrauen kann. Eine Möglichkeit sehe ich in Jons Ehefrau Birgitta. Sie könnte womöglich ein passabler Ersatz sein«, schrieb Birtes Vater.

Des Weiteren ließ Peter Knudtsen sich des Langen und Breiten aus über den üblichen Gesellschaftsklatsch, den man sich im Herzogtum erzählte. Manches interessierte Birte überhaupt nicht und noch weniger ihren Mann, aber gegen Ende des Briefes stieß seine Tochter auf etwas, das immerhin über einen gewissen Unterhaltungswert verfügte.

Ehe Zar Peter erneut – und zum wiederholten Male – den böhmischen Kurort Karlsbad aufsuchte, wurde er neuerdings in Norddeutschland quasi herumgereicht in hohen und allerhöchsten Kreisen. Jede Adelsfamilie, die etwas auf sich hielt, rechnete es sich zur größten Ehre an, den Romanow-Herrscher nebst Gattin Katharina zu Gast zu haben.

Wie dem russischen Volk bereits kundgetan, wollte Peter sie im kommenden Februar auch kirchlich ehelichen. Jeden aufrechten Protestanten musste diese Nachricht zufrieden stimmen. Zumindest ließ sie den russischen Herrscher in einem angenehm frommen Licht erscheinen.

Alles, was der Zar äußerte, wurde eifrig kolportiert und fand seinen Weg auch rasch in die Kreise des gehobenen Bürgertums. Ebenso verhielt es sich etwa mit der Manier, wie Peter seinen Oberlippenbart stutzen ließ. Das Kinn ließ er rasieren. Kurz darauf liefen alle Herren, welche Wert darauf legten, à la mode zu sein, mit exakt gleich getrimmtem Gesichtsschmuck herum, und natürlich ohne Kinnbart.

Empfand Birte das schon als ziemlich eigenartig, war das Folgende geradezu absurd. Trotz seiner überdurchschnittlichen Körperlänge von über zwei Metern verfügte der Zar über relativ kleine Füße. Ab sofort versuchten viele eitle Männer, ihn auch darin nachzuahmen, indem sie sich in viel zu engem und kurzem Schuhwerk durch Empfänge und sogar Ballnächte quälten, weil große Füße bei Herren auf einmal als unmöglich galten.

Bei einer der nächsten Abendgesellschaften konnten sich Mikel und Birte davon überzeugen, dass einige Stutzer tatsächlich versuchten, auch in Bergen diese Albernheit mitzumachen. Birte verursachte das gequälte Gesicht einiger Tänzer kein Mitleid, sondern löste eher eine gewisse Heiterkeit aus.

»Als ob die Natur sich in Bezug auf Größe und Länge von Gliedmaßen nach der herrschenden Mode richten würde! Das kommt mir so vor, als müssten auf einmal alle Menschen gleich lange Arme und Beine haben, weil Paris das so vorschreibt. Sollen sich jetzt jene, die das vorgegebene Maß überschreiten, ein

Stück davon abhacken, während sich zu kurz Geratene auf die Streckbank legen sollten?«

Wenn früher in Sachen Mode der französische König als absolutes Vorbild gegolten hatte, traf das im Augenblick auf den Kremlherrscher zu. Der gealterte Ludwig XIV. mit seinen altmodischen Perücken und dem lückenhaften Gebiss vermochte gegen den ansehnlichen Peter Romanow mit seinen dichten schwarzen Naturlocken und den weißen Zähnen nicht mehr zu punkten.

Auch Birtes Freundin Gudrun Langbehn verzog ihr Gesicht hinter ihrem Fächer angesichts der mühsam humpelnden jungen Herren zu einer spöttischen Grimasse. »Geschieht ihnen ganz recht«, meinte sie mitleidlos. »Wir Frauen müssen seit unserem zwölften Lebensjahr klaglos leiden, wenn die Zofen unserer Mütter beginnen, uns gnadenlos zu schnüren, damit unsere Taille ja den gesellschaftlichen Ansprüchen entspricht! Jahrelang ist mir jedes Mal davon übel geworden.«

Die Damen richteten sich nach wie vor in Kleidung und Frisur nach dem Pariser Modediktat. Weiblicher Chic war immer noch und ausschließlich in Versailles beheimatet. Auch etwas, das bisher an Birte spurlos vorübergegangen war, was sie jedoch keineswegs vermisst hatte.

»Wann wirst auch du bei dem Unsinn mitmachen und dir Schuhe zulegen, die dir zu klein sind, Liebster?«, fragte sie den Kapitän und lächelte ihn provozierend an.

Der grinste bloß und meinte, da bestehe bei ihm keine Gefahr. Auf schwankenden Schiffen benötige man einen guten Stand, daher hätten alle Seeleute große und vor allem breite Füße, die beim besten Willen in keine kleineren Schuhe passten. »Auch wenn wir damit leider das augenblickliche Vorbild Peter Romanow nicht nachahmen können!«

Birte seufzte leise. Das mochte ja alles sehr interessant sein; sie persönlich fand es gar nicht so überaus spannend. Was scherte sie sich eigentlich um den Herrscher von Russland?

Wie hätte sie auch ahnen sollen, dass es ausgerechnet der russische Zar war, der – wenn auch ungewollt – dafür sorgen würde, dass ihr Schicksal in Kürze wiederum eine bemerkenswerte Wendung nahm? Bei ihren Gesichten, die sich zumeist in Träumen manifestierten und in aller Regel eintrafen, kam ihr solches nicht in den Sinn.

In den nächsten Wochen litt die werdende Mutter unter äußerst heftiger Schwangerschaftsübelkeit. Jeden Morgen war ihr sterbenselend. Ihre Leibmagd Kristin sorgte sich rührend um sie, ließ sie keine Minute allein, sondern hielt ihr den Kopf und die Hand, sooft Birte wieder einmal würgend über dem obligaten Kübel hing und sich die Seele aus dem Leib spie.

»Bei meinen vorigen Schwangerschaften habe ich so etwas nicht durchgemacht«, flüsterte Birte erschöpft, während Kristin ihr mit einem Mulltuch die schweißnasse Stirn abtupfte. »Wenn ich nicht wüsste, dass die meisten Frauen in der ersten Zeit der Schwangerschaft daran zu leiden haben, würde ich mich zu Tode erschrecken und glauben, sterbenskrank zu sein. Mir tut mein Mann leid, der nicht glauben kann, dass dieser Zustand normal sein soll und am liebsten jeden Tag den Medicus rufen würde.«

So fiel es *Commandeur* Frödesen auch entsetzlich schwer, seine Frau allein und krank, wie er immer noch argwöhnte, zurückzulassen.

»Schwangerschaft, mein Lieber, das lass dir gesagt sein, ist keine Krankheit. In ein paar Wochen ist es mit der Übelkeit ganz von selbst vorbei. Glaub mir, als Hebamme weiß ich, wovon ich rede!«

Also machten sich Mikel, Johann Brevensen und die übrigen Seeleute – die meisten waren dieses Mal Norweger – Anfang März auf den Weg ins Europäische Nordmeer. Je nach Dichte des Walvorkommens und ihres Fängerglücks würden der *Commandeur* und sein Stellvertreter entscheiden, ob man nordwestlich in die Grönlandsee einfahren oder mehr nordöstlich die Barentssee ansteuern sollte. Dann wäre ihr Ziel wie im vergangenen Jahr die Inselgruppe von Spitzbergen oder Svalbard, wie die meisten Norweger immer noch sagten.

Einerseits war Birtes Herz voll Wehmut. Erneut hieß es Abschied nehmen von ihrem geliebten Mann. Aber eine tapfere Friesenfrau ließ sich ihren Kummer unter keinen Umständen anmerken. Liebevoll und herzlich, aber keineswegs übertrieben und ohne Tränen sagte Birte ihrem Liebsten Lebewohl und Auf Wiedersehen.

Ein letzter Kuss an der Pier und sie drehte sich um und bestieg mit Kristin ihre Kutsche, wo Kǔǔpik auf dem Bock saß und sie so schnell wie möglich nach Hause fuhr. Sie fühlte sich wieder sterbenselend, wollte sich aber nicht unterwegs übergeben, obwohl Kristin in weiser Voraussicht in der Kutsche einen Kübel bereitgestellt hatte.

*

Auf seinem Weg nach Karlsbad legte der Zar einen Halt in Berlin ein, wo er König Friedrich I. von Preußen aufsuchte und auch dem Kronprinzen Friedrich Wilhelm die Ehre seiner Anwesenheit erwies. Der alte König fühlte sich nicht mehr recht gesund und ahnte bereits, dass dies wohl eine der letzten festlichen Soireen sei, denen er beiwohnen werde.

Wie es aussah, würde in Kürze der junge Friedrich Wilhelm auf Preußens Thron sitzen und Peter war neugierig, um welche Art Mensch es sich bei dem fünfundzwanzigjährigen künftigen Monarchen handelte. Er galt allgemein als freundlich, aber auch als sehr unsicher und wenig kriegerisch. Peter ahnte, dass es schwer sein würde, ihn zu militärischen Aktionen gegen die Schweden anzustacheln.

Seine Ahnung erfuhr insoweit Bestätigung, als der Kronprinz schon vorbeugend über den chronischen Geldmangel Preußens klagte sowie über seine Unerfahrenheit in politischen Ränkespielen. »Überdies stehen die meisten Minister meines Vaters immer noch auf Seiten Schwedens und so schnell könnte ich im Falle seines Ablebens nicht sämtliche Berater entlassen und durch neue ersetzen!«

Der Zar gewann den Eindruck, dass der preußische Hof nach dem Tod des jetzigen Monarchen leider viel von seinem Glanz und seiner Repräsentanz verlieren werde. Dennoch nahm Peter die Einladung des Thronfolgers zu einem intimen abendlichen Beisammensein an.

Ein kleiner, ausgesuchter Kreis von Vertretern des hohen Adels, der Geistlichkeit wie auch von bürgerlichen Vertretern des Geistes und der Schönen Künste war geladen und der Zar war gerade an Letzteren ganz besonders interessiert.

Westliches Kunstverständnis und vor allem westliches Denken faszinierte ihn bekanntlich seit jeher und nichts bedauerte er, der selbst hochgebildet war, mehr als die Dumpfheit und Rückschrittlichkeit seiner eigenen Landsleute; wobei er ganz besonders die rückwärtsgewandte Denkungsart von Vertretern der Orthodoxie verabscheute. Sein Widerwille dagegen erschöpfte sich keineswegs in seinem kategorischen Verbot langer Bärte bei Popen.

»In den Köpfen und Herzen der Menschen muss sich Entscheidendes ändern!«, lautete sein oft und laut geäußertes Credo auch an diesem Abend im Kreise von Herren, die sich zur geistigen Elite des Landes zählen durften. Mit dabei war übrigens auch – wen wunderte es? – Gottfried Wilhelm Leibniz, der wie üblich den Großteil der Debatten bestritt, schon, um sich vor dem Zaren als Mann von überragender Intelligenz zu profilieren.

Noch einer zählte zu den Gästen, ein höchst charmanter, gut aussehender und gebildeter adeliger Herr, aus familiären Gründen ein Anhänger König Karls von Schweden – immerhin war seine verstorbene Schwägerin die Schwester Karls gewesen und sein Neffe und Patensohn war ein halber Schwede. Dass es sich bei ihm dazu noch um einen sehr hohen protestantischen Geistlichen handelte, machte das Ganze nur noch interessanter. In der Tat, kein Geringerer als Fürstbischof Christian August hatte sich an diesem Abend als Gast Friedrich Wilhelms eingefunden.

Die Gesprächsrunde gab sich weltoffen, was in diesem Fall bedeutete, dass man vor allem in religiösen Dingen liberaler dachte, obwohl der Glaube an sich selbstverständlich einen wichtigen Stellenwert genoss. Aber generell waren die Teilnehmer der exklusiven Runde sich darin einig, vieles nicht so verbissen zu betrachten.

»Wir alle sollten hin und wieder die Brille der Gelassenheit aufsetzen, sobald Grenzbereiche zur Debatte stehen, um nicht noch mehr Intellektuelle vom Glauben abzuschrecken und der Kirche ganz zu entfremden«, äußerte einer, der eigentlich hinter vorgehaltener Hand den Ruf eines Atheisten genoss.

Zar Peter pflichtete ihm sofort bei. »Niemandem ist gedient, wenn die Kirchen nur noch Dummköpfe und ungebildetes Volk anziehen«, behauptete er, dabei das Gesagte lebhaft mit Gesten seiner auffallend gepflegten Hände unterstreichend. »Ein Leben lang nur Messen für stumpfsinnige Bauern abzuhalten, stelle ich mir schrecklich vor!«

Eine Sichtweise, der Christian August uneingeschränkt beipflichtete. Auch andere schlossen sich der Forderung an, das Volk nicht wie bisher üblich als weitgehend dummes Vieh dahinvegetieren zu lassen, sondern dazu beizutragen, es ein wenig klüger zu machen.

Nicht zu sehr natürlich! Sofort meldeten einige Bedenkenträger ihre Vorbehalte an: Eine Masse, die zu viel wisse, sei nicht so leicht regierbar, neige zur Aufsässigkeit und beizeiten sogar zu Ungehorsam und Widersetzlichkeit. Dem müsse mit allen zu Gebote stehenden Mitteln entgegengewirkt werden.

Eine Weile wogten die Argumente für und gegen ein gewisses Maß an Volksbildung hin und her. Wobei bei allen Herren die Einsicht überwog, es sei von keinerlei Nutzen, breite Schichten des Volkes mit Kenntnissen und Wissen zu überfordern.

Einigkeit herrschte darüber, dass der christliche Glaube für ein europäisches Land unabdingbar sei, auch wenn man manches gelassener handhabe – siehe etwa die Konversion der Prinzessin von Braunschweig, die zur russischen Orthodoxie wechseln musste, um einen künftigen Zaren heiraten zu können. Am Tun der Prinzessin hatte niemand Anstoß genommen – ein gutes Zeichen!

Auf einmal war man beim Thema Aberglauben angelangt und schließlich bei Hexenwahn und Teufelsaustreibung. Darüber herrschte nun allseits Einigkeit, dass man den Glauben an Hexen, böse Geister und dergleichen Unfug endlich ausrotten müsse.

Der Zar behauptete gar, das Fürwahrhalten von Hexerei und Zauberei grenze an Schwachsinn; demzufolge hielte er auch jede Art von Hexenverfolgung oder Hexenprozessen für rückschrittlich und albern, mit einem Wort für unakzeptabel. »Zum Glück macht der Trend hin zu mehr Offenheit bei Anschauungen, die man lange Zeit für das Evangelium gehalten hat, große Fortschritte. Seit Anbeginn meiner Regierung habe ich den Westen bewundert für seine rationale Denkweise und werde mit aller Macht bestrebt sein, diese auch in einem rückständigen Land wie Russland durchzusetzen, um uns endlich vom Aberglauben zu befreien!«

Jetzt wagte keiner der Herren mehr, sich zum Verfechter undiskutabler Positionen zu machen. Eifrig pflichtete man dem Zaren bei. »Die Hexen und ihre Diener wollen wir dem Papst in Rom, den Bayern und den Österreichern überlassen! Zum Katholizismus mag das eher passen als zu nüchtern denkenden Lutheranern«, behauptete einer der Anwesenden unter dem beifälligen Gelächter der übrigen – auch des Herrn Fürsterzbischofs von Lübeck. Wobei sie alle jedoch schlichtweg vergaßen, dass der Protestantismus ebenso anfällig war für derlei Kindereien.

In der Tat loderten protestantische Hexenfeuer nicht weniger hoch auf, als es die katholischen taten. Der Asche unschuldig Verbrannter sah man keineswegs an, ob lutherische oder katholische Fanatiker die Initiatoren gewesen waren.

Der ebenso spitzfindige wie mutige, dazu mit ätzendem Humor ausgestattete Denker Leibniz wagte es allerdings, den Kirchenfürsten aus Lübeck vor den erlauchten Anwesenden herauszufordern und – falls möglich – auch bloßzustellen. Er konnte sich das erlauben, galt doch seine Ansicht, die Welt sei die vollkommenste aller möglichen Welten, als Rechtfertigung und Beweis für die Existenz Gottes und Leibniz damit selbst als lupenreiner und tadelsfreier Gläubiger.

»Mir kam neulich ganz Erstaunliches, ja geradezu Absurdes zu Ohren, Eure Eminenz«, begann er in leichtem Plauderton. »Mein Gewährsmann behauptete doch allen Ernstes, Ihr hättet vor einiger Zeit den Befehl erteilt, eine junge Nordfriesin, die als Heilerin und Hebamme wirkt, auf einer der gottverlassenen Inseln wegen Hexerei festnehmen und an Euch ausliefern zu lassen, um ihr den Prozess als Hexe zu machen!« Scheinheilig fuhr Leibniz fort: »Ich habe ihm gesagt, ich könne so etwas Lächerliches von Euch nicht glauben.« Er wusste durch seinen Föhringer Freund bestens darüber Bescheid, was den Kirchenmann in Wahrheit umtrieb.

Christian August stand der Schweiß auf der Stirn, als er auf einmal sämtliche Gesichter der anwesenden Herren, einschließlich Zar Peters, fragend auf sich gerichtet sah, und brach in überlautes Lachen aus. »Wer in aller Welt verbreitet denn solchen Unsinn?«, wollte er wissen und ließ dabei ein gerüttelt Maß an Entsetzen, aber auch an Unwillen in seine Frage einfließen. Das sei ja nun wirklich absurd und überdies maßlos beleidigend, führte er mit gekränkter Miene aus. »Ich verlange auf der Stelle, den Namen des Urhebers dieses unglaublichen Ondits zu erfahren!«

Damit hatte der Philosoph schon gerechnet. Er ließ sich nicht lange bitten und umgehend stand der Name Peter Campman im Raum. »Dahinter verbirgt sich allerdings, wie man sich in Schleswig erzählt, ein Höfling des Gottorfer Schlosses mit Namen Moritz von Mannstein-Senftenberg!«, plauderte Leibniz ungeniert weiter.

Von dem später belangt zu werden, brauchte Leibniz nicht zu befürchten. Der Edelmann hatte es vor Kurzem vorgezogen, samt Familie sein Glück in der Neuen Welt zu suchen. Er hatte nämlich keine Lust mehr verspürt, den Launen des Oheims seines künftigen Herzogs von Schleswig-Holstein als Blitzableiter zu dienen.

Zudem hatte der adlige Pfaffe ihn sozusagen von heute auf morgen brotlos gemacht, indem er ihm den freien Zugang zum Schloss in Gottorf untersagt hatte. Da zog es der Herr von Mannstein-Senftenberg bei Weitem vor, sich stattdessen mit Wilden herumzuschlagen.

»Ha! Der Mannstein, soso! Dachte ich es mir doch.«

Der Erzbischof hatte Mühe, sich zu beherrschen, so wütend war er. Die Herren rings um ihn grinsten zum Teil, andere blickten leicht angewidert drein und dann gab es welche, die ihn neugierig dabei beobachteten, wie er sich herauswinden würde. Kurz gesagt, sie glaubten dem Erzbischof nicht so ganz. In diesem Falle brachten sie dem Wahrheitsgehalt der vorhin geäußerten Behauptung des Philosophen Leibniz bedeutend mehr Vertrauen entgegen.

»Es war genau umgekehrt, kann ich dazu nur sagen«, behauptete Christian August dreist. »Der Baron ersuchte bei mir um eine Unterredung und erbat sich dabei von der Kirche ernsthafte Maßnahmen gegen eine mir unbekannte junge Frau, die er im Verdacht hatte, unchristliche Praktiken anzuwenden, um Kranke zu heilen. Ich habe ihm selbstverständlich seinen mir gänzlich unverständlichen Wunsch abgeschlagen. Den Beweis dafür, dass das Frauenzimmer mit seinem Tun Unheil stiftet, ist er natürlich schuldig geblieben!« Der Fürsterzbischof lachte auf. »Und jetzt besitzt der Kerl die Frechheit und …«

Erbost schüttelte Christian August den wohlfrisierten Kopf, was Kronprinz Friedrich Wilhelm dazu animierte, seinem Gast beizuspringen und ihm zu versichern, niemand der anwesenden Herren glaube tatsächlich, dass Seine Eminenz sich zu solchen Torheiten hinreißen lasse. Es sei doch bekannt, dass gerade der Erzbischof von Lübeck ein Verfechter moderner Denkungsart sei.

Worauf der Geistliche, der mittlerweile ein hochrotes Gesicht hatte, im Brustton der Überzeugung behauptete: »Niemals, Königliche Hoheit, ich wiederhole: Niemals habe ich solche Absurditäten in Auftrag gegeben! Solange Frauen mit sogenanntem

Heilwissen keine Kranken umbringen und nicht versuchen, sie vom rechten Glauben abzubringen, können sie meinethalben tun, was ihnen beliebt! Leute, die sich in deren Hände begeben, müssen selbst wissen, was sie tun. Die anderen, die an ihrer Kompetenz zweifeln, werden sowieso einen Bogen um sie machen und stattdessen einen richtigen Medicus aufsuchen. Ich mische mich da nicht ein.«

Innerlich grinsend kündigte Leibniz an: »Ich werde morgen sofort alles in die Wege leiten, um den guten Ruf Eurer Eminenz wiederherzustellen. Es kann und darf nicht sein, dass Ihr vor den Leuten dasteht als einer der Ewiggestrigen, die noch an solchen Kinderkram wie Hexen und Zauberei glauben!« Dafür erntete er Beifall und Zuspruch der Anwesenden. Christian August sah sich am Ende gezwungen, sich bei dem großen Denker für seine Mühe noch zu bedanken.

Die Einigkeit darüber bot Anlass für Nachschub an edlem französischem Wein, dem die Herrenrunde weiter wacker zusprach, sowie für ein neues Diskussionsthema: die Bosheit mancher Untergebener, die versuchten, ihre Herren lächerlich zu machen, indem sie in unverschämter Weise einfach Dinge erfanden, um den guten Ruf ihres Landesherrn zu untergraben. Davon konnten manche der Anwesenden ein Lied singen.

Gottfried Wilhelm Leibniz mochte sich sehr wahrscheinlich ins Fäustchen gelacht haben – felsenfest jedoch war sein Entschluss, noch in dieser Nacht einen Brief an einen bestimmten Geistlichen auf Föhr zu verfassen. Dieser würde schon dafür sorgen, dass ein gewisser Jemand, dessen Tochter bisher unter der Verfolgung des verlogenen Erzbischofs zu leiden hatte, von der so plötzlich völlig neuen Situation in Kenntnis gesetzt wurde.

NEUNUNDVIERZIG

Nachdem die übliche Schwangerschaftsübelkeit ausgestanden war, ging es Birte prächtig. »Ich fühle mich, als könnte ich Bäume ausreißen«, vertraute sie ihrer Zofe Kristin an. Den Begriff Dienerin oder gar Magd hatte sie sich abgewöhnt. Hier in Bergen im Deutschen Viertel benützte niemand diese Wörter; Damen hatten eine oder noch besser gleich mehrere Zofen.

Kristin war vom Zustand ihrer Herrin begeistert. Sie liebte Kinder über alles und freute sich schon sehr auf das Kleine. »Wahrscheinlich werde ich selbst nie Gelegenheit haben, eine eigene Familie zu gründen. Daher will ich die beste Kinderfrau aller Zeiten für Ihren Sohn sein, Frau Birte.«

»Und wenn es ein Mädchen wird?« Birte amüsierte sich königlich über Kristins ungebremsten Eifer.

»Auch egal! Ich hab nun mal die kleinen Hosenscheißer alle zum Fressen gern und in mein Herz geschlossen«, ging im Überschwang das Temperament mit dem jungen Mädchen durch. »Oh, Verzeihung, Gnädige Frau! Ich wollte sagen …«

Birte schmunzelte. »Schon gut, Kristin! Ich bin sehr froh, eine so liebevolle Kinderfrau für meinen Sprössling zu haben.«

Die herzliche und absolut aufrichtige Art der jungen Norwegerin sagte Birte ausnehmend zu. Was scherte sie sich da um ihre manchmal etwas derbe Wortwahl? Jeden Tag beglückwünschte sie sich aufs Neue zu dem guten Fang, den sie mit Kristin gemacht hatte.

Auch ihr Ehemann Mikel war mit der Wahl dieser Dienerin zufrieden gewesen und sie war sicher, auch ihr Vater sowie Jens und Trina müssten Kristin einfach gernhaben. Ihre Stirn umwölkte sich. Der Gedanke an ihre Lieben daheim, nach denen sie sich verzehrte, war imstande, ihr alle Lebensfreude zu rauben. Seit einiger Zeit trieb sie gar die Befürchtung um, sie könne vielleicht nie mehr nach Hooge zurück.

»Der Teufel soll den Erzbischof holen!«, entfuhr ihr zornig. Erschrocken schlug sie eine Hand vor den Mund. Es war nicht gut, wenn eine werdende Mutter böse Gedanken oder große Wut in ihrem Kopf oder Herzen hegte. Sie erzeugten Gift und das war imstande, dem neuen Leben zu schaden. Zumindest vermochten sie den Geist des heranwachsenden Kindes auf Dauer zu verdüstern.

»Ich hab's nicht so gemeint, Herr! Aber, ich bitte dich sehr, lieber Gott, lass Herrn Christian August ein Einsehen haben, dass ich mein normales Leben auf meinem Hof auf der *Hallig* bald wieder aufnehmen kann. Es wäre wunderbar, wenn mein Kind daheim zur Welt käme und nicht in Norwegen – so schön es hier auch ist. Daraus wird zwar wohl nichts werden, denn Mikel wird frühestens im Herbst hierher zurückkehren. Aber anschließend nach Hooge zu fahren, lieber Gott, das wäre für mich der Himmel auf Erden!«

Anschließend sorgte sich Birte, ob der Herrgott ihr Gebet tatsächlich gehört hätte ...

*

Die Walfangsaison des Jahres 1711 ging einigermaßen unspektakulär vonstatten. Die Fangquote an Walen war ausgezeichnet und die Ausbeute an Tran mehr als erfreulich. Die Stimmung unter Mikel Frödesens Seeleuten war gut, die Rate an krankheitsbedingten Ausfällen gering.

»Zum Glück!«, musste man sagen, denn der auf der *Meerjungfrau* diensttuende Schiffsmedicus war kein besonderes Kirchenlicht, wie es Mikel ausdrückte. Bei Johann Brevensen und anderen Männern klang die Kritik um einiges drastischer: Sie sprachen von einem kläglichen Versager und Nichtskönner, der obendrein noch stinkfaul und dem Rum in übermäßigem Maße zugetan sei.

Das mochte in Mikels Augen zwar übertrieben sein, aber zu den besten *Meistern* und gar zu den fleißigsten gehörte Knut Haraldson mit Sicherheit nicht. Gottlob waren seine Dienste auf diesem Törn erstaunlich selten gefragt.

Trotz der günstigen Umstände zeigte sich der *Commandeur* in nicht so guter Laune, wie es den Männern eigentlich angebracht erschien. Manche vermuteten, er mache sich Sorgen um seine Frau, die er schwanger zurückgelassen hatte, und könne es gar nicht mehr erwarten, wieder bei ihr zu sein.

Johann Brevensen, sein Steuermann und bester Freund, gab sich mit dieser Erklärung allerdings nicht zufrieden. »Jetzt sag mir endlich, was dir im Kopf herumspukt, Junge!«, redete er ihn eines Abends an, als sie allein in Mikels Kajüte saßen und bereits eine ganze Weile lang stumm die Wände angestarrt hatten. »Ich merke doch, dass dich etwas bedrückt. Spuck es aus und du wirst sehen, dass es leichter wird!«

Der *Commandeur* wandte sich Johann zu und schaute ihm zum ersten Mal an diesem Abend direkt in die Augen. »Du hast recht, alter Freund! Mich beschäftigt tatsächlich seit Wochen schon etwas ganz Spezielles, von dem ich nicht weiß, ob die Idee gut ist – oder womöglich noch mehr Unheil anrichten könnte.«

»Hört sich spannend an, Freund Mikel. Lass hören!« Der Wikinger setzte sich betont aufrecht hin, um sich ja nichts entgehen zu lassen.

»Du weißt doch, in welcher unglückseligen Lage sich meine Birte befindet?«, begann der Kapitän.

Brevensen unterbrach ihn sofort. »Du meinst die Nachstellungen durch den unsäglichen Erzbischof von Lübeck? Ja, davon habt ihr mir beide erzählt. Auch dass Birte gezwungen ist, ihrer Heimat fernzubleiben, solange der Unmensch, der sie wohl gerne auf dem Scheiterhaufen sähe, noch lebt – was noch sehr lange andauern kann, weil der Kerl noch jung ist!«

»Auf den Tod Christian Augusts zu warten, erscheint mir auch nicht der richtige Weg zu sein.«

Mikel hatte seine Stirn in Falten gezogen und unwillkürlich die Stimme gesenkt. Das brachte seinen dänischen Freund auf abwegige Gedanken. Er wurde blass; die folgende Frage äußerte er daher auch nur im Flüsterton: »Du denkst doch nicht etwa daran, dem Ableben dieses Herrn, hm, etwas nachzuhelfen?«

Jetzt war es an Birtes Mann, die Augenbrauen erstaunt in die Höhe zu ziehen. »Was du mir zutraust, mein Bester! Nein, es ist nichts dergleichen.« Es gelang ihm sogar, ein bisschen zu lachen. »Da kann ich dich wirklich beruhigen, Johann! Nein, meine Gedanken zielen in eine ganz andere Richtung.«

Endlich getraute er sich, seinen Ersten Offizier an Bord in den Plan einzuweihen, den er sich zurechtgelegt und schon über Wochen hinweg in seinem Kopf gewälzt hatte.

»Anfangs habe ich die Idee famos gefunden, später jedoch für vollkommen abwegig, ja sogar für gefährlich. Und im Augenblick weiß ich gar nichts mehr. Vielleicht kannst du mir tatsächlich aus dem Wirrwarr in meinem Schädel heraushelfen.«

Dann weihte Mikel den älteren und lebenserfahreneren Mann ein in ein Vorhaben, dessen Umsetzung ihm solche Bauchschmerzen bereitete, dass er beinahe dem Trübsinn verfallen war.

»Sag mir deine ehrliche Meinung, Johann«, forderte er den Freund auf, nachdem er geendet hatte. »Du musst mich nicht schonen! Wenn du das Ganze für verrückt hältst, sag es ungeniert frei heraus.«

»Im Gegenteil, mein Lieber, im Gegenteil! Ich finde den Gedanken hervorragend. Christian August wäre der erste hochgestellte Pfaffe, der nicht bereit wäre, für einen Haufen Geld von seinen Prinzipien abzuweichen. Nach meinem Dafürhalten spielt dabei nur die Höhe der Summe eine Rolle, die jemand zu zahlen bereit ist, um die Gesinnung des frommen Mannes grundlegend zu ändern. Du kannst dich ohne zu zögern schriftlich an den Erzbischof wenden, sobald wir wieder zurück in Bergen sind, und ihm Verhandlungen anbieten – nachdem du ihm den Betrag in Aussicht gestellt hast, den zu opfern du gewillt bist.«

Mikel Frödesen atmete auf. Wenn selbst Johann Brevensen, ein ausgemachter Skeptiker, der Meinung war, er habe damit gute Aussichten, seine Frau vom Verdacht der Hexerei zu befreien, würde er keine Kosten scheuen, um Birte und die übrige Familie wieder glücklich zu machen.

Wobei es sich von selbst verstand, dass er sich die nötige fürst-erzbischöfliche Zusage schriftlich und von Christian August ei-genhändig unterzeichnen geben ließe. So naiv, sich allein auf das Wort des edlen Herrn zu verlassen, selbst wenn dieser noch so ein hochgestelltes und angesehenes Amt bekleidete, war Fröde-sen nicht.

Die Trübsal, die sein Gesicht bereits gezeichnet hatte, war wie weggeblasen. Am nächsten Abend würde er seiner ungeheuer schwer arbeitenden Mannschaft eine besondere Freude bereiten, indem er eine Extraration Rum zum Abendessen ausschenken ließe und ihnen vom finanziellen Ertrag des erbeuteten Waltrans einen saftigen Zuschlag auf ihre Heuer in Aussicht stellte.

Die Fanggründe in der Grönlandsee wollte Mikel Frödesen in den nächsten Tagen verlassen. Er würde sein Glück weiter im Osten, in der Barentssee, versuchen. Das hatte auch den Vorteil, näher bei den Trankochereien auf Spitzbergen zu sein. Obwohl die Walfangsaison erst zur Hälfte um war, konnte man bereits von einem sehr guten, ja, dem bisher besten Jagdergebnis spre-chen, das die Mannschaft der *Meerjungfrau* überhaupt jemals erzielt hatte.

»Wenn ich schon dem sauberen Herrn Erzbischof mein gutes Geld in den Rachen schmeiße, kann ich mich auch gegen jene Männer großzügig erweisen, die mir dabei geholfen haben, es zu verdienen!« Für die Haltung, die seinem Ausspruch zugrunde lag, liebte und achtete der dänische Riese Brevensen seinen deut-schen Freund womöglich noch mehr. Er wünschte von ganzem Herzen, dass Mikels Vorhaben den gewünschten Erfolg erzielen würde.

Zwar hatte er ihn nach Kräften darin bestärkt, weil in seinen Augen Nichtstun und Abwarten von allen Möglichkeiten die schlechtesten waren. Aber immerhin handelte es sich bei diesem Plan um nichts weniger als um eine veritable Bestechung. Wie der hohe Geistliche darauf reagieren würde, dessen war Breven-sen sich nicht ganz so sicher, wie er vorgegeben hatte. Dann jedoch tröstete er sich mit der Feststellung: »Mehr als verärgerte Ablehnung und empörte Zurückweisung durch den Erzbischof ist ja wohl nicht drin.«

Schlimmstenfalls würden sich Birte und Mikel Frödesen weiterhin dem Einflussbereich des Lübecker Kirchenfürsten fernhalten müssen.

Mikel hingegen malte sich jede Nacht die Freude aus, die auf Birtes schönem Gesicht aufflammen würde, sobald er ihr die Kunde überbringen könnte, die Gefahr für ihre Sicherheit und körperliche Unversehrtheit sei endgültig vorüber. Die Vorfreude auf diesen Augenblick war sogar imstande, seine Ängste wegen der bevorstehenden Entbindung zumindest zeitweilig zu überdecken.

*

Der Sommer in Norwegen war in diesem Jahr trocken und heiß. Birte hielt sich jetzt, gegen Ende ihrer Schwangerschaft, meist in ihrem kühlen Haus auf, das sie nur noch sonntags zu den Gottesdiensten verließ, die sie nach wie vor auf keinen Fall versäumen wollte.

Besuche bei Freunden hatte sie zu Beginn des siebten Monats eingestellt, weil sie sich viel zu unförmig und unbeweglich fühlte, erwartete sie doch nicht nur ein Kind, sondern, wie sie seit Längerem wusste, Zwillinge! Aber sie freute sich über jeden Gast, der den Weg zu ihr fand. Zu ihren liebsten Gesprächspartnern zählten ihre gute Freundin Gudrun Langbehn, Marta Henlein, die junge Witwe eines Geldverleihers, sowie Berta von Rudolph, Reedersgattin und Mutter von vier Kindern.

Noch eine weitere gute Freundin hatte Birte in Bergen gefunden: ihre Zofe Kristin Bertilstochter. Mochte diese auch ungebildet sein, nicht lesen und – außer ihrem Namen – nicht schreiben können, erinnerte das junge Mädchen ihre Herrin Birte an einen ungeschliffenen Edelstein. »Sie kommt mir vor wie ein Rohdiamant«, schrieb sie in einem Brief an ihre Lieben auf Hooge. »Als man mir solche Steine in einem Juwelierladen, den ich mit Frau Gudrun mehrmals aufsuchte, gezeigt hat, habe ich mir im ersten Augenblick das Lachen verbissen. Die Pretiosen schienen mir nämlich gewöhnliche Kieselsteine zu sein, ehe der Ladenbesitzer mich eines Besseren belehrt hat.«

An einem späten Nachmittag Mitte Juli, dem heißesten Juli seit mindestens zehn Jahren, wie alle Bewohner Bergens sich einig waren, verspürte Birte die ersten Wehen.

Die junge Frau hatte sich nach dem Mittagsmahl in ihr verdunkeltes Schlafzimmer als dem kühlsten Raum im ganzen Haus zurückgezogen und auf einer Chaiselongue Platz genommen, zu der sie auf Hooge vermutlich bloß Suufa gesagt hätte. Kristin war dabei, ihr ein Erfrischungsgetränk zu servieren, das sie aus einem hohen Glaskrug in einen Porzellanbecher goss. Es handelte sich um eisgekühlte Kirschlimonade, die Birte über alles liebte.

»Es geht allmählich los, meine Liebe«, setzte sie ihre Leibmagd in Kenntnis und deutete auf ihren unförmigen Leib. »Endlich ist es so weit, dass die Sache in Gang kommt! Ich weiß allmählich nicht mehr, wie ich mich bewegen soll, und komme mir vor wie ein plumpes Walross. Leider wird es noch eine ganze Weile andauern.«

Das erschrockene Gesicht der mittlerweile Neunzehnjährigen reizte die werdende Mutter zum Lachen.

»Keine Bange, meine liebe Kristin! Ich kenne mich damit aus. Beim ersten Mal dauerte es von der ersten Wehe bis zur endgültigen Geburt ganze zwanzig Stunden, bis mein Jens auf der Welt war. Bei Catrina ging's schon bedeutend schneller. Da war alles innerhalb von acht Stunden überstanden. Mal sehen, wie rasch es beim dritten Mal vonstattengeht. Es sind immerhin zwei! Aber wir wollen uns jetzt nicht stören lassen, sondern weitermachen. Erst nimmst auch du dir von der köstlichen Limonade. Du weißt, dass es mir nicht gefällt, allein zu essen. Beim Trinken verhält es sich ähnlich. Los, hol dir auch ein Glas! Und dann wird weiter geübt.«

»Wirklich, Frau Birte? Soll ich nicht doch lieber …?«

»Nein, nein! Wie gesagt, wir haben alle Zeit der Welt.«

»Wenn Sie meinen, Herrin.«

Kristin schaute zwar immer noch zweifelnd drein, aber die Ältere würde schon wissen, was sie sagte. Immerhin hatte ihre Herrin bereits zwei Kindern das Leben geschenkt.

Kristin tat wie ihr geheißen und nachdem sie ihr Trinkglas abgesetzt hatte, tauchte sie erneut den Federkiel ins Tintenfass, um einen kurzen Text, den Birte entworfen und ihr als Muster vorgelegt hatte, fein säuberlich in eine Kladde einzutragen, in der üblicherweise Einnahmen und Ausgaben des Haushalts notiert wurden.

Es handelte sich um ein Abendgebet, wie es die Protestanten vor dem Zubettgehen aufsagten, eine Mischung aus Dank für den vergangenen Tag und einer Bitte um einen erholsamen Schlaf und ein gesundes Erwachen.

Birte hatte vor einiger Zeit eine Kladde als Schreibheft für Kristin zweckentfremdet, denn sie hatte es sich in den Kopf gesetzt, die kluge Dienerin in Schreiben und Lesen zu unterrichten.

»Dann kannst du mir, immer wenn ich selbst zu müde bin oder zu krank, aus meinen Büchern vorlesen. Das sind alles spannende Geschichten; und wenn du lesen kannst, haben wir beide etwas davon. Außerdem kann ich mich danach mit dir über das Gelesene unterhalten.«

Wie erwartet, machte Kristin große Fortschritte. Das ABC beherrschte sie bereits und vermochte auch schon kurze Absätze fehlerfrei vom Blatt abzulesen. Als nächstes stand das Verfassen von Briefen an.

Eine ganze Weile war nur das Kratzen des Gänsefederkiels im Zimmer zu hören. Kristin starrte voll konzentriert auf die Heftseite, während Birte nur dalag und, eine Hand auf ihren monströsen Bauch gelegt, in sich hineinzuhorchen schien. Der Anschein trog keineswegs. In der Tat hielt die Heilerin stumme Zwiesprache mit ihren Kindern, die sich anschickten, den schützenden Leib ihrer Mutter zu verlassen, um sich den mannigfachen Gefahren ihres kommenden Lebens auszusetzen.

Birte erneuerte ihr Versprechen, das sie beiden gegeben hatte, seit sie von deren Existenz wusste. »Ich werde niemals etwas tun oder unterlassen, das euch unglücklich machen, gefährden oder sonst irgendwie in Schwierigkeiten bringen könnte. Um euretwillen will ich darauf verzichten, auch nur den Versuch zu unternehmen, wieder nach Hause zu gehen – selbst wenn Heimweh und Sehnsucht mich beinahe umbringen. Sollte es gar keinen anderen Ausweg geben, werde ich dafür sorgen, dass zumindest eure Geschwister Jens und Trina nach Bergen kommen. Hier lässt es sich, alles in allem, sehr gut leben. Auch euer Vater Mikel fühlt sich hier ganz wohl – immerhin ist es eine bedeutende Hafen- und Hansestadt. Selbst euer Großvater kann uns hin und wieder besuchen, damit ihr ihn nicht ganz aus den Augen verlieren werdet.«

Schon so oft hatte sie sich und ihren ungeborenen Kindern diese klug zurechtgelegten Sätze vorgesprochen – und immer noch musste sie dabei gegen die aufsteigenden Tränen ankämpfen. Die Befürchtung, wirklich nie mehr nach Nordfriesland, nie mehr auf Hooge und auf die Inseln gehen zu dürfen, schmerzte sie auch jetzt so sehr, dass sie ächzend aufstand, um Kristin, die sich verbissen mit dem Text, den sie abschreiben sollte, abmühte, über die Schulter zu lugen.

»Sehr schön machst du das, Kristin! Gleich bist du damit fertig. Damit wollen wir es für heute gut sein lassen. Nach dem letzten Federstrich sei so gut und hol uns das Spielbrett und die Würfel. Mir ist jetzt danach zu spielen, während ich darauf warte, dass die Wehen in kürzeren Abständen kommen. Ich werde dir sagen, wann es Zeit ist, die Hebamme zu verständigen und um Küüpik loszuschicken, damit er Gudrun Langbehn holt, die unbedingt bei der Geburt dabei sein möchte. Ich habe den Verdacht, sie traut der noch ziemlich jungen Wehmutter nicht ganz und möchte Ragnhild Gunnarson auf die Finger schauen.«

Unwillkürlich brachte diese Vorstellung Birte zum Lachen – was wiederum Kristin, die die Schachtel mit dem Brettspiel zum Tisch brachte, sehr beruhigte.

»Ich habe beinah das Gefühl, Frau Birte, dass ich mehr Angst vor der Entbindung habe als Sie.«

»Das ist sehr gut möglich, meine Liebe! Die Schmerzen bei einer Geburt sind zwar ausgesprochen unangenehm, ja, manchmal schier unerträglich. Aber das Gute daran ist, jede Frau weiß, dass sie irgendwann zu Ende sind und das Ergebnis ist zumeist wunderbar. Nur ganz selten besteht ein Grund zum Unglücklichsein – und genau davor habe ich Angst wie jede andere Frau auch. Die Unsicherheit, ob die Kleinen wirklich gesund sind, macht einen schier verrückt. Aber sobald die Wehmutter einem dann die Würmchen in den Arm legt, ist jeglicher Schmerz vergessen. Los, du bist dran mit Würfeln, Kristin!«

FÜNFZIG

Südlich der Lofoten, nahe dem kleinen Ort Bodø, ereilte die Mannschaft der Meerjungfrau ein Unglück, von dem jeder Seemann, der je seinen Fuß auf ein Schiff setzte, hoffte, es niemals erleben zu müssen – wohl wissend, dass es jederzeit eintreten konnte. Ein Unwetter, so grauenhaft wie selten eines, hatte sie erwischt, nachdem sie beinahe sicher gewesen waren, ihm bereits entronnen zu sein.

Seit einer guten Stunde waren sie der Katastrophe regelrecht davongefahren, da der Orkan, der aus Nordwesten kam, den Segler quasi vor sich her trieb. *Commandeur*, Steuermann und die übrigen Seeleute hatten alle Hände voll zu tun, um genauen Kurs zu halten; es drohte die Gefahr, der Sturm könnte sie an die Küste Norwegens treiben und gegen ein Felsenriff prallen lassen.

Endlich konnte Entwarnung gegeben werden und Johann Brevensen erließ die verhängnisvolle Order, die beiden vorsichtshalber niedergelegten Masten wieder aufzurichten und die eingerollten Segel entrollen und erneut in den Wind setzen zu lassen.

»Gerade noch mal Glück gehabt!«, rief er seinem Kapitän auf der Brücke zu und Mikel Frödesen, der seine Meinung teilte, nickte bestätigend. Weiß Gott, da war man doch haarscharf an einer ungeheuren Katastrophe vorbeigeschrammt!

Der Sturm hatte sich gelegt und war wiederum genau zu der steifen Brise geworden, die man sich wünschte, um gut voranzukommen. Erneut zeigte der Himmel sich wolkenlos und die See wies nur noch kleine Schaumkrönchen auf – ganz so, als wäre gar nichts gewesen.

Kaum nahm der Segler erneut ordentlich Fahrt auf, erscholl ein Schrei aus dem Mastkorb, wo der jüngste Matrose hockte und Ausschau nach etwaigen Hindernissen hielt. Der Däne hatte ihn zum Ausguck *aufentern* lassen – weniger, weil es ihm für die Sicherheit nötig erschien, sondern damit der noch ziemlich unerfahrene Bursche darin mehr Übung bekam. Nach einer kleinen Weile sollte ein anderer Neuling ihn ablösen.

»Ein gutes Training gegen die Höhenangst!«, sagte Brevensen immer.

Die alten Hasen unter den Seeleuten waren in diesem Fall eher unangenehm berührt von dem Gebrüll von oben. Was gab's denn hier zu plärren?

»Ei nuadig, *Moses*, skrik üüs en ufsteegen swin!«, rief der *Küper* zurück, der gerade nachgesehen hatte, ob seine gesamte Ladung an gereinigten und als Ballast mit Trinkwasser gefüllten Tranfässern bei der irrsinnigen Schaukelei zuvor nicht verrutscht war. Auch andere brummten unwillig, manche lachten. Auch ihnen erschien es unnötig, dass der *Moses* schrie wie ein abgestochenes Schwein.

Dann sahen sie es auch.

Schlagartig versiegten die spöttischen Rufe und jegliches Gelächter schien in den Kehlen der Männer zu ersticken. Achtern der *Meerjungfrau* erhob sich eine undurchsichtige dunkelgraue Wand, die das Schiff vor sich her zu schieben schien, wobei die Geschwindigkeit sich innerhalb von Minuten, ja, Sekunden rasant beschleunigte.

In Kürze hatte es den Anschein, als befände der Segler sich nicht auf dem Wasser, sondern bewege sich an Land auf Rollen und folge einer Spur, die ihn unausweichlich auf das felsige Ufer zutrieb, wo er unzweifelhaft zerschellen würde, falls nicht in allerletzter Minute ein Wunder geschähe.

»Gott im Himmel! Herr, steh uns bei!«, schrien die meisten voller Entsetzen. Auch Mikel Frödesen ertappte sich dabei, wie er die Hilfe des Herrn anrief. Man musste kein Ausbund an Frömmigkeit sein, um sich nicht hilflos den Elementen und ihrer ungeheuren Macht ausgeliefert zu fühlen, aus der sie allein die Gnade des Schöpfers allen Lebens zu retten vermochte.

Es war müßig, sich den Kopf darüber zu zerbrechen, woher das erneute Unwetter so plötzlich gekommen war. Es war da und der *Commandeur* und seine Offiziere hatten auf die Gefahr zu reagieren – und zwar blitzschnell, ehe es für alle an Bord das Ende bedeutete.

Scharfe Kommandos gellten über das Deck und die Mannschaft folgte blind den Anweisungen von *Bootsmann* und Bootsmannsmaat. So hatten es die Seeleute bereits bei Hunderten von Gelegenheiten gemacht, nur dieses Mal geschah es dreimal so schnell wie üblich. Die Segel mussten in aller Eile geborgen werden, Rahen waren zu brassen, um sie in die gewünschte Stellung zu bringen, *Fock-* und *Besanmast* wurden erneut umgelegt.

Jetzt erwies sich die Routine jahrelanger Praxis, welche die Männer sozusagen bereits im Schlaf die immer gleichen Handgriffe ausüben ließ, als einzige mögliche Rettung. Wie die Zahnräder eines Mahlwerks griffen die Bewegungen der Matrosen ineinander; in bewundernswert kurzer Zeit waren die Masten niedergelegt, die Segel *gerefft* und *gelascht*, die Rigg sorgfältig vertäut, die Kabelrollen gesichert, sämtliche Luken verschlossen und auch unter Deck alles, was herumfliegen und jemanden verletzen konnte, gesichert und penibel verwahrt.

Zur Erleichterung des Kapitäns hatte das Schiff aufgehört, schnurstracks auf die *backbords* verlaufende Felsenküste zuzuhalten; der Bug hatte sich etwas vom Land weggedreht und der Bugspriet zeigte nach Südosten.

Auch die enorme Geschwindigkeit hatte ein klein wenig abgenommen; man würde Anker werfen, um das Gieren, das ungewollte Abdriften vom gewünschten Kurs durch den Sturm, zu unterbinden – und hoffen, dass die Ankerkette nicht riss.

Schiemann und *Küper* kontrollierten erneut die Ladung, aber im Schiffsbauch schien alles einigermaßen in Ordnung zu sein. »Müsste schon mit dem Teufel zugehen, dass das Wasser aus den Fässern auslaufen würde!«

Die Männer vermochten sich kaum noch auf den Beinen zu halten, so sehr wurde der Segler auf den haushohen Wogen hin und her geworfen. Längst war es unmöglich, die Kimm auszumachen, die Linie des Horizonts.

Das durch die *Klüsen* hereinströmende Meerwasser machte, zusammen mit der erheblichen *Krängung* des Schiffs, den Aufenthalt an Deck zunehmend unmöglich. Der Schiemann musste schreien, damit die Männer ihn verstanden, denn der Orkan brüllte bereits so stark, dass man sein eigenes Wort kaum noch wahrnahm.

An Deck vermochte sich niemand mehr aufzuhalten – die haushohen Wellen drohten, jeden über Bord zu spülen. So benützten die Seeleute nach dem entsprechenden Signal sofort den *Niedergang* ins Unterdeck. Auch im *Orlop* verkrochen sich einige. Selbst der *Commandeur* und der Steuermann suchten die unten liegenden Quartiere auf.

In den folgenden Stunden lagen die meisten auf den Knien und beteten zusammen mit dem jungen Prediger, den Mikel auf diesen Törn mitgenommen hatte. Vater Frederik hatte noch so gut wie keine Erfahrung mit der Seefahrt, aber dafür, dass er ein

Greenhorn war, wie englische Seefahrer einen Neuling wie ihn bezeichneten, hielt er sich bemerkenswert wacker.

Sooft die Stimmen der Männer leiser wurden und nachlassen wollten mit Beten und Singen, war es Vater Frederik, der sie wiederum mitriss, indem er einen neuen Psalm anstimmte oder ihnen mit dröhnender Predigerstimme die Geschichte von Jonas und dem Walfisch erzählte.

Man hatte alles getan, wie es in den Lehrbüchern der Seefahrt stand. Mit am Wichtigsten war, dass es zu keiner *Patenthalse* kommen konnte, die zu Schäden an der *Takelage* führte oder gar einen Mastbruch verursachen konnte. Jetzt war man allein auf die Gnade des Allerhöchsten angewiesen.

In der ersten Stunde, in der die *Meerjungfrau* nur ein Spielball der ungeheuren Wogen zu sein schien und man nicht mehr sagen konnte, welchen Kurs sie einhielt – womöglich bewegte sie sich auch im Kreis oder fuhr zurück zu den Lofoten – rechneten die Männer jeden Augenblick damit, gegen die Felswand eines der zahlreichen norwegischen Fjorde geschleudert zu werden und zu zerschellen oder mit großer Wucht auf einem sandigen Uferstreifen aufzuprallen. Ihrer aller Untergang wäre möglicherweise damit besiegelt.

Als diese Katastrophe jedoch nicht eintrat und je mehr Zeit verstrich, desto lethargischer und gottergebener wurde die Mannschaft. Niemand wusste im Augenblick, wie viel Zeit bereits vergangen war, denn die beiden Uhren, die an Bord installiert waren, befanden sich in der Kapitänskajüte und im *Binnackel*.

»Man kann sowieso nichts dagegen tun!« – »Außer Beten hilft nichts!« – »Nur die Hoffnung darf man nicht verlieren!« Sie beruhigten einander und warteten mit Gleichmut das Kommende ab. Nach geschätzten drei Stunden gab auch der Prediger das Beten auf. Er war heiser und erschöpft, genau wie die übrigen Matrosen.

Etlichen gelang es trotz der erheblichen Schwankungen des Seglers, der immer noch stampfte wie ein nervöses Pferd und außerdem rollte, einzudösen oder vor sich hin zu träumen. Gegen zehn Uhr abends, nach gut sieben Stunden des zweiten Unwetters, war der Spuk endlich vorbei.

Wie benommen kletterten die Männer an Deck, um die Schäden zu begutachten, die der Orkan angerichtet haben musste, aller Vorsorge zum Trotz.

Jetzt, zur Sommerszeit, war es noch taghell und die Seeleute trauten anfangs ihren Augen nicht.

»Jetzt bin ich schon so lange zur See gefahren und hab so manchen schlimmen Sturm erlebt, aber dass die Sache so glimpflich ausgeht, ist mir noch nicht untergekommen«, murmelte nicht nur der Wikinger, Johann Brevensen. Auch andere ältere Fahrensleute, von denen einige bereits sämtliche Meere der Welt erkundet hatten, bestätigten diesen wundersamen Sachverhalt. Nicht der geringste Schaden an der gesamten *Takelage*!

Lediglich ein *Block* war über Bord gegangen, eine Rolle, die zum Aufwickeln eines Falls diente, eines Taus zum Segelheißen, und zwei *Backs* waren zerbrochen. Außerdem klagte der *Smutje* über einige Teller und Gläser, die zu Bruch gegangen waren.

»Es ist so gut wie alles heil geblieben!«, wunderte sich auch Mikel Frödesen. Wie von einem Albdruck befreit atmete er auf. Er hatte bereits überlegt, wie er seiner Frau den Verlust ihres wunderschönen Schiffes hätte erklären sollen.

Sein Weib war hochschwanger und würde bald ihre schwerste Stunde vor sich haben – und er konnte ihr liebstes und wertvollstes Eigentum, auf das sie mit Recht stolz war, nicht beschützen. Wie hätte er ihr nur die böse Nachricht überbringen können, dass ihr großartiges Schiff hinüber war – samt dem Erlös aus der diesjährigen Ausbeute an Waltran! Diese Gedanken hatte Mikel in seinem Kopf gewälzt während der elend langen Zeit, die er unter Deck bei seinen Leuten zugebracht hatte.

Die Kaschuben hatten ordentlich bezahlt und Frödesen hatte das ganze Geld in einer hölzernen Kiste verwahrt, wo es bis zum Ende des Törns verbleiben sollte, um nach dem Anlegen in Bergen gerecht an die Seeleute verteilt zu werden. Wie leicht hätte bei einer Havarie diese Kiste in winzige Splitter und Holzspäne zerbersten können, und das Geld läge irgendwo auf dem Meeresgrund verstreut. Das nächste Mal würde er eine eiserne Kassette mitnehmen. Mikel beglückwünschte sich ein weiteres Mal, mit einem blauen Auge davongekommen zu sein.

Das war übrigens keine bloße Redensart, sondern in seinem Fall die schmerzhafte Wahrheit. Anlässlich eines besonders heftigen Anpralls der aufgepeitschten Wogen war Birtes Ehemann gegen die Schiffswand geschleudert worden, wobei er sich den Kopf angeschlagen hatte und ein prächtiges Veilchen am linken Auge davontrug.

»So viel Glück ist mir beinahe unheimlich!«

Auch Johann Brevensen staunte. »Wäre nicht das erste Mal – ich habe das schon mehrmals erlebt – dass ein Segler nach so einem Orkan zum Ausbessern des Rumpfs ins Trockendock zum Kielholen musste. Du bist ein Glückspilz, Freund Mikel! Ich werte es als gutes Omen für dein ganz spezielles Vorhaben. Ich bin sicher, auch da wirst du erfolgreich sein. Am besten, du setzt schon einmal das Schreiben an Seine Exzellenz auf. An Bord hast du jetzt noch genügend Muße, dir gefällige Wendungen einfallen zu lassen, die dem frommen Herrn deinen Vorschlag schmackhaft machen. Ich vermute mal, noch einmal werden wir auf der Fahrt nach Bergen kein solches Unwetter mehr erleben. Mir ist es jedenfalls noch nicht untergekommen, dass es gleich mehrere Male so ganz dick kommt. Und denk daran: Biete ihm eine ordentliche Summe an – geh allerdings nur so hoch, dass dir noch Luft nach oben bleibt, falls der Gierschlund nicht zufrieden ist und noch mehr aus dir herauspressen möchte!«

Das brachte Mikel zum Schmunzeln. Anscheinend besaß auch sein Freund keine sehr hohe Meinung von dem geistlichen Herrn in Lübeck.

»Dein Rat erscheint mir wirklich gut, Johann. Gleich morgen will ich mich ans Werk machen und einen Brief verfassen, auf den der Erzbischof einfach eingehen muss. Wie wäre es, wenn du mir dabei helfen würdest?«

Eine Bitte, welcher der alte Däne nur zu gerne nachkommen wollte.

Während die Freunde an den nächsten Tagen immer mal wieder über dem Text brüteten, der Herrn Christian August bewegen sollte, anstatt an der peinlichen Befragung, sprich Folter von Mikels Ehefrau, sich lieber an einer stattlichen Summe Geldes zu erfreuen, schenkte Birte ihrem geliebten Mann tatsächlich einen kleinen Knudt.

Zur Überraschung der wirklich noch recht unerfahrenen Hebamme Ragnhild Gunnarson, die für die reguläre und äußerst beliebte Wehmutter Märta Bertilsson einsprang, weil diese mit gebrochenem Bein im Bett lag, war Birtes Entbindung damit noch keineswegs beendet. Kurze Zeit nach dem Söhnchen drängte nämlich noch ein kleines Mädchen ans Licht der Welt.

Die ziemlich erschöpfte, jedoch überglückliche Mutter tröstete Ragnhild, die sich schrecklich vor ihr und Birtes Freundinnen schämte, die der Geburt beiwohnten. Trotz eifrigen Gebrauchs des Hörrohrs, welches sie immer wieder auf Birtes Leib aufgesetzt hatte, war sie dabei geblieben, es handele sich nur um einen Säugling, der da geboren werden sollte.

Birte, selbst Geburtshelferin und immerhin zweifache Mutter, wusste allerdings schon lange, dass es sich um zwei Kinder handelte, die sie ihrem Mann schenken würde.

»Gräm dich nicht allzu sehr, Ragnhild! Ich weiß, manchmal ist es sehr schwer, zwei verschiedene Herztöne wahrzunehmen, besonders wenn die kleinen Herzen so ziemlich im Gleichklang schlagen.«

Dann verlangte sie, man möge ihr auch das Töchterchen in den Arm legen. »Meine süße kleine Antje!«, begrüßte sie zärtlich das Kind und küsste es wie vor einer halben Stunde den Knaben auf die winzige Nase.

»Der Herr Kapitän wird Freudensprünge machen, wenn er erfährt, dass er auf einen Schlag gleich zweifacher Vater geworden ist!«

Kristins lockere Bemerkung löste die ein wenig angespannte Stimmung; selbst Ragnhild wagte jetzt ein schüchternes Lächeln. Das wuchs sich in der Folgezeit sogar zu einem erleichterten und breiten Grinsen aus, als Birte ihr herzlich dankte für ihren umsichtigen Beistand und die sachkundige Pflege, welche sie ihr, der Wöchnerin, sowie den beiden Winzlingen zuteilwerden lasse.

»Aus dir wird in Kürze eine ebenso erfahrene Hebamme werden, wie es heute Frau Märta ist!«, prophezeite sie Ragnhild betont laut vor den anderen Frauen.

Es stimmte ja. Es gab nichts an der jungen Frau zu tadeln. Weder an ihren Bemühungen, die Geburt zu beschleunigen und sie für die Gebärende weniger schmerzhaft sein zu lassen, noch an Birtes nachträglicher Versorgung oder an der Art und Weise, wie sie die Nabelschnüre durchtrennt hatte, den Kleinen durch einen leichten Klaps auf den winzigen Po zum Atmen verhalf oder sie wusch und wickelte. Was Ragnhild noch fehlte, war jene ganz besondere Erfahrung, die nur die Zeit mit sich brächte.

Nach einer Weile verabschiedeten sich die Damen aus dem Gebärzimmer, das auf Birtes sehr bestimmtes Verlangen durch die weit in den Garten hinaus geöffneten Fenster frische Luft erhalten hatte – und zwar während des gesamten Gebärvorgangs.

Das mochte ganz und gar unüblich sein, aber Birte hatte daran erinnert, dass Frauen keine Eisbärinnen seien, die ihre Jungen in einer Höhle zur Welt bringen müssten.

Nach all den Schmerzen – trotz des Mohnsafts – und der zweifachen Anstrengung wollte die junge Mutter nur noch schlafen. Ragnhild nahm ihr die Säuglinge aus den Armen und bettete sie in eine Wiege, worin sie die nächste Zeit gemeinsam verbrächten, ehe man sie, sobald sie größer wären, getrennt in zwei Bettchen legen würde.

Birtes letzte Gedanken vor dem Eindämmern galten ihrem Mann. Sie malte sich die freudige Überraschung in seinem Gesicht aus, wenn Kristin ihn an die Wiege führte, wo das süße Zwillingspärchen Knudt und Antje schlummerte. Mikel, Geliebter, dachte sie, ich hoffe so sehr, dass ich dich damit glücklich mache!

EINUNDFÜNFZIG

Man mochte zu Leibniz stehen, wie man wollte. Sehr viele Menschen bewunderten ihn, viele waren neidisch auf ihn, manche machten sich über ihn lustig und es gab auch einige, die ihn regelrecht verabscheuten oder ihn zumindest für eingebildet und intolerant hielten.

Zu Letzteren durfte man getrost auch Sir Isaac Newton zählen, den überragenden Geist aus England, mit dem Leibniz seit Jahren im Wettstreit lag, wem von beiden der erste Rang unter den großen Denkern gebühre und wer der bedeutendere Wissenschaftler sei.

Diejenigen, die Leibniz besser kannten und ihn eigentlich mochten, ärgerte ebenfalls hin und wieder sein Hang zu Arroganz und Angebertum, sein Egoismus und vor allem seine Gier nach finanzieller Anerkennung.

Auch gute Freunde trauten ihm kaum zu, sich für etwas oder jemanden einzusetzen, was ihm im Gegenzug keinerlei Lorbeeren einbrächte. Dieses Mal sollten sie sich irren und eines Besseren belehrt werden.

Bereits am folgenden Tag nach dem Zusammentreffen mit der Crème de la Crème des deutschen Geistes- und Kulturlebens, den allerhöchsten Adelsvertretern Preußens und Russlands sowie einem Repräsentanten des norddeutschen Protestantismus, ging Leibniz daran, einige sehr aufschlussreiche Briefe zu verfassen.

In ihnen informierte er die sehr geehrten Empfänger über die Ungeheuerlichkeit, welche »ehrabschneiderische und böswillige Zeitgenossen – natürlich anonym! – sich erlaubt hätten, indem sie einen der frömmsten, aufgeschlossensten und vernunftbegabtesten hohen Geistlichen aus dem Norden Deutschlands in Misskredit zu bringen trachteten, indem sie diesem aufrechten Kirchenmann aus höchstem Adel den abscheulichen Ruf eines – er schäme sich beinah, es niederzuschreiben – Hexenverfolgers anhängten! Welch eine Infamie!«

In diesem Stile ging es eine Weile weiter, wobei der raffinierte Schreiber nicht versäumte, unter anderem den künftigen König von Preußen sowie Zar Peter von Russland als Zeugen zu zitieren, die allesamt den Schwur des Kirchenfürsten, dieser Vorwurf sei ebenso lächerlich wie falsch und ehrverletzend, beeiden könnten.

»So, Punktum!«

Leibniz streute Sand aufs feine Büttenpapier und rieb sich danach die Hände. Das hatte er großartig hinbekommen! Vor allem sein guter Föhringer Freund Lorenz Brarens, der Pastor des Friesendoms, würde aufatmen, sobald er die frohe Kunde weitergeben konnte an den Amtsbruder auf jener *Hallig*, die auf rätselhafte Weise in den Fokus des Lübecker Erzbischofs geraten war.

Wenn Leibniz sich recht erinnerte, handelte es sich um die Tochter jenes Geistlichen, die einen hervorragenden Ruf als Heilerin genoss und der irgendjemand den Vorwurf gemacht hatte, eine *Towersche* zu sein.

Während der große Denker seine Schreiben versiegelte, schüttelte er den Kopf über so viel Dummheit. Er durfte es sich zum ehrenvollen Verdienst anrechnen, dieser Lächerlichkeit den Garaus gemacht zu haben, indem er eine junge und, wie man hörte, schöne Frau gerettet habe.

In der Tat ging seine Rechnung auf.

Um sich ja keines Versäumnisses schuldig zu machen, hatte Leibniz auch Herrn Christian August in einem ausführlichen Schreiben schriftlich mitgeteilt, »… dass ich den allerbesten Ruf und die allergrößte Reputation, welche Seine Eminenz in sämtlichen kirchlichen wie weltlichen Kreisen zu Recht genießt, mit allen meinen mir zu Gebote stehenden Kräften verteidigt, geschützt und womöglich wiederhergestellt habe!«

Um eventuellen Fragen oder Irritationen aus dem Wege zu gehen, vergaß der eitle Philosoph auch nicht, diejenigen hohen und edlen Herrschaften namentlich aufzuführen, denen er die notwenige Richtigstellung beziehungsweise den höchsteigenen Widerruf Seiner Exzellenz mitgeteilt habe.

Dass der solchermaßen ausgetrickste und an der Nase herumgeführte Kirchenfürst es ohne totalen Gesichtsverlust nicht mehr wagen konnte, in irgendeiner Weise Birte zu belästigen, war dem Betroffenen freilich vollkommen bewusst.

Falls er etwa nach dem betreffenden Abendessen beim preußischen Kronprinzen noch mit dem Gedanken gespielt haben sollte, auch Menschen hohen Ranges seien vergesslich und letztendlich krähe kein Hahn nach einer friesischen Bäuerin und Kräuterfrau, die sich den lächerlichen Namen Walfängerbraut gegeben hatte, und in Kürze könne er dem Frauenzimmer durchaus einen schönen Prozess machen, sah Christian August sich jetzt dazu für alle Zeiten außerstande.

»Der Teufel soll den vermaledeiten Leibniz holen!« Wutentbrannt schleuderte der Kirchenmann das Schreiben in die Ecke.

*

Der Herbst sollte für den alten Halligpastor Peter Knudtsen einer der schönsten seines gesamten Lebens werden. Birtes großartige Nachricht hatte ihn erreicht, er sei erneut Großvater geworden – und diesmal gleich zweifach! Ein kleiner Knudt, so genannt nach des Pfarrers eigenem Vater, den er über alles geschätzt und geliebt hatte, und ein kleines Mädchen, Antje geheißen, in Erinnerung an die Mutter seines Schwiegersohnes, seien die jüngsten Familienmitglieder. Mutter und Kinder seien wohlauf, munter und gesund.

Das verlangte seinen Gang hinüber zur Kirche, um dem Herrgott für diese Gnade ganz besonders zu danken. Am liebsten hätte Pastor Knudtsen sich sofort auf den weiten Weg nach Bergen gemacht, um den Nachwuchs seiner Tochter selbst in Augenschein zu nehmen und die Kleinen zu segnen. Leider erlaubte ihm dies sein augenblicklich schlechter Gesundheitszustand nicht.

Überall empfand er Schmerzen; die Beine wollten nicht mehr recht und sein Gehör hatte auch nachgelassen. Dazu war er ständig müde und schlief einfach ein – mochte es mitten während des Essens mit dem Gesinde oder gar beim sonntäglichen Gottesdienst sein.

Die Kirchgänger wussten Bescheid und warteten dann einfach so lange, bis ihr Pastor nach etwa zehn Minuten wieder von selbst aufwachte. Es war nicht ganz klar, was ihm eigentlich fehlte.

Wahrscheinlich waren es das Alter und die Sorge um seine Tochter und ihre Lieben, glaubte er. Er war sicher, seine Birte würde ihm helfen können, falls es ihr möglich wäre, ihm ihre heilenden Hände aufzulegen.

»Leewer God, kön det uungung tu mi, naist juar efter Noorweegen tu keer? – Lieber Herrgott, kann's für mich möglich sein, nächstes Jahr nach Norwegen zu fahren?«, setzte er an, Zwiesprache mit seinem Schöpfer zu halten. Das setzte allerdings voraus, dass er den kommenden Winter überlebte, was er zwar hoffte, wovon er jedoch keineswegs überzeugt war.

Vielleicht sollte er, wie so viele andere auch, die heilkundige Tochter Kerrin seines Föhringer Freundes aufsuchen? Auf Birtes Hilfe zu warten – womöglich könnte seine Zeit dazu nicht mehr reichen.

Ächzend erhob er sich mit schmerzenden Knien, um die wenigen Schritte in den Pfarrhof hinüberzugehen. Ketel Mommsen, der jüngste Knecht auf seinem Hof, war inzwischen zur Kirchentür hereingekommen, um seinen Herrn zum abendlichen Mahl zu bitten. Ketels Mutter sowie die jütischen Frauen von Simon und Jon hatten –angeblich aus Anlass der Geburt seiner jüngsten Enkel – etwas ganz Besonderes zubereitet. Sogar Kuchen hätten die Frauen gebacken, verriet ihm Ketel flüsternd.

*

Ganz so schnell wie erhofft gelangte die *Meerjungfrau* nun doch nicht nach Bergen zurück. Etwas nördlich von Hitra ereignete sich ein Unfall.

Ein älterer Matrose, dem der *Meister* wegen gelegentlicher Schwindelanfälle das *Aufentern* eigentlich verboten hatte, wollte sich nicht daran halten. Gegenüber seinen Kameraden ließ der Seemann verlauten, er vertraue dem Schiffsarzt nicht und wisse selbst, was er sich zumuten könne und was nicht.

In Wahrheit hatte er die Befürchtung, man würde ihn das nächste Mal wegen seines Alters und schlechter gesundheitlicher Verfassung nicht mehr mitnehmen auf hohe See. Kürzlich hatte er zum zweiten Mal geheiratet – eine wesentlich jüngere Frau – und er brauchte die *Heuer* ganz dringend, weil bereits Nachwuchs unterwegs war.

Es kam, wie vom *Meister* vorhergesehen. Beim Aufentern packte ihn erneut ein Schwindelgefühl. Harald Sigvardson stürzte acht Fuß tief auf die Decksplanken hinunter. Er hatte insofern noch Glück, dass Genick und Rückgrat nicht gebrochen waren; aber seine beiden Beine, die linke Hüfte und ein Arm wiesen mehrfache, äußerst schmerzhafte Brüche auf.

»Wie steht's, *Meister*?«, erkundigte sich *Commandeur* Mikel beim Schiffsmedicus besorgt. »Meint Ihr, Ihr bekommt Harald wieder hin? Ich meine so, dass der Mann wieder laufen kann und auch den Arm wie gewohnt wird gebrauchen können?«

Der Medicus, bekanntlich nicht gerade ein überragendes medizinisches Ass vor dem Herrn, zögerte. Das genügte Mikel, um eine Entscheidung zu fällen, die weder ihm noch dem Rest seiner Besatzung besonders gefiel. Bedeutete es doch einen ziemlich langen Aufenthalt an Land – und dabei hatten sich alle schon so sehr auf ihr Zuhause gefreut. Endlich einmal wären sie zeitlich früher heimgekommen als üblich. Daraus wurde nun nichts.

»Meine Birte muss längst entbunden haben!«

Mikel sah finster drein; selbst Johann Brevensen vermochte ihn nicht aufzuheitern. »Ja, das hätte es jetzt wirklich nicht mehr gebraucht, so kurz vor unserem Heimathafen in Bergen«, stimmte der Däne seinem Freund zu.

»Unser Medicus mag ja nicht besonders viel taugen, aber das muss man ihm zugutehalten, dass er Harald Sigvardson mehrmals eindringlich gewarnt hatte, nochmal auf den *Besanmast* hochzuklettern, weil ihm seit einiger Zeit da oben schwindlig wurde.«

Das zu hören verschlechterte erst recht Mikels Laune. Regelrecht wütend war er auf den Matrosen. Der hatte also aus purem Leichtsinn oder aus blanker Sturheit den Unfall selbst verschuldet! Aber Schuldzuweisungen halfen nun mal nicht weiter.

»Wir müssen trotzdem alles tun, damit der arme Hund Hilfe bekommt, um nicht Gefahr zu laufen, sein Leben lang ein Krüppel zu bleiben!«

Sie hatten keine andere Wahl, als Trondheim anzusteuern, den nächsten größeren Ort an Norwegens Küste. »In der Stadt ist auf jeden Fall die medizinische Versorgung besser als in irgendeinem Küstendorf«, entschied der Kapitän.

Außerdem hätten die Leute eher die Möglichkeit, sich während ihres Zwangsaufenthalts an Land zu amüsieren, als es in einem abgelegenen Nest der Fall gewesen wäre. Frödesen wollte unter allen Umständen vermeiden, dass die bisherige gute Stimmung der Besatzung am Ende noch kippte.

*

Auf Pastor Peter Knudtsen sollte allerdings noch eine weitere, und zwar mindestens genauso erfreuliche Nachricht warten.

»Dieses Mal, mein lieber Freund, musste ich Euch persönlich die fantastische Neuigkeit überbringen!« Lorenz Brarens, Peters ebenfalls in die Jahre gekommener geistlicher Amtsbruder aus Föhr, hatte sich, obwohl ziemlich erkältet, auf keinen Fall abhalten lassen, sich von einem seiner Knechte per Boot auf die *Hallig* übersetzen zu lassen. »Ich dachte, ein Brief wirkt in diesem Fall nicht so gut, wie die mündliche Botschaft es vermag!«

»Ich freue mich aufrichtig, Euch zu sehen, mein Lieber! Was ist es denn Gutes, das Ihr mir verkünden wollt? Gibt es etwa endlich Frieden? Ist der schreckliche Nordische Krieg wirklich und wahrhaftig zu Ende?«

Darauf blieb der Pastor aus Nieblum zunächst die Antwort schuldig. »Ich habe hier einen ganz besonderen Brief von meinem guten Bekannten Leibniz erhalten, der Euch interessieren dürfte. Lest am besten selbst!« Brarens tat geheimnisvoll und überreichte Birtes Vater ein mehrseitiges Schreiben.

Da der große Gelehrte über eine ziemlich kleine und dazu noch krakelige und schwer lesbare Handschrift verfügte, bat Knudtsen den kleinen Ketel, dass der ihm seine Augengläser hole, die er neuerdings brauchte, sobald er etwas Naheliegendes genau erkennen wollte. Unruhig ließ er sich auf seinem Stuhl nieder, während Pastor Lorenz ihn voller Neugier beobachtete.

Eine Weile herrschte angespannte Stille im Studierzimmer, die jedoch jäh zerstört wurde durch den freudigen Aufschrei des Hoogener Geistlichen. »Ist es denn wirklich und wahrhaftig möglich? Mein liebes Kind darf ungefährdet nach Hause? Der Erzbischof ist zur Vernunft gekommen! Halleluja!«

Peter Knudtsen sprang auf, um seinen Gast stürmisch zu umarmen. Vergessen waren die Schmerzen in Hüfte und Knie. Die wunderbare Neuigkeit durchströmte den überglücklichen Vater und neuerdings vierfachen Großvater wie ein geheimnisvolles Elixier, das ihn um viele Jahre verjüngte. Das eben noch müde graue Gesicht strahlte und war rosig angehaucht, sogar die Falten erschienen um einiges weniger tief eingegraben zu sein.

»Unsere Gebete haben gewirkt«, stellte der Pfarrer des Friesendoms fest und wirkte seinerseits ausgesprochen zufrieden.

Peter Knudtsen wollte ihn unbedingt nötigen, noch zum Essen zu bleiben, und machte Anstalten, eine Magd zu veranlassen, noch ein weiteres Gedeck für den Gast aufzulegen, aber Lorenz Brarens winkte ab.

»Nein, mein Lieber! Ich danke Euch zwar, aber auf mich wartet eine Menge Arbeit; das Festessen werden wir später einmal nachholen. Ihr habt jetzt auch Wichtigeres zu tun, wie etwa Eurer Tochter die frohe Botschaft zu verkünden. Übrigens, hat Birte ihr Kind bereits zur Welt gebracht?«

Erst jetzt fiel dem Halligpastor ein, dass er selbst auch eine gute Nachricht zu verkünden hatte. Voller Stolz berichtete er über sein doppeltes Großvaterglück.

»Aber um mit mir in die Kirche hinüberzugehen, um dem Herrn aufrichtig zu danken, so viel Zeit werdet Ihr doch noch haben, lieber Freund?«

Diesen Wunsch konnte und wollte der Föhringer Geistliche Pastor Peter nicht abschlagen. Für ein ausgiebiges und inniges Dankgebet waren jetzt sogar zwei allerbeste Gründe vorhanden. Gemeinsam schritten die älteren Herren zum Halligkirchlein, wobei Birtes Vater in seiner Beschwingtheit plötzlich um mindestens ein ganzes Jahrzehnt jünger wirkte als sein gleichaltriger Begleiter.

ZWEIUNDFÜNFZIG

Harald Sigvardsons Verletzungen schienen noch ernster zu sein als vom *Commandeur* und seinem Stellvertreter befürchtet. Der Medicus in Trondheim machte ihnen wenig Hoffnung auf eine baldige Genesung.

Nach zwei Wochen vergeblichen Wartens, ob der Matrose sich doch noch als transportfähig erwiese, verkündete Mikel Frödesen der übrigen Mannschaft seinen Entschluss, man werde nun doch schweren Herzens ohne den verunglückten Seemann Harald nach Bergen segeln.

Er müsse unbedingt noch längere Zeit bei dem Medicus, zu dem man ihn gebracht hatte, bleiben – und zwar liegend. Der heilkundige Mann hatte festgestellt, dass Harald sich bei seinem unglücklichen Sturz auch einen Rückenwirbel angebrochen hatte, der es noch nicht erlaube, dass er das Lager, worauf man ihn gebettet hatte, verließe. Nicht einmal aufrecht zu sitzen, wollte er Harald Sigvardson erlauben.

Mikel hatte Vereinbarungen mit einem Bauern aus Trondheim getroffen, der versprach, ihn nach seiner Wiederherstellung, die noch Monate dauern konnte, in seinem Ochsenkarren nach Bergen zu bringen.

Da die Behandlung beinahe den ganzen Lohn für die gesamte Walfangsaison verschlingen würde, war der unglückliche Matrose vollkommen am Boden zerstört.

»Wovon soll meine Frau, die überdies ein Kind erwartet, leben? Am besten wär's, ich würde mich von einem Felsen stürzen!«

»Großartige Idee, Harald«, lobte Mikel ihn spöttisch. »Damit wäre deiner armen schwangeren Frau mit Sicherheit ganz toll geholfen! Wie wär's, wenn du dir stattdessen vornähmest, bald wieder gesund zu werden, um nächstes Frühjahr erneut dabei zu sein?«

Vor freudiger Aufregung brachte der Verletzte erst einmal keinen Ton heraus. Nach einer Weile kam es dann schüchtern: »Der Herr *Commandeur* würde mich Unglücksraben tatsächlich nochmal *anheuern*?«

Sein verdüstertes Gesicht hellte sich in Windeseile auf, als Mikel nachdrücklich nickte. »Jawohl, das würde ich wollen. Hand darauf! Aber nur, wenn du mir deinerseits versprichst, nicht mehr auf irgendwelche Masten *aufentern* zu wollen. Das können in Zukunft Jüngere übernehmen. Du bist bald Vater und nicht mehr der Allerjüngste. Also, wie steht's, mein Guter?«

Selten hatte ein Matrose so eifrig und überaus glücklich ein Versprechen abgegeben. Als ihm sein Kapitän zum Abschied noch versicherte, seiner Frau Bescheid geben zu lassen, wie es um ihn stehe, und dass der Trondheimer Medicus versprochen habe, er dürfe in etwa einem Monat heimfahren und spätestens nach zwei weiteren Monaten werde er wieder ganz der Alte sein, kannte Haralds Glück keine Grenzen.

Spontan beschloss Mikel, dem so schwer Geprüften zu versichern, er werde ihm die Hälfte der Kosten, die er dem Heiler schulde, ersetzen, um seinen Verlust einigermaßen in Grenzen zu halten.

Als er allerdings bemerkte, dass die Großzügigkeit seines *Commandeurs* Harald Sigvardson in Tränen ausbrechen ließ, verließ er schnell das Krankenzimmer. Männer weinen zu sehen, das hatte er noch nie gekonnt. Schmolz er doch bereits dahin, sobald Frauen Tränen vergossen.

*

Der 10. September sollte sich für alle Zeit in Birtes wie in Mikels Gedächtnis einnisten als ein Tag der herzlichsten Freude, des allergrößten und innigsten Glücks sowie der überschäumendsten Dankbarkeit.

Mikel, der es kaum fassen konnte, seine Birte so wunderschön, ja, schöner denn je, strahlend vor Mutterglück und rank und schlank wie ein junges Mädchen zu sehen, sollte buchstäblich aus allen Wolken fallen, nachdem Kristin ihn mit großer Geste ins Schlafgemach und an die Wiege heran führte, um den Herrn Kapitän zu bitten, gnädigst einen Blick hineinwerfen zu wollen.

Noch begriff er nicht, weshalb Birte sich das Lachen verbiss. Von einem gesunden Sohn hatte seine Frau ihm bei der liebevollen Begrüßung berichtet, der schrecklich viel Hunger habe und in den beinahe zwei Monaten, die er nun auf der Welt sei, schon kräftig zugenommen habe.

»Warum lachst du, mein Schatz?«, erkundigte sich Mikel und lächelte arglos, indem er die Schwelle der Schlafstube überschritt. »Hat mein Söhnchen vielleicht feuerrote Haare? Würde mich nicht stören!«

Jetzt lachten beide Frauen hell auf, während der glückliche Vater unter den seidenen Baldachin des Kinderbettchens spähte.

»Ferdreit noch ens tu! En peerchen!«

»Ja, verflixt und zugenäht, mein Liebster! Ein Pärchen haben wir bekommen!« Birte hängte sich an Mikels Hals. »Darf ich vorstellen? Knudt, der als Erster das Licht der Welt erblickt hat! Und die neben ihm liegt, das ist Klein Antje.«

»Mein Gott! Wie schön die beiden sind«, stotterte Mikel überwältigt. »Und wie winzig!«

»Na, hör mal, mein Lieber! Mir hat es gereicht. Gegen Ende der Schwangerschaft hatte ich das Gefühl, einen Elefanten im Bauch zu haben. Wachsen werden sie von allein – dazu haben sie jetzt genug Gelegenheit.«

Birte hob den Knaben aus der Wiege und legte ihn Mikel in den Arm. Der frischgebackene Vater nahm in einem Sessel Platz und bat, man möge ihm auch die Tochter reichen. Kristin streifte den Säuglingen die Häubchen ab und jetzt brach auch der Kapitän in lautes Gelächter aus. Während Knudt eher das aschblonde Haar der Mutter geerbt zu haben schien, zierten Antjes Köpfchen flaumige, leuchtend rote Löckchen.

»Meine Süße, meine Schönste!«

Mikel drückte der Kleinen mehrere sanfte Küsse auf die Stirn, ehe er auch seinen Sohn küsste. »Wissen dein Vater, Jens und Catrina schon Bescheid?«

»Oh ja! Sie und ihr Großvater sind ganz aus dem Häuschen. Sie wünschen sich nichts sehnlicher, als die Kleinen kennenzulernen.«

Birtes Gesicht verdüsterte sich. »Aber das wird wohl so bald nicht möglich sein!«

Das brachte Mikel sein wohlüberlegtes und nach allen Regeln der Diplomatie ausgefeiltes Schreiben an den Erzbischof von Lübeck ins Gedächtnis. Noch heute würde er veranlassen, dass es seinen Weg ins erzbischöfliche Palais fände.

Er legte die Kinder, die mittlerweile quengelig wurden, in ihr Schaukelbettchen zurück und umarmte Birte. »Ich danke dir für dieses wunderbare Geschenk, das du mir gemacht hast, mein Liebes. Ich glaube, ich bin der glücklichste Mann der Welt!«

Inzwischen ertönte aus der Wiege doppeltes Quäken, weshalb der unerfahrene Vater begann, sich Gedanken zu machen. »Es fehlt den Kleinen doch nichts?«, erkundigte er sich besorgt und zog die Stirn kraus.

»Doch! Den beiden fehlt sogar etwas sehr Wichtiges.« Birte und Kristin schmunzelten. »Sie haben nämlich Hunger!«

Mikel kam sich ein wenig dumm vor. Natürlich! Darauf hätte er selbst kommen können. Da er niemals miterlebt hatte, wie sein Sohn Adrian aufwuchs, fehlte ihm jegliche Erfahrung. Er beschloss, diesen Fehler nicht noch einmal zu machen – zumindest solange er sich nicht auf See befand.

Dass Birte ihre Kinder selbst stillte, kam ihm ganz natürlich vor, und als man ihm sagte, es habe deswegen in Bergen einen kleinen Aufstand unter den hanseatischen Damen gegeben, verstand er die Welt nicht mehr.

»Aber, aber, das ist doch das Natürlichste von der Welt – dachte ich bisher zumindest!« Der Kapitän geriet ins Stottern. Offenbar verstand er wirklich nicht viel von der Aufzucht von Säuglingen.

»Vornehme Damen lassen sich nicht dazu herab, ihre Kinder selbst zu nähren«, musste er sich belehren lassen. »In gehobenen Kreisen erledigen dieses mühsame Geschäft bezahlte Ammen. Aber ich würde um nichts auf der Welt darauf verzichten wollen!« Birtes Augen blitzten energisch.

»Ich habe mich bei meinen Freundinnen mit dem Argument durchgesetzt, nach meiner Erfahrung wären von ihren eigenen Müttern gesäugte Kinder insgesamt gesünder und kräftiger, gegen Krankheiten weniger anfällig, im Allgemeinen ruhiger und auch klüger als andere, die von fremden Frauen an die Brust genommen würden.«

Inzwischen konnte der stolze Vater beobachten, wie sein Sohn gierig an Birtes rechter Brust saugte, während Kristin ihr die Tochter an der linken anlegte.

»Die Kleinen haben großes Glück, dass ihre Mutter genügend Milch für zwei hat, das ist keineswegs selbstverständlich«, plapperte Birtes Zofe munter. Das junge Bauernmädchen schien jetzt auch noch ganz selbstverständlich in die Rolle einer erfahrenen Kinderfrau geschlüpft zu sein.

Die folgende Unterhaltung der beiden Frauen geriet dem Kapitän dann doch zu speziell. Er wollte sich gerade verabschieden, um den bewussten Brief auf die Reise zu schicken, als Kŭŭpik die Ankunft eines Boten meldete, der ganz wichtige Post für die Herrschaften abzuliefern habe. Es handelte sich um einen umfänglichen Brief aus Hamburg und sein Verfasser war kein anderer als Mikels guter Freund, der Werftbesitzer Jonas Paulsen.

Er und seine Gemahlin Antje hatten es sich nicht nehmen lassen, die Gerüchte und den Klatsch, der über die zahlreichen Freundschaftsbesuche des russischen Zaren bei deutschen Adelsfamilien und sonstigen Honoratioren herumschwirrte, auf ihren Wahrheitsgehalt zu untersuchen.

Als sich die Nachricht bestätigte, der Erzbischof von Lübeck habe es sich anlässlich einer Zusammenkunft mit bedeutenden Herren energisch verbeten, zu den Ewiggestrigen gezählt zu werden und von Hexerei und ähnlich dummem Zeug habe er nie etwas wissen wollen, war den beiden klar, dass dies die Botschaft war, auf welche Mikel und Birte schon lange mit großer Sehnsucht warteten.

Kŭŭpik, Kristin und die Köchin Sonja wurden staunende Zeugen eines jubelnden, sich an den Händen fassenden und im Salon herumtanzenden Ehepaares. Was mochte nur so plötzlich in ihre Herrschaft gefahren sein?

»Was wohl in dem Brief stehen mag?«, flüsterte Sonja mit großen Augen. Nur Kristin ahnte, was diese überwältigenden Glücksgefühle ausgelöst haben konnte.

»Darf ich Euch meine Glückwünsche zur baldigen Heimkehr aussprechen, Frau?«, erkundigte sie sich leise, nachdem der Inuk und die Köchin sich zurückgezogen und die Empfänger der erfreulichen Post sich etwas beruhigt hatten. Zumindest insoweit, als sie sich nebeneinander auf einen Diwan setzten und gemeinsam den Brief noch ein weiteres Mal mit aller Sorgfalt durchlasen, als könnten sie sich bei der ersten Durchsicht vertan und Wichtiges übersehen haben.

»Komm her, meine Liebe!«

Birte stand auf und zog das junge Mädchen an sich. »Du hast richtig geraten. Alles wird gut! Meine Familie und ich können die Heimreise wagen – und du und Kŭŭpik, ihr werdet uns natürlich begleiten. Wenn sie mag, kann auch Sonja gerne mitkommen, aber ich denke, sie ist im Augenblick schwer verliebt und wird lieber in Norwegen bleiben wollen. Eigentlich schade! Sie kann wirklich gut kochen.«

Der Kapitän hatte sich noch gar nicht geäußert. Dass er sich freute, konnte man ihm ansehen, aber er war unfähig, auch nur einen Ton herauszubringen. Erst hatte er es gar nicht glauben wollen. Er argwöhnte, sein Freund habe sich geirrt; irgendwo müsse en hiar uun a böder wees. Auch Birte meinte im ersten Augenblick, irgendwo müsse doch ein Haar in der Suppe sein. Sie durchforsteten die wichtigen Stellen noch einmal genau, aber da war kein Zweifel mehr möglich.

Um ein Haar hätte er den Brief an Erzbischof Christian August abgeschickt, fiel Mikel siedend heiß ein, mitsamt dem beträchtlichen Bestechungsangebot, ihm Birtes Unversehrtheit gegen eine hohe Summe abzukaufen. Herr im Himmel, wie sehr hätte er sich blamiert und wie groß wäre der Zorn des hohen Herrn ausgefallen! Wobei er sich gar nicht hätte sicher sein können, was diesen Zorn letzten Endes hervorgerufen hätte. Die instinktiv sichere Einschätzung der Korruptheit Christian Augusts oder dessen Wut über den Verlust einer nicht geringen Menge an Geld? Nach dem Öffentlichwerden seiner modernen Ansicht über Hexenunwesen und Zauberei hätte der Fürstbischof die Bestechungssumme ja unmöglich noch annehmen können!

Als ihm dieser Gedanke kam, entfuhr Kapitän Frödesen unwillkürlich ein lautes und herzliches Gelächter.

»Mein Schatz«, er legte seiner Frau den Arm um die Schulter, »lass uns in Bälde ein großes Fest geben für unsere lieben Freunde und Bekannten! Wir wollen ihnen mitteilen, dass wir ihnen und der schönen Stadt Bergen noch vor Weihnachten Adieu sagen werden. Ich will auch umgehend Johann Brevensen die großartige Neuigkeit mitteilen – falls Jonas das nicht bereits getan hat.«

Außerdem wollte er ihn bitten, die Sache mit dem Anliegen an den Fürstbischof für sich zu behalten. Auf keinen Fall sollte nämlich seine Frau noch nachträglich davon erfahren, dass er bereit gewesen war, dem hohen Geistlichen auf Jahre hinaus die Hälfte seines jährlichen Erlöses am Walfang zu verpfänden. Gar zu gerne hätte er das Gesicht des Wikingers anlässlich der dramatischen Wende gesehen. Zumindest wusste er, dass der aufrechte und ehrenwerte Mann sich ehrlichen Herzens mit ihnen freuen würde.

Birte war den Rest dieses besonderen Tages über sehr aufgewühlt. Lange fand sie in der Nacht keinen Schlaf; hin und her gerissen war die junge Frau. Zu viele Gedanken gingen ihr durch den Kopf. Ihr Gemütszustand schwankte zwischen überschäumendem Optimismus, alles werde von nun an gut sein, und dem Zorn über jene, die ihr bisher das Leben schwer gemacht hatten.

Soviel sie gehört hatte, galt Ocke Japsen inzwischen als in der Karibik verschollen; ihm weinte sie wahrlich keine Träne nach. Und jener mächtige Feind aus Lübeck, der es nicht nur auf ihr Eigentum abgesehen, ihren guten Ruf gefährdet und sogar ihr Leben bedroht hatte, sollte auf einmal einen radikalen Kehrtschwenk in seiner Gesinnung gemacht haben?

Was steckte nur dahinter, überlegte Birte, die eine kluge Frau war, mit feinem Instinkt für Wahrheiten. Irgendjemand musste an ein paar Stellschrauben in Christian Augusts Kopf gedreht haben. Von sich aus hätte der widerliche Mensch sie bestimmt nie in Ruhe gelassen.

Nach Stunden erst schlief sie ein. Aber mitten in der Nacht erwachte sie von einem leisen, ganz feinen Geräusch, welches nur besonders wachsame Mütter von Kleinkindern zu hören vermögen. Es war ihr, als habe sie federleichte Schritte und kaum hörbaren Gesang vernommen.

Ihr erster Gedanke galt ihren Kleinen und unwillkürlich schweifte ihr Blick in jene Richtung, in der diese selig schliefen. Tatsächlich! Es kam ihr vor, als stünde dort jemand im hellen

Mondlicht: eine überschlanke, durchscheinende Frauengestalt in einem langen wallenden Kleid. Obwohl überrascht, erschreckte Birte sich nicht, glaubte sie doch, die Frau zu erkennen.

Sie erhob sich im Mondschein, der den Schlafraum mit sanftem Schimmer erfüllte, sodass es unnötig war, Licht zu machen. Sie trat an die Wiege, in der ihr und Mikels größter Schatz in friedlichem Schlummer ruhte. Knudt und Antje lagen, einander zugewandt, die winzigen Fäuste geballt und an die Brust gedrückt und mit geschlossenen Augen unter der gemeinsamen Bettdecke.

Nur ein gelegentliches Zucken der kleinen Gesichter oder ein leichtes Näschenrümpfen wies darauf hin, dass die Kinder träumten. Von der fremden Frau war nichts zu sehen und Birte beugte sich über ihre Kleinen, küsste ein jedes leicht auf die Stirn und zog ihnen die Decke gerade.

Als sie aufsah, entdeckte sie die ätherische Gestalt, in welcher Birte ihre längst verstorbene Mutter erkannte, die in einer Ecke beim leicht geöffneten Fenster stand.

»Bitte bleib bei uns, Mutter«, bat sie das seltsam körperlose Wesen, das nur aus zart angedeuteten Umrissen und einem durchscheinenden Gewand zu bestehen schien. Obwohl sie die Gesichtszüge im Schatten nicht zu erkennen vermochte, war die junge Frau sicher, dass es sich um Großmutter Ingken handelte, die ihre Enkel hatte sehen wollen.

Aber die Gestalt schickte sich an, durchs jetzt weit offen stehende Fenster zu entfliehen, hinaus in die helle Mondnacht.

»Mutter, sprich mit mir, ich bitte dich. Sag mir, dass du stolz auf mich bist! Sind meine Kleinen nicht prächtig?«

Birte eilte zum Fenster, über dessen Sims die Frauengestalt jetzt schwebte, bereit, hinaus in die Nacht zu entschwinden; Gott allein mochte wissen, für wie lange Zeit – womöglich für immer.

»Sie sind wundervoll, meine Tochter! Ihr werdet viel Freude an ihnen haben – zumindest die nächsten zweimal sieben Jahre. Hab acht auf sie, mein Kind, dass du sie nicht verlierst im fernen Land …«

Der letzte Teil des letzten Satzes war nur noch gehaucht. Dann war der Spuk vorbei; eine Wolke schob sich vor die runde Scheibe des Mondes, und Birte, die plötzlich fröstelte, schloss das vom kalten Wind aufgedrückte Fenster.

In ihrem Schlafzimmer war es nahezu stockfinster. Sie ärgerte sich jetzt, die Waltranlampe nicht entzündet zu haben, als sie aus dem Bett gestiegen war. Ganz vorsichtig setzte sie einen Fuß vor den anderen und hoffte, nirgends anzustoßen, um keinen Lärm zu machen, ehe sie ihr Bett erreichte. Mikel oder die Säuglinge könnten aufwachen. Alle drei brauchten ihren Schlaf und sollten nicht darunter leiden, dass sie neuerdings wieder von ihren Traumgesichten heimgesucht wurde.

Als sie sich leise neben ihren Mann niederlegte und die Bettdecke bis zum Kinn hochzog, überlegte sie noch, was es gewesen war, was Ingken ihr zu sagen versucht hatte. Von wundervollen Kindern hatte sie gesprochen, die ihr und Mikel große Freude bereiten würden, was Birte ungeheuer stolz und glücklich machte.

Und was hatte die Gestalt noch geäußert? Es hatte sich irgendwie kryptisch angehört, aber sie erinnerte sich nicht mehr daran. Es war wohl nichts Wichtiges gewesen.

Birte lächelte, während sie erneut einschlief.

ENDE

GESCHICHTLICHER AUSBLICK

Nach dem Sieg über die Schweden und Karl XII. im Jahre 1709 machte sich Zar Peter von Russland an die endgültige Eroberung des Baltikums, während sein geschlagener Gegner sich unter den Schutz des türkischen Sultans begab.

Im Jahre 1712 rückten schwedische Truppen – ohne ihren König – über Rügen in Mecklenburg ein, wo sie im Dezember bei Gadebusch auf das dänische Heer trafen, welches ihnen jedoch eine Niederlage bereitete, weshalb sie nach Westen in die Herzogtümer Schleswig und Holstein flohen.

Die Schweden verschanzten sich in Gottorp in der Festung Tönning. Daraufhin ließ der dänische König die Gottorper Gebiete besetzen. Sie stießen im Mai 1713 gegen die Festung vor und zwangen die Schweden, sich zu ergeben.

Als Dänemark 1712, kühn geworden, zusätzlich die schwedischen Herzogtümer Bremen und Verden besetzte, rief dies auch Hannover auf den Plan. Bremen und Verden zu gewinnen, war schon länger der Plan des hannoverschen Kurfürsten Georg Ludwig gewesen. Als er mit seinen Eroberungsgelüsten nicht zum Zuge kam, suchte er die Unterstützung Russlands.

Preußen hatte sich nach einigem Zögern schon im April mit dem russischen Zaren verbündet, um sich die schwedischen Teile Pommerns einzuverleiben. Diesem Bündnis wiederum schloss sich jetzt Hannover an. Im August wurde der hannoversche Kurfürst zum König von England gekrönt und war jetzt mächtig genug, die Dänen wieder aus Bremen und Verden zu vertreiben.

Die beiden Herzogtümer gingern im Mai 1715 in einem Friedensvertrag an Hannover über. Jetzt traten auch Hannover und Preußen offiziell in den Krieg gegen Schweden ein.

Erst im Jahre 1714 kehrte Karl XII. aus seinem türkischen Exil zurück. Er sammelte seine Truppen und belagerte monatelang die Stadt Stralsund, bis die schwedischen Soldaten der feindlichen Gegenwehr nicht mehr standhalten konnten und in Gefangenschaft gerieten. Am Tag vorher hatte König Karl mit einem Fischerboot die Flucht über die Ostsee nach Schonen gewagt.

1715 unternahm er erneut einen Versuch, in Pommern einzufallen. Kaum war er bis Usedom vorgedrungen, fühlte sich Preußen in seinen Hoheitsrechten verletzt und trat seinerseits in den Großen Nordischen Krieg ein, wie die jahrelange kriegerische Auseinandersetzung zwischen einer Vielzahl von Gegnern heute allgemein genannt wird.

Karl musste sich erneut geschlagen zurückziehen. Als er Norwegen angriff, fiel er am 11. Dezember 1718 vor der Festung Fredrikshald durch eine Kugel, die ihn am Kopf traf. Mit ihm gingen die schwedischen Großmachtsträume unter.

Bis zum *Frieden von Nystad* und dem Ende des Großen Nordischen Krieges kam es zu mehreren Friedensverträgen unter den Gegnern.

Im November 1719 schloss Hannover Frieden mit Schweden und bekam Bremen und Verden zugesprochen.

Preußen erhielt im Frieden von Stockholm im Januar 1721 Teile von Pommern.

Im Juli 1721 schloss Schweden auch mit Dänemark Frieden und bekam Vorpommern zugesichert.

Am 10. September 1721 unterschrieben schließlich Schweden und Russland den Friedensvertrag von Nystad, der die Ostseeherrschaft Schwedens beendete und Russland zur neuen Großmacht aufsteigen ließ. Großzügig zogen sich die Russen aus Finnland zurück und überließen es wieder den Schweden.

FINIS

GLOSSAR

ALLMENDE - Gemeinschaftsweide und -anbaufläche der Dorfgemeinschaft, der Ertrag wird unter den Bauern geteilt

ANHEUERN - sich als Seemann zur Arbeit auf einem Schiff verpflichten

AUFENTERN - in die Takelage hinaufklettern

BACKBORD - die linke Seite in Fahrtrichtung

BACK - hölzerne Schüssel für das gemeinsame Essen der Mannschaft

BARBARESKEN - nordafrikanische Piraten muslimischen Glaubens, die nicht selten unter dem Kommando christlicher Kapitäne standen

BESANMAST - hinterer Mast

BINNACKEL - kleiner Verschlag zum Schutz für den Kompass,
auch Kompasshäuschen genannt

BLOCK - Rolle in einem Holzgehäuse, über die das Tauwerk
läuft

BOOTSMANN - Deckoffizier; verantwortlich für die Instand-
haltung der Takelage und die gesamte seemännische Ausrüstung
des Schiffes

COMMANDEUR - Kapitän eines Walfangschiffes

DITTEN - getrockneter, in Plattenform gestochener Viehdung, der auf den baumlosen Halligen als Brennmaterial verwendet wurde

DÖRNSK - im Friesenhaus die einfache Wohnstube für den Alltag

FEER - Föhr

FLENSEN - abschälen der dicken Speckschicht unter der Walhaut mit speziellen langen Flensmessern

FOCKMAST - vorderer Mast eines vollgetakelten Schiffes

GANGFERSMANN - Beamter der dänischen Krone, der in von Dänemark beherrschten Gebieten für Recht und Ordnung sorgte und dänischem Gesetz Geltung verschaffte

HALLIGEN - kleinere Inseln ohne Winterdeiche im nordfriesischen Wattenmeer vor der Westküste Schleswig-Holsteins. Es sind dies Gröde, Habel, Hamburger Hallig, Hooge, Norderoog, Langeneß, Nordstrandischmoor, Oland, Süderoog und Südfall. Sie sind Teil des Marschlandes, das durch Schlickablagerungen entstanden ist. Die nicht eingedeichten Halligen werden bei Sturmflut ganz oder teilweise überschwemmt. Die Siedlungen liegen auf *Warften* oder Wurten.

HARPUNIER - Seemann, der von der Walfangschaluppe aus mit der Harpune auf Wale zielt

KALAALLIT - Inuitname für Grönland

KIELHOLEN - Ausbessern des Schiffsrumpfes im Trockendock; auch eine Strafmaßnahme, bei der Verurteilte unter dem Rumpf durchgezogen und häufig schwer verletzt wurden

KLÜSE - Öffnung in der Bordwand zum Durchziehen von Tauwerk und Ketten

KOMER - Kammer, Zimmer

KÖÖGEN - Küche im Friesenhaus

KRÄHENNEST - Ausguckkorb oben im Großmast

KRÄNGUNG - seitliche Neigung des Schiffsrumpfs

KÜPER - Verantwortlicher für die Speck-, Tran- und Wasserfässer auf Walfängerschiffen

LÄNGSSEITS GEHEN - seitlich an einem Schiff anlegen

LAPPDOSE - Arzneikiste, für welche der *Meister* (Schiffsarzt) verantwortlich war; musste immer an Bord sein

MEISTER - Bezeichnung des Schiffsarztes, war in der Regel ohne Medizinstudium, vergleichbar mit einem Bader oder Wundarzt

MESSE - Gemeinschaftsraum, Speisesaal der Schiffsoffiziere

MOSES - Schiffsjunge

NIEDERGANG - Treppe zu den unteren Decks

OOMREM - Amrum

ORLOP - niedriges Zwischendeck über dem Laderaum

PEMMIKAN - zerkleinertes gedörrtes Büffelfleisch, üblich bei den Indianern Nordamerikas; vermischt mit gekochten Preiselbeeren, Kräutern und Fett; monatelang haltbar

PESEL - Gute Stube im Friesenhaus, nur für besondere Gäste benutzt

PRICKEN - Aufspießen von Plattfischen im Flachwasser mithilfe eines Holzstabes mit Eisenspitze; traditionelle Frauenarbeit, wobei diese in voller Kleidung oft bis zum Bauch im kalten Wasser standen.

PRIEL - Wasserlauf, der bei Flut die Insel oder Hallig durchzieht und auch bei Ebbe nie vollständig austrocknet.

SAL - Sylt

SCHALUPPE - Fangboot, größeres Ruderboot

SCHARBOCK - Skorbut, Erkrankung infolge Vitamin-C-Mangels; eine der gefürchtetsten Krankheiten auf hoher See; führte unbehandelt zum Tode

SCHMACKSCHIFF - kleiner Transportsegler, der Güter und Seeleute an ihre Bestimmungsorte (in Küstennähe) verschifft; nicht tauglich für Fahrten nach Übersee

STEUERBORD - in Fahrtrichtung die rechte Seite des Schiffs

TAKELAGE - alles Tauwerk zum Stützen der Masten und zum Bedienen der Segel; Gesamtheit der Masten und Segel

TOWERSCHE - »Zauberische«, Hexe, Unholdin

WARFT, Wurte - künstlich aufgeschütteter Erdhügel auf einer Insel oder Hallig, um die darauf errichteten Häuser bei Sturmflut vor Überschwemmung zu schützen

WASSERSCHOUT - holländische Seefahrtsbehörde, bestehend seit 1641

LIEBER TOT ALS SKLAVE

von Udo Weinbörner
480 Seiten, Euro 14,95

Welche Geheimnisse birgt das Leben des berühmten Amrumer Kapitäns Hark Nickelsen?

Hark Nickelsen, selbst gequält von den Erinnerungen an sein Leiden in algerischer Sklavenschaft, bekommt 1746 das Kommando auf einem neuen Schiff - einem Sklavenschiff - übertragen. Er soll Sklaven von der Goldküste Afrikas nach Westindien zum Verkauf bringen. Er muss sich gegen mächtige Schiffseigner, stolze afrikanische Gebietsfürsten und meuternde Mannschaftsteile durchsetzen. Seuchen an Bord und die gnadenlose See lassen ihn nicht nur einmal dem Tod ins Auge sehen.

Die Geschichte des legendären Kapitäns Nickelsen wurde so noch nie erzählt. Ein packender Roman und gleichzeitig ein Plädoyer für einen aufrechten Gang auf schwankenden Schiffsplanken.

Meisterlich versteht es der Autor, seine Leser in jene vergangene Zeiten in glückliche und widersprüchliche Gefühle hineinzuziehen.
Karl Feldkamp, Neue Rheinische Zeitung, über Weinbörners Erfolgsroman *Der General des Bey*

DER GENERAL DES BEY

von Udo Weinbörner
320 Seiten, Euro 12,95

Anno 1724. Vor der englischen Küste kapern algerische Piraten die Dreimastbark Hoffnung. Unter den Gefangenen befindet sich der 15-jährige Hark Olufs aus Amrum, der auf dem Sklavenmarkt von Algier verkauft wird. Er trotzt Grausamkeiten und Intrigen und ergreift mit Ausdauer und Geschick die Chance zu einer unglaublichen Karriere, die ihn zum Schatzmeister und General des Bey aufsteigen lässt. Auf dem Höhepunkt seiner Macht findet er sogar sein persönliches Glück, doch ausgerechnet jetzt gerät sein Leben erneut in höchste Gefahr. Angesichts eines aussichtslosen Feldzugs ist er gezwungen, alles aufs Spiel zu setzen. Eine Rückkehr nach Amrum scheint ausgeschlossen.

Den Namen Hark Olufs kennt jeder auf Amrum, die meisten Inselbesucher haben seinen sprechenden Grabstein besucht. Hier ist seine Lebensgeschichte! (In einer vollständig überarbeiteten Neuauflage des Erfolgsromans endlich wieder erhältlich.)

Weinbörner gelang ein ungewöhnlich spannendes Buch.
Karl Feldkamp, in der Neuen Rheinischen Zeitung

Udo Weinbörner hat einen fesselnden Roman entstehen lassen, bei dem der Leser das Gefühl hat, Hand in Hand die Abenteuer von Hark Olufs mitzuerleben.
Kinka Tadsen, in AMRUM NEWS